Memory, Sorrow and Thorn

回忆、悲伤与荆棘

卷一

龙骨椅 [上]

【美】泰德·威廉姆斯 著

项锁 译

重庆出版集团 重庆出版社

THE DRAGONBONE CHAIR:BOOK ONE OF MEMORY,SORROW AND THORN
by TAD WILLIAMS

Copyright ⓒ 1988 BY TAD WILLIAMS
This edition arranged with Books Grossing Borders,Inc.
through BIG APPLE AGENCY,INC.,LABUAN,MALAYSIA.
Simplified Chinese edition copyright:2014 Chongqing Tianjian Cartoon & Animated
Picture Culture Co.,Ltd.
All rights reserved.

版贸核渝字(2012)第 132 号

图书在版编目(CIP)数据

龙骨椅 /(美)威廉姆斯著;项 锁译. 一重庆:重庆出版社,2014.6
(回忆,悲伤与荆棘)
书名原文: The Dragonbone Chair
ISBN 978-7-229-07965-9

Ⅰ.①龙… Ⅱ.①威… ②项… Ⅲ.①长篇小说
—美国—现代 Ⅳ.①I712.45

中国版本图书馆 CIP 数据核字(2014)第 093800 号

回忆,悲伤与荆棘
龙骨椅
HUIYI BEISHANG YU JINGJI
LONGGUYI

【美】泰德·威廉姆斯 著;项 锁 译

出 版 人:罗小卫
责任编辑:邹 禾 唐弋淄 肖 飒
出版策划:重庆天健卡通动画文化有限责任公司
联合统筹:重庆史诗图书信息咨询有限公司
责任校对:夏 宇
装帧设计:谢颖设计工作室
封面图案设计:mote

重庆出版集团
重庆出版社 出版

重庆长江二路 205 号 邮政编码:400016 http://www.cqph.com
重庆出版集团艺术设计有限公司制版
重庆市国丰印务有限责任公司印刷
重庆出版集团图书发行有限公司发行
E-MAIL:fxchu@cqph.com 邮购电话:023-68809452

重庆出版社天猫旗舰店
cqcbs.tmall.com
全国新华书店经销

开本:890mm×1240mm 1/32 印张:26.5 字数:668 千
2014 年 6 月第 1 版 2014 年 6 月第 1 次印刷
ISBN 978-7-229-07965-9
定价:79.80 元

如有印装质量问题,请向本集团图书发行有限公司调换:023-68706683

赠　言

谨以此书献给我的母亲芭芭拉·简·埃文斯。无论是蟾蜍楼花园、白柯林、夏尔，还是众多认知外的神秘地域及国度，我能对它们深深迷恋，皆出自母亲的灌输与教导。她还将亲手创造这些圣地、并与他人分享的终身渴望植入我心。衷心希望我能与她分享此书。

序

"我一直从事的工作，是出于对世界的爱并满足高尚之心：我郑重其事，满心向往那个世界。我说的并非平常世界，亦非那些（我听说如此）无法承受悲痛与渴望、只能祈祷度日之人（愿上帝保佑他们的祈祷得以实现!）。我的故事里不涉及这些人的世界及其生活方式——那种人生和我自己的截然不同。我心里另有一个世界。在这个世界里，人心苦甜参半、悲喜交加，人心因渴望而快乐或悲苦，热爱生命且为死亡悲戚，盼望死亡亦为生命伤怀。在这个世界里，我拥有自己的世界，我因之毁灭，亦为之救赎。"

——哥特弗里德·冯·斯特拉斯堡

（《崔斯坦与伊索尔德》作者）

没有众人的帮助，本书是不可能完成的。我要感谢伊娃·卡明、南希·德明-威廉姆斯、亚瑟·罗斯·埃文斯、彼得·斯坦普费尔和迈克尔·维兰，他们读完了长得吓人的提纲，表示支持并提出明智的建议；还有安德鲁·哈里斯，他帮我理清逻辑，他的深情厚谊令人感动；我要特别感谢我的编辑贝丝·魏赫姆和希拉·吉尔伯特，她们花了很多时间和精力，帮我在最大程度上完成这本书。他们真是一群伟大的人。

作者提醒

漫步在奥斯坦·亚德的大地上，切勿盲目相信古老的法则与事物的外貌，须谨慎观察一切举动，他们常用外表来掩盖内在。

住在长年积雪覆盖的矮怪落的坎努克人有句谚语："事情刚开始就相信自己知道结果的人，要么极度睿智，要么极度愚蠢。但不管哪一个，那人肯定过得不快乐，因为他已经在好奇心上插了一把刀子。"

说得更直白点儿，来到这片大陆的新旅行者敬请注意：

不要想当然。

坎努克人还有一句话："欢迎外乡人。今天的小路变幻莫测。"

前　言

"……那些曾接触过疯牧师尼西斯之书的人说，那本书非常厚，足有小孩那么重。发现它时，牧师本人已经死去，脸上还带着微笑，尸体躺在塔楼窗户旁。片刻前，他的主人耶尔丁国王也从这里跳了出去，自杀身亡。

"锈棕色的墨水由羊箔、藜芦和芸香混合而成，写在薄薄的纸上，又干又脆，纸面还沾了些更红更黏稠的液体。朴素的封面包裹住书页，不知是用哪种无毛动物的皮制成。

"尼西斯死后，读过这本书的纳班神职人员宣称，其中内容都是异端邪说，而且相当危险。但奇怪的是，不知出于什么理由，它并没有被一烧了之，相反被教廷收藏在塞斯兰·安东尼斯近乎无穷无尽的书库里，置于最深最隐秘的角落。可如今，它已从黑玛瑙书匣里消失，向来守口如瓶的文书部对它的下落也闪烁其词。

"有些读过尼西斯异端文字的人声称，书里写有奥斯坦·亚德的秘密，从大陆黑暗的过去到尚未诞生的阴影，可谓囊括一切。但负责审查的安东牧师们只是简单地用'不洁'来形容它。

"也许，尼西斯的作品确实清楚地预测了将会发生的事。我们甚至可以反向推断，书中还将已经发生的事以编年史的形式列举出来。然而，当代大事——尤其是我们最关注的，圣王约翰崛起和胜利的事迹——是否也囊括在牧师的预言之中，我们已经无从得知。倒是有些说法证实了此种猜测。尼西斯的文字大多复杂难解，真意往往隐藏在古怪的韵律和晦涩的线索中。我从未得见全书，而完整读过此书之人几乎早已作古。

"那本书的标题是 Du Svardenvyrd，用冰冷刺耳的如尼文写成，那是北方出生的尼西斯的母语,意为宝剑咒文……"

——摘自《圣王约翰的生平和统治》

莫吉纳·鄂斯特斯著

第一部

蠢驴西蒙

他眯眼皱眉的德性——哎呀呀，简直像个弱智！

西蒙偷瞄瑞秋几眼，只见她呼吸急促，将挪文德月的空气转换成白雾再喷出来，身子还不住地颤抖，也不知是因为寒冷还是愤怒。但不管如何，对西蒙而言，瑞秋这样子只能让他的心情更加糟糕。

她在等我解释两句——不过她看起来还真是累坏了！西蒙想着，背弓得更弯了，双眼愣愣地盯着自己的脚。

"好啦，跟我过来。上帝保佑，我手上有一大堆事情，正好让懒鬼活动活动。你知不知道国王从病床上下来了？知不知道他今天还跑到王座大殿去了？你是聋了还是瞎了？"她拽着他的胳膊肘，拖着他走出花园。

"国王？约翰国王？"西蒙惊讶地问。

"不是，你个傻孩子，是救主来了！废话，当然是约翰国王了！"瑞秋停下来，把一缕掉出来的铁灰色头发塞回软帽里。她的手在颤抖。"你是玩爽了，"她说，"却把我害得这么狼狈又心烦意乱，居然说了对老约翰国王不敬的话，他都病得那么重了。"她响亮地抽了抽鼻子，凑过去重重地拍了拍西蒙的手臂，"你给我过来。"

瑞秋拖着脚步往前走，身后牵着淘气的男孩。

除了这座亘古流传的城堡外，西蒙无家可归。"海霍特"意为高堡，城堡里有座名字很贴切的塔楼——绿天使塔。这座塔的顶端远在那些最古老最高大的树木之上，塔尖安放着一座天使雕像。要是这位天使用长满铜绿的手垂直往下扔一块石头，石头会落下将近二百肘尺①，直至坠入腥咸的护城河中，惊扰到在河底淤泥间盘桓的梭子鱼的美梦。

---

① 肘尺是一种长度单位，指从中指指尖到肘部的长度，因规格不同，约合17～22英寸，即43～56厘米。

爱克兰农民们世世代代在高堡周围繁衍生息，但即便回溯到最古老的祖先，他们的历史也远不及海霍特。爱克兰人不过是最近一拨声称拥有城堡所有权的人——从前也有许多人这么说过，但却从未有人真正意义上拥有过这座城堡。高地上各种不规则建筑，是不同种族在各个时期留下的痕迹：粗糙的木料和石料出自瑞摩加人，赫尼斯第人在上面进行了杂乱无章的修补，还留下了奇怪的雕刻，精巧绝伦的石雕则是纳班工匠的杰作。在所有这些建筑之上，屹立着绿天使塔。它是由不死的希瑟建造的，年代比人类来到这片大陆的历史还要久远。那时，整个奥斯坦·亚德都是他们的领土。同样，希瑟也是此地最早的主人，正是他们，在山顶盖起了可以俯瞰津濑湖和通往大海的河道的要塞，并将它命名为阿苏瓦。若城堡只能选一个名字，那么，在这么多任主人所起的称呼中，"阿苏瓦"无疑是最合适的。

如今，无论是广阔的草原，还是连绵的丘陵，精灵早已绝迹。他们躲进了森林、险山，甚至人迹罕至的幽暗之地，唯独城堡的残骸遗留下来，被侵略者们当做了家园。

阿苏瓦是个充满着矛盾的地方，既骄傲又破败，既欢乐又冷峻，似乎连城堡本身都忘记了曾被数度易手的岁月。阿苏瓦——即海霍特——高高地耸立在市镇及外围的领地上方，仿佛一头正回味着蜂蜜的香甜酣睡的母熊，但若崽子们有半点动静，它也能敏锐地察觉到。

巨大的城堡里居民众多，但西蒙或许是唯一一个无法找到自己位置的人。泥瓦匠抹平宅邸的石灰门面，修复破碎的城堡墙壁——他感觉破损的速度似乎总比修复的速度来得快——但他从未认真考虑过这个世界是如何运转的，以及为什么这样运转。厨房总管和仆役长快乐地吹着口哨，将装在大木桶里的葡萄酒和腌牛肉运到各处。每天早晨，他们在城堡总管的监督之下，同农民们为了洋葱和裹着湿泥的胡萝卜讨价还价，又忙着把大包大包的粮食搬回海霍特城的厨房。瑞秋和她手底下那些女仆们也总是忙得焦头烂额，她们挥舞着稻草竿扎成的扫帚，像放羊似的清扫飞扬的尘土，嘴里还骂骂咧咧抱怨个不停，说城堡里的住客离开以后，房间总是肮脏杂乱得令人无法忍受。

在这些勤勉的人当中，蠢蛋西蒙也算是个名人，就像蚂蚁窝里的蚱蜢。不少人都告诫过他，说他永远也不可能成为大人物，所以别好高骛远。这一点他也认同，因为说这些话的人大都比他年长——因此也应该更明智。当同龄的男孩都在努力工作，以证明他们是负责任的男子汉的时候，西蒙却还在东游西逛玩泥巴。而且不管谁把什么任务交给西蒙，用不了多久，他就神游天外去了。他会梦到战场、巨人，或是乘坐大船扬帆出海……然后莫名的，差事就被搞砸了，东西被他弄坏了，或者干脆弄丢了。

除了那些状况外，他还喜欢玩消失。他像一条细长的影子，能藏在城堡的任何角落，还跟装修工似的，可以爬上任何一道墙。他深谙城堡的每一条走廊、每一个藏身之处，因此大家都叫他"鬼精灵"。而瑞秋除了没少赏他耳光以外，还另外送给他一个外号——"蠢驴"。

瑞秋终于放开了西蒙的手臂。他闷闷不乐地拖着脚步跟在女管家身后，像被裙摆缠住了一样。偷懒被逮个正着，甲虫也逃走了，整个下午就这样完蛋了。

"现在要我干吗？"他没精打采地小声问道，"去厨房帮手？"

瑞秋不屑地吸了吸鼻子，继续摇摇晃晃地往前走，活像一只穿着围裙的獾。西蒙心有不甘地回过头，最后望了一眼枝繁叶茂的树木和花园的篱笆，跟了过去。二人的脚步声混在一起，在长长的石头走廊里激起沉重的回音。

他是被城堡女仆们抚养长大，但永远也不可能成为她们中的一员

——西蒙说到底是个男孩子，理所当然干不了精细的日常杂务，因此大家一直尝试帮他找一份适合的工作。大庄园里向来容不下游手好闲之人，更何况海霍特城无疑又是其中最大的一座。后来他在厨房里寻了个差事，但就算是这种没什么技术含量的活儿，他也干得不如人意。其他小厮总是用胳膊肘捅捅对方，然后一起偷偷笑话西蒙——瞧他手臂泡在热水里、眯着眼出神的样子，一看就是在做翱翔蓝天的白日梦；而当他心不在焉地擦洗漂在大桶里的棍子时，大概是在幻想从怪物手中拯救梦中女孩吧。

传说中倒是有位弗罗伦爵士，据说他来自纳班，还是声名显赫的凯马瑞爵士的亲戚。这个弗罗伦年少时曾来到海霍特城受训成为骑士，却由于某种说不清道不明的谦卑，把自己伪装成小厮，就像西蒙那样干了整整一年杂活儿。按照故事里的说法，辛苦的工作完全没有影响到他那双白皙漂亮的手，于是有人开玩笑，戏称他为"玉手"。

但西蒙只需低下头，看看自己开裂的指甲和通红的手掌，就能认识到自己绝非某个显贵领主的遗孤。他不过是个小厮，是打扫墙角的清洁工，仅此而已。众所周知，约翰国王在年纪不大时就手刃了红龙，而西蒙却只能跟扫帚和罐子纠缠不休。他们的人生差距并不在地位或出身，而是在于时代的不同。然而这一切还得多谢老国王，正是因为他，海霍特城无尽的黑暗大厅里再也没有龙了——至少没有活着的龙。不过就像西蒙经常说的那样，瑞秋刻薄的脸，还有她那钳子般可怕的手指，也跟真龙差不了多少。

他们终于到达了王座大殿的前厅，这场突如其来的暴风的风眼。女仆们几乎是在小跑，就像瓶子里的苍蝇，从一堵墙冲向另一堵墙。瑞秋双手握拳背在身后，巡视着她的领地——从两片薄嘴唇微微上扬的表情看来，她似乎很满意。

西蒙缩在一面挂满壁毯的墙边，一时竟被人遗忘了。他无精打采地用眼角瞄着新来的女仆海普兹帕。她身材丰满，顶着一头卷发，走起路来大摇大摆、张狂不羁。当海普兹帕提着个水桶晃晃荡荡地经过西蒙身边时，注意到了他的视线，被逗乐似的咧开嘴笑了。西蒙的脸顿时红到了脖子根，滚烫滚烫，赶紧转过头去，假装摆弄破墙面上的帘子。

瑞秋可没让这一切逃出她的视线。

"愿上帝狠狠抽打你这头懒驴，臭小子，我不是叫你赶紧干活吗？过来，拿着这个！"

"去哪里？干什么？"西蒙叫了起来。海普兹帕银铃般的嘲笑声从门廊里传来，让他很是丢脸。他沮丧地捏了一下自己的胳膊，好疼。

"拿上扫帚，到医师那儿打扫一下。那家伙的房间乱得像狗窝，国王能下床了，谁知道他会去哪儿看看？"瑞秋的语气透出明显的不屑。在她看来，一个男人，即使贵为国王，也改不了任意妄为的天性。

"莫吉纳医师的房间？"西蒙问道，自在花园里被逮住，他总算能高兴起来了，"我马上就去！"他抓起扫帚，立马跑得没影了。

瑞秋抽了抽鼻子，转过身去检查已经一尘不染的前厅。在王座大殿那紧闭的大门后面，到底发生了什么呢？她稍稍琢磨了一会儿，然后果断打消了这个念头，就像扑杀掉一只徘徊不去的蚊虫。她拍了拍手，用牧人放羊般坚定的目光牢牢掌控住手下的部队，带着他们鱼贯走出前厅，奔赴下一个艰难的战场，收拾那名为"杂乱"的敌人去了。

大门背后，那座引起人们好奇的大殿墙上挂着一排排积满灰尘的旗帜，旗帜上传说中神兽的形象已然褪色——麦尔登部族的金马纹章、纳班亮闪闪的翠鸟纹章，还有猫头鹰、公牛、水獭、独角兽、鸡冠蛇……静静沉睡着的动物们按照等级，整齐有序地排列着。大殿里没有一丝风，这些陈腐的挂饰全都纹丝不动，就连早已失去主人的蜘蛛网也完整无缺。

但还是和以往有些不同——一个尖细的嗓音正轻唱着歌，给阴暗的房间带来了一丝生机。这声音听起来，既像年幼的孩子，又好像极其年长的老人。

在大殿最深处，海霍特诸位国王雕像的石墙上悬着一张挂毯，毯子上绘着皇家纹章——火龙圣树。六座冷冰冰的孔雀石雕像组成了一支仪仗队，守护着一张巨大而沉重的王座。王座仿佛是用整块黄色象牙雕刻而成，扶手凹凸不平，椅背上端顶着一颗长满利齿的庞大蛇状头骨，眼窝中是无尽的黑暗。

椅前坐着两个人影，歌声正是从他们那边传来。其中一人穿着老旧斑驳的小丑服，细细的嗓音在王座脚下飘荡，仿佛只需一点回声就能将之打散。另一人坐在小丑上方的椅子上，身影佝偻憔悴，看上去像极了一只上年纪的猛禽，雄心虽然不减，怎奈何只剩一把老骨头，颤颤巍巍、精疲力尽。

经历了三年疾病的折磨，虚弱不堪的国王终于回到了他那满是尘土的王座大殿。他聆听着脚下瘦小男人唱的歌，遍布斑纹的瘦长双手紧抓雄伟的黄色王座扶手。

他曾是一个高大挺拔的男人——然而现在却弯腰驼背，像个祈祷的僧侣。他穿着松垮的天蓝色长袍，满脸乱糟糟的胡子，仿如荒野里的乌瑟斯先知。一把剑横放在他腿上，剑身光亮如昔。他头顶端放着一顶铁王冠，上面镶满了海绿色的翡翠和名贵的猫眼石。

坐在国王脚下的人沉默了一段时间，继续唱起另外一首歌：

"烈日悬空

可数雨滴？

河床干涸

可游对岸？

皆属凡人

可捉彩云？

不，不能，我不能……

风吟耳际：等一等

风吟耳际：等一等……"

一曲唱毕，穿蓝袍的高大老人伸出手，弄臣有样学样。两人手握着手，一语不发。

圣王约翰，爱克兰之主，全奥斯坦·亚德的至高王，希瑟之劫难，信仰守护者，光锥的主人，红龙刹拉卡杀手……显赫的圣王约翰再次坐上了龙骨打造的王座。可如今，他已经老了，非常老。泪水顺着他的脸庞滑落。

"啊，淘儿。"终于，他吐出几个字，声音低沉，带着岁月的沧桑，"上帝真是太无情了，竟然让我走向这样让人遗憾的结局。"

"也许吧，陛下。"裹着花格子上衣的小个子老人挤出一个堆满皱纹的微笑，"也许……不过，若是换了其他人有这样的一生，他们肯定不会抱怨命运的不公。"

"这才是重点，老朋友！"国王懊恼地摇了摇头，"到了年老力衰的时候，所有人别无二致。跟现在的我相比，连笨裁缝的学徒都充满了活力。"

"啊，我的陛下，陛下……"淘儿白发苍苍的头摇得跟拨浪鼓似的，帽子上的铃铛却没有响——铃舌在很久以前就不见了。"陛下，您的忧虑很合情，但不够合理。天下之人，或伟大或渺小，都要走上这条路。不管怎么说，您的人生已经足够波澜壮阔了。"

圣王约翰扶起光锥的剑柄，像手持圣树一样把它高高举起。他那瘦长的手背正好悬在眼前。

"你知道这把剑的故事吗?"他问道。

淘儿猛地抬起眼。这个故事,他已经不知听过多少遍了。

"请您讲给我听吧,陛下。"他轻轻地说。

圣王约翰笑了起来,他的双眼紧紧盯着面前包裹着皮革的剑柄。"我的朋友,剑是男人右手的延续……而剑的末端就是他的心脏。"他将剑举得更高些,好让剑身触到高处小窗投射进来的一束光,"同样,人是神的右手——也是神之意愿的忠实执行者。你明白吗?"

突然,他俯身向前,浓眉下的目光变得如猛禽般锐利。"你知道这是什么吗?"他用颤抖的手指着剑柄。在那儿,金线缠绕着一小块生锈起皱的金属片。

"请告诉我,陛下。"淘儿当然知道那是什么。

"这是从审判之树上找到留存于世的唯一一片指甲。"圣王约翰将剑柄贴紧双唇,又拿开,片刻后又将这片透着凉意的金属抵住他的面颊。"从乌瑟斯·安东的手上剥落下来的,我们的救主……来自他的手……"国王的眼神停留在高处半明半暗的光芒上,那是一小片镜子的反光。

"当然,还有一件遗物。"沉默了片刻,他再度开口,"殉道者与屠龙者圣鄂斯坦,他的指骨也在这剑柄里面……"

沉默再次降临。过了一会儿,淘儿再次抬起头,发现他的主人又泪如雨下。

"哐,羞耻啊!"约翰叹息道,"我该怎样做才不会辜负这把神赐之剑?世上依然布满罪恶,沉重不堪,它们正在玷污我的灵魂——我曾亲手杀死红龙,而现在,这双手臂却连牛奶杯都拿不动。哦,我快要死了,亲爱的淘儿,我快死了!"

淘儿凑了过去,将国王一只骨节嶙峋的手从剑柄上掰开,亲吻着。眼前的老人还在不停地哭泣。

"哦，主人啊，"弄臣恳求道，"求您别哭了！世人都会死——您、我，所有人都一样。如果我们没有早夭或暴毙，那么我们的命运就会跟树木一样：愈渐衰败，最终归于尘埃。这是一切事物的轨迹。您怎么能跟神的旨意抗争呢？"

"是我，一手建立了这个王国！"圣王约翰浑身颤抖，怒不可遏地将手抽出，重重拍打着王座的扶手，"他们必须权衡轻重！无论我的灵魂中包含了多少罪孽，上帝一定要把我的功绩都记录在案！是我把这些人从泥淖中拯救出来，是我把可耻可恶的希瑟赶除净尽，是我赐予了这些农民法律及正义……我所做的这些事情必定意义非凡！"约翰的声音渐渐轻了下去，不知思绪飘去了何方。

"我的老朋友，"最后，他苦涩地说，"现在我连主城区的市场都去不了了！我只能躺在床上，想在冰冷的城堡里走动走动，还要依靠年轻人的搀扶……佣人们在我门口窃窃私语，在我寝宫外蹑手蹑脚地走动。我的王国正在从内部开始腐化，一切都将落入罪恶之中！"

国王的话语在大厅的石墙中间回荡，随后慢慢地消散在飞舞盘旋的灰尘中。淘儿又一次紧紧地握住约翰的手，直到国王再次平静下来，才放松一些。

"好吧，"又过了一会儿，圣王约翰说，"至少，出现了这些腐败的景象，我的埃利加将会比现在的我更能干，他会让这个王国长治久安。"他抬手挥过王座大厅，"今天，我要把他从麦尔芒德召回来。他必须尽早做准备接过我的王冠。"国王叹了口气，"我不能再像女人一样哭哭啼啼，而应该庆幸我拥有许多其他国王没有的东西——在我归天之后，还有个坚强勇敢的儿子可以统治我的国家。"

"两个坚强勇敢的儿子，陛下。"

"唉。"国王愁眉苦脸地说，"约书亚有许多优点，但我认为这其中并不包括'坚强'。"

"您对他太严厉了，主人。"

"荒唐！什么时候轮到你来教训我了，小丑？你比我这个当父亲的更了解我的儿子？"约翰的手颤抖起来。一瞬间，他看上去似乎想挣扎起身，但最后还是慢慢地放松下来。

"约书亚太愤世嫉俗了。"国王的声音更轻了，"悲观、忧郁，毫不关心身边的人——而对于王子而言，身边的每一个人都有可能是潜在的杀手。不，淘儿，我的小儿子太古怪了，尤其是……在他失去了他的手之后。啊，慈悲的安东啊，也许这都是我的错。"

"陛下，您这是什么意思？"

"爱蓓卡去世后，我本应续弦。没有王后，这个城堡实在太冷清……或许正是因为这样，才让那孩子性情大变。好在埃利加没受到什么影响。"

"没错，埃利加王子生来心硬如铁。"淘儿嘟囔了一句。即使国王听到了，也没作任何反应。

"埃利加是我的长子，为此我要感谢仁慈的上帝。他勇猛健壮，是天生的将才，若他是小儿子的话，那约书亚的王位可就坐不稳喽。"约翰国王摇了摇头，看来十分自信。接着他伸手抓住小丑的耳朵，用力地拧了拧，好像对方不是个老人，而是五六岁的孩童似的。

"答应我一件事，淘儿……"

"什么事，陛下？"

"等我死了以后——肯定不会太久，我想我熬不过这个冬天了——你一定要把埃利加带到这儿来……你觉得他们会不会就在这里加冕？算了，不管这个了。如果加冕典礼在这里举行，那就等到仪式结束再把他带来，把光锥交给他。对，从现在起，我把它交给你。恐怕我活不到他从麦尔芒德，或是其他什么地方赶回来了。我要你保管这把剑，连同我的祝福，直接交到他手里。听明白了吗，淘儿？"

圣王约翰用颤抖的双手将剑插回鞘中，又艰难地想要将它们从身上解下。淘儿跪下来，帮他解开缠在一起的佩饰。小丑的手指依然有力。

"陛下，您要祝福他什么呢?"他一边试着解开绳结，一边从牙缝里挤出问话。

"把我对你说过的话转告给他。告诉他，剑就是他的心和手，就如同我们是天父的心和手所使的工具一样……告诉他，这是个光荣的使命，却并非美差，这使命具有某种……价值……"约翰犹豫着，用颤抖的手指遮住眼睛，"算了，不提这个，只要告诉他关于剑的那些话就行了。"

"谨遵您的旨意，吾王。"淘儿回答道。虽然他解开了绳结，但眉头依然紧锁，"我将带着无上的荣光完成您的心愿。"

"很好。"圣王约翰再一次仰靠着龙骨王座，闭上了灰色的双眼，"再为我唱首歌吧，淘儿。"

淘儿开口唱了起来。头顶上，积满灰尘的旗帜不知怎的竟微微摆动起来，好像那些沉默的观察者正在低声交谈——古老的苍鹭、瞎眼的熊、各种奇怪的生物……它们的话语像涟漪般荡漾开去。

两只青蛙的故事

❁

空虚的头脑是恶魔的温床。

　　要是看到西蒙这副满脸悲怆的模样，瑞秋一定会很高兴。片刻之前，西蒙的心情还好得很，现在却盯着散落满地的盔甲不知如何是好。这是一条贴着瓷砖的走廊，围绕教堂兴建，一直通向莫吉纳医师的房间。当时他蹦蹦跳跳地经过长长的过道，手中挥舞着扫帚，心里则把它想象成圣王约翰手下爱克兰卫兵的火龙圣树旗，而他正引领着军队奔赴战场。或许他更应该留意身边的东西——但是说到底，哪个笨蛋会把铠甲挂在牧师的走廊里呢？不出所料，耳畔的脚步声越来越清晰，西蒙知道，瘦削又记仇的卓杉神父马上就会经过这儿了。

　　虽然他抓紧时间，尽力想把脏兮兮的铠甲一片片拼回去，但好几处皮带已松脱，组装起来十分困难。西蒙想起瑞秋的另外一句格言："魔鬼总会给无所事事的人找麻烦。"当然了，这话蠢透了，而且每次听来都让西蒙火大。才不是无所事事或脑子空空害他惹上麻烦的。相反，正是由于做了什么或想了什么，才导致他一次又一次地摔跟头。他多希望自己能什么都不想，什么也不干啊！

　　在卓杉神父出现之前，西蒙终于把盔甲胡乱凑成了一堆，接着赶忙用桌下的地毯把它盖住，其间还差点把桌上的金色圣物箱给打翻

——好在最后没出其他岔子——乱七八糟的盔甲从视线里消失了，但留下的这片看上去比其他地方都干净的墙面，透露了一切。西蒙挥起扫帚，把旁边石墙上黑乎乎的污渍蹭到那块墙面上，让它看起来没那么显眼，然后赶紧开溜，逃离走廊，跑出阁楼的旋梯。

他又回到了篱笆花园，刚才他就是在这儿被怒龙冷酷无情地绑架了。西蒙深深地呼吸着植物的气息，把鼻子里最后一丝浓重的肥皂味儿清除出去。突然，他在远处老橡树的高枝上捕捉到一丝异状。这棵树树干多瘤，树枝交错缠绕，就像在巨大的篮子底下生长了几个世纪，最后被压成现在这副模样。西蒙伸手挡住斜射下来的阳光，眯起眼仔细观察。是鸟巢！在这个时节还有鸟巢？

鸟巢近在咫尺，西蒙丢下扫帚，往花园走去。就在这时，他想起自己还要清扫莫吉纳的房间呢。要是换了别的任务，他早就蹿到树上去了，但能见到医师可是个好差事，哪怕是去打扫房间也行啊。于是他安慰自己，鸟巢不会这么快就被其他人发现的，然后依依不舍地越过篱笆，往内城大门外的庭院走去。

突然出现两个人影，他们穿过大门，朝西蒙这边走来。一个矮矮胖胖、慢条斯理，另一个更是五短身材，走路也更慢。那是杂货商雅各布和他的助手杰瑞米。后者的肩上还扛着个看上去就很重的大箱子，走得比平常更慢——如果说那样也能算走路的话。经过时西蒙冲他们打了个招呼，雅各布微笑着挥手示意。

"瑞秋想给餐厅添置些蜡烛。"杂货商大声说。"买了这么一大堆！"杰瑞米苦着脸补充道。

西蒙从草坡一路小跑到高大的城门楼。此时的太阳还悬在他身后的城垛上，西墙三角旗的阴影投射在草地上，不住摆动，像是黑色的鱼儿。穿着红白相间制服的守卫几乎和西蒙一般年纪。西蒙像间谍似的迈着小步，死死抓着扫帚，低着头，生怕被暴君瑞秋从窗户里监视到。守卫见到他这模样都笑了起来，点点头让他过去了。西蒙穿过城楼，躲进城墙的影子里，这才放慢了脚步。绿天使塔稀薄的影子横跨护城河，栖息在塔顶的高傲天使的剪影扭曲变形，投影在河对岸最远端的火盆上。

西蒙决定，既然都到这儿了，干脆抓几只青蛙吧，反正也不会花太长时间。再说医师总要用上青蛙，这也是帮他的忙，不能算玩忽职守。但他还是得抓紧时间——夜幕正在徐徐降临，已经可以听得蟋蟀的鸣叫，也许这些小虫子本能地感应到，它们今年的演唱机会已经不多了。此时，牛蛙们低沉的旋律也加入了合唱。

西蒙把双腿浸入满是睡莲的河里，停了一会儿，聆听四周的声音，眺望东边暮色降临的天空。不管怎么说，整座城堡里，除了医师的房间，护城河就是西蒙最喜欢的地方了。

西蒙不自觉地叹了口气，摘下已经不成形的布帽，朝芦苇和风信草长势浓密的地方趟了过去。

等终于回到城中，站在了莫吉纳的房门外，西蒙浑身还是湿淋淋的，左右兜里各揣着一只青蛙。太阳已落山，风吹动香蒲，在护城河上沙沙作响。他小心翼翼地避开门上用粉笔画好的神秘记号，敲响了沉重的大门。他早就从惨痛的经验教训里学到，未经允许乱碰医师的东西，后果不堪设想。西蒙等了很久，终于听到了莫吉纳的声音。

"走开。"声音听起来很不耐烦。

"是我……西蒙！"西蒙又敲了敲门。更长时间的等待后，屋内才传来急促的脚步声。门开了。莫吉纳个子不高，头顶才到西蒙的下巴，全身笼罩着蓝莹莹的光，面孔模模糊糊的。他盯着西蒙看个不停。

"谁啊？什么事儿？"他问道。

西蒙笑了，"是我呀，你要不要青蛙？"他捏着一条滑溜溜的腿，从兜里拽出一只青蛙。

"哦，哦！"医师这才如梦初醒，摇了摇头，"西蒙……果然是你！进来吧，孩子！是我不好……刚刚有点儿分心。"他开了条门缝，等西蒙挤进狭窄的走廊，又立刻把门关上。

"你刚刚说青蛙？嗯，青蛙嘛……"医师绕过西蒙，领着他穿过走廊。蓝色的灯光晕染着他那猴子般瘦小佝偻的身体，走路时一蹦一跳。西蒙跟着他，肩膀几乎要碰到两边冰冷的石墙。他曾在城墙上仔细观察过这个地方，还到院子里仔细地丈量过，但他始终搞不懂，为什么整个工作间从外看去那么小，里面却有这么长的走廊。

突然，一阵刺耳的声音打断了西蒙的思绪。这声音在通道里不停地回响——像口哨，像爆炸，更像成百只猎犬饥饿的号叫。

莫吉纳惊讶地跳了起来，"真名之名啊！我忘了掐灭蜡烛。在这儿等我一下。"小个子医师飞快地蹿下楼梯，头上一缕白发飞扬起来。他打开走廊尽头的门，闪了进去。虽然门只开了条缝隙，但窜出来的呼啸声已是震耳欲聋。然后西蒙听到了低低的喝声。

那可怕的声音立时消失了——快得就像……

就像掐灭蜡烛，西蒙心想。

医师从门里探出头，微笑着，招手示意西蒙进去。

西蒙以前也遇见过类似的场面，他必须小心翼翼地跟着莫吉纳走进房间。倘若轻率地踏入这道门，保不准会踩上什么怪东西，总之后果不堪设想。

不管刚才发出尖啸声的是什么，现在已踪迹全无。于是西蒙的思路又回到莫吉纳房间目测和实际大小的差异上。他曾经观察过，这儿是中城东北角，旁边的守卫营依着爬满藤蔓的城墙而建，大约长二十步，因此这房间也不应该超过这个尺寸。然而进屋后，虽说天花板有些低矮，也不太宽，但长度却堪比比武场。黄澄澄的光从俯瞰庭院的一长排小窗外洒进来，西蒙站在门边，望向另一端，心中估计：从这儿丢一块石头，肯定砸不到对面的墙。

老实说，这里令人不可思议的古怪和扭曲不只体现在长度上。除了刚刚可怕的声响外，整个房间一贯的风格就是杂乱无章，好像一群疯疯癫癫的小贩刚摆好摊子，却因突如其来的暴风雨，又慌慌张张地收摊走人，留下眼前的这一团混乱。几乎和墙壁一样长的餐桌上摆满了东西——有细长的玻璃管、各种盒子、装着粉末和味道刺鼻的盐的布袋，还有木头和金属质地、由蒸馏瓶和管型瓶组成的复杂构件，以及叫不上名字的容器等等。餐桌中央一只雕刻精美的象牙三脚鼎上端一盘银色液体中漂浮着一颗大铜球，球上几根弯曲突出的喷嘴正噗噗地冒着蒸汽，铜球则缓慢地旋转。

房间的地板和书架上堆放着更多奇怪的物件。磨光的石块、金雀花和皮革翅膀，旁边还挤着不少金属笼子，有些空着，有些则关着皮毛粗糙，或长着古怪羽毛的奇妙生物。如水晶般透明的纸张随意地堆在挂满帷幕的墙边……而且不管哪里都是书、书、书……有些半掩着，有些直立着，遍布整个房间，就像巨大而笨重的蝴蝶。

这里还有一些玻璃球，球体里是冒泡的彩色液体，却不发热。一个盒子里装着闪闪发亮的黑色沙砾，沙砾不断地自动排布，就像被不知从何而来的沙漠之风不停地吹拂。上漆的木刻小鸟不时从墙上的木柜里探出头来，叽叽喳喳一番又顾自消失。在柜子边上挂着许多地图，画的都是完全陌生的地方——说是地图，但西蒙也不敢完全肯定。总而言之，对于一个充满好奇心的年轻人来说，医师的小窝就像天堂……毋庸置疑，这里是全奥斯坦·亚德最棒的地方。

莫吉纳走到房间最里面，看着墙角。那道墙上挂了张星图，图中几根线条将代表星星的亮点连成一片，整体看上去就像一只长着四支翅膀的怪鸟。突然，药剂师欣喜地吹了声口哨，蹲下身子，像春天的松鼠似的在墙角刨着什么。原本放在低矮小桌上的一堆堆卷轴、画着发亮图案的毛巾、还有小小的杯碟之类的东西被他随手丢到身后。终于，他又站了起来，抱着个巨大的玻璃盒，吃力地走到桌边，把盒子放下，又从架子上似乎很随意地抓起一对烧瓶。

其中一个烧瓶里装着类似霞光般颜色的液体，像香炉一样正往外冒着烟。另一个烧瓶里则是黏稠的蓝色液体。莫吉纳把这两种药剂同时倒入玻璃盒，蓝色液体流淌得非常非常慢。当它们终于混合在一起时，便成了干净透明、仿若山顶空气般清新的全新液体。医师像旅行艺人一样挥舞着手臂，停下来展示他的成果。

"青蛙呢？"莫吉纳摇着手指问道。西蒙赶紧快步上前，把装在大衣口袋里的两只青蛙提出来。医师接过去，把它们扔进了那个大玻璃盒。只听"扑通"两声，这对难兄难弟落入了透明液体中，慢慢沉底，接着便开始有力地蹬腿，在新家里游起了泳。西蒙又惊又喜地大笑起来。

"那是水吗？"

老人转过身子，用明亮的眼睛看着西蒙，"差不多，差不多……嗯！"莫吉纳用细长弯曲的手指抚摸着稀疏的胡子，"嗯……感谢你帮我抓来了青蛙。我已经让它们派上用场了，它们也没受罪，说不定还挺开心的，不过依我看，它们可能不大喜欢穿靴子。"

"靴子？"西蒙好奇地问，但医师已经扭过头去，忙着将一堆地图从矮脚凳上推开。然后，他示意西蒙坐下。

"好吧，小伙子，你想要什么报酬呢？拿点儿零钱去花？还是要鳄蜥当宠物？"医师咯咯地笑，朝西蒙挥舞着一只干巴巴的蜥蜴。

西蒙看着蜥蜴，犹豫了一会儿——如果把它悄悄放进新女仆海普兹帕的洗衣筐里，一定很有意思，不过，还是算了吧。城堡女仆和清洗工作总在脑海里盘旋，挥之不去，这让他有些恼火。某个念头要冒出来，但西蒙硬把它按了回去。"不，"他最后说，"我想听故事。"

"故事？"莫吉纳嘲弄般地弯下腰，说："听故事？你最好去马厩找老马倌舍姆，他嘴里有你喜欢的故事。"

"不是那种故事。"西蒙飞快地回答，希望自己没有冒犯到这小个子。老人家还真是敏感啊！"我要听真正的故事。真实发生过的——战争、龙——那些过去的事情。"

"啊哈。"莫吉纳坐直了身子，粉红色的脸颊上重新浮现出笑容，"我懂了，你是说历史。"医师摩擦着双手，"那很好——非常好！"他说着便跳了起来，开始在房间里踱步，敏捷地避开满地乱七八糟的东西，"好吧，那你想听什么呢，孩子？纳文德的陷落？还是阿克·萨拉斯战役？"

"告诉我这座城堡的事。"西蒙说，"是国王建立了海霍特城吗？总共多少年了？"

"这座城堡……"医师停下脚步，从他已经穿得发白的灰色长袍上拉起一角，开始心不在焉地擦拭起一副甲胄。这是西蒙最喜欢的完全由抛光木头制成的甲胄，它的外层涂着野花般鲜艳的蓝色和黄色，充满了异域风情。

"嗯……这座城堡嘛……"莫吉纳重复道，"好吧，至少得让这故事值两只青蛙。事实上，如果要我把整个故事都讲一遍，你得把护城河的水抽干，把那些长满疙瘩的青蛙用车拉过来才付得清。不过，我想你今天只需听个大概就够了，这倒不难。你先坐一会儿，我去找点东西润润喉咙。"

于是西蒙安安静静地坐在一边，莫吉纳在他的长桌上拿起一个大烧杯，杯里装着带泡沫的棕色液体。他怀疑地闻了闻，再将杯子凑到唇边，尝了一小口。经过一番咂磨，他终于舔了舔光秃的上唇，高兴地捋了捋胡子。

"啊，斯坦郡黑酒。毫无疑问，原料是麦酒！我们刚刚说到哪儿来着？哦，对了，这座城堡。"莫吉纳清理出一块干净的桌面，小心翼翼地举着杯子，轻轻一跳坐了上去，双脚在离地大约一腕尺的地方晃荡着。待坐定以后，他又呷了一口酒。

"恐怕这个故事远在约翰国王的年代之前。我们应该从第一批男男女女来到奥斯坦·亚德的土地上开始——他们简单纯朴，定居在格兰汶海边附近，主要是牧民或渔民，据推测应该是从失落的西方土地通过某个现已消失的陆桥来到这里的。当然，他们的到来给奥斯坦·亚德的原住民增添了一些麻烦……"

"可你明明说他们是第一批到这儿来的人？"西蒙打断话头，为自己从莫吉纳的话里挑出毛病而暗自高兴。

"不，我是说，他们是第一批人类。早在所有人类之前，希瑟已经占据了这片土地。"

"你的意思是说，以前真的有过小小人？"西蒙张大了嘴，"就像马倌舍姆说的那样？波卡、呢斯淇等等那些？"这可真是有趣极了。

莫吉纳用力摇摇头，喝了口酒，"不光以前，现在也有——不过要是详细展开的话，就会打乱我的故事了——而且他们不是'小小人'……耐心，孩子，等我说完"。

西蒙弓背耸肩，努力让自己看起来耐心些。"然后呢？"

"好吧，如我刚刚所说，人类和希瑟曾是和平共处的好邻居——当然了，在牧场之类的地方，他们偶尔也会起摩擦，但后来希瑟发现，人类对他们没多大威胁，于是精灵们慷慨地容忍了人类。随着时间流逝，人类开始建立起城市，有些城市甚至离希瑟的领地只有半天的路程。再后来，岩石遍地的纳班半岛上崛起了一个伟大的人类王国，而且整个奥斯坦·亚德的凡人也都开始纷纷效仿。你能跟上吗，孩子？"

西蒙点了点头。

"很好。"又是一大口酒，"直到黑铁越洋而来之前，这片土地似乎足够让大家共享。"

"什么？黑铁？"西蒙刚一开口，立刻被医师敏锐的目光按下了话茬儿。

"从几乎被人完全遗忘的西方，瑞摩加人来到了这里。"莫吉纳继续说，"他们从北方登陆。他们的战士个个装备精良、像熊一样凶猛凶悍，他们的船如毒蛇般迅速。"

"瑞摩加人？"西蒙好奇道，"就像宫里的艾奎纳公爵？他们是乘船过来的？"

"那位公爵的祖先们在定居此地之前，确实曾是优秀的航海家。"莫吉纳肯定地说，"但他们首次抵达这里的时候，可不是为了寻找牧场或农田，而是来掠夺财物的。然而重要的是，他们带来了铁器，或者说，至少是带来了铸铁的方法。他们的铁剑和铁矛不像奥斯坦·亚德原本的铜质武器那样脆弱易折，甚至能砍断希瑟最坚硬的巫木。"

莫吉纳站起身，走向搁在墙边一大摞书上的酒桶，把杯子重新斟满。但他没坐回原位，而是站在那具铠甲旁，抚摸着闪亮的肩饰。

"很长一段时期，没人能反抗他们——就像是铁质刀剑一样，这些海盗体内也充满了冷酷坚硬的铁魂。于是许多人被迫往南方逃跑，寻求纳班边境守卫的庇护。纳班军队训练有素，他们撑了一阵子，但最后还是不得不将霜冻边境让给瑞摩加人。然后……那里发生了多次大屠杀。"

西蒙却雀跃不止，"那希瑟呢？你说过他们没有铁器？"

"铁器对他们来说很致命。"医师舔了舔手指，用唾沫擦去木甲上的一块污点，"虽然他们不能在战场上抵抗瑞摩加人，不过，"他伸出手指，让西蒙看上面的灰尘，仿佛这个污点很重要似的，"不过希瑟对自己的土地了如指掌。他们曾扎根于这片大地之上——至少是部分地方——他们对地形的了解远远胜过那些侵略者，因此支撑了很长时间，但最终还是慢慢地、一点一点地败退了。其中最重要的环节——也是这个故事的核心——就是阿苏瓦，我们称之为海霍特城。"

"这座城堡？希瑟曾在海霍特城生活过？"西蒙的语气中充满了难以置信的惊讶，"他们是在什么时候建起这座城堡的？"

"西蒙，西蒙……"医师挠了挠耳朵，重新坐上桌子。这时，落日已经完全从窗框间消失，烛光将他的脸映得仿佛游行面具一般，半明半暗。"据我及所有人类所知，这座城堡是希瑟刚来这里时建造的……那时的奥斯坦·亚德就像初雪融成的小溪那般纯净。在人类涉足这片大陆之前的不可计数的岁月里，希瑟就居住在这里。而且，我们现在所处的位置，也是奥斯坦·亚德上第一个被人工雕琢修饰过的地方。这里是整个国家的中心，控制着水路，还拥有最肥沃的土壤。海霍特城和它的前主人远在人类之前就一起度过了极其漫长的岁月，那些前人如今已深埋在我们脚下的土地里。总之，即使是瑞摩加人刚来到这里的时候，它就已经非常非常古老了。"

随着莫吉纳的叙述，西蒙的思绪也渐渐进入到故事场景中。这座城堡似乎转眼之间变得阴森恐怖起来，周围的石墙犹如笼子一样。他颤抖着迅速环顾四周，仿佛有什么古老的、满心仇恨的东西会立即冒出来，伸出肮脏的爪子逮住他。

莫吉纳愉快地笑了，对于这把年纪的老人来说，这笑声听上去相当年轻。他从桌上跳下来。这时，火把的光似乎更亮了一些。"别害怕，西蒙。我想，在世人当中，我对整个历史还算是比较了解的，而我认为希瑟的法术并不值得你害怕，至少今天没什么好怕的。迄今为止，这座城堡已经改变了许多，新老建筑一层一层堆叠，每个角落都经过了上百个牧师的祝福。哦，对了，也许朱迪丝和她手下的厨子时不时会发现少了一盘蛋糕什么的，不过我想，对你这样的年轻人来说，这类事情还是归功于地精才更合适吧……"

这时，一阵急促的敲门声打断了医师的话。"谁啊？"他叫道。

"是我。"一个阴沉的声音回答，过了好长一会儿又接道，"我，尹寸。"这才算是断句了。

"安纳克索的骨头在上！"医师咒骂着，他总爱用些古怪的词汇，"自己开门吧……我这把老骨头可没力气为傻瓜们来回奔波。"

门向内打开了，走廊里的光映照着来人。他身形似乎相当高大，但垂首弓身的怪模样又让人很难准确地判断。片刻后，一张没有表情的圆脸出现了，仿佛飘浮在夜空里的满月，无力地垂在胸前，头顶是茅草般凌乱的头发，给他理发的人一定是用了把又钝又笨的剃刀。

"对不起，打……打扰了，医师，不过……不过你叫我早点来，是吧？"那人声音厚重，语速又慢，仿佛缓缓滴落的猪油。

莫吉纳恼怒地吹了声口哨，揪着自己纠结成团的白发。"没错，我是说过，但我说的是晚饭之后早点来，现在还没到吃晚饭的时候呢。算了，让你回去也是浪费时间。西蒙，认识尹寸吗？我的助手。"

西蒙礼貌地点了点头，他大概见过这人一两次。有几天晚上，莫吉纳曾让尹寸帮忙打下手，当然了，是搬运重物之类的活儿。尹寸显然也做不来更精细的事，甚至连睡前把炉火熄掉都指望不上。

"好吧，西蒙，恐怕今天我们只能到此为止了。"老人说，"尹寸已经来了，我总得给他找点活儿干。如果你愿意的话，什么时候再来，我继续讲完。"

"好的。"西蒙再次礼貌地朝尹寸点点头，对方则用母牛般呆滞的目光瞪着他。西蒙走到门边，刚想伸手开门，眼前突然浮现出一幅景象：抓青蛙之前，他把瑞秋给他的扫帚丢在护城河边的草地上了，现在它还静静地躺在那儿，就像一只怪异的水鸟的尸体。

蠢驴！

他完全用不着告诉别人，只要在回去的路上把扫帚捡回来，然后告诉怒龙打扫完了就行。她有太多事情要关心，再说，虽然她和医师算是城堡里年纪最大的两个人，却基本上老死不相往来。对！这才是最佳解决方案。

可是，不知为什么，西蒙还是转了回去。矮个子老人正在桌前弯腰查看一个卷轴，尹寸站在他身后，双眼空洞，还是一副茫然的样子。

"莫吉纳医师……"

听到呼唤声，医师抬起头，眨了眨眼睛。他一脸惊讶，似乎不明白西蒙为何还待在房间里。实际上，西蒙自己也同样惊讶。

"医师，我又干了件蠢事。"

莫吉纳挑起眉毛，等着西蒙说下去。

"原本，瑞秋让我过来打扫你的房间。可是，整个下午已经过去了……"

"哦，啊！"莫吉纳皱了皱鼻子，然后咧开嘴笑了，"打扫房间，是吧？这样，孩子，明天再来。你告诉瑞秋，说我还有其他的活儿需要你帮忙，希望她能允许你过来。"说完，他转头看了看书本，又抬起头，眯着眼，定定地看着西蒙，嘴唇抿成一条线。虽然医师只是安静地坐着，但满心欢喜的西蒙却突然紧张了起来。

他为什么这样看着我？

"孩子，你也考虑一下。"老人终于开口道，"我这儿总有很多杂活要干，可以用得上你——而且我也需要一个学徒。就像刚刚说的，明天先到我这儿来。具体怎么安排，我会跟女管家商量的。"他微笑了一下，又低头研究起他的卷轴。西蒙突然注意到，尹寸正在医师背后死盯着自己，在那副平静死板的表情下，有某种难以言喻的情绪正在涌动。西蒙转身开门，一蹦一跳地出了蓝光莹莹的过道，经过飘着云朵的阴沉天空，身子里充满了狂喜。学徒！他要成为医师的学徒了！

他在城门边停下，往下爬到护城河边寻找那把扫帚。在今晚的大合唱中，蟋蟀的歌声依然生机勃勃。于是，找到扫帚后，西蒙靠着墙，坐在水边，准备再享受一番。

充满节奏感的歌声越来越嘹亮，西蒙听着，用手指抚摸着身边的石块。老旧的石头表面就像打磨过的木头一样，光滑又舒适。他想：

或许……在我们的救主乌瑟斯出生以前，这块石头就已经在这里了。或许很久很久以前，某个希瑟男孩也像这样安静地坐在这儿，聆听夜晚的声音……

从哪儿吹来的清风?

一个耳语般的声音，轻轻地说着，轻到几乎听不清。

也许他也曾抚摸过这块石头……

耳语随风飘来:我们会夺回它，人子啊，我们会把一切都夺回来……

一股突如其来的寒意，让西蒙不由紧了紧衣领。他站起来，爬上草坡，心中突然涌起一阵寂寥，让他想要回到熟悉的人间烟火。

教堂的鸟儿

❋

"以圣安东之名……"

啪!

"……圣母艾莱西亚……"

啪!啪!

"……所有圣人们都将看护……"

啪!

"……看护……啊!"郁闷的叫声,"该死的蜘蛛。"拍打声持续不断,其间夹杂着诅咒与祈祷。瑞秋正清理着餐厅天花板上的蜘蛛网。

两个女孩病了,还有一个扭伤了脚踝。像这种日子,怒龙瑞秋玛瑙色的眼瞳中便会闪烁危险的光。虽然瑞秋是个严厉的人,一直督促大家要好好完成工作,但她也知道,从长远来看,强迫病人多做一天工,往往就意味着这人接下来三天都干不了活。因此她不得不亲自上阵,顶替倒下的莎拉和雅亿——要知道,一直以来她总是在做两人份的工作!情况已经够糟了,可总管又突然告诉她,国王今晚要在大厅用餐,好迎接从麦尔芒德赶回来的王位继承人埃利加王子。这一来,她肩上的担子就更重了!

一个小时前,西蒙就出去采灯芯草了,结果到现在还没回来。

于是,她这把老骨头也只好爬到摇摇晃晃的凳子上,挥舞着扫帚,清理天花板角落的蜘蛛网。都怪那个男孩!那个,那个……

"圣洁的安东赐予我们力量……"

啪！啪！啪！

那个该死的男孩！

过了一会儿，瑞秋涨红了脸，浑身大汗淋漓地站在凳子上直喘气，心中暗想：这还没完呢！那男孩不光懒，更会惹麻烦。这些年来，她竭尽所能，希望磨掉他那桀骜不驯的性子。当然了，她也知道西蒙能做的事远不只有打扫房间。可是，以圣母的名义，谁在乎他究竟更适合干什么？西蒙已经到了成人的年纪，个子也有成人那么高了，可当他应该干成人的活儿时，却偏不配合！他总是不见踪影、临阵脱逃、推三阻四。厨师们笑话他，女仆们却宠着他。每当总管瑞秋罚他不许吃饭，这些姑娘居然偷偷塞东西给他。还有莫吉纳！慈悲的艾莱西亚啊，这家伙竟然还怂恿他！

他问瑞秋可不可以让男孩每天去他那儿工作，比如整理打扫、保持清洁之类的——哈！——顺便也帮老人做些医师的工作。说得好像她什么都不知道似的。这俩家伙肯定会坐着不干事，老酒鬼一边喝麦酒，一边给男孩讲鬼才知道的乱七八糟的故事。

但是，她也不能对医师的建议置若罔闻。尽管在瑞秋看来，西蒙除了碍手碍脚什么都干不好，可有人提出要他做帮手，这还真是破天荒头一遭！而莫吉纳似乎真能叫那男孩做些正经差事……

医师常常用他那些大道理和天花乱坠的说辞把瑞秋搞得不胜其烦——其实城堡女总管清楚得很，他只是在变相挖苦她罢了。不过话说回来，他好像真的挺关心那个男孩，总是留心西蒙的情况，并时而给出这样那样的建议。当厨房总管暴打那个男孩，把他赶出厨房的时候，医师也曾私下调解过。莫吉纳确实一直在照看着男孩。

瑞秋抬头看着宽宽的屋梁，目光滑进阴影里。她将一缕汗湿的头发从脸旁吹开。

思绪回到那个雨夜。她心想：那是什么时候的事了？快有十五年了吧。

一瞬间，她感慨自己真的老了，居然这样就回想起过去……而那些往事，就像刚刚才发生似的……

❀

雨已经下了一天一夜。瑞秋小心翼翼地穿过泥泞的庭院，一手拉住斗篷盖着头，一手提着灯。一不小心，她踩进一条宽宽的车辙，水花溅上小腿。瑞秋奋力把脚拔出来，结果鞋子却陷入泥水里。她咒骂几句，继续往前走。她知道，这样冷的夜晚，光着一只脚很可能会径直走到死神那里，但她现在没有时间在水坑里刨东西了。

莫吉纳的书房亮着灯，但瑞秋仿佛走了一辈子才来到他的门前。医师打开房门，似乎才刚刚起床，身上穿着一件需要缝补的睡衣，在灯光下揉着惺忪的睡眼。皱巴巴的毯子堆在床上，墙角是一摊乱七八糟的书本，瑞秋觉得这房间根本就是某种脏兮兮的动物的巢穴。

"医师，快点儿！"她说，"你得赶紧来帮忙，马上！"

莫吉纳盯着她，后退了几步，"进来吧，瑞秋，不知你得了什么急病。不过既然来了……"

"不是，不是，你这糊涂虫，是苏珊娜！她要生了！可她现在身子骨弱得很，我担心她撑不过去了。"

"什么？谁？别说了，就一会儿，让我带上工具。真是个可怕的夜晚！你先走，我会跟上的。"

"等等，莫吉纳医师，我拿了灯给你……"

太迟了，门已经关了，她一个人站在台阶上，雨水顺着她的长鼻子往下滴。瑞秋咒骂着，又一次穿过水洼地，回到佣人房。

莫吉纳没过多久也赶到了。他一边急步上楼，一边甩掉斗篷上的雨水。他站在门口往里看，屋中躺着一个怀孕的女人，腹部隆起，呻吟不断，脸转向一边，黑发盖住了面庞，双手汗湿。一个年轻女子跪在床边，紧紧握住孕妇的手。瑞秋和另一个年长的女人则站在床脚旁。

莫吉纳脱下外套，那个老妇人迎了上来。

"您好，艾丽丝帕。"他轻声问道，"情况怎么样？"

"恐怕不太好，医师，不然我一个人足以应付了。她这个样子已经好几个小时了，现在还在出血，心跳也很弱。"艾丽丝帕说话的时候，瑞秋也凑了过来。

"嗯……"莫吉纳弯下腰，在他带来的包裹中翻找。"请给她喝点儿这个。"他递给瑞秋一个带塞子的瓶子，"一口就够了，但要保证她都喝掉。"说完他继续在包里搜寻。躺在床上的女人牙关紧咬，但瑞秋轻柔地撬开她的嘴，从瓶子里倒了些药水进去。一瞬间，满是汗臭和血腥味的房间里，一股刺鼻的辛香弥漫开来。

"医师。"瑞秋喂完药转回来，听见艾丽丝帕正对莫吉纳说，"恐怕我们救不了这对母子了，哪怕只救一个都难。"

"必须救那孩子。"瑞秋打断她，"这是神赋予我们的职责。牧师就是这样说的。救孩子吧。"

莫吉纳回她一个不耐烦的眼神，"我的好姑娘，如果你不介意的话，我自当用适合的方法来履行上帝的委托。我不敢说自己一定能救回母亲，但只要她活着，她就能再生一个孩子。"

"不，她不能了。"瑞秋的火爆劲儿又上来了，"她丈夫死了。"她想，在所有人当中，莫吉纳难道不是最清楚这件事的人吗？苏珊娜的渔夫丈夫在淹死之前常去拜访医师——当然，瑞秋可没法想象这二人会讨论些什么乱七八糟的话题。

"是吗。"莫吉纳心不在焉地回答，"她总能再找一个——你说什么？她丈夫？"他脸上浮现出震惊的神情，快步走到床边。他似乎终于意识到躺在床上不停出血，快把命交待在这里的人究竟是谁了。

"苏珊娜?"他轻声问道,并将女人那张布满恐惧和痛苦的脸转向自己。相视的瞬间,女人睁大了眼睛,可马上又被新一波的痛苦淹没。"唉,怎么会这样?"莫吉纳叹息着。苏珊娜只剩下喘息的力气。医师将目光投向瑞秋和艾丽丝帕,一脸怒容,"为什么没人提前通知我这可怜的女人快要分娩了?"

"这孩子比预计早来了两个月,"艾丽丝帕和缓地回答说,"我们和你一样没有准备,你知道的。"

"你这么关心一个渔夫的未亡人生孩子又是怎么回事?"瑞秋回嘴,她也有权利生气,"现在说这些有什么用?"

莫吉纳盯着她看了一会儿,眨了眨眼,"你说的完全正确。"他转向床铺,"我会救你的孩子的,苏珊娜。"他对颤抖不止的女人说。

她轻轻地点点头,但马上痛得尖叫出声。

一阵微弱的号哭,只是这哭声来自于幸存下来的新生儿。莫吉纳将裹满血污的小家伙递给艾丽丝帕。

"是个男孩。"他说,然后继续去照顾濒危的母亲。她终于安静下来,呼吸也放缓了,但那张脸还是苍白得像哈察的大理石。

"我救了他,苏珊娜,我只能这么做。"他耳语道。女人的嘴角抽动了一下——也许那本该是个微笑吧。

"我……明白……"她几近撕裂的嗓子里发出虚无缥缈的声音,"如果……我的鄂弗兰德……没有……"这些话耗尽了她的力气,戛然而止。艾丽丝帕弯下腰,让她看看孩子。小婴儿被包裹在毯子里,沾血的脐带仍连在身上。

"他很小。"老妇人微笑着,"不过不打紧,早产儿都这样。叫他什么呢?"

"叫……他……塞奥蒙……"苏珊娜挤出一丝声音,"……意思是……'等待'……"她看着莫吉纳,似乎还想说些什么。医师凑近了一些，白发在她雪一样苍白的脸上划过，可她已无力再说出只言片语。没过多久，她吐出最后的叹息，黑眼珠失去生命的神采。一直握着她手的那个姑娘随之抽泣起来。

瑞秋也觉得泪水涌上眼眶，她转过身去，假装开始清理房间。艾丽丝帕剪断小婴儿和他母亲之间的最后一丝联系。这时，苏珊娜原本紧紧揪着自己头发的右手无力地垂落下来，碰到地上，手心里掉出一枚闪闪发光的小东西。这东西落在医师的脚边，瑞秋用眼角瞟到莫吉纳弯腰捡起了它。那东西很小，很快就从医师的手中滑进他的口袋，消失了。

一股无名火蹿上瑞秋心头。没有其他人看到这一幕，于是她挺身站到他跟前。含泪的双眼毫不退缩地瞪着他，但对方脸上那深深的悲痛让她把话咽了回去。

"他是塞奥蒙。"医师走近瑞秋，眼神里带着莫名的阴影，声音沙哑，"瑞秋，你要照顾他。你知道的，他父母都已经不在了。"

❖

啊！瑞秋倒吸一口冷气。她刚刚差一点就从凳子上摔了下去。居然在白日做梦——真是丢脸啊！但这再一次证明，都是因为那三个不得不休息的姑娘，今天她的身子才会这么疲惫……当然，还得加上西蒙。

现在她需要一点新鲜空气。站在凳子上，像个疯婆子一样挥舞着扫帚——难怪这副身体会处处酸痛了。她只需到外面透透气就好。上帝知道她有一万个理由要享受一会儿新鲜空气。都是西蒙，那个坏孩子！

自然，是她们养大了他——她自己和女仆们。苏珊娜在这里没有任何亲人，加上也没人知道她那个淹死的老公鄂弗兰德的事儿，于是只好由她们来照顾那孩子了。就像瑞秋绝不会做任何违背国王旨意的事一样，她也绝不会让那孩子由着性子，比如不好好整理床铺之类。西蒙这个名字也是瑞秋起的。在约翰国王的王宫里，每个做事的人都要取一个国王家乡瓦伦屯的新名字。而和塞奥蒙听上去最相近的就是西蒙，于是西蒙就这样被叫开了。

瑞秋慢慢挪到楼底，她觉得双腿有些打颤。天冷得刺骨，她真希望自己拿件斗篷下来。沉重的大门缓缓打开，嘎吱作响，需要上点油了。她走进门前的小花园。朝日像淘气的孩子，在城垛露出小半边脸。

她喜欢这里，喜欢站在连接宴会厅和教堂主体的石廊下面。这个花园不大，扔块石头就能砸到对面，它被石廊的阴影庇护着，小斜坡上长满了松树和石楠花。越过石廊一直往上瞧，瑞秋看到绿天使塔细长的塔尖，在阳光的照耀下，仿佛洁白的象牙。

早在西蒙出生的很久很久以前，瑞秋记得，自己那时还是个在这座花园里玩耍的小女孩——这一幕一定会让女仆们哈哈大笑，她们完全不敢想象怒龙也曾经是个小姑娘。好吧，她也曾天真无邪过，也曾是个年轻姑娘——当然，和现在一样，她年轻时也不怎么漂亮，这倒是真的。那个时候，这座花园里总是充满华丽丝锦的摩挲声，还有爵士和贵妇的笑语声，他们手上举着猎鹰，口中哼着欢快的调子。

而现在呢？西蒙以为自己什么都懂，可惜他生来就是个蠢蛋一个，仅此而已。女仆们把他宠坏了，要不是瑞秋始终严加管束，他早就无可救药了。她知道事实就是这样，尽管其他人并不这么想。

原来不是这样的，瑞秋心想……随着她的思绪，林荫下，花园里，松树的清香沁人心脾。这座城堡曾是那么的美丽、热闹，高大的骑士穿着用羽毛装饰的闪亮铠甲，漂亮的姑娘身着华丽衣裙，那些音乐……哦，还有比武场上如宝石般闪闪发光的帐篷！而现在城堡沉沉地睡去了，只留下梦境的残骸。高耸的城垛之间，只剩瑞秋之流：厨子、女仆、管家和小厮……

天真的有些冷了。瑞秋缩起身子，裹紧披肩，这时她注意到了什么，抬头往前一看：西蒙正站在她面前，双手藏在背后。天杀的，他是怎么突然冒到她跟前的？为什么脸上还带着白痴一样的傻笑？一个小时前他还干干净净的，现在浑身上下又脏又破。瑞秋只觉得一股公义的力量从心底升起。

"圣瑞帕保佑！"瑞秋尖声叫道，"你都干了些什么，你这蠢材！"瑞帕是纳班人，虔诚的安东信徒，死于一群海盗的侵犯，临死前口中还一直念着真神之名。如今，她在佣人中间备受敬仰。

"瑞秋，你看！"西蒙说着伸出手来，一个破破烂烂的稻草团——是个鸟巢，里面还传出微弱的啾啾声，"我在耶尔丁塔下捡到的，肯定是被风吹落的，还有三只活着呢，我要养它们。"

"你疯了吗？"瑞秋高高举起扫帚，好像上帝举起复仇的闪电，摧毁那些伤害瑞帕的人一样。"除非我能游去珀都因，否则你别想在这里养这些东西！这些脏东西会飞来飞去，弄乱大家的头发——再看看你的衣服！你知不知道莎拉要花多少时间才能帮你把衣服缝好？"扫帚柄在半空中直打颤。

西蒙像被当头泼了一盆冷水，低头看着地面。他当然不是在地上捡到鸟巢的，而是篱笆花园里的那个，当时它挂在老橡树上，摇摇欲坠。是他爬上树去拯救了这窝小鸟。他一时头脑发热，只想着要养它们，却没考虑到这样会给莎拉——那个安静、朴实、总是在楼下不停忙碌的姑娘——带来麻烦。沮丧和挫败之感在他心里蔓延开来。

"好吧，瑞秋，我没忘记捡灯芯草给你！"他小心翼翼地用一只手平衡着鸟巢，另一只手从上衣口袋里抓出一小把还带着泥土的芦苇。

瑞秋的表情稍微缓和一些，但眉头仍然紧锁，"你做事总是欠考虑，小子，总是什么都不想，像个三岁小孩。要是打碎了什么东西，或者工作做不完，总要有人站出来承担责任。世界就是这样。我知道你不是故意的，可是，圣母在上，你能不能别再这么蠢了？"

西蒙偷眼看她。虽然脸上依然充满悲伤和懊悔，但他的小心眼没能逃过瑞秋精明的双眼。她知道，他心里已经放松了，以为自己逃过了一劫，于是她的双眉更加紧蹙起来。

"对不起，瑞秋，我是真心的……"他正说着，瑞秋用扫帚柄戳了戳他的肩膀。

"别跟我来这套，小鬼。把这几只鸟拿走，放回原来的地方。我不许这里有乱拍翅膀飞来飞去的东西。"

"瑞秋，我可以把它们养在笼子里！我自己做笼子！"

"不行，不行，坚决不行。如果你真喜欢的话，尽可以把它们拿去给你那个没用的医师，但我绝不允许这些东西打扰辛勤工作的人。"

西蒙捧着鸟巢，脸色沉重，准备离开。这一次他的算盘打错了——虽然瑞秋差一点就让步了，可她最终还是铁了心。要知道，不管跟她商量什么事，只要出一点点岔子，就会迅速败下阵来。

"西蒙！"瑞秋叫道。

西蒙急忙转了回来。"我可以养它们了？"

"别说傻话了。当然不行。"她盯着他看了很久。西蒙不安地等待着，两脚的重心不停地挪来挪去。

"你去医师那儿做事吧，孩子。"最后她说，"也许他能教你点什么东西，反正我放弃了。"瑞秋又瞪着西蒙，"你最好乖乖听话，他让你做什么你就做什么，这已经是你最后的机会了，所以记得要感谢他。明白吗？"

"当然明白！"西蒙高兴地回答。

"别以为从此就能逃出我的手掌心。晚餐时间你还得给我回来。"

"一定，夫人。"西蒙转身往莫吉纳小屋的方向跑去，突然又停下来。

"瑞秋，谢谢你。"

瑞秋还以一声轻蔑的哼哼，转身往宴会厅的楼梯走去。西蒙看着她的背影，心里嘀咕着：为什么她的披肩上会落满松针呢？

一阵轻柔的雪花从低垂的乌云底部飘落下来。西蒙知道，该转冷了，直到烛祭为止，天气都将持续寒冷。为了保护这几只小鸟，西蒙决定不横穿冷风刺骨的庭院，而是绕过教堂到内城西面去。晨祷已经结束一个小时了，教堂里应该空无一人。要是卓杉神父见到西蒙擅闯他的地盘，恐怕会发火的，但这位神父此时肯定还在桌旁，一边享用丰盛的早点，一边抱怨黄油不够上乘，或是蜂蜜面包布丁不够松软。

西蒙爬上楼梯，往教堂边门走去。雪越下越大，门口的灰色石头已被雪花打湿，斑斑驳驳。他一推，门悄无声息地开了。

西蒙不想让自己的湿脚印留在教堂的瓷砖地上，于是他穿过入口处的天鹅绒帘子，走上通往唱诗班阁楼的楼梯。

盛夏时节，拥挤杂乱的阁楼就像一个蒸笼，现在反而温暖舒适。阁楼地上满是修士们留下的果壳，还有写着显然违背静默誓言的话语的碎瓦。比起想象中侍奉上帝之人所住的房间来，这里更像关猩猩或熊的笼子。看到这些，西蒙的脸上露出微笑。他蹑手蹑脚地穿过这满地狼藉。地上还有乱丢的衣服、几张小木凳子之类的东西。西蒙有些得意，因为自己发现一个事实——这些阴沉着脸、剃光头发的家伙其实也跟平常人一样随便。

突然，西蒙听到了说话声，他急忙停下脚步，闪身躲到阁楼墙上的挂毯后面。毯子散发着浓重的霉味，西蒙心跳加速，屏住了呼吸。如果卓杉神父或巴拿巴斯司事在下面，他就没办法下楼并穿过教堂离开了。他只能原路返回，按老计划横穿庭院。他觉得自己就像潜入敌营的王牌间谍。

西蒙像棉球一样安静地缩着，一边安抚手中的小鸟，以免它们叽喳乱叫，一边紧张地倾听是谁在说话——好像有两个人。他将鸟巢小心地放在臂弯中，然后摘下帽子轻轻盖住。万一被卓杉神父逮到他在教堂里戴着帽子，那就错上加错，真的惨了。被遮住的鸟儿们似乎以为夜晚降临，也安静了下来。西蒙颤抖的手紧张地掀起挂毯一角，探出头去仔细聆听。声音是从圣坛下的走廊里传来，语调也和刚刚一样。西蒙松了口气：自己还没有暴露。

四周只有几支火把在燃烧，教堂的整个屋顶都被阴影遮蔽，圆顶上的天窗仿佛飘浮在夜空之中的洞，似乎可以从天堂直接窥视下来。西蒙确认他的小孤儿们在帽子下睡得安稳舒适后，悄悄地将头探到雕饰精美的栏杆中间，一边脸颊抵着殉难而死的圣特纳斯，另一边则贴在派丽帕在岛上降生的雕像上。

"……你和你那些烦死人的抱怨！"一个声音提高了，"我已经受够了！"西蒙看不见说话人的脸。那人背对着阁楼，还穿着高领斗篷，他的同伴瘫坐在长椅上，刚好正对着西蒙的方向。西蒙一眼就认出了后者。

"兄弟，人们总是将逆耳的忠言称之为'抱怨'。"坐在长凳上的人说，他疲倦地挥舞着骨节嶙峋的左手，"出于对王国的爱，我才会来提醒你那个牧师有问题。"他停了一会儿，又说，"同样，这也出自于我们过去的手足之情。"

"你说什么就是什么，随便你！"第一个说话的人吼了起来，与其说愤怒，听上去更像是痛苦，"但不管是按律法还是父亲的意思，王座都该是我的，无论你怎么想、怎么说、怎么做，都无法改变这一点！"

断手约书亚——西蒙总是听人这么称呼国王的小儿子——僵硬地站起身来。他穿着珍珠灰的上衣和紧身裤，上面绣着精致的红白相间的图案。棕色的头发从前额往后梳，随意地垂在脸颊旁边。本应是他右手的地方，只从袖子里露出一段用黑色皮革包住的圆柱。

"我不想要那张龙骨椅，相信我，埃利加。"他不屑地说，虽然语气柔和，却像箭矢般刺入西蒙的耳朵，"我只是提醒你，小心牧师派拉兹，他这人……做事不太正派。别把他带到这儿来，埃利加。他这人很危险——相信我，我老早就认识他了。那时，在纳班的乌瑟斯教院里，修道士们已经把他当做瘟疫一样避之不及。如果你还是对他言听计从，把他当成艾奎纳公爵或弗罗伦爵士那样的直臣，以后一定会出事的！醒醒吧！他会毁了这个王国。"他冷静了一下，接着说，"我给你的建议都是发自真心的。请相信我，我没想过要争夺王位。"

"那就离开城堡！"埃利加咆哮着，转身背对着弟弟，双臂抱在胸前，"你走了，我就可以准备接手国王之位，用不着你来对我指手画脚。"

他这一转身，西蒙发现，这位年长的王子有着和弟弟一样的高额头和鹰钩鼻，但他更加孔武有力，好像能徒手扭断别人的脖子似的。他长着一头黑发，就像他的靴子和衣服那样漆黑一片，绿色的斗篷和裤子还带着长途旅行沾上的污渍。

"我们是一父所生，未来的国王陛下……"约书亚一脸嘲弄的微笑，"王冠理应属于你，别再疑神疑鬼了。你会平安地登上王位，我郑重承诺。"他的声音渐渐有力起来，"但是，你听好了，没有人可以命令我离开国王的领地，哪怕是你，埃利加。"

哥哥转身瞪着弟弟，两人目光交会，西蒙仿佛看到了剑光交错。

"疑神疑鬼？"埃利加再次嘶吼起来，声音听上去破碎而痛苦，"什么样的猜疑能让你这么仇恨我？你的手吗？"他背对着弟弟，走开了几步，话语苦涩沉重，"你是少了一只手，那我呢？因为你，我成了鳏夫，我的女儿成了半个孤儿！你还敢跟我提什么猜疑？"

话语就像利刃，约书亚仿佛连呼吸都停止了。

"你的痛苦……你的痛苦我懂，哥哥。"最后他说，"难道你不知道，不光是右手，我连这条命都可以……"

埃利加猛地转身，从脖子上扯下某个发亮的东西。这突然的举动让西蒙完全惊呆了。不过仔细一看，那不是刀子，而是什么飘逸柔软的东西。埃利加把它举到呆若木鸡的弟弟眼前，片刻之后，又把那东西丢在地上，用鞋跟狠狠碾过，这才大步走出了侧廊。约书亚面无表情，不知在原地站了多久，才像如梦初醒似地弯下腰，捡起了那件发亮的东西——原来是一条女人的银色围巾。约书亚凝视着它，将微弱的光芒整个包在手心里，脸上表情扭曲，说不出是痛苦还是愤怒。他将围巾塞进胸前，沿着哥哥走开的方向，离开了教堂。西蒙终于长出了一口气。

又等了一段时间，西蒙觉得安全了，这才从藏身之处爬出来，径直走到教堂的大门。他觉得自己就像在乌瑟斯的安排下，看了一场荒诞又诡异的木偶戏。如果说连爱克兰的王子，奥斯坦·亚德的继承人，都能像醉酒的士兵那样互相叫骂，那么在这个世界上，还有多少东西会像他曾经以为的那样，既稳固又可信呢？

回视大厅，西蒙突然用眼角瞄到了什么：一个穿着棕色衣服的人影正跑过走廊——那人个子瘦小，年纪可能还没有西蒙大。他边跑边往后瞟，眼里满是惊慌，跑到走廊转角消失不见了。西蒙没能认出他来。那人也偷听到了两位王子的谈话？西蒙摇了摇头，觉得自己像头被太阳晒晕了的驴子，满脑子浆糊。他把盖着鸟巢的帽子掀开，让小鸟儿重新接触到阳光和叽喳鸣叫的快乐生活。西蒙再次摇摇头，今天上午这事真是让人心中不安。

蟋蟀笼

❀

莫吉纳正在工作间里忙个不停，专心致志地翻找某本不见了的书。他冲西蒙挥挥手，让男孩自行为小鸟找个笼子，便继续搜寻去了，还不时弄翻一堆又一堆手稿和书本，就像一个瞎眼巨人被困在了竖着脆弱塔楼的城市里。

在这里为雏鸟找个家比西蒙想象中要难得多。虽然有各式各样的笼子，但似乎都不太适合小鸟居住。有些笼子的栅栏分得太开，像是关猪或熊的；有些则已经塞满了奇怪的东西，只是那些东西怎么看也不像是动物。最后，他终于在一卷闪亮的布料下找到一个适合的：笼子有膝盖那么高，钟形，由芦苇编织而成，底部铺了层沙子。笼子边上还有个用绳子缠紧的小门。西蒙解开绳结，打开小门。

"住手！马上住手！"

"怎么了？"西蒙吓得跳了起来。医师快步上前，一脚把笼门踢上。

"孩子，吓到你了，对不起。"莫吉纳喘着气说，"我刚刚让你找笼子的时候就该想到的。这一个恐怕不太合适。"

"为什么？"西蒙俯身细看那笼子，却一点都看不出异样。

"这个嘛，我的学徒，站在那别动，好好看着。我居然差点忘了，真是太蠢了。"莫吉纳又找了一会儿，最后拿出一篮放了很久的干瘪水果。他挑出一只无花果，吹掉灰尘，然后走到笼子边上。

"看仔细了。"他打开笼门，把水果丢了进去。无花果静静地落在笼底的沙子上。

"怎么了?"西蒙疑惑地问。

"等着。"医师轻声示意。话音未落,笼子里已经有了动静。一开始,空气仿佛闪起光来,过了一会儿才看清原来是沙子在移动,在无花果旁形成了一个小小的旋涡。突然间,沙子中露出一张长满利齿的大嘴,一口吞掉了无花果,仿佛一条腾越而起,捕食蚊虫的鲤鱼,打破了水面的平静。这一下来得太突然,西蒙不由惊叫起来,往后跳了一步。而大嘴马上消失了,沙子表面只留下些许波纹,笼子又回到起初空空荡荡的状态,仿佛什么都没发生过。

"下面有什么?"西蒙喘着粗气问,莫吉纳哈哈大笑。

"就是它啊!"莫吉纳看上去很高兴,"你看到的就是生物本身,你可以认为沙子是它的伪装。实际上,笼底所有东西都是这只生物的一部分。很可爱吧?"

"是挺可爱的。"西蒙的语气假得可以,"它是从哪里来的?"

"纳斯卡都,那些沙漠国家的周边。我为什么不让你挑这只笼子,这下明白了吧?你那些毛茸茸的小可怜不会喜欢待在里面的。"

莫吉纳重新将笼门绑紧,又用一块皮革包住它,然后爬上桌子,将笼子塞到高处的书架上。安置好之后,医师又在长桌子上灵巧地避开各种障碍物,寻找着适用的容器。不多会儿,他拎着个小笼子跳回到地面。这个笼子是用细木条编的,并且里面没有可疑的沙子。

"这本来是装蟋蟀的。"医师一边解释,一边帮西蒙的鸟儿入户新家。莫吉纳给它们放了一小碟清水,又撒了一小袋不知道从哪儿弄来的种子。

"它们已经可以吃这些了?"西蒙问道。而医师只是随意地摆了摆手。

"别担心。"他说,"对它们的牙齿有好处。"

西蒙只好在心里对他的鸟儿保证,下次来的时候会带些更适合它们的食物,接着便随医师走到工作间的另一头。

"好吧，年轻的西蒙，金丝雀和燕子的保护者。"莫吉纳微笑着说，"这么冷的上午，我能为你做什么呢？我记得，我们还没完成那个公平诚实的青蛙交易吧。"

"是啊，其实我希望……"

"而且，我记得那天还剩下了另外一件事，对吧？"

"什么事？"西蒙努力地回想。

"关于'清扫房间'的那点儿小事？有把扫帚，一直孤孤单单，渴望着能被拿起来干活，等得连那颗枝条心都疼了。"

西蒙郁闷地点点头。他本以为自己的学徒生涯能以一个更愉快的方式开始。

"啊，你不太喜欢干佣人的活儿。"医师扬了扬眉毛，"可以理解，但这是不对的。人应该学着珍惜那些日常活计，虽然身体忙碌，脑子和心却可以自由思考。好啦，我们应该努力帮助你，让你好好度过在这里的第一天。今天，我已经为你安排好了。"说着，他跳了一个滑稽的舞步，"我讲故事，你干活儿，听上去不错吧？"

西蒙耸耸肩："你有扫帚吗？我忘记带了。"

莫吉纳在门口翻了一会儿，最后掏出一把沾满蛛网、几乎看不出还能继续使用的破旧扫帚。

"好啦，问题解决。"医师举起扫帚，骄傲得仿佛是擎着国王的旗帜，"你想让我讲哪方面的故事？"

"海盗、黑铁，还有希瑟……还有这座城堡，当然，还有约翰国王的事。"

"这样啊。"医师若有所思地点点头，"清单长了点儿。不过，只要那个草包脑袋尹寸别像上次那样跑来打断我们的话，应该可以完成几项。孩子，干活儿，干活儿，别担心尘土飞扬！上回，上回我说到哪儿来着……"

"瑞摩加人来了，希瑟奋起抵抗，但瑞摩加人有铁剑，他们轻松地砍翻希瑟，还把所有人都杀了，用他们那种黑铁……"

"嗯……"莫吉纳干巴巴地说，"我现在想起来了。嗯。好吧，事实上，这些北方的劫匪并没有把所有人都杀掉，他们的侵略和袭击也没有那么冷酷无情，也许我给了你一个错误的印象。总之，瑞摩加人在北方定居多年，然后他们穿越冰霜边境，碰到了阻止他们扩张的最大障碍——赫尼斯第人。"

"那，希瑟呢……"西蒙相当不耐烦。他知道赫尼斯第人，也见到过不少——他们来自没有信仰的西方。"你说那些小小人被黑铁赶跑了？"

"他们不是小小人，西蒙，我说过……哦！天哪！"医师一不小心被绊倒，跌坐在了一堆皮革封面的书上面。他拉扯着自己稀疏的胡子继续说，"我想我必须更深入地讲讲这些故事。他们要你回去吃午饭吗？"

"不用。"西蒙撒谎说。如果让医师讲一个完整的故事做交换，就算被瑞秋惩罚也是很合算的。

"很好。那么，先让我们找点儿面包和洋葱……再来点儿喝的——讲话时很容易口渴——然后就可以开始将原石冶炼成纯金属。简而言之，开始教你。"

他们找到简单的口粮，医师又一次坐了下来。

"好了好了，西蒙，哦，别害羞，你可以一边吃一边打扫。年轻人应该机灵点儿！如果我讲错了，你还可以纠正我。今天是铎尔日……十五日还是十六日来着？不对，应该是挪文德月的十五日，今年是1164年，对吧？"

"应该是吧。"

"很好。把那个放在凳子上，好吗？那么，如今的一千一百六十四年是从什么时候开始的，你知道吗？"莫吉纳俯身向前，问道。

西蒙苦着脸，医师早就知道他是头蠢驴，还这样考验他。一个小厮怎么可能懂得这类事情？他只好闭上嘴，继续清扫。

过了一会儿，他抬起头，发现医师正捧着一大块脆脆的黑面包嚼个不停，双眼却一直望着他。

这老人有双多么锐利的蓝眼睛啊！

西蒙只好又低下头扫地。

"好了，怎么样？"医师的嘴被食物塞得满满的，"从什么时候开始的？"

"我不知道。"西蒙低声答道，马上又恨自己不该这么大怨气。

"没关系。你不知道，或者说，你以为自己不知道。你听过别人念宣道书么？"

"听过一些。我在市场里听到过，有时也听瑞秋讲过。"

"他们结束时会说什么？最后会念到时间，记得吗？——小心那块水晶，孩子，你怎么跟被迫帮敌人刮脸似的。最后他们说什么？"

西蒙有点儿恼羞成怒，正准备丢下扫帚走人，记忆深处却有些字句突然浮现出来。一瞬间，他似乎回到了集市上：旗帜和帐篷被风吹得呼啦作响，脚下的青草气息弥漫在空气中。

"从创建之日开始。"西蒙肯定地说，他记得自己是在主干道上听到这句话的。

"没错！"医师举起酒瓶，仿佛致敬般喝了一大口，"那么，创建的是什么呢？你别紧张。"见西蒙又在摇头，他接着说，"我会告诉你的。我没指望现在的年轻人对真正的历史有多少了解，你们是听着那些不足为信的骑士故事长大的，就知道凭武力蛮干。"医师摇摇头，话语里带着悲哀的讽刺，"创建是指纳班帝国的建立，或者准确地说，是一千一百六十多年前，纳班第一任皇帝泰亚伽利声称建国的那一天。那时候，纳班军团统治着这片大陆，由北至南，以及格兰汶河两岸，全都是他们的国土。"

"可是……可是纳班的领地很小啊！"西蒙惊讶地说，"它只是约翰国王所有领地里很小的一块。"

"那个嘛，年轻人。"莫吉纳说，"就是所谓的'历史'。君权终将日渐式微，王国也会分崩离析。在漫长的一千年当中，什么都有可能发生。事实上，纳班帝国的全盛期也没那么长。我要说的重点是，纳班曾经统治全人类，其中有些人还曾和希瑟比邻而居。当时的希瑟之王就住在阿苏瓦，也就是现在我们口中的海霍特城。奈勒王——'奈勒'是希瑟的古语——不允许人类踏足希瑟的土地，除非得到特殊允许。那个时候人类还相当畏惧希瑟，因此他们遵从了这一点。"

"希瑟到底是什么人？你说过他们不是小小人。"

莫吉纳微笑着说："你还对这些感兴趣，孩子，我很欣慰，尤其是我今天还没提到任何有关杀戮的话题——不过嘛，如果你挥舞扫帚时别这么拘谨，我会更欣慰的。跟她共舞一曲吧，孩子，跟她共舞！如果你愿意的话，那边也请清理一下。"

莫吉纳快步走到墙边，指着墙上一块直径好几肘尺的烟灰块。它看上去更像是个足印，但西蒙决定还是不谈这个问题为好，只是努力把白灰石墙上的这块脏东西磨掉。

"啊，太感谢了。几个月来我一直想把它弄干净——应该是从去年的万圣夜开始吧。好了，以小维斯崔的名义，我说到哪儿了……哦，你的问题，希瑟是吗？好吧，他们很久之前就在这里，也许等我们都灭绝，他们还会继续在这里繁衍生息。他们和我们完全不一样，就像我们和野兽完全不同。但也有相似的地方……"医师停下思考了一会儿。

"公正地说，在奥斯坦·亚德，人类和野兽的生命都很短暂，但希瑟不一样。不能说他们会长生不死，但至少他们的寿命比任何一个凡人都要长得多。比我们那位九十高龄的国王也长得多。其实他们完全可以永远长存，除非他们自己选择一死，或是外力所致——或许对希瑟来说，外力致死本身就是一种选择吧……"

莫吉纳的声音低了下去。西蒙嘴巴大张地瞪着他。

"喂，把嘴巴闭上，你看上去跟尹寸一模一样了。我有权利思考一会儿。难道说你更愿意回去帮女仆总管干活儿？"

西蒙乖乖地闭上嘴，继续清扫那块烟灰。在他的努力之下，原来的足印现在像只羊了。他就这样清扫着，时不时停下来欣赏一下自己的成果。脖子后面有块地方痒痒的，提醒西蒙现在他有多无聊。虽然他喜欢医师，而且比起其他地方来，他也更愿意待在这里，可这老头干吗总这样神神叨叨的！如果先把上面那一块弄掉，污渍会不会更像一条狗呢？他的肚子咕噜噜叫了起来。

莫吉纳又开始了冗长的解说，都是关于奈勒王和人类帝王之间漫长的和平岁月，但西蒙觉得那些细节根本无关紧要。

"……所以，希瑟和人类在某种程度上达成了和解。"老人说，"他们甚至相互通商……"

西蒙的肚子开始大声抗议。医师不露声色地笑笑，把刚拿起来的最后一点洋葱又放回到桌上。

"人类从南方岛屿带来了香料和染剂，从赫尼斯第的格兰玻山带来了珍稀的宝石；而奈勒王则从那些无法想象的精美希瑟制品中拣选出一些，跟人类交易。"

西蒙的耐心终于耗尽，"那些海盗呢？我是说瑞摩加人。那些铁剑怎么样了？"他偷偷四下张望，希望能找到一点吃的。最后一点洋葱？他向它悄悄靠近。莫吉纳正面朝窗户，西蒙趁他看着正午灰色的天空，飞快地把那几片洋葱塞进了口袋，然后不动声色地回到污渍旁。烟灰块已经小了许多，现在的形状更像一条蛇。

莫吉纳继续望着窗外，"在历史上，曾经有那么一段时间，人们相安无事。"他摇了摇头，走回座位。"但和平没能维持多久——一向如此。"他又摇摇头，几根发丝滑落到爬满皱纹的前额上，西蒙则在一旁偷偷啃着洋葱。

"纳班的繁荣大约持续了四个世纪，直到瑞摩加人来到奥斯坦·亚德。事实上，纳班帝国是自己毁灭了自己，泰亚伽利的血脉也随之消亡，后来的每一任新皇帝都像用骰子摇出来的，虽然有尝试重整帝国的明君，但也有像山羊王克莱西斯那样，比任何北方侵略者都更可怕，还有一些，像是恩夫提斯，终生碌碌无为。

"恩夫提斯在位时，那些手持铁家伙的人来了。当时纳班帝国决定放弃整个北方，军队迅速溃退至格兰汶河，许多当时驻扎北方边哨的部队在一夜间发现自己竟被遗弃了，便只好选择加入攒上来的瑞摩加军队，或是选择死亡。

"嗯……你已经听烦了吧，孩子？"

西蒙正靠在墙上迷糊，听到这话慌忙抬头，一眼就看到莫吉纳那洞察一切的微笑。

"没有，医师，没有！我只是闭上眼睛，好听得更仔细些，继续说吧！"

事实上，这些没完没了的人名、地名确实让西蒙昏昏欲睡……他打心底盼望医师赶快讲到有战争的部分。但话说回来，自己是整个城堡里唯一能听莫吉纳讲故事的人，这点还是让他相当骄傲。女仆们对这些事情……这些男人才懂的事情一无所知。话说回来，仆人和女佣又怎么可能知道军队、旗帜和利剑的事情呢？

"西蒙？"

"怎么了？继续说吧！"他转过身，一边听医师讲述，一边清理墙上剩下的最后一点污渍。他发现墙面已经很干净了，难道是自己在没意识的时候打扫的？

"那我再讲得简短一些吧，小子。我刚刚提到，纳班放弃了北方的军队，结果是，他们首次成为一个南方的国度。当然，这仅仅是帝国末日的开端，再后来，帝国就像叠毯子似的，疆土不断收拢，越来越小，直到今天只剩公爵领地这般大小—— 一块半岛以及附近的几个小岛。以帕尔迪之箭的名义，你在干什么？"

西蒙正扭来扭去，像极了一条抓不到痒处的猎犬。之前墙上确实还剩最后一小块污渍，形状像条蛇。可西蒙刚刚靠墙站的时候，那块污渍蹭到了他的衣服上。他一脸窘迫地看着莫吉纳，医师笑了几声，继续讲他的故事。

"失去帝国军庇护的北方彻底陷入了混乱，西蒙啊，海盗占据了霜冻边境最北边的土地，将新家命名为瑞摩加。但贪得无厌的瑞摩加人并没有止步于此，而是继续向南方推进，血洗一切挡在他们面前的阻碍——你能不能把那些文件叠整齐，堆在墙边？

"他们俘虏了许多当地人并掠夺了他们的财产，但希瑟就没那么幸运了。他们认为希瑟是邪恶的种族，于是用火和冰冷的铁器猎杀他们。不论何时何地，落入瑞摩加人之手的精灵们只有死路一条……小心点儿，别碰坏了那本，对，这样就行，小伙子。"

"放这儿行吗，医师？"

"可以，但是，安纳克索的骨头在上，别弄掉了！放在地上！你知道我花了多少心血，用了多少个夜晚，才凭运气在乌坦邑的墓地里弄到这些文件……那边！对，放那边吧。

"另一方面，赫尼斯第是个骄傲、尚武的民族，就连纳班也不曾真正统治过他们。他们并不打算向瑞摩加人低头。同时，希瑟的遭遇也让他们惊恐不已。在所有的人类民族当中，赫尼斯第人和希瑟的关系最为紧密，直到如今，你也能从这条自我们城堡出发，一直到赫尼塞哈的商路上找到当初的遗迹。当时，绝望中的赫尼斯第王与奈勒王订立了条约，之后的一段时间，双方合作确实遏制了北方人的进攻。

"但就算他们联手，抵抗也没能持续太久。瑞摩加王芬吉尔突袭了奈勒王位于霜冻边境附近的领地……"莫吉纳带着哀伤的微笑说道，"这段往事马上就要到结局了，别担心，就要结束了……"

"在663年，两方势力到达了阿克·萨拉斯——盛夏之地，就在格兰汶河北面。经过五天可怕又残忍的屠戮，赫尼斯第和希瑟的联军击退了瑞摩加人。然而在第六天，联军突然遭到了袭击，色雷辛军队偷袭了他们毫无防备的侧翼。这些色雷辛人长久以来垂涎爱克兰和希瑟的富饶土地。趁着夜色，他们顺利得手。联军的防线就此溃不成形，赫尼斯第战车被粉碎，苍鹭家族的白色议会厅被踏平，成了血色的尘土。据说那一天，一万名赫尼斯第人命丧黄泉。没有人知道多少希瑟死去，但毋庸置疑，他们同样也蒙受了巨大的损失。幸存下来的赫尼斯第人一路逃回他们家乡的森林中去。时至今日，对赫尼斯第人来说，阿克·萨拉斯仍然是仇恨与死亡的代名词。"

"一万人！"西蒙嘘了一声，眼里闪着恐惧和惊诧的光芒。

莫吉纳看着男孩的模样，微微撇了撇嘴，没作任何评价。

"也就是那一天，希瑟在奥斯坦·亚德的统治宣告终结。不过在那之后，整整过了三年，取得胜利的北方人才拿下阿苏瓦。

"如果不是奈勒王的儿子，还有他那奇异又可怕的法术，在城堡陷落的时候，就不会有希瑟幸存下来了。总之，剩下的希瑟或逃往森林，或越过南边的海洋……往任何能藏身的地方去了。"

西蒙的兴趣终于被勾起来，他的心像被钉在了这个故事上。"奈勒王的儿子？他叫什么？他用了什么法术？"另一个念头突然冒出来，"还有圣王约翰呢？我以为你要给我讲现在这个国王的事呢！"

"改天吧，西蒙。"房间里凉飕飕的，莫吉纳却拿了一捆薄薄的羊皮纸扇着风，"阿苏瓦陷落之后的黑暗年代里还发生过许多事，能讲的太多了。瑞摩加人一直占据着这里，直到龙的出现。再后来，等到龙沉睡了，又有其他人来到这座城堡。这中间过了很多年，海霍特城也有过好几任国王，有很长一段黑暗的时光，也还有许多人死在这里，再然后才是约翰接手这一切……"他的声音越来越低，伸手抹了抹脸，好像这样就能把疲劳抹去一样。

"可是，你没说希瑟王儿子的事。"西蒙平静地说，"还有，你也没说……'可怕的法术'是什么?"

"奈勒王之子……最好还是不要提起他。"

"为什么?"

"你问得太多了,孩子!"莫吉纳生气地说,他挥挥手,"我已经讲累了!"

西蒙感觉很受伤。他不过想听完整个故事而已,为什么大人这么容易发脾气?不过,好故事还是不要一次听完为好。

"对不起,医师。"西蒙装出一副知错的样子。但在他看来,老学究实在太好笑了,一张猴子似的脸因为生气而泛红,稀疏的头发倒梳在大脑袋上,于是他的嘴角忍不住上扬起来。莫吉纳却怒容未改。

"真的,对不起。"医师没被他打动,那接下来该怎么办?"谢谢你讲故事给我听。"

"这不是'故事'!"莫吉纳大吼起来。"是历史!你走吧!明天早上接着来干活,你今天几乎什么都没做!"

西蒙站起来,努力把微笑继续挂在脸上。当他转过身子离开时,微笑立刻无力地从嘴角垮了下来。大门在他身后关上,他听到莫吉纳正在咒骂着躲在酒壶里的什么魔鬼。

西蒙走在回内城的路上,午后的阳光像刀子一样从厚厚的云层中直刺而下。虽然他看上去是个游手好闲、呆头呆脑、衣衫破旧的高个子红发男孩,但心中却充满了各种奇怪的想法,它们就像蜂房里不间断的蜂鸣,也像是一直不停呢喃的渴望。

看看这座城堡,他心想,老旧又死气沉沉,呆板的石头一块块堆砌起来,而石堆中住着一群蠢透了的生物。但这里从前不是这样,这里曾发生过了不起的大事。曾经,号角被吹响,利剑被磨亮;曾经,军队在这里拼杀,仿佛海闸口城墙下津濑湖的波涛那样汹涌澎湃。几百年过去了,但在西蒙看来,这些事仿佛刚刚才发生在他的眼前,而其他那些住在城堡里的人，他们迟钝、愚蠢，脑子里只有下一顿饭和饭后打个小盹。

一群傻子！

穿过后门时，西蒙的眼睛捕捉到一丝光芒，他抬头望去，原来是耶尔丁塔的走廊。有个女孩站在那儿，像珠宝一样，又小又闪亮。她身穿绿色裙子，金发和太阳的光束交错相拥，仿佛阳光就是专为她而洒下。西蒙看不清她的脸，但是不知为什么，他敢肯定这姑娘非常漂亮——不但漂亮，而且温柔，就像教堂里那张纯洁无瑕的圣母艾莱西亚画像一样。

有那么一会儿，那道绿色和金色的闪光就像火种点燃了木头，让西蒙全身仿佛烧灼一般发烫。他觉得所有烦恼和抱怨都被烧了个干净，身子就像一片天鹅羽毛，轻飘飘地浮在空中，一阵微风就能将他吹走，径直往那片金色的微光飘去。

然后，他的目光从面容模糊的女孩又移到自己身上。一看到这身破衣烂衫，他立刻想起瑞秋的责罚还在等着自己，晚餐肯定也凉了。某种说不清道不明的沉重感压回身上，压低了脖子，压塌了肩膀。于是，西蒙迈开沉重的步子，继续朝佣人房间走去。

塔楼之窗

✿

挪文德月充斥着呼啸的风和飘荡的雪，岱萨德月仍在耐心等待，一年即将过去。

两个儿子应诏回到海霍特后，圣王约翰又病倒了，他又回到阴暗的房间，被水蛭、学识渊博的医师、神经质的贴身侍从们团团围住。德米蒂主教也从鄂克斯特最大的教堂——圣撒翠驾临此地，他就像在约翰病榻边开了家圣物铺子，每个小时都会把国王摇醒，测量高贵的皇室灵魂的结构与分量。因此老国王被迫保持清醒，以强大的意志力对抗疼痛和牧师的双重折磨。

国王的房间边上还有一个小房间，四十年来，淘儿一直住在那里，现在又加上了宝剑光锥。它一如既往地被每天抹上油，装在鞘中，再以优质亚麻布裹好，安放在弄臣屋里橡木柜的最底层。

广阔的奥斯坦·亚德上，流言已经传遍四面八方：圣王约翰危在旦夕。于是，西边的赫尼斯第、北面的瑞摩加立刻派出代表前来探望。约翰王座的左首人物，老公爵艾奎纳这一次从艾弗沙和纳文德带来了五十名瑞摩加士兵，为了对抗霜冻边境的寒冷，这些人从头到脚都用皮革裹得严严实实。另一边，则是只有二十个赫尼斯第人陪同路萨国王之子格威辛，他们穿金戴银，大大咧咧地将闪烁的饰品从简陋的衣服中显露出来。

这座城堡已经很长时间没有响起瑞摩加语、珀都因语和哈察语这些异国腔调了，如今听来，它们就像音乐一样，为这里增添了不少活

力。门庭里缭绕着纳拉克西岛民的卷舌音；马厩里则回荡着色雷辛人
抑扬顿挫的歌声，他们来自草原，最喜欢和马儿待在一起；在所有声
浪之上，是纳班人低沉单调的话语，这些来自教廷的牧师像往常一
样，不厌其烦地宣扬着一切关于人，以及人的灵魂的说辞。

在高耸的海霍特以及山下的鄂克斯特城里，这些小股异族军队时
聚时散，基本上相安无事。这些势力之间曾有过不少不愉快的往事，
然而近八十年来，在共同君王的统治之下，许多旧伤已被治愈。营地
里，推杯换盏比唇枪舌剑多得多。

但也有例外。在鄂克斯特的小巷里，有时甚至是海霍特的大门
下，只要埃利加王子身着绿色制服的卫兵一遇到约书亚王子穿灰衣的
护卫，就必然爆发推搡和争执，于是两位王子私下的不和渐渐闹到众
所周知。甚至有好几次，圣王约翰的亲卫队不得不出面调解两方人马
的纷争。最后，事态愈演愈烈，一个来自麦尔芒德的年轻贵族竟出手
刺伤了约书亚的支持者。幸运的是，行凶者当时喝醉了，失了准头，
约书亚的那名支持者才没有伤得太重，但暴行还是使这行凶的年轻人
丧失了家族继承权。这一来，捣乱的家伙迫于朝中老臣的压力只好稍
加收敛。而两方势力现在也改用冷峻的目光和不屑的鼻息声来表达不
满，公开的流血事件总算是平息了下来。

在爱克兰，甚至是整个奥斯坦·亚德，这段日子的气氛都很微
妙。每一天，空气中都交织着悲伤和喜悦。国王尚在人间，但似乎撑
不了太久，整个世界如同脱缰的野马。这也是当然的，如果龙骨椅上
的不再是圣王约翰，局势怎可能依然如故？

❖

"……乌顿日：一直梦游……铎尔日：半梦半醒……弗瑞日：清
醒过来……撒翠日：赶赴集市……阳日就该休息啦！"

西蒙大声哼着一首老调子，一步跨过两级台阶，愉悦地蹦跶着，

差点跟索洛娜撞个满怀。索洛娜是纺织女仆的管事，正带着一群扛着毯子的姑娘穿过松庭的大门。她惊叫一声，忙往门柱边闪躲，还没来得及说什么，西蒙已经跑开了，她只好冲他的背影挥舞着小拳头。

"我要告诉瑞秋！"她喊道，但责备里还是带着掩不住的笑声。

谁管索洛娜呢？今天是撒翠日——赶集的日子。厨娘朱迪丝给了西蒙两个便士，让他买些厨房用品，还赏了他一个费锌①的零花钱——撒翠日真是太棒了！硬币在西蒙的皮包里发出悦耳动听的声响，他兴高采烈地绕过城堡宽阔复杂的庭院，路经内城到中城。今天大部分不当值的士兵们也去了集市，这里显得空空荡荡。

天气挺凉的，外城的牲畜被欢天喜地的牧人们驱来赶去，晕头转向，慌乱地挤成一团。西蒙飞快地越过一排又一排低矮的宅院、储藏室和牲口棚。这些破旧的建筑披着一到冬天就光秃秃的常春藤，看上去就像长在高堡内墙上的疣子。

阳光穿过云层，照射着雄伟的尼鲁拉之门，门上刻着约翰国王征服阿扎孚的浮雕，耀眼夺目。西蒙放慢脚步，绕过一个小水坑，目不转睛地盯着精致的雕刻，在那场决定性的战役中，国王成功地将纳班人收归麾下。西蒙张大嘴愣愣地看着栩栩如生的画面，正在出神，突然听到一阵急促响亮的马蹄声，中间还夹杂着车轮尖利的吱呀声。西蒙惊恐地抬起头，只见一匹白色的高头大马穿过尼鲁拉之门，正朝自己冲来，泥土在马蹄下飞溅。千钧一发之际，西蒙往旁边一扑，险险躲开。马蹄声如雷鸣响动，卷起的风尘扑面而来，拖在后面的车厢猛烈地摇晃着。刹那间，西蒙瞟到车夫身披滚猩红镶边的黑色斗篷。马车擦身而过时，那人扫了西蒙一眼，瞳孔又黑又亮，像是无机质的玻璃球，如鲨鱼般冷漠无情。短短一瞬间，西蒙竟觉得那眼神已灼伤了自己。他惊魂未定，跌跌撞撞地后退几步，紧紧抓着大门上的石头，

---

① 奥斯坦·亚德的一种钱币。

呆呆地看着马车的背影消失在外城的拐角处。途中还惊飞了许多家禽，某些来不及躲避的变成了血淋淋的碎尸和脏兮兮的羽毛，静静地躺在车辙里。

"过来，孩子，没伤着吧?"一名门卫将西蒙颤抖的手从石雕上掰开，扶着他站起来，"没事就走吧。"

雪花打着旋儿从半空中飘落下来，碰到西蒙的脸就融化了。他走在通往鄂克斯特的山路上，这会儿，硬币敲出的节奏又慢又散乱。

"那牧师是个疯子。"西蒙刚刚听到守门人对他的同伴说，"这种人也能做埃利加王子的手下……"

三个小孩跟着疲惫的母亲走在潮湿的山路上，当西蒙经过时，他们指着这个长着两条长腿、脸色苍白、失魂落魄的人笑个不停。

今天，宽阔的主干道上支起了篷子，一片片缝起来的皮革从路这边的建筑拉到另一边，盖住了整条街。篷上还有不少破洞，安置在各路口高高的火盆冒出的烟从洞中散了出去。雪花碰到这些充作烟囱的天窗里散发出的高热空气，发出咝咝的响声。这条主干道有整整两里格宽，长度相当于从尼鲁拉之门到城市另一头的征战广场，人们在街上且行且停，在火盆旁取暖，时而与旁人闲聊，目光在两旁各色各样的摊位上扫来扫去。在这里，鄂克斯特人、海霍特人和其他所有外乡人混在一起，熙熙攘攘的不分彼此。身处这样的环境中，西蒙的心情再度明朗起来，他何必对一个喝醉的牧师耿耿于怀呢? 不管怎样，今天可是赶集的日子啊!

由于国王病危，瑞摩加人、赫尼斯第人、瓦伦屯人，还有珀都因人都聚集到了这里。他们的加入，使集市上本来由商人、高声叫卖的小贩、探头探脑的乡下人、赌徒、小偷和卖艺者组成的大军更加拥挤不堪。各地士兵大摇大摆的模样和神气十足的军衣都让西蒙羡慕不已。其中有一群身着蓝金相间衣服的纳班军人，西蒙跟在他们后面，欣赏着他们那趾高气扬的优越感。即使听不懂这些人在说什么，他也能明白他们一定是在互相刻薄地笑骂。西蒙偷偷靠近一些，希望能看清他们高挂在腰际的短刀，这时，一个眼睛亮亮的、留着稀疏黑胡子的士兵转过身，发现了他。

"啊哈，兄弟们！"他抓住一个同伴的胳膊，咧嘴而笑，"塔里斯，看！一个小贼，我打赌他看上了你的钱包。"

这回两个人都转了过来。叫塔里斯的士兵身材魁梧，一脸络腮胡，冷冷地盯着西蒙："他敢碰，我就杀。"他不像第一个人，西领语说得不好，而且好像也没有第一个人的幽默感。

另外三个士兵也被惊动了，他们走过来，将西蒙围堵在中间，让西蒙觉得自己就像一只被逼进绝境的狐狸。

"盖勒兹，怎么了？"三人中的一个问塔里斯的同伴，"Hue fauge？这小子偷东西了？"

"没，没有……"盖勒兹咯咯笑着，"我只是逗塔里斯玩玩，这小瘦子啥都没干。"

"我自己有钱包！"西蒙生气地插嘴说，他把钱包从腰带上解下来，在那些嬉笑的士兵面前挥舞着，"我不是贼！我住在国王的城堡里！你们的国王！"

所有士兵都哈哈大笑起来。

"啊哈，听听！"盖勒兹高声叫道，"他说，我们的国王，胆子不小啊！"

西蒙这才注意到，这些年轻的士兵都喝醉了。瞬间他对士兵的美好幻想变成了反感——不是全部，但也不少了。

"啊哈，伙计们。"盖勒兹皱了皱眉，"俗话说，'Mulveiz – nei cenit drenisend,'，咱们记住这只小狗了，下次可以让他长眠不醒！"又是一阵大笑，西蒙的脸红到了脖子根，攥紧钱包转身逃开了。

"再见，城堡耗子！"一个士兵最后嘲笑了他一句。西蒙没有转身，也没再反驳，他只想快点离开。

西蒙一直走着，走过一个火盆，走出盖在主干道上空的篷子。这时，有人拍了拍了他的肩膀。他以为又是那些纳班人回来拿自己寻开心，但转身却看到一个胖乎乎的男人，他长了一张饱经风霜的粉红圆脸，剃着光头，身着灰色长袍，一副修道士的打扮。

"叨扰了，小伙子。"他说话时带着赫尼斯第人的特殊喉音，"我只是想来看看你是否安全，那些人没伤着你吧？"陌生人伸出手，拍了拍西蒙，像是在确认有没有伤口。他眼皮厚重，眼角的皱纹化为了笑容的一部分，但那笑容背后仿佛隐藏着深沉的阴影，看上去有些悲伤，但并不危险。西蒙突然意识到自己已经盯着这个人看了好久，赶紧挪开视线。

"谢谢您，神父，我没事。"他惊讶地发现自己居然也有礼貌起来，"他们只是跟我闹着玩罢了，无妨。"

"好极了，很好……啊，请原谅，我还没作自我介绍。我是柯扎哈·艾－柯冉禾，在维戴樊服务。"他微微地笑了，神色谦逊，口气中有红酒的味道，"我跟随格威辛王子和他的随从来到此地，请问你是？"

"西蒙。我住在海霍特。"他回答道，冲城堡的方向打了个手势。

修道士保持着微笑，未作回答，眼睛看着旁边一个路过的哈卡人，那人穿着奇异的亮色衣服，牵着一头箍着嘴的熊。待这一对儿走远，柯扎哈那双小而锐利的眼睛才转回西蒙身上。

"你听说过吗？有些人说哈卡人能跟动物交谈，尤其是他们的马，那些动物也能完全理解哈卡人的意思。"修道士说着，嘲弄似的耸了耸肩，好像在表明神的信徒对这些道听途说是多么不屑一顾。

西蒙没有回答他，当然了，他也听说过关于这些野蛮的哈卡人的故事，而且马倌舍姆信誓旦旦地保证传言都是真的。哈卡人常在集市出没，能把漂亮的马儿卖出吓死人的高价，还会用小把戏和咒语迷惑村民。想到这些，特别是哈卡人狡诈的坏名声，西蒙不由伸手抓紧了自己的皮包，确认一下那些硬币还好好地躺在里面。

"谢谢您的帮助，神父。"最后他说，虽然完全不记得这人到底帮了什么忙，"我得走了，我还要去买香料呢。"

柯扎哈一直看着他，像是突然记起了什么，而他的线索正藏在西蒙的脸上。最后他说："年轻人，我想请你帮个忙。"

"什么忙？"西蒙怀疑地问。

"正如我刚刚提到的，在你的爱克兰，我是个地道的外乡人。也许你能好心带我在这周围转一转，只需稍微带个路就行，然后你就可以继续干你的事儿。"

"哦。"西蒙不知为何在心里松了口气。他的第一反应是拒绝，要知道，这样一个能自由晃荡的下午极其难得。可是，他又有多少机会能跟一个来自蛮荒赫尼斯第的安东修士聊聊呢？再说，这个柯扎哈看上去并不是那种只会布道、满嘴罪与罚的神父。西蒙又看了看眼前这个人，但他还是读不懂修道士脸上的表情。

"好吧，我想……行吧，跟我来……你想不想去征战广场？纳斯卡都人在那里跳舞。"

柯扎哈是个有趣的旅伴。一路上，他口若悬河，告诉西蒙从赫尼塞哈到爱克兰的旅途有多么寒冷，还不断开那些穿奇装异服的路人的玩笑。但不管何时何地，哪怕嘴里说着自嘲的话，他似乎也总是保持着谨慎。二人在集市上消磨了大半个下午，一起在主干道的店铺游逛，看看桌上的蛋糕和墙上的干菜，闻闻从面包店和板栗店里飘来的暖融融的香味。修士发现西蒙一脸渴望，于是停下来买了一篮烤栗子。他从灰袍里夹出半费锌硬币，抢着付给了那个皮肤开裂的小贩。他们迫不及待地剥壳下咽，手指和舌头却被烫得发痛，只好一边等着烤栗子凉下来，一边饶有兴致地看一个红酒商和一个变戏法的在酒店门口吵架。

接着，他们又看了一出关于乌瑟斯的木偶戏。台下坐着的大多是叽叽喳喳的孩子，只有少数几个木偶戏爱好者。只见木偶蹦跶着来到台前，向大家鞠躬后开场。开头是身穿白袍的乌瑟斯被皇帝克莱西斯追逐着。皇帝人偶头上有羊角，脸上一把大胡子，手中还挥舞着带倒刺的长矛。最后，乌瑟斯被抓住，倒挂在审判之树上。克莱西斯的声音又高又尖，跳起来不停刺着、折磨着钉在树上的救世主。孩子们看得群情激奋，高声大骂着上蹿下跳的皇帝。

柯扎哈轻推西蒙一下，"看到了吗？"他用一根粗手指指着木偶戏台，一块帘子从台上直垂到地下，翻滚着好似有狂风吹动。柯扎哈又推了推西蒙。

"你不觉得这是个展现我们上帝的好方法吗？"他问西蒙，眼神却一直没离开那张抖动的帘子。台上，克莱西斯还在蹦跶，乌瑟斯仍旧在受折磨。"他们演戏的时候，观众是看不到操纵者的。但我们不用看也知道操纵者就在那儿，因为他手中的木偶在活动。虽然偶尔帘子也会掀起来，但他还是靠着这道帘子，在忠实的观众眼前藏起来。啊，无论如何我们都要感谢帘后的操作，感激涕零啊！"

听着他的话，西蒙不由呆呆地看着他。过了一会儿，柯扎哈才把目光从木偶戏上收回来，和西蒙四目相接。一丝奇异又悲伤的笑容挂在修道士的嘴角上。这是第一次，他的眼神与表情带着相同的意味。

"啊，孩子。"他说，"你又知道多少宗教方面的事儿呢？"

又逛了一会儿，柯扎哈才向西蒙道别，嘴里还不停地感谢好心年轻人的招待。同修道士道别后，西蒙继续漫无目的地晃悠。不知道过了多久，他发现顶篷上露出来的一小片天空已然染上了夜色，这才想起自己本来该干的事儿。

他连忙赶到香料铺，却发现钱包不见了。

他惊慌失措，心怦怦狂跳，并努力回想着：之前和柯扎哈一起停下来买栗子，那时钱包还在腰带上晃荡呢，之后他就再也没注意过钱包了。不管是什么时候丢的，钱包确实不见了——除了他自己的费锌以外，里面还有朱迪丝给的两个便士，她是信任西蒙才给他的！

西蒙在集市上找来找去，直到顶篷中露出的天光越来越黑，黑得仿佛烧火罐般，这才不得不放弃。来时他未曾察觉，然而在两手空空回城堡的路上，西蒙觉得雪花真是又冷又湿。

回到城堡以后，西蒙体会到，比责打更难受的是朱迪丝的表情。这个胖胖的、可爱的、身上沾满了面粉的厨娘看到西蒙没有带回香料，甚至连钱也弄丢了，脸上充满了失望。即便瑞秋那粗暴的惩罚也从没让西蒙如此沮丧过。他恨自己的幼稚，还保证一定会起早摸黑地干活把那些钱赚回来，但这仍然不能让他安心。即使是莫吉纳，也只是对年轻人竟能这么不小心表示惊讶，西蒙本来还期望医师能多同情他一些呢。总而言之，虽然逃过了一顿暴打，但他心里还是充满了前所未有的沉重和愧疚。

❀

礼拜日天色阴沉，积雪的地面泥泞不堪。这天，大部分海霍特人都到礼拜堂去为约翰国王祈祷了，剩下的人一看到西蒙就挥手让他走开。他满心焦急、暴躁，却没处发泄。通常在这种时候，他要么到莫吉纳那边去，要么就去户外探险，好让心情放松起来。然而今天医师没空，他和尹寸两个人在工作间里，锁上了门，据说在弄一些又重又危险、还容易着火的东西，西蒙帮不上忙。再加之今天天气阴冷，就算西蒙心情再糟，也没法跑到外头去转悠。于是他只好去找杂货商的胖学徒杰瑞米，一起消磨掉漫长的下午。他们到内城一座塔楼里，百无聊赖地往墙上丢石子，有一搭没一搭地讨论护城河里的鱼——冬天河水结成了冰块，鱼儿是不是就被冻在里面了，要是没有，春天来临之前，它们又跑去哪里过冬了呢。

虽然佣人间比外头好一些，但仍然非常寒冷。因此每当幕日不得不起床时，他都觉得身体十分疲倦难受。这一天，莫吉纳仍然心情低落，不爱搭理人，于是西蒙做完杂活后没再逗留，而是偷偷到粮仓拿了点面包和奶酪，打算找个地方自在一会儿。

他先在中城的记录厅闲晃了一阵子，听着牧师们奋笔疾书的声音，感觉就像虫子爬来爬去。过了一个小时，他开始觉得抄录员不是在纸上写字，而是仿佛划过自己的皮肤，他觉得很痒、很痒、很痒……

最后，他决定爬上绿天使塔，享用自己的晚餐。自从天气转凉以来，他还没这么干过呢。教堂司事巴拿巴斯总爱撵着他跑，因此西蒙打算这次绕过教堂，不走塔门，走一条只有他自己才知道的捷径，直接到塔楼里去。他盘算好之后，便把食物包在手帕里，准备出发。

千理院的大厅仿佛无穷无尽，过道和小院交错连接，重重叠叠。城堡这部分到处都是小小的庭院，经过时，西蒙努力不望向塔楼。天使塔高挑又苍白，突兀地立在海霍特的西南角，好像一棵孤零零的白桦长在满是岩石的园子里。它拔地而起，身影令人难以置信的纤细高耸，有时看上去就像矗立在几里开外的高山上，远离城墙。站在塔楼下，西蒙似乎能听到它在风中颤动的声音，一如天国的鲁特琴弦被拨动发出的天籁之音。

绿天使塔最底下的四层好像和城堡里成百上千的建筑没有什么不同。海霍特之前的主人用花岗岩为它细瘦的底座加上了雉堞。没人知道，这究竟是为了保护美丽的建筑，还是因为害怕它和其他建筑风格迥异。在雉堞之上，它才得以完全展露本身的模样。塔楼向天空直刺而去，像是一只美丽的白色动物破壳而出。露台和窗户也呈现出特

别的样式，它们是直接刻在塔身上的，很像西蒙时常在集市上看到的
鲸鱼牙雕。塔尖上闪耀着铜金色和绿色的光芒——那是天使雕像的颜
色。她一只手向外伸展开去，仿佛在向什么人告别，另一只手则遮在
眼前，好像在眺望遥远的东方。

比起往常，一向宽敞嘈杂的千理院今天更是一片狼藉。亥尔森神
父手底下那些穿圣袍的奴才们要么飞快地在各个房间穿梭，要么就在
飘雪的庭院里聚成一团，一边发抖一边议论着什么。有几个扛着纸卷
的注意到西蒙，还打算叫他到记录厅帮忙。不过，西蒙装出一副有莫
吉纳医师的任务在身的样子，飞快地从他们身边走开了。

在王座大殿的前厅门口，他的步子慢了下来，假装在欣赏马赛克
拼成的巨幅图案，等着剩下几个千理院牧师往远处教堂走去。机会终
于来了，他迅速打开门，闪身进了王座大殿。

巨大的合页嘎吱作响，然后归于宁静。西蒙的脚步声在偌大的房
间里回响，再回响，最终停止，消失在沉寂、静谧的空气中。几年前
开始，西蒙就时不时造访此地，据他所知，自己是整个城堡里唯一一
个有胆子到这里来的人。但不管他溜进来多少次，这里仍旧充满了令
人敬畏的气氛。

上个月，约翰国王竟然出乎意料地下床了。瑞秋和她的手下终于
得到允许进入这块禁地。她们在这里肆意凌虐经年的尘土、碎石、玻
璃片、鸟巢，以及早已失去主人的蛛网。然而，即便石板被擦亮，墙
面被洗净，旗帜上的积灰被抖落，经过这般毫不留情的清洗后，王座
大殿仍然散发出古老与寂静的气息。此处的时间似乎只沿着某种古老
的步调行进着。

台座安静地立在房间的远端。拱顶上一面纹饰精美的窗户中，有
光流到台座上，像是一汪闪光的水池。龙骨王座形成了一个奇异的圣
坛，没有祭品，只有粒粒灰尘静静地飞舞。六位皇帝的雕像在旁边不

动声色地守护着这一切。

铸成王座的龙骨非常壮观，比西蒙的腿还粗，经过仔细打磨，反射出模糊的光。除了某些小地方保持原样，大部分骨头是被重新打乱，再组装成一把椅子的。巨大的尺寸虽然显而易见，但你很难想象出这条火虫生前是个什么形状，它的血肉又是如何附着在骨头上的。在国王的天鹅绒靠枕后，椅背像打开的扇子一样，立着七根弯曲的黄色肋骨。另外，在远高过西蒙头顶的上方，摆放着一眼就能看出原样的骨骼——巨龙头骨。

没错，悬在这把巨椅之上的，就是被称为刹拉卡的龙脑壳和下颌。它遮挡着阳光，恰似华盖一般覆在顶端。它的眼睛是两扇破碎的黑色窗户，弯曲的牙齿有西蒙的手掌那么长。头骨呈老羊皮纸的颜色，布满了微小的裂痕。就在那里，某种莫可名状的东西还活着——令人害怕，令人惊叹。

实际上，整个房间都充盈着某种不可思议的神圣氛围，这种感觉远超出了西蒙的理解范围。在久被遗弃的空旷房间里，泛黄的沉重龙骨王座，以及护卫着这把空椅的六座宏伟黑色雕像，好像都蕴含着令人胆战心惊的力量。一时之间，这里的全部八名成员似乎都屏住了呼吸——小厮、雕像，以及那块没有眼睛的巨大龙头骨。

片刻间，西蒙感到身体里充满了肃穆，甚至是带着恐惧的心醉神迷。也许那几尊孔雀石雕成的皇帝正在等待，等待着男孩把他那凡人之手放上龙骨王座，他们在等着……等着……当他真碰到王座时，就会听到一声可怕的巨响，他们全都活了过来！西蒙被自己的想象激了个冷战，轻轻往前走了几步，仔细观察着那些黑脸庞。西蒙曾相当熟悉他们的名字，这些国王都被编进了童谣，即使是无知儿童也能哼唱。那旋律……瑞秋——瑞秋？难道是她吗？四年前，西蒙还是个懵懂孩童，大约就是那时学会的。他还能想起来吗？

他突然想到，即使自己去回忆童年，感觉也都是许久以前的事了，那么，圣王约翰呢？他活了多少个世代啊！他若回忆往事，是像西蒙那样，对过往的侮辱和痛苦都记忆犹新呢？还是像讲述过往荣耀的故事那样，既模糊又飘渺？当你老了，记忆也会像其他思绪一样纷乱复杂吗？或者，人是不是会忘记那些事情呢——包括童年，讨厌的敌人，甚至朋友？

那首老歌是怎么唱来着？六个国王……

六个国王统治过海霍特的大厅，
六个主人跨越了她坚固的石墙，
六个坟包停留在津濑湖的悬崖，
六个国王沉睡着直到厄运到来。

就是这个！

芬吉尔是第一个，血腥的王，
战争的红翅，带他往北方。
耶尔丁是其子，疯癫的王，
闹鬼的塔楼，领他到死亡。
伊克斐是下一个，烈焰之王，
暗夜的火龙，烧他至灰烬。
三个北方王，撒手而去了，
北方人统治不了高高的海霍特。

王座左边那三个应该就是来自瑞摩加的国王了。莫吉纳不是提到过芬吉尔吗？不就是他带着致命的部队，杀死了希瑟吗？这样的话，骨头右手边这些，应该是……

> 苍鹭之王萨莱斯，背叛的王，
>
> 天意不可违，命丧海霍特。
>
> 赫尼斯第神圣王，老泰斯丹，
>
> 大摇大摆来，再也不复还。
>
> 最后传说鄂斯坦，渔人之王，
>
> 唤醒了巨龙，埋骨海霍特……

哈！西蒙满意地看着苍鹭王那张因悲伤而扭曲的脸。我的记忆可比大家以为的都要好呢——比那些真正的傻瓜们好！当然了，现在统治海霍特的是第七个王，圣王老约翰。西蒙有些好奇，会不会有一天，歌谣里也将加上约翰王呢？

在六个雕像里，靠近王座最右边的那位是西蒙最喜欢的：他是唯一一位坐在王座上的爱克兰人。他凑近去，看着那双深陷的眼睛。这位国王的血统来自于格兰汶河畔的渔民，因此爱克兰人称他为圣鄂斯坦；另外，由于他死在火龙刹拉卡的爪下，也被称为受难者。这条巨龙最后是被圣王约翰杀死的。

不像王座另一边的烈焰之王，渔人之王的脸并没有被刻成那种扭曲与惊慌的模样。雕像的面容上反倒洋溢着幸福与喜悦，石制的眼睛也仿佛在眺望远方。早已亡故的雕刻家赋予了鄂斯坦的雕像谦逊及虔诚，这也让它较其他雕像别具一格。西蒙心底经常将自己的渔民老爸幻想成这个国王的样子。

凝视着眼前的石雕，西蒙突然觉得手上一阵发冷。在不知不觉中，自己竟然把手放到了椅子的骨头扶手上！一个小厮竟敢碰触王座！他猛地抽回手，往后避开一步，除了震惊之外，头脑里满是疑问：这样一头炽热暴躁的野兽残骸，为什么会这么冰冷瘆人呢？

一瞬间，西蒙的心一紧，好像看到雕像已经朝自己逼近过来，影子在挂满壁毯的墙上游走。他飞快地逃了开去，直到发现身后并没有什么东西真的在响动，这才收起自己的狼狈，装出一副自认为最有尊严的样子，向那些国王和王座鞠了一躬，走开了。西蒙伸手摸索着，冷静，冷静，他在心里对自己说，别像个被吓坏的蠢货一样。他总算顺利找到了那扇通往等待室的门，这才是他本来的目的。他回头又看了一眼那幅令人不安、凝固却又无比生动的画面，穿过门离开了。

等待室的挂毯是用红丝绒织就的节日场景。后头的墙壁中嵌着一条梯子，能爬到王座大殿顶端的南走廊上去，那就是密道。他因刚才的神经质暗骂了自己几句，随后开始攀爬。最高处是一条他能轻易挤过的长长的窗隙，出了缝隙，下面是一道墙。上次使用密道还是瑟坦德月，现在好像更难走了。因为下雪，石块变得滑溜溜的，还有风。好在墙顶挺宽，小心点儿的话，还是可以在上面走的。

接下来，便是他最喜欢的冒险部分了。这道墙转角处五六尺开外，是绿天使塔外围的那座四层楼高的雉堞平台。西蒙停了下来，耳边仿佛能听到号角声，还能看到脚下骑士们互相冲撞呐喊，而他自己呢，正准备在狂风中，向下一面燃烧的旗帜冲刺过去……

也不知是起跳的时候脚底打滑了，还是注意力被自己脑中的大战分散了，这一次，西蒙不幸落在雉堞的边缘，膝盖磕在一条巨大的石缝上，差点仰面摔倒。如果真的滑下去，他会掉落至少两寻①，摔到下面的城墙上，甚至掉进护城河里。意识到自己身处险境，西蒙的心不由狂跳起来，赶紧平衡身体，滑到垛口，接着又往前爬了几步，再让身子顺势下滑到木板上。

几片雪花飘到西蒙身边，他坐在木板上，抱着抽痛的膝盖，觉得自己真是蠢到家了。膝盖疼得那么厉害，似乎是对罪恶、泄密和背叛的惩罚。要不是意识到自己看上去肯定已经够傻，他大概已经哭出来了。

---

① 1 寻约合 1.8 米。

最后，他挣扎着站起来，一瘸一拐地进了塔楼。还算幸运的是，没人看到他那痛死人的着陆，即使再丢脸也只有他一个人知道。西蒙摸了摸口袋，面包和奶酪已经被压扁，不过好歹还能吃。这也算是一个小小的安慰。

拖着受伤的膝盖爬楼梯是件艰苦的事情，但既然已经到了绿天使塔——全爱克兰甚至全奥斯坦·亚德最高的建筑物里——若是不爬到其他海霍特建筑之上方，又有什么意思呢？

和城堡其他地方不同，这座塔楼里的阶梯又低又窄，全是用纯净、光滑的白色石头砌成，摸上去滑溜溜的，踩着却很踏实。城堡里有人说，这座塔是当初那些希瑟建筑里唯一没被人类改造过的。然而有一次，莫吉纳医师告诉西蒙，这个说法不对。但这话究竟是说连这座塔也被改造过了，还是说阿苏瓦另有其他残骸遗留在此呢？很遗憾，医师总是神经兮兮的，他并没有告诉西蒙答案。

登了几分钟的阶梯，西蒙从塔楼的窗户往外望去，发现自己已经比耶尔丁之塔更高了。那座看上去有些阴森的圆塔正是疯王丧命之处。当年他在那里，目光越过王座大殿宽阔的穹顶，仰望着这座绿天使塔。可以想象，他就像一个满腔炉火的侏儒，在没人注意到的时候，向一位王子投去恶意的眼神。

这一段楼梯边的石墙和其他地方又有不同，它本身是柔软温暖的浅黄色，但令人不解的是，墙面能随时间变幻成天蓝色。西蒙将注意力从耶尔丁之塔收回来，在这里驻足了一小会儿，看着墙面上的一片光斑。这光是从高处某扇窗户射下来的，在墙上形成了许多蓝色的旋涡，西蒙试图追着其中一个看，结果不久就头晕眼花，只好作罢。

走着走着，似乎已经爬了好几个小时，终于，阶梯上方豁然开朗，那是钟楼光可鉴人的洁白地面，它和阶梯一样，都是由特殊材料制成。虽然塔楼还要一直往上延伸近百腕尺，直到尖端高入云霄的天使雕像,内部阶梯却到此为止了。拱形椽木上挂着几排铜钟,像是绿色的果子,庄严肃穆。塔顶房间四周都是敞开的,清冷的气流自如地穿梭来去,当钟鸣唱起绿天使之歌时,声音也许能越过周围高大的拱形窗户,传至全国上下。

钟楼里有六根木柱,从地上直顶到天花板,光滑黝黑,像石头般坚硬。西蒙靠在其中一根柱子上,嘴里嚼着压扁的面包,往西边眺望。首先映入眼帘的是津濑湖,湖水周而往复,不停拍打着海霍特宏伟的堤坝。即使现已天色阴霾,还有雪花在眼前狂舞翩跹,西蒙还是惊讶地发现,脚下的景观依然清晰可辨。津濑湖上有许多小船,船家们穿着黑色的斗篷,弓起身子划着桨。更远处,他觉得自己能模糊地看到津濑湖与格兰汶河交汇相融之处,从那里开始,波涛将经过许许多多的码头和农场,奔流五百里蜿蜒曲折的旅程,注入大海。接着是躺在海湾怀抱中的瓦伦屯岛,它就守在格兰汶河口处。再往西,瓦伦屯岛之外,便只剩无边无尽的汪洋大海了。

西蒙试着活动了一下腿,膝盖仍然疼得厉害,如果坐下的话,起身时又得再疼一次,于是他决定暂时就这样站着。耳朵被风吹得红肿刺痛,西蒙把帽子拉下来盖住双耳,接着吃已经压碎的奶酪。远在视线之外,他的右手边是阿克·萨拉斯的丘陵草甸,那里是赫尼斯第王国的边境,同时也是莫吉纳口中那场恶战的战场。他的左手边,跨越宽广的津濑湖,便是色雷辛一望无垠的辽阔草原。当然,它也不是真的无边无垠。再过去还有纳班,还有琵拉诺角和附属群岛,还有沼泽中的乌澜……那么多地方,西蒙都没去过,恐怕这辈子也没机会去看看了。

望着一成不变的津濑湖,想象着见所未见的南方,西蒙渐渐不耐烦起来。他蹒跚着往钟楼另一边走去。站在房间中心,不像刚才那样能观察到细致的景色,四周只有一模一样的云絮和黑暗,像是在一个灰色的洞穴中,进退无门。此时的塔楼就像一条幽灵船,在虚无缥缈、雾气缭绕的海里随波逐流。风绕着敞开的窗框呼啸，铜钟微微闷响，好像风暴将惊惶的小幽灵灌进了它们的青铜外壳中。

西蒙走到低矮的窗台边，伸出头去俯视下面乱七八糟的海霍特屋顶。刚开始，风用力地拉着他，仿佛要将他扯出去，就像一只小猫玩弄叶片儿那样，他只好紧紧抓住身边湿漉漉的石头，没过一会儿，风便小了。看着下面，西蒙不自觉地露出微笑——这个角度很清晰，海霍特的屋顶还真是杂乱无章，四处林立着烟囱、屋脊、圆顶，每座建筑物的高度和风格都不尽相同，像极了一整院长得方方正正的奇怪动物。它们层层叠叠、参差不齐地挤在一块儿，又像一群正在抢食的猪猡。

高度仅次于两座塔楼的是内城的教堂穹窿，色彩鲜艳的窗棂渐被风雪遮掩。剩下的宅院、餐厅、王座大殿，还有千理院等建筑紧紧堆叠在一起，无声地表明城堡确曾被各种族占领过。两边的外城和屏风般的宏伟城墙外，顺着山坡一层一层往下，像同心圆般扩散的建筑也是乱糟糟的。海霍特并未向城外扩张，居住于此的人们要么想办法把房屋往高处搭建，要么就把原来的房子分割成更小的区域。

在这片堡垒之外，是被白雪覆盖的鄂克斯特，一条条杂乱无序的街道相连，两边是低矮的房屋。只有大教堂在其中鹤立鸡群，但和海霍特及身处高入天际的塔楼里的西蒙比较，它仍然像个侏儒。城中四处炊烟袅袅，但很快又随风而去。

在鄂克斯特的城墙之外，西蒙能看到雪下苔藓园模糊的轮廓，异教徒的墓地就在那儿，传言中，那是罪恶不洁的地方。再往下就到山林边上了，像是大教堂之于鄂克斯特一样，这座名叫泽特博格的山在下面众多简陋建筑物中巍然挺立。虽然看不到，但西蒙知道，泽特博格山顶上立着一圈已被风化的光滑石柱，村民们叫它们怒冠石。

再往外去，越过鄂克斯特，越过苔藓园和戴着石冠的泽特博格，便是大森林。它的名字叫阿德席特，意思是"古老的心"。这片森林像海一样绵延不绝，昏暗幽深，扑朔迷离，不过还是有人定居在附近，甚至沿着边缘开拓了几条路，但极少有人敢深入森林腹地。可以说，它是奥斯坦·亚德中部一个巨大而又黑暗的国度，它没有使者，也鲜有访客。与它的威严尊贵相比，就算是大夕柯林或位于赫尼斯第西面的梳林也得相形见绌，只能算是灌木丛罢了。而整片大地上，也只有这一片真正的森林。

西方的大海，东方的森林，北面使用黑铁的暴民，南面分散的各个帝国……遥望着奥斯坦·亚德大陆，有那么一会儿，西蒙忘记了膝盖的疼痛，甚至感觉自己才是这个世界的王。

当被云层遮蔽的太阳开始西沉时，西蒙准备动身离开。他伸展一下腿脚，结果疼得叫出了声——直挺挺站了那么久，膝盖已经僵硬。显而易见，他不能再从钟楼原路返回了，走那条秘径实在太费力。这样一来，他只好碰碰运气，走巴拿巴斯和卓杉神父常出没的路。

从这么长的阶梯往下走让西蒙痛苦不已，但从塔顶窗户看到的风景又让他毫不后悔走这一趟——至少他的遗憾比想象中要轻。想看到更为广阔的世界，这个渴望在他心里滋长，像是一团小小的火焰，连指尖都感到了暖意。他决定以后要莫吉纳多讲些关于纳班、南方群岛，还有那六个国王的故事。

下到塔楼的第四层，也就是之前进来的地方，西蒙突然听到下方传来一阵响动，像是有人正飞快地下楼梯。他静止片刻，以为自己已经被发现。虽然并没有严令禁止人到塔里来，但鉴于教堂司事总是事先就假定他做错了事，所以西蒙若是拿不出自己为什么来这里的好借口，那也是个大问题。但奇怪的是，脚步声似乎越来越轻。要是巴拿巴斯或其他人发现了自己，他们肯定会毫不犹豫地把他直接揪下去，怎么可能不管他呢？西蒙想着，继续往下走，一开始还小心翼翼，但过了一会儿，虽然膝盖依然抽痛不止，好奇心仍然渐渐占了上风，他不由得越走越快。

到了塔楼底部的门厅，阶梯终止了。整个大厅光线微弱，周围墙面影影绰绰，墙上挂毯的图案早已模糊得无法分辨，也许是某个宗教场景。在最后一级台阶上，西蒙停下来，身子隐藏在楼梯阴影当中。脚步声或其他任何声音已经消失无踪。他尽可能保持安静，小心地走过可能会破坏潜行的地板。这个厅结构特殊，哪怕不小心让靴子互相摩擦，声音也会在橡木支撑起的天花板上回响不停。大门依然紧闭，唯一的光线是从屋梁上的窗户照进来的。

不管刚刚在楼梯上的是谁，这人若是已经出去，西蒙不可能听不到大门开关的声音。虽然刚才脚步声很轻，但他肯定自己没有听错。当时他还担心开门时铰链会发出尖利的声响呢。他转过身，再次仔细打量这个门厅。

在那儿，流苏底下。就在楼梯边，那块脏兮兮的银色壁毯下面，有两个又小又圆的东西露了出来——是鞋子。他仔细观察那块老壁毯，有片地方弯折的形状和别处不一样，肯定有个人躲在后面。

他像苍鹭一样单腿保持平衡，轻轻脱下一只靴子，然后脱下第二只。那会是谁呢？也许胖子杰瑞米一直跟着他，想吓他一跳？好吧，如果是这样，西蒙马上就能让他知道谁才是玩这种把戏的高手。

赤着脚走在石头上，几乎没有任何声音。西蒙猫着腰，蹑手蹑脚穿过大厅，直到离那个可疑的凸起近在咫尺。他轻轻伸出手，抓住挂毯一角。就在这时，他突然想起柯扎哈修士，当时他们一起看木偶戏，修士说了一些关于帘子之类的话。西蒙犹豫了一下，但马上又为自己竟会心生胆怯害臊起来，他猛一用力，拉开了毯子。

出乎意料，挂毯没有像预想那样掀开，将间谍暴露在他眼前，而是在用力之下裂开，翻滚着掉了下来，像一床又大又硬的被子。在沉重的挂毯落在他身上，把整个人都撞倒之前，西蒙还是瞟到了一眼——那是张小小的、惊呆的脸庞。西蒙躺在地上，被毯子缠住，一边不住咒骂，一边奋力挣扎。而那个褐色的身影趁机从旁边飞快地逃走了。

西蒙和压在身上、满是灰尘的大毯子扭作一团时，耳边传来那个陌生的家伙正努力打开沉重大门的声音。好不容易挣脱后，他连滚带爬地穿过大厅，在那小家伙差一点就从门缝溜走时，一把揪住了他的粗布上衣。这下，间谍的身子一半在门里，一半在门外，就这样被逮住了。

因为刚刚的窘迫模样，西蒙这会儿相当生气。"你是谁?"他冲对方吼道，"干吗偷看别人!"他的俘虏一言不发，只是更用力地挣扎。不管这人是谁，他实在不够高大强壮，根本没法挣脱西蒙的手。

与此同时，西蒙也把这人死命地往里拽——够吃力的!这时，西蒙突然愣了一下，认出了手中这件沙土色的衣服。是礼拜堂的间谍，就是这家伙!西蒙加大力气，把这人卡在另一边的头和肩膀拉过大门，这才看了个清楚。

犯人个子矮小，长着一张漂亮的脸蛋，轮廓分明，鼻子和下巴透出狐狸般的机敏，但又不让人觉得狡诈;头发则像乌鸦的翅膀，黑得发亮。这样的外形，让西蒙差点以为他是个希瑟。他试图回想舍姆讲过的故事:故事里的主角紧抓着一只波卡的脚不放，结果得到了一大锅黄金。但是眼前这人惊慌失措、冷汗直冒、脸红气喘，于是，在还没开始幻想怎样挥霍梦中财宝之前，西蒙的思绪就戛然而止了——这肯定是个人类。

"你叫什么?"他问道。被抓住的少年还在不停挣扎，但显然已经累坏了。片刻之后，他终于消停下来。"你的名字?"西蒙催促道，这一次的口气比刚才和缓了些。

"麦拉齐。"少年转开脸，喘着粗气。

"很好，麦拉齐，你干吗跟着我?"他摇晃一下少年的肩膀，以此提醒他，现在到底是谁在谁的手心里。

少年转过身来，阴沉地瞪着西蒙。他眼珠的颜色仿若黑夜……

"我才没跟着你呢！"他生气地回嘴道。

少年说完，又把脸转开了。西蒙心里突然生起一种异样的感觉，这个麦拉齐越看越眼熟，似乎在哪里见过。

"你到底是什么人？"西蒙问，并伸手捏住男孩的下巴，强迫他面朝自己，"你在马厩干活吗？还是在海霍特其他什么地方？"

还没等他将这张脸转过来再看一眼，麦拉齐突然伸出双手，狠狠推了他一下。西蒙猝不及防，手一松放开了少年的上衣，跌跌撞撞后退几步，一屁股坐倒在地。他还没稳住身子站起来，麦拉齐已经跑了出去，还把门带上了，青铜铰链尖利的声响回荡开来。

当教堂司事巴拿巴斯从千理院闻声赶到时，西蒙仍然呆坐在石地板上。这回不光是膝盖，连屁股都摔得生疼，更要命的是，他的自尊心受到了极大的打击。司事慌慌张张地打开门，目光从地上没穿靴子的西蒙，一直移到楼梯前那块塌落下来的壁毯，然后又移回来。巴拿巴斯一言未发，但头顶血管已经开始猛烈地跳动，两鬓青筋凸起，眉头紧皱，眼睛随之缩成了两条深缝。

西蒙呢，一败涂地，他坐在那儿不停地摇头，仿佛一个醉汉，不仅被自己的酒壶绊倒，还砸到了镇长大人的猫。

悬崖石冢

❀

这一次犯错，西蒙受到了严厉的惩罚，不但暂停了刚开始的学徒生涯，还被勒令在佣人间里禁闭思过。

好多天来，在这个"监狱"中，他只能从洗碗间走到缝补房，然后再走回来，循环往复，像只没头苍蝇似的。

有时候，他觉得确实是自己的错，自己真的就像怒龙说的那么傻头傻脑、到处闯祸。

别的时候，他又会怒气冲冲地想，他们干吗总是挑我的不是？所有人都把我当成一匹野马，半点信任都没有。

瑞秋倒还有点同情心，交给他一些简单的小事做做。虽然这样一来，关禁闭稍微没那么难熬了，但对西蒙来说，这只是再一次证明：自己不得不永远做一匹驮马，背上东西，拉到地方，周而复始，直到有一天老得再也驮不动，就会被拖回舍姆那里，一锤子敲碎脑袋。

挪文德月的最后几天就这样缓慢地爬走了，岱萨德月则像个鬼鬼祟祟的小偷，不知不觉来到了身旁。

这个月的第二周，禁闭总算结束，西蒙终于重获自由。绿天使塔和另外一些他爱晃悠的地方都已明令禁止他靠近，但他好歹可以回到医师那儿打杂了。除此之外，他要干的活儿也增加了：下午被分配了额外的杂务，干完后还要在晚餐前赶回佣人间。但就算这样，对他来说，也已是长足的进步。事实上，他感觉莫吉纳似乎越来越倚重自己，甚至还教了他不少使用及照料一些堆在屋里的神奇玩意的方法。

同时，他还极其痛苦地学习认字。比起扫地、洗蒸馏器和擦烧杯那些活儿，读书才是最让他痛苦的。但莫吉纳坚持非学不可，他说，如果不认字，西蒙永远不可能成为一个有用的学徒。

到了圣特纳斯节，也就是岱萨德月的第二十一天，海霍特上上下下忙得不可开交。这是安东祭前最后一个隆重的节日。盛大的宴会已经准备得差不多，女仆把槲寄生和冬青枝条围在白蜡烛旁，摆成漂亮的形状。日落时分，这些蜡烛将被全部点上，烛光将从每一扇窗户倾泻而出，召唤仍在冬夜里徘徊的圣特纳斯前来，为整座城堡及居民们祝福。其他仆人则将新劈好的木柴投入壁炉，或在地板上铺好新鲜的灯芯草。

整个下午，西蒙尽力躲开大家的注意力，不幸的是，努力并没有取得成效。他们让西蒙去找莫吉纳医师，问他那儿有没有润滑油之类的东西。为了擦亮那张巨型餐桌，瑞秋那群人已经把手头的油都用光了，可他们才刚开始打扫正厅呢。

西蒙已经在医师那儿花了整个上午，高声朗诵一本满是怪词、叫做《乌澜医者行之有效的疗法》的书。但比起被瑞秋那双闪着钢铁寒光的眼睛瞪视，不管莫吉纳要他干什么都是好的。于是他二话不说，立刻逃离正厅，下到千理院，路经绿天使下方的内庭，仿佛乘风飞翔的老鹰一样掠过护城河上的吊桥。算算距上一次离开还没多久，他又站在了医师的门前。

医师一直没来应门，但西蒙听到房间里有人说话。于是他耐着性子站在外面，撕扯着饱经风霜的大门上的细木屑。等了很长时间，老人终于打开门。看到来人是西蒙，莫吉纳脸上并没有表现出惊讶。把年轻的学徒引进门时，医师显得异常魂不守舍。察觉到这一点，西蒙闭上嘴巴，静静地跟着他，走下点满灯火的走廊。

屋里的窗帘都拉上了。刚开始，眼睛还没适应昏暗的光线，西蒙甚至没发现还有其他人在。过了一会儿，他才逐渐察觉到，有个人影正坐在角落那个大船柜旁。那人身披灰色斗篷，一动不动地盯着地板，面目模糊，但西蒙一眼就把他认了出来。

"请您原谅，约书亚王子。"莫吉纳说，"这是西蒙，我的新学徒。"

断手约书亚那双黯淡的眼睛在西蒙身上扫过，仿佛哈卡商人打量一匹完全没兴趣的马。那双眼瞳是蓝色还是灰色？西蒙没能看清。旋即，王子又将注意力全部放回到莫吉纳身上，好像西蒙仅仅存在了一瞬间，现在房里压根就没有这个人。医师冲男孩打了个手势，让他到房间另一头等着。

"殿下。"他对王子说，"恐怕我爱莫能助。不管作为医师还是药师，能用的方法都已经试过。"老人紧张地搓揉双手，"请原谅，您知道我有多么爱戴国王，我也不想看着他受罪，可是……有些东西我是不能插手的。太多的可能，太多不可预期的后果。其中也包括王国的传承。"

西蒙还是头一次见到莫吉纳紧张成这样。老人从袍子里拉出个挂在金链上的小东西，紧张地抚弄着。据西蒙了解，医师经常嘲笑那些虚荣炫耀的行径，他自己也从不佩戴任何珠宝首饰。

"但是，该死的，我又不是要你干涉继承权啊。"约书亚声音平静，但听上去就像绷紧的弓弦。这些话语灌进耳朵，让在一旁听着的西蒙尴尬得恨不得找条地缝钻进去。虽然他想躲开，但骑虎难下，这会儿哪怕稍有异动，都会让自己显得更加可疑。

"我没有要你'插手'任何事情，莫吉纳。"约书亚继续说着，"我只想要些东西，让那老人临终前能舒服点儿。不管他是明天走，还是明年走，埃利加都是板上钉钉的下任国王，而我会是奈格利蒙的封臣。"王子摇了摇头，"至少也看在你和我父亲多年来的情分上，你一直为他诊治疗伤，还花这么长时间研究、撰写他的传记。"约书亚抬起手，手掌摊开，指向医师那张满是虫蛀的书桌上那叠散开的书页。

国王的传记？西蒙好奇起来。他可是头一次听说这事。今天看来，医师真是个充满了各种谜团的人啊。

约书亚仍在努力说服医师："你就不同情他吗？他现在就像只老狮子，被豺狼逼得走投无路了！慈悲的乌瑟斯，他不应该落到这种下场……"

"可是，殿下啊……"莫吉纳声音充满了痛苦，但他们三人马上被屋外的脚步声和说话声吸引了注意力。脸色苍白、双眼发红的约书亚一下子站了起来，抽剑速度之快，仿佛宝剑凭空出现在他左手中一样。房门随着响亮的拍打声震动起来。莫吉纳刚想去开门，却被王子轻嘘一声制止了。西蒙觉得自己心跳加速，约书亚流露出的警惕和恐惧也影响到了他。

"约书亚王子！约书亚王子！"有人呼喊着，继续拍门。约书亚把剑轻插回剑鞘，经过莫吉纳，走到过道里，猛地打开门。只见四个影子立在门口的庭院中。其中三个是他的手下，身穿灰色制服，最后一个单膝跪地，身穿白得发亮的袍子和凉鞋。恍惚中，西蒙还以为是圣特纳斯驾临，然而圣人早已故去，只会在各式各样的宗教绘画中出现。这是怎么回事……

"啊，殿下……"跪在地上的"圣人"一开口就喘得上气不接下气。西蒙这才发现那人只是另一个士兵，想必是为了今晚的庆典而打扮成圣人的模样。他刚想咧嘴发笑，却发现那年轻人脸上竟带着无比沉重的神色，于是笑容又凝结在脸上。"约书亚……殿下……"士兵又重复了一遍。

"戴奥诺斯，怎么了？"王子回问他，声音里透着紧张。

戴奥诺斯抬起头，白色兜帽在他那军人式的黑色短发上罩了一层洁白的光环。这一刻，他的眼神仿若真正的烈士，洞穿一切又满是悲壮。

"是国王，殿下，您的父亲……德米蒂主教说……他晏驾了。"

一阵沉默。约书亚静静地从跪着的人身旁疾步而去，径直穿过庭院，三名卫兵小跑着紧跟其后。接着戴奥诺斯也站起身来，尾随着他们离开了，他的双手像修道士那样紧握在胸前，仿佛上演的悲剧竟酿成了事实。他们身后，门在冷风中有气无力地摇摆着。

等西蒙回过神来，扭头看向莫吉纳时，医师还在凝望他们的背影，那双饱经沧桑的眼中似有泪光在闪烁。

❇

圣特纳斯日，广受爱戴与崇拜、改变了众多臣民甚至这整片大地命运的高龄圣王约翰与世长辞。虽然在意料之中，但国王仙逝的消息还是让全大陆的国民悲痛万分。

有些老人还记得，八十年前，即创始之年开始的 1083 年，同样也是特纳斯日，圣王约翰手刃恶龙刹拉卡，凯旋途中纵马高高跃过鄂克斯特的大门。脑子活络的人在复述这些故事时，不可能不带一些添油加醋的成分。他们说，这一神迹正是约翰被上天加冕为王的明证，同样，还是这个日子，上天的旨意将他召唤回天堂的怀抱。他们说，这便是生死有命，成败在天。

奥斯坦·亚德的各色人等都聚集在鄂克斯特和城堡里，整个仲冬及之后的安东祭弥漫着悲伤的气氛。随着时间的推移，许多当地人开始埋怨起外地人：在教堂里，访客们霸占了最舒服的座位；在酒馆里，他们也同样占据了好位置。到后来就不再是单纯的牢骚了。他们觉得，为什么这些外人要对国王的逝世大惊小怪呢？虽说他统治着整片大陆，但约翰其实更像鄂克斯特的镇长。在身子还健康的时候，他很喜欢身披华胄，骑着大马，来到他们中间。镇民们，或者说至少是平民们，总把"我们的老人"和"海霍特"骄傲地挂在嘴边，觉得那都是属于他们自己的东西。

而如今，他已逝去，或者准确地说，已不再和凡夫俗子停留在同一个世界了。现在，他属于史学家，属于诗人，属于牧师。

从国王逝世到入土，需要举行为期四十天的葬礼。约翰的遗体被运往鄂克斯特的备厅。这段时间里，牧师一直无比虔诚地祷告着，将圣油仔细抹遍他的全身，还擦上产自南方群岛的刺鼻草药和松脂，然后，用白色亚麻布将他从脚踝到脖子裹好。约翰国王的外衣是一件式样简单的袍子，和年轻骑士第一次宣誓时穿的一样。再然后，遗体被小心地移入王座大殿的棺木中。不计其数的修长黑烛围绕在旁，静静地燃烧。

圣王约翰的遗体被郑重安放好之后，国王的首席理事亥尔森下令，让哈以法点燃万途关岩堡上的烽火。这是只有发生战争或是重大事件时才能见到的景象，上一次看到烽火点燃的人已屈指可数。

亥尔森还发布另一条命令，他命人在鄂克斯特以东，俯瞰津濑湖的司维特悬崖上挖一个深坑。在常年狂风呼啸的悬崖上，立着六座白雪覆盖的坟墓，里面躺着在约翰之前统治过海霍特的六位国王。要掘坑的话，这天气实在是太糟糕了，地面都被冻硬了。然而，司维特悬崖上的劳役却以此为傲，他们忍受着刺骨寒风、腰酸背疼和开裂的皮肤，为这个光荣的任务尽心尽责。一月将尽，挖掘顺利竣工，坑口覆盖着红白相间的巨大帆布帐篷。

在海霍特，准备工作相对要从容一些。城堡的四个厨房就像铸造厂房般，火炉不停地烧，浓烟不住地喷。一群小厮汗流浃背地为葬礼准备要烤的东西，包括肉、面包还有宴饼等。"镶金碗"彼得总管长着黄头发，个子矮小，脾气暴躁，像复仇天使似的处处监视下人们。每个大桶里煮的肉汤他都要一一尝过，大桌上每一条裂缝他都要检查是不是还有灰尘。当然了，桌子这边是瑞秋的领土，他没能找到多少挑刺的机会。每个从他身边匆匆忙忙跑过的仆人都会被责骂一番。所有人都达成了共识——现在是他最春风得意的时候。

奔丧的人们从奥斯坦·亚德各个角落出发，聚集在海霍特。艾奎纳公爵那讨人厌的堂弟"尖鼻子"司卡利从瑞摩加前来，还带着十个留着大胡子、形迹可疑的亲戚。统治广阔荒蛮草原的色雷辛人主要分为三个部落，这一次，不仅各个部落都派了人，竟然还头一回抛开敌意，结伴同行来到这里。这也是他们对约翰国王敬意的象征。甚至还有传言说，当约翰的死讯传到色雷辛时，本来一直互相猜忌、彼此憎恨、死守边境的三方部落守卫都同时放下武器，一起哀悼，还为约翰的灵魂祝酒，整晚痛饮不止。

在纳班公爵的领地塞斯兰·玛垂府，公爵李奥巴迪派出了自己的儿子班尼伽利。班尼伽利带着一支由步兵和穿锁甲的骑士组成的近百人的大军，乘坐三艘挂着纳班金色翠鸟旗帜的战舰来到此地。看到如此浩浩荡荡的队伍，码头上的人们发出热烈的赞叹，但一见班尼伽利骑着灰色的高头大马经过，喝彩声立刻减弱不少。人们交头接耳说：如果这位真是在约翰的年代里就威名显赫的大骑士凯马瑞的侄子，那他一定只继承了父亲的血脉，而不是他伯父的。还能记起那位骑士的老人说，凯马瑞的身躯如铁塔般高大，强壮威武。而眼前的班尼伽利呢，老实说，体型甚至有些发福。但话说回来，凯马瑞－萨－梵尼塔已经在大海里失踪了四十年，所以如今的年轻人怀疑，老人的记忆和传言肯定有夸张的成分。

同样来自纳班的，还有另一支备受瞩目的团队。比起班尼伽利的队伍，这批人只在武力方面稍显不足——拉纳辛教宗亲乘一艘漂亮的白船，驾临津濑湖。这艘船碧空般的帆布上闪耀着教廷白树金柱的标志。刚才在码头上，人们给班尼伽利和纳班军队的欢呼声还是有所保留的，也许因为他们还模糊地记得，当年纳班也曾派军和爱克兰人争夺过统治权，但面对教宗，欣喜若狂的叫喊声响彻云霄。人潮往码头边挤去，集合了国王和教宗两边部队的力量，才勉强制止住人们一直往前挤。但就算这样，还是有两三个人不幸被挤落，跌进冰冷刺骨的湖水中，还好抢救及时，才捡回了一条命。

❄

"我是不愿看到这情形的。"教宗悄悄对他的助理笛尼梵神父说，"你瞧他们弄来的这鬼东西。"他朝前指了指。那是一顶雕饰华丽的樱桃木轿子，轿身装饰着蓝色和白色的绸缎。穿着一袭简易黑袍的笛尼梵神父咧嘴笑了。

拉纳辛快七十岁了，身子又高又瘦，风度翩翩。他皱着眉头，烦恼地看着轿子，然后温和地朝旁边一个紧张的爱克兰军官招了招手。

"请把它挪开。"他说，"十分感谢亥尔森理事的美意，但我们更喜欢走在人群中间。"

这个惹麻烦的交通工具立即被挪开，教宗向拥挤的津濑湖旁的阶梯走去。他做了个圣树的手势——勾起的拇指和小指象征带刺的枝条，其他直立的指头代表树干。看到他走过来，人群慢慢挪动，自发地在阶梯中间留出一条道路来。

"导师，请别走那么快。"笛尼梵推开无数条挥舞着伸过来的手臂，说，"您离后面的护卫太远了。"

"这不就是我真正的目的吗?"一丝恶作剧般的微笑掠过拉纳辛的脸。这笑容转瞬即逝，只有笛尼梵才能注意到。

笛尼梵暗骂一声，马上又为自己刚犯下的罪后悔不迭。就在这当口儿，教宗已经走到他前面去了。人群见缝插针，迅速涌了上来。好在码头的风突然刮得猛烈起来，拉纳辛不得不慢下脚步，伸出空闲的手抓紧帽子。这顶帽子也和教宗一样，又高又细又苍白，给人以圣洁的感觉。笛尼梵神父看到教宗瘦弱的身子在风里微微摇晃，赶紧朝前挤去，待终于追上老人，便牢牢地扶住了他的手臂。

"导师，原谅我。但您要是掉进湖里，腓力基主簿可不会放过我的。"

"当然，孩子。"拉纳辛点点头，保持着圣树的手势，继续沿着又长又宽的楼梯往上走。"我失察了。你知道我有多厌恶铺张浪费。"

"导师。"笛尼梵抬起浓眉，装出一副惊奇的样子，用温和的语气说，"您可是乌瑟斯·安东在凡间的代言人。像个学生一样爬楼梯，这可不是代言人应有的样子啊。"

教宗还以一个浅浅的微笑，这让笛尼梵不由得有些失落。之后，他们继续稳步拾级而上。年轻的神父一直保护似的扶着年长教宗的手臂。

可怜的笛尼梵。拉纳辛心想，他很努力，也很谨慎。我毕竟是教宗，他对我也并无任何不敬之意。当然他是尊敬我的，而我也需要这种敬意，因此一直允许他这么做。但今天我的心情实在恶劣，他应该也知道这一点。

当然，这都是因为约翰的去世。他失去了亲密的朋友和伟大的国王，从教宗的角度讲，教廷无法马上适应这种巨大的改变；就个人而言，而且同这样一位拥有美好心灵和伟大理想的人分离也是非常痛苦的——虽然拉纳辛一直在心里提醒自己，这仅仅是人世间的分离罢了。约翰生前经常插手教会事务，正是在国王的影响之下，以前不过是斯坦郡奥斯温教堂神父的拉纳辛才被提拔到教廷任职，最后成为了教宗。当然这并不是国王一个人的功劳，但在他之前的五个世纪里，没有任何爱克兰人能坐上这个位置。就这样，拉纳辛欠了约翰许许多多，也因此更加想念他。

好在拉纳辛对埃利加充满信心。毋庸置疑，这位王子勇敢、果断、大胆，伟人之子很少能拥有这么多的优良品质。这位未来的王者当然也有些脾气暴躁、粗心大意。但事情总有其两面性，这些缺点是可以改掉的，至少会因责任和忠告而得以改善。

拉纳辛登上津濑湖阶梯的顶端，和挣扎着跟上他脚步的随从们一同，走在绕鄂克斯特城墙而建的皇室大道上。教宗在心里决定，要为新国王找个值得信任的顾问，同时这人也会成为教廷的眼线——比如腓力基，或者年轻的笛尼梵……不，笛尼梵还是留在自己身边比较好。没关系，假以时日，拉纳辛总能找到适合的人选，以便在那些头脑简单的年轻贵族和溜须拍马的主教德米蒂中间斡旋，并辅佐埃利加。

❊

霏耶孚月头一日，即艾莱西亚祭——也就是淑女节——明亮、寒冷、清澈的拂晓为这一天拉开了帷幕。日头刚升上远山之巅，一队庄严肃穆的人便已准备就绪。他们排列整齐，迈着缓慢的步子，进入海霍特的礼拜堂。圣坛前，金色和黑色绸缎制成的垂帘中间安放着一口棺材，国王的遗体静静躺在里面。

西蒙看着那些身穿华丽丧服的贵族们，目光里带着羡慕和妒忌。他从厨房直接溜到无人使用的唱诗班阁楼，衣服上还带着卤汁的污渍。虽说藏在这里没人看得到，但西蒙仍然为自己的破衣烂衫感到十分丢脸。

我是在场的唯一一个仆人，他想。这座城堡里伺候国王的仆人中唯一的一个。这些大人和夫人们都是谁呢？在他们中间，我只能认出艾奎纳公爵、两位王子，还有为数不多的几位显贵。

隐隐约约地，他萌发了一个古怪的念头。为什么下面那些坐着的人身穿精美的丧服，自己却只能披着一件臭烘烘的、毯子似的下人衣服呢？究竟哪里出了问题？贵族们不是应该让仆人也到这里来伺候他们吗？又或者，擅闯此地的自己才是问题所在？

如果约翰国王看到这一切呢？这个想法让他不寒而栗。如果国王真在什么地方，看着这里？他会告诉上帝，有个穿得破破烂烂的小厮偷偷待在这里吗？

拉纳辛教宗最后一个走进教堂。他穿着黑色、银色、金色相间的正式圣袍，头上戴着用圣刺兰枝条编成的环，一手举着香炉，另一手握着一根黑玛瑙法杖。待所有人都跪下，他便开始念诵亡者祷文。他的纳班语相当地道，但仔细听还是带着些微的口音。他一边祈祷，一边拿香炉熏着国王的遗体。西蒙似乎看到有道光正照在圣王约翰的脸上，甚至有那么一瞬间，他觉得自己能想象出国王年轻时的模样。那时的约翰双目炯炯，身披战甲，跨在马背上，成为了海霍特的新霸主。西蒙多想亲眼见见那时的国王啊！

冗长的祷文终于念完，贵族们站起来唱着欢乐颂歌，西蒙也在旁无声地张嘴跟唱。当送葬的人全都坐下之后，拉纳辛开始致辞。但让所有人大吃一惊的是，他居然没用纳班语，而是用约翰规定的全国通用语，即西领语发言。

"也许大家还记得。"拉纳辛的话语抑扬顿挫，"当最后一枚铁钉刺入审判之树，留下我们的天主乌瑟斯痛苦地悬挂在那里时，有位纳班大骑士之女，名叫派丽帕的高贵妇人，看到这饱受折磨之人，便心生同情和怜悯。第一夜降临，他的信徒都被鞭子驱赶出神庙，只有这名女子用她精美的围巾蘸着清水，送到他干渴的唇边。

"喂水给他的时候，派丽帕为救主的痛苦而落泪。她对他说：'可怜的人，他们怎么能这样对你？'乌瑟斯回答她：'人生本来该受此苦难。'

"派丽帕因这话再次流下眼泪，她说：'他们只因你说的话便要杀你，已经够残忍的了，还要把你这样倒吊起来羞辱。'蒙难的乌瑟斯说：'姊妹啊，无论头朝上还是脚朝上，吊在这里的方式无关紧要，重要的是，我仍能真切地沐浴天父上帝的荣光。'"

"是的。"教宗的目光回到台下的人们身上，"正如救主乌瑟斯所言，我们大家敬爱的约翰也是这样。在我们脚下的城市里，那些普通人，他们说圣王约翰并没有离开我们，国王仍然在看着他的子民和整个奥斯坦·亚德。安东之书明示，现在他已经升到那光芒万丈、欢歌笑语、有着蓝色山脉的美丽天堂中去了。而其他地方的人，我们的异族同胞，比如约翰属国赫尼斯第的人们说，他已经和其他英雄们一样化作了星星。不过，这些都无关紧要。"

"这位曾经年轻有为的约翰国王，无论到了明亮的山间，还是在星空里重获荣耀，我们都知道：他现在正满心欢喜，真切地沐浴着天父上帝的荣光……"

致辞完毕，教宗的眼中已饱含泪水。人们念诵完最后的祷文，离开了教堂。

西蒙带着虔诚的心，静静地看着约翰那些穿着黑衣的贴身侍从开始着手他们最后的任务。他们围在遗体旁，仿佛围在坠地的蜻蜓边上的一群甲虫，为国王穿上生前的皇室衣装和战甲。西蒙知道自己该离开了，现在已经不是溜进来偷看这么简单，几乎算得上是亵渎了。可他偏偏无法挪动自己的身子。惊慌和悲哀被一种奇怪的非现实感代替。眼中的景象看起来就像一场游行或哑剧。角色们身体僵硬、动作呆板，好像他们的四肢一下子被冻住，一下子又融化，然后再被冻结起来。

逝去国王的侍从们给他穿上亮白的盔甲，用肩带盖住交叉的护臂，留下赤裸的双脚。铠甲外是天蓝色的外衣，肩上披着带光泽的猩红色披风。这些人的动作又轻又慢，同害了热病的人一样。国王的胡子和头发被梳理成战士的模样，额上安放着象征海霍特之主的铁环。最后，上了年纪的国王护卫诺亚拿出一直收藏着的芬吉尔铁指环，喉咙里突然发出一声号哭，打破了四周的沉默。见到诺亚哭得如此悲戚，西蒙都不知道他是怎样在泪眼模糊中，把戒指戴上国王苍白的手指的。

在这一切完成之后，黑甲虫举起约翰国王，将他重新放回棺木中。接着，国王最后一次被抬离城堡。金布覆盖着的棺木两边各有三人，诺亚捧着国王那顶饰有龙纹的头盔，跟在后面。

教堂阁楼的阴影里，西蒙觉得自己就像在监狱里待了一个小时。他长出一口气，放松下来。国王已经远去。

✤

艾奎纳公爵看着圣王约翰的遗体被抬出尼鲁拉大门，棺木后面，贵族们一个接一个列队跟随。他心里有种感觉像雾气一样缓缓弥漫开来，仿佛一场溺水的噩梦。

别傻了，老头。他对自己说。没人能永远活下去，而且约翰已经撑得够久了。

有趣的是，即使很早以前，当他们并肩浴血奋战，色雷辛人黑色的箭矢如乌顿的闪电——不，上帝的闪电一般落在身边之时，艾奎纳就知道圣王一定会寿终正寝。这个男人在战场上的英姿仿佛是天神驾临，无法触碰、不可抵抗。他就是这样一个在血光遮天之时还能笑傲疆场的人。艾奎纳在心中微笑起来，如果约翰是瑞摩加人的话，他一定能披上象征真正勇士的熊皮。

但他还是死了，多么令人难以接受。看看他们，骑士们、领主们……他们一定也觉得约翰能永远活下去。而现在，他们惊慌失措，如一盘散沙。

埃利加和教宗走在华丽的棺木之后，紧随其后的是约书亚王子，以及埃利加唯一的女儿，满头金发的米蕊茉。其他显贵们也各据其位，但没人像平常那样，推推搡搡吵吵闹闹地争取更靠前的位置。遗体途经通向海岬的皇室大道，平民也随着队伍走过，默默加入其中。这是多么浩荡又惊人的送葬场面啊。

在皇家大道下方的尽头处，有条名为"海箭"的小船躺在一排圆木上。据说很久以前，约翰就是乘这条船从西方诸岛来到爱克兰的。这真是一条小舟，长不过十几尺。艾奎纳公爵很高兴看到它被重新上了漆，在霏耶孚月的阳光下反射出淡淡的光。

天哪，他多么喜欢这艘小船啊！艾奎纳还记得，约翰总是被国王的责任和义务束缚，很少有时间出海。大约三十年前，那时艾奎纳还是个年轻人，约翰突然来了兴致，非要同他一起驾"海箭"到风大浪高的津濑湖上去。那天很冷，皮肤被风吹得生痛，"海箭"在风浪里上下颠簸，快七十岁的约翰却在船上兴奋地又笑又叫。而艾奎纳呢，他的祖先很久以前就放弃了海盗生涯，转而在陆地上定居，他唯一能做的，只有紧紧抓住船舷，心里不停地向旧神和新神祈祷。

早有人在船里准备好了一个能安放棺木的平台。此时，国王的士兵和仆人们毕恭毕敬地将约翰的遗体放进船里，然后四十名爱克兰护卫一同抬着船底长长的圆木，向前走去。

国王和"海箭"率领着浩浩荡荡的大队，沿着上海湾的山路一直走了半里格远，终于到达司维特悬崖——坟墓所在地。原本盖着的帐篷已被拿开，地上的大坑如伤口般裸露在外，海霍特早前六位国王的坟墓静静地立在旁边。

墓穴一边放着切好的泥炭、一堆石块，还有剥了皮的木料。"海箭"被放在坟墓口一个略微倾斜的小土坡上。爱克兰的贵族和海霍特的仆人们纷纷上前，用各种象征着爱的纪念品填满船舱。国王的棺木中也放置了许多类似的东西，包括精美的工艺品，还有来自珀都因黎萨岛上的珍稀丝绸长袍和来自纳班的斑岩白树雕像等，希望他在天堂也能继续享用。艾奎纳专门从瑞摩加的艾弗沙带来一把戴夫林银斧，斧柄上镶着天蓝色的宝石。赫尼斯第王路萨则从赫尼塞哈的神堂送来一把灰烬木长矛，矛体镶嵌着红金，矛尖则由纯金打造。

正午的太阳高挂头顶，灰蓝色的天空没有一丝云彩，但也没有半点暖意。艾奎纳公爵心想，终于轮到自己上前去了。风越刮越猛，呼啸着掠过崖顶。艾奎纳手中举着约翰的黑色旧战靴，往墓穴走去。他没有勇气往人群中看，那一张张盯着他看的苍白脸庞就像森林里白雪微弱的反光。

走到"海箭"旁边，最后一次，他抬起头看着他的国王。虽然那张脸比鸽子的羽毛还要苍白，但看上去更像在静静地沉睡——睡得那么安稳，竟让艾奎纳不由担心起他的身体。风这么大，又不盖毯子，这么睡会感冒的呀。一瞬间，他差点儿微笑起来。

约翰总说我有熊的心和驴的脑子。艾奎纳在心里自责道。连自己现在都觉得冷，要是真的躺在地上，他得被冻成什么样子啊。

他小心且灵活地绕过旁边的土堆，一边伸出手保持平衡，一边向墓穴中走去。虽然背疼得厉害，但他知道没人看得出来。自己还没老到那个程度呢。

一只接一只，艾奎纳抬起祭司王约翰那双青筋凸起的脚，把靴子套了上去。他心里不由赞叹城堡里那些做准备工作的侍从们，多亏他们熟练的双手，才让这个任务得以顺利进行。他飞快地握住老朋友的手亲吻一下，然后放下，眼神却没再往他的脸上看去。他退到一边，那怪异莫名的感觉却仍停留在心里。

突然，他明白了，自己之所以觉得异常，并非因为国王的躯壳即将入土，也不是刚刚羽化成蝶的灵魂已经展翅高飞，而是那舒展的四肢、安详的面庞。正如艾奎纳曾无数次看过的那样，约翰似乎只是在战斗间小憩了一两个小时。眼前的景象让他觉得自己把活生生的战友遗弃在了这里。当然，他知道约翰已经去世。国王临终的那一刻，正是自己握着他的手。但艾奎纳依旧有种背弃战友的感觉。

他沉思着，竟差点撞到约书亚王子。王子灵活地闪避开，继续往墓穴走去。这时，艾奎纳震惊地发现，约书亚手中捧着的灰布上，竟是约翰的宝剑光锥。

这是怎么回事？艾奎纳完全糊涂了。他拿着这把剑做什么？

艾奎纳回到人群当中，不安地回头望去——约书亚已把光锥放在国王胸前，正拉着约翰的双手使之环握剑柄。

太疯狂了，公爵想。那把剑是赐给王位继承人的，他知道约翰一定希望埃利加能拥有这把剑。就算埃利加决定把剑和父亲一起埋葬，那他为什么不亲手送来呢？太疯狂了！难道其他人不觉得这个环节有问题吗？

艾奎纳扫视四周，但身边诸人的脸上只有悲哀的神色。

接着，埃利加走了下来。他和弟弟缓缓擦身而过，仿佛是在盛大的舞会上那一样保持着距离——当然，他俩的关系也的确如此。王座继承人在船舷边弯下身子，没人能看见他究竟给了父亲什么，但当他转回来的时候，大家都看到他的脸颊上闪着一滴泪光，而约书亚却没有落泪。

人们做了最后一次祈祷。拉纳辛为"海箭"洒上圣油，他的长袍在湖风中猎猎抖动。接着，卫兵们默默地抬起木板，让小船沿着斜坡慢慢沉下去，一直沉到墓穴底部。上方，工匠们将木头搭成拱形，铺上泥炭，一层接一层，直到最后，将石块砌上去，才总算完成了约翰的整个葬礼。最后，人们转过身，沿着津濑湖上的悬崖小径离开了。

❀

当晚，在城堡大厅举行的宴席不再肃穆，甚至可以说，充满了无所畏惧的欢乐气氛。虽然约翰离开了人世，但他已经比绝大多数人都长寿了。另外，他不但留下了一个富饶和平的国家，还有个强有力的儿子继续统治。

火盆被堆得高高的，跳跃的火光照着进进出出、满头大汗的仆从，在墙上投下重叠奇异的影子。宴会宾客们手臂高举，为死去的老国王祝酒，同样也为明早加冕的新国王祝酒。城堡里大大小小的猎犬也来凑热闹，一边吠叫，一边在地上的垃圾堆和稻草里不停地翻来刨去。西蒙被临时抓来帮忙，他正捧着个大酒罐，在桌子中间忙碌地来来回回，不但被寻欢作乐的人呼来喝去，还被喷了一头一脸的唾沫。他觉得这里活脱脱就是卓杉神父所说的嘈杂地狱，狂笑不止的恶魔折磨完罪人之后，将他们的残骸丢在一旁，就成了散落在桌上的骨头和脚下的渣滓。

虽然尚未加冕，但埃利加眉目间已透着王者风范，年轻领主们与他一起围坐在主桌旁——乌坦邑的哥斯伍、法尔郡的范巴德侯爵、西缶的拜由伽等等，他们的黑色丧服都带着一点埃利加的绿色，互相比着谁能喊出最响亮的祝词，谁又能讲出最尖刻的笑话。未来的国王对他们的游戏赞赏有加，总是对胜利者报以响亮的大笑，还时不时靠过去同来自考德克的司卡利聊几句。这人是艾奎纳的亲戚，特别受邀坐到埃利加这一桌。他身材魁梧，长着一张老鹰般的脸，留着金色的大胡子。司卡利掩饰不住满脸的喜色，不仅因为自己坐在新王身边，更因为艾奎纳公爵没能得到同样的殊荣。西蒙听不清埃利加说了些什么，但他看到那个瑞摩加人突然咧开嘴，爆发出一阵狂笑，还跟埃利加王子互干了一杯。笑得像狼一样的王子又转身同范巴德说了些什么，结果范巴德也跟他们一起捧腹大笑起来。

相较之下，艾奎纳和约书亚王子等人坐的那桌就要冷清多了，这种气氛倒是和王子灰色衣裳挺搭的。西蒙经过时，发现两位主角都完全不参与同桌其他贵族们谈论的话题。约书亚一直怔怔地盯着前方，像是对墙上巨大的挂毯着了迷一样。艾奎纳公爵对身边谈话不理不睬的理由则非常明显，就算是西蒙也能一眼看穿，老公爵正对尖鼻子司卡利怒目而视，粗糙的大手心烦意乱地揪着熊皮衣的毛边。

埃利加如此轻慢约翰最忠心的骑士之一，让在场所有贵族都惊讶不已。一些年轻贵族虽然在台面上表现得彬彬有礼，暗地里却在嘲笑受挫的老公爵。他们掩着嘴窃窃私语，时不时抬起眉毛，表明他们已经明白这桩丑闻的内在含义。

西蒙左摇右摆地走着，人声鼎沸，乌烟瘴气，再加上眼中令人不解的情形，搅得他头昏脑涨。添酒的命令声突然从他背后的桌子传来，还夹杂着难听的责骂，驱赶西蒙继续忙碌不停。

夜已深，西蒙终于能歇上一会儿。他待在一块挂毯下的角落休息时，发现在主桌旁，埃利加和哥斯伍之间又挤进一个人。那人坐在高脚凳上，身披没有半点葬礼气氛的猩红色袍子，宽松的袖子上还有黑色和金色的细长镶边。他身子前倾，正同埃利加嘀咕些什么。西蒙像是着了魔，目光被这人牢牢地吸引住。那人没有头发，甚至连眉毛和睫毛都没有，看五官似乎年纪不大。即使在橙黄色的灯光下，他紧绷在脑袋上的皮肤还是苍白得可怕。光秃秃的眉骨下，深陷在眼窝中的眸子就像反光的黑点。西蒙认出了这对眼睛——在尼鲁拉之门，就是他驾着狂奔的马车，差点从自己身上碾过，还从兜帽下瞪着自己。没错，就是这对眼睛。西蒙看着他，不由颤抖起来，那人身上带着令人作呕却又引人注目的特质，就像一条蓄势待发的毒蛇。

"他长得真恶心，对吧？"一个声音在耳边响起。西蒙吓得跳了起来，这才发现身后站着一个面带微笑的黑发年轻人，他身穿鸽子灰的上衣，背着一把灰木做的鲁特琴。

"对……对不起。"西蒙结结巴巴地说，"你吓了我一跳。"

"我不是有意的。"对方笑了起来，"我只是想问问你能不能帮我一下。"他向西蒙伸出手，手里拿着一只空酒杯。

"哦……"西蒙说，"对不起，我刚休息了一下，大人……真对不起……"

"放松，朋友，放松。我不是来找你麻烦的，不过你要是一直道歉下去，我真的会不高兴了。你叫什么名字？"

"大人，我叫西蒙。"他赶忙提起酒罐，为那年轻人斟满酒。那人将酒杯搁在柜子上，调整一下背上的鲁特琴，又从怀里掏出一个杯子。他微微欠了欠身，将空杯递了过来。

"这个嘛。"他说，"我本来打算偷走的，西蒙大人。不过现在我更想跟你一起，为我们两个的健康，为老国王留下的记忆干一杯。另外，不要再叫我'大人'，我可不是什么大人。"他用杯子敲着酒罐，西蒙赶紧把这杯也满上了。"好！"那人说，"现在，你可以叫我桑弗戈，或者，像老艾奎纳那样，叫我'宗弗戈'。"

这人模仿瑞摩加口音惟妙惟肖，西蒙不由笑了起来。他偷偷环顾四周，没发现瑞秋的影子，这才把酒罐放下，接过桑弗戈递给他的酒杯。又烈又酸的红酒像春雨一样滋润着西蒙干渴的喉咙。放下酒杯后，他的笑容也更自然了。

"你是艾奎纳公爵的……侍从？"西蒙用袖子擦擦嘴，问道。

桑弗戈大笑起来。看来他是个活泼开朗的人。

"侍从！侍酒男孩居然懂这个词！不过，猜错了，我是约书亚的琴师。我住在北方，他的奈格利蒙城堡里。"

"约书亚喜欢音乐？"西蒙大吃一惊，又为自己倒了一杯酒，"他看起来严肃得很！"

"他是很严肃……但这不能证明他不喜欢听竖琴或鲁特琴。没错，他更喜欢我那些忧愁的歌，但偶尔也会听听《三腿汤姆》之类的小曲。"

西蒙还没来得及接着问下去，主桌那边就又爆出一阵响亮的欢呼声。西蒙转过身子，只见范巴德碰倒了杯子，酒洒在另一个人腿上，那人醉醺醺地竟想把衣服拧干。埃利加、哥斯伍和其他贵族们捧腹大笑。但有一人例外——那个身穿红袍的光头男人冷眼旁观，笑容里满是不屑。

"那个是谁啊？"西蒙回过头来问道，"那个红衣服的。"桑弗戈已经喝完了自己那杯酒，正将鲁特琴举到耳边，一边微微转动琴栓，一边轻轻拨着琴弦。

"那个，"琴手回答，"我刚才就注意到你在看他了。挺吓人的，是吧？他叫派拉兹，是个纳班牧师，埃利加的参事。听说他是个厉害的炼金术士，不过身为炼金术士也太年轻了，是不是？何况，炼金术这种东西完全不应该跟牧师沾边。事实上，如果你仔细打听，就会听说他其实是个术士，专精邪恶的法术。再往深处打听……"像是要配合这些秘密，桑弗戈的声音一下子压低了，西蒙不得不凑过去。他觉得身子有些站不稳，这才发觉自己已经喝了三杯酒。

"如果你再非常、非常仔细地打听……"琴手继续说，"你会听到有人说派拉兹的母亲是个巫婆，而他的父亲……是恶魔！"伴随着话语，桑弗戈拨响了鲁特琴，响亮的琴声吓得西蒙往后跳了一步。"但是西蒙啊，你可不能随便听信传言，特别是喝醉了的吟游诗人的话。"桑弗戈咯咯笑着，摊开手行了个礼，结束了他的表演。西蒙傻乎乎地看着他，似乎还没反应过来。

"握个手吧，我的朋友。"琴师咧嘴一笑，"跟你谈得很开心，不过我得回去了，想必他们等我都等急了。再见！"

"再见……"握手告别后，西蒙目送琴师穿过房间，从那带着醉意却依然灵巧的动作就知道，他是个地道的酒鬼。

桑弗戈回到座位上，西蒙的目光则转向房间另一头。那边走廊里有两个女仆正背靠着墙聊天，还不时拿围裙给自己扇风。其中一个是海普兹帕，那个新来的；另一个是芮芭，在厨房干活儿。

西蒙感觉一股热血翻涌上头顶，走过去跟她们聊聊天应该是轻而易举的事。他觉得海普兹帕很特别，她笑起来时，眼角眉梢总带着一丝目中无人的意味……想着想着，头越发晕起来。西蒙走进房间，四周的声音立即如轰鸣的潮水般向他袭来。

一会儿，就说一会儿，他想着，突然脸上发烫，心里发慌：过去了怎么开口呢，她们会不会知道他一直在看？她们会不会……

"嘿，过来，说你呢懒鬼！给我们满上！"

西蒙转头，发现是已经喝得脸红脖子粗的范巴德侯爵，他坐在国王那一桌，正冲着自己挥舞酒杯。这当口，那边的两个女仆已经走开。西蒙只好跑回角落，拿起酒罐，去给他们斟酒。半路，他绕过一群正在争抢肉排的狗，却发现有只瘦弱的小狗——棕色的脑袋上长着块白斑——因挤不进去和大狗抢食，只能可怜兮兮在一旁哀叫。西蒙迅速在一把没人的椅子上找到一小块油腻腻的肉皮，便丢给了它。小狗开心地摇着尾巴，一口把食物吞下肚子，然后跟随举着酒罐的西蒙穿过了房间。

范巴德跟来自乌坦邑的长下巴哥斯伍侯爵正在掰手腕，他们将匕首插在桌面上，刀刃向里，紧挨着两人的手臂。西蒙尽可能小心地在桌子旁穿梭，把大声吆喝的观众的酒杯倒满，同时还得留意别踩到那只小狗。它这会儿不但跟着他，还活泼地在他脚边跑来跑去。国王饶有兴致地看着这场比试，他身后有专门的侍酒，因此他的杯子也就不用西蒙管了。派拉兹是最后一个，倒酒的时候，西蒙尽量让自己躲开他的视线，但还是不可避免地闻到这人身上散发出的金属与强劲香料混合的味道。从桌旁退开的时候，西蒙发现小狗还在派拉兹那双亮黑的靴子边游走，试图从地上铺着的稻草里找点残羹剩饭。

"过来！"西蒙轻声唤道，又走出几步，拍拍自己的膝盖，希望它能听到。可小狗连头都没抬。它用双爪翻刨着稻草，后背蹭到了牧师的小腿。西蒙心头一紧，"过来啊！"他再一次呼唤着它。

那颗泛光的脑袋在长脖子上慢慢转动，朝脚下望去——派拉兹注意到小狗了。接着，只见他抬起脚，沉重的靴子踏上小狗的脊背。就在心跳的一瞬间，靴子狠狠地踩了下去。只听得一声骨头断裂的闷响，跟着是含糊破碎的尖叫，小狗倒在稻草上无助地挣扎着。派拉兹再一次抬起脚，直接踩碎了它的头骨。

牧师漠然看着脚下的尸体，接着抬起目光，盯着满脸惊恐的西蒙。这对冷酷无情的黑色眸子紧紧攫住他，把他按在原地动弹不得。那双刻板且无生气的眼睛又往下看了看，等他再次抬头看着西蒙的时候，脸上慢慢浮现出了一丝狞笑。

西蒙看懂了这笑容：小子，你能怎么样？谁在乎呢？

牧师的注意力转回桌子。西蒙终于得以脱身。他不顾落在地上的酒罐，跌跌撞撞地走出大厅，忍不住呕吐起来。

午夜将临，至少半数人喝得东倒西歪，被人送回房间休息去了。还有多少人能出席明天的加冕仪式？这真让人怀疑。西蒙还在往一个已经喝醉的客人的杯子里倒酒。盛宴进行到这么晚，镶金碗彼得只好往所剩无几的酒里掺水，提供给还留在这里的宾客。国王那一桌只有范巴德还没走，年轻的贵族衣冠不整，裤子都没系好，脸上却挂着愉快的笑容，跟跟跄跄地从外面回到大厅。

"你们，到外面来！"他大喊着，"都出来！出来看啊！"说着，他又摇摇晃晃地出了门。还能走的人撑起身子，跟着他出去了。他们推推搡搡，开着玩笑，有些还含糊地唱着歌。

范巴德站在院子里，抬头看着天空，黑发垂在背后，披在满是污渍的衣服上。人们一个接一个，顺着他高举的手指往天上看去。

天上有一片奇特的光，像是黑幕上一道喷洒出来的血痕。那是一颗巨大的红色彗星，自北向南划过夜空。

"扫把星！"有人叫了起来，"那是坏兆头！"

"老国王死了！死了，死了！"范巴德叫嚷着，冲着空中挥舞匕首，好像那颗星星如果落下来，他就会奋战到底似的。"新王万岁！"他的声音穿透云霄，"新时代开始啦！"

周围爆发出欢呼声，一些人踩着脚，跟着吼起来。其他人借着酒意哈哈大笑，跳起了舞。不分男女，手拉手围成一个大圈，旋转起来。在他们头顶，红色彗星仿佛燃烧的炭火，闪烁着明亮的光。

西蒙也随着欢乐的人潮来到外面。看明白造成这场喧闹的究竟之后，他回头往大厅走去，叫喊声和舞动的人群在他身后渐行渐远。西蒙突然发现莫吉纳医师站在城墙的阴影下，但他没有注意到自己的学徒。只见老人裹着一件厚厚的长袍抵御冬夜的寒冷，和其他人一样，也正目不转睛地看着扫把星——它就像划破天堂穹顶的猩红剑光。但和其他人不一样的是，他脸上没有醉意，也没有喜色，他看上去既冷，又瘦小，还充满了恐惧。

西蒙觉得，医师看上去就像独自站在旷野，身边满是饿狼此起彼伏的号哭……

征服者之星

❋

　　埃利加登基的头一年有如神助，整个春夏都阳光明媚，奥斯坦·亚德重获新生。年轻的贵族涌入海霍特安静宽敞的大厅，这里曾是那样黑暗冷清，他们却带来了绚烂的生机与活力，仿佛重回约翰年轻时，城堡里满是欢笑和畅饮，四处都有披着闪亮甲胄的身影。篱笆花园里再一次响起乐声，身着华服的贵妇又在花园角落里频繁密约，仿佛优雅翩跹的幽灵。比武场也焕发新机，如花朵一样的帐篷开了遍地。在人们看来，这里每天都跟过节一样，狂欢不断。埃利加国王和他的密友们经常游玩，像马上要被勒令上床的小孩子，每一分钟都要好好享受。整个爱克兰都像夏天里玩疯了的狗，一心一意地嬉闹着。

　　有些村民却暗自嘀咕，春天得播种了，这种漫不经心的态度可不行。同样，许多老人和恪守戒律的牧师也微有怨词，浮夸孟浪和奢靡之风愈演愈烈，不能一直这样下去啊。但大多数人对这些老生常谈嗤之以鼻。埃利加的统治刚刚开头，爱克兰甚至整个奥斯塔·亚德也刚从乏味的寒冬时代挣脱出来，进入了一个朝气蓬勃的新时代。干吗要大惊小怪呢？

❋

　　西蒙艰难地将单词抄到灰色羊皮纸上，抄得手指都要抽筋了。莫吉纳靠着窗户，手里举着一支长长的玻璃管，对着阳光左看右看，大概是在检查有没有沾上灰尘。

如果他鸡蛋里挑骨头说还是不干净，哪怕只说一个字，我就马上走。西蒙想。现在我唯一能看到的阳光，就是刚弄干净的那只烧杯的反光。

莫吉纳拿着玻璃管，从窗户边往西蒙被迫抄写个不停的桌子走来。当老人走近时，西蒙已经准备好听到责备，怒气在他心里集聚。

"干得很好，西蒙！"莫吉纳边说，边把玻璃管放在羊皮纸旁边，"你已经比我更懂怎么清理这里的东西了。"医师拍拍西蒙的手臂，弯下身子，"你这边写得如何了？"

"很糟糕。"西蒙听到自己这样回答。尽管怒气未平，但他很后悔竟说出这种丧气话。"我是说，大概永远也写不好。抄写时不管多小心，墨水还是会弄糊纸面，而且我也看不懂都在抄些什么。"加上这些话以后，他感觉稍微好些，但仍然觉得自己蠢到家了。

"你没必要担心这些，西蒙。"医师站直身子说。他看上去有些心不在焉，一边说话，一边打量着自己的房间，"第一，所有人刚开始写字都会'弄糊纸面'，有人甚至一辈子都是这样，但这不代表他们不能把重要的东西写下来。第二，你当然看不懂在抄些什么，这本书是用纳班语写的，你本来就不懂纳班语。"

"那我干吗要抄这些本来就不懂的文字？"西蒙生气地回嘴，"这也太傻了。"

莫吉纳将敏锐的目光转回到西蒙身上，"是我让你抄的，这么说我也傻，对不对？"

"不，我不是那个意思……只是……"

"不用解释了。"医师拉过一张凳子，坐在西蒙边上，又长又弯的手指漫无目的地划过桌上一大堆垃圾，"我之所以让你抄这些东西，是因为你可以专注于单词的形状，而不被内容打扰。"

"哦。"这个答案让西蒙稍微舒服了些，"那你能告诉我这是本什么书吗？我一直在看这些图画，就是看不懂到底是些什么东西。"他把书往回翻。三天来，他时常盯着同一幅图—— 一尊怪异的木雕，中间是个长着鹿角、瞪着眼睛、双手漆黑的男人；一群人蜷缩在他脚下，一轮红日挂在他头顶漆黑的天空上。

"就说这个。"西蒙指着这幅奇怪的图画，"底下写着'Sa Asdri-dan Condiquilles'，这是什么意思呢？"

"意思是，"莫吉纳拿过这本书，把它合上，"'征服者之星'。你不需要理解这些东西。"他将书重叠在墙边一堆保持着微妙平衡的书上面。

"可我是你的学徒！"西蒙抗议说，"什么时候你才会教我真正的东西？"

"傻孩子！你以为我在干什么？我不正教你读书写字吗？这可是最重要的东西了。你又想学些什么呢？"

"当然是魔法！"西蒙想都没想，冲口而出。莫吉纳静静地看着他。

"那，读书呢……？"老人语带不悦。

西蒙有些气恼。和平常一样，人们似乎总想控制他，为他做各种决定。"我不知道。"他说，"读书写字到底有什么了不起的？书里写的也不过是乱七八糟的故事罢了，我为什么非得读书不可呢？"

听了这话，莫吉纳竟露出了微笑，就像发现鸡窝边上有个洞的老黄鼠狼。"啊，孩子，我真是没办法对你生气……听听这些美妙的、不可思议的傻话！"医师身子颤动，显然是在强忍笑意。

"什么意思？"西蒙皱起眉头问，"什么又是妙又是傻的？"

"妙是因为你的回答实在太有意思了。"莫吉纳笑出了声，"傻嘛……因为我想，年轻人本来就是这么傻头傻脑的。好像海龟生来就长着壳，黄蜂生来就带着刺。为了应付艰难的生活，它们总要自我保护。"

"什么？能再说一遍吗？"这下西蒙完全懵了。

"书本。"莫吉纳向后靠了靠，郑重其事地说，"书本就是魔法。简而言之便是如此。而且，书本同样也是陷阱。"

"魔法？陷阱？"

"书本就是魔法的一种形式。"医师把刚刚放下的那本书又拿了起来，"因为书比任何一种法术或咒语持续的时间都要长得多。两百年前，某个人对某些事情到底怎么看呢？你能穿越到过去问他吗？不能。准确地说，应该还没有做得到的方法。

"可是，你看，如果他把自己的想法写下来，如果有卷纸甚至一本书，逻辑鲜明地阐述出他的观点……他就能跟你对话了！穿越年代！而且，如果你想去纳斯卡都看看，甚至失落的罕蒂亚，也只需打开一本书……"

"是，是，这些我都懂。"西蒙毫不掩饰自己的失望之情，这可不是他想的那种"魔法"，"那陷阱呢？为什么书是'陷阱'？"

莫吉纳凑过来，在西蒙眼皮子底下晃着那本皮革封面的书。"一段文字就是一个陷阱。"他兴高采烈地说，"而且是最巧妙的那种。你看，这样一本书活生生地困住了它的俘虏——知识。你拥有的书越多，"医师的手划过整个房间，"陷阱也就越多，就有更多的机会抓住那些特别的、狡猾的、闪光的野兽，否则它们可能在没被发现之前就死去了。"像是得意地炫耀般，随着响亮的砰的一声，莫吉纳手上的书又落回到书堆上。一小片尘土飞扬起来，在窗户缝隙射进来的阳光里旋转跳跃。

西蒙盯着那片亮闪闪的灰尘看了一会儿，整理自己的思绪。跟上医师的话是很难的，就像戴着手套去抓老鼠。

"可是真正的魔法呢？"终于，他问道，一道顽固的皱纹停留在眉心，"就像他们说的，派拉兹在塔里用的那种？"

一瞬间，医师的脸上竟然满是愤怒——或者，恐惧？

"西蒙。"他静静地回答，"别跟我提起派拉兹。他很危险，而且愚蠢。"

虽然西蒙也怕红袍牧师，但他还是被医师不寻常的表情和语气吓到。他鼓起勇气，又提了一个问题："你也会魔法，对不对？那为什么说派拉兹很危险？"

话音未落，莫吉纳猛地站起。西蒙以为老人要打他或朝他大吼，但莫吉纳只是迈着僵硬的步子走到窗前，直直地盯着外面。西蒙坐在原地，从这个方向看过去，医师稀疏的头发像光环一样蜷曲在单薄的肩上。

过了一会儿，莫吉纳转身走了回来，神色黯淡，满脸忧虑。"西蒙。"他说，"也许我不该说这个，但你最好离派拉兹远点儿。别靠近他，也不要跟别人提起他……当然，除了我。"

"可是为什么？"和医师想法相反，其实西蒙早就决定离炼金术士远远的。虽然莫吉纳一般不会把事情说透，但西蒙不想浪费任何寻根问底的机会，"他有那么糟糕吗？"

"你没注意到大家都怕派拉兹吗？没看到他从新家耶尔丁塔一下来，人们就赶紧给他让路吗？事出必有因。他令人害怕，因为他本身没有对事物的畏惧之心。这点从他的眼睛里就可以看出来。"

西蒙嘴里咬着笔尖，考虑了一会儿才松开，"对事物的畏惧之心？这是什么意思？"

"西蒙，世上没有真正的'无所畏惧'，除非那个人疯了。所谓'无所畏惧'的那些人只是懂得如何把恐惧藏好而已，当然，要做到这点也相当难。老国王约翰理解恐惧，他的两个儿子也明白……我也是。而派拉兹……人们觉得他什么都不害怕，或者不像其他人那样自然流露出害怕。这就是常人说的'疯狂'。"

西蒙对这个话题很感兴趣。他想象不出圣王约翰或埃利加真会害怕什么，但是有关派拉兹的形容，倒真像那么回事。

"医师，他真的疯了吗？这怎么可能？他是个牧师，还是国王的参事。"西蒙说着，想起那对眼睛和那可怕的笑容，心里明白莫吉纳说得一点都没错。

"我们换一种说法吧。"莫吉纳用手指绕着一撮白胡子，"我刚刚跟你说起陷阱，还有像捕猎奇珍异兽一样吸取知识的话题。那么，如果将我和其他一些学者比作是碰运气，想抓住一些光明的野兽，那派拉兹就是在黑暗中敞开门户，等着某些东西自己上门。"莫吉纳说着，把鹅毛笔从西蒙手边拿开，撩起长袍的袖子，帮他擦掉嘴边染上的墨渍，"派拉兹这种做法的问题在于，"他继续说，"如果你不喜欢上门的那头野兽，那么，再想关上门就很难了——非常、非常难。"

❀

"哈！"艾奎纳吼着，"打到你了，打到了！你要输了！"

"不过是一阵清风。"约书亚边说边还抬起一边眉毛做了个惊讶的表情，"看你已经衰弱到要玩这种把戏，我真是难过……"话刚说到一半，他突然毫无预警地挥剑直冲向前。艾奎纳则敏捷地用剑柄一拨，只听喀拉一声，刺来的木剑被挡开了。

"衰弱？"老人从齿缝间不屑地回应，"让你见识下什么是衰弱，到时别哭着找奶妈。"

虽说一把年纪，这位来自艾弗沙的公爵仍然动作灵敏，身材也相当魁梧。他双手握住剑柄，向前压去，这样即使将剑舞成一个个大圈，也能很好地控制住。约书亚往后跳开躲避，几缕汗湿的头发垂在额前。终于，他抓到一个破绽。当木剑卷起呼啸的风，再次横扫过来时，约书亚迅速伏下身子，举剑挡住公爵的攻势，然后伸出脚，从艾奎纳身后钩住他的脚跟，猛地一拉。公爵像一棵老树，狠狠地仰面摔倒在地。过了一会儿，约书亚也坐在艾奎纳身旁的草地上。他只用一只手，灵巧地解下厚重的护甲，朝天躺下。

艾奎纳像只大风箱似的喘着粗气，很长时间一言不发。他闭上眼睛，胡子上的汗珠在强烈的太阳光下闪耀。约书亚起身盯着他。一丝担忧浮现在王子脸上，他伸手想帮艾奎纳脱掉护甲。手指刚碰到绳结，突然，公爵伸出一只粉红色的大手，在他的脑袋旁边扇了一下，把他打了回去。王子惊讶地抬起手，揉着被打痛的耳朵。

"哈！"艾奎纳喘着气说，"学到了吧……小崽子……"

宁静的氛围再次舒展开来。二人喘着气，躺在草地上，一言不发，望着万里无云的蓝天。

"你耍诈，小鬼。"终于，艾奎纳支起身子坐在草地上，"下次再回海霍特的时候，等着我的回礼。再说，要不是天气这么热，我又长这么胖，一小时前你的肋骨就已经断了。"

约书亚也坐了起来，用手遮着阳光。这时，两个人影穿过比武场焦黄的草地，往他们这边走来。其中一个穿着垂地的长袍。"太热了。"约书亚说。

"现在可是挪文德月！"艾奎纳抱怨说，他也脱掉了护甲，"狩猎季早就过去，还他妈的这么热！怎么还不下雨？"

"大概雨水被吓跑了吧。"约书亚眯起眼，看着那两个人影越走越近。

"呵，弟弟！"其中一个人影打招呼说，"还有艾奎纳伯父！看来你们打得挺尽兴嘛！"

"约书亚加上大热天，差点害死我，陛下。"国王走近时，艾奎纳大声回答说。埃利加穿着华丽的海绿色上衣，黑眼睛的派拉兹走在他身边，身上的红袍随风飘动，手里拿着根和衣服同色的猩红短棍。

约书亚站起来，伸手帮助老艾奎纳起身。"跟以前一样，艾奎纳公爵又夸大其词了。"王子轻轻地说，"我不得不把他撂倒，坐在他身上，才保住性命。"

"没错，我们一直在耶尔丁塔上看你们比武呢。"埃利加随便挥了下手。在他身后，塔楼矗立在海霍特城墙之上。"是吧，派拉兹？"

"是的，大人。"派拉兹的嘴角扯出一丝微笑，用干涩刺耳的声音回答说，"您弟弟和公爵确实武艺过人。"

"顺便，陛下啊，"艾奎纳说，"我能斗胆问个问题吗？虽然我也不喜欢在这种时候让国家事务打扰您的雅兴。"

埃利加正在眺望这片竞技场，听到这话，有些不耐烦地回头看着老公爵说，"巧了，我刚才也在跟派拉兹讨论重要的事。你干吗不在我处理政事的时候过来？"他转过头，比武场的另一边，哥斯伍及穆拉泽地的艾欧莱尔伯爵正在追逐一匹脱缰的马。这位伯爵是赫尼斯第国王路萨的血亲。埃利加看着他们，大笑起来，还用手肘推了推派拉兹。牧师敷衍地笑了笑。

"啊，对不起，陛下。"艾奎纳不依不饶地说，"我已经花了两个星期找机会跟您面谈，可您的理事官亥尔森却一直说，您太忙了……"

"……在耶尔丁塔里忙着。"约书亚插了一句。两兄弟互相瞪视，好一会儿，埃利加才把目光转向公爵。

"哦，这样，那好吧，到底什么事？"

"是韦斯万皇家守备队的事。一个多月前，他们被派了出去，到现在还没回来，也没有其他部队来填补空缺。霜冻边疆一直不安宁，少了韦斯万的守备队支援，我没有足够的人手保证巍轮路的通畅安全。您可以再派一支部队去那儿吗？"

埃利加转过头去继续眺望哥斯伍和艾欧莱尔，他们两人追着越跑越远的马儿，细小的身影在太阳底下闪烁着。他没回头，只是轻描淡写地回答："伯父，考德克的司卡利说，你手下的人已经够多了，还说你把部队隐藏在艾弗沙和纳文德。你到底在打什么主意？"语气波澜不惊。

不等艾奎纳从愕然中恢复过来，约书亚就大胆开口了："尖鼻子司卡利肯定是撒谎。轻信他的话，你就是个傻子。"

埃利加猛地转过身子，嘴角上翘，"是这样吗，约书亚弟弟？司卡利在撒谎？我反而应该相信你的话喽？难道你自己不也一直在撒谎，说你不恨我吗！"

"好了，好了……"艾奎纳插话道，心里又慌乱又担忧，"埃利加……陛下，您知道我一直很忠实——我还是您父亲最亲密的好朋友！"

"嗬，是啊，我父亲的！"埃利加轻蔑地哼了一声。

"……请您不要因为那些流言蜚语而不高兴，那都是中伤约书亚的谣言罢了。他不恨您！他和我一样忠心耿耿！"

"我没有怀疑你。"国王说，"等我准备好了，自然会派兵去韦斯万，在那之前，问都别问！"埃利加双眼圆睁，瞪着眼前的二人。一直在旁沉默不语的派拉兹伸出一只苍白的手，拉了拉埃利加的衣袖。

"陛下。"他说，"现在的时间和地点都不合适。"说着，他无礼地瞟了一眼约书亚，"……容许下官请求您息怒。"

国王看了一眼他的宠臣，点了点头，"你说得没错。我不应该为这些没意义的事情生气。原谅我，熊伯。"他对艾奎纳说，"你刚刚也说，都是天太热的缘故。原谅我的坏脾气吧。"他微微笑了。

艾奎纳赶紧点头，"当然，陛下。这么热的天，一不小心玩笑就开过头了。都年底了还这么热，真是古怪，对吧？"

"是挺怪的。"埃利加扭头对红袍牧师笑了笑，"派拉兹，你说，看在我们圣主的分上，就不能说服上帝给我们下场雨吗？参事，如何？"

派拉兹用奇怪的眼神看着国王，下巴缩回长袍的领子里，活像只白色的乌龟。"陛下……"他说，"我们接着谈刚才的话题，让两位大人继续他们的比试吧。"

"好吧。"国王点点头，"那就这样。"他们正准备离开，埃利加又停了下来。他缓缓转过身子，看着正从枯草地上捡起练习用木剑的约书亚。

"弟弟，你记得吧。"国王说，"我们已经很久很久都没一起练剑了。看到你，又让我回忆起从前的日子。既然你我都在这里，要不要来跟我过两招？"

一阵沉默。"如你所愿，埃利加。"约书亚最后说，顺手将一柄木剑丢给他。国王用右手灵巧地抓住剑柄。

"……说真的，"埃利加说着，一边嘴角上翘起来，"自从你……发生意外之后，我们就没在一起练过剑了。"他换上一副严肃的表情，"幸运的是，你少的不是挥剑的那只手。"

"确实，挺幸运的。"约书亚走出一步半开外，转身面对埃利加。

埃利加也做好了准备，"另一方面，我们只能用这种木棒打一场，还真是不幸。"他挥舞一下手中的木剑，"我挺喜欢看你用那把——你叫那柄细剑什么来着？啊，对了，南黛儿。可惜你没把它带在身边。"这时，半点警示都没有，埃利加反手握着剑柄，突然向约书亚的头部扫了过去。王子早有准备，侧身闪过这一击，手中剑旋即出手。埃利加挡住刺来的剑，轻巧地将它拨开。这对兄弟再次分开两边，警惕地绕圈走动。

"你说对了。"约书亚把剑身抬高，脸颊流着汗水，"没带南黛儿确实可惜了。你也正后悔自己没带着光锥吧。"王子飞快地向下一削，身体紧跟着剑风一转，横扫过去。国王迅速退了一步，反击一剑。

"光锥？"埃利加说，呼吸变得急促起来，"什么意思？你明知道那把剑跟父王埋在一起。"他低头避过反手劈来的弧形剑光，攻上前去。

"我知道。"约书亚一边闪躲一边说，"但是国王的宝剑，就像他的王国一样，该理智……"又刺出一剑，"骄傲，"还击，"……该理智、谨慎地，被继承人使用。"

两把木剑交错，猛地撞在一起，发出如同斧子砍在木头上的闷响。二人都在用力，把剑越压越低，直到架住剑柄，埃利加和约书亚的面孔几乎都要碰在一起了。肌肉在两人的衣服下绷得紧紧的，霎时之间，他们如同静止了一般，只有身体因用力而微微颤抖。最后，约书亚因不像国王能用双手发力，手里的剑先失去平衡。约书亚认输地耸耸肩，渐渐放松了手中的力道，再顺势往后一跳，剑身垂落在身前。

草坪上，两人仍旧相互瞪视，胸膛上下起伏。这时，响亮而悠远的钟声传遍比武场。那是每天正午敲响的绿天使塔的钟声。

"行了，先生们！"艾奎纳大声说，勉强挤出一丝笑容。瞎子都看得出这两人之间赤裸裸的恨意。"钟都响了，该吃饭了。就当是平局好吗？要是不找个阴凉的地方弄口酒喝，恐怕我就活不到明年的安东祭了。我这把北方来的老骨头不适合待在这么热的地方。"

"公爵说得对，陛下。"国王手里仍然举着木剑，派拉兹上前搭住埃利加的手腕，像蛇一样咧开嘴笑了，粗声说，"您和我可以在回去的路上接着讨论刚才的话题。"

"好吧。"埃利加低声答道，手一翻，木剑越过他的肩膀，在远处的地上弹了一下，落了下来。"弟弟，多谢你陪我练剑。"他转过去，示意派拉兹扶着自己。一红一绿，二人离开了。

"约书亚，你觉得呢？"艾奎纳从约书亚手里拿过木剑，问道，"要不要一起去喝杯酒？"

"嗯，好。"约书亚答道，弯腰拾起地上的背心，艾奎纳把国王扔远的木剑捡了回来。约书亚站直身子，望着远方，"伯父，难道说人死了，灵魂还要永远徘徊在人间吗？"他轻轻问道，没等答复就抹了抹脸说，"不用在意我刚刚说的。一起找个阴凉地歇会儿吧。"

❀

"朱迪丝，真的，瑞秋不会说什么的……"

在西蒙的手离碗只有几英寸时，被迅速地拦下了。朱迪丝是个红润健壮的女人，这一握相当有力。

"该干吗干吗去。瑞秋不会说什么才怪！她会拆了我这把老骨头！"她把西蒙的手甩回去，吹开一缕挡在眼前的头发，在脏兮兮的围裙上擦擦手，"我早该知道，只要让你闻到一丝安东祭烤面包的香味，你就会像苍蝇一样在这里转悠。"

西蒙的眼睛扫过台面，洒落的面粉形成一个伤心的图案。

"可是，朱迪丝，你已经做好一大堆面团了，我就从碗里尝一小口，有什么关系？"

朱迪丝站起来，气度不凡地走向厨房上百个架子中的一个，模样仿佛平静水面上稳稳行驶的一艘大船。两个年轻小厮慌忙让路，仿若船前的海鸥。"在哪儿呢……"她喃喃自语，"那罐奶油放哪儿了呢……"她咬着手指，站在那儿。西蒙趁机靠近那只大碗。

"小子，你敢碰一下试试。"朱迪丝连头都没回，冲他丢出这句话。难道她背后也长了眼睛？"西蒙，我不是没有足够的面团。但你要知道，瑞秋不想让你浪费晚餐。"她继续扫视架子上摆放整齐的东西，西蒙只好坐回去干瞪眼。

虽然偶尔也会受挫，但总体而言，厨房是个好地方。这里比莫吉纳的房间要宽敞，但感觉上却拥挤得多，也亲切得多。烤箱常年蒸汽腾腾，散发出诱人的香味。铁锅里炖着羊羔肉，烤箱里的安东祭面包正膨胀开来，紫褐色的洋葱像铜钟一样挂在雾蒙蒙的窗户上。空气里沉淀着浓浓的香料味儿，有生姜、肉桂、番红花，以及让人鼻子痒痒的胡椒。几个小厮把装满面粉、熏鱼的大桶从门外滚进来，另一些则用平底木勺把面包从烤箱里铲出来。一个学徒长正用一壶杏仁奶在火上烤米糊，为国王做甜糕点心。大个子朱迪丝十分慈祥，她让这个巨型厨房就像农夫家里一样其乐融融。她从不大声指挥别人干这干那，在这个由砖块、瓶瓶罐罐和火光组成的国度里，她是位和蔼可亲且明察秋毫的君主。

她捧着一个罐子回来了。西蒙遗憾地看着她手持长柄刷，往麻花状的安东祭面包上涂奶油。

"朱迪丝。"西蒙问，"都到安东祭了，怎么还不下雪呢？莫吉纳说，他都没见过这个时节还不下雪的。"

"我哪知道？"朱迪丝语气轻松，"挪文德月也没下雨。我猜今年大概是个旱年吧。"她皱了皱眉，又往手边的面包上多涂了些奶油。

"他们还到海霍特护城河里，给牛羊打水喝呢。"西蒙说。

"是吗？"

"是啊，在水少的地方，你还能看到一圈褐色的痕迹呢。有些地方水浅得还不到你的膝盖！"

"我完全相信，你能找到那些水浅的地方。"

"那当然。"西蒙骄傲地回答，"你想，去年这个时候，水都冻成冰了。"

朱迪丝将目光从面包移到西蒙身上。她的眼睛是浅蓝色的，"我知道，你喜欢这些不寻常的事情。"她说，"不过你要记得，小子，我们需要水。如果不下雨也不下雪，很快我们就没有好东西吃了。你知道，我们又不能喝津濑湖的水。"津濑湖与格兰汶河的水都跟海水一样咸。

"我知道。"西蒙说，"肯定就要下雪或者下雨了，虽然天还暖和着。只是今年冬天的天气很怪罢了。"

朱迪丝正想开口，但又停下了。她的目光越过西蒙，看着厨房门口。

"怎么了？"她问。西蒙转过身，只见一个卷发女仆正站在那里——是海普兹帕。

"瑞秋让我来找西蒙。"她回答，懒懒地行了个半礼，"她要他帮忙从架子上拿点东西下来。"

"亲爱的,你不用请示我。他只是在这儿垂涎烤箱里的面包,又不是来帮忙的。"她像赶苍蝇似的冲西蒙挥挥手。但西蒙完全没看到她的手势,他正愣愣地盯着海普兹帕的紧身围裙,还有她那头散在帽子外的卷发。"慈悲的艾莱西亚,孩子,去做事吧。"朱迪丝靠过去,拿刷柄戳了他一下。

海普兹帕已经转身走开。西蒙赶紧跳下凳子,追着她出门去。这时,厨房总管拉住了他,她的手很温暖。

"拿着。"她说,"我把这个烤坏了,你看,都弯了。"她递给他一块还热乎的面包,它像绳子似的扭在一起,闻上去甜甜的。

"谢谢!"他说着,顺手撕下一片塞进嘴里,一边飞快地往门口跑去,"真好吃!"

"当然好吃了!"朱迪丝在他身后大声说,"你敢告诉瑞秋,我就剥了你的皮!"话没说完,门口的人影已经不见了。

西蒙几步便追上了海普兹帕,她走得并不快。

她是在等我吗?西蒙想道,不由心跳加速。但一转念,好像瑞秋派出来办事儿的人都这样,能多耽搁一会儿总是好的。

"要吗……你尝尝?"他有些结巴地问。女仆撕下一小片面包,先闻了闻,然后放进嘴里。

"嗯,不错,挺好吃的。"她回给西蒙一个灿烂的笑,眼角似一弯月牙,"再给我一片?"他照办了。

他们走过大厅,来到庭院。海普兹帕手臂交叉环抱自己。"好冷啊。"她说。就岱萨德月而言,现在其实挺热的,甚至可以算是酷热。但听海普兹帕这么一说,西蒙也觉得凉意袭来。

"是,挺冷的,对吧?"说完,又陷入了沉默。

他们绕内城角落走着,这是王室居住的地方。海普兹帕指着塔楼高处的一扇窗户,"看得到吗?"她问,"前两天,我看到公主站在那儿梳头……哦，天哪，你不觉得她的头发很漂亮吗?"

西蒙模模糊糊记得，某个阳光灿烂的下午，一缕金色的闪光。但他没细想下去。

"我觉得你的头发更漂亮。"他说着，转头去看中城城墙上的一座守备塔，好掩饰自己的脸红。

"你说真的?"海普兹帕大笑起来，"我这头发实在太难打理了。米蕊茉公主有一大群女佣帮她梳头。莎拉，你知道吧? 就是那个金发女孩，她认识其中一个女佣。莎拉说，那个女佣告诉她，公主总是很伤心，想回麦尔芒德，她是在那儿长大的。"

西蒙饶有兴致地看着海普兹帕，她的棕色卷发从帽子里散出来，绕在脖子周围。"嗯。"他随口答道。

"还有，"海普兹帕从塔楼收回目光，刚要说下去，语气突然一变，"你在看什么?"她尖声说，但眼里还是透着愉快的神色，"别看了，早说过，我头发像稻草一样乱七八糟。你还想听公主的事吗?"

"什么?"

"她父亲想让她嫁给范巴德侯爵，但她本人不愿意。国王气坏了，范巴德还火上浇油，威胁说要离开宫廷，回法尔郡去——当然，没人知道他为什么这样说。洛弗桑说，其实范巴德不会回去的。因为在他自己的封地里，没人像他这么奢侈，会欣赏他那些马啊，衣服啊，还有其他乱七八糟的东西。"

"洛弗桑是谁?"西蒙很想知道。

"哦，他。"海普兹帕看上去有点害羞，"我认识的一个卫兵。他是拜由伽伯爵的侍从。长得可帅了。"

西蒙还在吃安东祭面包，这下子却味同嚼蜡。"一个卫兵?"他冷淡地问，"是……你的亲戚?"

海普兹帕咯咯地笑了，西蒙头一回觉得这笑声挺刺耳。"亲戚? 慈悲的瑞普啊，不，当然不是啦! 他总是在我身边晃来晃去的。"她又咯咯笑了起来，西蒙更不舒服了。"你说不定见过他呢。"她接着说，"他看守东营，宽肩膀，大胡子。"她在空中比画着，那人似乎比两个不穿大衣的西蒙加在一起都魁梧。

西蒙心里，一口不吐不快的恶气和理智作着激烈的斗争，最后感情胜利了。"士兵都很蠢。"他嘟哝着说。

"他们不蠢！"海普兹帕回嘴，"你别胡说八道！洛弗桑人可好了！总有一天他会娶我的！"

"是吗，你们两个一定挺般配。"西蒙气急败坏地说，说完又难过起来，"希望你们两个能幸福。"他补上了一句，但愿自己的心思没表现得太过明显，让人一听就明白。

"我们会的。"海普兹帕说，语气平复下来。她看着上方，两个肩扛长矛的民兵从城垛上走过。"总有一天，洛弗桑会当上军官，我们会在鄂克斯特拥有自己的房子。我们会……要多好就有多好。反正会比那个可怜的公主过得好。"

西蒙表情扭曲，从地上捡起一块石头，用力丢出了城墙。

莫吉纳医师信步走在城垛上，看着西蒙和一个年轻女仆从脚下经过。一阵干燥的风将兜帽吹到脑后，他微笑起来，在心里祝西蒙好运。那孩子现在正需要一点运气，那副闷闷不乐的样子让他看着比实际年龄更小。西蒙的个子已经挺高了，照理还会继续长高，这时正是一道分水岭。虽然自己已经老了，老得整个城堡没人猜得出他有多少岁，但医师仍然记得自己青葱岁月时的感受。

这时，他身后突然传来一阵拍打翅膀的声音。莫吉纳慢慢转过头，一副不慌不忙的样子。只有仔细看，才能发现他面前有个灰色的影子悬浮在空中，接着，不过短短几次心跳的时间，灰影消失在医师宽大的灰色袍袖里。

方才医师手里还空空如也，这会儿，竟攥着一个小小的绑着蓝色

丝带的卷轴。他把卷轴小心地放在手掌上，用指尖轻轻拨开。这封书
信全文都是用瑞摩加如尼文所写，口吻却符合来自南方的纳班和教宗
的用语。

莫吉纳：

　　风暴之矛的火光已被点亮。我在棠戈寨观察了九天，那儿一直在
冒烟，火光已经照耀了八个夜晚。白狐又醒来了，他们在黑暗中惊扰
孩子们。我已把信息飞送给最小的那位朋友，但我怀疑他已经有所察
觉。有人正在敲打危险的大门。

——亚拿嘉

　　署名旁还用寥寥数笔画着一支卷成环形的羽毛。

　　"怪天气，不是吗？"一个干巴巴的声音说，"不过在城垛上散散
步还是挺舒服的。"

　　医师一边转身，一边将羊皮纸一把握在手心。是派拉兹，他带着
微笑，站在旁边。

　　"今天有好多鸟。"牧师说，"医师，你喜欢研究鸟吗？你了解鸟
的习性吗？"

　　"所知不多。"莫吉纳冷淡地回答，他的蓝眼睛眯了起来。

　　"我自己曾想过要研究一下鸟。"派拉兹点点头，"你知道，它们
很容易被抓到……而且鸟儿身上藏着太多秘密，那些善于探究的人一
定对它们很感兴趣。"他叹了口气，抚摸着自己光滑的下巴，"啊，
好吧，唯一的问题是——我实在太忙了。再见，医师。好好享受新鲜
空气吧。"说着，他走下城垛，靴子敲得石头喀喀作响。

　　牧师已离开很久，莫吉纳依然安静地站在那里，一直凝望北方那
片灰蓝色的天空。

苦甜参半

❋

已经到朱诺孚月底了，老天依旧滴雨未下。太阳渐渐沉下西城墙，虫子在高大干枯的草丛间轻轻叫唤，西蒙和杂货商的学徒杰瑞米背靠背坐着，大口喘气。

"好了，来吧。"西蒙用力站了起来，"再打一次。"杰瑞米不理他，顺势仰面倒下，摊开四肢躺在那里不动，活像一只仰面朝天的乌龟。

"你自己打吧。"他喘着气说，"我是永远都当不成兵了。"

"你肯定可以。"西蒙说，他讨厌这话题，"我们都可以。上一次你已经很有进步了。来吧，起来。"

伴着一声疼痛的叫唤，杰瑞米总算被拉了起来。他勉强接过西蒙递来的扁木棍。这还是拿木桶的桶壁做的呢。

"我们回去吧，西蒙。我浑身都痛。"

"你想太多了。"西蒙回答。他举起手里的木棍，"小心了！"棍子一下子打在另一根棍子上。

"啊！"西蒙叫出了声。

"嘿，咯！"杰瑞米笑着还击，他倒来劲了。"致命一击！"木头敲来打去的声音接连响起。

西蒙的军旅旧梦之所以被唤醒，不完全是因为那次跟海普兹帕极其失败的谈笑。在埃利加坐上王位之前，西蒙曾相信自己最渴望成为莫吉纳的学徒，从医师那里学习令人目眩神迷的魔法世界的秘密，也曾认为自己会不惜一切代价，实现这个梦想。但现在真的当上了学徒，甚至取代尹寸成了医师的助手，那份渴望却淡了下来。一方面，要做的事实在太多了，另一方面，莫吉纳又总是讳莫如深，而魔法呢？西蒙连一星半点都没学到。他只是浪费无数个小时，阅读、写字、在医师昏暗的房间里擦擦洗洗。他不是医师，不可能对战场上的丰功伟业和姑娘们的崇拜目光不屑一顾。

国王登基的第一年，就连待在杂货商雅各布那满是蜡油香的小房间里的胖子杰瑞米，也被军人的英姿深深吸引。几乎每个月，埃利加都会举办长达一周的庆典。骑马比武的名单上，填满了大小王国和领主们色彩斑斓的纹章。骑士们就像光洁绚丽的蝴蝶，又像闪闪发光的钢铁，比世上任何人都更英俊潇洒。穿过比武场的风带着荣誉的气息，激起了无数年轻人心中的渴望。

于是，像小时候一样，西蒙和杰瑞米找桶匠要了几片长木板做成剑。每天做完杂务以后，他们便会花上好几个小时互相打来打去。一开始，他们把马厩当成练剑场，直到马倌舍姆忍无可忍，把他们从安静的马厩赶了出去。他们并没有因此放弃，反而转战比武场南面的草地。每天晚上，西蒙都一瘸一拐地回到佣人间，衣服裤子弄得破破烂烂。气得怒龙瑞秋仰面看天，大声向圣瑞普祈祷，希望能摆脱这些昏了头的男孩，接着便卷起袖子，让西蒙伤痕累累的身子再添新的瘀青。

"我觉得……"西蒙喘着气提议说，"今天……就这样吧。"杰瑞米累得够呛，满脸通红，弓着腰，点头表示同意。

天色已经昏暗下去，他们像耕牛一样气喘吁吁、满身大汗，互相搀扶着回城堡。西蒙高兴地发现，杰瑞米已经不像之前那样大腹便便了。大概再过一个月，他看上去就会像个真正的士兵了。在开始练剑之前，杰瑞米活脱脱像根油脂饱满的大蜡烛，他师傅都可以直接往里填烛芯。

"今天感觉不错，对吧？"西蒙问。杰瑞米挠了挠乱糟糟的头发，丢给西蒙一个嫌恶的眼神。

"搞不懂当初你是怎么说服我的。"他抱怨说，"除了烧火工，他们不可能让我们干别的。"

"但在战场上，什么都有可能发生！"西蒙说，"说不定你能从色雷辛人或纳拉克西骑兵手里救国王一命，这样你就能被封为骑士了！"

"是吗。"杰瑞米并没被这话打动，"可是，要怎样才能让他们收我们入营呢？我们没有家世，没有马，连剑都没有！"他泄气地挥了挥木棍。

"也对。"西蒙说，"这个嘛，好了，我总会想出办法的。"

"嗯。"杰瑞米答应着，用衣角擦了擦通红的脸。

他们走近城堡外墙，看到前方亮起一大片火把。海霍特城墙的阴影下本来是片开阔的草地，现在却搭满了小屋和帐篷。这些排列成行的简陋住所挨得紧紧的，就像又老又病的蜥蜴身上的鳞片。草皮早被羊群啃了个干净，露出光秃秃的土地。住在此地的贫苦居民走来走去，忙着生起营火，并在天黑前把孩子们叫回来。尘土在他们脚下飞扬，将挂着晾干的衣服和帐篷布染成了土黄色。

"要是还不下雨，"杰瑞米皱着眉头，看着一群吱呀乱叫的孩子死拽着一个衣衫和面貌都不再光鲜的女人，说，"爱克兰守卫就会把他们赶走。我们也没有多余的水。他们最好快点走，到别处去挖口井。"

"可是去哪儿……"西蒙刚开口，又停了下来，在远处小路的尽头，这临时搭建的小镇的另一边，他瞄到一张熟悉的面孔。那张脸在人群中一晃而过，但西蒙肯定自己看到了——那个从他手下溜走的间谍，害西蒙被巴拿巴斯司事逮住的男孩。

"上次我跟你说的那个家伙！"他愤恨地低声对杰瑞米说，但杰瑞米一脸茫然，"你知道的，麦……麦拉齐！我还记着那笔账呢！"
说着，便快步往人群中走去，他确定麦拉齐那张轮廓分明的脸刚刚就
出现在那边。这群人主要是女人和孩子，中间还有几个像弯曲的老树
一样的老头。穿过人群，只见一间倚着城墙搭建的半塌小屋，有个年
轻女人蹲在屋前空地上，人们围在她身边。女人怀里抱着一个瘦小苍
白的孩子，身子因哭泣而不住地颤抖。麦拉齐不见了。

　　西蒙环视周围这些冷漠、削瘦的脸庞，又低下头看着哭哭啼啼的
女人。

　　"这孩子病了？"他问身边的人，"我是莫吉纳医师的学徒。要不
要我去把他找来？"

　　一个老女人转向他，脏兮兮的杂乱皱纹中间，长着一对鸟一样的
眼睛，漆黑而又冰冷。

　　"走开，城堡的人。"她说，还向地上啐了口唾沫，"国王的人。
快滚。"

　　"我想帮忙……"西蒙还不死心，但刚开口，臂膀就被一只有力
的手抓住了。

　　"小子，照她说的做。"老人下巴上长长的胡须纠缠在一起，虽
然瘦，但身板结实。他将西蒙拽出人群，脸上的表情比其他人和缓一
些。"你帮不了她，大家都很生气，孩子已经死了。你走吧。"说完，
他平静但坚决地将西蒙推开。

　　西蒙回来时，杰瑞米还站在原地。四周跳动的火光照耀着他满是
担忧的脸。

　　"西蒙，以后别这样。"他不满地抱怨，"我不喜欢待在这里，尤
其是太阳下山以后。"

　　"他们怎么那样看着我，好像很恨我似的。"西蒙喃喃自语，既
困惑又沮丧。杰瑞米则快步向前走去。

✽

没有一支火把被点燃，但大厅里还是跳跃着模糊的光。他没看见海霍特有人，连半个鬼影都没有，但每个转角却都回荡着欢歌笑语。

西蒙穿过一个又一个房间，掀开帘子，打开大门，还是一个人都找不到。在他到处搜寻的时候，耳里充斥的欢声笑语仿佛在嘲笑他一般。声音像上百种不同的语言混在一起，说着，唱着，一会儿震耳欲聋，一会儿又轻若游丝，但没有一种语言他听得懂。

最后，他在王座大殿的门前停下脚步。这里的声音比之前听到的更加响亮，应该就是从巨大的房门里面发出来的。他伸出手，门没上锁。他推开门，门链发出尖利的巨响，一刹间，一切都安静下来，仿佛被开门声吓到。雾蒙蒙的光像闪烁的烟，从身边缓缓流淌出去。他走了进去。

大殿中间矗立着泛黄的王座——龙骨椅。人们手拉手绕着它围成一个大圈，缓慢地旋转舞动，好像身处很深很深的水底一般。他认出了一些人——朱迪丝、瑞秋，还有杂货商雅各布等城堡里的其他人。他们弯腰、跳跃，脸上带着狂热的笑容。在他们中间，那些大人物——埃利加国王、乌坦邑的哥斯伍、赫尼斯第的格威辛等人也在跳舞。这些人同城堡杂役们一起，围成一个圈，动作又慢又仔细，好像万年不化的冰慢慢爬过山脉。圈子中间，有几个像甲虫一样黝黑的影子，那是孔雀石雕成的国王塑像，他们也从底座上下来，加入这场缓慢的庆典。平日里，位于中心的这把高悬着龙头骨的椅子就像一座阴暗的象牙山峰，此时不知为何看上去竟充满了生机、弥漫着远古的力量。正是这股像条看不见的绳子般的力量，紧紧系着这群围成圈跳舞的人。

安静的王座大殿里，一丝若有若无的旋律在空气中飘荡——是欢乐颂歌，只是节拍令人不安地被拉长了，好像某个看不见的乐师，正用不属于尘世间的乐器演奏着这首曲子。

仿佛旋涡一样，西蒙觉得自己也被拉向那场可怕的舞会。他努力控制住脚步，但仍然不由自主地往里走去。他越走越近，那些跳舞的人也渐渐转过头来看着他，好像蜷缩的草叶正慢慢伸展开来。

圆圈中心的龙骨王座上方，黑暗正在聚集，许多看不清的东西正在这片黑暗里攒动，就像一团由苍蝇聚合而成的乌云。翻滚涌动的黑暗之上，似乎卷起阵阵狂风，吹得两点深红色的火花越燃越亮。

紧盯着他的那些跳舞的人越来越近了，还呼唤着他的名字：西蒙，西蒙，西蒙……外圈离黑暗笼罩的王座有段距离，一双本来握紧的手分开了，就像是一块裂开的破布。

豁口慢慢靠近，一只手像鱼一样，向他不停地摇摆挥舞。是瑞秋。她一边走近，一边招呼西蒙加入他们。此时，她脸上洋溢着极度的欢乐，不像平常那样满脸猜忌。豁口另一端是胖子杰瑞米，他那苍白的脸也在不停地傻笑。瑞秋的手离西蒙更近了。

"孩子，过来……"瑞秋说，或者确切地说，只是她的嘴唇在蠕动。话语柔和沙哑，但却是个男人的声音，"来吧，你看不出这位置是专为你准备的吗？是特别为你而留的。"

那只手紧紧揪住他的领子，把他往舞圈里拖去。西蒙挣扎着拍打湿冷的手指，但手臂一点力气都使不上来。瑞秋和杰瑞米咧开嘴唇，露出牙齿，发出低沉的笑声。

"孩子！听得到吗？起来，孩子！"

"不！"终于，叫喊声冲出西蒙那好像被堵住的喉咙，"不！不要！不！"

"噢，丰乐娅的绶带啊，孩子，快醒醒！你把其他人都吵醒啦！"那双手再一次粗暴地摇晃着他。被眼前突然透出的光亮惊动，西蒙一下子坐了起来，刚想尖叫，一阵强烈的咳嗽却冲上嗓子眼。一个影子朝他弯下腰，油灯照亮了这人的身形。

实际上这男孩没有吵醒任何人。艾奎纳心想。我进来时，整个屋子的人好像都在颤抖呻吟。难道他们在做同一个恶梦吗？今夜真像是中了上帝的诅咒啊！

公爵看着旁边的人慢慢恢复平静，这才将注意力转回到男孩身上。

这个家伙咳得还真厉害。虽然他个子不算小，却干瘦得像匹挨饿的小马。

艾奎纳把油灯放在壁龛上，拉过床单一角盖住灯光，接着双手抓住小伙子的肩膀，将他扶起来坐在床上，重重拍打他的后背。男孩继续咳了一会儿，终于停了下来。艾奎纳宽大、多毛的手又多拍了几下。

"抱歉啊，小伙子，抱歉。慢点儿，没事。"

年轻人的呼吸终于平复。公爵环视周围。这个角落摆放着男孩的床，帘子拉开。帘子外头睡着十几个小厮，嘴里仍然喃喃说着梦话。

艾奎纳举起油灯，观察挂在阴暗墙面上的怪东西——有破破烂烂的鸟巢，还有在火光下看来是绿色的丝质旗帜，大概是哪个骑士的节日装饰用品吧。破裂墙面的几颗钉子上挂着老鹰羽毛、一个粗糙的圣树木刻，还有一张好像从书上撕下来的边缘毛糙的图画。

眯眼仔细看去，艾奎纳觉得图上画着一个头发乱七八糟的男人……也许那不是头发，更像是鹿角？

公爵再次低下头，看着年轻人乱糟糟的头发，不由暗自发笑。男孩的呼吸已经平静下来，他睁大双眼，紧张地看着公爵。

这么个鼻子，加上乱七八糟的头发——那是什么颜色？红色吗？这男孩看上去像只倒霉的沼泽鸟。艾奎纳想。

"抱歉，吓到你了。"老公爵说，"你离门最近。我得跟淘儿说几句话，就是那个小丑。知道我说的是谁吗？"男孩盯着他的脸，点了点头。很好，瑞摩加人想，至少他不笨。"有人说他今晚睡在这儿，但我找不到。他在哪儿？"

"你是……你是……"年轻人一下子说不上来。

"没错，我是艾弗沙的公爵——别鞠躬，也别大人长大人短的。只要告诉我小丑在哪儿，你就可以继续睡觉了。"

男孩没再说什么，干脆地下了床，站起来，拉过毯子裹在肩上，垂下来的衣服下摆不时拍打着露在外面的双腿。他们从沉睡的人身边经过。有些人甚至就在地板上和衣而眠，好像已经累得没力气爬到床上去休息似的。艾奎纳提着灯，跟在后面，小心翼翼地跨过一团又一团黑影，觉得自己仿佛跟着乌顿手下的幽灵女仆，正穿过一片尸横遍地的战场。

一大一小两个幽灵，就这样走过两个房间，就算是那个大个子，也是悄无声息。最后，他们到了一个房间，壁炉里所剩无几的煤炭还在徐徐燃烧。炉前的地砖上，有人蜷缩在一堆衣服中间，饱经沧桑的手里紧握着羊皮酒囊。正是弄臣淘儿，他一边打着呼噜，一边说着梦话。

"啊。"艾奎纳小声说，"好了，谢谢你，孩子。回去睡吧，抱歉吵醒你了。不过我猜，你刚刚正在做噩梦，或许还是醒来比较好。回去吧。"

年轻人转过身，绕过艾奎纳往门口走去。擦身而过时，公爵才有些吃惊地发觉这小伙子几乎和自己一样高。艾奎纳本人不矮，但由于这男孩身子骨实在细瘦，加上走路总是驼着背，所以看起来并不显得高大。

真可惜，应该从来没人教过他怎样把身子站直，公爵想，大概他永远也不能在厨房之类的地方学会这一点。

等年轻人离开，又过了一会儿，艾奎纳才弯下腰摇醒淘儿。一开始只是轻摇，后来越来越用力，但小矮子好像真的累坏了，即使这样被猛烈地摇晃，也只是发出几声轻微的鼻音来抗议。最后，艾奎纳耐心耗尽。他伸手抓住老人的脚踝，用力一提，将淘儿头朝下倒挂在空中，只有那颗光秃秃的脑袋还挨着地面。梦呓变成了不舒服的咕噜声，然后变成越来越清晰的西领语。

"怎么……？放下……放我下去！该死的……"

"老酒鬼，要是你还不清醒，我就拿你的头撞地板，撞到你永远不敢再喝红酒为止！"艾奎纳说着，便把弄臣举高一些，然后真的把他的脑袋撞在冰冷的石地板上，下手还挺重。

"住手！魔鬼啊，我……我投降！赶快转回去，你啊，转回去。我又不是乌瑟斯，干吗要倒挂起来为人牺牲！"

艾奎纳将他轻轻放下，直到小丑四肢摊开，仰面躺在地板上才松手。

"老笨蛋，你已经够糊涂了，就别再乱讲渎神的话了。"艾奎纳低声说。他看着淘儿痛苦地翻过身子，却没发觉自己身后有个细长的人影，悄悄地贴在门那边。

"噢，仁慈宽容的安东啊，"淘儿勉强坐了起来，嘴里还在抱怨，"你拿我当铲子使啊？你想在这儿挖井吗？我早就告诉过你佣人房的石板地硬得要命。"

"够了，淘儿。还有两个小时天亮，我可不是为了听笑话才弄醒你的。约书亚走了。"

淘儿一手揉着脑袋，一手在地上胡乱摸索他的酒囊，"走了？去哪儿？艾奎纳，可怜可怜我吧，你敲破我的头，就因为约书亚没去找你？这跟我没关系，我发誓。"他自怨自艾地灌下一大口酒。

"白痴，"艾奎纳说，语气却不刺耳，"我是说，王子走了，离开海霍特了。"

"不可能。"淘儿肯定地说。颤抖着灌下第二口烈酒后，他稍微恢复了一些平时的冷静，"下礼拜之前他不会走的。他自己说的。他还说，如果愿意的话，我也可以到奈格利蒙去，做他的小丑。"淘儿侧过头，拍打着脑袋，"我说，明天给他答复——应该是今天。反正不管我留下还是到别处去，埃利加也不在乎。"他摇着头，"我还是他父亲最亲密的伙伴呢……"

艾奎纳不耐烦地摇着头，花白的胡子也随之晃动起来，"不，他真的走了。我只知道他是在午夜前后走的，准确地讲，那些爱克兰守卫是这么说的。本来我们约好今晚见面，但我到他房间的时候，里面已经空空荡荡了。这么晚了，我自己还想在床上休息呢，是他说要谈一些迫在眉睫的事。他可不像是个连字条都不留，就悄无声息溜走的人啊！"

"谁知道呢？"淘儿琢磨着这些话，整张老脸都皱了起来，"也许这就是他想告诉你的事——他要悄悄离开这里。"

"那他干吗不等我到了再走？我不喜欢这样。"艾奎纳蹲坐下去，捡起一旁的木条拨弄着炭火，"今天晚上，整个城堡的气氛都怪怪的。"

"约书亚总是做些古怪的事。"淘儿用确信无疑的口吻说，"他是个喜怒无常的人，天地明鉴，难道不是吗？说不定他见月光明亮，就跑出去抓猫头鹰了，或者去干其他乱七八糟的事。别担心。"

久久的沉默之后，艾奎纳长出一口气，"唉，你说得对。"他好像被说服了，"就算他跟埃利加公然对抗，至少在他们父亲的宫殿里，在上帝和宫廷眼皮子底下，应该不会出什么事。"

"除了你大晚上乱撞我脑袋之外，是没出什么事。今晚上帝只是给大家小施惩戒罢了。"淘儿笑了起来，脸上的皱纹挤成一团。

二人继续在壁炉旁聊着，阴暗的房间里，他们的声音渐渐轻了下去。西蒙悄悄溜回到自己的床上，裹着毯子，睁着眼睛盯着黑漆漆的天花板，躺了很久。但当太阳升起，庭院里的公鸡开始打鸣的时候，他已经睡着了。

❋

"你们要记住，"莫吉纳用一块亮蓝色的手帕擦去额头上的汗水，提醒道，"在拿来问我之前，千万别吃任何东西，尤其是那些带红点的，懂了吗？我让你们收集的东西大都是有毒的。可能的话，别犯傻。西蒙，你要看着点。他们的安全是你的职责。"

除了西蒙，这里还有杂货商的学徒杰瑞米，以及住在楼上的年轻侍从艾萨克。莫吉纳选了这个炎热的霏耶孚月下午，让他们到津林里采集蘑菇和草药。这片小树林还不到一百英亩，挤在海霍特西城墙和津濑湖岸中间。由于久旱不雨，莫吉纳的库存药品已经所剩无几，而津林就在大湖旁边，应该可以找到不少医师需要的、只能在潮湿环境下生长的材料。

他们在林子里分散开，杰瑞米落在最后，等着莫吉纳嘎吱嘎吱的脚步声渐渐消失在远处的棕色土地里。

"你问他了吗？"吉瑞米的衣服已经被汗打湿，贴在皮肤上。

"还没。"西蒙蹲在地上看着一排蚂蚁，它们正匆匆忙忙地爬上一颗韦斯丹松树。"今天就问。我得先想想怎么开口比较好。"

"要是他不同意呢？"杰瑞米用嫌恶的眼神看着地上这支队伍，"那我们怎么办？"

"他不会不同意的。"西蒙站起来，"如果他真的不同意……那……我会再想别的办法。"

"你们偷偷说什么呢？"年轻的艾萨克突然回到这片空地，"就你们两个还有什么秘密不能说出来。"虽然比西蒙和杰瑞米小了三四岁，但艾萨克已经满口"楼上"的高傲腔调。西蒙冲他皱起眉头。

"不关你的事。"

"我们在看这棵树呢。"杰瑞米撒谎说，语气有些慌张。

"我早知道你会这么说。"艾萨克自作聪明地说，"这里全是树，用不着偷偷摸摸说悄悄话也能看。"

"不过这一棵，"吉瑞米回答，"这一棵……"

"别提这棵树了。"西蒙厌恶地打断他，"我们走吧。莫吉纳已经到前面去了，他不是叫咱们过来浪费时间的。"他低头避开树枝，走进及膝的灌木丛。

这是个相当辛苦的活儿，一个半小时后，他们停下来，喝口水休息一会儿。三人的手肘和膝盖都沾了一层厚厚的红土，手帕里也分别裹着一小包采到的东西。西蒙那包最大，杰瑞米和艾萨克的稍小一些。他们背靠一棵巨大的云杉歇息，六条满是泥土的腿往外伸出，整个看上去像个轮子。西蒙朝空地丢出一颗石子，它飞进一堆落下来的枝条里，枝条上的枯叶随之颤动起来。

"天怎么这么热？"杰瑞米呻吟着擦着额头，"我的手帕里为什么会包着这么多蘑菇，害得我只好拿手擦汗。"他摊开又湿又滑的手掌。

"因为热，所以热。"西蒙低声说，"因为不下雨，仅此而已。"

他们沉默着坐了很久。连虫子和鸟儿似乎都消失得无影无踪，也许它们正在某个干燥的隐蔽地方睡大觉，所以才会这么安静。

"至少得庆幸我们不在麦尔芒德。"终于，杰瑞米打破沉默，"他们说，因为瘟疫，那边已经死一千人了。"

"一千？"艾萨克轻蔑地说，闷热使得他苍白瘦削的脸上泛起明显的红晕，"有几千呢！我们那边都这么说。我师傅在海霍特都拿洒了圣水的手帕盖着脸。其实嘛，瘟疫至少离我们有一百多里格呢。"

"你师傅知道麦尔芒德到底发生了什么吗？"西蒙好奇地问。艾萨克还是有点儿用的，"他跟你谈起过这件事吗？"

"一直都在谈。"年轻的侍从得意地说，"他老婆的兄弟是那边的市长。他们是头一批从瘟疫地逃离的。他从他们那儿打听到好多消息。"

"埃利加封乌坦邑的哥斯伍做了国王之手。"西蒙说。杰瑞米呻吟着，身子从树干上滑下去，整个人躺在满是松针的草地上。

"没错。"艾萨克回答说，手里拿着一根长长的树枝在泥地上刮蹭，"他控制住了瘟疫，让它不再传播。"

"瘟疫是怎么引起的？"西蒙问，"那些人知道吗？"他觉得自己蠢透了，居然要向一个比自己年纪还小的孩子提问题，但艾萨克能听到楼上那些流言，而且也愿意分享。

"没人能肯定怎么引起的。有人说，是对面的艾本河口那些善妒的赫尼斯第商人在井里下了毒。不过艾本河口也死了很多人。"听艾萨克的口气，他似乎相当赞成这个说法。虽说路萨和他手下的贵族也算是至高王的盟友，接受国王的统治，但毕竟赫尼斯第人都是些蛮子，又不信安东教。"也有人说，干旱使大地开裂，毒气从地里散发出来。不管怎样，我师傅说，没人能从瘟疫手中幸存下来，不管是有钱人、牧师还是农民。先是发高烧……"杰瑞米躺在地上呻吟，擦着额头上的汗珠，"……然后全身起水疱，就像在滚烫的煤炭上滚过一样。再然后，水疱会流脓……"他露出个鬼脸，故意强调一下最后那个词，浓密的金发垂在他泛红的脸上，"然后你就死了。非常非常痛苦……"

森林像是呼吸一样吞吐着热气，三人默不作声地坐着。

"我师傅，雅各布，"杰瑞米最后开口说，"担心瘟疫会蔓延到海霍特来。都怪那些搬到城墙边上的脏兮兮的农民。"津林继续缓慢而安静地呼吸着，"大熊鲁本——那个铁匠——告诉我师傅，据一个旅行修士说，在麦尔芒德，哥斯伍控制瘟疫的办法非常可怕。"

"非常可怕？"西蒙闭着眼睛问，"什么意思？"

"修士告诉鲁本，哥斯伍作为国王之手到了麦尔芒德之后，让士兵把生病的人都赶回了家里，然后用钉子和木板把那些房子整个封起来。"

"那些病人都在家里吗？"西蒙问，他又害怕又好奇。

"当然。为了控制瘟疫的蔓延，把房子钉起来以后，患病的人就不会到处乱跑，把病再传染给别人了。"杰瑞米抬起手，用袖子擦着汗水。

"可瘟疫不是通过空气，还有地底散播出来的吗?"

"人与人之间当然也可以传染。很多牧师、修士和医师就是因为这个死掉的。那个修士说，好多个晚上，麦尔芒德的街道就像……像……他怎么说的来着……'像地狱的大殿'。你能听到被关在屋子里的人像狗一样号叫，最后，他们安静下来，因为哥斯伍和爱克兰守卫把他们连屋带人全烧掉了。"

西蒙听到最后，惊讶得说不出话来。这时，附近传来树枝被踩断的声音。

"嘿，懒鬼们原来在这儿!"莫吉纳从几棵树后走了出来，袍子上沾满树枝和叶片，大帽子的帽檐上还挂着一片苔藓。"就知道你们会找个地方躺着偷懒。"

西蒙努力爬起来。"我们只坐了一小会儿，医师。"他说，"之前一直在采蘑菇。"

"别忘了问他!"杰瑞米也站起来，小声提醒道。

"好吧。"莫吉纳审视他们的包裹，"看到你们都有些收获，在这种天气里，也算是尽力了。让我瞧瞧你们都找到了什么。"说着，他弯下腰，像农民除草那样在几个男孩的包裹里翻找。"啊! 恶魔之耳!"他对着太阳举起一只荷叶边形状的蘑菇，叫了起来，"太棒了!"

"医师，"西蒙说，"能不能请你帮个忙?"

"嗯?"莫吉纳用一块摊开的手帕当桌面，检查着这一堆蘑菇。

"那个，杰瑞米想加入守卫队，就是，试一试。不过，拜由伽伯爵不大可能认识城堡佣人，杰瑞米也不认识守卫队的人。"

"这个嘛，"莫吉纳干巴巴地说，"不奇怪。"他又把另一块手帕包裹倒空了。

"你可以为他写封引荐信吗？他们都认识你。"西蒙努力让自己的声音听上去平静一点。艾萨克则用混合着尊敬和消遣的目光看着满头大汗的杰瑞米。

"嗯。"医师语气平淡地说，"拜由伽和他那些朋友对我再熟悉不过了。"他抬起头，用锐利的目光盯着杰瑞米，"雅各布知道吗？"

"他……他知道我想干吗。"杰瑞米结结巴巴地说。

莫吉纳把所有蘑菇都塞进包里，手帕则还给了男孩们。医师站起来，抖落黏附在袍子上的树叶和松针。

"我想可以吧。"在返回海霍特的路上，莫吉纳说，"我并不赞同，而且我写的条子也不太可能引起他们的重视。不过我想，既然雅各布知道，试试也无妨。"他们一个接一个经过灌木丛。

"谢谢你，医师。"杰瑞米努力赶上其他人的步伐，上气不接下气地说。

"我觉得，他们怎么都不会收你的。"艾萨克的语气带着些妒忌。随着城堡越来越近，他的傲慢态度似乎也回来了。

"莫吉纳医师。"西蒙说，他竭尽全力让自己的语调显得温和平淡，"干吗不让我来写这封信，然后你检查以后签个字呢？对我来说，也算一个不错的练习机会，你觉得呢？"

"哎呀，西蒙，"医师跨过一截倒在地上的树干，"这主意真是不错。我很高兴你居然会这么主动。可能很快我就能教你成为一个真正的学徒了。"

医师兴高采烈，语气里还带着骄傲，西蒙一下子觉得心里像灌了铅一样沉重。他还什么都没干，更没做什么坏事，但负罪感已经沉甸甸地压在心头，他甚至觉得自己跟杀人犯没什么两样。他正想转开话题，这时，森林里安静的气氛被一声尖叫撕裂。

西蒙转过身，只见杰瑞米的脸色像面粉糊那样煞白，手指着树干旁灌木丛里的什么东西。站在旁边的艾萨克也惊呆了。西蒙赶紧往回走，莫吉纳紧随其后。

那是一具尸体，半露在灌木丛外。尸体脸部被枝叶覆盖，露在外面的部分几乎只剩白骨，看来已经死了有段时间了。

"哦，哦，哦，"杰瑞米倒抽着冷气，"他死了！强盗还在附近吗？我们怎么办？"

"嘘。"莫吉纳打断了他，"这才刚开始呢。我先去看看。"医师提起长袍，走到灌木丛中停下，谨慎地拨开盖住尸体的树枝。

面容虽然被鸟儿和虫子啃食过，但还看得到卷曲的胡子，证明应该是个北方人，甚至就是瑞摩加人。他身上穿着没有任何标记的旅行者行头，一顶浅色羊毛斗篷，还有一双棕色皮靴，靴子也开始腐烂，露出一块块毛衬里。

"他是怎么死的？"西蒙问道。他惊慌失措地看着这具尸体——空洞的眼窝黑暗深幽，嘴唇和脸颊部分的皮肉有些不见了，有些则塌陷下去，露出了牙齿，看起来似乎在笑，活像几个星期以来，死尸一直在回味一个凄惨的笑话。

莫吉纳用树枝掀开上衣，惊起几只苍蝇，它们懒洋洋地在上方盘旋。"看。"他说。

干巴巴的尸体上，露出一截和手掌差不多长的箭身。箭插在肋骨上方，下面是一个皱巴巴的洞。

"应该是中箭而死，而且，射箭的人不想让别人认出他的箭矢。"

最后，他们几个一直等到艾萨克吐完，才急急忙忙赶回城堡去。

乘风浓烟

✤

"拿到了？他有没有怀疑？"不管在太阳底下晒多久，杰瑞米的皮肤始终那么苍白。他在西蒙身旁上蹿下跳，就像渔网上的浮漂似的。

"拿到了。"西蒙低声咕哝着。杰瑞米的兴奋劲儿让他很不高兴，这么幼稚的行为完全和他们的冒险任务背道而驰。"你想太多了。"

杰瑞米一点都不介意西蒙恶劣的态度。"只要拿到就好。"他说。

主干道顶篷大开，道路暴露在正午的阳光之下。路上几乎没有行人，只有几个卫兵仍在各处出没，还有一些人在门道附近游荡，一些人则靠着墙壁两两捉对掷骰子玩。黄色的制服表明他们是拜由伽的部下，另外，他们还系着代表埃利加的皇室绿腰带。虽然早市时间已经过去，但西蒙还是觉得路人比往常少，剩下的那些多数是无家可归的流浪汉。经过冬天这几个月，他们被迫离开井枯地裂的家园，来到鄂克斯特，如今则在井边或房屋旁的阴影中，或站或坐，无精打采，半死不活。卫兵在他们中间穿行，甚至直接踩过他们的身躯，仿佛这些人跟路上的死狗没什么区别。

他俩从主干道右拐，到了酒馆街。这是连接主干道的最大的一条街。炎热使得多数人宁愿待在屋内，但比起其他地方，这里还是稍微多了几分活力。能看到的大部分人还是卫兵，他们手拿酒杯，从窗户里探出身子，看着西蒙、杰瑞米，还有其他几个人经过，脸上带着醉鬼的漠然神情。

一个衣着简朴的农家女孩快步走过街道，从她肩上扛着的大水罐来看，大概是哪个马夫的女儿吧。几个卫兵冲她吹口哨，想引起她的注意，一不小心还把啤酒溅到窗户底下的尘土中。女孩低着头，下巴快要碰到胸口，她急急忙忙地快步向前走，在水罐的重压下，身体随小碎步扭动着。西蒙死死盯着她流畅摇摆的臀部，甚至侧过身去欣赏，直到她转进一条小巷子里，再也看不到为止。

"西蒙，过来！"杰瑞米呼唤他，"到了！"

酒馆街的中间是圣撒翠教堂，它就像块磐石，立在满是车辙痕迹的路边。宽阔光滑的石面在阳光下反射着朦胧的光芒。高高的穹顶和拱垛在成群的石像鬼上投下细长的影子，使这些石雕更显栩栩如生，它们仿佛正低着头，在那些全无幽默感的圣人背后讥笑个不停。高大的双拱门上方，插着三面飘扬的旗帜——埃利加的绿龙旗，教会的圣树金柱旗，最靠下的一面则绘着片白色平原，平原上是象征鄂克斯特的金色宝冠。两个负责警戒的卫兵背靠在打开的门上，矛尖抵着宽大的石地板。

"好，就是这里。"西蒙一脸严肃，登上二十四级大理石台阶，杰瑞米一路小跑，紧跟着他。台阶上，一个卫兵懒洋洋地举起长矛，拦在他们面前。锁子甲的兜帽垂落脑后，像面纱一样披在他肩上。

"你们想干吗，嗯？"他眯起眼睛问道。

"给拜由伽送信。"西蒙尴尬地发现，自己的声音居然这么轻，"海霍特的莫吉纳医师给拜由伽伯爵的信。"他壮起胆子，将羊皮卷递到他们面前。刚刚说话的卫兵接过来，扫了一眼封蜡上的标记。另外一个则始终盯着门楣上的雕饰，好像能从上面读出他今天已经完成任务的字样。

第一个卫兵耸耸肩，把羊皮卷还给西蒙。"进去，左转，别到处乱跑。"

西蒙愤愤不平地挺直了身子。等自己成为卫兵，一定会比这些无所事事、一脸胡楂的白痴像样得多。难道他们不知道，身着国王的绿色是多么大的一份荣誉？他和杰瑞米一起从卫兵身旁走过，进入凉爽的圣撒翠教堂。

门厅冷冷清清，一点动静都没有，甚至连空气都停止了流动。不过，在灯光照射下，西蒙看到门廊另一头有几个人影。他转过头去，和预料的一样，那两个卫兵并未留意他们。于是西蒙没往左边走，而是径直向前，往教堂的大礼拜堂走去。

"西蒙！"杰瑞米轻声唤道，"你在干吗？他们说往这边走！"他指着左边的走廊。

西蒙对伙伴的提醒置若罔闻。他悄悄地从门口探出头打量。杰瑞米紧张地嘀咕着，但也只好跟了过去。

墙上那张画的应该也是圣书的场景吧，西蒙想。它以乌瑟斯和圣树为背景，前面则是一群纳班农民的脸。

这个礼拜堂宽敞高大，像个自成体系的世界。阳光穿过彩色玻璃窗，就像穿过云层，柔和地从最高处洒下来。身穿白衣的牧师们像没有头发的女佣，在圣坛周围又是擦洗又是磨光。西蒙猜他们在为一两个星期后的艾莱西亚祭做准备。

靠近门口，同样也有许多人在忙碌，但这些人并不是普通镇民。其中有穿着象征拜由伽的黄色外衣的卫兵，也有身着绿衣的爱克兰城堡守卫，还有穿褐色或黑色衣服的贵族们。两方人马看起来各行其是，西蒙观察了一段时间才注意到，大厅中间放着一排凳子，乍一看好像是不让牧师跑出去，但仔细一想，不对，其实这应该是为了不让士兵进去。这样看来，德米蒂主教和他手下那些牧师们还心存侥幸，盼望卫队长的部队最终能撤出他们的教堂。

两人接着往目的地走去，上楼时还得把羊皮卷递给三个士兵检查。他们的警惕性显然比门卫更高，可能因为他们没被烈日炙烤，也有可能因为这里距长官更近。最后，他们来到一间拥挤的守卫室前，门口站着一个长满皱纹、牙缝宽阔的老兵，腰带上挂满了钥匙，一副冷漠高傲的模样。

"是啊，今儿拜由伽大人在。信拿来，我一会儿就给他。"军士面无表情地搔着下巴说。

"不行，大人，我们必须亲手交给他。这是莫吉纳医师的信。"西蒙努力让自己的话显得更有底气，杰瑞米则一直盯着地板。

"哦，是这样吗？我考虑考虑。"那人朝脚下啐了口唾沫，闪亮的大理石地板掩盖在满地木屑之下，"该死的，这都什么日子。好吧，在这儿等着。"

"好吧，你们有什么事？"拜由伽伯爵坐在桌旁，冲他们扬起一边眉毛，桌面上有一堆吃剩的鸟骨。他面目清秀，下巴圆润，手指像乐师一般修长漂亮。

"大人，您的信。"西蒙半跪在地上，将羊皮卷递了过去。

"好了，递过来，孩子。难道你看不出我正在吃饭？"伯爵的声音尖细轻柔，但西蒙听说，拜由伽剑术高超，已有好多人死在那双看似柔弱的手下。

伯爵看着信，满是油光的嘴唇上下翕动。西蒙努力把肩膀往后靠，背脊像长矛杆那样挺直。他用眼角余光扫到刚才那个头发灰白的军士正在看自己，于是更加用力地把下巴往里缩了缩，眼睛直视前方，心想，自己比教堂门口那两个懒散的蠢货肯定像样多了。

"……请考虑，在您麾下为送信来的……二人……安排适当的位置……"拜由伽大声念道。他特别强调的几个字眼让西蒙有点着慌——他注意到西蒙在"人"字前面加了个"二"吗？为了填进这个字，他不得不写得细长了些。

拜由伽伯爵看着西蒙，顺手把信递给了那个军士。军士读得比拜由伽更慢。伯爵上下打量眼前的年轻人，又瞥了一眼还跪着的杰瑞米。军士看完把信还给伯爵，笑了。他豁着的两个牙洞中露出了粉红的舌头。

"这么说,"拜由伽的声音仿佛长笛,正在吹奏悲伤的调子,"那个老医师,莫吉纳,希望我接手两只城堡耗子,把他们训练成真正的男人。"他从碟子里抓起一块肉,连同骨头一起丢进嘴里,"不可能。"

西蒙觉得膝盖发软,胃里有什么东西冲上了喉咙。"可是……为什么?"他结结巴巴地问。

"因为我不需要你们。我的人手已经足够。我养不了你们。不下雨,没人能种庄稼,我的人只好排着队去外面找活干,挣饭吃。最重要的一点是,我不想收你们。两只白白嫩嫩的城堡耗子,这辈子遇到最痛苦的事也就是偷水果被打几下屁股吧。你们走吧,该干吗干吗去。要是万一,那些只会傻笑的赫尼斯第蛮子继续反抗国王的旨意,或者叛徒约书亚真的造反,打起仗来,你们就有机会拿起干草叉和镰刀,和其他农民一起打仗了。退一步说,要是到时候军队真的缺人,你们说不定也可以跟来喂喂马什么的。不过,你们永远也别妄想成为军人。国王让我做卫队长,不是让我做奶妈。军士,给这两只城堡耗子开个洞,叫他们滚。"

在返回海霍特城堡的长长的路上,西蒙和杰瑞米一语不发。西蒙独自一人回到那个拉着帘子的角落,拿起桶板做的剑,狠狠在膝上折断。他没有哭。他不会哭的。

❀

今天刮的北风里有些奇怪的味道,艾奎纳想。好像是动物的臊味儿,要么就是快起风暴了,或者两者皆有……总之,让人发痒,搞得我脖子寒毛直竖。

虽然温度不算低,但他还是像天冷时那样习惯性地搓了搓手。艾奎纳挽起薄薄的夏衣袖口,一直拉到青筋凸起的上臂——今年天气的确不正常，要不怎么会穿这件衣服呢。他又到门口张望了一下，心里挺尴尬，都一把年纪的人了，居然也玩这种小孩子的把戏。

那个该死的赫尼斯第人跑哪儿去了？

转身往回走的时候，他差点被一堆书绊倒。还好，在紧要关头他抓住了压在一堆羊皮卷下的皮带扣。他咒骂着弯下腰，及时稳住了差点儿坍塌的书卷堆。那些抄录文书的牧师为了在记录厅里庆祝艾莱西亚祭，把东西都塞进了这个没人用的房间。因此这里暂时可以安全地躲开各种眼线。但他不明白，既然牧师还得回来收拾这些文书，干吗不留点腾挪空间呢？

门锁响了一声。终于，艾奎纳公爵从焦急的等待中解脱了。这次他不再小心翼翼地开门张望，而是直接伸手把门打开。门口只有一个人，他原以为会有两个。

"安东保佑，艾欧莱尔，你终于来了。"他叫出了声，"主簿呢？"

"嘘。"穆拉泽地伯爵将两根手指压在唇上，一踏进房间，立刻反手关上房门，"小声点儿。文书官还在大厅里跟人聊天呢。"

"这跟我有什么关系？"公爵继续嚷嚷，声音比刚才稍稍轻了些，"我们是小孩吗？还得躲开那些皮厚肉糙的老娘娘腔？"

"既然你想让全世界的人都知道我们在这儿密会，"艾欧莱尔找了张凳子坐下，反问道，"那咱们干吗躲在储藏室里？"

"这不是储藏室。"瑞摩加人小声嘀咕，"你完全明白我干吗把你叫来，也明白内城里藏不住什么秘密。腓力基在哪儿？"

"他觉得储藏室这种地方完全不适合教宗最得力的助手光临。"艾欧莱尔笑了起来。艾奎纳没有笑。赫尼斯第人面色泛红，公爵觉得他大概喝醉了，就算没醉也喝了不少。他希望自己也能喝点酒。

"我觉得，能找个能畅所欲言又不被人监视的地方才是最重要的。"艾奎纳的语气中略带防备，"上一次我们说话时就被人发现了。"

"不不，艾奎纳，你是对的。"艾欧莱尔安慰似的挥挥手。他穿着庆祝节日的装扮，看上去像个值得尊敬的外乡人。这些赫尼斯第异教徒至少在打扮上已经学乖了。他的白衣上系着三条腰带，每条都镶着金色或彩色的金属，长长的黑发拢在脑后，用金色丝带扎成一束。"只是玩笑话罢了，无聊的玩笑。"他继续说，"对约翰国王忠心耿耿的臣子们又不是要叛国，讲正经事居然还得私底下密会才行。"

艾奎纳慢慢走到门边，轻轻插上门闩，又检查一下，才转身背靠木门，双臂在胸前交叉，稍微放松了一点。公爵也还穿着庆典时那套又轻又闪亮的外衣和裤子，只是编好的胡子已被他紧张地扯散，长筒袜也脱落到膝盖以下。艾奎纳对盛装打扮可没什么好感。

"好吧。"他低声说，摆出一副挑战似的表情，侧过头去看着艾欧莱尔，"我先说，还是你先说？"

"谁先都一样。"伯爵说。

艾欧莱尔高耸的颧骨周围泛出红晕，让艾奎纳想起多年前，自己曾在瑞摩加雪原上看到的鬼影。当时，它和他之间仅仅相隔五十码。

那是"白狐"，父亲这样说。

艾奎纳很想知道，那些古老的传说到底是不是真的——赫尼斯第贵族的体内确实混合着希瑟的血脉吗？

艾欧莱尔再次开口前，用手抹了一下前额渗出来的薄薄一层汗水。一看这动作，艾奎纳又觉得他一点儿都不像白狐了。"我们一直在说，目前的情况有多么糟糕。可是，现在我们更需要谈的，而且必须在这里私下谈的是……"伯爵挥舞着手臂说。高处三角形窗户将光投射在一堆暗沉的纸卷上，投射在这混乱不堪的档案室里。"……我们要采取什么行动，当然，前提是还有我们能做的事。重点就在这里，我们还能采取什么行动呢？"

艾奎纳没打算一下就跳到问题的核心部分。但不管艾欧莱尔接下来打算说什么，这些话里已经带着令人反感的、微弱的叛国意味了。

"这么说吧。"公爵说，"我当然不会认为埃利加要为坏天气负责。虽然这里的热气就像魔鬼的吐息，干燥得像块老骨头，但我知道，在北方，我自己的领地上，正下着可怕的暴风雪，冰雪毁掉了一切你能想象的东西。天气坏不是埃利加的错，就像瑞摩加的屋顶塌陷、牲畜被冻死也不能怪在我头上一样。"他下意识地用力揪着胡须，另外一股编好的辫子也散开了，丝带无力地垂落在一团乱糟糟的灰须中，"但是，在我的家人和人民受苦的时候，埃利加却把我硬留在这里，这就是他的错。当然，这是另外一个问题……"

"重点是，这人居然毫不在意！井水干涸，田地荒芜，人们饿得倒下，瘟疫四处蔓延——他似乎一点都没注意到。税金一直在提高，他却把那些只会拍马奉承的贵族小崽子当成好朋友，一天到晚就知道喝酒、唱歌、打闹，还有……还有……"老公爵满心厌恶地说，"还有比武大会！乌顿的红矛啊，我也跟其他人一样喜欢比武大会，但在他父亲的王座脚下，爱克兰正走向灭顶之灾，整片国王统治的大地，就像被吓坏的马驹一样不得安宁——比武大会却一场接着一场！还有津濑湖上的游船会！还有变戏法的、玩杂技的、耍狗熊的！就像众人所说，如今的日子，简直可以跟山羊王克莱西斯统治时期相提并论了！"因为激动，艾奎纳的脸涨得通红，他紧握双拳，盯着地板。

"在赫尼斯第，"声音嘶哑的瑞摩加人结束了长篇大论，艾欧莱尔的话语则要柔和悦耳得多，"我们说：'要做牧羊人，不要当屠夫。'意思是，国王应该像牧民一样，保护他的土地和人民，按需索取，而不是无止境地压榨，直到最后只剩满地尸体。"艾欧莱尔直直地看着那扇小窗，羊皮卷上空的灰尘在朦胧的光里打旋，"埃利加恰恰是个反例，他正把自己的土地一点一点啃食干净。就像巨人克罗－马－费莱格，他在柯冉禾吃掉了整座山。"

"埃利加本来是个好人，本来是的。"艾奎纳困惑地说，"比他弟弟更容易相处。可是，不是所有人都适合当国王。我们知道，有了权力，有时人会变坏，如果坐上王座，情况就更严重了。他现在就像站在万丈危崖的边缘，但把他推到这一步的不只是范巴德、拜由伽和那些贵族。"公爵的话语又变得有力起来，"你知道，主要是那个恶毒的杂种派拉兹。这家伙往埃利加的脑子里塞进了奇怪的念头，还让他整夜整夜待在那座塔里，点着灯，发出邪恶的声音。我怀疑，有时太阳都升起来了，国王还是晕头涨脑的，连自己在哪里都不知道。为什么埃利加会想把这个婊子养的牧师留在身边呢？他已经统治了整个世界，派拉兹还能为他提供什么呢？"

艾欧莱尔站起来，眼睛还盯着头顶上的光，前额的汗水已沾湿了袖子。"真希望我知道。"最后他问，"那么，我们还能做什么？"

艾奎纳眯起那双饱经风霜、明察秋毫的双眼："腓力基主簿怎么说的？不管怎样，教廷管辖的圣撒翠教堂被占用了。本来停泊在艾本河口自由港湾内的船，包括李奥巴迪公爵的纳班船只，还有你的路萨王的船只，都被哥斯伍以'防范瘟疫'的名义抢走。李奥巴迪和拉纳辛教宗关系密切，他们一起统治着纳班，就像一个统领长着两个脑袋。关于自己主子的动向，腓力基肯定知道不少。"

"他是挺能说，不过我的朋友啊，基本上没什么用。"艾欧莱尔又坐了回去。这时，阳光暗淡下来，大部分夕照被窗子拦在外边，房间里更加昏暗不明。"确实，三艘满载粮食的船在赫尼斯第被抢走。可李奥巴迪到底怎么想，腓力基也说不知道。他主子的意见呢，跟往常一样暧昧不明。我想，那位圣洁的拉纳辛打算当个和事佬，调解埃利加和李奥巴迪公爵中间的矛盾。这样一来，他也可以顺便提高安东教会在宫中的地位。我的路萨国王命令我去纳班，等我到了那边，可能就知道真实情况了。不过，如果事情真像我想的那样，恐怕教宗就大错特错了。埃利加和他身边那群小人对腓力基都相当冷淡，如果把这点当做一个暗号，那么，比起他的父亲，现任国王更加不喜欢被教廷干预。"

"这么多阴谋!"艾奎纳不由呻吟起来,"这么多诡计!搅得我晕头转向。我不擅长这些东西。给我一把剑,或者斧子,直接打过去才像话。"

"这就是你为什么跑到储藏室来的原因?"艾欧莱尔微笑着,从斗篷下拿出一袋蜜酒,"这里可不像打架的地方,亲爱的公爵,我觉得,最近你已经从阴谋诡计里学到好多东西了。"

艾奎纳皱着眉头,接过酒囊。咱们的艾欧莱尔天生就擅长玩弄这些把戏,他想。不过,现在还有人愿意谈起这些话题,我就应该心存感激了。从赫尼斯第歌谣里,听说他是个花花公子,心肠硬得跟石头一样。真的要干叛国之类的事,说不定他会是个很好的盟友。

"还有一件事。"艾奎纳擦了擦嘴,把酒囊还给艾欧莱尔。伯爵接过去喝了一大口,点点头。

"请讲。我的耳朵就像夕柯林的兔子,竖得高高的。"

"你记得老莫吉纳在津林发现的死人吗?"艾奎纳说,"被一箭射死的那个?"艾欧莱尔点点头。"那是我的人,叫宾德塞克。虽然他被发现时已经烂得一塌糊涂,光看脸就算我也认不出来。但我发现尸体的骨头上有处旧伤,那是很早以前他帮我做事时弄断的。所以没错,肯定是他,但我什么也没说。"

"你的人?"艾欧莱尔扬起一边眉毛,"他在那儿干吗?你知不知道?"

艾奎纳笑了起来,短促的笑声像犬吠一样。"当然知道。这也是我什么也不说的原因。考德克的司卡利带着他的人往北边出发那会儿,我把他派了出去。尖鼻子在埃利加的宫廷里新交了不少朋友,这让我放心不下。所以我派宾德塞克出去,给我儿子艾索恩送信。埃利加一直用荒谬至极的理由把我留在这儿,比如声称外交政策有多么多么重要。退一步讲,如果那些事情真有那么重要,就更不应该让我这种迟钝的老军犬来干了!因此我想提醒艾索恩擦亮眼睛。我对一只饿狼有多少信任，对司卡利也一样。而且据我所知，我儿子在家里的烦恼已经够多了。越过霜冻边境传到这里来的消息都糟糕透顶。北方的风暴越来越猛烈，道路很危险，村民不得不挤在大厅里用体温互相取暖。这种时候最容易作乱了，司卡利肯定也知道这一点。"

"所以你觉得，是司卡利杀了你的人？"艾欧莱尔倾身向前，又把酒囊递了过来。

"不知道，我不敢肯定。"公爵仰起头，喝了一大口酒，粗脖子上的肌肉随之蠕动起来，几滴蜜酒洒在蓝色的衣服上，"我的意思是，这是最有可能的，但疑点也很明显。"他漫不经心地擦拭着衣服上的污渍，"首先，如果他真的逮到宾德塞克，杀了他可谓大逆不道。虽然他轻视我，但他毕竟是我的下臣，我还是他的领主。"

"尸体被藏起来了。"

"藏得相当马虎。而且，为什么尸体会离城堡这么近？为什么不等他到了巍轮山，或者更保险，上了霜冻大道，再动手杀他也不迟？那一来我就永远不会发现。而且，我觉得弓箭不像是司卡利的风格。我可以想象他抄起那把大斧子，一怒之下砍掉宾德塞克人头的情景。一箭射死他，还把尸体留在津林？这其中一定有问题。"

"那又是谁呢？"

艾奎纳摇摇头，觉得酒精开始发挥作用了，"这才是最让我担心的，赫尼斯第人。"最后他说，"我真的不知道。突然发生了这么多怪事儿——旅人的故事，城堡的流言……"

艾欧莱尔走过去，拉开门闩，打开门，让新鲜空气涌入这个小房间。

"如今这段时期确实很诡异，我的朋友。"他说，然后深呼吸，"也许最重要的问题是——在这诡异的世界里，约书亚王子到底去了哪儿？"

❀

西蒙捡起一块石头丢出去。石头在清晨的空气中划出一段优美的曲线，随着一声闷响，落入下面花园里一片修剪成动物形状、光秃秃的树丛中。西蒙趴在教堂屋顶的屋檐上，像个熟练的弹弓手，一看到树丛尖顶轻轻摇晃，便知道自己准确地击中了目标。他又从屋檐爬回烟囱旁，靠着背阴面的石头，感觉凉飕飕的。头顶上，玛瑞斯月的太阳几乎爬到最高点，日光毒辣辣地照射下来。

这是个逃避责任的日子，是个放下瑞秋的杂务活，也不用考虑怎么向莫吉纳交代的日子。医师还没有发现，至少没有提起西蒙那次失败的参军尝试。他自己当然也宁愿假装什么事都没发生。

西蒙呈大字形躺在屋顶上，在明亮的晨光中眯着眼睛打盹。突然耳旁传来一阵细微的脚步声。他睁开一只眼睛，刚好看到一道灰色的影子掠过。他悄悄翻过身子，趴在屋顶上，仔细观察周围。

宽阔的大教堂屋顶上铺着凹凸不平的瓦片，瓦缝里生着一团团茂密的苔藓。如同奇迹一般，在可怕的干旱中，这些褐色或淡绿的苔藓依然顽强地附在瓦片下生长。一溜儿排开的瓦片沿着水渠的方向往上，直到教堂穹顶为止。穹顶像个龟壳，在层层推进的瓦浪中高高拱起。穹顶内绘着许多圣人的图案，但从西蒙的角度看过去却显得暗淡而平板，仅是一片褐色世界里的几个粗糙人影。穹顶最高处有一粒铁球，上面立着一棵金树，但西蒙发现，它似乎只是镀了层金。树上闪亮的金色叶子一片片剥落下来，露出底下锈迹斑斑的真实模样。

城堡教堂周围，屋顶的海洋向四面八方延展开去——餐厅、王座大殿、文书馆，还有佣人间，全都歪歪斜斜。在过去的岁月里，它们被不断地修补或重建，就像散落的碎石，随着季节不断更迭，棱角被一点一点磨平，直至消失。西蒙的左边，傲然耸立着洁白细长的绿天使塔，天使塔后面蹲伏着粗笨的灰色耶尔丁塔，高出穹顶，就像一只乞食的大狗。

就在此时，那个灰影又从他眼角一闪而过。他迅速地回头，只瞅见一只烟灰色小猫的后腿，接着便消失在屋顶边缘的洞里。他跟着往那一头爬去，想瞧个仔细。他在能看到洞口的地方趴下来，下巴顶在手背上。但这会儿洞里已经没了动静。

屋顶上的猫，他想。好吧，除了苍蝇和鸽子以外，这里竟然还有别的居民——这位住客一定是拿屋顶上乱跑的耗子当晚餐。

虽然只远远瞟到尾巴和后腿，但逃犯似的屋顶小猫竟让西蒙产生了一种亲切感。同自己一样，这只猫也知道秘密通道，知道哪里有角落和缝隙，知道哪里能躲藏起来；同自己一样，不需要别人的关心和施舍。这个灰衣猎手有自己的生存之道……

即使知道这些想法不过是对自身境遇的夸大，但西蒙还是愿意这样比较一番。

比如说，四天前，艾莱西亚祭的第二天，他不也在没人发现的情况下，爬到这个屋顶上观看爱克兰卫兵的演习了吗？更早几天时，怒龙瑞秋冲他发火，因为除了清扫工作，西蒙热爱其他一切事物，而她却认为那些被他忽视的工作才是真正重要的。于是瑞秋惩罚他，不准他到大门口去看演习。结果呢，他还是靠自己解决了这个问题。

肩膀浑圆、肌肉厚实的城堡铁匠师傅——大熊鲁本告诉西蒙，爱克兰卫兵要出发去法尔郡，那地方在鄂克斯特东边的伊姆翠喀河上，据说有个羊毛商会正在到处惹麻烦。鲁本说这话时，正将烧红的马蹄铁丢进水桶里，他一边解释，一边挥赶着水汽。因为干旱，法尔郡人赖以为生的羊群不得不被宰杀，用来解决饥饿无助的鄂克斯特灾民的肚子问题。而羊毛商人抗议说，这会毁了他们的事业，会让他们也跟着挨饿，所以便上街游行，并煽动当地人一起反对这条不受欢迎的法令。

于是周二傍晚，西蒙偷偷爬上教堂屋顶，看准备妥当的爱克兰卫兵们出发。只见几百个全副武装的步兵，加上一打骑士，在范巴德侯爵的带领下，浩浩荡荡往法尔郡进发。那儿也正是范巴德自己的领地。侯爵当时策马走在队伍最前方，身披带银色老鹰纹章的红色短装，武装到牙齿。一些围观的人讥讽说，侯爵带这么多士兵前去，是怕太久不回领地，没人认得出他来；另外有些人则说，他就是害怕被认出来才带这么多人回去。众所周知，范巴德不怎么关心自己继承的那块领地。

西蒙激动地回想起范巴德那顶令人印象深刻的头盔，它闪着银光，上面还有一对展开的翅膀。

瑞秋和其他那些人是对的，他突然想到。我又在这儿做白日梦了。范巴德和他那些贵族伙伴根本不知道我的存在。我必须干出一番事业。我不希望自己永远都是个小孩子，对不对？他拿起一块碎石，在瓦片上乱画，想画出一只老鹰。另外，我穿上铠甲大概会很蠢……不是吗？

在记忆里，爱克兰卫兵骄傲地踏出尼鲁拉大门的样子让他心里酸溜溜的，但也让他深受鼓舞。西蒙懒洋洋地伸了伸腿，继续盯着猫窝——既然小猫钻进去了，那它肯定是猫窝。

过了正午，大约一小时后，一颗小脑袋才战战兢兢地从洞口探了出来。这时，西蒙正幻想自己骑着高头大马，穿过法尔郡的大门，鲜花像雨点一样从两旁的窗户撒落下来。洞口的动静将他的魂儿一下子拉了回来，西蒙赶忙屏住呼吸，看那个小东西慢慢地整个钻了出来：是只小小的短毛灰猫，右眼到下巴有一块白斑。年轻人继续一动不动地趴着，猫和他只相距三英尺，一开始它好像被什么东西吓到，弓着背，瞳孔也收缩起来。西蒙担心它是不是已经发现了自己，但仍旧静止不动。那只猫突然往前一跳，蹦出了高处穹顶投下的影子，跑到大片阳光下。西蒙饶有乐趣地观察着这只灰色小猫。它发现一块掉落的碎瓦，便用灵巧的爪子玩弄起来，踢开，又拨回来，再踢开，反复玩着这游戏。

他静静地看着屋顶上的猫玩游戏，直到小猫用两只前爪按住碎瓦，却没平衡好身体，一头栽进瓦缝，气乎乎地躺在那里摇尾巴。这副样子实在太有趣了，西蒙忍不住大笑起来，暴露了目标。下一秒钟，小东西以迅雷不及掩耳之势翻身蹦起来，着地，飞快地逃回了猫窝。西蒙见它在眨眼之间就完成了整套动作，不由得再次大笑起来。

"跑吧，猫咪!"他对已经跑得没影儿的小家伙叫道，"跑吧，跑吧! 跑啊跑!"

他爬到洞口，对着猫窝唱起歌——为了让自己和小灰猫一起分享这片屋顶的景色，分享这些瓦石，同时也分享这份孤独。不知为什么，他相信猫咪也一定在听。这时，西蒙又瞥见了异状。他攀住屋檐，伸出头去，一阵清风拂过他的头发。这风似乎也跟往常有些微妙的不同。

那是在鄂克斯特之外，比津濑湖更遥远的东南方。玛瑞斯月清澈的天空竟被抹上一片深灰色的污渍，就像一只脏兮兮的手指划过刚刚粉刷好的墙面。西蒙看着风将这片污渍撕碎，但又有更多更厚的黑雾继续冒上来，连风也无法彻底吹散。一片黑云在东方的地平线上升腾。

他想了很久，终于明白过来，那是烟。一大片黑红色的浓烟，弄脏了泛白的纯净天空。

法尔郡正在燃烧。

铁杉国王

✿

两天后，也就是玛瑞斯月最后一日的早晨，西蒙正和其他小厮一起下楼吃早餐，却被一只黝黑有力的大手抓住了肩膀。他蓦地慌了神，还以为自己又回到了梦中的王座大殿，石像国王们要拉上他，加入到沉重的舞蹈行列中去。

不过这只手戴着破破烂烂的无指手套，手和手套都不是黑色孔雀石。原来是尹寸。西蒙每每看到这张脸都会感到惊奇，似乎上帝在创造尹寸时忘了备足材料，最后只好拿些笨重的石头来代替。

尹寸弯下腰，凑近来，直到那张满是胡须的脸快贴上西蒙的脸才停下。他的气味闻起来也像石头，而不是红酒、洋葱或其他人会散发的味道。

"医师要见你。"他的眼珠从这边移到那边，"就是现在。"

从西蒙身边经过的小厮们，好奇地打量着尹寸，但没人停下脚步。西蒙徒劳地试图摆脱这只强有力的大手，却只能无助地看着其他人走掉。

"好吧，我马上去。"他投降后，才扭动着甩开了尹寸，"我去拿点面包，路上吃。"他在通往佣人餐厅的走廊上一路小跑，边跑边偷偷往后瞄几眼。尹寸站在原地，像草原上的公牛似的，静静地盯着西蒙。

过了一会儿，西蒙拿着面包和一片很有嚼劲的白奶酪回来了。他沮丧地发现，尹寸还在原地等着，他只好跟沉默的大个子一起前往莫吉纳的房间。西蒙像往常一样努力挤出笑容，问他要不要也吃点儿，尹寸只是毫无兴趣地看着食物，一言不发。

他们走过地面干燥开裂的中城庭院，又穿过一群群抄录员，这些牧师像平时一样在千理院和档案大厅之间来来回回。一直以来，只要尹寸靠近，西蒙都会觉得浑身不自在，此时的沉默更让他紧张。这时，尹寸清了清嗓子，好像要说什么，西蒙期待地抬头看他。

"为什么……"尹寸终于问道，"为什么抢走我的位置？"他那对浑浊的眼睛依然直直地看着前面挤满了牧师的通道。

西蒙的心一下子凉了，仿佛被压在一块大石头下面，冰冷而沉重。对这只自以为是人类的农场动物，西蒙十分同情，却也非常害怕。

"我……我没有抢你的位置。"他声明说，但这话即使自己听来也相当无力，"医师不是还需要你帮忙搬东西、放东西吗？他教我别的事情，不一样的。"

他们又沉默下来，走着走着，终于能看到莫吉纳的住处了。小房子位于成片的常春藤之间，仿若一只聪明的小动物伏在窝里。当他们离目的地不过十步之遥时，尹寸再一次伸手抓住西蒙的肩膀。

"你来之前，"尹寸说，又大又圆的脸向西蒙凑过去，好像有人从楼上的窗户垂下一只吊篮似的，"……你来之前，我是他的帮手。我本来会是下一个医师。"他下唇伸出，一边眉毛皱了起来，眼神还是像往常一样温和又悲伤。"尹寸医师，我可以的。"他死死盯着西蒙，西蒙开始担心自己的锁骨会被沉重的爪子压碎。"我不喜欢你，厨房小子。"

尹寸说完，放开西蒙，慢慢地走了，他的脑袋被埋在像山一样的肩膀上，看背影几乎瞧不出他长了颗头。西蒙揉了揉脖子，觉得有些难过。

莫吉纳正送三个牧师出门。西蒙惊讶地发现，他们居然都是一副醉醺醺的模样。

"他们来我这儿帮忙弄愚人节庆典的事儿。"莫吉纳在那三个口齿不清、唱着小调的人身后关上门，"扶着梯子，西蒙。"

梯子最上面放着一桶红色油漆，医师伸手进去捞出一把刷子，开始在门框上涂着奇怪的文字。这些文字棱角分明，每一个都像看不懂的小幅图画。西蒙好像看过类似的东西，大概是在莫吉纳的某本古文书里吧。

"这些是干吗用的？"他问。医师只是不停画着，没有回答。西蒙松开手，挠了挠脚踝，梯子危险地摇晃起来。莫吉纳不得不抓住门楣，防止一头栽下去。

"别动，别动！"他一边大吼，一边稳住油漆桶，不让油漆洒出去，"西蒙，你懂的，我们的规矩是：不懂就写下来！但你总得等我下去再写吧？不然我掉下去摔死了，就没人能回答你的问题了。"莫吉纳接着画，嘴里还小声嘟囔个不停。

"对不起，医师。"西蒙说，心里老大不高兴，"我忘了。"

房间里很长时间没人开口说话，只有莫吉纳的刷子在墙上发出刷刷的声音。

"我真要把问题都写下来吗？我想知道的东西太多，根本写不过来。"

莫吉纳打量着自己的最后一笔，说："这个嘛，才是制定规矩的意义所在。孩子，你的问题就像是上帝创造的苍蝇和穷人，总是成群结队的出现。但我老了，做事更喜欢按自己的步调来。"

西蒙的语气里带着绝望，"那我下半辈子要一直写下去了！"

"我知道，比起写字，你还有更多浪费人生的好办法。"莫吉纳一边说，一边噔噔地爬下梯子。落地后，他转过身，仔细观察他刚刚写好在门框上排成拱形的文字。"比如，"他说着，用洞穿人心的目光看着西蒙，"也许你可以伪造一封信，加入拜由伽的卫队，让人用剑一点一点把你的人生削掉。"

该死，西蒙想，我就像只被逮住的耗子。

"所以……你知道了，是吗？"他总算挤出一句话。医师点点头，脸上紧绷绷的，好像气极而笑的样子。

乌瑟斯救我，他那双眼睛！西蒙想。像千百根针似的，这眼神比瑞秋的吼声还可怕。

医师还是定定地看着他。西蒙只好低下头。然后，用阴郁的、像个小孩子似的声音说：

"对不起。"

这一来，像拉紧的绳子突然被剪断一样，医师开始踱来踱去。"如果我知道你会用那封信……"他大发雷霆，"你脑子里在想什么？而且，你为什么要对我撒谎呢？"

见到医师这么生气，西蒙意识到自己还被人重视着，心底有一种说不出的高兴，当然也有一部分觉得相当羞愧。另外在内心深处，他甚至还有种平静的感觉，像个旁观者一样，饶有兴致地看着这一切，想知道自己到底要如何应对——这里究竟有几个西蒙啊？

莫吉纳还在不停地踱步，脚步声让他有些心烦意乱。"可是，"他对老人说，"你关心这些干吗？这是我自己的人生，不是吗？一个厨房小厮毫无意义的人生！反正，他们也没要我……"声音越来越轻。

"你应该心存感激！"莫吉纳厉声说，"幸亏他们没要你。那是什么样的生活？和平的时候，跟一群一无所知的傻瓜坐在营地里玩骰子；战争来了，被剑砍，被箭射，被马蹄踩。傻孩子，你知道什么？在战场上，那些平日生活奢侈、只知道欺负农民的骑士，不比淑女节上任人踢打的毽子好到哪里去。"他转身面对西蒙，"你知道范巴德和他那些骑士在法尔郡干了什么？"

年轻人默不作声。

"他们用火把点燃了整个产毛区，这，就是那些卫兵干的好事。平民只是不愿放弃他们的羊群，结果，他们就连羊带人，连小孩子都没放过，把所有的居民都烧死了。范巴德还让人在洗羊的大缸里装满热油，把羊毛商会的头领丢进去活活烫死。六百多人惨死在范巴德侯爵手下，然后呢，这些刽子手还一路高唱凯歌回城堡！你想成为这些人中的一员?!"

西蒙的怒火也蹿了上来，他觉得脸颊越来越烫，甚至怕自己会忍不住哭出来。刚才那个冷静的旁观者西蒙已经消失得无影无踪。"所以呢?"他大叫起来，"这些事跟我有什么关系?"西蒙的情绪发作让莫吉纳大吃一惊，"我又能怎么样?"他沮丧地拍着大腿，"在厨房干活能有什么出息，女仆又有什么了不起的……待在这个阴暗的房间里怎么干大事，书……书连半点用处都没有!"

老人脸上受伤的表情终于让西蒙的泪水冲破了堤坝，他跑到房间另一头，坐在大箱子上，脸靠着冰冷的石墙啜泣起来。房间外，那三个年轻神父还在含混不清地唱着圣歌。

矮小的医师走到他旁边坐下，尴尬地拍着他的肩膀。

"好了，孩子，好了……"他有些语无伦次地说，"你怎么也光想着要干大事? 难道也染了心病吗? 我真是瞎了眼，居然没注意到连你这样单纯的心都被狂热侵蚀了，是不是? 真抱歉。只有坚定的意志，再加上经验老到的眼睛，才能看清金玉其外败絮其中。"他又拍了拍西蒙的手臂。

西蒙完全听不懂医师在说些什么，但莫吉纳的声音和语气让他宽慰了不少。愤怒渐渐平息，但他又为自己居然在人前露出软弱的一面而羞愧不已。他甩开医师的手，用衣袖抹掉脸上的泪水。

"医师，我不知道你干吗要道歉。"他努力让自己的声音不要发颤，"是我该说对不起……我太幼稚了。"西蒙站起来，走到房间另一边的长桌旁，用手指划过打开的书本。矮小老人的目光一直跟着他。"我对你撒谎，干了蠢事，"他低垂着头说，"请你原谅我这愚蠢的厨房小厮，医师……这个厨房小厮曾痴心妄想，以为自己也能干出一番事业来。"

这番勇敢的演说过后，房间里安静了一会儿。然后西蒙听到莫吉纳发出奇怪的声音，难道他在哭？没过多久，声音更清晰了，原来莫吉纳在笑，大笑，他还用衣袖捂住嘴掩盖笑声。

西蒙转过头去，耳朵像火炭一样又红又烫。一瞬间四目交会，莫吉纳立刻挪开了目光，但肩膀还因为大笑而抖动。

"哦，孩子……哦，孩子，"他终于缓过劲来，喘着气，朝满心愤怒的西蒙打了个手势，让他先别气冲冲地走掉，"别走！别生气。在战场上你的能力会被浪费掉！你应该做个伟大的领主，在谈判桌上得胜远比在战场上伟大。这甚至比当个教宗的主簿，拿不朽的灵魂去哄骗有钱和放荡的人伟大得多。"莫吉纳说着又笑出了声，他咬着自己的胡须，努力地想把笑意压下去。西蒙还是像块石头，一动不动地站着，皱眉蹙额，不确定自己到底被侮辱还是被夸奖了。好不容易止住笑，医师起身去拿酒瓶，一大口酒落肚以后才算恢复平静。他转头对年轻人微笑着。

"西蒙啊，你要当心！别被埃利加国王那些狐朋狗党的歪理邪说影响了。你思维敏锐，至少有时候是这样，而且拥有连你自己都没发觉的天赋。尽量从我这里多学一点儿吧，雏鹰，你还会从其他人那里学到各种各样的东西。谁知道什么样的命运在等着你呢？人生的荣耀有很多种。"他又灌了一大口酒。

小心翼翼地观察一会儿莫吉纳的神情，发现刚刚那番话并不是嘲弄，西蒙总算露出了羞赧的微笑。他喜欢被叫做"雏鹰"。

"既然这样，好吧。很抱歉对你撒谎。但要是我思维敏锐的话，为什么你不教我些重要的东西？"

"比方说呢?"莫吉纳问,笑容僵硬起来。

"呃,我不知道,魔法……或其他什么东西……"

"魔法!"莫吉纳嗤之以鼻,"孩子,你就能想到这个?你以为我是个魔术师,穿着花花绿绿的衣服,给你变戏法看吗?"西蒙沉默,"而且,你撒谎这件事我还在生气呢。"医师补上一句,"凭什么我要给你奖赏呢?"

"我能为你做任何杂务,什么时候都行。"西蒙说,"甚至可以帮你清洗天花板。"

"又来了。"莫吉纳说,"你是说不动我的,但是孩子啊,听我的忠告:别再对魔法抱有无限的迷恋。在之后一整个月里,我会回答你所有的问题,而且这些问题你一个都不用写下来。怎么样,嗯?"

西蒙只是斜眼瞟着他,什么都没说。

"好吧,要不你可以读我写的那本圣王约翰的书!"医师又提议道,"我记得你有提过一两次想看。"

西蒙更用力地眯起眼睛,"如果你教我魔法,"他建议说,"每个礼拜我都给你弄一个朱迪丝做的馅饼,还可以帮你从储藏室弄一桶斯坦郡的黑啤。"

"你听!"莫吉纳得意地叫起来,"你听!孩子,你听到自己的话了吗?你还是相信魔法之类的把戏可以给你带来力量和好运。为了说服我,你甚至愿意偷东西来贿赂我!不,西蒙,在这一点上,我是不会跟你讨价还价的。"

西蒙又生气起来,但他深吸一口气,捏了捏胳膊。"医师,你为什么这么反对呢?"他等到冷静下来才开口问道,"因为我是个小厮吗?"

莫吉纳微笑着:"即使你还在做厨房杂务,西蒙,你也不是小厮。你是我的学徒。不对,其实没什么词汇可以定义你,除了你的年纪还不成熟。你只是不了解你想要的东西。"

西蒙泄气地跌坐回凳子上。"我不明白。"他低声说。

"其实,"莫吉纳又咽下一口麦酒,"你口中的'魔法'说到底只是对自然的应用罢了,就像火和风那些元素力量。它们根据自然法则运作,只是这些法则很难去学习和理解。很多法则根本就无法理解。"

"那你为什么不教我这些法则呢?"

"这就好比我不会把火把交给躺在稻草堆上的婴儿。这个婴儿——西蒙,我没有侮辱你的意思——还没有准备好去承担责任。只有经过多年各方面学习和实践的人,才可以修习你着迷的这种技术。但即使如此,他们也不一定适合使用这种力量。"老人继续喝口酒,擦了擦嘴,微笑着说,"当我们中的大多数终于有能力使用这种技术时,已经懂得许许多多的事情了。西蒙,这种力量对年轻人来说太危险了。"

"可是……"

"如果你要说'可是派拉兹'如何如何,就是在讨打了。"莫吉纳说,"我告诉过你,他是个疯子,或者跟疯了没什么两样。他只看到自己通过这种技术得到的力量,却忽略了结果。西蒙,问我结果是什么。"

他只好低声问:"会有什么结……"

"你不能无偿得到力量,西蒙。如果你偷了一个馅饼,就会有另外一个人因此挨饿。如果你骑马跑得太快,马会死掉。如果你用这种技术开门,西蒙啊,那就不会有太多朋友愿意来拜访你了。"

西蒙失望透顶,气鼓鼓地看着满是尘土的房间,"医师,你为什么要在门上画那些标记?"他最后问道。

"这样别人的访客就不会闯到我这来了。"莫吉纳弯腰放下酒杯,这时有个亮闪闪的金色东西从他的灰袍领子里掉了出来,小小的链坠和项链一起,在他脖子上摇晃着,只是医师没有注意到。"我该让你回去了。但要记住今天我给你上的课,西蒙,这本是国王该学的课程……也包括国王之子等等。没有东西不付出代价就能得到。所有力量都是如此，虽然有时候，代价并不那么明显。你要保证记住这一点。"

"我保证，医师。"之前的哭泣和叫喊让西蒙觉得有些晕晕乎乎，好像一口气跑了很远似的。"这是什么？"他弯下腰，想看清楚那前后摇晃的金色链坠。莫吉纳这才注意到，一把抓住它，摊开手心让西蒙看了一眼。

"是片羽毛。"医师简单地解释一句，又将链坠放回袍子里。西蒙瞟到金色羽毛的末端镶着个用珍珠雕成的白色卷轴。

"不对，那是笔吧？"他好奇地问，"一支羽毛笔，对不对？"

"没错，是支笔！"莫吉纳咆哮起来，"除了刺探我的私人物品，你就没有更好的事要做吗？快走吧！别忘了你的保证！记住！"

从篱笆花园溜达回佣人间，西蒙一直在回想今早发生的怪事。虽然医师发现了伪造信件的事，却没有惩罚他，更没有赶他走。但他也不愿意教西蒙任何有关魔法的事。另外，当自己提到那个羽毛笔链坠的时候，老人为什么那么恼火呢？

西蒙一边想，一边心不在焉地拉扯连花苞都没有的干枯蔷薇，突然，一根藏在叶片后的刺扎到了他。他咒骂着，看着自己的手。指尖上凝聚了一点鲜红的血珠，好似红色的珍珠。他将手指伸进嘴里舔了舔，咸的。

❁

这天晚上，愚人节夜半时分，正是黑夜与白昼交界之时，海霍特突然一声巨响。这声音将熟睡的人们从床上吵醒，还让绿天使塔上那几排铜钟也应声作响起来。

几个年轻牧师正围坐成一圈，这是他们一年一度不用做午夜祷告、可以享受自由的日子。在牧师们一边痛饮红酒，一边说着德米蒂主教的坏话时，巨大的声音撼动了周围的一切，连醉得最厉害的人都感受到了恐怖的震动。他们醉意朦胧的心底浮现出深深的恐惧，就像他们一直知道的那样，上帝的怒气终于降临人间。

这些吓坏的人纷纷跑到庭院。丝绸般流淌的月光下，攒动的光头就像一堆白蘑菇。他们凑在一起想看看到底发生了什么，但这里并没有想象中灾难降临的迹象。除了窗子里探出几张也被巨响吵醒的脸庞，这个夜晚还像平常一样安静、晴朗。

西蒙正躺在自己的小隔间里呼呼大睡，身边围绕着四处收集来的珍藏。在梦中，他努力爬上一根黑色冰柱，可每往上爬一寸，又往下滑差不多的高度。他嘴里咬着一个卷轴，像是什么信件。冰冷柱子的最顶端有道门，一个黑影正蹲伏在门廊里，等着他……等着那封信。

他终于爬到门槛边上，立刻只还冒着蒸汽的黑手伸了过来，抓住了卷轴。西蒙想离开，逃到远处去，可又一只黑手从门廊里伸出，抓住了他的手腕，把他整个人提了起来。面前是两只发光的红眼睛，仿佛一对来自地狱的烤箱，两个深红的洞……

喘着粗气从梦中惊醒，他听到了铜钟的悲鸣。它们呻吟着，倾吐着哀思，又慢慢归回冰冷寂寥的睡眠中去。

整个城堡里，只有一个人声称看到了真相。那是舍姆的笨蛋助手，马房男孩迦勒。他今年被选为愚人之王，当天早晨会被年轻的神父扛在肩上，载歌载舞，洒着麦片和花瓣，在城堡里游行，最后还将被抬到教堂餐厅，坐上从格兰汶河里采摘的芦苇编成的假王座，主持愚人节宴会。因此他兴奋得整晚睡不着觉。

迦勒把故事讲给所有愿意听自己述说的人。他说，他听到了那声巨响，还听到有人在说话，声音低低的。马房小弟只能形容那些话很"邪恶"。他还说看到了一条巨大的火蛇，颜色就像是烧红的炭。火蛇从耶尔丁塔楼的窗户跳出，先环绕着塔尖，最后化作火花不见了。

没人相信迦勒的故事，这个头脑简单的男孩被选为愚人王不是没有理由的。而且，比起夜晚惊雷之类的事，这天黎明的景象更让整个海霍特震惊，甚至影响了人们对愚人节庆典的期盼。

日头照亮了天空，也映出天边的一排云朵——是雨云，就像一大群灰色的肥绵羊，伏在北方的地平线上。

❁

"以铎尔深红战锤的名义，乌顿恐惧之眼的名义，还有……还有……还有我们的救主乌瑟斯的名义！必须做点什么了！"

艾奎纳公爵气得差点把安东教义忘个一干二净，捏紧那只遍布伤疤、毛茸茸的手，一拳砸在巨桌上，桌上一只陶罐应声被震飞到六尺开外。他魁梧的身躯像是一艘超载的大船，在风雨中摇摇晃晃，目光从桌子一端扫到另一端，然后又狠狠地朝桌子捶了一拳，一只酒杯摇晃了一会儿，还是倒下了。

"陛下，我们必须开始行动了！"他吼道，怒气冲冲地扯着自己长长的胡须，"霜冻边境已经陷入混乱！我和我的手下像木头一样坐在这里，眼睁睁看着霜冻大道被匪类占据！已经两个多月没有艾弗沙的消息了！"公爵长叹一声，胡子都抖了起来，"我儿子情况危急，我却什么都不能做！至高王的保护到底在哪里，陛下？"

瑞摩加人跌坐回椅子，涨红的脸像颗甜菜。埃利加却懒洋洋地挑起一边眉毛，打量着稀稀落落围坐在桌边的骑士们。空位比人头多得多。挂在墙上的火把将长长的抖动的影子投射在高高的挂毯上。

"好吧，广受爱戴的老公爵已经表达了他的看法，有人同意他的意见吗？"埃利加把玩着金酒杯，沿桌上月牙形的刮痕来回蹭着杯子，"还有人觉得奥斯坦·亚德的至高王抛弃了他的国家吗？"坐在国王右首的哥斯伍吃吃笑了起来。

这话刺激到了艾奎纳，他正想站起来，穆拉泽地的艾欧莱尔扯住了老公爵的手臂。

"陛下，"艾欧莱尔说，"无论怎样，艾奎纳和其他人无意怪罪您。"赫尼斯第人将手掌平放在桌面上，"我们大家的意见和要求是——陛下，我们恳求您，对您的国家，对您目所不及的海霍特之外出现的问题，更重视一些。"也许觉得自己的话太刺耳了，艾欧莱尔那张善变的脸上露出了微笑，"这些问题是存在的。"他继续说，"不法之徒在北方和西方大肆抢掠。挨饿的人们也没什么道德可言。刚刚结束的旱灾对所有人来说都不轻松。"

埃利加还是什么都没说，只是瞪着发言完毕的艾欧莱尔。艾奎纳注意到，国王看上去竟那么苍白，不禁让老人想起当年在南方群岛发高烧的先王约翰，当时正是自己在旁照顾他的。

明亮的眼睛，他想，猎鹰般的鼻子。即使那人和他做的一切都已逝去，但那些点滴细节，仍会不可思议地一代一代传承下去。

艾奎纳又想起了米蕊茉，埃利加那漂亮又忧郁的孩子。他很好奇，她将会从父亲身上继承到什么，会不会长得像那位早逝的美丽母亲呢。她母亲已经过世，那是十年前，还是十二年前来着？

桌子的另一边，埃利加慢慢摇了摇头，好像刚从梦中清醒过来，或者说刚甩掉酒精带来的晕眩。派拉兹坐在国王的左首，艾奎纳看到牧师迅速地从埃利加的袖子里抽出他苍白的手。这牧师身上一直有种让人厌恶的东西，艾奎纳不是第一次这么觉得了，某种不可名状的东西就藏在他那没有毛发的皮肤和刺耳的声音里面。

"好吧，艾欧莱尔伯爵。"国王说。一瞬间，他的嘴角浮现出一丝暧昧不明的笑意，"既然我们谈到了'义务'，那么你的亲戚路萨国王接到我给他的消息，又是怎么回应的呢？"他表现出很感兴趣的模样，凑近桌子，双手交叠放在桌面上。

艾欧莱尔谨慎地选择用词，控制自己的语气："同往常一样，陛下，他向您和高贵的爱克兰表达了诚挚的敬爱之情。但他觉得，他无力承担更高的税金……"

"是朝贡！"哥斯伍在一旁轻蔑地说，用一柄细细的匕首修着指甲。

"……目前而言，无力承担更高的税金。"艾欧莱尔对刚刚的打扰不予理会，继续把话说完。

"是这样吗？"埃利加问，又露出了微笑。

"事实上，陛下，"艾欧莱尔故意曲解了那个笑容的含义，"他让我来向您请求帮助。您知道，干旱和瘟疫造成了许多问题。爱克兰军队必须和我们一起维持商道的通畅。"

"哦，他们必须，是'必须'吗？"埃利加国王目光闪烁，脖子上的血管也开始跳动，"你说'必须'，是不是？"他的身子更加前倾，派拉兹像蛇一样迅速出手阻止国王，但国王甩开了他的手。"你以为你是谁？"他咆哮道，"一个牧羊国王乳臭未干的表亲——哪怕是这个国王的头衔，还是我父亲心软才赐给他的！你以为你是谁，敢对我说'必须'！？"

"陛下！"纳班的老弗罗伦慌乱地摇着布满老人斑的双手，惊恐地叫道。他的手曾经强劲有力，现在则干枯得像老鹰的爪子。"陛下，"他喘着气说，"您确有君王的威仪，但在您父亲的至高权柄下，赫尼斯第人一直都是忠实的盟友，更不用说您圣洁的母亲也是在那块土地上诞生，愿她安息！陛下，请不要这样说路萨。"

埃利加将绿宝石般的眼睛转向弗罗伦，似乎又要将怒气发泄在这位年迈的英雄身上，但派拉兹再次用力拉了拉国王的黑袖子，还凑近他耳朵嘀咕了几句。国王的表情缓和了一些，但下巴仍像弓弦一样紧绷。连桌子附近的空气都让人憋闷起来，像一张缓缓逼近的蛛网，充满了不祥的预感。

"艾欧莱尔伯爵，我的话说得太过分了，请原谅。"埃利加总算说道，嘴角扯出一个难看的诡异笑容，"请原谅我的无心之言。开始下雨还不到一个月，之前十二个月对我们大家来说都很艰难。"

艾欧莱尔点点头，但那双聪慧的眼里仍透露着不安。"当然了，陛下，我理解。请您原谅我，是我激怒了您。"隔着椭圆形的桌子，弗罗伦合起满是老人斑的双手，满意地点点头。

艾奎纳也站了起来，像只沉重的棕熊爬上一块浮冰："我也很抱歉，陛下，我本该用更温和的方式发言。你们都知道，我这大老粗不太会讲话。"

埃利加仍然面带微笑："很好，熊伯，我们可以一起学着好好说话。你对你的国王又有什么话要说呢？"

艾弗沙的公爵深吸一口气，紧张地捋着胡须。"我和艾欧莱尔的人民都急需帮助，陛下。从约翰刚统治那会儿到现在，情况第一次这么紧急。霜冻大道已经无法通行，北方有暴风雪，南边则有强盗出没。巍轮山以北的皇家北方大道也好不到哪儿去。我们需要这些道路，要保证它们畅通无阻。"艾奎纳侧身往地上唾了一口唾沫，弗罗伦赶紧往旁边躲避。"我儿子在上一封信里说，许多部落的村民没有口粮，都在挨饿，但我们没办法把食物运过去，我们甚至没办法和偏远部落保持联系。"

哥斯伍在桌边刻刻画画，又打了个呵欠。新加入他们那一伙的两个年轻男爵，荷费斯和高维格系着显眼的绿色腰带，在一旁窃笑。

"当然了，公爵，"哥斯伍将身子靠在座椅的把手上，像只晒太阳的猫，慢条斯理地说，"你不是为这个指责我们吧？难道国王像上帝一样无所不能，只要一挥手，就能让暴风雪停下来？"

"我又不是要求他阻止风雪！"艾奎纳声音低沉。

"也许，"坐在桌首的派拉兹说，他脸上堆满了和目前形势完全不相称的笑容，"像我们听到的流言那样，你也把他弟弟的失踪归咎于他吧？"

"从来没有！"艾奎纳从心底里感到震惊。在他身旁，艾欧莱尔眯起了眼睛，好像看到了什么意料之外的东西似的。"从来没有！"公爵又说了一遍，他无助地看着埃利加。

"够了，我知道艾奎纳不会这样想。"国王说，他没精打采地挥了挥手，"哎呀，熊伯曾经把约书亚和我一起放在腿上，逗我们玩。约书亚没能在奈格利蒙出现确实是个大问题。当然，我希望他没受到什么伤害，但他如果真的遇到不测，我也不会受到良心的谴责。"说完这番话，片刻之间，埃利加看上去真的有些不安。他眼神空洞，好像回想起了什么艰难的事情一样。

"请允许我说完，陛下。"艾奎纳说，"北方的道路不再安全，我和伯爵进展缓慢也并不全是因为天气。我们需要更多、更强有力的人手确保霜冻边境的安全。边境如今到处是强盗、匪徒，还有……有些人说，其他更糟糕的东西。"

派拉兹饶有兴趣地前倾身子，双臂立在桌面，下巴靠在手上，像个透过窗户看别人打架的孩子，那对深深的眸子里映射出火把的光，"艾奎纳大人，什么是'更糟糕的东西'？"

"人们怎么想……并不重要，你知道那些边境的人……"瑞摩加人实在说不下去了，只好尴尬地喝了口酒。

艾欧莱尔站了起来，"我们在集市和仆人那儿听到了这些传言，如果他说不出口，我来说。北方人都很害怕。有些事情并不是用坏天气和坏收成就可以解释的，在我们那儿，不用天使或魔鬼之类的词汇形容这些东西。我们赫尼斯第人——我们西方人——即使害怕，也承认除了人类之外，大地上还存在着非人的生物……希瑟还在这里的时候，我们赫尼斯第人就知道他们，那时爱克兰的高山和草原都是他们的。"

火光摇曳，艾欧莱尔的额头和脸颊好像闪着微微的红光。"我们没有忘记。"他平静地说，这声音使得半醉的高维格都抬起了头，仿佛听到主人召唤的猎犬，"我们，赫尼斯第人，还记得有巨人存在的日子，记得来自北方的诅咒——'白狐'，所以现在我们不得不坦白说：随着不祥的冬天和春天，邪恶正散播开来。劫掠旅人的并不只有匪徒，同样，偏远地区的农夫之所以失踪，原因也并不单纯。这个，才是北方陷入恐慌的真正原因。"

"'我们赫尼斯第人'！"派拉兹满是讥讽的声音仿佛出自地狱，刺穿了周遭的沉默，"'我们赫尼斯第人'。我们这位异教贵族朋友还要'坦白说'！"派拉兹在他那半点都不像圣袍的猩红长袍胸口做了一个夸张的圣树手势。埃利加的表情就像在看好戏似的。"很好！"牧师继续说，"他对我们'坦白'了一大堆谜语，还话里有话，说什么我曾经听说'巨人和精灵'！"派拉兹猛地一挥手，带动衣袖在盘碟上飞舞，"好像尊贵的国王陛下烦恼还不够多似的。他的弟弟失踪了，他的子民又饿又怕，好像这些还不足以让国王操碎了心。而你，艾欧莱尔，居然还讲什么出自乡野异族的鬼故事！"

"他是个异教徒，没错。"艾奎纳吼了起来，"但艾欧莱尔和安东教徒一样，心是好的。好过我在宫廷里看到的懒虫……"荷费斯突然嚷了起来，醉醺醺的高维格跟着大笑不止，"那些懒虫只会闲晃，而外面的人已被逼到绝境，没有收成，只能挣扎求存！"

"够了，艾奎纳。"艾欧莱尔疲倦地说。

"各位大人啊！"弗罗伦拍着桌子。

"你一番好心，却被这样侮辱，我听不下去！"艾奎纳对艾欧莱尔说。他举起拳头又想砸桌子，但一转念，拳头砸向了自己的胸口，那里挂着一个木雕的圣树链坠。"原谅我一时口不择言，吾王，但艾欧莱尔伯爵说的是真的。无论人们害怕的东西是否存在，但他们确实害怕。"

"亲爱的熊伯，他们怕什么呢？"国王拿起酒杯，示意哥斯伍给他斟满。

"他们害怕黑暗,"这一次,老人郑重其事地说,"他们害怕冬天的黑暗,害怕世界会变得越来越黑暗。"

艾欧莱尔把他的空酒杯口朝下倒扣在桌子上。"几名从北方到这儿来的商人把见到的可怕景象告诉了大家,他们的话已经在鄂克斯特集市上广为流传,连我都听过好几次,全镇子应该都知道了。"艾欧莱尔停了一下,目光投向瑞摩加人,公爵郑重地点点头,抚摸着短短的灰胡须。

"嗯?"埃利加不耐烦地催促着。

"人们看到,在夜里,霜冻边境的废墟出现异象——一辆马车,白马拉的黑车。"

"多稀罕啊。"哥斯伍嘲笑说。但派拉兹和埃利加却突然交换一下眼神。国王抬起一边眉毛,又将目光转回西方人身上。

"继续说。"

"看到的人说,马车是在愚人节之后几天出现的。他们说车里装着一只大匣子,后面还跟着一群穿黑袍的修士。"

"这些景象,农民又扯上什么异教鬼怪邪说了呢?"埃利加身子慢慢后倾,靠着椅背,目光越过鼻梁,看着赫尼斯第人。

"吾王,他们认为那是您父亲的灵车。请原谅我直言不讳——他们说,只要这片大地还在经受苦难,他就无法在坟墓里安息。"

沉默了一会儿,国王才开口,声音仅比火把噼啪燃烧的声音稍微大一点。

"那么,"他说,"我们必须确保我父亲在地下能够安息,对不对?"

❧

看看他们,老淘儿拖着弯曲的腿和疲倦的身体,一边在王座大殿的侧廊上走一边想。看看他们,懒懒散散,只会傻笑。比起爱克兰真正的安东骑士，他们更像色雷辛的部落首长。

小丑一瘸一拐走进大殿，埃利加的朝臣们扭头看着他，叫嚷起来，好像他是一只纳拉克西猿猴。就连国王和王座旁的国王之手哥斯伍侯爵也在讲粗鲁的玩笑话。埃利加甚至像个粗野的农夫，把一只脚架在王座的扶手上。只有国王的女儿米蕊茉拘谨又安静地坐在那儿，漂亮脸蛋上带着肃穆的神情，像等着挨打似的缩着双肩。不像发色暗沉的父亲或一头黑发的母亲，她的长发是蜜色的，像帘子一样，从脸庞两边垂下来。

她就像想躲在那头秀发后面似的，淘儿想。真遗憾啊。他们说这个长着雀斑的小家伙固执又早熟，但在我看来，她的眼睛里只有恐惧。我觉得，她本应该过得更好，比起近来这些在城堡里大摇大摆的鹰犬，她身边应该有更好的人。可他们说，父亲已经将她许配给那个该死的醉鬼范巴德了。

他往王座那边走去，时不时有人伸手拍打他，害得他时走时停。据说碰到侏儒的头可以带来好运，淘儿不是侏儒，但他老了，非常老，弯腰驼背。朝臣当他是个侏儒，嘲弄他，玩得不亦乐乎。

他终于走到埃利加的王座跟前。国王眼里带着血丝，不知是喝得太多还是睡得太少——多半两者皆有。

埃利加用那对绿眼睛俯视眼前的小矮子。"亲爱的淘儿，"他说，"你的到来，让我们大家深感荣幸。"弄臣注意到国王白色上衣的纽扣没扣上，塞在腰带里的漂亮鹿皮手套还沾上了肉汁。

"是的，陛下，我来了。"淘儿试图鞠躬，但这动作对他僵硬的腿来说实在太难。周围的爵士和贵妇被逗得哈哈大笑。

"老弄臣，在你为我们表演之前，"埃利加把腿从王座扶手上放下来，用最真诚的目光看着老人，"我能请你帮个小忙吗？有个问题我很久之前就想问你了。"

"当然，吾王。"

"请告诉我，亲爱的淘儿，他们为什么给你取个狗名呢？"埃利加假装迷惑不解地抬起眉毛，先转头看了看笑容满面的哥斯伍，又看了看转过头去的米蕊茉。其他朝臣大笑起来，捂着嘴相互交谈。

"没人给我取狗的名字，陛下。"淘儿平静地说，"是我自己选的。"

"什么？"埃利加转回来看着老人，"我没听懂。"

"我给自己取了个狗名，陛下。您尊贵的父亲说我那么忠心耿耿，总是跟着他，待在他身旁，就开玩笑地给他的猎狗取名为'克鲁恩'，那是我曾经的名字。"老人稍稍侧身，好让整个房间的人都能听到他的话，"'那么，'我说，'如果约翰希望用我的名字为狗命名，我就该把狗的名字拿来给自己用。'从此以后，除了淘儿以外，别人叫其他名字我一概不答。将来也是如此。"淘儿露出一丝微笑，"可能，您高贵的父亲也有些后悔开了这个玩笑。"

对于这个回答，埃利加似乎并不特别满意，但还是拍着膝盖大笑起来，"一个调皮的侏儒，不是吗？"他环顾四周说。其他人学着国王的样子，也附和着笑了起来。只有米蕊茉没有笑，她坐在高背椅上俯视淘儿，脸上带着复杂的神情。淘儿不明白那是什么意思。

埃利加说："如果我不是个好国王，比方说，像赫尼斯第的蛮子国王路萨那样，就凭你刚刚说了对我刚去世的父亲大不敬的话，我就该把你那颗又小又丑的脑袋拧下来。不过，我当然不是那种国王了。"

"您说得对，陛下。"淘儿说。

"那么，你是来为我们唱歌还是翻跟头呢？——我希望不是翻跟头，你的身子骨太虚弱，不像还能玩杂耍的样子。表演个什么呢？告诉我们。"埃利加放松地靠在王座上，拍了拍手，叫人再上点酒。

"我唱歌，陛下。"弄臣答道。他从肩上取下鲁特琴，转动弦钮，开始调音。一个年轻侍从匆忙上前为国王斟酒时，淘儿抬起头望着天花板。被雨点不住拍打的天窗下，挂满了奥斯坦·亚德各个骑士和贵族的旗帜，陈年积灰和蛛网都被打扫得干干净净，但对淘儿来说，旗帜缤纷的色彩看上去却失去了原有的感觉。那种鲜亮，像一个年老色衰的妓女，化着浓妆想让自己看起来年轻，反而毁掉了最后几分真正的美丽。

紧张的侍从为哥斯伍、范巴德和其他人都倒满了酒，埃利加向淘儿挥手示意。

"是，陛下。"他点点头，"这是一首好国王的歌——但他也是一位不幸与悲伤的君王。"

"嘘。"国王故意推了推身边的人，"如果我们不喜欢这首歌，等他唱完，就让他表演侏儒舞。"

淘儿清了清嗓子，拨动琴弦，用尖细甜美的嗓子唱了起来：

> "有位国王叫刺柏，
> 年纪实在一大把，
> 长长胡须赛过雪，
> 一直垂落到膝盖。
>
> 高贵伟大刺柏王，
> 端坐高高王座上，
> 他说快带我儿来，
> 我已命在旦夕间。
>
> 两位王子应诏来，
> 身旁还有鹰和犬，
> 年轻王子名冬青，
> 年长王子叫铁杉。

> '我们抛下猎场来,
> 披星戴月路途遥。'
> 铁杉开口问究竟,
> '何事急急唤儿见?'
>
> '我将不久于人世,'
> 年迈国王开口言。
> '手足情深不能忘,
> 父王方能安心去……'"

"我不喜欢这首歌。"哥斯伍低声说,"听着像是讥讽。"
埃利加让他安静点儿,示意淘儿继续唱下去,眼里光芒闪动。

> "'父王您何必多虑,
> 王位本应归铁杉。'
> 冬青言自当归顺,
> 忠心耿耿表日月。
>
> 国王心里得安宁,
> 两位王子得令去。
> 感谢仁慈的安东,
> 两位王子皆人杰。
>
> 然而铁杉心不平,
> 王位虽然归于他,
> 只恼冬青语谦恭,
> 心中怒火熊熊燃。
>
> 他必然口蜜腹剑,

他一定包藏祸心。

铁杉要除这狡兔，

订下计划巧安排。

冬青王子心良善，

无端引来杀身祸。

铁杉怀揣致命毒，

藏于层层衣衫下。

兄弟同桌共进餐。

毒药倒入酒杯中。

铁杉命他喝干酒……"

"够了！这是谋反！"哥斯伍跳起来大吼，椅子倒在一群目瞪口呆的朝臣中间。他猛地从鞘里抽出剑来。若非弄不清楚状况的范巴德迅速拉住他的手臂，哥斯伍可能已经一剑捅死瑟瑟发抖的淘儿了。

埃利加也飞快地站了起来。"把剑收回去，你个蠢货！"他大声命令道，"没有人可以在国王的王座大殿里动武！"他的目光从咆哮着的乌坦邑侯爵转到弄臣身上。老人被哥斯伍暴怒的行径吓得一动不动，现在稍微恢复了些，正努力收拾起自己的尊严。

"你这个扭曲的侏儒，别以为我们会觉得那首歌很有趣，"国王厉声说，"也别以为你服侍了我父亲很久，我就不敢动你。你最好也别误会，真以为这种不着边际的嘲讽能刺到皇室的痛处。滚吧！"

"陛下，我承认，这是首刚作好的歌，"弄臣颤抖着说，头上那顶带着铃铛的帽子歪在一边，"但我不是……"

"滚！"埃利加吐了口唾沫，脸色苍白，眼神如猛兽一般。淘儿赶紧跟跟跄跄地走出王座大殿。身后，国王恶狠狠地瞪着他；而国王的女儿——牢笼中的米蕊茉公主——神情则充满了无助。

不速之客

❀

阿弗洛月最后一天的中午，西蒙陷在马厩那一大堆深色干草里，舒舒服服地享受这片粗糙的黄色海洋，只从中露出脑袋。阳光从大窗户投射进来，闪闪发亮的灰尘慢慢飘落，西蒙在光芒中静静地聆听自己的呼吸声。

他刚从阴暗的教堂顶楼下来，当时修士正在唱午间赞美诗。这些祈祷者唱出的曲调庄严肃穆，不知怎的竟触动了他的心弦。以前，他对这间教堂，这些索然无味的事情，还有挂满壁毯的高墙都不怎么感兴趣。但这一次，每个音符都像经过仔细斟酌，带着爱意吟唱，就像雕刻师小心翼翼地将精心雕刻的小木船放进溪流中。歌声仿若甜美冷冽的银色大网，将他的心悄悄包裹，即使远离教堂，那网线依然轻柔又牢固地抓着他。这是种奇特的感觉，有那么一会儿，他甚至觉得自己身上长满了羽毛，心跳加速，好像一只被上帝捧在手心里的惊慌的小鸟。

歌没听完，他就跑下了阁楼——自己怎么会有这种高雅的渴望呢？他是个笨手笨脚的仆人。他那双属于小厮的粗糙开裂的手，一定会破坏这美丽的音乐，就像小孩子会不小心弄死一只蝴蝶一样。

在干草堆里，他的心跳才渐渐平静下来。他把自己深埋进这堆窸窸窣窣作响的发霉稻草，闭上眼，听着下面马厩里的马儿轻轻喷着鼻息。在这片宁静的黑暗中，他几乎能感觉到尘埃飘落在自己脸上。

迷迷糊糊地，也不知是不是打了个盹，外面传来响亮的说话声，将西蒙的意识拉了回来。他一下子翻过身，仿佛在水里一样，游到堆满稻草的阁楼边上，偷偷往下窥视。

他看到三个人——马倌舍姆、大熊鲁本，还有个矮个子，西蒙觉得可能是老弄臣淘儿。但这人身上没穿小丑花哨的衣服，还戴着一顶遮住大半张脸的帽子，因此西蒙不敢肯定。三人一同走进马厩，活像滑稽戏里的丑角。大熊鲁本手拿一只羊腿大小的酒壶，走路摇摇晃晃。他们都喝得醉醺醺的，像落在浆果丛里的小鸟。淘儿——如果西蒙判断无误的话——还在唱歌：

"杰克带着个少女
一同爬上樱桃山，
唱着喂——哟！嘿——哟！
日子潇洒像国王……"

歌唱到一半，鲁本把酒壶递给小个子。沉重的酒壶让他失去平衡，一个趔趄摔倒了，帽子也飞了出去。确实是淘儿。他仰面倒在地上，嘴巴鼓起，挤得眼睛周围皱成一团，像一个婴儿就要哇哇大哭似的。但见他背靠墙壁，将酒壶夹在膝盖中间，大笑起来，笑声中充满了无奈。两个同伴迈着摇晃的步子，走到他身边，他们像停在栅栏上的喜鹊，坐成一排。

西蒙犹豫着要不要叫他们，虽然跟淘儿不熟，但他跟舍姆和鲁本的关系都不错。踌躇了一会儿，他决定还是不要出声，偷听他们的对话也许更有意思，说不定还能想办法吓他们一跳。于是他尽可能让自己舒服安静地藏在阁楼里。

"以圣穆尔法和大天使的名义，"片刻后，淘儿叹了口气说，"我正需要这个！"他用手指抹了抹酒壶口，然后吮吸着手指。

马倌舍姆越过铁匠那宽阔的身躯，伸手抓过酒壶，喝了一口，用皮革般的手背擦擦嘴。"那李去哪里?①"他问弄臣。淘儿叹了口气。突然间，这群酒友好像被抽干了活力，一起郁闷地盯着地面。

"我有几个亲戚——远亲，在格兰尼弗，就是河口那边。我可能到那边去吧，虽然我觉得他们不会欢迎多一个人去分享口粮。我也可能往北去奈格利蒙。"

"但约书亚不在了。"鲁本说着，打了个嗝。

"唉，不在了。"舍姆重复了一遍。

淘儿闭上眼睛，往后一仰，脑袋敲在粗糙的木门上。"但约书亚的手下还在奈格利蒙。对那些被埃利加赶出家园的人，他们比较有同情心。而且现在人们说埃利加谋杀了可怜的约书亚王子，他们更有理由帮助我这种人了。"

"可素也有人说，约苏亚是叛徒。"舍姆睡眼蒙眬地摸着下巴说。

"呸。"小丑吐了口唾沫。阁楼上的西蒙觉得这个春天的下午暖意融融，睡意也越来越浓，这感觉使得底下关于谋杀和背叛的谈话也变得没什么大不了，就像一个发生在很远的地方的故事。

下面是一阵长久的沉默，西蒙觉得眼皮愈渐沉重，就快要合上睡着了……

"也许则个想法也不错，淘儿兄弟……"这是舍姆在说话。老舍姆瘦得皮包骨，像在熏制室里挂起来风干过。"……引国王过来，我所啊，李一定要唱歌刺激他吗?"

"哈!"淘儿搔了搔鼻子，"我的祖先从西方来，他们是真正的吟游诗人，不像我这样又老又瘸。要是他们唱起歌来，他一定会立刻竖起耳朵听! 他们说，诗人奥因·艾－克鲁亚斯有次作了首愤怒的曲子，那首歌厉害到让格兰玻的黄金蜜蜂倾巢而出，把戈姆巴塔活活蜇

---

① 马倌舍姆醉酒后说话口齿不清，下同。

死了……那才叫音乐！"老弄臣又把脑袋靠在墙上，"国王！？上帝啊，我真受不了要这么称呼他。从小到大我都跟着他那位伟大的父亲，那才叫做国王！现在这个不比土匪好多少……还不及他……父亲的一半……"

淘儿的声音因困倦而发颤。马倌舍姆的头慢慢低垂到胸口。鲁本的眼睛虽还睁着，但眼神呆滞，一直盯着房梁间那片最黑的地方。他身边的淘儿又打起了精神。

"我告诉你们没？"老人突然说，"我告诉你们国王宝剑的事儿了吗？就是约翰国王的佩剑——光锥？你们知道的，他把那把剑给我，说：'淘儿，只有你可以将这把剑传给我的儿子埃利加，只有你……！'"泪光在弄臣沟壑纵横的脸颊上闪烁，"'把我的儿子带到王座大殿，将光锥交给他。'他这样要求，我也是这么做的！他亲爱的父亲过世那晚，我带他过去……就像他父亲说的那样把剑交到他手里……然后他把剑扔到了地上！扔到地上！"淘儿气愤不已，声音越说越大，"他父亲无数次与这把剑并肩作战！我不敢相信他会这么笨手笨脚，这么……大不敬！你们在听吗，舍姆？鲁本？"铁匠在他身边诺诺应声。

"咳！当然，我吓坏了，赶紧把剑捡起来，用包住剑的亚麻布把它擦干净，再递给他。这一次他用双手接剑。'它刚刚动了，'他说，像个傻子似的。然后，他又一次握着剑，表情怪得很，就像……就像……"弄臣一时语塞。西蒙担心他是睡着了，不过，显然这小个子只是在努力思考，在醉意朦胧的脑袋里慢慢挑选合适的词语。

"他脸上的表情，"淘儿接着说，"就像个孩子，干了件非常非常糟糕的坏事被逮到了——就是这样！没错！他的脸一下子变白了，大张着嘴，然后把剑还给了我！'把它和我父亲一起埋葬，'他说，'这是他的剑，他应该留着它。''但他想把剑给你，陛下！'我说……可他会听吗？他会吗？当然不会。'这是新的时代，老头，'他对我说，

'我们不应该沉溺在过去里。'你们能想象么，这人该遭天打雷劈啊！"

淘儿到处摸索，终于找到酒罐，拎起来猛灌一口。两个伙伴都已闭上眼睛，发出微微的鼾声。但老人满心激愤，并没有注意到这一点。

"然后呢，他甚至不愿向死去的父亲尽最后的孝心……不肯亲自把剑放进坟墓里。甚至不肯……不肯碰那把剑！他让他弟弟去放！让约书亚……"淘儿光秃秃的脑袋因困倦往下沉了沉，"看到他把剑还给我的样子……你会以为那把剑把他给烫着了……那么快……死小鬼……"淘儿的头继续往下沉，垂在胸口，没再抬起来。

西蒙蹑手蹑脚地从阁楼的梯子上爬下来，那三个人已经像火堆旁的老狗一样，打着响亮的呼噜沉沉睡去。他踮起脚尖，从他们身边经过，顺便还塞住了酒壶口，以防他们哪个人在睡梦中不小心打翻它。他出了门，来到斜阳照耀的院子里。

今年发生了好多怪事，他坐在地上想，将小石子儿一颗一颗丢进院子中心的井里。干旱和疾病，王子失踪，法尔郡的人被杀、被烧死……但这些事好像并不那么严重。

因为这些都发生在别人身上，一半庆幸一半失望，西蒙明白过来。全部发生在陌生人身上。

❋

她蜷缩在窗户旁的座位上，目光穿过刻着精美雕花的玻璃窗，俯视着塔下。虽然皮靴落在石板上的脚步声十分清晰，但他进屋的时候，她却没有抬头。他双臂环抱在胸前，在门口站了片刻，她还是没有抬头。他大步走向前去，停在她身后，越过她的肩膀往外看。

院子里没什么好看的，除了一个长着两条大长腿的厨房帮佣男孩坐在井边，此外，只有些绵羊，它们正随意地在院子暗处寻觅新生的嫩草啃食，身上的卷毛肮脏不堪。

"怎么了?"他把大手搭在她肩上,问道,"因为讨厌我,所以一声不吭地溜走了?"

她摇了摇头,一缕阳光在发丝间闪烁。她抬起手,冰冷的手指握住他的大手。

"没有。"她说,目光仍定定地看着下面那一片荒芜,"但我讨厌我身边的事。"他靠了过去,她迅速抽回手,像要遮住午后的阳光那样,用手挡住了脸。

"什么事?"他问道,声音里隐隐透着一股怒气,"难道你宁愿回麦尔芒德,在我父亲给我的监狱里吹风?那种地方,就算最高的阳台上也满是臭烘烘的鱼腥味儿!"他伸出手,温柔却有力地托起她的下巴,却看到一双满含泪水和愤怒的眼睛。

"没错!"她说着,推开他的手,这一次轮到她盯着他的眼睛,"没错,我愿意。我可以在那儿闻到风的味道,还能看到大海。"

"哦,上帝啊,孩子,大海?你是整个世界的女主人,居然因为看不到大海而哭哭啼啼?看!看那边!"他指着海霍特墙外,"那津濑湖又算什么?"

她轻蔑地回看着他,"那只是个湖,国王的湖。任由国王泛舟和游泳。但任何国王都无法拥有大海。"

"哈。"他在一个垫子上坐下,岔开两条长腿,"我猜,这话的意思是,你是被关在这里,嗯?真荒唐!我知道你为什么不高兴。"

她离开座位,眼神变得认真起来。"你知道?"她问,轻蔑的语气之下带着一丝希望,"那就告诉我为什么,父亲。"

埃利加大笑起来,"因为你就要嫁人了。这有什么好奇怪的!"他将身子挪近些,"咳,米蕊茉,没什么好担心的。范巴德是挺自大,但他还年轻,还不成熟。在女人温柔的教导下,他很快就会懂得什么是礼仪。万一真的学不好,那么,他会知道不好好对待国王的女儿,是多么愚蠢的行为。"

失望的表情凝固在米蕊茉的脸上。"你不明白。"她的语气像收税员那样平淡，"范巴德对我的兴趣还比不上一块石头，或是一只鞋。我关心的人是你，而且你才是最应该担忧的人。为什么要在他们面前炫耀？为什么要嘲笑并威胁那老人？"

"嘲笑？威胁？！"一瞬间，埃利加的脸丑恶地扭曲起来，"婊子养的老东西，他的唱词就是在控诉我除掉了我弟弟，你还说我嘲笑他？"国王猛地站起来，狠狠踢了那块垫子一脚，垫子滚过地板。"我担心什么？"他突然问。

"你怎么可能不知道，父亲？你整天围着那条红毒蛇派拉兹转，他那些恶行，如果你真连发生了什么都不知道……"

"以安东的名义，你在说什么？"国王问，"你懂什么？"他拍着自己的大腿，"什么都不懂！派拉兹是个有用的仆人，他能为我做别人做不到的事。"

"他是个怪物，是个巫师！"公主喊了起来，"你会沦为他的工具，父亲！你到底怎么了？你变了！"米蕊茉痛苦地叫了一声，用长长的蓝丝巾捂住脸，踏着天鹅绒的拖鞋，不顾被绊倒的危险，飞快地跑回卧室，关上沉重的房门。

"该死的小鬼！"埃利加咒骂着，"小丫头！"他大步走到卧屋门前，大吼着，"你什么都不懂！你不懂国王的责任。你也不能违抗我。我没有儿子！没有继承人！身边都是野心家，我需要范巴德。你阻止不了我！"

他久久站在门前，但屋里始终没有回答。他用手掌狠拍房门，连木门板都抖动起来。

"米蕊茉！开门！"门里一片寂静，"女儿，"最后他无力地低下头，前额抵着坚硬的门板，"只要给我生个外孙，我就把麦尔芒德给你。我绝不会让范巴德妨碍你。你一辈子都可以看着那片大海。"他抬起手，把脸上的什么东西擦掉，"我不喜欢看海……它总让我想起你母亲。"

他又敲了敲门。余音回荡，渐渐消失。"米蕊茉，我爱你……"国王温柔地说。

✤

随着下午的阳光，西城墙角的塔楼影子最先投射在地上。又一块小石子和之前上百块石头一样，落入了井里。

我饿了，西蒙想。

到厨房转转，求朱迪丝给点东西吃，他觉得是个好主意。至少还有一个小时才到晚餐时间，可偏偏的肚子提醒他，自己就从早上开始就什么都没吃。但问题是，最近是春天扫除的时间，瑞秋和她的手下正在打扫餐厅旁的走廊和房间。如果可能的话，一定要避开怒龙的视线，让她看到西蒙在晚餐前要吃的，一定会发火的。

他一边考虑，一边随手丢出三颗小石头，它们咚咚作响，掉下井去。西蒙觉得从怒龙脚底下溜过去比从旁边走要安全一些。沿着堤坝而建的餐厅位于城堡中心，有整层楼那么长，因此从千理院绕到另一端的厨房要走很长的路。不，还是选储藏室那条路好了。

于是，他决定冒个险，飞快地从院子直接穿到餐厅西面的走廊——幸好没人发现。远处飘来一阵肥皂水的味道和冲洗拖把的声音，他赶紧加快脚步，冲进黑暗的地下室。餐厅下方的房间绝大多数是储藏室。

这一层距内城城墙底有二十多尺高，因此只有微弱的反光从窗户里照射进来。昏暗的环境让西蒙觉得安全。又因为有不少易燃物，所以没人会拿火把跑到这些房间里来，他不太可能会被发现。

中间的大房间里摆着一排排铁箍木桶和酒桶，一直堆到天花板，像是一排排阴暗的圆塔。大桶中间只有一条小径供人通行。桶里则可能装着任何东西：腌菜、奶酪、多年来没人动过的布匹，甚至还有浸在黑油里的成套铠甲，就像是闪光的鱼。西蒙很想把桶掀开，看看里面到底藏了哪些宝藏。但他没有撬棍，无法打开密封的沉重木桶。另外，怒龙和她手下的女佣就像中了永远干活的诅咒，还在楼上洗洗擦擦，他不敢弄出太大的声响。

狭长的屋子里，教堂圆柱般的木桶塔中间一片黑暗，突然，西蒙差点掉进一个大洞里。

西蒙心跳加速，慌乱地往后一跳，这才发现面前的不是洞，而是一扇安在地上的敞开的门。虽然桶间路径很窄，但他还是可以小心地绕过去……可这扇门怎么会开着呢？显然，沉重的门不会自己打开，肯定是哪个仆人从下面拿了什么东西上来，又没法在扛着重物的同时把它关上。

只犹豫了一下，西蒙就爬下梯子，进入了地道。谁知道下面的房间里是不是藏着奇特又好玩的东西呢？

下面比上面的房间更黑，一开始他完全看不见东西，只能伸出脚试探着往下踩。他小心翼翼地将重心往下移，直到脚下出现熟悉的坚实地板，才迈下另一只脚。这一下却踩了个空，他赶忙抓紧梯子，保持平衡，免得摔下去。梯子下是空的，那是另外一道门，一直通到更底下。他晃动踩空的那只脚，直到感觉踩到地道口的边缘，才小心地将身子移到了这一层的地板上。

头顶的地道口在黑暗中像是一个灰色的小方块。借着微弱的光线，他失望地发现这里不过比普通的储藏间稍微大一点点，天花板也比上面那层低矮得多，墙壁离落脚处只有几臂之遥。拥挤的小房间里，木桶和袋子一直堆到天花板，货物中间同样也有条窄窄的通道，一直往里延伸。

正当他意兴阑珊地环视这个储藏室时，不知哪里的木板突然吱呀作响，然后，下方传来有节奏的脚步声。

哦，天哪，谁来了?! 我现在该怎么办？

他真蠢，居然没想到，地道门之所以开着，还有可能因为有人还在下面的房间里！做事又不经过大脑了！他在心里默默骂自己是个白痴，并急忙闪身躲进货物中间的那条小径。脚步声已经到了下面的梯子旁边。西蒙蹑手蹑脚走出小径，把身子挤进旁边两个布袋中间，从袋子散发的气味和触感判断，里面装的应该是陈年亚麻布。就算藏在这里，如果那人走过小径，还是可以一眼发现他。于是他半蹲下来，小心翼翼地缩在一个橡木箱子上。这时，梯子发出嘎吱嘎吱的声音，那个人正在往上爬。西蒙屏住呼吸。他不知道自己为什么这么害怕，即使真的被逮住，最多不过又受一番惩罚，大不了被瑞秋瞪儿眼打几下。可他现在却觉得自己像只被猎狗嗅到的兔子。

梯子还在吱嘎作响，不管这人是谁，有那么一会儿，他似乎已经直接登上另一条梯子，往上面的大房间爬去了……但脚步声却停止了。一片寂静中，西蒙竖起耳朵听着。嘎吱一声，又响一声。西蒙的心沉了下去，这声音不是往上，而是往下移动。重重的脚步声落到地面上，那个看不见的人回到了这间储藏室。四周又安静下来，但这一次，似乎连空气都因恐惧而颤动。脚步声沿着小径慢慢地移过来，然后在西蒙匆忙间选定的藏身之处前停下。昏暗的光下，触手可及之处，他看到一双尖头黑皮靴，靴子往上是镶着黑边的红袍。是派拉兹。

西蒙身子朝后，往货物深处缩去，并祈祷安东能停住自己雷鸣般急促响亮的心跳声。他的目光似乎不受自己的控制，一直往上，从挡在身前的两个布袋间望出去，正好看到派拉兹那阴沉的脸。一瞬间，他觉得派拉兹也看到了自己。强烈的恐惧几乎使他尖叫起来，好在他很快发现，红袍牧师并没有发现自己，那双深深凹陷的眼睛正盯在西蒙头顶上方的墙面。派拉兹在仔细听。

出来。

派拉兹嘴唇没动，但西蒙清晰地听到了他的声音，就像在耳边轻声低语。

　　快出来。

　　声音严厉，理直气壮。西蒙突然觉得自己太傻了，有什么好怕的呢？为什么这么幼稚地躲在黑暗中？他只需站出来，承认自己只是想开个玩笑罢了……可是……

　　你在哪儿？别藏了。

　　耳边平缓的声音最终说服了西蒙，只需站起来说清楚就是了。正当他想伸出手抓住袋子站起来的时候，派拉兹那对黑色的眼睛正扫过袋子间的缝隙。这一瞥，甚至能将含苞欲放的玫瑰瞬间冻住，立刻打消了西蒙想要站起来的冲动。同派拉兹眼神接触的那一刻，打开了西蒙心中的一扇门，一扇布满毁灭之影的门。

　　这就是死亡，西蒙明白，自己的身下就是冰冷破碎的坟墓，他甚至能感到，自己的嘴巴和眼睛都已被黑暗潮湿的土壤堵住。现在，他的脑子里不再回响那些故作平静的话语，只剩一股牵引力——一股无形的力量正一点一点地拖着他向前。他挣扎着，心脏好似掉进了冰窟，而冰窟的底部就是死亡……他自己的死亡。如果发出一丁点声音，哪怕只是一丝颤抖或喘息，他知道，自己就再也看不见到明天的太阳。他紧紧闭上眼睛，用力到连鬓角都隐隐作痛；牙关紧咬，拼命让呼吸悄无声息。他的沉默反衬着周围的寂静。牵引力更强了，西蒙觉得自己正慢慢沉入深海。

　　突然，一声哀号把派拉兹吓了一跳，他大骂出声，那股无形的力量也随之消失。西蒙睁开眼睛，只见一个灰色的影子跃过派拉兹的靴子，一下闪到地道口，消失在通往底部的黑洞里。牧师大笑起来，刺耳的笑声在凌乱的房间里回荡。

　　"是猫啊……"

　　牧师没再逗留，黑色的靴子转了个方向，往通往上层的地道口走去。过了一会儿，西蒙便听见梯子发出吱吱嘎嘎的声音。他还是一动不动地坐在原地，轻缓地呼吸，所有感官仍然保持高度警惕。冷汗流进了眼睛，但他没有去擦——现在还不能放松下来。

梯子的吱嘎声消失了，又过了几分钟，西蒙才从藏身的袋子中间费力地站了起来，尽力平衡住自己颤抖酸痛的双腿。感谢乌瑟斯，祝福那只小灰猫！不过现在怎么办？他刚刚听到上层的通道门已经关上，皮靴走在地上的回声也渐行渐远，但即便如此也无法保证派拉兹真的离开。他甚至不敢爬上去开门看一眼，万一牧师还在储藏室里，就会听到开门声，发现自己。到底该怎么出去呢？

西蒙知道自己应该待在这儿，在黑暗之中等待。就算炼金术士现在还在楼上，他办完事情总会离开的。目前看来，这应该是最安全的做法——但西蒙的天性不愿意这么做。虽然派拉兹把他吓得够呛，但害怕是一回事，如果牧师已经回耶尔丁塔了，他还继续在黑暗的储藏室里待一整晚，忍受这种惩罚，那就是另一回事了。

另外，我觉得他不会放我出去……他会吗？刚刚真是吓了个半死……

他脑子里又浮现出那只被踩断脊背的狗。想到这，他差点吐出来，不得不深呼吸一段时间才平复……

那只猫呢，因为它，西蒙才侥幸没被牧师抓住。他始终忘不掉派拉兹那对漆黑的眸子，那可不是因为恐惧才想象出来的东西。不过，那只猫去哪儿了？如果它跑到楼下的话，一定也会被困住，如果没有西蒙的帮助，恐怕它永远也找不到回家的路。把它救出去也算一种报答。

他安静地挪到地道口，发现下面那层有微光闪烁。是火把吗？或者有另一个出口，也许有道门可以通往城墙根？

他静静地伏在地道口细听一阵子，确定没有人会再突然出现，这才小心翼翼地踩着梯子往下爬。一阵阴冷的风吹起衣角，手臂起了一层鸡皮疙瘩。他咬咬嘴唇，犹豫了一下，还是决定继续往下爬。

和刚才的莽撞不同，这一次西蒙谨慎了许多。开头一段距离，光从脚底照上来，地道仿佛一个巨大的瓶颈。而越往下光芒散得越开，终于，他的脚触到了地面。脚趾先轻轻地往下试探，确认是坚实的地面后，他才松开梯子，环顾四周。他没有看到其他地洞，这应该到最底下了。头顶上方那道门已经合上，远处的墙壁有模糊的黄光闪烁，形状方方正正，像道画在墙上的门。

西蒙在胸口划着圣树标记，怀疑地打量四周。房间里没什么像样的东西，有个坏掉的枪靶，还有些破破烂烂的比武场摆设，角落则被阴影笼罩，看不清楚。西蒙觉得这里的任何东西都不可能吸引派拉兹这样的人。他伸开双臂，摸索着朝那道发光的墙走去，光芒让手指轮廓染上了琥珀色。就在这时，发光的长方形突然闪了一下，熄灭了，周围陷入彻底的黑暗。

西蒙独自站在原地。只觉得血往上涌，耳朵里发出大海波涛般的声音，除此以外，一切都静悄悄的。他战战兢兢地往前迈了一步，脚步声瞬间打破寂静。他又走了一步，再一步，接着，向前摸索的手指碰到了石壁……不知为何，墙面竟暖暖的。他无力地跪倒在地。

现在我知道掉到井里是什么感觉了。只希望没人会从上面往我头上扔石头。

他坐在那里，心想下一步该怎么办，突然听到微弱的沙沙声。什么东西撞到他的胸口，吓得他惊叫起来。他一出声，那东西便逃开了，过了不久又回来，轻轻扯着他的上衣……还发出呜噜呜噜的声音。

"猫咪！"他轻轻地说。

你知道，是你救了我。一团漆黑中，西蒙抚摸着小猫。慢点，对了。你再转来转去我就分不清哪边是头哪边是尾了。没错，你救了我，我也会把你从这洞里弄出去。

"当然，我也掉进了同一个洞里。"西蒙大声说。他拎起毛茸茸的小东西，将它放怀里。猫咪舒舒服服地靠在他温暖的胸前，咕噜噜的喉音更响了。"我知道那个发光的东西是什么。"他轻声说，"那是一扇门，魔法门。"

也是派拉兹的魔法门。西蒙知道，即使只是靠近这扇门，莫吉纳都会扒了自己的皮，但他却无法压抑自己的怒火——毕竟这也是他居住的城堡，储藏室不属于那个傲慢的牧师，不管他有多可怕。不过，如果他爬上去的时候，派拉兹还在那儿……好吧，虽然西蒙重新拾起了自尊心，但他知道自己无法对抗那个牧师。这么说来，他只能整晚坐在这个漆黑的井底，或者……

他用手掌抚摸墙面，在凉凉的石头上缓缓移动，终于找到了温暖的地方。他顺藤摸瓜，用手指大致感觉出之前看到的长方形轮廓。他将双手放在轮廓中心，用力一推，但坚硬的石头纹丝不动。他又试了一次，连小猫都感觉到力道，在他的衣服底下不安地扭动。还是什么都没有发生。他靠在墙上喘气，发觉那块本来温暖的地方在他手掌下正渐渐变冷。派拉兹的面目突然跳进他的脑海——他像蜘蛛般在上方的黑暗中等待着，瘦削的脸庞上浮现出一抹笑容。这景象把西蒙吓得心惊肉跳。

"哦，圣母艾莱西亚啊，开门！"他绝望地说，冷汗让他的手掌又湿又滑，"开门！"

突然，石头又热了起来，烫得西蒙迅速让到一边。只见墙面上浮现出一道细细的金线，似金属熔化，金线往两边横向延伸开去，接着两端垂直往下流淌，最后又汇聚在一起，形成一道闪光的门。西蒙抬起手，用手指轻轻触碰一下，金线更亮了，可以清楚地看到亮光的边缘有道缝隙。他小心地将手指按在一条金边上，推了推，石门静静地打开了，光芒从门里涌进这个房间。

好一会儿，他的眼睛才重新适应光亮。门后是条长廊，远处有个拐角，看起来像直接在城堡地基里硬凿出来似的。廊壁上挂着一支燃烧的火把，就是这火光让他刚刚眼花。西蒙站直身子，衣服里小猫的重量让他一阵安心。

如果派拉兹不打算回来，为什么会将火把留在这儿呢？这条奇怪的小路通往哪里？西蒙回想起莫吉纳曾经说过，城堡下面还有希瑟古老建筑的遗迹。不过，这条路虽然有着不短的历史，但它既简陋又粗糙，完全不能够与精致美丽的绿天使塔相提并论。他决定到里面查探一下，要是这条长廊也走不通，那他只能沿梯子原路返回了。

粗糙的地道石墙十分潮湿，即使西蒙把脚步放轻，依然能听到石块发出隆隆的回音。

我一定是在津濑湖下面。怪不得这些石头，甚至连空气都这么潮湿。仿佛要证明这个想法是对的，他觉得鞋子里也渗进水了。

走廊又拐了个弯，路面倾斜往下。远处入口那支火把的光芒快照不到这里了，好在前方又亮起了另一道光。他转过最后一个弯，来到了一块宽敞的平地。离平台十步远处是一道陡峭的花岗石墙，墙面托架上插着另一支燃烧的火把。

墙面左边有两个黑洞洞的房间。墙面另一端，通道的底部，像是一道紧闭的门。他走过去，水花在脚下飞溅开来。

头两个房间很像牢房，不过破裂的门板已经从合页上松脱下来。阴暗的房间里散发着潮湿腐朽的味道，看起来里面什么都没有。他快速越过这两个房间，走到最末端那扇门前。在摇曳的火光下，西蒙检视着这道什么标记都没有的沉重木门，藏在衣服里的小猫轻轻挠了挠他。门里会有什么呢？又一个老朽废弃的房间？还是一条通往更底部的被海水腐蚀的石头地道？或者是派拉兹避过了所有耳目，用来放他秘密宝藏的藏宝室……嗯，应该说避过了绝大部分耳目……

门中间有一块金属板，西蒙不确定那到底是门闩还是窥视孔盖。他试着拨了一下，腐烂的金属板一动不动，手指也染上了红色的锈迹。在一旁想对策时，西蒙突然在门的左边看到一截断落下来的合叶。他把合叶捡起来，想用它撬开那块金属板。随着一声不情不愿的刺耳噪音，金属板被锈迹斑斑的合叶顶了上去。西蒙停下来警惕地扫视整个房间，又静静聆听了一会儿，确保没有脚步声，这才俯下身子，透过金属板下的小洞往里看去。

这间房也是空空荡荡的，潮湿的地上铺着稻草，墙壁光秃秃，只有墙架上有一小把灯芯草正在燃烧。派拉兹秘密藏宝室的猜想转瞬间消失得无影无踪。但房间最深处似乎有什么东西……一团古怪的黑影。

突然，一阵当啷声传来，吓得西蒙手足无措，满心恐惧，慌乱地四下张望，以为接下来会听到黑靴子落到地上发出的脚步声。这时，怪声又响了一次，西蒙终于发现，声音是从门里传出来的。于是他小心地凑到门洞上，仔细观察。

墙边的黑影正在移动。阴暗中，那东西缓缓往边上挪，金属摩擦的刺耳声音又在小房间里回响起来。影子抬起了头。

他惊讶得忘记了呼吸。像被人狠狠揍了一拳，西蒙猛然后退，离开门上的小孔。顷刻之间，他只觉天旋地转，好像早就习以为常的东西，偶然翻过来一看，底下居然腐烂到惨不忍睹……

被铁链拴着、用一双饱含痛苦的眼睛盯着自己看的——竟是约书亚王子。

Memory, Sorrow and Thorn

六只银雀

❖

西蒙跌跌撞撞穿过大院，各种思绪在脑海里叫嚣不停。他想藏起来，想远远跑开，想把可怕的真相大声说出来，想放声大笑，想让城堡里所有的人惊慌失措跑出来看究竟发生了什么事。他们以为自己什么都懂，以为知道一切，他们猜测、闲聊，其实他们什么都不懂！什么都不知道！西蒙想大叫，想摔东西，但他不敢将自己暴露在派拉兹那双秃鹫般的眼睛里。还能做什么呢？谁能帮助这个世界回到正轨？

莫吉纳。

即使步履维艰地穿过昏暗的大院时，只要眼前浮现出医师那张平静的带着关心的脸，西蒙就能将派拉兹恶毒的面孔，以及地下室里被铁链锁住的人影从脑海里推开。西蒙暂时不考虑那些乱七八糟的事情，只是飞快地穿过耶尔丁塔黑色的吊门，爬上通往千理院的楼梯。没过一会儿他就跑出长廊，打开禁止进入的绿天使塔大门。虽然巴拿巴斯司事就在那里等着逮他，但西蒙一心要到医师那儿去，轻而易举就从他手底下一闪而过。一阵大风从身后吹来，他趁势跑得更快了，在塔楼侧门慢慢合上之前，他已经跑上吊桥。眨眼间，西蒙已经在用力敲打莫吉纳的房门了。两个爱克兰卫兵漠不关心地扫了他一眼，继续玩骰子。

"医师！医师！医师！"西蒙大叫着，像个精神失常的桶匠，不停敲打面前的木板。医师很快打开门，他赤着脚，担心地看着西蒙。

"克莱诺斯的号角啊，孩子！你疯了吗!？吃错药了？"

西蒙什么都没解释，直接从莫吉纳身边挤进门廊。他站在里屋门前大口喘气，等着矮小的老人走过来。莫吉纳打量他一番，这才同他一起进屋。

门一关上，西蒙就迫不及待地讲述起他刚刚的冒险。医师在旁生起一小堆火，将一瓶香料甜酒倒进锅子暖上。莫吉纳一边忙一边认真听着，偶尔也谨慎地问几个问题，就像用棍子小心地捅关在笼子里的熊一样。莫吉纳沉重地摇摇头，把一杯热乎乎的酒递给年轻人，自己也拿着杯子在伤痕累累的靠背椅上坐下。他苍白的双脚套了双拖鞋，盘腿靠在椅垫上，灰袍下摆堆在瘦骨嶙峋的小腿上。

"……我知道不该碰那扇魔法门，医师，我知道，但我还是进去了，约书亚就在里面。对不起，我没听你的话，但我确实看到他了！他胡子很长，看上去很糟糕……但肯定是他！"

莫吉纳啜饮一口酒，用长袖子擦擦下巴和胡子。"小伙子，我相信你的话。"他说，"真希望这些话都是假的，但我确实能感到某种邪恶的存在。这也印证了我之前收到的一些奇怪消息。"

"我们现在该怎么办？"西蒙几乎大叫起来，"他快死了！是埃利加干的吗？国王知道这事吗？"

"这我可不敢断言，但不管怎样，派拉兹肯定知道。"医师放下酒杯，站起身，在他身后，夕阳染红了小窗。"至于怎么办，对你来说，头一件事是去吃晚饭。"

"晚饭？!"西蒙一下子呛到，酒洒在衣服上，"可是约书亚王子……？"

"没错，孩子，就是这样，晚饭。眼下我们什么都做不了，而且我需要时间想一想。如果你不去吃晚饭，就会引起骚动，即使很小的骚动也会对我们不利——还会引来不必要的注意。这可不行。快去吃晚饭吧……而且，除了吃东西以外，你最好闭上嘴，能做到吗？"

晚餐时间过得就像春天冰雪消融那么慢，西蒙的心跳却是正常速度的两倍快。他身处大声咀嚼食物的小厮中间，努力抑制住恨不得爆发出来、把桌上的瓶瓶罐罐都扫到地上的冲动。那些无关紧要的谈话更让他恼火，就算朱迪丝为贝珊妮之夜精心准备的羊肉馅饼也味同嚼蜡，难以下咽。

瑞秋坐在桌首，不高兴地看着西蒙坐立难安的模样。终于，他再也待不下去了，跳起来往外走，瑞秋也跟着出了门。

"对不起，瑞秋，我有急事！"他说，希望可以逃过瑞秋马上就要出口的责备，"莫吉纳医师有非常重要的事需要我帮忙。可以吗？"

有那么一会儿，怒龙看起来就像往常一样，似乎要伸手揪住他的耳朵，把他拽回桌子旁去，但不知是他的神情，还是语气里的某种东西使她意识到，这不是平常的偷懒玩耍。刹那间她差点露出了微笑。

"好吧，孩子，下不为例。但走之前，感谢一下朱迪丝为我们准备的美味晚餐。她可忙了一整个下午呢。"

西蒙赶紧跑到朱迪丝那儿，她就像巨大的帐篷一样紧挨在桌旁。听着那些溢美之词，她的脸红得像漂亮的苹果。西蒙正要出门，又被瑞秋一把揪住领子。他停下来，正准备回头解释，只听瑞秋说："冷静点儿，小心，你这蠢驴。不管什么事，都没重要到非得摔死在路上。"她拍拍西蒙的手臂，放他走了。她目送他离开大门，直到看不见为止。

到井边时，西蒙已经穿上了背心和外套。莫吉纳还没来，他只好躲在餐厅的影子里不耐烦地踱步，直到背后突然传来一个轻柔的声音，把他吓了一大跳。

"抱歉让你久等了，小伙子。尹寸刚才来了，我花了好长时间才让他明白，我那边不需要他帮忙。"医师拉起兜帽，遮住脸。

"你走路怎么没有声音啊？"西蒙学着医师，轻轻地问道。

"我还是有点儿本事的，西蒙。"医师似乎很受打击，"我是老了，可还没到风烛残年的地步。"

西蒙不知道什么叫"风烛残年"，但他大概听懂了这话的意思。"对不起。"他小声说。

二人安静地走下餐厅楼梯，来到储藏室第一层。莫吉纳掏出一颗跟苹果差不多大的水晶球，摩擦一下，只见一团火花闪烁着从球心扩散开去，慢慢地，整个水晶球散发出蜜色的光，照亮了四周的木桶和口袋。莫吉纳用袖子托着小球，小心翼翼地从货物中间走了过去。

地道的门关上了，西蒙不记得之前像疯子一样冲出来时有没有顺手关门，但他们还是小心地爬下梯子。西蒙在前面领路，莫吉纳把水晶球举过头顶，一会儿照这边，一会儿又照向另一边，观察周围。西蒙指给医师看差点被派拉兹逮个正着的地方。经过这里后，他们继续往下，直到底层。

底部的房间跟之前一样空空荡荡，那条石通道的门已经关上。西蒙肯定自己没有关上这道门，正想告诉医师，矮小的老人却摆了摆手，大步走到墙边，根据西蒙的描述找到墙上的缝隙。医师用手抚摸墙面，轻声嘀咕，墙上却没有打开豁口。莫吉纳独自蹲在墙边思考，西蒙不耐烦地等着，左右脚交换着重心，直到实在站累了，只好在医师旁边也蹲了下来。

"你就不能念几句咒语，直接把门打开吗？"

"不能！"莫吉纳低声呵斥，"我再说一遍，聪明人永远不会在不必要时使用魔法。尤其是对手也会魔法，比如我们的派拉兹神父。用了很可能就等于告诉他，这到底是谁干的。"

西蒙愁眉苦脸地坐回了地上，医师将手掌平摊在曾经是那道门的中心处。他轻触墙面，检视一会儿，突然用右手掌迅速敲了一下。门就这样打开了。他把用来照明的小球塞进宽松的袖子里，又掏出一个皮袋。

"啊，西蒙小伙计，"他轻笑起来，"我可以当个了不起的小偷。

这不是什么'魔法门'——只是用机关把它藏起来罢了。我们走吧!"随即,他们进入了潮湿的石道。

路面滑溜溜的,脚步声像糖浆一样黏稠。他们走到地道最深处那扇锁着的门前。莫吉纳观察了一会儿门上的锁,又走到窥视孔前看着里面的房间。

"孩子,我想你说得对。"他小声说,"努安的胫骨啊!我宁愿你弄错了。"他又仔细检查了那道锁,"你到走廊那头去,注意四周的动静,好吗?"

西蒙站在远处戒备,莫吉纳在自己的皮袋里翻来找去,最后拿出一把长长的木柄小刀,刀身像针尖那么细。他高兴地向西蒙挥手致意。

"纳拉克西钉猪刀,就知道总有一天会派上用场!"

他试着把小刀插进锁孔,刀锋轻易地滑了进去。他又将小刀抽出来,从袋子里取出一个小瓶子,摇了摇,用牙齿拔开瓶盖。西蒙着迷地看着莫吉纳。他往刀身上倒了些黏糊糊的黑色液体,然后迅速地将小刀插进锁孔。锁孔边上还闪着黏液的反光。

莫吉纳握着小刀捣鼓一会儿,然后退后一步,用手指计算时间。他双手并用,顺序数了三次之后,才握紧刀柄,用力扭动,结果却苦着脸松开了手。

"西蒙,过来。我需要年轻人强壮的手臂。"

在医师的指导下,西蒙抓紧这怪模怪样的工具的把手,用力转动。没过多久,他的手掌就渗出汗水,汗水顺着指尖流到光滑的木柄上。他更加用力地握住刀柄,片刻之后,感觉小刀卡住了锁孔里的什么东西,接着就听锁舌发出咔哒一声。莫吉纳点点头,西蒙用肩膀将门顶开了。

墙架上燃烧的灯芯草发出微弱的光芒。随着西蒙和医师的靠近,被锁在房间里的人影慢慢抬起头,瞪大双眼,好像认出了眼前的二人。他张了张嘴，却只发出虚弱的呻呀声。房间里稻草潮湿腐烂的味道让人难以忍受。

"唉……唉……可怜的约书亚王子……"莫吉纳说着，上前粗略查看一下约书亚的镣铐。这景象让西蒙手足无措，仿佛一场梦境，自己却只能无力地在一旁看着。王子瘦得不成人形，胡子又脏又乱，衣服破破烂烂，如同路边那些悲惨的流浪汉。他裸露在外的皮肤上甚至长出了可怕的红疮。

莫吉纳在断手约书亚耳边低语几句，又拿出皮袋，从里面掏出一个浅浅的、好像妇人们用来装唇脂的那种小罐子。他迅速地将罐子里的东西抹在双手手掌上。矮小的医师再次检查拴住约书亚的链子。铁链固定在墙上一个粗铁环上，一头铐住王子的手腕，另一头则铐住上臂，以束缚住他的两只胳膊。

莫吉纳双手都涂满了药膏，将小罐子和皮袋交给西蒙。"现在你要做个好孩子，"他说，"把眼睛闭上，我拿普莱西楠·麦曼尼的绢丝本换到了这些垃圾，那本书可是北珀都因留存的唯一一本。西蒙，我希望你老老实实地闭上眼睛。"

年轻人抬起手，准备遮住眼睛时，看到莫吉纳正把手放到墙上的铁环上。片刻之后，随着他指缝里透出一道红光，便听到仿佛锤子砸在铁板上的一声巨响。他移开双手，只见约书亚王子倒在地上缩成一团，莫吉纳跪在王子身旁，手掌上还在冒烟。墙上的铁环像烤焦的麦饼一样漆黑、扭曲变形。

"咳！"医师喘着气说，"希望……希望我……永远不要再做这种事了。西蒙，你能把王子背起来吗？我现在没力气。"

约书亚僵硬地挪动身子，环视四周，"我……想……我能……自己走。派拉兹……给我喝了点……"

"别胡扯了。"莫吉纳做了个深呼吸，颤颤巍巍地站起，"西蒙是个强壮的小伙子——来吧，孩子，别光站着！背上他！"

　　铐住手臂和手腕的锁链依然还在，因此西蒙忙活了一阵子，把链子绕在约书亚身上。在莫吉纳的帮助下，他把约书亚像小孩一样扛在肩膀上，站稳身子，用力地吸了一口气。一开始西蒙还怀疑自己能不能扛动，但他笨拙地跳了一下，把约书亚的身子往上抬了抬之后，发现就算加上锁链的重量，他也有足够的力气把王子背出去。

　　"把你的傻笑收起来，西蒙，"医师说，"我们还得带着他爬梯子呢。"

　　他们做到了——西蒙哼哼唧唧，差点累哭了，约书亚虚弱得只能抓住梯子的横档，莫吉纳在后面一边推一边为大家鼓劲。这段漫长的攀爬就像一场噩梦，不过最后，他们还是登上了大储藏室。西蒙靠着一个大袋子休息，王子还趴在他的背上，莫吉纳快步走到前头。

　　"在哪儿，在哪儿……"莫吉纳一边嘀咕，一边从两堆靠得很近的货物中间挤了过去。他走到南边的墙壁旁，将水晶球举在眼前，急切地寻找起来。

　　"你在找……?"西蒙刚想问，医师飞快地做了个手势让他安静。他们看着莫吉纳在一排排木桶中间一会儿冒出来，一会儿又消失。西蒙突然觉得有人轻碰自己的头发——原来王子正在抚摸他的头。

　　"是真的。真的!"约书亚轻声说。西蒙觉得有液体滴落到自己的脖子上。

　　"找到了!"旁边传来莫吉纳平静但欣喜的声音，"过来吧!"西蒙站起来，身子还有些晃晃悠悠，扛着王子走了过去。医师站在一堵墙边，指着一堆摆成金字塔形状的大桶。在水晶球的照耀下，他的影子模模糊糊，看上去像个巨人。

　　"找到什么了?"西蒙背着王子，调整一下姿势，"桶吗?"

　　"是啊!"医师笑呵呵地说，得意地转动最上面那只木桶的边缘。接着，整只木桶像门一样朝旁边移开，露出后面黑黑的大洞。

西蒙疑惑地看着，问道："这是什么？"

"密道，傻孩子。"莫吉纳拉着他的手臂，领他走到转开的木桶前。这个洞比人的胸口稍高一些。"这座城堡像蜂窝一样，到处都是密道。"

西蒙皱着眉头，弯下腰，往黑洞里看去："爬进去？"

莫吉纳点点头。西蒙发现这个洞不适合行走，只好跪下来，一点一点往里面挪动身子。王子像骑马一样跨在他身上。"我从没在储藏室里发现过这样的密道。"他说，声音在桶里回荡。莫吉纳弯下腰，帮约书亚低头通过矮矮的入口。

"西蒙，你不知道的事远远多于我知道的事。我相信暂时还改变不了这种落差。闭上嘴，我们得快点儿。"

爬了一段路，他们终于可以站起来了。莫吉纳的水晶球照亮了前方长长的斜廊，除了厚得不可思议的积灰，这里似乎没什么特别之处。

"啊，西蒙，"他们一边赶路，莫吉纳一边说，"真希望有时间带你仔细看看这条密道，从这里能到不少地方去。有几个房间曾经属于一位高雅美丽的贵妇，她利用密道出去跟人幽会。"医师抬起头，看着约书亚。王子的脑袋无力地靠在西蒙的脖子上。"睡一会儿吧。"莫吉纳喃喃地说，"睡吧。"

过道先向上又往下，转过一个又一个弯。一路上他们经过许多道门，有些门锁已锈迹斑斑，有些门把手则像新铸的硬币那样闪亮。有些过道甚至还有小窗子，西蒙透过玻璃，看到天空映照出站在西城墙上的哨兵们的剪影。太阳已经落山，云朵染上玫瑰色的霞光。

我们一定在餐厅下面，西蒙惊讶地想。什么时候爬到这儿来了？

莫吉纳终于喊"停下"时，他们已经累得步履维艰。最后这段路没有窗子，只有些挂毯。莫吉纳掀起其中一片，后面是灰色的石头。

"不是这个。"医师喘着气，又掀开旁边的一块，那儿有一扇粗糙的木门。他把耳朵贴到门上，听了一会儿才把门打开。

"文书馆。"他朝远处燃着火把的走廊打了个手势，"只有几……百步路就能到我的房间……"待西蒙和他背上的人通过，医师在后面推了一下门板，发出清晰的关门声。西蒙转过头去，看到墙上居然有那么多门，他已经分不出刚刚进来是哪一扇了。

最后一段路不再隐秘，从档案室东门出去就是大院，因此必须加快速度。他们猫着腰，尽量挨着墙边穿过阴影里的草丛，以防被藤蔓绊倒。在院子的阴影中，西蒙好像看到什么东西在动——那东西体积很大，弯腰驼背的样子似乎很眼熟，还随他们移动而移动，仿佛在看着他们。但四周越来越暗，西蒙也不敢确定自己看到了什么，也许那不过是另一个在眼前晃过的黑点罢了。

身侧突然一阵刺痛，好像有人用鲁本的铁钳打了他一下似的。莫吉纳一瘸一拐地走在前面，帮他们打开门。西蒙踉踉跄跄地走进去，小心地把背上的王子放下来。卸去重担后，他气喘吁吁地倒在冰冷的石板上，全身都被汗水浸透，眼前的世界像跳舞似的旋转着。

"来，殿下，把这个喝了——喝下去。"耳边传来莫吉纳的声音。过了一会儿，他睁开眼，用手肘撑起身子，看到约书亚靠墙坐着，莫吉纳正举着一只褐色的瓷罐蹲在王子身边。

"好点了吗？"医师问。

王子虚弱地点点头："好多了。这东西，跟派拉兹给我喝的差不多……不过没那么苦。他说我身体太弱了……今晚他们还需要我。"

"需要你？这话听上去真可疑，不是好兆头。"莫吉纳把瓷罐递给西蒙。这饮料尝起来百味交集，还有股浓烈的酸味，但让人觉得暖融融的。医师走到门口张望一下，这才插上门闩。

"明天是贝珊妮日，玛雅月的头一天。"他说，"今晚是……还真是糟糕透顶啊，我的王子。今晚是凝石之夜。"

医师的药剂顺着喉咙流到胃里，给人一种舒适的烧灼感。疼痛的关节也好多了，仿佛紧紧扭在一起的绳子松开了一两个结。西蒙坐起来，但头还是晕乎乎的。

"今天晚上他们'需要'你，这让我有不祥的预感。"莫吉纳又重复一遍，"比起被你的王兄关起来，我怕事情会往更糟糕的地步发展。"

"对我来说，光是被关起来就已经够糟了。"约书亚憔悴的脸上刚露出一丝自嘲的神情，立刻又被深深的悲哀淹没。"莫吉纳，"过了一会儿他又说，声音里满是支离破碎的痛苦，"那些……那些婊子养的混蛋把我的人都杀了。他们偷袭了我们。"

医师伸出手，好像要拍拍王子的肩膀，中途又尴尬地放了下来。"我相信，大人，我相信你。你真的认为这些事是你哥哥指使的吗？会不会是派拉兹自作主张呢？"

约书亚无力地摇摇头："我不知道。袭击我们的人身上没有任何标记，而且我被关起来以后，除了那个牧师再没见过其他人……但我无法想象派拉兹会不经过埃利加，擅自做出这种事来。"

"也对。"

"可是为什么?!该死的，为什么呢？我从没有过染指王座的念头，恰恰相反，我什么都不想得到！你知道的，莫吉纳。他们为什么要做这种事？"

"我的王子，恐怕眼下我也没办法回答你的问题，但不得不说，这事比我想象的更棘手。我正打算证实自己的怀疑……还有其他一些事情。关于……北方的事。你听说过白狐吗？"莫吉纳意味深长地问，但王子只是抬了抬眉毛，未置可否。"好吧，现在不是谈论我那些疑虑的时候。时间所剩无几，我们先处理眼下的要紧事吧。"

莫吉纳从地上扶起西蒙，然后到处搜寻着什么东西。小伙子怯生生地站在--旁看着约书亚王子。王子双眼紧闭，靠墙瘫坐着。不一会儿，医师拿着锤子和凿子回来了，那只铁锤的头因长期使用，已经磨得浑圆。

"孩子，把约书亚身上的铁链弄下来，能行吧？我去准备其他东西。"他说完就急急忙忙地走开了。

"殿下？"西蒙靠近王子，轻声说。王子睁开眼睛，用呆滞的目光看了看眼前的年轻人，又转向他手里的工具，点了点头。

西蒙跪在王子身边，先用力地敲了两下右臂上的铁环，把它弄开。然后他绕到王子的左边，正要如法炮制，王子又一次睁开眼睛，拉住了西蒙。

"小伙子，把这一边的铁链弄掉就行了。"一抹惨白的笑容浮现在他脸上，"手铐留下，好纪念我哥哥。留着它。"他展示自己右手的断腕，"你瞧，我们还有一笔账没算完呢。"

听到这话，西蒙不由打了个冷战。他只好在墙上压紧约书亚的左臂，敲断了连着手铐的锁链，把铁环留在左手手腕上。

莫吉纳回来时，手里拿着一包黑色的衣服，"来吧，约书亚，我们得快点儿。太阳下山已经一个小时了，谁知道他们什么时候会去找你？我把地下室的门锁卡住了，但用不了多久，他们就会发现你不见了。"

"我们该怎么办？"王子问，他摇摇晃晃地站起身，西蒙帮他穿上带着霉味的农夫行头。"城堡里有我们可以信任的人吗？"

"现在没有，至少这么短的时间里找不到。所以你必须到奈格利蒙去。只有那里才安全。"

"奈格利蒙……"约书亚一副不知所措的样子，"这可怕的几个月里，我一直梦到我的家——但是不行！我一定要告诉世人，我哥哥是个人面兽心的骗子。我要找到强有力的支援！"

"不能在这里……也不是现在。"莫吉纳坚定地说，那双明亮的眼里带着不可抗拒的威严，"那样做的话，你又会被关进监牢里，而且这一次很快会被砍掉脑袋。你看不清目前的形势吗？你一定要先到安全的地方，一个不会有人背后捅刀子的地方，然后才能向世人宣告这一切。不少国王都曾囚禁甚至杀害他们的至亲，也并未遭到指控。这可不是一般的兄弟阋墙，会引起全国上下动荡。"

"好吧，"约书亚勉强答应，"就算你说得对，可我怎么逃出去呢？"一阵咳嗽让他的身子摇晃起来，"城堡各处的门……到晚上……肯定都关了。我是不是该穿上吟游诗人的衣服，唱着歌直接从内城大门混出去？"

莫吉纳露出微笑。西蒙对这位坚强勇敢的王子十分佩服，要知道，一个小时以前，他还被锁在潮湿的囚室里，逃生无望。

"正好，我早有准备。"医师说，"请看。"

他走到房间另一头，那堵粗糙的石墙旁，西蒙曾还靠着它哭过一回。医师朝墙上绘的仿佛四翼鸟般的星图做了个手势，然后微微鞠了个躬，将星图扫到一边。石墙中间静静地嵌着一道木门。

"正如你所见，派拉兹不是唯一一个懂得利用暗门和密道的人。"医师轻声笑了起来，"红袍神父刚来不久，关于这座城堡，他要学的东西还多着呢。而我呢，很久以前就在这儿安家了，你们两个都猜不出究竟有多久。"

西蒙兴奋得快要跳起来，但约书亚还是一脸疑虑。"莫吉纳，这条路通往哪里？"他问，"虽然逃出了埃利加的地牢，万一又落进了护城河，那就没什么意义了。"

"别害怕。这座城堡的地下满是洞穴和地道，更不用说我们脚下还有古城堡的遗迹。整个迷宫一样的地道实在太广阔了，就算是我也只知道一半，不过已经足以让你安全逃脱了。跟我来吧。"

王子靠在西蒙的手臂上，由莫吉纳带领，走到几乎有整个房间那么长的桌子旁。医师在桌上展开一张羊皮卷，羊皮卷的边缘因为年代久远而毛糙泛灰。

"你看，"莫吉纳说，"在我年轻的朋友西蒙吃晚餐时，我也没闲着。这是地下墓园的地图，当然只是其中一部分，这里已经标好你脱逃的路线。如果按这条路走到地面，就可以看到鄂克斯特外面的苔藓园。在那里，我相信你可以在夜晚的庇护下，找到回家的路。"

研究一番地图后，莫吉纳把约书亚拉到一边，两人凑在一起小声交谈着。旁边的西蒙觉得自己完全成了局外人，只好去看医师的地图。图上，莫吉纳用鲜红的墨水标注了出路，西蒙的脑袋随着七拐八弯的路线而左摇右摆。

两人终于讲完了，约书亚收起地图。"好吧，老朋友，"他说，"如果要走的话，我应该尽快出发。你说的其他事情我会好好考虑的。"他扫了一眼乱七八糟的房间，"只是，我怕你英勇的行为会给自己带来麻烦。"

"你担心也没用，约书亚。"莫吉纳回答，"再说了我又不是手无缚鸡之力，还是可以玩些小把戏的。自从西蒙说他发现你以后，我就开始着手准备了。我一直担心，总有一天不得不付诸武力。你不过让这个计划提前了一些。来吧，拿着火把。"

说着，矮小的医师从墙上取下一支火把递给王子，又在旁边的钩子上拿了个袋子，一起交给他。

"里面有些吃的，还有药水。东西不多，反正你也得轻装上路。快点吧。"他掀开暗门前的星象图。

"等你安全到达奈格利蒙，尽快捎个信给我。到时候再详谈。"

王子点点头，步履蹒跚地走进暗道口。闪烁的火光将幽暗的走廊深处照亮。他转过头来。

"莫吉纳，我永远不会忘记你的恩情。"他说。"还有你，年轻人……今天你做了一件非常勇敢的事。我希望，在未来的某一天，你也能得到应有的奖赏。"

西蒙百感交集地跪下来，又为自己太过激动而尴尬不已。王子看上去虚弱不堪，却又如此坚强……一时之间，骄傲、悲伤、恐惧，许多情绪纷至沓来，搅得他脑子一片混乱。

"再会，约书亚。"莫吉纳把手放在西蒙的肩膀上说。他俩看着王子举起火把，走下地道，身影渐渐被黑暗吞没。医师关上门，松开手，让星图落回原地。

"来吧，西蒙。"他说，"我们还有许多事情要做。派拉兹在凝石之夜丢了客人，我想他的心情不会太好。"

安静地休息，时间好像过得很慢很慢，西蒙坐在桌子上，双脚晃来晃去。虽然害怕，但他也挺享受这紧张刺激的感觉。不光这个房间，连整座城堡都充溢着这种气氛。莫吉纳在他身边走来走去，一件又一件事地忙个不停。

"你看，在你吃饭的时候我已经把大部分事情忙完，只剩下一点细枝末节。"

这小个子说的话西蒙一点都没听懂。虽然脾气急躁，但短时间内发生这么多事，即使是西蒙，心里也相当满足了。于是他点点头，继续摆动双脚。

"好吧，我想今晚只能到此为止了，"最后，莫吉纳说，"你最好回去上床睡觉。明天早点来，最好做完杂活儿直接就过来。"

"杂活儿？"西蒙一下子被噎住，"杂活儿？明天？"

"当然了。"医师厉声说，"你不会以为将要发生什么不寻常的事吧？难道你还指望国王宣告：'哦，顺便说，我弟弟昨晚从地牢逃跑了，所以大家放一天假，都出去找他吧。'你是不是这样想的？"

"没有，我……"

"……你总不会说：'瑞秋，我不能做杂活儿了，因为莫吉纳和我正在密谋叛变。'——你会吗？"

"当然不会……!"

"很好。那么你明天把杂务活干完,然后赶紧到这儿来,我们再探讨一下当前的形势。这比你想象的要危险得多,西蒙。不管好坏,你已经受到了牵连,虽然我本来希望让你尽量远离这些……"

"远离什么?受到什么牵连?医师?"

"别管了,孩子。你脑子里装得还不够满吗?明天我会在安全的范围内,试着解释给你听,不过凝石之夜不适合谈论这一类事情……"

莫吉纳的话被外头重重的敲门声打断。西蒙和医师站在原地,对视一眼。敲门声又响起来。

"谁?"莫吉纳大声问,语气如常。西蒙不禁又瞟了一眼这个小个子,和语气相反,他的脸上满是恐惧。

"尹寸。"那人回答说。莫吉纳明显放松下来。

"你走吧。"他说,"我说了,今晚不需要你帮忙。"

门口一阵沉默。"医师,"西蒙轻声说,"刚刚我可能看到了尹寸……"

低沉的声音又响了起来:"医师,我想我忘了些东西……在你房间里。"

"下次再来拿。"莫吉纳大声说,这一次声音里明显带着愤怒,"我现在太忙了,没空理你。"

西蒙试着解释:"刚刚看到他的时候,我还背着约……"

"以国王的名义——马上开门!!"

西蒙的心一下子沉入冰冷的绝望之中。那不是尹寸的声音。

"猪狗不如的东西!"莫吉纳惊讶地轻声咒骂,"那个蠢蛋出卖了我们。没想到他还有这种手段——我不想再被打扰了!"他一边叫着,一边跳到长桌旁,把桌子用力推向门口。"我是个老人了,需要休息!"西蒙跑过去帮忙,恐惧和一股直冲心头的不可名状的兴奋劲儿掺杂在一起。

门口传来第三个声音，听起来残酷又嘶哑，"你确实需要多休息，老头。"西蒙听到这声音，膝盖一软，差点摔倒在地。是派拉兹。

西蒙和医师终于用沉重的桌子顶住门口，走廊里回荡起可怕的咔咔声。"斧子。"莫吉纳说着，匆忙趴到桌边寻找什么东西。

"医师！"西蒙小声喊道，紧张地蹦跶着准备迎击。木头碎裂的声音在门外回荡。"我们怎么办？"他转过身，映入眼帘的却是一幅疯疯癫癫的景象。

只见莫吉纳跪在桌上，面对着一个鸟笼，脸庞贴近细细的栅栏，对着笼子里的东西嘀嘀咕咕。西蒙听到外面那道门倒下的声音，但医师仍然不为所动。

"你在干什么！"西蒙大惊失色。莫吉纳拎着鸟笼跳下桌子，一路小跑到窗边。听到西蒙的惊叫，他只是回过头去，平静地看了一眼惊慌失措的年轻人，露出悲哀的微笑，摇了摇头。

"孩子，当然了，"他说，"我也会为你做好准备的，就像我对你父亲保证的那样。时间真是太短了！"他放下笼子，又朝大桌子跑来，正当他在杂物中间摸索翻找的时候，那些人已经开始劈砍房门，连桌子都随之颤抖起来。刺耳的劈砍声和盔甲的碰撞声惊天动地，莫吉纳终于找到了想要的东西——一个木盒子。他把盒子倒过来，一个金闪闪的小东西掉在手心里。他往窗边走去，中途却又停下来，在一团乱的桌子上抽出一捆羊皮卷。

"拿上这个，好吗？"说着，他把羊皮卷递给西蒙，又快步走到窗边。"那是我写的关于圣王约翰的事迹，我不希望把批评指摘的乐趣留给派拉兹。"西蒙精神恍惚地接过纸卷，塞进衣服下的腰带里。医师把手伸进笼子，取出一只小动物，捧在手心。是只银灰色的麻雀。西蒙已经惊讶到麻木，看着医师冷静地将那像戒指似的金色小东西绑在麻雀腿上，它的另一条腿上已经绑好了一小卷羊皮纸。"负担这么重，要坚强点儿。"他语气平静，似乎是在对小鸟说话。

终于，锋利的斧子砍穿了沉重的房门，缺口就在门闩上方。莫吉纳弯腰从地上拾起一根长棍，敲碎高处的玻璃窗。然后他举起小麻雀，松开手。鸟儿在窗框上跳了几下，展开双翼飞起来，不一会儿就消失在夜空中。一只接一只，医师又放出另外五只麻雀，笼子空了。

房门正中间已被砍掉一大块，西蒙从破洞里看到愤怒的脸庞和金属反射的火光。

医师挥手呼唤他："地道，孩子，快！"他们身后，木门又被砍掉一大块，哗啦一声落在地板上。两人加紧脚步到房间另一头，医师递给西蒙一个小小的圆球。

"摩擦一下就会发光，西蒙。"他说，"这个比火把好。"他把星象图拉到一旁，打开暗门，"去吧，快点儿！找到坦加阶梯，往上爬！"西蒙刚进暗道口，房门就被劈开了，巨大的门板悬在合页上，摇晃着坠落。莫吉纳转身面对着他们。

"医师！"西蒙叫道，"一起走！我们一起逃！"

医师看了他一眼，微笑着摇了摇头。伴随着玻璃落在地上碎裂的脆响，堵住房门的桌子被推开了，身穿绿色和黄色制服的卫兵冲进这一片废墟。爱克兰士兵中间正是卫队长拜由伽，就像一只癞蛤蟆蜷伏在利剑和斧头形成的花园中。尹寸巨大的身躯堵在走廊里，在他身后，是派拉兹猩红色的斗篷。

"站住！"房间里回荡着雷鸣般的吼声。恐惧和迷惑之余，西蒙惊讶万分——莫吉纳虚弱的身体竟能发出如此震撼的声音。面对着爱克兰卫兵，医师十指做出奇怪的手势。在他和那些目瞪口呆的卫兵之间，空气闪着光扭曲了。莫吉纳的手指舞动着，那一段空间竟然好像凝固起来。这一瞬间，火光中的场景在西蒙眼里，就像挂毯上古老的图画。

"孩子，愿你平安。"莫吉纳从齿缝间挤出这句话，"走！快走！"

西蒙往暗道里退了一步。

派拉兹从惊呆的士兵中间挤了出来，就像空气墙后一道模糊的红色影子。他朝前方伸出一只手，手指触之之处，凝固的空气被一道沸腾的迸发蓝色火花的光网罩住。空气壁垒像冰一样开始融化，莫吉纳转过身，弯下腰，飞快地从倒地的架子上拾起两只大烧杯。

"拦住那小子！"派拉兹大叫。西蒙看到了浮在红袍之上的那对眼睛——冰冷，漆黑，像毒蛇一般缠着他……钉住了他……

闪光的空气壁垒消失了。"抓住他们！"拜由伽伯爵吐了口唾沫，命令道。士兵一拥而上。西蒙的目光无法从眼前的景象挪开，他想跑，可双腿不听使唤。已经没有东西挡在他和那些爱克兰卫兵中间了，除了……莫吉纳。

"ENKI ANNUKHAI SHI'IGAO！"医师的声音像石钟般隆隆作响。接着，房间里卷起了尖啸的狂风，火把都被吹灭。莫吉纳站在风涡中心，摊开的双手分别握着两只烧杯。只听黑暗中什么东西破碎的声音，然后，一道耀眼的闪光亮了起来，破碎的烧杯竟在猛烈地燃烧。顷刻间，大团烟雾在莫吉纳的袍子上翻滚上涌，紧接着，劈啪作响的火舌冲到他的头顶。西蒙被强烈的热流逼迫着往后退去，医师回头朝他望了最后一眼。在炽热火雾的包围中，莫吉纳的面目似乎已扭曲变形。

"走吧，我的西蒙。"他在火焰中喘着气，费力地说，"我已经不行了。去找约书亚。"

西蒙脑子一片空白，蹒跚着后退几步，眼睁睁看着医师瘦弱的身体在燃烧的火光中摇晃。莫吉纳转过身，艰难地走了几步，张开双臂，把自己的身体投向尖叫颤抖的卫兵。他们挣扎着甩开同伴，往门口逃奔。而火焰仿佛来自地狱，火势迅速朝前方蔓延开去，烧黑了吱嘎作响的房梁，连墙壁都开始颤动。混乱中，西蒙听到派拉兹刺耳的咳嗽声和莫吉纳的垂死呻吟交杂在一起……然后，伴着一声震耳欲聋的巨响，火光四射，热浪把西蒙掀翻在地。仿佛审判的巨锤轰然落下，暗门在他身后被热浪合上。西蒙呆若木鸡。门梁分崩离析，坍塌下来发出尖利的声响。碎裂的木头和石块落在暗门的另一边，将它死死堵住。

西蒙躺在原地哭了好久，直到眼里的泪水被热气烘干。最后，他奋力爬起，用手摸索着温热的石墙，跌跌撞撞地走进黑暗之中。

世界的夹缝

❀

声音，许许多多的声音——西蒙已经分不清究竟是自己的幻想，还是身边那些令人不安的影子发出来的。在地道里度过的第一个小时，只有这些声音陪着他。

蠢驴西蒙！又干傻事了，蠢驴西蒙！

他的朋友死了，他唯一的朋友，行行好，行行好吧！

我们这是在哪儿？

在黑暗当中，在永恒的黑暗当中，像蝙蝠一样拍打翅膀，像迷失方向的颤抖的灵魂，穿过无尽的地道……

他现在是无家可归的西蒙了，注定要在这里徘徊，徘徊……

走开。西蒙颤抖起来，试着赶走这些吵闹的声音。我会记起来。我会记起那张老地图上的红线，找到坦加阶梯，不管它在哪儿。我会记得那个凶手派拉兹的黑眼睛，我会记得我的朋友……我的朋友，莫吉纳医师……

他在满是尘土的地上坐下，茫然无助，懊恼得哭起来。黑色石头形成的天地间，只有他微弱的心跳声带来的一丝活力。黑暗沉重地压在他身上，挤得他喘不过气。

他为什么要这样做？他为什么不跑呢？

他是为了救你和约书亚才死的，小傻瓜。如果他逃走，他们会跟上来。派拉兹的魔法更强大。你会被逮住，他们接下来就会去找王子，把他抓回来，丢回监牢里去。莫吉纳就是为这个才死的。

西蒙讨厌自己的哭声。干咳和啜泣回荡个不停，他把心底的情绪倾泻殆尽，一直哭到嗓子沙哑。这种声音他倒可以接受，至少听着不像黑暗里迷路的蠢驴的哀鸣。

西蒙哭得头昏脑涨，正准备用袖子擦干眼泪，这才发现手里沉甸甸的——之前他都忘记了，是莫吉纳的水晶球。

光。医师给了他光。还有一件是卡在裤腰带里，那卷让他很不舒服的皱巴巴的羊皮纸，这也是医师送给他的最后的礼物。

不，一个声音在他耳边说，是倒数第二件礼物，无家可归的西蒙。

西蒙用力摇摇头，想要驱散开这呢喃不休的强烈的恐惧。当莫吉纳把那亮晶晶的小东西绑在麻雀腿上时，他是怎么说来着？负担这么重，要坚强点儿？为什么他还坐在黑暗中又哭又叫？难道他不是莫吉纳的学徒吗？

他爬了起来，头晕目眩。在他的抚摸之下，水晶球的表面开始暖和起来。西蒙在黑暗中看着自己的双手，回想起医师。这个世界藏着太多背叛，金玉其外败絮其中，但明知这一点，老人为何总能保持欢笑呢？这里满是黑暗，几乎没有……

一个针孔大小的光点在他眼前闪烁——就像在遮天蔽日的帘子上开了个小洞。他更用力地摩擦着，观察着。琥珀色的光点越来越亮，驱散了周围的阴影，地道的墙壁向旁边退去，空气似乎又流进他的肺里。他重见光明了！

上下左右打量一番这地下走廊之后，他的兴奋来得快去得更快。头痛使得他一盯着墙，就好像墙面在晃动。这条地道几乎没有任何特点，只是一条荒凉的、满是蜘蛛网的、一直下到城堡地底的通道。他往回走了几步，看到自己刚刚走过的一个岔路口，仿佛墙上一张黑暗的大嘴。他又折了回来。水晶球心的火花闪了一下，他看到远处也只有碎石断瓦，它们沿着这条斜坡堆下去，延伸到水晶球微弱的光线外。他到底经过了多少个岔路口？他又怎能分辨哪一条才是正确的出路？又一阵令人窒息的绝望涌了上来。他是如此孤单无助，完全不知该往哪儿去。他可能永远都回不到阳光下的世界了。

无家可归的西蒙，蠢驴西蒙……家人都死了。朋友都死了。他将永远徘徊游荡……

"闭嘴！"西蒙大声吼了起来，却被自己的回音吓了一跳。话语就像是地狱之王的口令，从这里一直传向前方更远处的隧道。"闭嘴……闭嘴……闭……嘴……"

地道之王西蒙开始艰难前行。

地道蜿蜒向下，一直通向海霍特的岩心，只有莫吉纳的水晶球照亮了这条压抑、盘旋，满是蛛网的路。老旧破碎的蛛网缓缓飘动，跳着幽魂之舞，当他回过头去，这丝丝缕缕仿佛没在水中的、没有骨头的纠缠手指向他打着招呼。一束束丝线粘到头发上，黏在脸上，他只好一边走，一边伸出手挡在面前。清理掉这些网时，还经常感觉到有小东西从指尖爬过，他只好停一会儿，低下头，等这阵恶心的颤抖过去。

越来越冷了，渐渐狭窄的走道似乎散发着潮气。有好些地方已经坍塌，尘土和石块堆积在路中央，他只好挨着潮湿的墙壁侧身挤过去。

就像现在，他正努力穿过障碍物，一只手高举发光的水晶球，另一只手往前摸索出路。突然，摸索的手一阵剧痛，一直延伸到手臂，如同一千根针同时刺向自己。水晶球光芒一闪，他眼里映出令人头皮发麻的可怕景象——上百只，不，上千只白色小蜘蛛爬上他的手腕，钻进他的袖子，像一千团火焰烧灼着他的皮肤。西蒙尖叫起来，手臂狠狠地在墙壁上拍打着，尘土如雨点般落进他的嘴和眼。恐惧的叫声在长廊里回荡，但很快就消失了。他跪在潮湿的地上，在泥土中上下捶打手臂，直至烧灼般的疼痛减退，便手脚并用，慌乱地逃离这个不知是什么东西的巢穴。跑出一段路，他又蹲下身来，抓起松软的泥土拼命揉搓手臂，扑簌而下的眼泪像鞭子一样，抽疼了他。

疼痛终于消减了些，他站起身检查自己的伤处，在水晶球的光下，发现手臂只是有些红肿，他本以为会满是血痕呢。手臂有点抽筋，他暗想，不知道那些蜘蛛有没有毒，或许现在还没到最糟的时候。悲哀又涌上胸口，他赶紧用力呼吸，强迫自己迈开脚步。他必须前进。必须。

一千只白蜘蛛。

他必须前进。

他在小球发出的微弱光芒下继续往下走，光芒照亮了湿滑的石头和被泥土掩埋的走道，通路在光影中扭曲变形。他敢肯定自己在城堡地底，并下到了黑暗深处。这里看不出约书亚，或其他任何人曾经走过的痕迹。他不得不承认，自己在黑暗和混乱中错过了一些转弯，现在只能一直往下，落到一个无法逃离的深坑里去。

他走了那么远，转过那么多弯，记忆中莫吉纳的老羊皮卷上细细的红线已经一点用都没有了。在这狭窄、令人窒息的虫洞里，那道阶梯遥不可及。耳畔的声音不再受他控制，黑暗中，如同尖叫的人群，围绕在他身边。

越来越黑，越来越黑。

让我们躺一会儿吧。我们想闭上眼睛睡一会儿，一会儿就好，睡吧……

国王心里住着一头野兽，派拉兹饲养这头猛兽。

"我的西蒙。"莫吉纳叫你"我的西蒙"……他认识你父亲。他藏着许多秘密。

约书亚正往奈格利蒙赶去。在那里，阳光不分昼夜照耀着大地。

在那里，他们品尝甜甜的奶油，喝着清亮的水。太阳是那么明亮。

明亮炽热。为什么，会这么热？

潮湿的走廊突然变得热烘烘的。他拖着双腿往前走，绝望地想，这是不是蜘蛛毒液的第一次发作？他会死，死在可怕的黑暗中。他再也见不到阳光，再也感觉不到……

热气似乎已浸入他的五脏六腑。越来越热了！

闷热的空气包裹着他，汗淋淋的衣服贴在胸前，头发也黏在额头上。刹那间，一阵更猛烈的恐惧摄住他的心。

我一直在兜圈子吗？我是不是走了好多年，又回到莫吉纳房间的废墟了？他在那儿被烧成焦炭。

但不可能啊。他一直在往下走，除了偶尔走平地以外，还从没走过往上的坡道。那这儿为什么这么热呢？

马倌舍姆讲过的一个故事浮现在他的脑海。圣王约翰年轻时也曾到黑暗中去，寻找散发高热的地方——巨龙刹拉卡在城堡底下的巢穴……就是这座城堡。

但那条龙已经死了！变成了王座大殿里的黄椅子，我还摸过它的骨头呢。这里已经没有龙了——那条龙不眠不休，大口喷吐红雾，爪子跟剑一样锋利，年纪跟奥斯坦·亚德的石头一样古老，匍匐在黑暗之中——它已经死了！

可龙就没有兄弟吗？

什么声音？这低沉的隆隆的吼声是什么？

热浪迎面扑来，空气里带着厚厚的烟尘，西蒙心里好似压了一块千斤巨石。前方强烈的红光遮盖住了水晶球的微弱光芒。红光下的走廊变得平坦，不管左边还是右边的岔路，都通往下方被热气腐蚀的过道和拱顶门廊，门里投射出摇曳的橙色光芒。虽然汗水像小溪一样淌下西蒙的脸，虽然身子在不住地颤抖，但他仿佛被什么东西硬拽着似的，不由自主地往下面走去。

转身逃跑啊，蠢驴？

他做不到。虽然每一步都迈得极其艰辛，但确实一点一点地靠近了。他走到拱门边，慌张地伸长脖子，往门里看去。

是个巨大的山洞，光芒在洞里跳跃不休。石墙像是融化了一般，墙面满是光滑垂直的波痕，同烛台上的蜡一样。西蒙被光亮照花了眼，惊讶地发现，在这山洞的另一头，许多人影正跪在一只……可怕的喷着火光的巨龙前面！

过了许久，他才意识到那不是龙，而是一具巨大的熔炉。那些黑影正用叉子把木头丢进炉火之中。

是铸造间！城堡的铸造间！

洞窟里，包裹严实、围巾蒙面的众人正在铸造各种武器。长杆从火里挑起盛满铁水的大桶。熔化的金属溅起火花，嘶嘶作响，淋入甲胄的模型中。锤子敲打铁砧的声音回荡在四周，盖过了熔炉的咕哝声。

西蒙从门口缩了回去。一瞬间，他很想就这样跑到人们中间去，虽然穿得稀奇古怪，但他们至少是人类。那一刻，他觉得无论发生什么，都比在黑暗的过道听着鬼魅的声音要好得多——但他同时也意识到，事实并非如此。难道他真以为那些铁匠会帮自己逃出去吗？毋庸置疑，就算他逃出莫吉纳房间里的地狱火焰，甚至逃出埃利加残酷的审判，铁匠们也只会为他提供唯一一条离开洞穴的路：往上走，一直走到派拉兹手心里。

他蹲下来琢磨着。熔炉的噪音和头痛使得思考变得困难，他想了很久，却没办法想起自己经过的那些岔道。他看到铸造洞最远处的墙上好像有一排小洞穴，应该是储藏室之类……

或者是地牢……

但那些洞穴恐怕是离开此地的唯一路径——原路返回实在太傻了……

懦夫！下仆！

麻木，疲倦，他衡量着这如同刀锋两边的抉择。走回去，又要在有蜘蛛的黑暗地道里徘徊，唯一的光源也快熄灭……或者就想办法穿过仿佛燃着地狱之火的铸造间——走那边的话，谁知道会通往哪里呢？

他会成为地底之王，爱哭鬼之王！

不，他的亲朋好友都不在了，所以他才变成这样！

他拍拍自己的头，想把这些喋喋不休的声音赶走。

他终于下了决心，控制住自己狂跳的心，就算死，也要死在有光的地方。

他伏下身子，看着手心里水晶球暗淡的光，脑袋突突跳动，疼得厉害。西蒙注视着水晶球，光线忽明忽灭。他将小球滑进口袋里。

熔炉的火光和炉前来来回回的人影，在对面的墙壁上交织出一片红色、橙色和黑色的跳动音符。他悄悄缩进门廊下的阴影，在斜坡上潜行。最近的藏身处是洞口边缘一堆碎裂的砖块，离他目前的位置应该有六十尺，大概是废弃的砖窑或烤炉之类。他先作了几次深呼吸，连滚带爬地往那边冲了过去。终于跑到大砖窑之后，他不得不垂下头，等待因剧烈动作带来的头痛和眼前的黑点消退。熔炉的尖啸声像炸雷般回荡在他的脑海，本来缠着他的那些呓语都在巨响下消失不见了。

他在一片又一片阴影中穿行，那些阴影仿佛红色烟雾和巨大噪音中安全的黑色小岛。铁匠没有抬头，更没有发现他，他们互相之间甚至不怎么交谈，只是专注地在铁砧上敲敲打打，就像战场上身披铠甲的士兵。他们的眼睛在面罩下反射出光芒，仿佛眼里只能看见高热的铁水。散发着光和热的铁水很像西蒙一直努力回想的、那张地图上蛇一般的红线，也像带着魔法力量的龙血。这边铁水溅出大桶，洒下宝石似的水珠；那边铁水像条长蛇，嘶嘶作响，穿过石缝流进水池中。

大桶里倾泻而出的炽热光芒，为这些包裹住全身的铁匠染上了一层恶魔般的猩红色。

西蒙在洞穴边缘一会儿爬，一会儿跑，终于接近了最近的一个斜坡出口。周围吞吐不止的闷热空气和自己慌乱的意识都在催促他往上爬，然而，他发现这条坡道上有很多深深的车辙。他头晕脑涨地思考着，得出结论，这条路一定经常有人使用，并不适合自己。

最后他来到洞壁上一处平缓的开口旁，这里的地上没有车辙。不知被铸造间的火还是龙炎烧灼过，熔化的岩石十分光滑，要爬到开口处相当不容易。虽然体力衰减得厉害，他还是用尽全力爬上去了。一进入遮蔽的阴影，他立刻累得瘫倒在地，手里的水晶球发出淡淡的光，好像一只被抓住的萤火虫。

当他再次清醒过来时，发现自己正在地上爬行。

又跪在地上啦，蠢驴？

周围一片黑暗，他正盲目地往下爬。这条通道的地面十分干燥，手掌下的土壤里满是沙子。

他爬了很久很久。声音再一次环绕在耳边，像是在同情他。

西蒙迷路了……西蒙迷路了，迷路了，迷路……

只有身后渐渐消退的热气让他确信自己在往前，但是往什么地方前进呢？他像一只受伤的野兽，在黑暗中往下爬行，一直往下。他会不会爬到这个世界的最中心去？

时不时在手指下掠过的长着细腿的小东西已经不再让他害怕。这里一团漆黑，从内到外都是黑暗。他觉得自己已失去了形体，只剩在密道里打转的一团吓坏的思绪。

不知过了多久，不知到了哪里，他手中紧握的那颗早已熄灭的小球，又发出了闪烁不定的光，而且不知为何竟成了天蓝色。蓝光从球心散射出来，越来越强，他只好眯起眼睛把水晶球举高一些。他喘着粗气，慢慢站了起来，刚刚的爬行让膝盖和手掌都刺痛不已。

墙上覆盖着一层黑色的触须，就像没梳理过的羊毛一样绞缠在一起，下面露出小块小块的墙面，反射着重新亮起来的水晶球的光。西蒙凑过去观察，但手一碰到油滑的黑色苔藓，又立刻恶心地收了回来。在光芒的照耀下，他恢复了一些意识，摇摇晃晃地站在那儿。回想起刚刚爬过的这一路，他不由颤抖起来。

苔藓下的墙壁铺着瓷砖，许多地方都已裂开，有的瓷砖整个不见了，让泥墙裸露在外。在他身后，地道往高处延伸，还有自己一路爬行至此的痕迹。他的前方是一片黑暗。他要试着重新靠双腿前进。

不久，地道变得宽敞起来。周围一些走廊和他脚下这条拱道汇聚在一起，而多数边廊都已被泥石堵住。过了一会儿，他用发颤的脚踩上了石板路，凹凸不平的破碎石头在水晶球的照耀下反射着苍白的光。走廊继续往下，上方隐隐约约传来翅膀拍打的声音。

我现在哪儿呢？海霍特怎么可能这么深？医师说过，城堡下还掩埋着许多城堡，一直延续到整个世界的核心。城堡下面的城堡……下面的城堡……

他不知不觉停下脚步，站在一个岔路口前。他头脑中的某个部分可以想象出自己现在的样子——衣衫褴褛，满身尘土，像白痴一样摇晃脑袋，唇边还流着口水。

面前的门廊敞开着，黑洞洞的拱门里传出一抹奇异的香气，像是干燥的花朵。他往前走了几步，一只手臂已经没有力气，仿佛沉重无用的肉块，他只好用另一只手举起水晶球。

真美啊！居然有这么美的地方……！

蓝色光芒笼罩着房间，看上去就像人们刚刚离开一样。头顶的天花板呈拱形，上面是精细的彩绘花纹，像荆棘丛，又像花藤，或是草地上蜿蜒的小溪。圆窗被碎石堵住，尘土从窗户的缝隙间洒落下来，盖住了地上的瓷砖，但其他东西都完好无损。房间里有一张精工细雕的木床，还有一张椅子，精细得仿佛小鸟的骨头。房间中央则是一个抛光的石制水池，好像随时都能喷出叮咚作响的清泉。

这是给我的家，地底的家，一张可以睡觉的床，一直睡一直睡，睡到派拉兹、国王，还有卫兵都消失为止……

他步履蹒跚地走了过去，杵在床边，被褥像被祝福过的船帆那样干干净净。床上方的壁龛里有一张脸正盯着他看，一张雕刻精美、聪慧又美丽的女人脸——是座雕像。虽然雕像看起来有些不对劲儿，线条生硬，眼窝太深太大，颧骨过于高耸，但那仍是一张非常美丽的脸。它由半透明的石头雕成，将仿佛看透一切的哀伤的笑容永远凝固了起来。

他伸出手，想摸一下雕像的脸颊。当他的指尖像蛛丝一样轻柔地抚上雕像，肩膀却一不小心碰到了床架。顿时，床整个塌了，变成一堆粉末。他惶恐地看着这一切，这时，雕像也在他的指尖下解体，那女人的面貌一瞬间灰飞烟灭。他吓得后退一步，水晶球的光芒随之闪烁一下，变得暗淡起来。他的脚步震动了地板，也带动了椅子和喷泉，下一个瞬间，不仅是它们，连天花板上精细的藤蔓花雕也开始纷纷坍落。他急忙奔回门口，水晶球的光芒闪烁不定，等他跑回地道，蓝色的光芒慢慢熄灭了。

黑暗中，有哭声传来，但他只是继续往下走。走了很久很久，走进无休无止的黑暗，他这才想到，那是谁，居然还有眼泪可流？

地道里的时间变得时断时续。在身后的某个地方，他扔掉了不再发光的水晶球，它将永远留在黑暗中，就像一粒珍珠落入漆黑神秘的大海。不知又过了多久，他那因失去光亮而无限扩散的混乱脑海终于唤回一丝理智，明白自己还在一直往下走。

往下，到深坑里去。往下。

到哪里去？那里又有什么？

从一片黑暗到另一片黑暗，就像到处奔波的小厮。

死掉的蠢驴，蠢驴的幽魂……

飘荡，飘荡……西蒙想起了莫吉纳和他在火焰中卷曲起来的胡须，想起了那颗划过海霍特天空的红色彗星……想起了自己，正在往下走——还是往上？在这片空无一物的黑暗中，自己就像一颗微小冰冷的星星。飘荡。

完完全全的空虚。一开始，黑暗只是缺少光亮和生命，但随着地道越来越窄，它变得极其压抑和窒息。西蒙不论身处碎石堆上、蜿蜒的走道中，还是伸手不见五指的巨大房间里，总能听到蝙蝠拍打翅膀的声音。他在广阔的地下迷宫中摸索前行，听着自己沉闷的脚步声和墙壁上泥土落地的声音，所有其他感觉都已慢慢消退。他觉得自己好像沿着墙壁直走，但也有可能像在天花板上乱飞的没头苍蝇。左右的概念也消失了，当他的手指碰到坚硬的墙壁和通往下一条过道的门，便不加考虑地继续摸索着走下去，接着穿过更多狭窄的过道，进入另一片蝙蝠吱吱乱叫、深不可测的地穴中去。

蠢驴的鬼魂！

水和石头的气息遍布周围。西蒙的嗅觉和听觉在无边的黑暗中变得敏锐。他继续摸索着往下走，蕴含在午夜世界里的气息流经他的身体——肥沃潮湿的泥土，闻上去像面团一样厚重；石头散发出清淡粗糙的味道；苔藓和地衣的生气，不知是活是死的小动物的臭味，全都包围着他。而在所有气息之上，渗进其他一切东西里的，是带着刺鼻矿物味道的海水咸味。

海水？由于眼不能见，他只好仔细聆听，搜寻大海澎湃的浪潮声。他下到多深的地方了？耳中只能分辨出小动物在泥土里抓刨的声音，还有自己粗重的呼吸声。难道他已经走到津濑湖底下了？

在那儿！遥远的深处，如音乐般的微弱响声，是水滴！

他往那儿走去。墙面十分潮湿。

你已经死了，蠢驴西蒙。只剩下灵魂，在虚空中飘荡。

这里没有光，光也不曾在这儿存在过。闻到黑暗的气息了吗？听到寂静的声音了吗？这里一直是这样。

他心里只剩下恐惧，但总比什么都没有强——他很害怕，说明他还活着！这里有黑暗，但也有西蒙！黑暗与西蒙并没有合为一体。还没有。没有……

这时，他慢慢发现了刚刚一直没注意到的变化，这里有光。光芒极其微弱，一开始不过是在他几乎失去作用的双眼前摇晃的彩色斑点。更古怪的是，他还看到面前有一个黑影，一个更深的影子。是一群小虫子在蠕动吗？不。是手指……一只手……他自己的手！沐浴在淡淡的光芒中，那是他自己的手的轮廓！

旁边几乎被压弯的墙壁上铺满了厚厚的纠结的苔藓，就是这苔藓在发光，苍白的淡淡的青色光芒，仅能照亮前方的地道，还有他的手和臂膀。但这是光啊！光！西蒙无声地笑了，他模糊的影子交织汇聚在地道里。

地道通往一个洞穴。他探头看过去，惊讶地发现，发光的苔藓竟覆盖了整个穹顶。他感觉有水滴在脖子上，然后，更多的水慢慢从上方落下，水珠敲打在石头上，发出像小木槌落在玻璃上的声音。地穴的拱顶上满是长长的石柱，外围石柱最粗，越往里越细，最中间有些石柱甚至细得像头发，或是滴落的蜂蜜拉出的丝。西蒙蹒跚地往前走，在混乱的脑子里的某个角落，他想这些石头和滴下来的水应该不是由人手造就，至少大部分是自然形成的。但在暗淡的光线下，有些线条却又不像是天然的——遍布苔藓的墙上有直角的痕迹，石笋中间破碎的石柱排列得也太过整齐。除了水滴声以外，他似乎还听到了别的声音，于是本能地往那个方向走去。刚刚听到的好像是脚步声。但

"刚刚"只是时间概念依然存在的说法。在黑暗中缓慢前行的那段时间里，他说不定已经穿过了飘渺的未来，或者到了黑暗的过去，甚至是无人到达过的疯狂国度——他自己怎能分辨得清呢？

一脚迈出，西蒙突然被脚下空荡荡的感觉吓了一跳，随即一头栽进冰冷潮湿的黑暗中。下落时，他看到自己的双手在周围的光里挥舞，好在水只没到膝盖。水里不知什么东西正试图攀上他的腿，西蒙赶紧爬回到地道上，身子还在不停地打颤，却不仅仅是因为寒冷。

我不想死。我想再次看到阳光。

可怜的西蒙。那些声音回应着。在黑暗里发了疯。

身上还在滴水，西蒙颤抖着，一瘸一拐地走在绿莹莹的地穴里，他会更加注意前方的黑暗，下一次，水可能就不会那么浅了。脚下，有粉色和白色的弱光一闪一闪，这些光点在水里不停地穿梭来回。他小心地绕过这些东西。是鱼吗？在地底发光的鱼儿？

往下，一个又一个地穴连成片，在苔藓和石笋下，越来越多人工雕琢的痕迹清晰地显露出来。在昏暗的光芒里，它们的轮廓显得十分古怪：那些坍塌的高台可能曾是露台，被苔藓覆盖的拱形石块也许是窗子或大门。他眯起眼睛，想在黑暗中把这些东西看得更清楚一些，但视线却总是滑到一边去。废墟扭曲的线条在黑暗中纠缠交错，似乎对它们曾经的模样嗤之以鼻。他眼角的余光扫到，在这些破碎的柱子中间，居然有一支石柱还直立着，白色的柱子上雕着优雅漂亮的花朵。他转过身子，却发现那还是一堆断壁残垣，只有半截柱子裹在苔藓和泥土里。黑暗的地穴在他眼角的余光里可怕地扭曲着，让他头痛得厉害。耳边的水滴声无休无止，这会儿就像是锤子，一下又一下敲在他昏昏沉沉的脑袋里。呓语声又回来了，像是疯狂的音乐一样不停回响。

疯了！这孩子疯了！

可怜可怜他吧，他迷路了，迷路了，迷路了……！

　　我们会把一切都夺回来，人子啊！我们会把一切都夺回来！

　　疯了的蠢驴！

　　他走下另一条斜斜的地道，这时脑海里又出现了其他声音，他从未听过的声音。和他一直想要赶走的声音相比，新的声音更加真切，也更加飘渺。有些甚至是陌生的语言，他只在医师的古书上瞟到过几眼。

　　Ruakha, ruakha Asu' a!

　　T' si e – isi' ha – isigú!

　　树烧起来了！王子在哪儿？巫木着火了，花园烧起来了！

　　周围透着光的黑暗扭曲着，就像站在转动的轮子中间。他转过身，扶着疼痛的脑袋，一脚深一脚浅，漫无目的地走过一条地道，进入另一个雄伟的大厅。这里的光又改变了，蓝色的光束从看不见的天花板上投射下来，光芒撕开了黑暗，却什么都没有照亮。他闻到了更重的水气和奇怪植物的味道，他听到男人跑动叫喊、女人哭泣，还有金属撞击的声音。在这伸手不见五指的地方，回荡着激烈的战斗声，但他的身体却感觉不到。他尖叫起来——或者说他以为自己在尖叫——但却听不到自己的声音，恐怖的喧闹和嘈杂盖过了一切。

　　接着，好像要加重他的癫狂似的，模糊的人影从刺穿黑暗的蓝光里涌了出来，留着胡子的男人们举着火把和斧子，追逐一些纤细的拿着剑和弓的人。不论追捕者还是被追捕者，他们的身形都是半透明的，像雾一样影影绰绰。虽然西蒙站在正中间，他们却一点都没碰到或看到他。

　　Jinguzu! Aya' ai! O Jingizu! 一声哭号传来。

　　刺耳的声音跟着响起，*杀死希瑟魔鬼，烧掉他们的巢穴！*

　　他捂住耳朵，却无法制止这些声音在脑海中回响。他跟跟跄跄地往前走，想要远离这些旋转的影子。终于，他穿过一道洞门，倒在门边一块微微反光的白色石板上休息。他的双手摸到厚厚的苔藓，但眼前却什么都看不到。他在地上匍匐前行，希望从可怕的满是痛苦和愤怒的声音中脱身。指尖碰到了裂缝和小坑，但模糊的石板看上去仍像玻璃一样完美无缺。不知不觉中，他爬到石板的边缘，望着一片空虚渺茫的黑暗。这黑暗就像沉静的海洋，散发出时间和死亡的气息。一颗小石子从他手掌下滚落，过了很长时间，才听到极深之处的水花飞溅声。

身边好像有什么巨大的东西泛着白光。在黑暗的小湖旁，他抬起疼痛不已的沉重脑袋，往那边看过去。在他身旁几寸远，有一级巨大的台阶。这座阶梯以地下湖为中心，沿着洞壁呈螺旋状上升，末端隐没在上方的黑暗中。一时间，他愣住了，记忆的残片一点一滴地在脑子里拼凑复原。

阶梯。坦加阶梯。医师说要找阶梯……

他用力往前爬，拼命将自己的身子拽向凉凉的光滑的石头上。他觉得自己疯得无药可救，或者已经死去却仍不得解脱。他身处最深的黑暗中，这里没有声音，没有幽灵战士。他面前不可能有光，让这阶梯反射出皎洁的月亮般的光芒。

他开始攀爬，用颤抖的被汗水打湿的手指拽着自己往上爬。有时站着，有时匍匐，他就这样越爬越高。从楼梯上往下看，整个湖泊比那个铸造间还要大得多，像是一池黑影，静静地躺在圆形的地穴底部。垂下的纤细美丽的白色柱子上方，无限向上延伸的天花板被黑暗遮蔽。一道不知从哪里发出的模糊的光，在海蓝和翠绿的墙上闪烁，照亮了高高的拱顶窗框，反射出不祥的深红色光芒。

湖面上珍珠般的薄雾中，静静漂浮着一个摇曳的黑色影子，古怪又可怕，让西蒙心中满是无法形容的怜悯与恐慌。

伊奈那岐王子！他们来了！北方人来了！

在西蒙的脑袋里，在黑暗的墙壁间，伴着最后一声哀号，地穴中间的影子抬起了头。它的眼睛闪着红色的光，像火炬一样穿透雾气。

Jingizu，一个声音轻轻地说。Jingizu。多么沉重的悲伤。

深红色的光闪了一下。死亡和恐惧的尖啸声像波浪一样，从下面席卷而来。在这波涛的中心，黑色的影子举起一支又长又细的东西，接着，整个精美的地穴开始颤动，像水中的倒影一样波光四散，然后又消失得无影无踪。西蒙惊恐地转过身子，只觉得沮丧和失望将自己包裹得严严实实。

有什么东西消失了。某些本来美丽的东西被摧毁，再也无法复原。有一个世界在这里死去，西蒙能感到那痛心疾首的哭喊，仿佛心里插进了一把灰色的利剑。就算强烈的恐惧也被这沉重的悲伤盖过，他颤抖着，哭泣着，泪水从早已干涸的眼里流下来。拥抱着黑暗，他继续无止境地攀爬，在这巨大的房间里蜿蜒前行。在他脚下，黑暗和寂静吞没了仿佛梦一样的战斗和梦一样的地穴，将他神志不清的思绪缠绕在一层黑色迷雾中。

他摸索着爬上百万级台阶。他在空虚和悲哀中旅行了百万年岁月。

从里到外，无所不在的黑暗。他最后记得的事情，是指尖碰到了金属，脸颊有新鲜空气拂过。

篝火狐鸣

❖

他在一个长长的黑乎乎的房间里醒来，身边围绕着安静的熟睡的人影。当然了，刚刚的都是梦。他在沉睡的小厮中间，躺在自己的床上，月光穿过一扇破裂的门照射进来。他摇了摇疼痛的脑袋。

为什么我睡在地上？石板怎么这么冷……

而且为什么其他人都躺着一动不动呢，他们还穿戴着头盔和盾牌，在床上整整齐齐躺成一排，就像……就像等待上帝审判的死人……？刚刚的都是梦……不是吗……？

西蒙惊恐地倒抽一口冷气，终于发现自己躺在地道口，之前看到的死人原来是门廊周围古老墓穴上的雕像。他往透着蓝白光芒的门廊爬去，用肩膀撞开沉重的门，整个人落在苔藓园潮湿的草丛中间。

在地底的黑暗中，西蒙似乎度过了不可计数的岁月。而这轮挂在夜空中的皎洁明月，看上去也不过是另外一个洞口，通往天上灯光明亮、溪水清澈、梦幻凉爽的仙境。他将脸颊贴在地上，感受着泥土中的潮气；又摊开被石头磨损的双手，用指尖触摸草叶和破碎的墓碑。墓碑沐浴在白色的月光下，就像它们曾标示的那些早已死去的人们，情感干涸，连名字也失落了。

西蒙觉得，从逃出医师的房间那一刻起，到现在身处夜凉如水的草丛中，中间那几个小时仿佛是虚无，一下子从记忆里消失了。尖叫声和骇人的大火，莫吉纳燃烧的脸庞，派拉兹那对深不见底的黑眼睛——这些才是刚刚发生的事情，就像他此刻呼吸的空气一样触手可及。那些地道成了痛苦褪色的印象，成了雾蒙蒙的空虚呓语。他知道那里有粗糙的墙面、蜘蛛网、无止境的岔路。但同时，那也像是一场栩栩如生的梦境，梦中满是为逝去的美丽而生的悲伤。现在他觉得自己也成了一片秋天的枯叶，全身被抽干了似的不堪一击。最后一段路应该是爬过来的吧——膝盖和手臂酸痛不已，衣服也撕破了，但他记忆里只有一片黑暗，没有任何东西具有现实感。不像现在，月亮静静悬挂在头顶，他确确实实躺在苔藓园里。

睡意袭来，像一双温柔沉重的大手抚摸着他的脑袋。他挣扎着，摇晃着，抬起了膝盖。这里可不是睡觉的地方。虽然他相信，没有人能穿过医师封住的暗门赶来抓他，但这并不能保证他安全无忧。他的敌人拥有卫兵、快马，还有国王莫大的权势。

恐惧和愤怒将困倦压了下去。他们夺走了他的一切——他的朋友，他的家。不能再让他们把生命和自由也夺走。他小心翼翼地站起，环视四周，在墓石上稳住身体，擦干因精疲力竭和害怕而落下的眼泪。

鄂克斯特的城墙在半里格外若隐若现，就像一条在月光下闪闪发亮的石线，将苔藓园和外部世界分割开来。巍轮路在城门前延伸，像白色的丝带，从西蒙的右侧蜿蜒盘旋直至北面的山上。他的左边是伊姆翠喀河，河流穿过司维特山崖下的田地，流经遥远的法尔郡河岸，源头则要追溯至东边的草原。

看来，大路两旁的小镇将是爱克兰卫兵搜寻逃犯的首选地点。同时，这条路的主干道大都围绕着哈苏山谷中的田地。这表示他不能待在大路上，要赶紧找个藏身之地。

转身背对鄂克斯特，还有自己曾经唯一的家，西蒙踉踉跄跄地穿过苔藓园，朝远处的山坡走去。刚迈出几步，脑袋深处便疼得厉害，但他知道，目前最好别管身体和心里的痛楚，要趁着夜色，离城堡越远越好，等找到安全的地方，再去担心未来。

温暖的夜空中，月亮渐渐升高，已经是午夜了。西蒙的脚步越发沉重，苔藓园好像无边无垠，不但地面随着山坡的走势高低起伏，时不时还有凸起的石块。有些障碍物孤零零地直刺天空，另一些则像轻声交谈的老人般挤成一堆。他在坟墓间艰难穿行，身子随高低不平的地面而摇晃。每一步都是挣扎，仿佛在水里跋涉。

他疲惫不堪地蹒跚前行，却不小心被石头绊倒，狠狠地摔在地上。他试着爬起来，但四肢却像浸透水的沙袋般沉重不堪。奋力爬了一段后，他蜷缩在小丘上的草丛里歇息。有什么东西顶在背后，他笨拙地侧过身子，但这样一来，他便躺在卡在腰带里的莫吉纳的手稿上了，同样不舒服。虽然双眼疲倦得快睁不开了，但他还是伸出手摸索着。原来顶着自己的是一块金属片，已生了厚厚的铁锈，摸起来像是被虫蛀过的木头，满是孔洞。他想把这片金属拽出来，但它牢牢地卡在地里。不管是什么，它其余的部分深埋在月光照不到的地里——也许是个矛尖？或者是皮带或护甲扣？反正这东西的主人早已逝去，被西蒙身下的草地吞噬干净。迷迷糊糊地，西蒙想，埋在地底的身体不管曾经多么身强力壮，如今也只能在寂静和黑暗中腐烂。

最后他还是睡着了。在梦里，他又回到了教堂屋顶，城堡在脚下延展……但梦中的城堡是由潮湿细碎的泥土和耀眼的白色地衣组成，里面的人都睡着了，一直睡，一直睡，可他们仍能听到西蒙在屋顶走动的声音，于是在他们自己的睡梦中不安地翻来覆去。

大概是在做梦吧，他正走在一条黑色河流旁，水花飞溅的声音很响，但一点光都没有，就像流淌的黑影。他四周都是雾气，昏暗中什么都看不清。模模糊糊地，他听到身后传来一阵低语，呢喃声和黑色水花声交杂在一起，越来越近，仿佛穿过树叶的风。

河对岸没有水汽或烟雾，他看到了广阔的草地，尽头则是山脚下一片昏暗的林子，一切似乎都湿漉漉的，就像黄昏或拂晓时的模样。

片刻后，视野渐渐清晰，连绵的山丘间有只夜莺在歌唱，应该是黄昏吧。眼前的景象静静的，纹丝不动。

他的目光越过汩汩水流，看到远处的河岸边上有一个人影。是个女人，穿着灰色衣服，长长的头发，面目被阴影遮盖，看不清楚，臂弯里紧紧抱着什么东西。当她抬起眼睛时，他发现这女人在哭泣。他觉得好像在哪儿见过她。

"你是谁？"他叫道，但话音被河水的流淌声吞没。女人盯着他，那对大大的黑眼睛好像是要把她看到的东西牢牢印在脑海里一样。最后她开口了。

"塞奥蒙。"她的声音微弱又空洞，好像从长廊的另一头传来，"我儿啊，你为什么不到我这儿来？风这么阴森，这么寒冷，我等你好久好久了。"

"母亲？"一阵刺骨的寒意流过西蒙的身体。水流声响彻天地。她继续说着。

"我们在一起的时间太短，我可爱的孩子。你为什么不到我这儿来呢？为什么不过来擦干你母亲的眼泪呢？风很冷，但河水是暖和的，水流也不急。来吧……你会穿过河水到我这儿来吧？"她张开双臂，黑眼睛下的嘴唇弯成了微笑的模样。是去世的母亲在呼唤自己啊，西蒙不由自主地朝她走去，走下松软的河岸，一直往好似大笑着的黑河走去。她双臂张开，为他，为她的儿子。

西蒙总算看清了她抱在臂弯里的东西，它在她手中摇摇晃晃，是个娃娃……用芦苇、树叶和草茎编成的娃娃，整个都是黑色，抖动的叶片在茎干上往里卷。西蒙看着，突然明白过来，河对岸那个黄昏的国度里，没有任何东西是活物。他在河边停住脚步，低头往水里看。

墨黑的水里有一丝微弱的光，在西蒙注视下，这道光浮上水面，成了三个发亮的纤细的光斑。与此同时，水流声也改变了，变成尖锐的、不属于人世的音乐。河水翻滚跳跃，遮盖了那三个物体的样子，但看上去，如果他愿意的话，只要弯下腰就可以碰到它们……

"塞奥蒙……!"他的母亲又哭喊起来。他抬起头，却看见她的身子正飞速倒退，离自己越来越远，好像她脚下不是灰色的土地，而是奔流的河水，正将她从他身边卷走。她依然张着双臂，声音里满是寂寞，仿佛因寒冷而向往着温暖，因黑暗绝望而渴求着光明。

"西蒙……西蒙……!"那是渴望的哀号。

他猛地坐了起来，自己还是在草丛里，在古老的石冢间，月亮仍然高挂在天上，但夜晚寒意更甚。雾气轻柔地拂过身边破碎的石堆，他的心狂乱地跳个不停。

"……西蒙……"远处的黑暗中传来一声呼唤。声音很轻，但显然是个女人。就在他刚刚走过的苔藓园里，迷雾中浮现出一个灰色人影，远远地站在烟雾缭绕的坟堆间，又小又模糊。西蒙吓得心惊胆寒，拔腿就跑，好像身后有魔鬼正伸出利爪要抓他似的。渐渐地，在黑暗的地平线上，他看到了泽特伯格庞大的山体。丘陵地面起伏不平，西蒙不顾一切地狂奔，狂奔……

心脏剧烈地跳动，跑了很久，他才终于慢下来，跌跌撞撞地走着。哪怕魔鬼的利爪真在身后，他也跑不动了。他精疲力竭，一瘸一拐，饥肠辘辘。恐惧和迷茫就像锁链，牢牢地捆住了他。那个梦境实在太可怕，他觉得现在的自己比睡下前更虚弱。

他缓缓前行，城堡就在身后，那些美好的记忆却从脑海里渐渐消失。那个阳光灿烂、井然有序的安全世界现在只剩下记忆的碎片，藕断丝连。

安安静静地躺在干草堆里是什么感觉？我现在已经什么都记不得，只剩下一些抽象的词汇。我喜欢在城堡里度过的日子吗？我是在那儿睡觉吗，是在那儿奔跑，吃饭，聊天吗……?

应该不是吧。我想我一直都在这山坡，在这白茫茫的月光下不停地走着，就像一个可怜又孤独的蠢驴的幽魂，不停地走着，走着……

山顶一团闪烁的火光突然打断了阴郁的想象，他这才发现自己已经顺着平稳的坡道，走到了阴暗的泽特伯格脚下，参天大树将本来就晦暗的小山笼罩在密不透光的黑影中。在这绵延不绝的潮湿的死亡之地，山顶生起的火应该是唯一的生命迹象。他使出最后的力气，一路小跑上去。也许那是牧羊人的篝火，欢乐的火焰让夜晚不再那么瘆人。

也许他们有吃的！一条羊腿……或者一块面包……

他佝偻着身子，一想到食物，胃就开始绞痛。有多久没吃东西了？最近的是哪顿晚餐……？他被自己的想法吓了一跳。

即使没有食物，听一听他们的谈话也是好的，还能在篝火前暖和一下……篝火……

他心里燃起另一股饥渴的火焰，灼烧着和之前完全不同的空虚。

他穿过树林和纠缠的荆棘丛往上爬去。泽特伯格山脚围绕着一片雾气，整座山就像灰色大海中的一座小岛。他离山顶越来越近，可以模糊地看到怒冠石在最高处围成一圈，像直指天空的红色浮雕。

石头，石头，更多的石头。莫吉纳怎么说的来着？如果还是那一天，还是那轮明月，还是那片黑暗和那些模糊的星辰，他是怎么说的？

凝石之夜。听起来好像石头要开庆典。好像等鄂克斯特陷入沉睡后，紧闭的窗户和锁住的大门里，石头也会享受它们的假日似的。西蒙疲惫不堪的脑海里浮现出一幅景象：石头欢乐地迈着沉重的步子，又是鞠躬，又是旋转……慢慢扭动着……

蠢透了！他想。又在胡思乱想。你需要食物和睡眠，否则真会发疯的，不知道发疯到底是什么样儿的……难道是永远一肚子怒火？还是莫名其妙地担惊受怕？他曾在征战广场见过一个疯女人，她总是紧紧抱着一捆破布，来回摇晃身子，发出海鸥一样的声音，恸哭不止。

在月亮下发狂。疯狂的蠢驴。

他爬到山顶边缘的林隙中，空气十分凝重，似乎有大事即将发生。西蒙觉得汗毛都倒竖起来。突然，他下意识地觉得应该尽量保持安静，小心观察一阵子那些牧人，而不应该像头愤怒的野猪，猛地冲到人群里去。他悄悄接近那片亮光，藏在一棵枝丫繁茂的橡树后面。怒冠石耸立在前方，被风雨侵蚀的高大身躯一环一环地形成许多同心圆。

现在他能看到石圈中心的那群人了。他们披着斗篷，聚在跳跃的火光周围，而且不知怎么，似乎有些僵硬和焦急，好像在心烦意乱地等待着什么。泽特伯格的山顶平台止于石圈外的东北角，山坡从石柱旁往下斜落，被风吹倒的植被紧贴在坡上。再往北，火光就照不到了。

西蒙盯着围着火堆的人影，恐惧又一次摄住了他的心。为什么他们光站着不动呢？他们到底是活人，还是山上可怕的魔鬼雕像？

这时，有个人影动了，走到篝火旁，拿起棍子拨了拨柴火。在摇曳的光芒中，西蒙看出来他至少是人类，于是悄悄往前爬，在石圈外围停了下来。一瞬间，火光照亮了离他最近的那个人，他的斗篷底下反射出金属的光——牧羊人身上穿的是锁甲。

无边的夜空像一张渔网，一下子倾塌下来。这些披斗篷的人竟然全副武装。西蒙敢肯定，他们一定是爱克兰卫兵。他在心里把自己骂了个狗血淋头：像飞蛾扑火般，为什么会没头没脑地直奔他们的营火呢？

我怎么总是这么蠢呢？愚蠢透顶！

一丝夜风拂过，篝火被吹得更旺了，像一面燃烧的旗帜。这时，身披斗篷头戴兜帽的卫兵们一齐转过头，目光投向山丘北边那片黑暗，动作慢得像是受到强迫似的。

西蒙也听到了。在轻柔摇动草叶和树木的风声里，还有另外一个越来越响的声音——是轮子在吱呀作响。一个巨大而笨重的黑影在北面的阴影里现身，往这边缓缓挪来。卫兵让开了路，黑影从篝火旁走向西蒙藏身的这一边。其间没有一个人开口说话。

模糊的影子在火光中渐渐清晰，先是马匹，后面是一节巨大的黑色车厢。马车两旁跟着四个头戴黑色兜帽的人影，他们和马车一起散发着丧礼般的阴暗气氛。摇曳的火光还照亮了马车上的第五个人，他弓着身子，驾着拉车的白马。最后这个人形似乎比其他人更高大，身影也更暗，也许因为他的斗篷颜色更深。他几乎静止不动，这份沉着似乎显示出他体内蕴藏着强大的力量。

卫兵不再走动，只是站在原地看着。一片寂静中，只有车轮吱呀作响。西蒙完全愣住，就像一桶冰水浇在头上，心脏也被紧紧地揪住。

这是梦，一场恶梦……为什么我动不了？！

黑色马车和车旁的人走进火光中，停了下来。其中一个人影举起手臂，黑色的衣袖垂了下来，露出像骨头一样惨白的手和手腕。

它开口说话，冰冷的声音里不带任何语气，就像是冰块碎裂。

"我们到这里来完成契约。"

等待的人群里起了一阵骚动，随后，其中一人走上前去。

"我们也是。"

西蒙不由自主地被眼前发生的一切吸引，而且，他毫不惊讶地听出那是派拉兹的声音。牧师掀起兜帽，火光照着他高高的额头和深陷的眼窝。"按照约定……我们来到这里。"他继续说着，声音好像隐隐约约带着一丝颤抖，"你们把承诺的东西带来了吗？"

惨白的手臂向后一挥，指着阴森森的巨大马车。"带来了，你们呢？"

派拉兹点点头。两名卫兵弯下腰，从草丛里搬出一个沉重的大包袱，拖过来，粗暴地丢在炼金术士的脚下。"就在这儿，"他说，"把你主人的礼物拿过来。"

另外两个人影靠近马车，从里面小心翼翼地抬出一个长长的黑色东西，一人扛着一头，将那东西带到前面去。这时，一阵强风呼啸着卷过山顶，他们的黑袍在风中飘动，离西蒙较近的兜帽被吹开了，露出泛光的白发。短短一瞬间，西蒙看见兜帽底下精致的脸孔就像一张精雕细琢的薄象牙面具。而下一秒钟，兜帽又落回原处。

这些都是什么人？巫师？鬼魂？在藏身的大石头后面，西蒙用颤抖的手比画了一个圣树的标志。

白狐……莫吉纳曾提过"白狐"……

派拉兹，还有这些恶魔——不管它们到底是什么，眼前的一切让西蒙的脑子转不过弯来。自己肯定还躺在墓园里做梦。他祈祷着，闭上眼睛，想要把刚刚亵渎的想象从脑子里赶出去……然而脚下传来确实无误的强烈的泥土气息，耳边还听到篝火清晰的噼啪声。他睁开眼睛，恶梦还在继续。

到底发生了什么？

两个人影走到篝火旁，卫兵纷纷后退几步。他们把手中的东西放下后便回到马车边。那是一口棺材，准确地说，它拥有棺材的形状，却只有三掌高，边缘还散发着阴森森的蓝光。

"把你承诺的东西带过来。"说话的还是刚才那个黑袍人。派拉兹打了个手势，那捆东西立刻被拖到前面去了。卫兵们转身退开时，炼金术士用靴尖将它翻了过来。原来是个人，身子被牢牢捆住，嘴巴也堵了起来。西蒙认出那张苍白的圆脸——是拜由伽伯爵，卫队长。

黑袍人花了些时间，检视一番拜由伽伤痕累累的脸，表情被兜帽投下的影子盖住了，然而，那清晰却不像人类的语调里透露出一丝愤怒。

"不是原先说好的那个。"

派拉兹的身子往黑袍人那边靠了靠，好像表示这是仅限于他俩之

间的对话。"这一个让本来说好的那个逃走了,"他说着,露出些许
不安的神色,"所以他自己顶替空缺。"

这时,另一个人影挤开两个卫兵,从后面走了出来,站到派拉兹
身边。

"说好的?'说好的'是什么意思?原先'说好的'的谁?"

牧师伸手安抚那人,表情却十分僵硬:"少安毋躁,吾王,您又
不是不知情。少安毋躁。"

埃利加猛地转过头,紧紧盯着他的参事:"牧师,我真的知情吗?
你到底以我的名义承诺了什么?"

派拉兹朝他的主子靠过去,刺耳的声音听上去似乎有些难过。"大
人,您命令我为这次会面做好一切准备,我尽心尽力做到最好……原
本的计划更完美,要不是这——cenit。"他踢了踢被捆着的拜由伽,
"他没能为陛下完成任务。"炼金术士望着黑袍人,虽然黑影什么都没
说,但能看出它已经不耐烦了。派拉兹皱了皱眉头:"就这样吧,吾
王,我们说的那个人已经不在这里了,没必要再讨论了,就这样吧。"
他将手轻轻地搭在埃利加的肩膀上。国王甩开他,双眼在兜帽下的阴
影里直直盯着牧师,却不再开口。派拉兹又转向黑袍人。

"我们提供的这个人……他有贵族的血脉,家世也相当显赫。"

"家世显赫?"那一身漆黑的东西问道,像是大笑起来似的,肩
膀颤动着,"没错,这很重要。但他的家族能追溯到人类的祖先吗?"
黑色的兜帽转过身去,和它同伴们的目光交汇在一起。

"当然,"派拉兹说,声音有些不安,"好几百年的历史。"

"那么,我们的主人会满意的。"它笑了起来,笑声像刀刃一样
锐利。派拉兹不由退了一步,"继续交易吧。"

牧师看了国王一眼,埃利加这时干脆掀开了兜帽,即使在红色的
火光中,他的面目依然苍白得可怕。躲在一边的西蒙觉得阴沉的天空
更加低垂,夜色缭绕下,埃利加冷漠的双眼就像长廊里的镜子,反射

出星星点点摇曳不定的光。国王终于点了点头。

　　派拉兹领命走上前去，揪住拜由伽的领口，一路拖到棺材匣子旁，拜由伽则一动不动地躺在地上。接着，牧师解开斗篷，露出暗红色的长袍，伸手从袍子里抽出一把镰刀状的利刃。他将刀举在眼前，面朝石圈的北端，开始吟唱起来，声音高亢有力。

　　　　　　　"献给黑暗之主，世界的君王；
　　　　　　　北方的天空是他的领域：
　　　　　　　Vasir Sombris, feata condordin!

　　　　　　　献给黑色的猎人，
　　　　　　　寒冰之手的持有者：
　　　　　　　Vasir Sombris, feata condordin!

　　　　　　　献给风暴之王，巅峰之上
　　　　　　　磐石山脉的统治者，
　　　　　　　冰冷又火热，
　　　　　　　沉睡又清醒：
　　　　　　　Vasir Sombris, feata condordin!"

　　裹着黑袍的人影随着吟唱摇摆起来，只有马车上那个除外，它依然像怒冠石一样纹丝不动地坐着。在这些人影之间，竟响起了奇怪的嘶嘶声，混着刚刚刮起的风声，在周围隐隐作响。

　　　　　　　"请接受我的恳求吧！"

　　派拉兹呼喊着。

> "如您黑暗脚下的虫豸；
>
> 如您冰冷指尖的飞蝇；
>
> 深藏无尽黑暗的乞求——
>
> Oveiz mei！请听我说！
>
> Timior cuelos exaltat mei！
>
> 黑暗之父——订立契约吧！"

炼金术士的手像蛇一样蠕动着朝拜由伽的头伸去。伯爵一直软绵绵地躺在地上，就在这时，他突然猛地跳起向前冲去，派拉兹吓了一跳，抓着一把带血的头发，呆站在原地反应不过来。

西蒙无助地看着双眼圆瞪的卫队长迈着踉踉跄跄的步子，朝自己的藏身之处径直跑来。他恍惚听见派拉兹生气的喊声。低垂的夜空在周围凝结，他呼吸困难，眼里只见到两个卫兵跟在拜由伽后面追了过来。

伯爵离他只有几步之遥。因为被反剪双手，奔跑时身体扭曲，步子不稳，突然被绊倒在地，双腿却还不住地又踢又蹬。两个卫兵很快追了上来，将他死死按住。伯爵的嘴被堵住，只能发出刺耳的喘息声。西蒙在藏身的石头后面半蹲着，拼命控制住双腿不要打战，猛烈的心跳像要击碎胸腔。卫兵已近在眼前，其中一个骂骂咧咧地抓住拜由伽的双脚，把他往回拖；另一个则抽出佩剑，用剑身狠狠抽打着伯爵。西蒙发现派拉兹的目光从篝火那边投了过来，国王则脸色苍白，一副出神的样子。更可怕的是，即使拜由伽那耗尽力气的身子已被拖回火堆旁，派拉兹依然紧盯着刚刚伯爵摔倒的位置。

谁在那儿？

声音似乎随风而来，直接侵入西蒙的脑袋。派拉兹正盯着他！他决心要把躲藏的人找出来！

出来。不管你是谁。我命令你出来。

穿黑袍的人影开始发出一种不祥的奇怪嗡嗡声，西蒙则在炼金术士的牵引力下努力挣扎。想起在储藏室里，自己差一点就被引出去的经历，他更拼命地坚定意志，抵抗这股强大的力量，可他此刻身心俱疲，像一块被拧干的破布。

出来，声音重复着。他感到某种意念正探进自己的脑子四处搜寻。他虚弱地反抗，试图把自己灵魂的大门关上，然而那意念远比他强大得多，只需找到他的灵魂，就能抓住他……

"如果你不想订立契约，"一个细细的声音说，"那现在就取消吧。仪式进行到一半又放手不管，可是非常非常危险的……"

是那个戴兜帽的影子在说话。西蒙感觉到，脑子里，红袍牧师探寻的意念动摇了。

"什……什么？"派拉兹就像刚从睡梦中醒来。

"也许你根本不清楚自己在干什么，"黑影嘶声说，"甚至不明白这事牵扯到了谁。"

"不……是的，我明白……"牧师结结巴巴地说。不知为何，西蒙竟感受到了他的紧张，就像闻到了什么气味似的。"快点儿。"他转身对卫兵说，"把那废物给我带过来。"卫兵再次将被捆绑的人拖到牧师脚下。

"派拉兹……"国王开口说。

"请您等等，陛下，等一等。只要一会儿就好了。"

西蒙惊恐地发现，派拉兹的思想并没有全部离开自己的脑子，牧师残存的意念还留在那儿。当派拉兹把拜由伽的头往后拉时，他几乎可以品尝到炼金术士颤抖的期待，感受到牧师对那些兜帽下低声呢喃的应和。某种令人胆寒的冷冰冰的东西，像楔子一样深深扎进他的身体和敏感的脑子里。意想不到的恐怖已经在夜空的笼罩下现身。它像一朵毒云，环绕在山顶；也像一团隐形的黑火，在马车上那人的身体里燃烧；它同样蕴藏在四周矗立的石头中，将贪婪的意愿注入其中。

弯刀高高举起。那一瞬间，刀锋划出的红色光芒仿佛夜空中的另一个月亮。古老的红色新月。派拉兹高声叫喊出来，那是某种西蒙听不懂的语言。

"Aí Samu' sitech' a! ——Aí Nakkiga!"

手起刀落，拜由伽倒在地上。暗紫色的血液从他喉咙里喷出，溅到棺材上。卫队长在派拉兹手中剧烈地挣扎了一会儿，渐渐地，像条鱼一样，无力地瘫软下去。晦暗的血液继续在黑棺材盖上滴落。派拉兹残存的意念还未消退，西蒙只能无助地体会着牧师那令人不安的兴奋。甚至，在兴奋之下，他还能感到某种冰冷黑暗、无边无际的东西。那古老的思绪正令人发指地欢唱着。

一个卫兵呕吐起来，要不是沉重的无力感早已让自己全身麻木，西蒙也会忍不住吐出来。

派拉兹将伯爵的尸体推到一旁。拜由伽像堆烂泥一样摊在地上，苍白弯曲的手指僵硬地伸向天空。血液在黑色匣子上流淌，闪烁的蓝光变得更加明亮，匣边上勾勒出的线条也越来越明显。接着，盖子令人毛骨悚然地慢慢开启，像有什么东西正从里面把棺盖推开。

圣洁的乌瑟斯保护我。圣洁的乌瑟斯保护我——西蒙的思绪慌乱地飞速窜动——帮帮我，帮帮我，盒子里的恶魔，他就要来了，帮帮我救救我吧……

我们做到了……我们成功了！——还有其他的念头，它们自外界涌来，并不出于他自己的心——后悔已经太晚了。太晚了。

第一步——其中最冷酷最可怕的念头——要让他们偿还一切，偿还，偿还……

盒子里的光一涌而出，颜色仿佛瘀青，摇曳的蓝光中还带着烟灰色和暗紫色，不停地跳动闪烁着。当盖子整个开启，连风都像被吓坏似的，刮得越来越猛。终于，匣中的东西显露出来。

Jingizu，有个声音在西蒙的脑海里轻轻地说。Jingizu……

那是一把剑。躺在匣子里，像条致命的毒蛇。剑身大概是黑色，发散出深浅不一的暗灰色光芒，像漂浮在黑水上的油渍。风尖啸起来。

它就像心脏一样跳动着—— 一颗满是悲伤的心……

西蒙的脑子被它的呼号占据，声音可怕却优美，像爪子轻柔地挠着他的皮肤，引诱着他。

"拿着它，陛下！"派拉兹在嘶嘶作响的风声中催促道。仿佛着了魔似的，突然之间，西蒙竟觉得自己才有资格拥有那把剑，难道不是吗？那强大的力量对他唱了起来，歌颂得到王权将会带来多么巨大的喜悦和满足。

埃利加拖着沉重的双腿，往前迈了一步。他身边的卫兵却一个接一个跟跄倒退，有的逃往山下，有的躲进黑暗的树林哭泣着祈祷，没过多久，山顶上只剩下埃利加、派拉兹、藏在一旁的西蒙和那些戴着兜帽的影子，还有那把剑。埃利加又向前一步，站到匣子前。国王惊恐地瞪大了双眼，嘴唇无声地蠕动，心里仿佛还在痛苦地挣扎。无形的风不住地拉扯他的斗篷，杂草环绕纠缠着他的脚踝。

"你必须拿着它！"派拉兹又说了一遍。埃利加转过头，死死地盯着他，就像第一次见到炼金术士似的。"拿着！"派拉兹的话在西蒙的脑海里疯狂地乱窜，仿佛热锅上的蚂蚁。

国王弯下腰，伸出手。西蒙心里想拥有它的欲望突然之间转变成极度的恐慌，黑剑的歌谣也变得空虚死寂。

快住手！难道他感觉不到吗？住手！

埃利加的手一接近剑身，风的哭号声就减弱了。四个戴着兜帽的影子不动声色地站在马车前，第五个则陷入更深的阴影中。沉默降临在山顶上。

埃利加握住剑柄，从棺材匣子里将整把剑举了起来，动作流畅，一气呵成。他盯着眼前的利剑，脸上的恐惧突然一扫而空，嘴唇不由自主地咧开，露出傻子似的微笑。他高高举起宝剑，剑刃泛着幽蓝的光芒，在夜空中显露出它的模样。现在，埃利加低沉的声音可以说充满了欣喜。

"我……会收下这份大礼。我会……谨遵我们的约定。"慢慢地，他将宝剑举回眼前，单膝跪了下去，"向风暴之王伊奈那岐致敬！"

风再次呼啸起来。西蒙脚步蹒跚，从跳跃摇曳的火光包围中往后退。这时，那四个穿黑袍的人影举起他们苍白的手臂，跟着叫喊起来："*伊奈那岐，ai！伊奈那岐，ai！*"

*不！*西蒙惊恐地想，*国王……全完了！跑得远远的吧，约书亚！*

悲伤……整片大地充满了悲伤……

第五个戴着兜帽的人影开始在马车顶上扭动起来。那身黑袍翻卷着落到地上。只见袍子底下的东西发出火红的光，像燃烧的船帆。西蒙吓呆了，愣愣地看着那个可怕又危险的东西扩散开去，它没有形体，像风一样呼啦作响，翻滚膨胀，越来越大，直到化作笼罩在一切物体之上的巨型气团，中心是闪烁着红色光芒的咆哮气流。

魔鬼就在这里！悲伤，他的名字叫悲伤……！国王引来了魔鬼！莫吉纳，圣洁的乌瑟斯，救救我救救我救救我救救我！

黑暗中，他不顾一切地跑下山去，远离红魔鬼和那些正狂喜庆贺的东西。他奔跑的声音被尖啸的风声掩盖，树枝像利爪一般，划过他的手臂、头发、脸颊……

北方的寒冰爪牙……阿苏瓦的废墟。

终于，狠狠摔倒在地后，他的灵魂总算从恐惧中解放出来，沉入深深的黑暗之中。就在昏厥过去的那一刻，他似乎听到压在身下的石头发出低沉的呻吟声。

第二部

浪客西蒙

客栈相会

❉

西蒙首先听到了嗡嗡的响声。他挣扎着清醒过来，声音还是不断在耳边作响。他半睁开一只眼，发现自己正直视着一个怪物——它又黑又模糊，还有扭动的腿和闪光的眼睛。他惊叫一声坐了起来，挥舞双臂，把那只正研究西蒙鼻子的大黄蜂吓跑了。它拍打着半透明的翅膀，另找不会乱动的地方歇脚去了。

他举起手，挡住耀眼的阳光，马上被四周生气勃勃、纯朴美丽的景象惊呆了。就像帝国军队一样，草坡在春日阳光的沐浴下闪闪发亮，西蒙看到缓坡上长满了蒲公英和金盏花。许多蜜蜂在花丛间穿梭来去，却不在一朵花上多做停留，就像小小的医生，惊奇地发现患者们都在同一时间痊愈了。

西蒙仰面倒下，躺在草丛中，头枕双手。他睡了很久，骄阳几乎升到头顶正上方，阳光将手臂上的汗毛染成了金铜色，破破烂烂的靴尖看起来离自己十分遥远，几乎能将它们当做远处山脉的尖顶。

突然，一丝冰冷的记忆刺穿他脑中这片舒适的画面。自己是怎么来到这里的？发生了什么……？

这不祥的感觉让他立时跪坐起来。他转过头，隐隐约约能看到半里格左右，覆盖着大片树林的泽特伯格山。一下子，所有细节像锋利的刀刃般，在他脑海里清晰地浮现。但和记忆相反，被树林围绕的小丘看上去舒适平静，明暗交错的叶片也绿得可爱。山顶上的怒冠石在蓝天映照下，不过是些淡淡的灰色斑点。

生机勃勃的春天被梦境的迷雾侵蚀——昨晚到底发生了什么？当

然，他逃离了城堡，和莫吉纳的最后一刻像是烙印，深深嵌在心底，可是，然后呢？那些仿佛陷入黑夜不可自拔的记忆是怎么回事？永无止境的地道？埃利加？火，还有白发的魔鬼？

是梦——白痴，噩梦而已。恐惧，疲惫，更深的恐惧。晚上我穿过墓园，倒下，睡着，做了个梦。

可是，那些地道，还有……黑色的棺材？他的头还在痛，带着某种古怪的麻木，就像敷着冰块的伤口。梦境实在太真实了。但好在都过去了，一切都变得遥远、暧昧不明。他像驱散烟雾一样，将恐惧和痛苦的折磨从记忆里赶走——或者至少，希望能赶走。他将记忆深埋起来，越深越好，然后像关上盒盖似的，还要贴上封条。

好像我要担心的事还不够多一样……

贝珊妮日明亮的太阳让他抽筋的肌肉舒服了一些，但酸痛感还未消除……加上肚子饿得要命。他僵硬地站起身，拍打沾满泥土和草叶的衣服，又偷偷看了一眼泽特伯格。不知那堆石头间的大火是不是还在冒烟？或者昨天发生的事让他神志不清，产生幻觉了？山丘冷漠地矗立着，不管树林底下或怒冠石间到底藏着什么秘密，西蒙都完全不感兴趣。他有太多事情需要去做。

背对泽特伯格，他的目光越过山坡，一直朝黑暗的大森林望去。盯着林前那一大片开阔的草地，他的心里涌起深深的悲哀和自怜。自己真是孤单得可怕！他们把一切都夺走了，他现在孤身一人，没有家，也没有朋友。这样想着，他愤愤不平地拍打手掌，都拍疼了。以后吧！以后再哭，现在他必须像个真正的男人。可这一切太不公平了！

他深呼吸几次，又看了看那片遥远的大森林。他知道，就在那条细细的阴影旁，某个地方有条老林路。它沿阿德席特南面的边界而建，有的地方离森林远些，有的地方则像顽皮的孩童在试胆似的，紧贴着林子，还有些地方切入森林边缘，蜿蜒穿过阴暗的树荫和安静的

遍洒阳光的空地。森林的阴影里还分布着一些小村庄和酒馆，

也许我可以找到点活儿干——哪怕只挣顿饭钱也行啊。我饿得像头熊……刚从冬眠中醒来的熊。饿疯了！什么都没吃，自从……自从……

他狠狠地咬了咬嘴唇。除了赶快上路，他没有别的选择。

温暖的阳光仿佛祝福一般，轻抚他酸痛的身体，同时照进他混乱的脑子，点亮了一丝希望，让他如获新生。就像上个春天，舍姆带他去看一匹小马驹，它细细的腿还在打颤，眼里却满是对一切的好奇。然而新的世界并不完美，面前的美景背后，似乎潜伏着某种奇怪又鬼鬼祟祟的东西，颜色太过鲜艳，四周的声音和气味甜得发腻。

没过多久，他觉得莫吉纳的手稿卡在腰间，走路实在太不舒服，于是用湿滑的手拿着纸卷继续前行，但没走上几百步，觉得这样更难受，又将它再次塞回腰带。不过这回他学乖了，把衣服下摆也扎进腰带，可以减少摩擦。

草地上布满像蛛网一样的小溪，西蒙脱掉鞋子，小心地寻找落脚的地方，蹚着水走。草地的芬芳和三月的空气弥漫在四周，虽然是在摸索前行，却不至于让他回想起记忆中那片黑暗迷离的地方，另外，脚趾间泥土的感觉也和那时大不一样。

不多时，他便来到老林路边。路面很宽，到处都是积着雨水的车辙，泥泞不堪。西蒙没有直接走大路，而是往西，顺着大路的方向，爬上一片高草坡。脚下柔弱的白百合和紫罗兰局促无助地立在车痕间，于是他小心地从上方跨了过去。水洼里倒映出下午的蓝天，仿佛泥地里镶嵌的闪亮玻璃。

路那边大约一弗隆①就是阿德席特那无边无际的林木，它们静静

———————————

① 1 弗隆约合 200 米。

地排在路边，像支站着睡觉的大军。黑暗如此浓重，让人误以为树干之间有通往地底洞穴的入口。还有几处明显是樵夫的小屋，那些人工打造的生硬线条在优雅的森林里显得特别突兀。

西蒙一边走，一边观察几乎毫无变化的林边景致，突然被莓果灌木绊了一下，双脚都被划伤。他骂了几句，才发现绊倒自己的到底是什么东西。大部分莓子还是青的，但对他来说已经足够了。他狼吞虎咽地吃着，脸颊和下巴沾满果汁。莓子虽不怎么甜，但却是这么久以来上天赐给他的第一份慷慨的礼物。吃完后，他在破破烂烂的衣服上擦了擦双手。

西蒙沿着身旁的大路走上坡道，终于发现了有人居住的迹象。远远地，南方地平线附近的高草丛间，有一排粗木条立起的简陋篱笆。饱经风霜的篱笆后面，几条模糊的人影正有条不紊地干着活，将豌豆苗插进地里。旁边还有人挥着镰刀，除掉田里的杂草，竭尽全力希望在糟糕的年头里拯救尽可能多的作物。年轻人爬上村舍，将屋顶的茅草翻过来，再用长棍把它们打实，还要清理因阿弗洛月连绵阴雨而长出的苔藓。他突然有种强烈的冲动，想跑到前方平静整齐的农田中去。肯定会有好心人让他帮佣，带他进屋休息……给他东西吃。

我笨到什么地步啊？他想。还不如干脆走回城堡，在大院里扯开嗓子喊我回来了！农民对陌生人可是出了名的警惕，特别是最近这段时间，北方传来强盗出没的流言，甚至有人说，有比强盗更可怕的东西南下了呢。另外，爱克兰卫兵肯定还在搜捕自己，西蒙确信，要是真问起来，这些生活闭塞的农民肯定记得一个红头发的年轻人刚刚经过这儿。而且他也不急着跟陌生人讲话，至少不是在离海霍特这么近的地方。说不定他可以在神秘的大森林边上找个小酒馆藏身，当然，前提是他们肯收留自己。

我确实懂一些厨房的活儿，不是吗？总会有人肯让我做工的……对吧？

爬到一处高地，他看到面前有条最多一车宽的泥径，从森林蜿蜒向南，穿过农田。也许是樵夫用的小路吧，从砍柴的森林一直通往鄂克斯特西面的田地。在两条路交界的地方，立着一个黑黝黝的东西，看起来棱角分明。他下意识地慌了一下，但马上意识到，那东西太过高大，不可能是等着抓他的官兵。他猜那应该是稻草人，或圣母艾莱西亚的路边神龛之类的东西。一般来说，岔路口是容易发生怪事的地方，因此人们习惯在路口安个圣像，好将徘徊不散的鬼魂赶走。

他靠近路口，觉得自己判断正确，那应该就是个稻草人，挂在高高的树上或柱子上，随风轻轻摆动。可他走得更近时，却发现那不是稻草人。这一次绝没有看错。那是一具男人的尸体，摇摇晃晃地挂在粗糙的绞架上。

他走到十字路口。风渐渐小了下去，一片尘土在他面前飘扬，就像一朵棕色的云。他停下脚步，不由自主地盯着眼前可怕的景象。尘埃刚一落定，又马上被风吹得打起旋来。

吊起来的那人双脚裸露，发黑肿胀，在西蒙肩膀高的地方摆动着。尸体的头部斜垂在一边，像一只被人揪着脖子拎起来的小狗，脸已被鸟儿啄得面目全非，胸口挂着半块破烂的木板，上面潦草地写着"在国王的领地"几个字，另外半边则掉落在路面上，写着"偷猎"。

西蒙倒退几步。这时，一阵强风吹来，尸体的脑袋随风往另一边转去，失神地望着田野那一头。他赶紧加快脚步穿过这条樵夫小路。经过那东西的影子时，他在胸口做了个圣树手势。通常而言，这类死物的模样虽然让他害怕，却又总是吸引着他，然而现在，他只感到惊恐不已。他自己也偷了，或者说帮别人偷了国王的东西，这罪比挂在上面的可怜小偷重得多得多——他可是从国王的地牢里偷走了国王的弟弟。不知道还要多久自己才会被逮住，就像他们抓到这个被鸟啄食掉的可怜虫。到时他会受到怎样的惩罚呢？

他回头望了一眼，那张惨不忍睹的脸又摇晃起来，好像在目送他逃走似的。西蒙忍不住拔腿便跑，一直跑到视野被斜坡挡住，再也看不到十字路口才停下。

当他赶到弗雷特镇时，天色已经暗下来。这里几乎算不上真正的村镇，只有一个酒馆，寥寥数间小屋位于路旁，与大森林不过一石之隔[①]。附近看不到什么人，只有一个瘦瘦的女人站在一间简陋的小屋门前，两个板着脸、圆眼睛的孩子正从她腿旁探出头张望。马倒是有好几匹，多数是驮马，拴在名叫"龙与渔夫"的酒馆前的木桩上。西蒙慢慢走过敞开的大门，谨慎地四下张望一番。喝醉的男人们的叫嚷声让他有点害怕，于是他决定等一等再碰碰运气，至少等到晚上，那时应该有更多经过老林路的人在酒馆歇脚，而他这身又脏又破的衣服在夜色中看起来也不会那么显眼。

他沿着路走远些。肚子里开始响亮地打鼓，让他不由后悔刚才没留下点莓子。路边还是只有几间稀落的小屋，外加一座只有农舍那么大的小教堂。小路接下来突然一转，随着森林的地势起伏不平，很快到了尽头。

距小镇不远处，他发现一条小溪，溪水潺潺流过满是落叶的黑色沃土。他跪下来喝了点水。接着，他脱下鞋子放在脑后当枕头，尽力不去注意地上有多潮湿，甚至还有荆棘，在一棵橡树脚下缩成一团，这里刚好在那条小路和村舍的视线之外。在树下，他很快便沉沉睡去，心里满怀对这座树荫交织而成的凉爽大厅的感激。

西蒙进入了梦乡……

一棵高大洁白的树下，他发现有个苹果落在地上。红红的苹果是那么圆润光洁，他都有点舍不得咬下去。可他实在太饿，于是张开嘴，狠狠咬掉一大块。果然美味，又脆又甜，可他看着自己咬过的地

---

① 大概是人手丢出一块石头的距离。

方，却发现一条细细滑滑的虫子蜷曲在光洁的果肉里。虽然恶心，但他是不愿意把苹果丢掉。这么甜美的水果，而且自己确实饿得慌。他把苹果转了个面，又咬了一口下去。这一次还没咬破果皮，便又看到那条虫子，他只好松开嘴。一次又一次地，他在不同的位置试着下口，却每次都能看到果皮下蠕动的虫子。这条虫子似乎没头也没尾，在凉爽洁白的果肉里无限地盘旋缠绕着。

西蒙在树下醒来，头痛欲裂，嘴里还有股酸味儿。他在小溪边喝水，觉得自己连半分力气都没有了。世上还有人像自己这么孤单吗？下午的阳光斜照在水面上，他跪在那儿，盯着水面愣了半晌，觉得自己似乎来过这地方。他努力回想，柔和的风声似乎在耳畔低语。一瞬间，他害怕自己又回到了梦里，不过这时，他看到一群人，至少二十个，从老林路往弗雷特走来。他藏在树影里，用衣袖擦干嘴，悄悄往前挪了一段，观察着。

这一队都是农民，穿着简朴的当地衣衫，还有些节日装饰。女人们披散的头发上绑着蓝色、金色和绿色的丝带，裙裾在裸露的脚踝上翻飞。跑在前面的几个姑娘还将花瓣兜在围裙里，一路撒来。后面不仅有脚步轻快的年轻人，还有步履蹒跚的老人，他们一同扛着棵大树。树枝上和姑娘们一样，也绑上了节日的丝带，男人们将树举得高高的，开开心心地迈着摇摆的步子往村里走去。

西蒙悲惨地笑了笑。是玛雅月之树！当然了，今天是贝珊妮日，他们砍下玛雅月之树带回来庆祝节日。他以前常常看到征战广场上竖起这样的大树。他突然发现自己笑得过于开怀，都有点儿忘乎所以了。他赶紧将身子蹲低，藏在灌木丛下。

那些女人一边唱歌，一边旋转着跳起舞，甜美的声音随舞步起伏不平。

> "快快来布瑞尔丹，
> 来到这拜尔斯山！
> 请戴上你的花冠，
> 到我营火前跳舞！"

男人们也应和着唱了起来，粗哑的声音里充满欢乐：

> "爱人呀，共舞吧，
> 一起来到树荫下。
> 娇艳鲜花铺满地，
> 从此不再有悲苦！"

然后所有人一起唱道：

> "站在伊曼索之畔
> 唱——嘿啊！嘿——呀嗬！
> 站在玛雅树之下
> 唱——嘿啊！神力长！"

这队人从西蒙旁边经过时，女人又唱起另一首歌，一首关于蜀葵、百合和花王的歌。歌声让他的情绪也高涨起来，昏昏沉沉的脑袋里填满了活泼的音乐，忍不住往前走了过去。离阳光灿烂的小路只有十步之遥时，一个男人不小心绊了一下，脑袋被丝带卷了进去，身旁的同伴赶过来帮他松绑。当他终于从金色彩带中解脱出来，那人胡子拉碴的脸上咧开一个大大的笑容。不知为什么，这笑颜让西蒙犹豫起来，没能踏出最后一步，他又藏在大树后面。

我到底在干吗！? 他暗骂自己。差点就被自己以为的亲切感吸引过去。这些人现在是在嬉戏玩闹，问题是，就算在主人面前摇头晃脑的家犬，一旦遇到陌生人，也会毫不留情地咬上一口。

这会儿，刚才被缠住的人冲同伴叫嚷起来，喧闹声中，西蒙听不清他到底说了些什么。只见这人转身拿起一条丝带，又开始对另一个人叫喊。接着他们扛着大树，摇摇晃晃地往村镇的方向走去。西蒙等到队尾最后一人走过，这才悄悄跟着他们溜到路上。他细瘦憔悴，就像那棵被砍下的大树中痛苦的树精，不甘地追随着自己被抢走的家。

歪七扭八的队伍来到教堂后一座小山丘上。宽广的田野里，太阳正缓缓落下，教堂屋顶立着的圣树将影子投在山坡上，像一把长长的弯刀。西蒙不知接下来要做什么，只是远远跟着这些扛树的人，看他们跌跌撞撞地穿过荆棘丛，走上斜坡。山丘顶上，人们汗流浃背，大声开着玩笑，一起将树干插进早就挖好的坑里。接着，几个人扶稳大树，其他人在树干脚下堆起石块固定。最后，他们松开手，退开去。玛雅树轻轻摇晃一下，树身往旁边斜了斜，人群里不知是谁发出几声尴尬的笑。还好，大树的位置只略微歪了几分，基本上算是笔直站稳了，于是所有人一齐欢呼起来。连藏在树影里的西蒙都开心地轻轻叫出了声，但他立刻觉得嗓子眼里痒痒的，赶紧缩回树丛深处，躲在阴影里不停地咳嗽，直到眼冒金星。上次开口似乎是一天以前的事了，他一下子还适应不过来。

他边退边咳，连眼泪都流了出来。山丘脚下已经燃起篝火。节日大树的树顶被夕照渲染，脚下则有红焰舞动，就像两头都被点燃的火把。这时，西蒙被食物的香味牢牢吸引，不由自主地往一块放着餐点的布挪了过去。然而，他惊讶又失望地发现，对于这样一个节日来说，食物真是少得可怜，还有几个不停闲谈的老人将餐布团团围住，想要偷吃看来事不大可能了。

青年和姑娘们在玛雅树旁跳舞，他们本想绕成一个圆圈，可是山坡崎岖不平，还总有障碍物挡在中间，一直无法将圆圈连起来。其他人在旁边观看起哄，圆圈豁口的两只手差一点就要拉在一起，却总是旋转着错过。渐渐地，这些欢乐的舞者跳累了、转晕了，一个接一个从队伍里踉踉跄跄地跌了出来，有些人甚至直接滚下山坡，还不住地哈哈大笑。西蒙也想加入他们的行列，渴望得心都疼了。

不久后，人们都靠着墙坐在草地上。高高的树梢在落日的余晖中就像红宝石枪尖。山坡下有人掏出一支磨光的骨笛，悠悠地吹了起来。随着笛声，四周安静下来，偶尔有人小声说话或轻笑几声。最后，蓝色的夜晚轻柔地包裹住他们的身影。如泣如诉的笛音越来越尖细，像一只鸟儿悲伤的灵魂越飞越高。一个黑发尖脸的年轻姑娘站了起来，靠着情人的肩膀，身子轻轻摇晃，像一棵修长的白桦树随风摆动。她开口唱了起来。西蒙突然觉得自己的心门被不知不觉打开，体内巨大的空虚被美丽的歌声、被这夜晚、被一直在四周弥漫的青草味儿，还有其他各种各样的东西填满。

"哦，忠实的伙伴，哦，菩提树啊。"

她唱道：

> "我尚年少，它为檐伞。
> 爱人离去，它仍相伴。
>
> 心有所爱，日夜期盼。
> 投桃报李，信誓旦旦。
> 好景不长，无情君郎。
> 弃我而去，情断心肠。
>
> 彼将何往，菩提树啊？
> 可有侣伴，共度良宵？
> 有何妙计，唤回郎心？

菩提树啊，助我寻踪！

美丽人儿，莫问缘由。
心有怜惜，不忍相告。
若开口兮，落尽泪涕。
吾心独忧，如此足矣。

勿拒我心，菩提树啊。
彼今宵兮，谁人在旁？
谁家女子，得我所失？
谁人阻挡，声声呼唤？

美丽人儿，实难启齿。
斯人已逝，再无归期。
夜色深沉，河岸崎岖。
踉跄蹒跚，不慎落水。

河中仙女，臂弯里抱。
投桃报李，相偎相依。
流光易逝，杨花水性。
躯体终返，冰冷潮湿。

流光易逝，杨花水性。
躯体终返，冰冷潮湿……”

　　黑发姑娘唱完，又坐了回去。篝火劈啪作响，似乎在嗤笑这首阴冷忧郁之歌。

　　西蒙眼里噙着泪水，赶紧离火堆更远一些。那姑娘的歌声唤起了他对家园的渴望。他从心底里想念小厮们开玩笑的声音，想念女仆们时不时的关心，想念他的床，想念他的护城河，想念莫吉纳那长长的洒满阳光的房间,他甚至发现,自己竟还有些怀念怒龙瑞秋。

在他身后,低声笑语在春夜里轻声回响,就像小虫子轻柔拍打翅膀的嗡嗡声。

教堂前的街上,走着大约二十个人,基本上三三两两聚在一起,穿过浓厚的夜色,往龙与渔夫酒馆的方向走去。门里透出温暖的火光,为门廊上闲谈的人们披上一层黄色的外衣。西蒙靠近酒馆时还在擦拭眼睛,酒肉的香味像海浪一样,一波一波向他席卷而来。他与最后那群人保持着至少几步的距离,慢慢地走着,思量要不要尝试去找份活儿干,或者至少在温暖的公共场所待一会儿。等再晚些,酒馆老板歇空的时候找他谈上几句,说不定他会觉得自己是个值得信赖的帮佣。光是想到要在陌生人面前,开口求他收留自己,西蒙就害怕起来。可他还有别的办法吗?总不能像野兽一样睡在森林里吧?

他从几个醉意朦胧的农夫身边挤过,他们正在争论推迟剪羊毛有什么好处。西蒙听着,脚下没留神,差点被一个窝在墙边、藏在酒馆旗帜影子里的人绊倒。只见一张红润的圆脸上,一对又小又黑的眼珠正在看自己。西蒙嘀咕着道歉,正想继续走,却突然认出了那个人。

"我认识你!"他冲缩在角落里的影子说。那对黑眼睛立刻警惕地睁圆了。"你是那个修道士,我在主干道碰到过你!柯……柯扎哈神父?"

话音一落,似乎本想手脚并用逃开的柯扎哈,马上眯起眼睛看着他。

"你不记得我了?"他兴奋地说,再次见到熟悉的面孔让他仿佛喝了酒似的,"我是西蒙。"几个农夫听到他的声音,下意识地转过身,用空洞的眼神打量着西蒙。这时,他突然想起自己是个逃犯,不由害怕起来。"我叫西蒙。"他轻轻地重复了一遍。

修士的胖脸上终于露出恍然大悟的表情,神色里却又带着些说不清道不明的东西:"西蒙!啊,当然啦,孩子!什么风把你从伟大的鄂克斯特吹到不起眼的小弗雷特来了?"柯扎哈抓起靠在墙上的拐棍,爬了起来。

"这个嘛……"西蒙一时语塞。

天哪,你都干了些什么,蠢货,居然跟这个只有一面之缘的人攀谈起来?脑袋里拼命想着,蠢货!莫吉纳告诉过你,这不是玩游戏!

"我在办事……城堡的人让我来……"

"而且你省了点钱,顺路到著名的龙与渔夫酒馆来坐坐。"柯扎哈做了个鬼脸,"吃点好吃的。"西蒙没来得及纠正他,甚至还没想好到底要不要纠正他,修士已经接着说了下去,"既然如此,不如跟我一起吃,我请你——不,不,别推辞,孩子,我请定了!你好心为陌生人带路,这是理所应得的报答。"不由西蒙分说,柯扎哈牢牢抓住他的臂膀,把他拖进大厅。

他们进来时,只有几个人随意瞟了一眼,没有多加注意。大厅很深,天花板低低的,排在墙边的简陋桌椅又脏又破,满是酒渍,好像它们是由干掉的肉汁和油脂粘合起来似的。门边有座宽大的石制壁炉,炉火烧得正旺。一个被煤灰熏黑、流淌着汗水的乡下小伙握着烤肉叉,把牛肉翻了个面,滴落的油脂让火焰嗞的一声蹿了上来,小伙子不由向后缩了一下。对西蒙来说,能看到并闻到这一切,已经像是置身天堂了。

柯扎哈拉着他,一直来到内墙旁的座位。桌面已经裂开,西蒙皮包骨的手肘一放上去被硌得生疼。修士坐在对面,背靠墙,两腿直直伸到长凳下。西蒙本以为他会穿修士凉鞋,却看到他脚上套着一双饱受风吹日晒的旧靴子。

"老板!人呢,可敬的老板在哪里?!"柯扎哈叫道。两个眉毛浓重、留着青胡楂的人自对面桌子投来厌恶的眼神,西蒙确定他们一定是双胞胎,那两张脸上的每一条皱纹都将厌恶展现得淋漓尽致。等了一会儿,老板过来了。他的身子像桶一样粗圆,满脸胡须,一道深深的疤痕穿过鼻子一直划到上唇。

"哈，你来了啊。"柯扎哈说，"愿神保佑你，孩子。给我们一人上一杯最好的啤酒。还有，能不能切点烤肉，再拿两块面包蘸肉汁吃。谢啦，小弟。"

柯扎哈的话让老板皱起眉头，不过他还是点点头，走开了。他转身时，西蒙听到他在低声嘟囔：

"……赫尼斯第老玻璃……"

啤酒很快上来了，接着是肉，然后他们又要了更多酒。一开始，西蒙真是饿疯了，狼吞虎咽地大吃着，直到饥饿感稍稍平息下去，警惕心才又回来了。四下一打量，确保没人注意自己，才恢复了正常的吃饭速度，听着柯扎哈弟兄不着边际的闲谈。

赫尼斯第人的喉音有时让人听不太清，但他确实是个讲故事的高手。西蒙被琴师伊辛奈格漫长一夜的故事牢牢吸引住，虽说从一个身披修士长袍的人嘴里听到这种故事，还真让人有些难以相信。故事一个接一个，红哈斯雷的冒险，还有希瑟女人绯娜朱的故事，让西蒙笑得前仰后合，甚至把酒喷到了本来就脏兮兮的衣服上。

他们在酒馆里待了很久，到酒杯第四次被满上时，客人已经走了一大半。柯扎哈比画着夸张的手势，正对西蒙讲他自己亲眼所见的故事，那是在珀都因，安氾·派丽佩的码头上发生的事。他说，两个修道士因为争论救主乌瑟斯到底用没用魔法拯救一个被变成猪的格兰纳曼岛人，结果大动干戈，操起棍子打了起来。说到兴头，柯扎哈弟兄激动地挥舞着手臂，西蒙不由担心他会不会从凳子上摔下去。这时，酒馆老板猛地将酒壶砸在桌上，打断了谈话。柯扎哈本来还在感叹，这会儿无奈地抬起头。

"怎么了，我的好老板？"他问，浓密的眉毛皱了起来，"有什么事？"

酒馆老板双臂抱胸站在一旁，脸上写满猜忌："因为你是神的仆人，神父，我才让你留到现在。"他说，"可我马上就要关门了。"

"就为这点儿事？"柯扎哈的圆脸上露出笑容，"我们马上结账，好伙计。对了，你怎么称呼？"

"弗瑞瓦。"

"好吧，别担心，弗瑞瓦。让这孩子跟我把最后一点酒喝完，你就可以好好休息了。"大胡子弗瑞瓦点点头，脸上总算有了点满意的神色，走到旁边去吆喝那个烤肉的男孩去了。随着响亮的吞咽声，柯扎哈一口喝干杯里剩余的酒，转头冲西蒙笑了起来。

"快点喝完吧，孩子。我们不能让别人等着。我在格冉尼教堂务工，你知道的，特别同情这些可怜人。比起其他人，圣格冉尼特别照顾酒馆老板和醉鬼们，这两者天生就是一伙儿的！"

西蒙笑了，也把酒喝干，但放下酒杯时，他突然记起，他们第一次在鄂克斯特邂逅时，柯扎哈好像提的不是这个名字！好像是"维"开头的什么？维戴樊？

修士正在长袍口袋里努力翻找，一脸专注的神情，因此西蒙把这个问题吞回到肚里。过了一会儿，柯扎哈终于拿出一只皮包。它轻轻落在桌面上，却听不见硬币叮当作响。柯扎哈光亮的额头发愁似的皱了起来，将皮包举到耳边慢慢摇晃。还是没有声响。西蒙瞪大了眼睛。

"啊，孩子啊，孩子，"修士满脸悲伤地说，"看到没有？今天我在半路上帮了一个乞丐的忙，搀扶他到溪边喝水，还帮他洗净流血的脚——可你看他怎么回报我的善心？"柯扎哈将皮包翻过来，好让西蒙看到那个被划开的大口子，"年轻的西蒙，你一定能理解我，这世界真是让人害怕。我帮了那人一把，结果呢，唉，他为什么偏要偷搀扶他的人呢？"修道士长叹一口气，"好吧，孩子，恐怕我不得不开口问你借点钱了，你心地好，看在安东的慈爱分上，先把我们的酒钱付了吧。我马上就还你，别担心，呵呵。"他轻笑起来，在目瞪口呆的西蒙面前又晃了晃开口的钱包，"唉，这个世界还真是充满了罪恶。"

西蒙的脑袋被啤酒搅晕了，柯扎哈的话就像水里的气泡，听不真切。但他的目光并没有注意包底的洞，而是直勾勾盯着包上绣的一只深蓝色海鸥。转瞬之间，他全身不再充斥着轻飘飘的醉意，反而变得难受沉重起来。西蒙的脸颊和耳朵早就因为酒意和房间温暖的空气变得红彤彤的，现在，更有一股滚烫的热血从心脏直冲上头。

"那是……我……的包！"他慢慢地说。柯扎哈像只无洞可藏的獾，不安地眨着眼睛。

"孩子，什么？"他问道，有点儿害怕起来，慢慢地从墙边溜到长凳中间，"我没听清你说什么。"

"那……包……是我的。"西蒙的心痛起来，丢钱包时的沮丧感又回来了。朱迪丝失望的表情，莫吉纳医师带着难过的惊讶，都一一浮现在眼前，现在又加上遭人背叛的强烈震惊。他脖颈后的红发倒竖起来，就像野猪的鬃毛。

"小偷！"他一声大吼，猛地扑了过去。柯扎哈见势不妙，立刻跳下凳子，后退几步，拔腿往酒馆门口跑去。

"等等，孩子，你误会了！"他叫起来，但言行显然不太一致。只见他半点都没停顿，操起拐杖，径直往门外狂奔而去。西蒙紧紧追在后面，刚过门框，却被一双熊一样有力的手臂拦腰抱起。下一秒钟，他已经双脚离地，肺里的空气被挤了出去，双腿无力地在空中摆动。

"嘿，你以为你在干吗？"弗瑞瓦的话在耳边响起。老板转身回到店里，随手将西蒙扔回满是温暖火光的大厅。西蒙落在潮湿的地板上，终于又能呼吸了。

"那个修道士！"他终于哽咽出声，"他偷了我的包！别让他跑了！"

弗瑞瓦把头伸出门外，随便扫了一眼。"好吧，就算你说的不假，他也早就逃走了，你说修道士是小偷——可我怎么知道你俩不是设计好的，嗯？我怎么知道你俩不是一唱一和，玩修道士和娈童的把戏，从乌坦邑一路骗到这儿？"两个还未离去的酒鬼在他身后发出刺耳的笑声。"站起来，孩子，"他说着，一把抓住西蒙的胳膊，将他粗暴地拖起："我去问问戴奥海姆或高斯丹有没有听说过你们这对骗子。"

他拽着西蒙出了门，绕过酒馆，手掌紧紧箍住男孩的手臂，防止他逃跑。月光将马厩苍白的屋顶清晰地勾勒出来，再旁边一点儿，不到一石的距离就是大森林。

"我不懂，你干吗不开口让我给你份活儿干，你个蠢驴？"弗瑞瓦在前面拖着步履蹒跚的年轻人，嘴里还嘟囔着，"亨法克刚辞工不干了，我正需要一个像你这样的大个子帮忙。太蠢了——你闭嘴，别说话。"

马厩旁有一间小小的平房，独立于酒馆，但二者的墙壁连成一体。弗瑞瓦举起拳头重重地砸门。

"戴奥海姆！"他叫道，"睡了没？过来看看，你以前见过这小子没有？"接着，门内传出了脚步声。

"血树啊，弗瑞瓦，是你吗？"一个声音抱怨着，"明天天亮我就得去巡逻。"门打开了。房间里点着几支蜡烛。

"算你运气好，我们正在玩骰子，还没睡。"开门的男人说，"什么事？"

西蒙瞪大了双眼，心脏惊恐地狂跳起来。这个人，还有另一个正用床单擦剑的人，身上都穿着绿色制服，那是埃利加手下爱克兰卫兵的颜色。

"这个小流氓，还是个小偷……"弗瑞瓦刚开口，西蒙便使出浑身力气，一头撞向酒馆老板的肚子。大胡子发出一声惊恐的尖叫。西蒙灵巧地避开他乱蹬的双腿，没命地冲进森林的庇荫，身影消失在黑暗中。两个卫兵哑口无言，惊讶的目光追随着西蒙的背影。烛光洒在门口，酒馆老板弗瑞瓦倒在地上，一边翻滚踢打，一边不住地骂骂咧咧。

白翎箭

❉

"不该是这样啊！"西蒙又啜泣起来，算算差不多已经哭过上百次。他握紧拳头，捶着湿漉漉的地面，泛红的指节粘上了不少树叶。他觉得很冷。"不应该！"他嘟哝着，将身子蜷成一团。太阳升起到现在已经一个小时了，但微弱的阳光没能带来半点暖意，西蒙一边发抖，一边抹眼泪。

不该如此啊——完全不应该。他到底做了什么，竟落到这般下场，无家可归，又湿又冷，悲惨孤独地躺在阿德席特大森林里。这个时候，其他人要么在温暖的床上呼呼大睡，要么穿着干燥舒适的衣服享用面包和牛奶，而自己为什么像头野兽般被人追捕呢？他尽力做了正确的事，帮了朋友和王子，结果却成了挨饿受冻的逃犯。

可是莫吉纳的下场更惨，不是吗？他心里有个声音轻蔑地提醒说。可怜的医师说不定很高兴和你交换位置呢。

就算这样想，他也没能好受些：莫吉纳医师好歹知道到底发生了什么，或者将会发生什么。而他呢，西蒙闷闷不乐地想，像只笨老鼠，什么都不知道，就冒冒失失地跑出大门，跟猫玩起了捉迷藏。

为什么上帝这么讨厌我？西蒙抽着鼻子想。牧师说乌瑟斯·安东会照顾天下众生，那为什么偏偏自己要受苦呢？还要在野林里等死？他又哭了起来。

哭着哭着，也不知在地上躺了多久，他终于揉揉眼睛，站了起来，走出藏身的树丛，活动活动僵硬的手脚。他回到先前的树丛中撒了泡尿，这才满心郁闷地走下山坡，到一条小溪旁喝水。每迈出一步，膝盖、背和脖子都疼得厉害。

所有人都下地狱去吧。还有这座该死的森林。还有上帝，都滚下地狱去。

他从手心冷冽的水中抬起头，惴惴不安，好在刚刚那些渎神的心声并没有引发天谴。

他喝饱了水，逆溪而行，走到不远的小池旁，跳跃的水流在这里汇聚，变得平静。他想蹲下来看看池中自己摇晃的倒影，却感到被什么东西卡住，弯不下腰，只好伸出手撑在地上。

医师的手稿！他记起来了。

他半蹲着，将卡在衣服和裤子中间、被体温烘得暖乎乎的稿子抽了出来。皮带在卷轴上压出一道深深的折痕，另外，带着它这么久，手稿都被他的肚子折弯了，像片铠甲，还像被风鼓起的帆。手稿的第一页沾满了尘土，但西蒙能够辨认出医师那隽秀的花体字。他心里突然一阵剧痛，只得将手稿轻轻放在一旁，转头继续注视着水池。

水面布满斑驳的阴影，他花了好一会儿才从中分辨出自己的倒影。阳光从背后照射过来，倒影显得影影绰绰，黑乎乎的轮廓中只能依稀看出亮一点的鬓角、脸颊和下颌。他转了转头，让阳光照在侧脸上，再用眼角余光瞟着自己的倒影，只见水里像有一只被追捕的野兽，正竖起耳朵聆听猎人的声音，头发杂乱地纠结成团，脖子紧张地弯曲，一点都不像从文明世界来的生物，神情充满了警惕和恐惧。他迅速收起手稿，离开了池岸。

我现在是彻彻底底的孤家寡人了。再也不会有人照顾我。再没有人像从前那样待我。他听见心在胸腔里碎成一片一片的声音。

找了一会儿，他终于发现一个阳光能照到的地方，坐了下来，擦干眼泪，认真思考。幽深寂静的森林里，西蒙听着鸟儿叽叽喳喳的叫声，心想，如果自己不得不在野外过夜，一定要找些暖和的衣服穿，而且必须等到远离海霍特才能去找。另外，他还得决定接下来要去哪儿。

他心不在焉地翻开莫吉纳的手稿。手稿每一页上都写满了小字。都是字——怎么会有人能想出那么多文字，还把它们写下来呢？光是想想就让他头痛不已，而且他一直没弄懂这些文字到底有什么用。想到这里，他的嘴唇痛苦地扭曲着，又冷又饿的时候，这些字有什么用……或者，派拉兹找上门的时候，这些字又能派上什么用场？他本想分开黏合在一起的两页，却不小心撕破了页脚，一种辜负朋友的歉意立刻涌上心头。他盯着页面看了一会儿，手指小心地扫过字迹，在阳光下眯眼读了起来。

"……那些有关约翰一生经历的歌谣和故事，极尽谄媚之能事，一想到它们曾在约翰辉煌的宫殿里被唱响，简直让人费解。这些叙述极端夸大事实，反而不及真正的他。"

第一次读这些文字，他被一个接一个的字眼弄糊涂了，看不懂到底是什么意思，但反复研读之后，他仿佛听见莫吉纳的声音在对他讲述。那一刻，他几乎微笑起来，将自己糟糕的处境抛之脑后。虽说还是不太理解，但他从中能听出朋友的声音和语气。

"比方说，"手稿继续写道，"他从瓦伦屯来到爱克兰的经历。歌手们的形容是：上帝召唤他前来消灭恶龙刹拉卡，当他在格兰尼弗登陆时，手中握着光锥，心中满怀雄图。"

"也许，仁慈的上帝确实召唤他从可怕的野兽手中拯救那片大地，但既然如此，上帝为何允许恶龙在那国家肆虐这么多年，才终于降下天罚呢？再加上，那些熟知约翰的人肯定还记得，他离开瓦伦屯时只是个手无寸铁的农夫之子，登陆时也没有改善，之后在爱克兰也完全没想起红龙。这样的状态一直持续到他的生活境况好转起来……"

再次感受到莫吉纳的声音，即使只能在脑海里响起，对西蒙来说也已经是莫大的安慰。只是这些话让他困惑不已。莫吉纳是想说祭司王约翰没有真的手刃红龙，还是说他并没有被上苍选召呢？如果不是得到了圣主乌瑟斯来自天堂的召唤，那他怎可能杀死那头恐怖的巨兽呢？人们不是说，他是奉了天命才加冕为王吗？

他坐着思考，一阵冷风穿过树林刮了过来，胳膊上起了一层鸡皮疙瘩。

安东啊，该死的，我必须找件斗篷，或者其他温暖的衣服。他想。赶紧决定接下来要去哪儿，不能像个傻子一样坐在这里，对着一堆前人写的东西发呆。

刚开始那些计划显然不能实现了——本来他打算隐姓埋名，找个乡下小酒馆躲起来，干点洗碗或是烤肉的活计，但现在看来，这不过是奢望。之前那两个士兵有没有认出他来已经不重要，就算他们没认出来，总有一天也会有人将他认出来。他很肯定，埃利加的士兵们已经开始在各地搜捕自己了，他不仅是个逃跑的仆人，还是个罪犯，重罪罪犯。为了约书亚能够顺利逃跑，已有好几个人付出了生命，若西蒙也落入爱克兰卫兵手里，他不相信自己会被赦免。

那要怎么逃呢？又该逃到哪里？他慌乱起来，随即又稳定住情绪。莫吉纳的遗愿是让西蒙随约书亚逃到奈格利蒙去。现在看来，这也是唯一的出路。如果王子顺利到达目的地，他肯定会欢迎西蒙；即使王子没到，他有关于王子的最新消息，留守的人应该也会收留他。只是通往奈格利蒙的路途非常遥远，西蒙只听说过粗略的方向和路线，唯一能肯定的就是这段路程绝对短不了。如果他沿老林路继续往西走，肯定会跟一直顺着山脉往北延伸的巍轮路交错。也就是说，只要走到巍轮路，那么，至少他能找对方向。

他把手稿卷起来，从衣服上撕下一片，小心地裹在外面，还打个结固定住，这时他发现地上还有一张纸忘了加进去。他捡起那张纸，发现上面全是自己的汗渍，字迹已被晕染得模糊不清，只有一句话依稀可辨。他努力看着。

"……如果他真有神力加身，那么最能体现这一点的，便是他到来和离开之时，他总能在最合适的时间待在最适合的地点，并从中获利……"

这并非真正意义上的算命或预言，但好歹给他添了些信心和底气。应该往北走，一路向北，到奈格利蒙去。

一整天的旅途充满了痛苦和折磨，直到一个小小的惊喜出现在眼前。当时他走在老林路的林荫下，目光突然扫到什么东西。穿过小树丛，路边点缀着几所小房子。透过交错的林木缝隙，他随便往那边瞄了一眼，一件无价之宝跳入眼帘——有人将洗过的衣物晾在了外面。他悄悄往晾衣服的树边摸去，枝条上挂着几件湿衣服，还有一块臭烘烘的湿毯子。几步开外有间破旧小屋，屋顶上铺着荆棘。西蒙一边接近那棵树，一边紧盯着小屋的动静，他心跳加速，战战兢兢地扯下一顶羊毛斗篷。潮湿的斗篷十分沉重，他将斗篷塞进怀里时不由趔趄了一下。小屋一点动静都没有，事实上，四周没有一个人影，但这平静的气氛却更让他为自己的偷窃行径羞愧不已。他抱着斗篷躲回树丛，虽然屏住呼吸，但仍能感觉得到心脏在胸腔里狂跳个不停。

❀

西蒙很快体会到逃亡生活的真实情况，这跟谢姆说的强盗杰克·芒德沃德的故事一点儿都不像。在他想象中，阿德席特大森林就像一座宏伟的大厅，地板是齐整的草皮，高大的树干是柱子，撑起树叶和蓝天形成的天花板。广袤的亭台里，有像珀都因的塔利斯托爵士或伟大的凯马瑞爵士这样的骑士，身跨骏马，拯救深受诅咒的女士于水火之中。但如今，他亲身经历之后，才发现真实世界冷酷得可怕。森林边上树木密密匝匝，挨得很近，枝条像无数扭曲的蛇纠缠交错在一起。脚下的树丛让他磕磕绊绊，就像一片永无止境又高低不平的土地，苔藓和烂叶满满当当地将荆棘和腐朽的树干掩盖起来。

头几天里，树林间时不时露出一小片畅通无阻的空地。他一踏上松软的泥土，一听到自己雷鸣般响亮的脚步声，便觉得暴露了行踪，于是快步穿过谷地，越过灿烂的阳光，心里不住祈祷能马上找到一片小树丛藏身。然后，他又对自己的神经质恼火不已，反倒故意放慢了脚步。有时，他甚至唱起壮胆的歌，听着回声在林间颤抖、消失，感受大自然的规律。可每次他再钻进树丛，便立马记不起刚刚唱过什么歌了。

虽然海霍特一直留在他的脑海里，但记忆已经变得遥远而又虚幻，只剩深刻的愤怒、痛苦和绝望牢牢地盘踞在心。他的家，他的幸福，都被人硬生生地抢走。海霍特的生活是那么奢侈又轻松，曾经，人们对他很友善，床铺也十分舒适。然而，现在他不得不分分秒秒都待在曲折昏暗的森林里，满心自怨自艾，过去的西蒙已渐渐消失，头脑里只剩下"往前走"和"找食物"这两个清晰的念头。

刚开始，他会为选哪条路犹豫良久，不知该冒险走大路，还是为了安全继续沿森林小路前进。虽然从感觉上来说，后一种想法比较好些，但他很快发现这大路和林边小路并不是平行的。有时候，密密匝匝的林木将两条路隔得很远，西蒙经常惊慌地发现，这片名为古老之心的森林竟将大路遮得严严实实，差点就找不到了。另外，他尴尬地发现自己竟然不懂怎么生火。从前他听舍姆讲芒德沃德和手下们欢乐的冒险故事的时候，听到故事里的人在森林里烤肉吃，怎么一点儿都没想到生火的问题呢？这样一来，他就没法子弄到火把，不能在晚上抓紧时间赶路。要是月光明亮，他便多赶些夜路，白天小憩一会儿，醒来后再趁着阳光，在森林里努力前行一段。

没有火把，也就意味着没法烤东西吃，在某种程度上说，这才是最沉重的打击。他时不时会在草丛里发现一窝窝带斑点的松鸡蛋。鸟蛋确实提供了营养，可当他把黏糊糊凉飕飕的蛋液吸进嘴里时，才发现完全找不到朱迪丝厨房里那种温暖香甜的味道，实在难以下咽。他还痛苦地想起，多少个日子里，他一大早就急急忙忙赶去莫吉纳的房间或比武场，对盘子里大块大块的面包不屑一顾。那些涂满黄油和蜂蜜的面包真是诱人啊，而现在，光是沾点黄油的面包皮都成了奢望。

既不会打猎，又不懂哪些野生植物能吃，西蒙只得在路旁的田地里偷点农作物勉强果腹，还得注意躲开咬人的狗和愤怒的农民。他学会了从林间空处瞄准田间稀疏的胡萝卜和洋葱，飞身而下抓了就跑，有时也从够得到的枝头上揪几个苹果下来。但就算这样，食物还是少得可怜，上下两顿之间也隔得很久。他常因饥饿气得大叫出声，甚至乱踢草丛发泄。有一次，他踢叫得太过用力，直接脸朝下倒在地上，很长时间爬不起来。他躺在那儿，听着哭喊的回声渐渐消失，脑子里满是自己会饿死的念头。

不对。这座森林和他以前听过的故事完全对不上号。和很久很久以前，他还在海霍特的时候，在温暖的午后，蜷缩在马厩中，闻着干草和皮革的味道，听舍姆讲故事的时候一点都不一样。这座巨大的古老之心是个黑心肠又吝啬的主人，从不肯让陌生人过得舒坦点儿。日头毒辣时，他藏在灌木丛中睡了一个又一个小时。等到晚上，月亮在斑驳的枝条上露出脸来，他才哆哆嗦嗦地在湿漉漉的丛林间前进，或是裹着那件松垮的大斗篷摸进菜园里。西蒙意识到，比起流浪汉来，自己更像一只惊惶的兔子。

虽然西蒙就像对待长官的权杖或牧师的圣树般对待莫吉纳撰写的约翰生平的手稿，但日子一天天过去，他翻看手稿的时间却越来越少。每一天，日光快从天边消失的时候，如果找得到晚餐，他就一边吃，一边在可怕的黑暗降临之前抓紧时间，打开手稿看一点点。但他越来越不能理解字里行间的意思。有一页手稿写满了约翰、渔人王鄂斯坦和恶龙刹拉卡的名字，吸引了他已经分散的注意力，可不管怎么看，甚至强撑着读到第四遍，他才发现对自己来说，这些文字的意义还不如大树年轮来得清晰。这是在森林里度过的第五天的下午，他呆坐着，书页摊放在大腿上，小声啜泣，手指下意识地抚过平滑的羊皮纸，感觉就像多年前曾经摸过的一只厨房猫。那时，阳光明媚，空气温暖，还能闻到洋葱和肉桂的香味……

自从出了龙与渔夫酒馆，已经过了一周又一天，他来到一个叫希斯坦的小村外。村子仅比弗雷特稍大一点儿，一间路边旅店顶着一对土制烟囱，冒着白烟，明媚的阳光洒在地上，路上空空荡荡。西蒙从山坡上银色的灌木间往下窥探，不由想起上次吃上热饭的情形。记忆好像化作实体，结结实实地给了他一拳，让他膝盖发软，差点跌倒。那个夜晚早已过去，虽说最后事态也挺糟糕，却让他几乎感受到了莫吉纳医师曾提过的，那些老瑞摩加异教徒的天堂——喝不完的酒，讲不完的故事，永无休止的欢闹。

他爬下山坡，往静悄悄的旅店走去。他双手颤抖，脑子里盘算着怎么在没人注意的窗台里偷个肉饼，或是从后门溜进厨房找个机会下手。走过一半，他突然意识到，在没有树影遮蔽的正午，他竟然从藏身之处跑了出来，就像一只生病烧坏脑子的小动物，已经糊涂到连自我保护都忘记了。刹那间，虽然披着沾满荆棘的斗篷，他却感觉自己像赤身裸体，僵在原地。接着，他猛地扭头，迅速逃回那片枝干细长的白桦林中。这会儿，即使有树丛的遮蔽，他还是觉得藏得不够好，一边咒骂一边又啜泣起来，躲进更浓重的黑暗中去。整座大森林像另一件巨大的斗篷，披在他身上。

�֍

离开希斯坦往西走，又过了五天。年轻人饥肠辘辘，满身尘土，蜷缩在一道斜坡上，目光往下游移到森林中间的一小片谷地上，直勾勾地望着一座简陋的小木屋。思绪支离破碎,但他相信,要是在冰冷无情的森林里再度过一晚,吃不到真正的食物,得不到一丝温暖,那他肯定会彻底沦为一头茹毛饮血的野兽。头脑里只剩下粗暴的原始念头、食物、藏身于暗处、在森林里游荡,这些就是他能考虑的全部。回忆起城堡里的日子变得越来越艰难——那儿温暖吗?那儿有人跟他说话吗?——记得前一天,一根树枝钩到他的衣服,戳中他的肋骨,他竟冲着树枝怒吼,还攻击那根枝条——他真的变成野兽了!

有人……有人住在那儿……

樵夫的小屋前有条石子铺的小路。屋檐下,靠墙排着一堆整齐的木材。他轻轻地吸吸鼻子,相信只要走到门口,和气地请求,屋子的主人一定会同情他,给他点吃的。

我饿坏了。这不公平。这不对啊!总会有人给我点吃的……有人……

他挪动僵硬的双腿,慢慢走下山坡,嘴巴一张一合地喘气。脑子里响起一个模糊的声音,告诉他说,不用害怕乡下人,不用害怕窝在深山老林里的樵夫。他走着,摊开空无一物的双手。苍白的手指直直地伸开,表明自己没有伤人的打算。

要么屋里没人,要么里面的人死活不愿搭理他。反正,他敲了很久的门,指节都痛了,却没有得到任何回应。他只好把指尖搭在粗糙的木头上,绕着小屋走了一圈。唯一的窗户也被木板钉得严严实实。他又用力敲了敲窗户,却听见空空的回声。

他无力地在窗下蜷成一团,绝望地想,要是能用一块木柴把窗户砸开就好了。这时,面前的树丛里传来窸窸窣窣的声音,立刻将他从胡思乱想里拉回到现实。西蒙猛地跳起,动作太快,以致眼前泛黑,只有中间还能看清,难受得身子晃了几晃。仿佛树林都向外突出,像被一只巨掌击打又反弹回来。过了一会儿,他的耳朵果然又捕捉到了动静,这次是断断续续的嘶嘶怪声,接着变成一连串话语。西蒙完全听不懂，但肯定是某种语言。没多久，四周又恢复了寂静。

西蒙像被石头打晕了一般，呆在原地一动不动。现在怎么办？说不定小屋的主人在回家的路上被野兽袭击了……西蒙可以帮忙……然后他们会给他食物。可他该怎么帮忙呢？他连路都走不稳。而且，万一树丛里是头猛兽呢？如果他把野兽的声音当成人在说话，那怎么办？

如果那东西比野兽更可怕呢？比如手持利剑的国王卫兵？或是骨瘦如柴的白发女巫？说不定是真正的魔鬼，那个身穿红袍、眼睛漆黑的魔鬼？

西蒙不知自己从哪里找到了勇气和力量，居然挺着僵直的膝盖走了过去。要是身体没有这么虚弱，心里没有这般绝望，也许他还不会这么做吧……可他真到了极限，饿得全身无力，蓬头垢面，孤单无助，活像一只纳斯卡都豺狼。他将斗篷紧紧裹在身上，手中举着莫吉纳的羊皮卷轴，蹒跚着走向那片树林。

阳光深浅不一地投射在林间，穿过交织成网的枝叶，在地上映出斑驳的影子，仿佛一大堆硬币。空气中弥漫着让人窒息的紧张气氛。一开始，西蒙只能看到黑黑的树影和一缕缕洒下的阳光。有一个地方，隐隐约约的光线在不停地抖动，过了一会儿，他才意识到那是个正在挣扎的身影。他向前踏出一步，脚下的叶片沙沙作响，本来挣扎不停的黑影听到声音，一下子静止不动了。那东西悬挂在半空，离铺满树叶的地面约有一码高，它抬起眼睛，盯着西蒙。那是一张人的面孔，却生着猫一般冰冷无情的黄色眸子。

西蒙吓得直往后退，心脏在胸腔里乱跳，他伸开双手不停挥舞，好像要把挂在半空像鸟一样的怪人推开似的。西蒙从没见过这样奇异的生物，完全不知那是野兽还是人。多么奇异的怪物啊！虽然被困在陷阱里，被一根黑色的蛇一样的绳子绑住腰和双肘，挂在一根颤动的高高的树枝上，但这俘虏依然给人一种凶狠高傲的感觉，就像一只狐狸，就算死也要将利齿咬进猎犬的咽喉。

如果是个人，那他的身材算是相当纤细。西蒙看着那张脸上高高的颧骨，突然被一个冰冷的念头摄住——在泽特伯格见到的黑袍生物！但那些怪物的皮肤苍白得就像不见天日的盲鱼，眼前这家伙的皮肤却像光滑的橡木，是金棕色的。

西蒙往前走了一步，试图在暗淡的光线中更好地观察一番。俘虏见他移动，双眼眯了起来，咧开嘴唇，露出牙齿，发出猫一般威胁的嘶嘶声。虽然长着一张很像人类的脸庞，但这绝不是人类会做出的举动。一瞬间，西蒙的疑虑打消了，不再有哪怕一丝这是个误入陷阱的人类的想法……这肯定不是人类……

西蒙越走越近，不知不觉间已超出安全范围。他注视着那对斑驳的琥珀般的眼睛，俘虏的身子猛地往前一拱，一脚踢中西蒙的侧胸。虽然西蒙看到俘虏突然往后，预料到会有这一下，但对方动作太快，虽然他努力躲开，身侧还是吃痛挨了一击。他踉跄后退，怒目而视，袭击者也毫不客气地回瞪着他。

西蒙退到离对方一人远的距离外，他看到，这个生物脸上的肌肉不自然地伸展，咧嘴露出一个冷笑。突然，好像有人清楚地告诉他似的，西蒙意识到，挂在这里的生物毫无疑问是个希瑟。这时，希瑟竟用西蒙熟知的西领语笨拙地吐出一个单词。

"胆小鬼！"

虽然饿得没了力气，心里也怕得要死，全身都在痛，但西蒙一听到这个词，气得差点扑上去……但他在行动之前意识到，如果真的扑上去，就证实自己确实是希瑟说的那种人了。西蒙按着被踢痛的肋骨，双手叉在胸前，继续盯着希瑟观察。他看到俘虏沮丧地挣扎了一下，心里不由泛起一丝满足。

精灵。瑞秋提起这个种族时总是带着迷信色彩，连称呼都是。眼前这个精灵穿着怪模怪样的衣裤，柔软光滑的布料比希瑟本身的肤色更深一些。腰带和饰品是亮闪闪的绿色石头，与此相对，他的头发则是蓝紫色的，就像高山上的石楠花。一圈骨环将头发束成马尾辫，从脑后垂到耳后。他似乎只比西蒙矮一点，但要瘦很多。话说回来，西蒙最近也很少看到自己的模样，只能在森林小湖中勉强分辨出大致的身形，说不定现在的他跟希瑟一样瘦，一样野蛮。但就算这样，那东西跟西蒙也有许多不同——比如头颈像鸟儿一样灵敏，比如关节流畅奇异的转动方式，再比如就算像小动物般身中陷阱，他身上依然带着某种掌控全局的逼人气势。这个希瑟，这个只出现在梦境里的生物，完全不像西蒙所知的任何东西。他看上去是那么可怕，那么令人毛骨悚然……确确实实是个异种。

"我……我不会伤害你。"西蒙总算能说话了，却发现自己的语气就像跟小孩子讲话似的，"不是我设的陷阱。"希瑟还是用月牙般的眸子恶狠狠地瞪着他。

西蒙这时却在惊奇地想，这个希瑟隐忍着多大的苦痛啊，双臂被吊得这么高……如果是我早就尖叫起来了！

俘虏背着一只箭囊，从左肩上方凸出，里面只剩两支箭。他脚下的草地上散落着另外几支箭，还有一把细细的黑木弓。

"如果我想办法帮你，你能保证不伤害我吗？"西蒙放慢语速，一字一句地问。"我，很饿。"他又补充了一句。希瑟什么都没说，但他看到西蒙往前踏出一步，便又蜷起双腿向前踢去。西蒙只好退了回来。

"该死的！"西蒙叫了起来，"我只想帮你一把！"但他为什么要帮呢？为什么要让这头恶狼从陷阱里逃脱呢？"你得……"他还想开口，又把接下来的话咽了回去。一个魁梧的黑影接近了，走路时发出飕飕的风声和树枝碎裂的声音。

"啊！它在这儿，在这儿……！"一个低沉的声音说。说话的是个留着一把胡子的脏兮兮的大汉，穿着打了不少补丁的厚重衣服，手里挥舞一把斧子，大步走了过来。

"喂，你……"他发现西蒙缩在一棵树后面，于是停下脚步。"嘿!"他吼了起来，"你是谁? 干吗的?"

西蒙低头看看满是凹痕的斧刃。"我……只是路过……我听到树丛里有声音……"他冲旁边那诡异的场景打了个手势，"我发现他在……在陷阱里。"

"老子的陷阱!"樵夫咧开嘴笑了，"陷阱是老子的，他就是老子的猎物。"说着，他转过身，背对西蒙，冷酷地盯着希瑟，"老子说过，哪个小偷敢再动老子的牛奶，我就要他好看! 老子说到做到!"他伸手推了推俘虏的肩膀，俘虏无助地前后摇晃，形成一道圆弧。希瑟口中又嘶嘶作响，但声音听来虚弱无力。樵夫大笑起来。

"圣树啊，他们自己偏要惹事! 偏要!"

"你……打算怎么处置他?"

"你说呢，小子? 上帝让幽灵、小鬼和妖怪落进咱们手里，你说怎么办? 用这把利斧送他们回地狱，就是这样!"

俘虏渐渐停止摇晃，缓缓地在黑色的绳索底部转圈，像被网住的苍蝇。他双眼看着地面，身子瘫软下来。

"杀了他?"虽然身子虚弱又痛苦，西蒙还是感到一阵冰冷的寒意。他勉力理清混乱的思路。"你要……可是不能这样! 不能! 他是……是个……"

"爱啥啥，反正不是好东西，肯定! 走开，外地人。在我的地盘，你管不着。我会决定这些鬼东西该往哪儿去。"大汉轻蔑地说，转头朝向希瑟，举起手中的斧子，动作就像劈柴似的。但这块木柴突然一个挺身，变成了不停挣扎、猛踢、嘶吼的野兽，奋力求生。樵夫的第一斧砍歪了，划破那张细瘦的脸庞，砍在手臂上，留下一道参差不齐的伤口。像人类一样鲜红的血液从伤口流出，滴落在纤细的下巴和脖子上。樵夫又挥起斧子。

西蒙双膝酸软，跪在地上，想找点什么东西阻止这场可怕的杀戮，让那人别再低吼诅咒，让被困的俘虏别再发出刺耳的咆哮，让自己的耳朵别再受折磨。恍惚中，他发现了地上的弓。可这弓比看上去还要轻，就像弓弦是绑在芦苇杆上似的。下一瞬间，他摸到一块半埋在土里的石头。西蒙用力把石头从泥土中拔起，高举过头顶。

"住手！"他大叫，"别砍他！"打成一团的二人没理睬他。大汉站在离陷阱一臂之遥的地方，猛砍旋转不停的对手，每斧子劈下都是小伤，但却斧斧见血。希瑟瘦弱的胸膛像风箱一样不住地起伏，不多久便耗尽了力气。

西蒙再也无法忍受这残酷的一幕，忍不住大吼一声，满带着漫长痛苦的逃亡中积累的怨气。他往前冲去，穿过空地，猛地跳起，举起石头狠狠地砸向大汉的后脑勺。树林间回荡起一声闷响，那人一下子瘫软下来，沉重的身体往前倾倒，先是膝盖，接着是脸，接着整个人倒在地上，一股鲜血从他发间淌了出来。西蒙盯着地上血淋淋的尸体，不由一阵反胃。他跪倒在地，想要呕吐，却只能吐出一点儿酸水。他头晕目眩，身体靠向潮湿的地面，觉得森林和周围的石头都在身边旋转不休。

当他终于恢复一些力气，便站起来，转向那个希瑟。俘虏还在绳索上轻轻摇摆着，破裂的外衣现出道道血痕，那对恶狠狠的双眼已经黯淡下来，就像眼里有道帘子，被放下来遮住了原本的光芒。西蒙像梦游一样，摇摇晃晃地拾起地上的斧子，从紧紧捆住希瑟的绳索--头一直望向挂在高枝上的另一头——西蒙实在够不着那么高。这时的他已经麻木到不再担忧害怕了，他用带豁的斧刃抵住希瑟背后的绳结。绳子绷紧时，精灵的身子缩了缩，但什么声音都没发出来。

经过很长一段时间的刮磨，滑溜溜的绳结终于断开。希瑟落到地上，双腿发颤，往前倒在樵夫一动不动的身体上。他翻滚了几下，像被烫到似的，躲开地上那具沉默的魁梧身躯。接着，他一手拿弓，一手开始收集散落在地上的箭矢。他抓着箭矢的手势就像握着花儿的长茎一样。最后，他停下来盯着西蒙，冷冰冰的眼里目光闪烁，让西蒙将嘴里的话硬生生咽了下去。在这短短一瞬间，希瑟不知忘了还是根本不在乎身上的伤，露出像惊呆的小鹿一般的模样，紧张又安静地站着。接着，他不见了，仿佛一道褐色和绿色交织的闪电消失在林间，把目瞪口呆的西蒙独自一人留在原处。

在他消失的地方，阳光还在树叶上浮动。这时，西蒙好像听到愤怒的小虫发出嗡的一声，面前掠过一道黑影，接着就看见身旁的大树上插着一支箭，抖动的箭身正在慢慢平复。这支箭离他的头不过一臂之遥。他麻木地看着它，心想下一支箭什么时候会射中自己。那是一支白色的箭矢，箭身和箭羽都像海鸥的翅膀一样白得发亮。他等着第二支箭射来，却一直没有等到。一棵棵树静静地立在周围一动不动。

度过了生命中最奇特又最糟糕的两周，又经历了最离奇的一天之后，照理说，西蒙应该不会再对陌生的声音感到惊讶。这个声音从身后黑暗的树林中传来，不像刚刚的希瑟，更不可能是像被砍倒的树一样躺在地上的樵夫。"拿着它。"声音说道，"那支箭，拿着，它属于你了。"

西蒙不应该再感到惊讶，却不知怎的还是被触动。他无助地倒在地上，开始哭泣，呜咽着大哭出声——因为精疲力竭和彻底的绝望。

"哦，群山之女啊。"陌生的声音说，"看来你情况不妙。"

宾拿比克

✿

西蒙抬起头，朝传来陌生声音的方向望去，含着泪水的双眼一下子瞪圆了。走来的竟是个小孩子。

不对，不是孩子，是个相当矮小的成年人，那颗长满黑发的脑袋可能还不及西蒙的肚脐高。细看过去，他的脸上确实带着几分孩子的特征——细眼睛，宽嘴巴，都向两边颧骨的方向延伸，看起来既单纯又好笑。

"这儿可不是哭鼻子的地方。"陌生人说，眼神从跪着的西蒙身上转开，简单地检视一下倒地的大汉，"而且嘛，哭鼻子也没多大用场——至少帮不上这个死掉的家伙。"

西蒙用破烂的衣袖擤擤鼻子，哽咽一声。陌生人走过来检查那支苍白的箭矢，它像一根幽灵枝丫，僵直地从西蒙脑袋旁的树干上刺了出来。

"你最好带上这个。"小个子男人说。他咧开嘴巴，露出蛤蟆似的笑容，西蒙甚至能看到他嘴里的黄牙。

他不是侏儒，不像西蒙在宫廷和鄂克斯特主干道上见过的那些小丑。这人胸膛宽阔，身体各部位都很匀称，一身行头很像瑞摩加人，上衣和绑腿好像用厚厚的动物毛皮缝制而成，毛领上露出一张圆脸，肩上背着一只很大的皮口袋，手里拿根手杖，像是用细长的骨头雕刻而成。

"原谅我多嘴，但你最好拿上这支箭。这是希瑟白翎箭，非常珍贵。它表示希瑟欠你一个人情，他们可是非常看重责任的种族。"

"你……是谁?"西蒙又抽咽一声,问道。他已经哭累了,就像石头上被洗衣棒反复捶打的衣服。就算这小个子从树林里咆哮冲出,手里还挥舞着刀子,恐怕他也做不出不同的反应了。

"我?"陌生人反问,他停顿了一会儿,好像这个问题要考虑很久,"和你一样,是个旅人,等会儿我很乐意详细介绍自己,但现在我们该走了。这个家伙……"他朝樵夫挥了挥手杖,"让他安静躺着反而更好。不过他的亲戚朋友发现人不见了,大概会找过来。我们留在这儿可不好。请拿上那支箭,跟我来吧。"

虽然满心怀疑和警惕,西蒙还是乖乖站了起来。此时此刻,怀疑和猜忌要花费太多精力,他已经没有力气时刻提防了——他甚至想就这样躺在地上安静地死掉算了。西蒙听话地从树干上拔下箭,小个子已经爬到小屋上方的高坡,到前头领路去了。那间屋子静静地立在原地,好像什么事都没有发生。

"可是……"西蒙气喘吁吁地跟着陌生人爬上山坡,他走得还真快,"……我们不用到屋里去一下?我……我快饿死了……说不定有吃的……"

小个子已经爬到坡顶,闻言转头,俯视着挣扎前行的年轻人。"太让我惊讶了!"他说,"你先是杀了他,接着又想洗劫他。我居然碰上了一个亡命之徒!"说完,他转身继续前进,钻进一片茂密的林木。

山顶另一边是片长长的和缓山坡。西蒙拖着双腿大步追赶,终于走到陌生人身旁,这才稍微放松下来,调整急促的呼吸。

"你是谁?我们要去哪里?"

奇怪的小个子男人没有看他,双眼专注地在林间游移,好像在寻找什么标记。不过这也不奇怪,深山老林里不管哪儿都一个模样。他走了约莫二十步,转头看着西蒙,脸上露出明朗的笑容。

"我的名字叫宾宾尼格伽本尼克,"他说,"但朋友们喜欢叫我宾拿比克。希望你以后也这样称呼我，当做我们友谊的象征。"

"这……好的。你从哪儿来？"他又抽了一声。

"我来自伊坎努克的矮怪一族。"宾拿比克回答，"伊坎努克位于北方那些常年风雪大作的群山间。你呢？"

回答之前，他先怀疑地打量对方一会儿。"我叫西蒙，从……鄂克斯特来。"他觉得一切发生得太快……就像在集市上遇见个过路人，事实上这里却是大森林，刚刚还有人丧生。圣乌瑟斯啊，他的头疼得好厉害！胃也剧痛不已。"那……我们要去哪里？"

"去我的营地。但我得先找到我的坐骑……准确地说，让她找到我。请别害怕，别被吓到。"

说着，宾拿比克将两根手指塞进宽阔的大嘴，吹出一声带颤音的悠长口哨。接着他又开口提醒道："记着，别吓坏了，别怕。"

西蒙来不及琢磨矮怪的话，就听灌木丛中发出烧柴火般的噼啪声。接着，一头巨狼突然冒了出来，像团毛茸茸的闪电，从惊呆的西蒙身边一跃而起，朝宾拿比克扑去。小小的身躯瞬间便被袭击者整个吞没。

"坎忒喀！"矮怪的声音被捂在毛皮里面，虽然模糊不清，但能听出话里的笑意。主人和坐骑继续在林地里嬉戏打闹。西蒙心不在焉地想，是不是城堡外的世界总是这样——莫非整个奥斯坦·亚德都是怪物和疯子的游乐园？

宾拿比克总算坐了起来，坎忒喀将大脑袋搁在主人腿上。"我离开她一整天了，就今天。"他解释说，"狼感情丰富，很容易寂寞。"坎忒喀张开大嘴打着哈欠。哪怕不算那层厚厚的灰色皮毛，她的身子也够庞大了。

"你怎么跟她玩都行。"宾拿比克大笑着说，"还可以挠挠她的鼻子。"

虽然有种身处非现实世界的感觉，西蒙认为自己还没失心疯到真去抚摸大狼的程度。他开口问："抱歉啊……您刚刚是不是说营地里有吃的？大人？"

矮怪大笑着用力站起，抓过手杖，"别叫大人——是宾拿比克！至于吃的嘛，答案是，有！我们会一起吃，你、我，还有坎忒喀。来吧。看你又虚弱又饥饿，我陪你一起走吧，不骑狼了。"

西蒙和矮怪结伴前行。坎忒喀有时陪两人走一段，但多数时候，她宁愿钻进茂密的灌木丛到处打转。有一次，她蹦跶着回来，粉红的长舌头不住地舔嘴巴。

"好嘛，"宾拿比克愉快地说，"有人已经吃完了！"

最后，西蒙被疼痛和疲倦折磨得不行，双腿累得迈不开步子，意识也模糊起来，宾拿比克的话最多只能听清开头几个词。此时他们来到一处小山谷，谷底的树木靠得并不密集，头顶的树冠却像帐篷一样。林地上一段倒下的树干旁，有一圈黑色的小石子。坎忒喀本来走在两人身旁，一到这儿便跳到前头，到处嗅来嗅去，查探一番。

"'Bhojujik mo qunquc。'这是我们的一句老话。"宾拿比克豪迈地朝空地大手一挥，"意思是，'只要没有熊，就算是到家。'"他领着西蒙走到一段木头边。小伙子累得立马瘫坐下去，不住地喘粗气。矮怪看着他，眼里露出担忧的神色。"呃，"宾拿比克说，"你不会又要哭了吧？会哭吗？"

"不哭了。"西蒙挤出虚弱的微笑，浑身的骨头沉得像石头，"我……我不想再哭了。我只是太饿、太累。保证不哭了。"

"看你累成这样。我先去生个火，然后快点做饭。"宾拿比克迅速收集了许多小树枝，在石圈中心将它们摆成一堆，"现在是春天，枝丫太潮湿。"他说，"好在有个简单的办法对付。"

矮怪解开肩上的皮袋，放在地上，在里面迅速翻找着什么东西。西蒙躺在一边，模糊不清的意识里，那蜷缩的身影更像个孩童——只见宾拿比克集中注意力，盯着包裹，嘴唇微张，双眼圆睁，活脱脱像个六岁小儿，正严肃地研究一只瘸腿的甲虫。

"啊哈！"矮怪终于说道，"在这儿呢。"他从袋子里抽出一个只有西蒙拇指大的袖珍小口袋，又从小袋子里捏出一点儿粉末，撒到青绿色的木柴上，接着从腰带中取出两块石头，敲打起来。石头间迸出一点火星，跳到盖着粉末的柴火上，没多久，一缕黄色的轻烟袅袅升起，再过一会儿，木头燃烧起来，篝火劈啪作响、令人惬意。虽然肚子很饿，但暖意却让西蒙昏昏欲睡，脑袋也越来越沉重，一点一点地垂了下去……等等——一阵恐惧突然令他惊醒过来，怎么能这样就睡着？自己可是在一个陌生人的营地里！他应该……应该……

"坐着暖暖身子吧，西蒙。"宾拿比克站起来拍打着双手，"我很快就回来。"

虽然脑子里有股深深的不安不断提醒自己——这矮怪要去哪儿？找他的同伙？还是他手下的土匪？可西蒙半分力气都提不上来，只好无声地任由宾拿比克走开。他的双眼盯着跳动的火焰，火舌仿佛闪光的花瓣……一朵在温暖夏风中摇曳的火红罂粟……

昏昏沉沉醒来之时，他发现那头灰狼的大脑袋正搭在自己腿上，宾拿比克则在篝火边忙忙碌碌。一头狼枕在腿上，似乎总有点不对劲，可西蒙的思绪一片混乱，感觉自己就像一具断线的木偶，丝毫动弹不得……算了吧，反正不是什么大不了的事。

再次醒来时，宾拿比克正将坎忒喀从自己腿上赶开，还递给他一杯热乎乎的东西。

"已经放凉了，可以直接喝。"矮怪说着，帮西蒙将杯子凑到嘴边。黏稠的肉汤美味极了，带着秋叶的香气。他一口气喝光了这杯野味汤，感觉汁液仿佛直接流进了血管，将森林的神秘力量注入体内，暖洋洋的。宾拿比克将杯子添满，他接过来又喝了个干净。这时，西蒙才注意到原本沉重的脖颈和关节已不再酸痛，反而轻松起来，身体里甚至有种清爽舒适的感觉，连带着沉甸甸的温暖睡意再次袭来。他又沉入梦乡，疲倦的耳中听到自己隐约的心跳，仿佛包裹在厚重的毯子里。

❀

　　西蒙基本可以肯定，刚到宾拿比克的营地时，离日落至少还有一个小时。可是，当他再次睁开眼睛，却发现林地上空已经抹上晨曦的亮光。他眨巴着眼睛，努力从梦境中清醒过来——梦里的是鸟吗？

　　戴着仿佛金色阳光般的项圈，长着一对明亮眼睛的鸟……一只虽然苍老但强大的鸟儿，眼里散发出睿智的光芒，看透了世事变迁……在鸟爪下，还躺着一条闪烁着虹光的漂亮鱼儿……

　　西蒙颤抖起来，将沉重的斗篷紧紧裹在身上，抬头看着穹顶般的枝叶。现在正是树木吐新芽的时节，在阳光照射下，嫩叶好似镶着金边的绿宝石。这时，一阵呻吟传来，他翻了个身，朝那个方向望去。

　　篝火边，宾拿比克盘腿坐着，身子轻柔地左右摇摆。他面前平坦的石头上，摆着一堆奇形怪状的惨白的东西——是骨头吧。矮怪嘴里发出奇怪的声音——是在唱歌吗？西蒙盯着他看了一阵子，还是猜不出小个子到底在干什么。世界真是奇妙啊！

　　"早上好。"终于，他开口打招呼说。宾拿比克仿佛心虚似的，一下子蹦了起来。

　　"啊！西蒙你醒啦！"矮怪扭头朝西蒙露齿一笑，手里迅速将面前的东西收拾起来，塞进打开的皮囊里，这才匆忙走到西蒙身边。"感觉怎么样？"他问道，弯下腰，将小小的粗糙的手掌放在西蒙的前额上，"你之前太累，确实需要好好睡一觉。"

　　"睡够了。"西蒙凑近那堆小小的篝火，"那是……什么味道？"

　　"一对斑鸠，今天早上它们特地来招待我们用餐。"宾拿比克微笑着，指了指篝火边两团用树叶包裹的东西，"还有新摘的莓子和坚果跟它作伴。我本该早点叫醒你好好享用，味道应该不错。哦，对了，稍等一下。"宾拿比克走回自己的皮囊旁边，取出两个形状细长的包裹。

"给你。"他将包裹递过来，"你的箭，还有这个。"——是莫吉纳的手稿——"你把它们塞在腰里，我怕你睡觉时不小心压坏了。"

刹那间，西蒙胸中涌出无限的猜忌。在自己睡迷糊的时候，医师的手稿竟被人拿走，这不得不让他紧张起来。他从矮怪手里一把抓过手稿，塞回自己的皮带。小个子那张欢乐的脸满是错愕。虽说小心谨慎总是没错，西蒙还是觉得有些不好意思，于是将包在薄布里的箭矢轻轻接过来。

"谢谢。"他说，语气仍然有些僵硬。宾拿比克那种被误解的神情还留在脸上。西蒙又是心虚又是迷惑，只好低头观察那支箭。之前还没有机会近距离好好看它，现在这个时候，他正好需要一件事让自己的双手和双眼忙碌起来，避免尴尬。

跟西蒙猜想的一样，箭矢没有上漆，应该是直接用白桦之类的木头雕刻出来，再安上雪白的羽毛制成的箭尾。箭镞用某种蓝白色的石头制成，是整支箭上唯一的颜色。西蒙掂量一下，就箭矢本身难以置信的坚韧来说，它真是非常轻巧。这时，记忆也回来了，西蒙知道自己永远都不会忘记那对猫一样的眼睛，不会忘记那惊人的敏捷身手，不会忘记那个希瑟。莫吉纳说的故事全是真的。

整支箭遍布精细的花纹，盘旋卷曲，星星点点，刻在白色的箭杆上。"全都是雕刻。"西蒙自言自语。

"是很重要的东西。"矮怪回应说，犹豫地伸出手，"让我看看，可以吗？"西蒙又是一阵羞愧，赶紧将箭矢递了出去。宾拿比克接过来，对着日光和火光，翻来覆去仔细观察。"这支箭有点年头了。"他斜睨双目，就像翻白眼，"现在你是这古董的持有者，西蒙，白翎箭从来不会轻易赠人。看起来，你这支箭是在土美汰制作的。希瑟销声匿迹之前，那儿曾是他们的要塞，大概在我家乡以东的冰层下面。"

"你怎么知道这么多？"西蒙问，"你能看懂这些字？"

"懂一点儿。有些东西，必须受过训练才能发现端倪。"

西蒙将箭矢拿回来，这一次握得更加小心翼翼："那我为什么应该带上它呢？你说它是用来还债的？"

"不，朋友。这是个标志，证明有人欠你一个情。你所要做的就是好好保管它。就算它没有其他用处，这么好看的东西，光是拿来欣赏也足够了。"

一层薄雾笼罩住树林和林中空地。西蒙将箭矢尖端朝下，靠着树干坐到篝火旁。宾拿比克用两根细棍把斑鸠从灰烬里钳出，将其中一只放在西蒙脚前的石头上。

"剥开外面的叶子。"矮怪指点说，"等稍微凉一会儿再吃。"对西蒙来说，遵守第二条实在相当困难，但他还是忍住了。

"你怎么弄到这些的？"他一边吃一边问，嘴里塞得鼓鼓囊囊，手指上也沾满了油脂。

"等会儿告诉你。"矮怪回答说。

宾拿比克用一根弯曲的小肋骨剔牙。西蒙则背靠树干，满足地打着饱嗝。

"圣母艾莱西亚，太棒了。"他感叹道。这么长时间以来，他还是第一次感到这世界没那么冷酷无情，"一旦肚子里装着东西，凡事都不一样了。"

"我也很高兴，你这么容易就恢复过来。"矮怪露出微笑，细细的鸟骨头散落四周。

西蒙拍了拍肚皮："现在我什么都不想管。"手肘碰到箭，箭身一晃差点落地，还好他眼疾手快扶住了。这个动作突然唤起一丝不快的记忆。"我甚至不觉得难过……就是昨天那个人。"

宾拿比克那棕色的眼睛看向西蒙，他继续剔着牙，前额却在鼻梁上皱成一团："什么不觉得难过？你是指那人的死，还是你杀了他这件事。"

"我不明白。"西蒙说，"这话是什么意思？有什么不同吗?"

"当然不同，就像大石头和小虫子，差太多了——但我应该让你自己想。"

"可是……"西蒙又糊涂了，"好吧，那家伙……是个坏蛋。"

"嗯……"宾拿比克点点头，但那姿态不像表示赞同，"这个世界确实有很多坏蛋，这点毫无疑问。"

"他会杀掉那个希瑟!"

"这也没错。"

西蒙绷着脸，盯着面前石头上吃剩的那堆鸟骨："我不明白。你到底想听我说什么?"

"你接下来想去哪儿。"矮怪将剔牙的骨头丢进篝火，站了起来。他真是矮得可以!

"什么?"西蒙总算听明白了小个子最后那句话，怀疑地盯着他。

"我想知道你接下来往哪里走，说不定咱们还能走一段。"宾拿比克的语气又慢又和缓，就像对一只可爱的老笨狗说话似的，"我想，太阳刚刚升起，用不着在这时候自寻烦恼。我们矮怪常说:'同夜间访客谈人生哲理，但不必留她过夜。'好啦，希望我的问题不会显得太唐突，能告诉我你想去哪儿吗?"

西蒙站起来，膝盖僵硬得像没上油的合叶。他再一次疑虑重重。小个子真像表面看来这样人畜无伤吗？他已经犯过一次错，信了不该相信的人——那个该死的修道士。可他还有别的选择吗？当然，他也不必什么实话都对矮怪讲，有个像他这样善于在野外生存的人当同伴显然有很多好处。小个子好像什么都懂，而且西蒙意识到自己确实渴望有个可以依赖的旅伴。

"我要往北走。"他决定冒个险,"去奈格利蒙。"他仔细观察矮怪的反应,"你呢?"

宾拿比克将几件工具塞进肩上的包裹。"我也打算一直北上。"他头也不抬地回答,"真巧,我们果然同路。"他抬起深色的双眼,"你要往北到奈格利蒙去? 真是怪了,那地方我最近刚听人说起过。"他的嘴唇弯出一个微妙的笑容。

"你听说过?"西蒙拾起白翎箭,装出一副满不在乎、只是思考怎么把这支箭带在身边的样子,"在哪儿?"

"我们还是先上路,边走边说吧。"矮怪露齿而笑,笑容真诚友好,露出一嘴黄牙,"我得叫上坎忒喀,她肯定正在吓唬附近的小动物呢。你可以先撒泡尿,一会儿就上路。"

西蒙把白翎箭叼在嘴里,听从了宾拿比克的建议。

群星之网

❀

双腿酸软，脚起水泡，身上裹着毯子，绝望之情又开始蔓延，身心饱受旅途的折磨，眼里带着惊惶畏缩的神色——这一切都没能逃过同伴那双锐利的眼睛。不过，这种恐惧并没有流露于表面，而是暂时在脑中转变成对往事的痛苦回忆。不请自来的同伴缓解了他背井离乡、无亲无友的空虚，至少，在西蒙自己能容许的范围内是这样。他还是心存疑虑，将大部分情感和想法隐藏在心里，不愿再次冒险，不想再失去。

清晨，四处鸟鸣啾啾，两人艰难地穿过冷飕飕的森林。宾拿比克对西蒙解释说，他家在伊坎努克山峦上，每年大概下山一次，从东赫尼斯第到爱克兰"办事"。西蒙暗自猜测他是来做贸易的。

"可是，唉！年轻的朋友，今年春天哪儿都不安生啊！每个人都愁容满面，忧虑重重！"宾拿比克挥舞双手，模仿人类的模样，"边境的人们都不怎么喜欢国王，对吧？赫尼斯第人更是怕他怕得厉害。其他地方也是，饥荒和怨愤如影相随。人们吓得不敢走动，大路上也不再安全。不过嘛，"他咧开嘴笑了，"如果你想听真话，其实那些路一直不安全，至少偏僻的路段都是。但是，奥斯坦·亚德北部的情况确实越来越糟。"

西蒙正仔细观察一束束投在树干间的正午阳光。"你去过南方？"他总算回了一句。

"如果'南方'指的是爱克兰以南，那么，是的，去过一两次。但你要知道，在我的族人看来，只要离开伊坎努克，都算是'去南方'了。"

这番话并没有吸引西蒙的注意："你是一个人去南方吗？那……那……坎武喀有没有跟你一起去？"

宾拿比克再次露出笑容："没有。那是很久以前的事了，我的狼朋友还没出生呢，那时我才……"

"你是怎么……怎么得到这只狼的？"西蒙插嘴问。宾拿比克发出一声恼火的唏嘘。

"回答一个问题，还总是被人再用问题打断，那答起来可就难了。"

西蒙想作出认错的样子，可又陶醉在春天中，仿佛鸟儿正在感受羽毛间掠过的轻风。"对不起。"他说，"有人也这样说过……一个朋友……他说我问题太多了。"

"不是'太多了'。"宾拿比克一边说，一边用手杖拨开垂落下来的树枝，"是'一个接一个不停地问'。"矮怪发出短促的笑声，"那么，你想让我先回答哪个？"

"啊，随便哪个都行，你来决定。"西蒙诺诺应声，话音刚落，矮怪用手杖轻轻敲了一下他的手腕，吓得他跳了起来。

"我更希望你别阿谀谄媚。人们在集市卖伪劣商品时才会那副德性。比起这样子，我宁愿你无休无止地问一大堆蠢问题。"

"阿……阿谀……？"

"阿谀谄媚。意思是顺着别人的意思，说讨好的话。在伊坎努克，我们说：'油嘴滑舌的人应该去舔雪地靴。'"

"什么意思？"

"意思是说，我们不喜欢圆滑狡诈的人。好啦，不用介意！"宾拿比克仰头大笑，黑色的头发飞舞起来，眯成细缝的眼睛几乎消失在圆圆的脸蛋和眉毛中间，"不用介意啦！我们已经走得太远，像迷路的匹克派格——我是说，话题扯太远。停，别再提问题了。先找个地方歇会儿，我再告诉你当初是怎么遇见坎试喀的。"

他们选了一块巨大的花岗岩。它凸出地表，直立在森林中，像只布满斑点的拳头，阳光洒在它高处的半截。小伙子和矮怪爬了上去，森林静静地围绕在四周，刚刚带起的尘土又慢慢落下。宾拿比克把手伸进皮囊，拿出一条肉干和一袋味道不浓的酸葡萄酒。西蒙嚼着肉干，踢掉鞋子，在阳光下活动酸痛的脚趾。宾拿比克审视着那双鞋。

"我们得再找双鞋。"他戳了戳发黑破烂的皮革，"要是一个人的脚受了伤，那他的灵魂也岌岌可危了。"

听了这话，西蒙笑了起来。

森林万籁无声。在古老之心生机盎然的绿意中，他们沉默了一会儿。"好吧，"矮怪终于开口说，"首先你要知道，我们这一族并不讨厌狼——虽然也不至于把它们当朋友。矮怪和野狼比邻而居数千年，多数时候，我们和它们两不相干。

"客气一点地说，我们的邻居，也就是浑身长毛的瑞摩加人，觉得狼是一种危险的动物，狡猾且不可信任。你应该挺熟悉他们吧？"

"是吧。"西蒙很高兴自己还是知道一点，"他们常常到海……"他意识到自己口误，"到鄂克斯特来。我还跟不少人聊过天。他们喜欢留长胡子。"他补充道，显示自己知识丰富。

"嗯，总之，我们住在高山上，我们坎努克人——我们矮怪——不杀狼，因此瑞摩加人以为我们是狼妖。那些冻得疯疯癫癫、嗜血好杀的脑袋啊。"宾拿比克一副又好气又好笑的表情，"他们认为矮怪是邪恶的魔法生物。他们还很好战，克鲁祸和我的族人之间爆发过很多很多血腥的战争——我们坎努克人叫他们克鲁祸。"

"真叫人难过。"西蒙说，想到自己一直尊敬老公爵艾奎纳，不由有些心虚。虽然大家都知道公爵脾气暴躁，但在印象中，他不像是会屠戮无辜矮怪的人啊。

"难过？你用不着难过。至于我嘛，现在想来，瑞摩加人不管男女都那么笨拙，长那么高一定很辛苦，但我不觉得他们很邪恶，或者该死。唉。"他叹了口气，摇摇头，活像一个满脑学问的牧师，一不小心闯进了没有出口的小酒馆，"对我来说，瑞摩加人是个难解的谜。"

"那狼呢?"西蒙刚问出口，心里马上责备自己又打断别人的话头。不过这次宾拿比克没有理会。

"我们一族住在崎岖的岷塔霍，瑞摩加人把那一带的山脉叫做矮怪落。我们一般骑步子灵敏的长毛山羊，从羊羔开始饲养，一直养到能在山间载人行进。西蒙，这个世界上没有什么事能跟当一名伊坎努克的山羊骑手相比。骑在坐骑背上，在世界的脊背上跳跃穿行……山上有些裂缝深不见底，丢块石头下去要很久才能听到声音，那样的裂缝，只需轻轻一跳，就能越过去……"

宾拿比克微笑起来，愉快地回想着。西蒙在脑海里勾画出高山上的景象，突然有点头晕目眩，双手赶紧撑住石头。他往下看去，还好，离地只有一人高。

"我刚发现坎忒喀时，她还是只小狼崽。"宾拿比克接着说，"她母亲大概被猎杀了，也有可能饿死了。雪地里，一点黑鼻头暴露了她。被发现以后，她一直朝我吼个不停。"他微笑着，"她现在是灰色的没错，狼嘛，像人一样，长大了也会改变毛色。总之，那时候……我被她奋力抵抗的精神感动，就把她带回家。我的师傅……"宾拿比克顿了顿，只听松鸦的尖叫声回荡在四周，"我师傅说，既然把她从冰雪女神瑾瑾奇琶手里接了过来，那我必须负上作父母的责任。朋友觉得我做事欠考虑。啊哈！我说，我一定会将小狼训练得跟长角的羊一样，成为一头坐骑。但没人相信我——之前从没有人试过。但没有先例的事太多……"

"你师傅是谁啊?"暖融融的阳光里，坎忒喀正在两人脚下睡觉。她挥动四肢，翻了个身，肚皮朝天，露出厚厚的白色毛皮，就像国王的披风。

"这个嘛，西蒙，是另外一个故事了，以后再讲。我要先把这个故事讲完。总之，我确实教会坎忒喀怎么驮我。教她这些事情……"他撅起上唇，"算是个有趣的经历吧。反正我不后悔。我常常到处旅行，多过其他族人。山羊虽然擅长跳来跳去，脑容量却很小。狼则非常聪明，而且像欠你钱似的，总是忠实地跟着你。狼一旦有了伴侣，你知道吗，是会终生厮守的。坎忒喀是我的朋友，比羊羔好太多了。对吧，坎忒喀？对不对？"

大灰狼闻声坐起，用大大的黄眼睛看着宾拿比克，摇晃一下脑袋，报以一声短促的吠叫。

"看到了吧？"矮怪笑了起来，"来吧，西蒙。我想，我们最好趁太阳还挂在天上时继续赶路。"他滑下大石，小伙子也跟着照做。落地后，他单脚跳着，把鞋子套到脚上。

下午很快就过去了。他们踏着沉重的脚步，穿过密集的丛林，宾拿比克还一直回答着各种问题，主要是关于他以前的旅行经历，那些地方西蒙只在白日梦中游历过。他绘声绘色地形容：冰封的岷塔霍上，夏日阳光仿佛巧手的珠宝匠，将整个地方刻得晶莹剔透；还有这座阿德席特大森林的北部，有个静悄悄的冰雪世界，雪白的树木中生活着奇异的动物；在瑞摩加消息闭塞的小村庄，人们连圣王约翰和宫廷都没怎么听说过，他们满脸胡须，桀骜不驯，依偎在高山的阴影里生火取暖，哪怕他们当中最勇敢的人，也对夜里呼啸而过的黑影心存畏惧。他还讲到传说中的赫尼斯第秘密金矿，要通过蛇一样蜿蜒曲折的密道才能抵达，据说密道位于格兰玻黑漆漆的山脉下。他又谈起赫尼斯第人，那是一群天马行空的异教徒，他们的神灵居住在蓝天绿地和顽石间——在所有人类当中，数他们最了解希瑟。

"希瑟真的存在……"西蒙小声说。他带着惊奇，也带着恐惧，回忆起发生过的事，"医师说的没错啊。"

宾拿比克扬起半边眉毛，"希瑟当然真的存在。你是不是以为他们会坐在森林里，也好奇地想人类是不是真的存在？别傻了！和他们相比，人类才是新物种——只是这个新物种重创了他们。"

"因为我以前从没见过啊！"

"你也从没见过我和我的族人。"宾拿比克回答，"你也从来没见过珀都因、纳班，或者色雷辛草原……那是不是说明，这些也都不存在？你们爱克兰人还是真是傻头傻脑的！一个真正聪明的人不会坐等世界来找他，为他一点一点揭示真相！"矮怪的目光一直朝前方望去，眉头紧锁。西蒙担心自己是不是冒犯了他。

"那，聪明的人应该怎么做呢？"他带着一丝挑战意味，问道。

"聪明人不会等待世界向自己证明何为真实。一个人在未亲身体验之前，怎么能自认为正确呢？师傅教过我——虽然我也不敢保证完全理解了他的意思，大致是说，凡是听来的消息，你就没有资格去评判。"

"抱歉，宾拿比克，"西蒙踢中一颗橡果，果子往远处滚去，"我只是一个小厮——在厨房干活的小鬼。你说的那些话，跟我沾不上边。"

"啊哈！"宾拿比克动作敏捷，靠过来用手杖重重敲了一下西蒙的脚踝，"这是个好例子，正好！啊哈！"矮怪摇晃着小拳头。坎忒喀以为在呼唤自己，跑过来绕着二人打转，他们只好停下脚步，免得被窜来窜去的狼绊倒。

"Hinik，坎忒喀！"宾拿比克嘘道。她往旁边一跳，像驯服的城堡猎犬一样晃起尾巴。"好吧，西蒙。"矮怪说，"希望你不要介意我刚刚的大喊大叫，不过你确实说到点子上了。"他举起手，阻止西蒙开口提问。小伙子看着矮怪一脸认真严肃的表情，嘴角不由上翘起来。"首先，"宾拿比克说，"小厮不是鱼卵生的，也不是鸡蛋孵的。

他们完全有能力像最聪明的人一样想问题，前提是他们自己有这个意愿，不把'我不能'或'我不行'常挂在嘴边。这样吧，我还是详细解释一下好了，你不介意吧？"

西蒙被逗乐了，完全不介意自己的脚踝被敲了一下——反正也不怎么痛。"请吧，请解释解释。"

"那好，我们把知识比作一条河流。如果你是一块布，该怎样吸取更多的水呢——是被人抓着，蘸点水就拿开，还是自己心甘情愿地跳进水里，让水没过全身，围绕着你，将你浸透？你说呢？"

日光倾斜，天色渐晚。想到自己被丢进冰冷的水里，西蒙不由一阵颤抖："我想……我想还是应该被浸透，才能更了解水。"

"太对了！"宾拿比克高兴地说，"太对了！看来你已领会了这堂课的要点。"矮怪继续往前走。

实际上，西蒙已经忘记问了什么问题，不过他不在乎。这小个子有种吸引人的魅力——幽默中透着真诚。西蒙觉得自己正被一双温暖的手照料，虽然是一双小手。

他们艰难地朝太阳的方向前行，落日的余晖扑面而来，显而易见他们正在往西。一缕耀眼的光芒穿过叶片间的缝隙照在眼睛上，让西蒙晕晕乎乎、脚步不稳，眼前的森林闪烁着大片光斑。他问宾拿比克，他们是否正向西而行。

"哦，是。"矮怪回答说，"我们正朝着小闹走，不过今天到不了，过会儿我们就停下休息，扎营吃饭。"

西蒙很高兴听到这话，但不忘继续问道——毕竟，这也是属于他的冒险。"小闹是什么？"

"哦，那地方不危险，西蒙。巍轮山南部的丘陵在那边形成一个马蹄形的凹陷，离巍轮路也很近。不过正如我所说，今天是到不了的。我们在附近找个地方扎营吧。"

又走了几弗隆，他们找到一块不错的地点——一条林中小溪，岸上有堆大石头。溪流静静冲刷着沿岸鸽灰色的圆石，喧闹地拍打垂进水中的弯树枝，最后消失在几码开外的灌木丛中。溪边立着一排山杨树，硬币般圆圆的绿叶随入夜前的风轻轻摆动，发出柔和的沙沙声。

两人很快在溪边找了些干燥的石头，堆起火圈。坎忒喀很感兴趣似的看着他们干活，二人用力把石头搬到指定的位置时，她总是冲到石头旁，又是咆哮又是撕咬。不多会儿，矮怪便生起火，火焰在夕照中苍白地跳跃着。

"现在，西蒙，"他用手肘推了推一直捣乱的坎忒喀，大狼只好不情不愿地蹲在一旁，"该打猎了。先找找哪儿有适合作晚餐的鸟，我再给你露一手。"他搓着双手说。

"可我们该怎么抓鸟呢？"西蒙看着汗津津的手中的白翎箭，"朝鸟儿丢箭吗？"

宾拿比克哈哈大笑，拍打着膝盖上的兽皮，"你这小厮的脑子还真有趣！不会的，不会的，我让你看几个聪明的小把戏。你要知道，在我生活的地方，每年只有很短一段时间能抓到鸟。到了严冬，连一只鸟都看不到，除了那些在云端里穿梭、从山顶一直飞去东北荒原的雪雁。但我曾到南边旅行，有些地方的人一年到头都猎鸟吃鸟，我在他们那儿学了几招，待会儿让你见识见识！"

宾拿比克拿起手杖，招呼西蒙跟上。坎忒喀也跳了过来，但矮怪挥手把她赶开了。

"Hinik aia，老伙计。"他和善地说。她的耳朵抖动着，前额的灰毛皱了起来。"我们要悄悄行动，你的大爪子帮不上忙。"大狼没精打采地转身，回到篝火边趴下。"不是说她不懂怎么悄悄行动，"矮怪对西蒙说，"但要她自己愿意才行。"

二人穿过小溪，走进灌木丛，没多久便又踏入森林深处，身后的流水声轻得像窃窃私语。宾拿比克蹲下来，让西蒙也照做。

"我们准备开工。"他说着，用力一扭手杖，手杖竟然分成两半。西蒙这才发现，分开的两截手杖短的那一截是刀柄，刀刃则藏在另外半截的空心里。矮怪把长的那截颠倒过来，摇了摇，一只小皮袋滑到地上。接着，他从手杖另一头拆下一片，长的那截便成了一根空心的管子。西蒙看着，笑了出来。

"好厉害啊！"他叫道，"像变魔术一样。"

宾拿比克一本正经地点点头："小包裹有大惊喜——坎努克的信条，是这么讲！"他举起圆柄骨刀，在空管上戳戳刺刺。接着，又一支骨管滑了出来，矮怪伸手接住。当他查看这支小管时，西蒙发现管子一侧有排小孔。

"这是……笛子？"

"是啊，笛子。没有音乐，晚餐怎么能算完整呢？"宾拿比克将乐器放到一边，用刀尖戳了戳小皮袋，打开来，只见里面是块压得实实的羊毛块，还有一根更细的管子，长度跟手指差不多。

"越来越小了，是不是？"矮怪扭开管子让西蒙看，里面装满许多用骨头或象牙做的细镖。西蒙伸手想摸摸，宾拿比克眼疾手快，赶紧挪开了管子。

"小心，不能碰。"他说，"只能看。"他用大拇指和食指小心翼翼地钳出一支飞镖，举到快消失的黄昏夕照中，只见刃尖上涂着某种黏稠的黑黑的东西。

"有毒？"西蒙倒吸一口冷气。宾拿比克严肃地点点头，眼里却散发出兴奋的光。

"没错。"他说，"但不是所有飞镖都淬了毒——捕鸟不需要用毒，那会破坏肉味的鲜美——但光凭一支小飞镖没法阻止大熊或其他体型庞大的动物。"他松开手，让毒镖落回管子，又挑出一支没有喂毒的。

"你用飞镖杀过熊？"西蒙满心惊讶地问。

"是啊，杀过——不过聪明的矮怪不会待在原地看着熊死掉。你知道的，毒药不会立刻发挥作用，而熊的身子可大了。"

说着，宾拿比克拿起小刀，在粗糙的羊毛块上划了一下，用手撕开粘连的纤维。接着就像楼上的女仆莎拉缝补衣服那样，手指灵巧地上下翻飞，西蒙还没想明白其中的奥妙，又被另一道工序吸引住了。宾拿比克把线飞快地缠在飞镖底部，一圈一圈交叠往上绕线，最后缠成了一团毛线球。完成之后，他将飞镖连刃带线团塞进中空的手杖，其他飞镖则原封不动放回袋子，系在腰带上，最后把手杖拆下来的其他部分交给西蒙。

"如果不麻烦的话，请你帮忙拿一下。"他说，"我在这儿没见到几只鸟，按理说这会儿它们应该忙着各处找虫子吃。说不定最后只能逮只松鼠——当然松鼠也挺好吃。"他一边越过倒下的树干，一边飞快地解释说，"猎鸟要非常小心，还要有丰富的经验。待会儿你看到飞镖打中目标，就会明白我的意思了。我喜欢会飞的东西，也喜欢它们急速跳动的小心脏。"

后来，在叶片沙沙作响的春夜里，西蒙和小矮怪懒洋洋地坐在营火边，消化丰盛的晚餐——两只鸽子外加一只肥松鼠。西蒙还在思考宾拿比克说过的话，他很奇怪，自己慢慢地和一个人交上了朋友，却发现对这人的了解竟如此之少。另外，矮怪为什么会喜爱将要被杀死的猎物呢？

显然，我对那个血腥的樵夫可没有这种感觉，他想。那人恐怕也会杀掉我，就像他杀掉希瑟那样利索。

可是，他真的会吗？他真会用斧子砍西蒙吗？也许不会吧——他以为希瑟是魔鬼。他当时背对着西蒙，如果真把西蒙当成敌人，他是不会那么做的。

不知他有没有老婆？西蒙突然想。他有没有孩子？他是个坏人啊！但坏人一样可以有孩子——埃利加国王也有个女儿。如果父亲死了，她会不会难过？我当然不会难过，我也不会为了那个樵夫之死而难过，但要是他的家人发现他那样子死在森林里，我会为他们难过。真希望他没有家人，是独身一人，孤零零地在森林里生活……一个人在森林里……

西蒙突然坐起，满心恐惧，觉得自己孤身一人，无依无靠……但其实不是。宾拿比克就坐在河岸边，嘴里喃喃自语。西蒙一下子觉得，这小个子能出现，实在太好了。

"宾拿比克，谢谢……谢谢你的晚餐。"

矮怪转头看他，嘴角泛起一丝微笑："我也很高兴能给你弄顿好吃的。你现在看到南方人是怎么使飞镖了，想不想学一手？"

"太想了！"

"很好。我明天教你怎么用飞镖——说不定下一次就是你给我们找晚餐材料了，嗯？"

"我们……"西蒙拾起一根树枝拨弄火炭，"我们还能一起旅行多久？"

矮怪闭上眼睛，往后仰躺，用手挠挠长满黑发的脑袋，"这个，至少一段时间吧，我想。你要去奈格利蒙，是吧？那我至少会跟你一起走到大盆地。你觉得如何？"

"好啊！……嗯，好。"西蒙放心多了，也往后靠去，在火炭前晃着裸露的脚趾。

"不过，"宾拿比克在旁边说，"我还是不明白你干吗非去那儿不可。我听说奈格利蒙在招兵买马，还有流言提到约书亚王子。我之前虽然在偏僻的地方旅行，但也听说他不见了。这次又有人说他躲在奈格利蒙积极备战，对抗他的国王哥哥。你听过这些消息吗？我就是多嘴问一句，你真要去那儿？"

西蒙刚稳下来的心瞬间动摇了。他只是个子小罢了，他暗自责备自己说，又不是傻子。他深呼吸几次，回答说："你说的那些我都不大了解，宾拿比克，我父母都过世了，但是……我有个朋友在奈格利蒙……他是个琴师。"这些都是实话，可他会信吗？

"嗯。"宾拿比克连眼皮都没抬，"可是，比起戒备森严的要塞，还有很多更好的选择。当然，你很勇敢，孤身在外闯荡，只是我们有句老话：'勇敢和愚蠢总是形影不离。'要是你发觉当初想去的地方已经不太适合自己，也可以来我们伊坎努克生活。你可以做个像铁塔一样高大的矮怪！"宾拿比克咯咯傻笑起来，尖细的声音听起来像松鼠。西蒙心里虽还有些紧张，但也跟着笑了起来。

篝火暗淡下来，四周的森林渐渐隐成一片模糊不清的暗影。西蒙将斗篷紧紧裹在身上，宾拿比克则心不在焉地用手指抚摸笛子上的小孔，眼睛盯着被树林分割成一片一片、仿佛天鹅绒般的天空。

"看！"他抬起头，伸出笛子指着夜空，"看到了吗？"

西蒙将头往小个子那边凑了凑，但天上除了星星什么都没有。"我什么都没看到。"

"你看不到那张网？"

"什么网？"

宾拿比克用怪异的眼神看着他，"你在箱子一样的城堡里什么都没学到？那是麻津美麓之网。"

"谁？"

"啊哈。"宾拿比克又将头缩了回去，"那些星星。在你眼前飘浮的那一片繁星就是麻津美麓之网。根据传说，她撒下这张网，好抓住逃走的丈夫伊西岐。我们坎努克人叫她塞达——黑暗之母。"

西蒙注视着头顶上空微弱的星光。整片天空就像一块厚厚的黑布，将奥斯坦·亚德和其他光明的世界分隔开来，而星星就像是布上最薄的地方，透出点点光线来。他眯起眼，看到星光组成一个扇形。

"光太暗了。"

"说得对，天空不够清澈。据说麻津美麓更喜欢这样的天气。要是天气晴朗，她镶嵌在网上的珠宝就会发出明亮的光，让伊西岐远远就能看到、逃走。话说回来，虽然有那么多乌云密布的夜晚，她也从来没能抓到他……"

西蒙眯起眼睛看着，"马间……麻鹿……"

"麻津美麓。月亮女神麻津美麓。"

"你刚刚说过，你的族人叫她……塞达?"

"没错。坎努克人相信，她是万物之母。"

西蒙思索一会儿，"那为什么你们叫它，"他指向天空"'麻津美麓之网'，而不是'塞达之网'?"

宾拿比克扬起眉毛，微笑着说："问得好。我的族人确实也这么说，不过我们是叫它'塞达的毯子'。我还到过很多地方，知道这张网有各种别称。毕竟，希瑟才是这片大陆的第一任主人，也是他们在很久很久以前，第一次给这些星星取了名字。"

矮怪坐了一会儿，跟西蒙一起抬头仰望笼罩在世界上方的黑色幕布。"我想到了。"他突然说，"我给你唱首关于塞达的歌怎么样——就唱一部分吧，毕竟这首歌实在太长。我献丑了啊?"

"好啊!"西蒙更用力地把自己裹在斗篷里，"请唱吧!"

之前一直躺在矮怪腿上打呼噜的坎式喀突然醒了，她抬起头，看看这个又望望那个，低沉地咆哮了一声。宾拿比克四下环顾，还眯缝起眼睛打量了一番篝火对面影影绰绰的树丛。过了一会儿，坎式喀没发现什么异样，于是用大脑袋挤了挤宾拿比克，让自己躺得更舒服些，又闭上了眼睛。宾拿比克拍拍她，拿起长笛，试着吹了几声。

"你明白的，"他说，"这只是整首歌的一小部分。有些地方我会解释给你听。塞达的丈夫，希瑟叫他伊西岐，我们则叫他奇卡苏特，他是百鸟之王……"

接着，矮怪一脸严肃，嘴里发出高亢的音节，声音出人意外地悦耳，就像高处呼啸而过的风声。每唱完一句，他都会停下，吹奏一段笛子。

"源头天洞名沱辉，
河水汩汩永流淌，
洞穴高悬又闪亮，
洞中塞达纺纱忙。
天神之女掌黑暗，
皮肤苍白黑发长。

百鸟之王正翱翔，
身姿翩跹星路上。
星路迷人又闪亮，
一见塞达钟情肠。
奇卡苏特见了她，
非她不娶誓言下。

请将女儿交给我。
美丽人儿擅纺纱，
纺锤流出细丝线。
奇卡苏特诉直言，
华丽衣裳已齐备，
千万毛羽根根缀。

话语落进沱辉耳，
字字珠玑句句美。
百鸟之王多财宝，
这门亲事正合适。

> 塞达之父满口应,
>
> 贪得无厌老沱辉。"

　　"然后,"宾拿比克用平常说话的声音解释说,"天空之神老沱辉就把女儿卖给了奇卡苏特,自己则得到一件羽毛斗篷,他要用那件斗篷来做云彩。就这样,塞达不得不跟随丈夫到山巅另一边的国度去成婚,成为百鸟之后。但这桩婚姻几乎没有幸福可言。奇卡苏特很快就对妻子不理不睬,只在吃饭和朝塞达撒气时才回家。"矮怪轻轻笑了,用毛皮衣领擦了擦笛子,"哎呀,西蒙,这个故事真是太长了……然后,塞达找到一个巫婆问计,那女人说,如果她能怀上孩子,就能唤回奇卡苏特的心。"

　　"巫婆还给了她一道用骨头、伪茜和黑雪制成的符咒,于是塞达果然怀孕,生了九个孩子。可奇卡苏特仍然不肯回心转意,还放话说要将孩子从她身边带走,让他们得到更好的教育,免得被塞达培养成无用的月之子民。

　　"这些话传到耳中之后,塞达便把最小的两个孩子藏了起来。奇卡苏特前来带走孩子,问她怎么有两个不见了。塞达告诉他,那两个孩子已经病死。他就这样头也不回地带着其他孩子离开了,而她只剩无尽的诅咒。"

　　他又唱了起来:

> "奇卡苏特双翼展,
>
> 塞达眼泪滴滴落。
>
> 母亲悲泣声声哀,
>
> 骨肉分离何其悲。
>
> 九子如今剩一双,
>
> 名唤霖季与雅娜。

> 天空之神两孙儿，
> 月亮女神孪生子。
> 不为人知身子瘦，
> 雅娜霖季悄成长。
> 远离生父躲藏忙，
> 死亡爪下护周全……"

"听懂了吧。"唱到一半，宾拿比克停了下来，"塞达不想让她的孩子像鸟儿和野兽一样死去。他们是她的全部，也是她最后的依靠……

> "塞达哀思宛如潮，
> 孤独寂寞遭背叛。
> 满腔爱恋化悲愤，
> 珍藏珠宝倾囊出。
> 奇卡苏特从前赠，
> 如今粒粒大网镶。
>
> 巍峨山脉峰顶高，
> 满心黑暗塞达至。
> 厚厚毯子新织成，
> 甩手高抛覆夜空。
> 设陷专为负心汉，
> 冷酷无情抢她儿。"

宾拿比克慢慢地摇头晃脑，吹了一段优美的颤音，这才将长笛放下。"西蒙，这首歌非常长，但唱的全是至关重要的大事。接着还会唱到那两个孩子，霖季和雅娜的故事。他们要在月亮之死和鸟儿之死中间挑选一个——月亮之死，就像你看到的，虽然落下但还会照常升起；鸟儿之死，虽然死去但留下了鸟蛋，也会世世代代延续下去。我们矮怪认为，雅娜选择了月亮之死，最后成为希瑟的女宗长——就像是老祖母那样。凡人们，包括我和你，西蒙，则继承了霖季的血脉。这首歌非常非常长……要是以后有机会，你想慢慢听完吗?"

西蒙没有回答。听着歌唱月亮的曲子，吹着羽毛般轻柔的夜风，他早已沉入了梦乡。

圣宏德朗之血

❀

西蒙觉得只要一张嘴说话，甚至深呼吸，嘴里就会塞满叶片。无论他怎么摇晃脑袋，怎么低头躲闪，都避不开劈头盖脸扑过来的枝丫，它们就像一双双贪婪小孩的手。

"宾拿比克！"他抱怨道，"我们干吗不走大路？我都快被撕碎了！"

"别抱怨个不停了。我们很快就会往路那边走。"

看着短小精悍的矮怪在树丛间灵活穿梭，西蒙不由恼火起来。他当然轻松了！紧密排列的树木在宾拿比克面前似乎变得柔和起来，矮怪轻松优雅地穿过厚厚的灌木，而西蒙只能磕磕绊绊地跟在后面。就算是坎试喀都能在林中跳跃前行，只留下身后一道浅浅的叶浪。西蒙觉得半个古老之心都在对他使坏，用枝丫和荆棘不断挡住他的去路。

"可是，我们干吗要走这条路？在森林边上走大路，肯定比现在一寸一寸慢慢挪快得多！"

宾拿比克吹响口哨，大狼闻声跑得无影无踪，没多久又回来了。矮怪一边抚摸她脖子上厚厚的皮毛，一边等西蒙赶上来。

"西蒙，你说的大部分都对。"等年轻人终于挣扎到跟前，他才说，"看这情况，走大路也许更省时间，可是嘛，"他举起一根粗短的手指，告诫说，"我们要考虑的可不只是时间。"

西蒙知道矮怪正在等自己发问，可他偏不。他站在小个子旁边，一边喘气，一边检查身上的新伤口。矮怪意识到西蒙这次没有上当，于是笑了起来。

"'为什么？'你很好奇吧？'还要考虑什么？'答案就在我们周围，在每一棵树上，每一块石头底下。去感觉！去嗅探！"

西蒙苦恼地环视四周，目所能及都是树和荆棘丛，以及更多的树。他呻吟起来。

"不对，不对，你总不至于什么都感觉不到吧？"宾拿比克高声说，"你以前都学什么了？在那座大大的石头蚁穴里……不对，那个叫……城堡？"

西蒙抬起头："我从没说我在城堡生活过。"

"你早就表露得一清二楚了。"宾拿比克飞快地转过脸，看着他们经过的那条几乎无法分辨的兽径。"你看，"他用夸张的声音说，"这片大地就像一本你要细读的书。每一个细节，"他露出得意的微笑，"都藏着故事。树木、叶子、苔藓和石头，这一切事物上都写着令人向往的……"

"哦，艾莱西亚啊，别说了。"西蒙呻吟着坐了下去，脑袋搁在膝盖上，"这会儿你就别念叨什么森林的书了，宾拿比克，我脚痛，头也痛。"

宾拿比克弯下腰，圆脸快要挨到西蒙的脸了。仔细观察一阵小伙子挂满荆棘的头发，他又站直了身子。

"我想咱们还是歇会儿吧。"他努力掩饰失望之情，"等会儿再跟你讨论这个话题。"

"谢啦。"西蒙把头靠在膝盖上，嘟囔道。

扎营时，西蒙恰好睡着了，躲过了为晚饭准备食材的任务。宾拿比克瞧他这个样子，只是耸耸肩，拿出水囊和酒囊各灌一大口，到营地外围简单地转了一圈。坎试喀在他周围警惕地嗅来嗅去。吃了不知什么东西的肉做的晚餐之后，趁西蒙还在熟睡，矮怪又摆弄起那些骨头。第一次掷出了无翅鸟、鱼叉和暗道的图案。他不满意，于是闭上眼睛，哼了一段不成曲的小调。夜色渐浓，周围的小虫子们也慢慢应和着唱了起来。他又投掷一次，这回，前面两个分别变成洞口火炬和怯羊，但最后仍然还是暗道的图案，那些骨头交叠在一起，就像吃剩的残渣。不能光凭骨头就急急忙忙下决定——师傅早就教过他这一点了。宾拿比克将手杖和包裹紧挨在身边，努力强迫自己入睡，总算睡着了。

❊

西蒙醒来时，矮怪已经为他准备好一顿大餐。几个烤蛋——他说是鹌鹑蛋——一些莓果，甚至还有从正开花的树上采摘的白花花的嫩叶。西蒙试了一下，叶片果然能食用，甜丝丝的，带着奇特的嚼劲。这天早晨一上路，确实比昨天轻松些。路面渐渐开阔起来，树木之间的距离也宽了许多。

整个早晨，矮怪都挺安静的。西蒙敢肯定，是因为自己对宾拿比克的森林学说不感兴趣的原因。他们一同走下一段长长的缓坡，太阳正慢慢爬上天空。他觉得自己必须说点儿什么。

"宾拿比克，今天你想不想谈谈森林的书？"

他的同伴微笑起来，但比起西蒙看惯的模样，这笑容显得又紧张又勉强："我当然愿，西蒙。不过我担心，我是不是在无意间给了你错误的印象。你要知道，当我将大地比作一本书的时候，并不是说，你要像读宗教经书一样去读它，才能得到心灵的升华。当然了，如果你对身边的世界多加留意，也能达成这个目标。总之，我的意思是，它更像一本医书，学习它是为了让自己更健康。"

真了不起啊。西蒙想。这小个子居然能不费力气，轻轻松松就把事情解释清楚。

他抬高嗓子，问："健康？医书？"

宾拿比克的脸色一下子严肃起来："西蒙，这本书关乎你自己的生死存亡。现在你不在自己家里，也不在我家里，虽然毫无疑问，我比你更容易在这儿生存，但就算希瑟，他们比我们经历了更多的日升月落，也不敢声称阿德席特是他们的。"宾拿比克停顿一下，握住西蒙的手腕，捏了捏，"我们现在所在的大森林是最古老的地方。这也是你们这些人管它叫'阿德席特'的原因。它一直是奥斯坦·亚德古老的心脏。就算其中较年轻的树木，"他用手杖指着四周，"也抵御过多年的洪水、飓风和火灾。你们那位伟大的约翰王刚在瓦伦屯出生的时候，它们就已经存在许久了。"

西蒙环顾四周，眨巴着眼睛。

"其他树呢，"宾拿比克继续说道，"还有一些我也见识过，它们的根须已经深入到古老的岩石中，它们的岁数比人类和希瑟的王国更老，而那些曾盛极一时的王国却已经衰败。"

宾拿比克又捏捏西蒙的手腕，西蒙则俯视着面前的斜坡，一直望到斜坡脚下盆地上郁郁苍苍的树林。他突然觉得自己特别渺小，微不足道，仿佛一只蜉蝣，想要爬上高耸入云的山巅。

"为什么……你要跟我说这些？"他深呼吸，忍住眼泪，终于开口问道。

"因为，"宾拿比克拍打他的手臂，"因为你绝不能以为这片森林——这广阔的世界——是鄂克斯特的小巷。你一定要观察，一定要反反复复推敲。"

过了一会儿，矮怪又走到前面去了，西蒙跌跌撞撞地跟在后面。怎么会这样？周围的树木似乎满是恶意地窃窃私语。他觉得自己像被打了一记耳光。

"等等！"他呼喊道，"推敲什么？"但宾拿比克没有慢下来，也没有回头。

"走吧。"宾拿比克的声音从前面传来，平静又简洁，"我们得抓紧时间。运气好的话，在太阳落山之前能赶到小闹。"他吹起口哨，召唤坎忒喀，"快点吧，西蒙。"他说。

整个早上，他再没有开口讲话。

❋

"看那儿!"终于，宾拿比克打破沉默。这时两人站在山脊上，山下的树冠编织成一条厚厚的绿毯子，"小闹!"

下方有两排像阶梯一样整齐的树木。再过去，则是片海洋般的草地。草地随丘陵延伸到另一面，午后的阳光照耀着起伏不平的草叶。"那边就是巍轮山，准确地说，巍轮山脚。"矮怪用手杖指点。山脉的剪影像熟睡的动物的脊背，看上去离绿草地只有一石之遥。

"那山……有多远啊?"西蒙问，"我们什么时候爬到了这么高的地方? 我不记得咱们爬山。"

"我们确实没爬山，西蒙。小闹是个盆地，地势凹陷，像被人使劲往下踩过的样子。如果你往后看，"他朝后面挥挥手，"就能发现我们现在站的地方，比鄂克斯特平原还要低一点。第二个问题嘛，那些山其实非常远，不过你的眼睛让你误以为它们很近。总之，我们最好快点赶路，才能在太阳落山前到达落脚点。"

矮怪沿山脊飞快地走了几步。"西蒙。"他回过头说，小伙子发现，他下巴和嘴巴紧绷的线条已经缓和下来，"我必须先警告你，虽然巍轮山跟我家岷塔霍比起来只能算是小婴儿，但到较高的地方，还是会让你……像喝醉酒似的。"

突然又像小孩子了，西蒙看着宾拿比克迈开两条小短腿，快速在树木间穿行领路……不对，他又想，不是像小孩，不是说他体型小，而是他很年轻，非常年轻。

那，他到底多大年纪呢?

矮怪的身影越来越远。西蒙暗骂自己一句，紧跟上去。

虽说有些地方也得爬坡，但他们很快走下树木丛生的平坦山脊。西蒙已经不觉得宾拿比克如鱼得水的行动有什么奇怪了。他如羽毛般轻盈，比松鼠更安静，西蒙觉得就算坎努克的山羊都要赞赏这等好身手。真正让他惊讶的，不是宾拿比克有多灵巧，而是自己的动作居然也灵活起来。这些天来，他好像渐渐恢复了原本的自我，再加上几顿美餐，海霍特著名的"鬼精灵"西蒙——无畏的塔楼攀登者和城墙跳跃者——又回来了。虽然还不能跟生长在高山上的同伴相比，但他觉得自己还不赖。坎忒喀反而遇上些麻烦，她倒不是脚步不稳，而是因为下坡路有几处比较高的落差，如果用手帮忙就很简单，但跳下去还是有些危险的。每次碰到这种状况，她就会发出低低的咆哮，听起来似乎很恼火。好在每次她都会跳开去找其他路，且能很快回来。

他们终于找到一条兽径，走下最后一段坡道。这时已日过中天，阳光照亮他们的脸庞，也温暖了脖颈。一阵柔风吹过，摇动树上的叶片，却抹不掉他们额头上的汗珠。西蒙将斗篷围在腰间，两头细、中间粗，显得大腹便便。

好容易下了坡，踏上平缓的草地，进入小闹，他却不解地发现，宾拿比克竟然不直接穿过大片沙沙作响、缓缓起伏的草地，却向东北面的森林边缘走去。

"巍轮路在山坡对面啊！"西蒙忍不住说，"往那边走要快一些……"

宾拿比克举起粗糙厚实的小手，西蒙只好把没说完的话咽了回去，保持沉默。"西蒙，还有更快的路。"矮怪洋洋自得的模样差点让西蒙脱口说出没脑子的话——还好只是差点，最后总算忍住了。他谨慎地闭上已经张开的嘴巴，宾拿比克继续说道："你明白吗，我觉得这条路会更舒坦——更舒服？……更舒适？总之，能让你今晚在床上好好睡觉休息，还能在桌上吃顿晚餐。你觉得这个主意如何，嗯？"

不满之感一下子无影无踪，就像掀起蒸腾的锅盖，蒸汽迅速消失一样。"床？我们要到旅馆去吗？"想起舍姆故事里的波卡和三个愿望，西蒙很能体会那种第一次发现能心想事成的感觉……但他马上又回忆起爱克兰守卫和那个吊死的小偷。

"不是旅馆。"看到西蒙渴望的模样，宾拿比克大笑起来，"但跟旅馆一样好——不对，比旅馆更好。那地方有好吃的，有地方休息，却没人会问你是谁，从哪里来。"他指着小闹另一端。沿着森林过去，远远的有个凹陷处，一直延伸到巍轮山脚下。"从那儿过去，最边上，不过我们现在所在的地方看不到。走吧。"

可我们为什么不能直接穿过小闹？西蒙好奇地想。感觉宾拿比克并不想往开阔地走，不想……暴露在外。

矮怪已经迈步往东北小径走去，绕过宽阔的草原，在阿德席特的阴影中前行。

而且，他说那个地方没人会问是什么意思……这些话到底代表什么……？难道他也在躲避什么？

"宾拿比克，慢点儿！"他呼唤着。坎忒喀灰白色的皮毛在草丛间时隐时现，就像在津濑湖波涛间穿梭的海鸥。"慢点！"他又叫了一声，赶紧追上去。风卷走了他的话语，缓缓地吹到身后涟漪般荡漾的草坡上。

西蒙终于赶上矮怪时，太阳已经落到二人身后。宾拿比克靠过来，拍拍他的胳膊。

"早上我太尖刻，太粗鲁了。我没有权利说那种话，抱歉。"他眯起眼睛看着年轻人，然后将目光转到坎忒喀在草丛间摇晃的尾巴上。那条尾巴一会儿晃到这儿，一会儿晃到那儿，像一面小小的战旗，引领着一支移动迅速的军队。

"没什么……"西蒙刚开口，又被宾拿比克打断。

"请等一下，等一下，西蒙好友。"他说，声音里清楚地带着尴尬的意味，"我没有权利说那种话。什么也别说了。"他把双手举到耳旁，挥舞着，做了一个奇怪的手势，"不如，让我讲讲我们要去的地方吧——小闹的圣宏德朗。"

"什么？"

"我们要去的地方。我自己去过很多次。那是个隐修的地方，你们安东教徒称之为'修道院'。他们对旅行者很好。"

对西蒙来说，这就足够了。他脑海里立即浮现出高高的长厅、烤肉、干净的小床——舒服至极。他想着，越走越快，几乎小跑起来。

"用不着跑，"宾拿比克劝说道，"它一直在那儿，不会逃走的。"他转头看看天空，太阳还要在天上走好几个小时，才能抵达西面的地平线。

"你想听听圣宏德朗的事吗？还是你早就知道了？"

"你说吧。"西蒙回答，"这类地方我也听说过。我认识一个人，曾在斯坦郡的修道院待过。"

"好的。那是个特殊的修道院，有自己的历史。"

西蒙抬起眉毛，继续听下去。

"还有首歌呢，"宾拿比克说，"叫圣宏德朗之歌，在南方远比在北方受欢迎。我说的北方，显而易见，指的是瑞摩加，而不是我的家乡伊坎努克。你知道阿克·萨拉斯之战吗？"

"就是北方人——瑞摩加人——打败赫尼斯第和希瑟的地方。"

"哦？你到底还是受过些教育嘛！没错，西蒙，阿克·萨拉斯见证了希瑟和赫尼斯第被红手芬吉尔的军队打退。其实，还有更古老的战争发生在附近。这里便是其中之一。"他伸出手，朝身边波澜起伏的草地比画着，"这里以前不叫这个名字，我记得，希瑟最初把这儿取名为 Ereb Irigú——意思是'西方的大门'。"

"谁管这儿叫小闹的？这名字真滑稽。"

"我也不清楚。按我的看法，大概取自以前瑞摩加人在这里的一场战役。他们管这个地方叫 Du Knokkegard——意思是'白骨荒原'。"

西蒙回过头，看着大片沙沙作响的草丛在轻风拂动下，一排接一排弯下身子。"白骨荒原？"他问，心里充满不祥的感觉。

风一直往外吹，他想。从不停歇，好像在找寻丢失的东西……

"没错，白骨荒原。那场战役的双方都低估了对手。这些草就是在当时数以千计的尸体上长起来的。"

数以千计，就像苔藓园。又一个生者脚下的死者之城。这些人知道吗？他突然有些好奇。他们会不会听到我们说话，会不会因为我们能沐浴在阳光下……而心怀怨恨？或者，他们很高兴以前的一切都过去了？

我还记得舍姆和鲁本不得不放倒老耕马圈儿时的事。就在大熊鲁本的锤子落下前的那一刻，圈儿朝西蒙看了一眼。西蒙觉得，那是种温和又通晓一切的眼神。通晓明了，无所挂念。

约翰国王临终时，是不是也感受到了年迈的平静？像老圈儿一样，准备好好休息了？

"这首歌，所有霜冻边境以南的琴师都会唱。"宾拿比克说。西蒙摇摇头，想把注意力重新集中到谈话上去，但草叶的叹息和暮风的低语却灌满了耳朵。"我，还有你，都该谢天谢地，因为我不打算再唱歌了。"宾拿比克继续说，"不过我还是应该介绍一下圣宏德朗，我们要去的就是他曾经的住所。"

男孩、矮怪和狼都抵达了小闸最东边，又转向太阳左面。在高高的草丛间穿行时，宾拿比克脱下身上的罩衫，拉起两条袖子系在腰间，露出里面宽松的粗织白色羊毛衫。

"宏德朗，"他开始说，"在瑞摩加出生，他经历许多事情后，皈依了安东教。最后，由教廷指定，成为牧师。"

"就像老话说的，斗篷没破之前谁会注意针脚呢？我敢说，要不是红手国王芬吉尔率领瑞摩加人穿过绿渭河，进入希瑟的领土，没人会注意到宏德朗这个人。

"不过嘛，就像大多数故事，在路上一个小时是讲不完的。我会避开繁琐的解说，直接告诉你：北方人碾平了一切挡在他们面前的东西，在南下的路上赢得了好几场战役。赫尼斯第人在辛奈哈王子带领下，决定在这里迎战瑞摩加人。"宾拿比克又一次伸出手，在闪烁着阳光的草地上挥舞，"希望能够停止排除异己的杀戮。"

"其他人类和希瑟都逃离了小闹，害怕被夹在两军中间被碾成碎片——只有一人例外，宏德朗。牧师们被战争吓坏了，作鸟兽散，但宏德朗不一样。他直接走进红手芬吉尔的帐篷，恳求国王撤军，否则将有数千条生命丧生此地。请允许我这样形容，他镇静勇敢地对芬吉尔演说，念诵乌瑟斯·安东的话语：要拥抱你的敌人，像兄弟一样对待他们。

"不出所料，芬吉尔觉得他是个疯子，而且，从他自己的族人，一个瑞摩加人嘴里听到这种话，更让他觉得受不了……嘿，那是烟吗？"

西蒙被突然转变的话题吓了一跳。刚才一直听宾拿比克讲故事，他有种被晒晕梦游般的感觉，恍惚间，只见宾拿比克指着小闹另一端。果然，在平缓山丘的最远处，模模糊糊地能看到几亩农田，上方飘荡着一缕轻烟。"晚餐，我猜。"宾拿比克咧嘴笑了。西蒙渴望地张大了嘴。这回，连矮怪都加快了脚步，朝太阳的方向走去。

"就像刚刚说的，"矮怪继续说，"芬吉尔被宏德朗的安东教义惹恼，当场下令处决这个牧师，但有个士兵心生怜悯，偷偷放走了他。"

"但逃跑不是宏德朗会干的事。当两支军队终于交锋时，他只身冲上战场，在赫尼斯第人和瑞摩加人正中间挥舞圣树，对所有人高声念诵乌瑟斯上帝的和平祷文。结果，遭到两边愤怒的异教徒夹击，血染战场。"

"所以,"宾拿比克挥舞手杖,将一蓬高高的草叶扫到旁边去,"故事总是仁者见仁智者见智,明白吗?至少我们坎努克人宁愿做你们口中的异教徒,宁愿活下去。但纳班教宗却将宏德朗称为烈士,为了纪念他,大概在建立爱克兰的初期,在这里修建了教堂和修道院。"

"那场战役激烈吗?"西蒙问。

"瑞摩加人管这里叫白骨荒原。虽说之后他们在阿克·萨拉斯的战役可能更血腥一些,但那是因为有人背叛。小闹这里则是真刀真枪的拼斗,处处血流成河。"

太阳渐渐西沉,暮色笼罩着他们。黄昏时分,微风卷来,吹得长草点头哈腰,吹飞了藏在草丛里的虫子,它们在金光中舞动,闪烁着点点反光。坎忒喀穿过草地冲过来,打断了茎叶沙沙作响的轻柔音乐。他们吃力地爬坡时,她一直在附近绕圈子,兴奋地摇晃大脑袋,叫个不停。西蒙伸手挡在眼前,但除了森林边缘的树冠,还是什么都看不清。他问宾拿比克是不是快到了,但矮怪只顾低头走路,皱着眉头专心思考,不理睬西蒙和跳来跳去的狼。

沉默了一会儿,耳边只有穿过茂盛草丛时的飒飒声,还有坎忒喀偶尔发出的叫声。西蒙瘪瘪的肚皮一直催促自己再问问看,正要开口,却被宾拿比克突然唱出的高亢歌声吓到。

> "Ai – Ereb Irigú.
> Ka' ai shikisi aruya' a
> Shishei, shishei burusa' eya
> Pikuuru n' dai – tu."

西蒙爬上风吹草动、柔光晕染的山丘,奇特的曲调和歌词仿佛飞鸟的挽歌,在这片孤寂又难忘的高地上凄凉地呼唤。

"这是希瑟的歌。"宾拿比克转头看着西蒙,带着一种怪怪的羞涩，"我唱得不好。歌中唱的就是这里，第一个希瑟在此地死于人类之手；唱这片希瑟的土地上，人类挑起了战争，第一滴血洒落下来。"说完，他伸手拍打坎忒喀，大狼正用大鼻子蹭他的腿。"Hinik aia!"他对她说，"她闻到其他人了，还有饭菜的味道。"他带着歉意小声说。

"那首歌唱的是什么？"西蒙问，"我是说，歌词是什么？"刚刚那奇异的感觉还在心中盘旋，但同时，它也提醒自己这个世界有多么辽阔，就算待在整天忙碌不休的海霍特，能看到的事也实在太少。渺小，渺小，他觉得自己真是渺小，甚至比身边努力爬坡的小个子矮怪还要渺小。

"西蒙，恐怕这些希瑟词汇无法用人类的语言代替，重新编成歌词——哪怕正确传达歌词的含义都很难，你明白吗？更糟糕的是，我们交流用的语言也不是我的母语，你和我……不过我可以试试。"

他们又前行一段时间，坎忒喀终于不耐烦了，可能她想早点儿让本地的农人感受一下狼的热情，于是消失在草丛中。

"这样，我想出来了，意思大概差不多。"宾拿比克总算说道。只是这一次，他更像是吟诵，而不是唱歌。

"在西方的大门，

在太阳的眼睛和祖先的心间，

落下一滴泪。

光之路，

落到地面的光之路，

照到铁，

变成烟……"

宾拿比克自嘲地笑了，"你听到了吧，矮怪只适合做木工活儿，空灵的歌变成了粗笨的石头。"

"没那回事，"西蒙说，"虽然我说不太清楚……不过这歌让我
……很有感觉……"

"那就好，"宾拿比克微笑着，"我的词汇完全不能跟希瑟的歌曲
相比，尤其是这一首。我听说，这首是最长的，也是最悲伤的。还听
说，这是奈勒王伊彦宇迦亲自写的，就在他临终前，被，被……啊！
看，我们到顶上了！"

西蒙抬头看去，确实快到坡道顶端了，阿德席特茂密的树海在他
们眼前铺开。

我觉得他突然停下不是因为这个，西蒙想。我觉得是因为他差点
说出不想说的话……

"宾拿比克，你是怎么学会希瑟歌的?"他们走完最后几步，登
上宽阔的山头，西蒙问。

"下次再谈吧，西蒙。"矮怪回答。他环视四周，"现在嘛，看！
那条路通往下面的圣宏德朗教堂！"

他们下方差不多一石的距离开始，就像生长在老树上的苔藓，成
排的葡萄藤长在山坡上，一看便知有人精心养育。它们两株一组，始
终保持差不多的距离，沿着山上台阶横向排开。台阶边缘光滑圆润，
似乎有段历史了。葡萄藤中间设有小路，像藤蔓一样蜿蜒曲折。山下
谷地的一边是刚刚经过的巍轮丘陵地带，另一边则挨着大森林，中间
可以看到分割成一块一块的田地，规格标准、相互对称、整整齐齐。
沿着这个方向，从现在的山头眺望过去，能看到修道院的部分外围建
筑。有一层层简陋但牢固的木棚和篱笆，靠里的篱笆应该是牲口圈，
但不见牛羊。这幅巨大的风景画中间，有个小点儿正在活动，慢慢地
来回摇摆。

"沿小路走，西蒙，过不多久就能吃上饭了，说不定还能喝到修
道院酿的好酒。"宾拿比克快步往下走。不一会儿，他和西蒙二人便

在葡萄藤间穿行，而坎忒喀则对同伴行动之慢表示不屑一顾。她冲下山坡，轻松跳过卷曲的藤蔓，巨大的爪子没碰到一片叶子，更没压碎一粒葡萄。

西蒙注意着脚下，迅速走下陡峭的小路，每迈出一大步，都觉得脚底有些打滑。他突然发现前面的影子快得像个幽灵，这才明白原来矮怪之前一直放慢步子在等他，想到这点，他不由露出不满的神色，本想抱怨几句，但就在这时，他眼前突然映出噩梦般的景象，只来得及发出一声惊恐的尖叫，便一脚踩空，屁股着地摔倒了，身子还一直往下滑了两臂长。

宾拿比克听到叫声，赶紧调转回来，只见西蒙满身尘土，歪坐在一个破破烂烂的大稻草人前。小个子抬起头，看着那斜挂在一根粗木桩上的稻草人，一张粗布做成的脸上，油漆画成的五官被风吹雨打得业已褪色。他又低下头，看到西蒙正在吸吮擦伤的手掌。宾拿比克强忍笑意，用小而有力的手拉着西蒙的手肘，帮男孩站起来，等他站稳后，小个子虽然马上转身继续往下走，但牙缝间挤出的嬉笑还是飘进西蒙的耳里，让他恼火地皱起眉头。

西蒙愤愤不平地拍拍屁股上的尘土，又检查一下塞在腰间的两个包裹，还好箭矢和手稿都没弄坏。显然，宾拿比克没见过吊死在十字路口的小偷，可他总见过被樵夫陷阱困住的希瑟吧？西蒙不过被吓了一跳，至于笑成那样吗？

他觉得自己真是蠢到家了，但再看一眼那个稻草人，心里还是翻腾着令人战栗的不祥预感。他伸出手，那颗空心脑袋摸上去凉凉的，很粗糙。接着，他把画着脸的布扯下来，塞进稻草人肩上已经没有形状的破烂斗篷里，藏起那双没有焦点的模糊双眼。让矮怪笑去吧。

宾拿比克已经平静下来，在远处等着。他没有道歉，只是拍拍西蒙的手，冲他微笑一下。西蒙也笑了一下，但没有宾拿比克笑得那么开心。

"三个月前，我往南方去。"宾拿比克说，"路过这里时，吃到了最棒的鹿肉！这里的弟兄得到允许，可以在国王的森林里捕几头鹿，供旅人食用，当然也包括他们自己。哦呵，在那边……炊烟！"

他们绕过最后一段山路，下方传来大门凄厉的吱呀声。往前下坡，便是一块块挨在一起的修道院屋顶。袅袅轻烟从中间升起，盘旋而上，又被山风吹散。然而，烟不是从烟囱里冒出来的。

"宾拿比克……"西蒙很惊讶，怎么没人发出警报。

"烧掉了，"宾拿比克轻声说，"还在烧。群山之女啊……！"大门嘭的一声关上又弹开，"圣宏德朗的家园来了糟糕的客人。"

西蒙之前从没见过这间修道院，但下方冒烟的废墟，恰似宾拿比卡故事里的白骨荒原变成了现实。就像在城堡地底度过的那段疯狂而可怕的时间，对过往日子的渴求之情又伸出利爪，将现实拖入到后悔以及对黑暗的恐惧中去。

教堂、修道院，还有大部分附属建筑都已夷为平地，余烬还在燃烧；梁柱成了木炭，散发着热气；木篱和茅草顶已经烧光，讽刺地将里屋暴露在晴朗的蓝天之下，仿佛贪婪的天神用餐后吃剩的肋骨。废墟周围，像被同一个残忍的天神胡乱丢弃一般，至少躺着二十个人，他们的身体支离破碎、毫无生气，就像山顶那个稻草人。

"楚库的石头啊……"宾拿比克倒吸一口冷气，看着眼前的一切，轻轻将手捂在胸口。接着，他拉了拉肩上的包裹，飞快地跑下山去。不明事态的坎试喀还在旁边欢快地又叫又跳。

"等等。"西蒙的声音细若蚊蝇，"等等！"他叫起来，跌跌撞撞地跟过去，"回来！你要干吗？你会被杀掉的！"

"已经过去很久了！"宾拿比克头也不回地喊道。西蒙看着他径直冲到最近一个人身边，一会儿又奔向下一个人。

他大口喘气，心跳飞快。虽然小个子说过去很久了，但恐惧依然牢牢盘踞在心里。西蒙盯着身边的一具尸体，这人身穿黑色袍子，应该是个修道士，脸朝下扑在草地上，看不到面孔。更可怕的是，一支箭镞从他后颈穿出，干涸的血迹上有苍蝇正在爬动。

看着眼前凄凉的一幕，还没往前走几步，西蒙就被绊倒。慌乱中，他的手掌硌在碎石路上，生疼生疼。当他看清是什么绊倒了自己，看到刚被惊飞的苍蝇又叮在那对死不瞑目的眼睛上，胃里不由翻涌起强烈的、不可抑制的恶心。

宾拿比克找到他时，西蒙正在一棵橡树下，无力地上下摇晃着脑袋。矮怪像个温柔能干的母亲，抓起一把草叶，擦掉他滴在下巴上的胆汁。腐臭的气味弥漫在四周。

"糟透了，真糟。"宾拿比克轻轻碰碰西蒙的肩膀，好像在确认面前的小伙子是不是真人，接着他蹲下来，面朝最后一抹红色余晖眯起双眼，"一个活人都找不到。多数是修道士，穿着修士袍子，但也有其他人的尸体。"

"其他人……?"声音呆板。

"穿旅行装的人……霜冻边境的，大概想在这儿过夜，人数还不少。其中有些留着胡子，我看像瑞摩加人。真令人费解。"

"坎忒喀在哪儿?"西蒙轻声问，发觉自己竟从心底担心那头狼。其实在他们当中，她才是最安全的。

"跑来跑去，闻东闻西。她亢奋得很。"西蒙注意到，宾拿比克已将手杖拆开，小刀那一半挂在腰带上。"我真想弄清楚，"矮怪盯着升起的烟说，西蒙总算坐了起来，"到底是什么引起了这场火难？劫匪？宗教战争？我听说这种争斗在你们安东教徒中不算少。还有什么理由？最奇怪的是……"

"宾拿比克……"西蒙清了清嗓子，往地上啐了一口，嘴里立刻尝到一股猪倌靴子般的恶心味儿，"我害怕。"不知哪里传来坎忒喀的叫声，听起来令人意外的高亢。

"害怕。"宾拿比克勉强挤出一丝笑容，"你应该害怕。"虽然他看上去表情很轻松，但眼底却暗暗藏着某种不安。在西蒙看来，这才是最可怕的。而且，这里还给人一种有条不紊的感觉，仿佛这一切是早有预谋。

"我在想……"宾拿比克刚开口，坎忒喀的吠叫声突然变成尖利的吼叫。矮怪赶紧站起来。"她有新发现了。"他说着，猛拉小伙子的手，把西蒙也拖了起来，"或者什么东西发现了她……"西蒙跌跌撞撞地跟着跑，惊慌和恐惧在脑袋里像蝙蝠一样翻腾不休。宾拿比克径直朝叫声的方向冲去，一边跑一边将什么东西推进吹管。西蒙猜到了那是什么——一个沉重又黑暗的猜测——沾着黑色汁液的飞镖。

他们跑过修道院的院落，远离废墟，穿过果园，向坎忒喀的警告叫声追去。一阵风吹过，苹果花像暴风雪般落在地，又被风带到森林边缘。

在离森林不到十步之遥的地方，他们看到了颈毛倒竖的坎忒喀，她正冲一个修道士吠叫不止，连西蒙的身体都随着低沉的咆哮震动起来。那人紧贴一棵杨树站着，将戴在胸前的圣树举得高高的，好像要召唤雷电从天而降，惩罚凶狠的野兽。但和英勇的举动相反，那苍白的脸色和颤抖的手臂表明，他并不真的相信自己能召唤闪电。他那凸出的双眼充满恐惧，瞪着坎忒喀，根本没注意到新闯入的两个人。

"…Aedonis Fiyellis extulanin mei…"他厚厚的嘴唇痉挛似的蠕动着，树叶在粉红的脑瓜上投下斑斑点点的影子。

"坎忒喀！"宾拿比克叫了起来。"Sosa！"坎忒喀抖抖耳朵并没停下咆哮。"Sosa aia！"矮怪用空心手杖拍打自己的大腿，咔咔作响，还带着回声。坎忒喀最后吼了一声，低下头，朝宾拿比克跑去。这会儿，修道士的目光终于锁定在西蒙和矮怪身上，那神情就好像他俩跟狼一样可怕。接着，他微微摇晃，终于一屁股坐倒在地，满脸错愕，就像一个不小心弄伤自己的孩子，惊慌失措，甚至忘了哭泣。

"慈悲的乌瑟斯啊，"看到两人快步走来，他总算憋出一句，"慈悲的乌瑟斯，慈悲的……"突然，金鱼般凸起的眼里冒出疯狂的神色，"别过来，异教徒!"他大叫着，挣扎着想站起来。"杀人凶手，野蛮人!"他后脚一滑，又坐倒在地，口中不住地嘟囔，"矮怪，杀人的矮怪……"苍白的脸血色上涌，慢慢红润起来。他呼吸急促，看起来真要哭了。

宾拿比克停下脚步，拉住坎忒喀的脖子，又朝西蒙做个手势，说："去帮帮他。"

西蒙慢慢走过去，调整表情，让自己显得友好些——虽然他的心脏还像在被啄木鸟敲打，快速跳动，怦怦作响。"没事了，别怕。"他说，"没事了。"

修道士用袖子挡住脸："把他们都杀了，还要杀我们。"他哀号着，声音闷在袖子里，比起害怕，更像是自怨自艾。

"他是瑞摩加人。"宾拿比克说，"你都不用猜，就知道他肯定会说坎努克人的坏话。呸。"矮怪发出厌恶的声音，"帮他站起来，西蒙，我们带他去亮一点的地方。"

西蒙扶着修道士裹在黑袍里细瘦的手臂，用力把他拉起，正想扶到宾拿比克那边去，那人却甩开了西蒙的手。

"你想干什么?"他大叫起来，抓住胸口的圣树，"你以为我会抛弃其他人吗? 不可能，快走开!"

"其他人?"西蒙转过头，疑惑地看着宾拿比克。矮怪耸耸肩，搔搔大狼的耳朵。坎忒喀则咧开嘴，好像被眼前的一幕逗乐了似的。

"还有别人活着吗?"男孩用温和的口吻问，"我们会帮你，如果可以的话，也会帮其他人。我叫西蒙，那是我的朋友宾拿比克。"修道士怀疑地打量他。"我相信你已经见过坎忒喀了。"西蒙补充道，但马上后悔说了这个蹩脚的笑话，"好吧，你是谁? 其他人在哪儿?"

　　修道士渐渐平静下来，怀疑地盯着西蒙看了一会儿，接着又瞥了矮怪和狼一眼。他将目光转回来时，脸上还带着几分紧张的神色。

　　"如果你真的是……好心帮忙的安东教徒，请原谅我。"修道士的口气很是僵硬，好像不太习惯道歉似的，"我是汉菲斯科弟兄。那头狼……"他往旁边看去，"它是你的同伴吗？"

　　"'她'是。"西蒙还没开口，宾拿比克已经替他回答了，"她把你吓得够呛，瑞摩加人，但你总得承认，连半根汗毛也没被伤到吧。"

　　汉菲斯科不理宾拿比克。"我离开两个学徒太久了。"他对西蒙说，"现在得回去看看情况。"

　　"我们跟你一起去。"西蒙回答说，"说不定宾拿比克能帮上忙。草药什么的他都懂。"

　　瑞摩加人扬了扬眉毛，这下眼睛更凸出了，嘴角露出苦涩的微笑："感谢你的好心，不过我担心瑞安弟兄和多查斯弟兄已经不需要任何……人间的草药了。"说完，他转过身，摇摇晃晃地朝森林深处走去。

　　"等一等！"西蒙呼唤道，"修道院到底发生了什么？"

　　"我不知道。"汉菲斯科没有转身，"那时我不在。"

　　西蒙看着宾拿比克，寻求帮助，但矮怪没有迈步跟上去，而是开口呼唤一瘸一拐的修士。

　　"喂，汉菲舍弟兄？"

　　修士火冒三丈地转身："我的名字是汉菲斯科，矮怪！"西蒙发现，他的怒气来得还真快。

　　"我只是帮我朋友翻译一下。"宾拿比克咧嘴笑了，露出一口黄牙，"她不会说瑞摩加语。你刚才说不知道发生了什么。那你的教友们被屠杀时，你又在哪儿呢？"

　　修士一脸怒容，似乎差点就要破口大骂，但最后只是伸手抓住胸口的圣树。过了一会儿，他用平静得多的声音说："那好，过来看看吧。我没有任何需要隐瞒的地方，不管是对你，矮怪，还是对上帝。"
他气愤地迈开大步。

"宾拿比克，你干吗惹火他?"西蒙小声问，"这儿发生的事还不
够糟吗?"

宾拿比克将目光从修士身上挪开，但笑容还挂在脸上："也许我
是不大体贴，西蒙，但你只听了他说的话，却没直视他的眼睛。别被
这些穿圣袍的人愚弄了。在夜里，我们坎努克人不知多少次被惊醒，
看到汉菲斯科这样的眼睛俯视着我们，身后则是火把和斧子。就是因
为北方人心怀仇恨，所以你们的乌瑟斯·安东才会被烧死，不是吗?"
宾拿比克发出咯咯的声音，让坎试喀跟上，他自己则很快跟上了牧师
生硬的脚步。

"听听你自己的话!"西蒙直勾勾地盯着宾拿比克的眼睛，"你也
是满心仇恨啊。"

"啊。"矮怪面无表情，举起一根手指说，"可是，请原谅我这么
说，我可没声称自己相信你们那位被倒挂起来的慈悲真神。"

西蒙吸了一口气，本想再说些什么，又放弃了。汉菲斯科修士转
头看了一眼，注意到他们跟了上来，但还是一言不发。穿过叶片的阳
光很快暗淡下去，身穿黑袍的细瘦身形越来越像他们面前一条移动的
影子。他终于转过来说话时，西蒙甚至被吓了一跳。"到了。"他领
着他们绕过一棵倒下的大树，树根裸露在外，像极了一把巨大的扫
帚，这立刻让西蒙联想到怒龙瑞秋。她要是看到这把扫帚，一定会想
以气吞日月之势大肆清扫一番。

西蒙不合时宜地想起瑞秋，随之又想到从前的日子，思乡之情泛
滥开来，结果一不小心被绊倒，只好伸手在粗糙的树干上撑了一下。
汉菲斯科蹲在地上，浅坑里生起的一团小火，他往里丢了些树枝。在
树干庇护之下，有两个人躺在篝火旁。

"这是朗瑞安。"汉菲斯科修士指着右边的人说，染血的麻布绷

带几乎遮盖住了他整张脸。"我回来后，找遍整个修道院，只有他还活着。但我想安东不久也会带走他的。"即便在暗淡的夕照下，西蒙也清楚地看到朗瑞安修士的皮肤苍白得可怕，像上了蜡一样。汉菲斯科又往篝火里丢了根树枝。宾拿比克连看都没看他，径自蹲到受伤的人身边，小心地检查伤势。

"那是多查斯。"汉菲斯科指着另一个人说。那人像朗瑞安一样躺着，身上没有明显伤痕。"他站岗没回来，我出去就是为了找他。当我带多查斯回来——应该说扛他回来时……"汉菲斯科的声音里带着苦涩的自尊，"我发现……发现所有人都死了。"他在胸口划了个圣树的手势，"除了朗瑞安。"

西蒙挪到多查斯修士身边，那是个瘦弱的赫尼斯第年轻人，长鼻子，下巴有青色的胡楂。"他怎么了？怎么变成这样的？"

"孩子，我不知道。"汉菲斯科说，"他有点疯疯癫癫。高热把脑子烧坏了吧。"他又去找柴火了。

西蒙看着多查斯，注意到他呼吸艰难，薄薄的眼皮还在颤抖。他转头看宾拿比克，矮怪正小心翼翼地解开朗瑞安头上的绷带。这时，一只苍白的手从黑袍下伸出，像一条蛇……一把抓住西蒙的衣襟，力道大得可怕。

多查斯双眼依然紧闭，身子僵硬，背弯得厉害，腰都悬空了。他头朝后仰，剧烈地左右摇晃。

"宾拿比克！"西蒙害怕得叫了起来，"他……他……"

"啊啊啊！"多查斯的喉咙里发出声嘶力竭的痛苦声音，"黑马车！看啊，朝我来了！"他的身子又痉挛起来，像一条离水的鱼，而他的话语让西蒙不寒而栗。

山顶上……我记得……还有吱呀作响的黑轮子……哦，莫吉纳啊，我到底在这儿干什么？！

片刻之后，诡异的景象让宾拿比克和汉菲斯科都惊讶万分，从火堆另一边愣愣地看过来。多查斯把西蒙越拉越近，小伙子的脸几乎贴上赫尼斯第人写满恐惧的面庞。

"他们要把我带回去。"修士从牙缝里挤出声音，"回到……回到……那个可怕的地方！"更可怕的是，他的眼睛猛地睁开，死死盯着西蒙的双眼，两人之间呼吸相闻。西蒙无法挣脱修士的手。虽然宾拿比克赶过来帮他，但是没起到什么作用。

"你知道的！"多查斯叫道，"你知道它是什么！你被标记了！跟我一样！我看到它们了——白狐！它们到我梦里来了！白狐！它们的主人让它们把冰块放进我们心里，把我们的灵魂拿走，关进黑黑的马车!"

终于，西蒙自由了。他喘着气，啜泣起来。宾拿比克和汉菲斯科按住不住痉挛的修士，直到他停止抽搐。黑森林又安静下来，围绕在小小的营火旁，就像夜色包裹着微弱的星光。

巨轮之影

❖

　　浅浅的盆地长满青草，西蒙站在开阔地的正中心，像立在绿色风暴中央的苍白斑点。他第一次觉得自己如此孤立无援，赤裸裸地暴露在天空之下。四周的地面以他为中心，向外、向上延伸，地平线像罐子的封口，隔开了草叶和石灰色的天空。

　　他一下子失去了时间的概念，仿佛只是短短一瞬间，又仿佛过去了一整年，那条地平线融化消失了。

　　大风带来沉闷的嘎吱声。在西蒙目不能及的远方，一个黑乎乎的东西冒了出来。那东西越来越近，越来越大，高得不可思议，阴影渐渐覆盖西蒙所在的盆地底部。这片深沉的阴影如此突兀，就像是不断回响着的沉重敲击声，甚至连西蒙的骨头都被震动了。

　　那物体庞大的躯体立在山谷边缘，在天空的映照下，十分清晰——是只轮子，像塔那么高的黑色车轮。车轮的影子融入暮色之中，西蒙只能愣愣地看着它极其缓慢地挪动，慢慢地沿着山坡滚下来，轮子后卷起飞溅的草皮。西蒙僵在原地，眼睁睁地看它一路朝自己的方向滚来，仿佛是座不可阻挡的地狱石磨。

　　巨轮越来越近，黑色的外圈朝天空扩张，草皮仿佛雨点一样落在地上。西蒙脚下的土地随着摇晃下沉，仿佛一张被轮子的重量压陷的床。他步履凌乱，刚刚站稳，黑圈却已近在咫尺。他慌乱得说不出话来，只是瞪着眼睛，看着一切。正在这时，一抹灰色的影子掠过他的眼前，一抹隐隐发光的灰色影子……是麻雀，它发疯似的飞过，弯曲的爪子里似乎抓着什么闪闪发亮的东西。他眨了眨眼睛，想看清楚些，心里却莫名地一紧，不由自主地跟着鸟跑去，恰好躲开了碾过来的巨轮……

虽说躲过厚如城墙的巨轮的碾压，西蒙的裤腿还是被轮子外围一根钉子挂住，隔着裤子，有种凉凉的烧灼感。离那麻雀只有几英尺远了，它飞快地拍打着翅膀，像只飞蛾，灰色的小身躯在灰色的天空中盘旋向上，爪子上闪亮的小东西在暮色中消失了。有个声音在说话。

你被标记了。

轮子逮住了西蒙。就像是猎犬要弄断一只老鼠的脖子般，它继续滚着，甩起了西蒙的身子。他只觉得被拉扯到高处，摇晃着，大地在他的脑袋下面震颤，就像是一片泛起波浪的绿色海洋。他随着轮子越升越高，掀起的风嗖嗖作响，往中心卷来，血液涌上脑袋，耳朵里一声嗡鸣。

西蒙用力将手指扣紧粘在轮面上的草泥里，不顾疼痛，支起身子，跨到轮上，就好像骑在一只高大的黑色巨兽背上似的。他第一次离低垂的天空这么近。

他往上爬去，在世界的峰顶上端坐了一阵子。谷地外，整个奥斯坦·亚德大地在他的眼前展露无遗。阳光从昏暗的天空中直刺下来，落在城堡的城垛上，落在闪耀的美丽塔尖上。那座塔是整个世界唯一和黑轮一样高的东西。他眨了眨眼，想看清轮子轨迹前方出现的一个眼熟的东西，可随着那东西越来越清晰，轮子也碾了过去，西蒙则随着轮子滚动，被扯向远处的地面。

他想挣脱钉子，想摆脱轮子的束缚，甚至不惜撕裂裤子，可不知为什么，他竟和钉子融为一体，无论如何都挣脱不开。地面越来越近，他和那片绿色的处女地猛地砸在了一起，只听到仿佛末日来临般的号角响起，声震整个谷地。他动弹不得，被牢牢地钉在地上，风和光的协奏曲越来越远，就像是被吹灭的烛火。

突然……

西蒙身处一片黑暗里，这深深的地底如水一般。前方有声音传来，缓慢的空洞的声音，像是说话的人嘴里塞满了泥土。

是谁到我们的家里来了？

是谁打扰我们的睡眠，我们长长的深眠？

他们来偷走我们的东西！他们要带走我们的平静和我们黑暗的栖息地。他们要拖着我们穿过那扇光明之门……

悲恸的声音呼号着，西蒙只觉得有许多只手拉住了自己。干燥冰冷的，像是枯骨般的手；又湿又软的，像是藤蔓般的手。长长扭曲的手指伸展开来，抓住了他……可它们无法让他停住。轮子继续滚着、滚着，带着他向下、向远处碾压过去，穿过冰冷寂静的黑暗，将声音抛在后头。

黑暗……

孩子，你在哪里？你在做梦吗？我差点就能碰到你了。忽然，传来了派拉兹的声音，他还能感到声音的背后，炼金术士那充满恶意的沉重思绪。现在我知道你是谁了——你是莫吉纳的小鬼，多管闲事的小厮。你看到了不该看到的东西，厨房小鬼，远超出你理解范围之外的事情。你知道得太多了。我会把你找出来。

你在哪里？

更深重的黑暗，在轮子的阴影底下，更浓厚的阴影。在阴影中，有两团燃烧的火焰，那是一对燃烧着的眼睛，嵌在头骨上，直直地瞪着他。

不，凡人，一个声音回荡在他的脑海里，听起来像是灰烬和泥土，又寂静无声的像是事物的终结。不，这个不属于你。那对眼睛闪烁着好奇和兴奋。牧师，我们要这个人。

西蒙能感到派拉兹放松了对自己的控制,炼金术士的力量在黑暗之前渐渐消散。

欢迎。它说。这是风暴之王的家园,在黑暗之门里……

你……叫……什么……名字?

那对眼睛靠过来,就像散落的余烬,眼神后面烧灼的空虚比冰还要冷,比火焰更滚烫……还比任何影子都黑暗……

"不要!"西蒙觉得自己叫了起来,却发现嘴里也填满了泥土,"我不会告诉你的!"

也许我们会给你一个名字……你一定要有一个名字,小苍蝇,小尘埃……见到的时候我们就知道是你了……一定要给你一个标记……

"不要!"他想挣脱,但千年尘土和石头的重量死死压在他身上,"我不想要名字!我不想要名字!我不……"

"……想要你给我的名字!"最后的呼喊声在树林间回荡,宾拿比克俯下身子看着他,脸上流露出深深的担忧。清晨微弱的阳光没有方向,也看不到光源,随意地弥漫在周围。

"一个疯了,另一个快死了,我已经要想法子医治这两个了。"宾拿比克在西蒙坐起来的时候说道,"你睡觉却还非要再大喊大叫?"他想回句俏皮话,但清晨的空气冷冽稀薄,无法谈笑自若。西蒙发着抖。

"哦,宾拿比克,我……"再次来到了阳光下,来到了地面上,他脸上不由自主地浮现出一丝颤抖扭曲的微笑,"我做了一个非常、非常可怕的噩梦。"

"大概猜到了。"矮怪说着,捏了捏西蒙的肩膀,"昨天真是糟糕透顶,可能让你晚上睡得不太踏实。"小个子直起身,"你想吃的话,可以在我包里拿点东西吃。我得照顾那两个修士去了。"他指了指营火另一边的黑色人影。靠近点的那个被包在一件墨绿色的袍子里,西蒙猜他是朗瑞安。

"那个……"西蒙花了一会儿才想起他的名字，"……汉菲斯科在哪里？"他的头还在一跳一跳地疼，下巴也在抽痛，就像是用牙齿磕过硬壳果子似的。

"那个讨厌的瑞摩加人啊，公正地说，他确实把自己的袍子给了朗瑞安，让他披着暖和点。现在嘛，他到变成一片废墟的家园找吃的去了。西蒙，如果你觉得好了点，我得接着照顾我的病人。"

"哦，我没事。他们两个怎么样了？"

"关于朗瑞安，我很高兴可以告诉你，他已经好多了。"宾拿比克满意地点了点头，"他安静下来睡着了，睡了很久。你就没办法做到这么安静，嗯？"矮怪微笑着，"至于多查斯修士，很遗憾我帮不了他。不过除了精神上的问题，他并没有受伤。但我还是给了他点药，帮他休息。现在请原谅，我得去看看朗瑞安的伤口。"

宾拿比克站起来，蹒跚着绕过火堆，越过睡在温暖石头上的坎试喀。之前，西蒙就是睡在她背后的另一块大石头上。

西蒙翻着宾拿比克的包，风轻轻地抚弄着头顶的橡树叶。他拉出一个小袋子，以为里面应该是早餐的食物。但还没打开，袋子就叮当作响地告诉他，里面应该是之前看到的那些奇怪的骨头。于是，他又继续找着，终于发现了包在粗布里的熏制干肉。刚打开布包，他却意识到，自己翻腾搅动的胃里最不想要的就是食物，任何固体食物。

"有水吗，宾拿比克？你的水囊在哪儿？"

"有更好的选择，西蒙。"矮怪正蹲在朗瑞安弟兄身边，头也不回地说，"这边下去，几步路就有条小溪。"他往旁边指了指，接着抓起皮囊丢给西蒙，"要是能顺便把这个也装满，就帮了我大忙了。"

西蒙弯腰去捡皮囊的时候，看到自己的包袱就躺在旁边，稍微顿了下，便把包好的手稿也拾起来带着，这才往小溪走去。

小溪缓缓流淌，溪水被枝条和树叶堵得满满当当。西蒙不得不清理出一片水面，才好俯下身子，捧起水抹了把脸。之前在被毁的修道院的时候，西蒙感觉每一个毛孔、每一条细纹里都沾上了烟尘和血污，此时更加用力地在水里揉搓着双手。

洗完之后，他才喝了几大口水，将宾拿比克的水袋装满。

他坐在河岸边，努力回想那个梦境。自从今天醒来，脑子里就仿佛盖了层阴冷的迷雾似的，就像昨晚上多查斯修士的那些疯话。西蒙的心被噩梦影响，不太畅快。可是在日光的照耀下，梦境就像是不安分的鬼魂，渐渐消退溶解，只留下恐惧的残渣。他只能记得一个巨大的黑色轮子，轮子滚下来压在自己身上，其他的都记不清了。脑子里只剩下黑暗的空洞，而遗忘的大门他又怎样都打不开。

不过，他还是知道，自己不光是被那个侍奉上帝的弟兄的话吓到了，肯定有种更为巨大的力量。比老好人莫吉纳的死，比一群圣徒被屠杀还更可怕的东西。现在感觉起来，这一切都仿佛是深深的大旋涡，或者更准确地说，是巨大的车轮。而渺小的事物无意间便在轮底被碾得粉碎。他弄不清那些都代表了什么，想得越多就越糊涂。他唯一搞明白的是自己落到了车轮的阴影里，如果能幸存下来，自己就必须长出坚硬如铁的皮肤。

成群的小虫子聚集在溪流上方，嗡嗡叫个不停。西蒙一屁股坐在河岸上，打开包裹，翻着莫吉纳写的关于圣王约翰生平的手稿。长途跋涉加上扎营就睡，他已经很久没读过手稿了。手稿有几页粘在一起，他小心地将它们分开，这里读一句，那里看几个字，也不在意到底读了什么，只是沉浸在对老朋友的记忆里。盯着手稿，他想起瘦瘦的老人，医师手上青筋凸起，但灵活得就像是只筑巢的鸟儿。

一条小径映入眼帘，是手稿上画的简陋地图。医师在下面标注了"尼鲁拉战场"。图本身没多大意思。不知为什么，老人没注明任何军队或地标，也没附上任何解释性的只言半语，但图旁写了一段话，莫名其妙吸引了他的注意力。从昨天那令人胆战心惊的发现开始，他的心便一直饱受折磨。眼前这句话竟仿佛是某种答案。

"战争或暴力导致的死亡，"莫吉纳写道，"没有任何值得赞颂之处，但它们就像火光，人类则如低贱的飞蛾，一而再地受到吸引。上过战场、又未被人间盛行的言论蛊惑之人会承认，在这片大地上，正是由于人类自身的耐心缺失，才造成了人间地狱——其实，如果牧师的说法可信，绝大多数人总会到地狱去的。"

"但是，战争却可以决定被上帝遗忘的那些事——至于上帝是有意还是无意遗忘，凡人又怎能知道？我们只能说，暴力致死为表，神圣意志为里。"

西蒙微笑，喝了点水。他清楚地记得，莫吉纳惯于将一个东西和另一个比较。比如拿人和虫子比较，还把死亡比作满脸皱纹的干瘪老牧师。大部分时候，西蒙听不懂他的比喻，但有时，只要他跟上老人百转千回的思路，就能立刻茅塞顿开，明白话语的含义。那感觉就像掀开厚厚的窗帘，让阳光倾泻而出。

"毫无疑问，"医师还写道，"在那个年代里，圣王约翰是最伟大的战士之一。如果不是这样，他也不可能坐上宝座。但让他成为伟大国王的却不是擅长作战，倒不如说，是先因为战力过人得到权力，之后又合理使用权力，展示出治国的能力，才成为百姓的榜样。"

"事实上，作为国王，他在战场上过人的武力反而是最大的缺点。他无所畏惧，笑傲沙场，满心欢喜地把挡在面前的生命全部摧毁。就像那个臭名远扬的乌坦邑领主，打猎时总喜欢将鹿射成刺猬。

"作为国王，他有时容易急躁，还很粗心大意。因为这些缺点，他差点输掉艾弗沙谷战役，并白白浪费了被征服的瑞摩加人的好意。"

西蒙一段接一段地读着，皱起了眉头。阳光从树梢上滑到他的脖子和背上，暖洋洋的。他知道自己应该尽快将水囊带给宾拿比克……可是他已经很久没享受过安静独处的时间了。再加上，莫吉纳竟明白无误地写了不可战胜的黄金圣王约翰的坏话，让他又好奇又惊讶。约翰的光辉形象在那么多歌谣和故事里传唱，在这个世界上，大概只有乌瑟斯·安东比约翰更有名，那也是因为安东的时代比约翰更久远。

"比较而言，"文字继续，"还有一个在战场上跟约翰同样骁勇善战之人。凯马瑞-萨-梵尼塔，纳班皇室最后的王子，纳班公爵的兄弟。对此人来说，战争不过是尘世纷扰的一种形式。骑着名唤警钟的战马，手持叫做荆棘的宝剑，他也许是全世界最可怕的战士，但他本人却享受不到一丁点儿战斗的乐趣，强大的武力不过是种沉重的负担。战无不胜的名号引得许多人前去挑战。那些人本来和凯马瑞无冤无仇，却逼得他不得不出手杀人。"

"安东之书上写着，余汶奈的牧师们去逮捕圣乌瑟斯时，他是心甘情愿跟他们走的，但他们还要把他的门徒撒翠和格冉尼也带走，乌瑟斯·安东却不答应。他一挥手，便杀了那些牧师。他为杀戮而哭泣，又祝福了死去的人。

"如果说可以作出如此亵渎的比较，那凯马瑞也是那样的人。就像教廷形容乌瑟斯那样，倘若世上还能有人在拥有极其可怕的力量的同时，又心怀如此伟大的博爱，那人一定便是凯马瑞。一个从不怨恨敌人的战士，同时又是最擅长杀敌的战士，也许任何……"

"西蒙！你能不能快点儿！我需要水，现在就要！"

宾拿比克催促的话语远远传来，声音有些刺耳。西蒙内疚地跳起来，快步爬上河岸，往营地赶去。

但凯马瑞的确是个伟大的战士！所有歌谣里都传唱，他一边手刃色雷辛野人，一边还发出会心的大笑。

舍姆也唱过这类歌，怎么唱的来着……

"……敌人右边来，
敌人左包抄。
他笑声豪迈，

敌人夹起尾巴逃之夭夭。

凯马瑞大笑，
凯马瑞挥剑，
凯马瑞冲刺，
穿过色雷辛战场……"

　　快步穿过灌木丛的时候，耀眼的阳光直扑到西蒙脸上，什么时候太阳都升得这么高了？汉菲斯科已经回来了，他和宾拿比克正蹲在仰躺着的朗瑞安弟兄身边。

　　"拿着，宾拿比克。"西蒙将水囊递给膝盖着地的矮怪。

　　"你可真是去了很长……"宾拿比克刚开口说，又停下了，晃了晃水囊，"才一半？"西蒙的脸一下子羞红了。

　　"你叫的时候，我正好喝了一点。"他解释说。汉菲斯科转过身，皱着眉，丢给他一个爬虫般的眼神。

　　"好吧。"宾拿比克继续看着朗瑞安，这人的气色比西蒙印象中的要好多了。"'起就能起，倒便会倒。'而我觉得我们的朋友已经有起色了。"他拿起水囊，往朗瑞安嘴里倒了点。意识不清的修士咳嗽着吐出了一些，但接着他的喉咙蠕动着，看起来是把其余的水喝了下去。

　　"看到了吗？"宾拿比克自豪地问，"我就说肯定是他脑袋受伤了，我相信……"

　　没等宾拿比克解释完，朗瑞安的眼睛忽然睁开。西蒙听到汉菲斯科倒吸一口冷气。朗瑞安的目光在头顶三张脸孔上漫无目的地扫视了一番，接着，眼睛又闭上了。

　　"矮怪，再给他喝点水。"汉菲斯科低声命令道。

　　"瑞摩加人，我知道自己在干什么。"宾拿比克冷冰冰地回答说，"当你把他从废墟中救出来的时候，就已经履行了自己的职责。现在该轮到我履行我的职责了，而且，我不需要建议。"说着，小个子又滴了点水在朗瑞安干裂的嘴唇上。不一会儿，修士便伸出了舌头，贪婪地舔着水，就像只结束冬眠刚刚出洞的熊。宾拿比克又拿水囊里的水沾湿了布，放在朗瑞安的前额上，水顺着正在愈合的伤口流淌。

他终于又睁开了眼睛，这一次，目光对着汉菲斯科。而瑞摩加人则握住了他的手。

"汉……汉……"朗瑞安的声音沙哑。汉菲斯科将湿布贴紧他的皮肤。

"朗瑞安，别说话。休息吧。"

"这个人和我，总算有意见一致的时候了。"宾拿比克朝他的病人微笑着，"你现在还是睡吧。"

朗瑞安看起来还想说话，但一言未发眼皮便已沉沉落下，像是听从他们的建议睡去了。

❋

那天下午发生了两件事。第一件是在西蒙、修士和矮怪分吃少得可怜的食物时发生的。因为宾拿比克坚持不肯离开朗瑞安半步，三人只好吃点干肉，外加西蒙和汉菲斯科找到的一些莓子和一点还泛绿的坚果。

他们坐着，安静地咀嚼，每人都若有所思。西蒙想着巨轮，想着约翰和凯马瑞两人在战场上的英姿，两种形象对等地交叠在一起——就在这个时候，多查斯弟兄猝死了。

当时他静静地坐了起来，神志清醒却不肯吃东西——他拒绝了西蒙递过去的莓子，目光像是多疑的野兽，西蒙只好把食物拿走。过了一会儿，他又躺了下去，先是身子微微颤抖，后来便越抖越厉害。等其他人赶到，将他扶起来时，已经是两眼上翻、面如土色，没过多久停止了呼吸，身体却仍然硬得像石头一样。就在多查斯颤抖着咽气的那一刻，西蒙很肯定自己听到他轻声念了句"风暴之王"。虽说不知为何，但这几个字就像火焰，灼烧着他的耳朵，心里也惊慌不安起来，也许是曾在梦里听过这几个字吧。宾拿比克和修道士都没什么反应，但西蒙确信他们两个一定也听到了。

西蒙惊讶地看到，汉菲斯科竟在尸体旁抹泪。不知怎的，这一幕竟让他如释重负，但还是无法明白或消除掉刚才那种奇怪的感觉。另外，一旁的宾拿比克则像块石头似的，看不出表情。

第二件事则发生在约摸一个小时后。宾拿比克和汉菲斯科吵了起来。

"……而且我说的是我们会帮忙，但是你却错以为可以命令我。"宾拿比克努力抑制着怒火，然而双眼还是在眉毛下挤了起来。

"但你只肯帮忙把多查斯埋起来！难道你想让其他人变成狼的食物？"汉菲斯科和他相比差远了，修士脸涨得通红，双眼圆瞪，眼球都鼓了出来。

"我已尽力帮助多查斯了。"矮怪气愤地说，"但没成功。我们会一起埋了他，如果你希望这样的话。但我可不打算花三天时间把你那些死掉的同胞也埋起来。而且，这世上有许许多多的事情，远比'变成狼的食物'更可怕。有时候甚至还会发生在活人身上，某些人！"

汉菲斯科花了一会儿才听懂宾拿比克话里的意思。一明白过来，他的脸便气得越发红亮了——如果说人的脸可以形容为红亮的话。

"你……你这个野蛮的怪物！你怎么能说还未下土的死人的坏话，你……你这个恶毒的矮子！"

宾拿比克微笑起来，笑容冰冷："如果你的神爱他们，那么他会带走他们的……灵魂，是吗？……到天堂去，那么，躺在地上，会受损的只不过是他们的肉体罢了……"

话才说到一半，双方的争论就被坎忒喀低沉的吼声打断。它原本躺在朗瑞安身旁，靠着火堆小憩。大家一转头，立刻发现是什么惊动了这头灰狼。

朗瑞安正在说话。

"有人……有人警告……院长……叛徒！……"修道士奋力挤出嘶哑的声音。

"弟兄！"汉菲斯科叫起来，一瘸一拐地赶到他身旁，"你先休息！"

"让他说，"宾拿比克插嘴道，"他的话说不定可以救我们的命，瑞摩加人。"

汉菲斯科还没来得及回嘴，朗瑞安便睁开了眼睛，先是盯着汉菲斯科，接着又打量着四周。虽说修士被厚重的斗篷裹得严严实实，身子却还是不住地打颤。

"汉菲斯科……"他断断续续地说，"其……其他人……他们……？"

"都死了。"宾拿比克语气平板。

瑞摩加人愤恨地朝矮怪瞥了一眼。"乌瑟斯带走了他们，朗瑞安。"他说，"只有你幸存下来。"

"我……我恐怕……"

"你能告诉我们发生了什么吗？"矮怪靠过去，重新为修士换了一块湿布，搁在他的前额上。西蒙这才看清那人的脸，血污、疤痕和伤痛底下的脸庞看来非常年轻，朗瑞安修士可能都没到二十岁。

"别太累着你自己。"宾拿比克补充说，"尽量把你知道的都告诉我们。"

朗瑞安闭上眼睛，样子仿佛又睡着了，但其实是在积蓄说话的力气。"大概有……有一打人……他们到这里来，路人……歇脚。"他舔了舔嘴唇，宾拿比克立即拿出水囊。"最近……结伴的旅人很多。我们给他们吃的，塞尼法弟兄……带他们去旅人厅。"

一边喝水一边讲述着，修道士渐渐恢复了些精神，"他们这一群人挺奇怪的……那一整晚都没有到大厅来，只有那个首领——小眼珠子，戴着一顶……很邪门的头盔……穿黑色铠甲。他问……他问我们有没有听说，一队鄂克斯特来的瑞摩加人，要往北方去……"

"瑞摩加人？"汉菲斯科皱着眉头，咕哝着。

鄂克斯特？西蒙转动脑筋。那会是谁呢？

"昆辛院长告诉那个人，我们没听过这支队伍……他看起来……满意了。院长有些忧心忡忡的，可是，他当然也不会把疑虑告诉我们……我们这些年轻的弟兄……

"第二天早上，有个山上的弟兄过来，报告说有一队人马从南边过来……那些旅人听了……好像很感兴趣，说那些人是……是和他们一起的，来这儿汇合。那个小眼睛首领……带着他的人到大院去欢迎新来的——反正我们是这么以为……

"新来的那批人到了葡萄山顶，从修道院这边刚好能看到他们，人数大概……比之前的那一批客人少一两个吧……"

说到这里，朗瑞安不得不停下，喘着气，休息一会儿。宾拿比克本想给他点东西，让他睡下，可受伤的修士却挥手拒绝了。

"快……快说完了。另外一个弟兄……看到其中一个客人，迟到了，从旅人厅里跑出去，没披斗篷。天气很暖和，这些人本来都还披着斗篷。结果，衣服下露出了剑光。那弟兄赶紧去通知院长。院长似乎早有预料，赶紧去质问那个首领。当时，我们看到那些人已经从山坡上下来了，全都是瑞摩加人，留着胡子，还编了辫子。院长警告那个首领，他们必须停手，圣宏德朗不会允许这种土匪行径。首领二话不说拔出了剑，抵住昆辛的脖子。"

"慈悲的安东啊。"汉菲斯科倒吸一口冷气。

"过了一会儿，我们听见了马蹄声。塞尼法弟兄突然跑到院门口，大声警告前来的陌生人。然后其中一个'客人'……一箭射中了他的后背，首领也割断了昆辛的喉咙。"

汉菲斯科强忍着没哭，在心口上做了个圣树的标记，但朗瑞安却面无表情，继续流畅地叙述着。

"接着，就是屠杀。那些人拿着刀剑扑向弟兄们，还有些人拿出了藏起来的弓箭。当第二批人穿过大门的时候，也已经拔出了武器……我想他们大概听到了塞尼法的警告，又看到他在拱门下被射死了吧。

"我不知道接下来到底发生了什么，哪里都是疯狂的景象。有人往教堂屋顶上丢了火把，烧了起来。到处都是尖叫声，马鸣声，我想出去找水……接着有什么东西打中了我的头。就是这样。"

"所以，这两方人马，你都完全不认识？"宾拿比克问道，"他们是互相对打，还是一伙儿的？"

朗瑞安认真地点点头："互相打。新来的人跟手无寸铁的修道士不同，他们跟埋伏的那伙人打得难分难解。我就知道这么多了。"

"但愿他们都被烧死！"汉菲斯科愤愤地嘶吼道。

"应当被烧死。"朗瑞安叹道，"我想我得再睡会儿。"他闭上了眼睛，但呼吸还是十分急促。

宾拿比克直起身子。"我想去走一走。"他说。西蒙点了点头。"Ninit，坎忒喀。"他呼唤着，大狼跳过去，伸了个懒腰，跟着他一起走了，没多久便消失在林子里，留下西蒙和三个修道士待在一块儿——两个还活着，一个已经死了。

多查斯的葬礼短暂又简单。三人一起在修道院的墓地挖了一个坑，用汉菲斯科在修道院废墟中找到的破布包裹了多查斯单薄的尸体，放进坑里。这段时间里，坎忒喀一直守在朗瑞安身边，让他能在森林里安睡。之前的大火烧着了牲口棚，棚里的铲子被烧掉了木柄，现在只能用手握着铲头，因此挖掘工作相当辛苦，直挖得他们筋疲力尽、汗流浃背。汉菲斯科说了一段欠缺激情的祈祷，还加上了要伸张正义的承诺——虽说他在狂热中，忘记了修道院惨遭屠杀时，多查斯根本就不在那儿。待到这一切都结束时，已经是傍晚时分。太阳已然西沉，只剩一抹残光停留在葡萄山沿上，教堂墓园里草色暗沉。汉菲斯科继续祷告，闭着眼睛，眼珠子在眼皮底下不安地来回移动，宾拿比克和西蒙则识趣地离开，到修道院附近去搜索。

虽说矮怪尽量小心地避开那些惨祸的地点，但血腥杀戮遍布着整个院落。没过多久，西蒙就开始后悔，暗自希望自己刚才要是回到树林里的营地，和朗瑞安还有坎忒喀一起等着就好了。已经是第二个大热天，尸体就这样曝露在外，肿胀发红。西蒙想起自己家里，淑女节桌上戴王冠的烤猪，不由一阵反胃。这些了无生气的肉块和骨头曾经是活着的、有跳动的心脏，曾经抱怨着、笑着或唱着。

总有一天我也会变成这样，当他们在礼拜堂周围穿行时，他想着，那时候又有谁还会记得我？他找不到现成的答案，只看到一边是干净简洁的小墓园，另一边则充满讽刺意味地，杂乱地遍布着被杀死的修道士。这景象让他无法安心下来。

宾拿比克找到了烧剩下的教堂侧门，坚实的木头从黑漆漆的表面露出来，像是旧灯上刚擦亮的铜杆子，十分突兀。门旁边有一个已死的警卫。矮怪戳了戳门板，焦黑的木片纷纷落下，但建筑本身却没有动。于是他用手杖更用力地戳下去，教堂仍然屹立不倒。

"很好。"宾拿比克说，"那就是说，我们在里面探索的时候，整个建筑物应该不会突然落到头顶上。"他将手杖探进门和门框中间的细缝，就像是泥瓦匠的撬杆一样，用力往上推，西蒙见状也帮了把手。门终于开了，落下满地的黑灰。

这么辛苦把门打开，进去一看，却发现房顶已经没了，整个教堂暴露在外，就像是没有盖子的大桶。西蒙抬起头，看着顶上的一方天空，底下是霞红，上面则已染上了夜灰色。高墙上的窗子都被熏黑，黑乎乎的碎玻璃直刺天空，就好像有只大手将屋顶掀掉，戳穿了房梁，又用手指点碎了窗户。他们快速搜索一番后，却没找到什么用得上的东西。可能是因为教堂曾经挂满了壁毯，结果连墙壁都烧着了。长凳、楼梯和圣坛的灰烬还在原地，石制的圣坛阶梯上还能看到花冠的残骸：叶子仿佛纸一样薄，花则呈现半透明的灰色，形状完美得令人难以置信。接下去，西蒙和宾拿比克穿过庭院，来到了住宿区，那是一座长且低矮的厅堂，里面有不少小房间。相对而言，这里的损坏程度倒没那么严重——厅堂一头被烧毁，但是不知为什么，火势并没有蔓延开来，其他的房间得以幸存。

"留意找找靴子。"宾拿比克说，"修士们大多数情况下都穿凉鞋，不过说不定他们之中偶尔有人要在大冷天骑马或者外出。能找到刚合适的最好，如果没有，那就宁可选大点。"

他们从长厅另一端开始搜索。所有的门都能打开，但小房间里空空荡荡，墙上什么都没有，最多只装饰着一棵圣树。有名修士在硬板床头挂了根开花的花楸树枝，能在这片简陋和朴素中看到一线生机，西蒙高兴了片刻，但旋即又想起了屋主的悲惨命运。

搜到第六或第七间屋子，西蒙一打开门，只听嘶的一声，什么东西掠过了自己的脚踝。一瞬间他还以为是射来的箭矢，但看着空空荡荡的房间，又怎么可能藏人呢。不一会儿，他便明白过来那是什么了，不由得翘起嘴角，露出了微笑。虽说这肯定违反了修道院的规定，但其中一名修士偷偷地养了只宠物——应该是猫，就像他自己曾在海霍特交到的小朋友，那只到处跑来跑去的小灰猫一样。它在房间里被锁了两天，等待着永远不会回来的主人，一定又饿、又恼火、又害怕。他走回长厅，想找到那只猫，可惜小东西已经不见踪影。

宾拿比克在另一间屋子里，听见凌乱的脚步声，大声问道："西蒙，你还好吧？"

"没事。"西蒙也大声回答。头顶上的小窗已经暗了下来，他不确定应该回头去找宾拿比克，还是自己接着搜下去。不过，他至少还是有兴趣检查一下这个养了猫的修道士的房间。

没一会儿，西蒙便回想起长期把动物关在一个地方的问题了。他捂着鼻子，尽快扫视了一遍房间，只发现一本用皮革包着的斑斑点点的小书。他踮着脚穿过脏兮兮的地板，从低矮的床铺上把书拈起来，赶紧离开了这儿。

他刚在下一个房间坐下，看了眼自己的战利品，宾拿比克就出现在门口。

"我运气不怎么样，你呢？"矮怪问道。

"没看到靴子。"

"好吧，快入夜了。我还是去旅人厅转一转吧，那些陌生的凶手曾在那边过夜，说不定落下了什么东西，也有可能留下了线索。在这儿等我吧，嗯？"

西蒙点点头，宾拿比克便离开了。

就像西蒙想象中的那样，这本果然是安东之书，虽说对于一个清贫的修道士而言，它相当昂贵而且做工精良。西蒙猜这应该是某个有钱亲属的赠礼。书上并没有标明卷数，整体装饰得很是精美，至少在昏暗的光照下看起来还挺漂亮的。这时，有什么东西吸引了他的目光。

那是书的第一页，人们常常在这里写上自己的名字，或者是作为礼物的赠言。而这本书上的却是一段箴言，笔迹不太利索，但看得出写得很仔细。

> 一把黄金匕首，撕开我的心，
> 那便是神。
> 一根黄金细针，穿透神的心，
> 那便是我。

西蒙坐在那儿，看着这些文字，之前下过的决心不由得动摇起来，就像是一波浪潮席卷而来，满带着懊悔和恐惧。虽然看不见，但这灵魂的浪涛却瞬间卷走了他的心跳。

正在他想入非非的当儿，宾拿比克从门外探头过来，在西蒙身边的地板上扔了双靴子，发出闷响。西蒙没有抬头。

"不只是这双新靴子，旅人厅里还有很多有趣的玩意儿。不过天快要暗了，我只能随便翻翻。在厅里和我碰头吧，用不太久。"说完，他又走了。

被矮怪唤醒后，西蒙又静静地待了很长一段时间，才终于把书放下。他本想带着它，但最后还是改了主意，拾起地上的靴子穿了起来。靴子挺合适的，他觉得很满意，便将原来那双破烂的鞋子丢在原地，走出长厅，向大门口走去。

柔和的夜色笼罩大地。穿过院子便是旅人厅，和他刚刚离开的那座建筑物成对而立。不知为何，对面那扇前后缓缓摆动的门让他心里泛起一阵恐慌。矮怪在哪里？刚想起矮怪，他又发现不只是院子里的门，整个修道院都有点不对劲。正在这时，一只粗糙的手从后面搭上了他的肩膀，将他往后拉去。西蒙吓呆了。

"宾拿比克！"他挣扎着想呼救，但一只厚厚的手掌已经捂住了他的嘴，他的身子往后倒去，靠在了一个肌肉如铁般坚硬的人身上。

"Vawer es do üunde?"一个声音在他耳边低吼道，是瑞摩加人滚石般的口音。

"Im todsten – grukker!"另外一人冷冷道。

慌乱中，西蒙张开嘴，狠狠地咬了那只盖住自己嘴巴的手一口。只听一声疼痛的呻吟，他的嘴巴暂时自由了。

"救命啊！宾拿比克！"他尖叫着，但那只手马上又捂住了他的嘴，这一次下手很重，很痛。接着，西蒙眼前一黑。

整个世界在眼前化为一片昏暗时，他还能听见自己回荡着的尖叫声越来越弱。旅人厅的门摇摆不停，宾拿比克没有出现。

冰冷的慰藉

❀

来自艾弗沙的艾奎纳公爵用力过猛，小刀偏离木头，割伤了他的拇指，指节下立刻现出一条血痕。他咒骂着，将赤心木丢在地上，吮吸起自己的手指。

弗雷克是对的，他想，还真他妈说对了。我永远也学不会这个。我都不知道一开始干吗要尝试。

其实，他当然知道理由。被变相囚禁在海霍特的这段时间里，他说服了老弗雷克教他一些雕刻的基本手法。他觉得不管做什么，都比像只被锁住的熊，在城堡大厅和城垛上踱步要好。老兵曾在公爵的父亲艾布恩手下做事，他耐心地教艾奎纳怎么挑选木头，怎么从天然的木纹中辨识出天然的自然之心，又怎么一片一片地剥开木头，将自然之心释放出来。看着弗雷克工作——他的双眼眯成一条线，带疤的嘴唇不自觉地弯成微笑的模样，接着，恶魔、鱼、栩栩如生的野兽在他刀下一一呈现——让人不由怀疑，是不是世界本来就把它们塑造成了那个样子？是不是每棵树、每块石头、每片雨云都是精心安排好的？

吸吮着受伤的拇指，公爵不着边际地想着这些事——正像弗雷克所说，艾奎纳发现在雕刻时，几乎无法认真思考任何其他事。在小刀和木头激烈的碰撞中，只要一点麻痹大意，分分秒秒都可能酿成悲剧。

就像现在这样，他品尝着血的味道，心想。

艾奎纳将小刀装回鞘里，站起来。身边的手下都各忙各的，包括清洁捕兽夹、照看篝火、准备晚上扎营等。他走到火堆旁，转过身子，背对跳动的火焰，看着迅速变灰的天空，之前觉得会有风暴降临的感觉又加深了。

现在已经玛雅月了，他露出苦笑。我们在这儿，在鄂克斯特北面不到二十里格的距离……风暴又是从哪里来的呢？

大概三个小时前，艾奎纳和手下赶跑了阻挡他们进入修道院的强盗。可直到现在，公爵也没搞清那些人的身份，更不明白他们为什么那么做——虽然能看出其中有些是乡下人，但却没有熟悉的面孔。首领的头盔是张咆哮的狗脸，但艾奎纳从没见过或听说过类似的家徽。当时，要不是圣宏德朗门口那个身穿黑袍的修道士，在被箭穿透肩胛骨之前，尖叫着发出警报，他哪里还能在此为这些事情疑惑？他们战斗得相当激烈。那修道士的牺牲……愿神垂怜他吧，不管他到底是谁……全因这声警告，公爵的人才预备好战斗。刚开打，他们便不幸损失了一名同伴——年轻的荷伍。爱因司凯迪受了伤，但他不但杀掉了砍伤自己的人，还将另一个敌人送下地狱。那些人本来也没打算跟他们公平打斗，艾奎纳心里不太痛快地想，他的手下被关在城堡里好几个月，手痒得很，伏击者被他们从修道院大院一直杀退到马厩，上了备好的马逃走了。

公爵和手下人四下搜查，却发现修士无一幸免，于是迅速上马，追赶伏击者。也许，他们更应该留下来埋葬荷伍和宏德朗众修士，但此时，艾奎纳的热血已经沸腾，急于知道对方是谁，为何要这样干。

然而，他们没能追上对方。匪徒比瑞摩加人先跑了十分钟，他们的马也更精力充沛。公爵的手下只看到他们一次，对方像影子般自葡萄山扫下平原，穿过低坡，冲向巍轮路。看到他们，艾奎纳的手下怒火攻心，打马冲下山坡，往巍轮山脚的谷底追去。他们的坐骑似乎也被他们感染，使出浑身力气狂奔。那一刻，他们如复仇的云团压向平原，似乎马上就能将匪徒踩在脚下。

结果，怪事发生了。上一秒钟，他们还在阳光中奔行，突然间，整个世界暗淡下去。异象在持续，他们方圆半英里内空空荡荡、晦暗不明。艾奎纳抬起头，只见一朵铁灰色的云停留在头顶，就像一只击向太阳的拳头。随着沉闷的轰鸣声，突然下起雨来，雨丝很快变成倾盆大雨。

"这雨是从哪儿来的？"爱因司凯迪对他叫道。他们之间本来只有一抹雾气，但转瞬间变成了一道雨帘。艾奎纳不知道，心里也相当纳闷——他从没见过如此突兀的变天。他们只好继续在湿漉漉的草地上前行，没过多久，一匹马蹄子打滑，将骑手抛了出去——感谢安东，他安全落地。艾奎纳不得不大声吼叫示警，让其他人放慢速度。

最后，他们决定在离巍轮路一里格左右的地方扎营。公爵考虑过回修道院去，但人马都已相当疲惫，再加上离开时，主建筑还在熊熊燃烧，估计现在火还没熄。另外，受伤的爱因司凯迪主动提出，要回修道院去找荷伍的尸体，顺便可以看看有没有袭击者留下的线索，好弄清楚他们到底是谁、动机为何。艾奎纳了解他，知道这人惯用面无表情来掩饰内心的激动，因此，当他得知爱因司凯迪要去干什么时，便当机立断，命令他必须跟施拉迪格一起去。施拉迪格可没那么热心，虽说也是个好兵，但总有些消极悲欢，不过正好可以平衡一下爱因司凯迪的满腔热情。

现在我在这儿，艾奎纳满心厌恶地想，年轻人忙着做事，我却只能站在篝火边对其他人嚷嚷。这该死的年岁，该死的背痛，该死的埃利加，该死的时节！他望着这一片喧嚣，弯腰捡起木片，本来还希望奇迹出现，能把这东西雕成圣树的模样，回家后好挂在老婆桂棠的胸前。

该死的雕刻！他把木片丢进火里。

他把吃剩的兔子骨头丢进火堆。吃过东西后，感觉好点了，就在这时，远处传来一阵急促的马蹄声。艾奎纳垂下双手，在衣服上蹭掉油渍，手下也在做同样的动作——谁都不想用滑腻腻的手去握斧头或剑。听起来似乎是一支小队，最多两三个人，但没人放松警惕，直到看清是爱因司凯迪和他那匹白马出现在暮色中。施拉迪格紧随其后，还牵着一匹马，鞍上躺着……两个人。

两个人，不过，爱因司凯迪简短地解释说，其中一个是尸体。

"一个小男孩。"爱因司凯迪嘟囔着说。他的黑胡子沾着兔肉油脂，泛着光，"鬼头鬼脑的。我觉得还是带回来为好。"

"为什么？"艾奎纳低声说，"他看上去像个捡破烂的。"

爱因司凯迪耸耸肩。他的同伴，头发浓密的施拉迪格露齿一笑，表明那不是他的主意。

"附近没有民房，我们在修道院也没见过男孩子。他从哪儿来的？"

爱因司凯迪用小刀切下一块肉："我们逮住他时，他在叫一个人的名字。'贝拿哈'或'宾诺克'，我不确定。"

艾奎纳转身，看看静静躺在斗篷里的荷伍。他是公爵的亲戚，艾索恩妻子的堂兄弟，关系不算很近，但在北部冻原之地的习俗中，也算是亲族。艾奎纳俯视年轻人惨白的脸和稀疏的黄胡子，心里还是涌起一阵酸楚。

他将目光转向俘虏。他的手腕被绑着，已从马上放了下来，靠在一块大石头旁。这男孩大概比荷伍小一两岁，身材瘦长但结实，满脸雀斑，一头红发，让艾奎纳觉得有点眼熟，但思来想去也没能从记忆中挖出点什么。年轻人之前被爱因司凯迪捂晕，现在依然昏迷，双眼紧闭，嘴巴大张。

看着完全是个普通农民，公爵想，除了那双靴子。但我敢打赌是从修道院里弄来的。以梅莫泉水之名，爱因司凯迪干吗把这小子带回来？我该拿他怎么办？杀了他？留下他？还是丢在这儿让他活活饿死？

"找些石头。"公爵最后说，"荷伍需要一座可靠的墓穴——这附近有很多狼。"

✿

夜幕降临，露出地表的石块点缀在巍轮山脚的荒芜平原上，像地毯上生出的霉斑。篝火燃得旺盛，人们围坐在旁，听施拉迪格唱着下流小曲儿。荷伍那毫无特色的石墓位于火光照不到的地方，成了许许多多霉斑中的一块。艾奎纳很理解经过浴血奋战，又失去同伴的人。他们现在需要放纵一下心情。就像几个月前，他站在埃利加国王桌边，谈起可怕的飓风传言时的心情。如今处于这片广袤的平原，周围山川没能提供保护，反而沉沉地压过来。大家聊起各种旅行者的故事，多是些海霍特或艾弗沙的鬼怪传说。这么一个阴郁的晚上，连怪谈都沉重不堪，无法像平时那样，用笑声把这些无稽之谈冲淡。他们又唱起歌，荒腔走板，但总算给荒原增添了一丝活力。

先不管那些鬼怪传说，艾奎纳想，我们被人袭击了，无缘无故。我实在想不明白为什么会被袭击。他们在伏击我们。伏击！慈悲的乌瑟斯，这到底是什么情况？！

也许土匪只是单纯伏击下一拨去修道院驻足的旅人——可为什么呢？如果他们想抢劫财物，为什么不把修道院抢空，那儿总有一两件圣物吧？但打从一开始，他们就预备好在修道院伏击。那地方，不管怎么行动，肯定会被人发现的。

现在也没几个活证人了，那些该死的家伙。说不定只剩一个，如果那孩子看到当时状况的话。

还是不大说得通。就算是等着拦截旅团，但最近这段日子，随便哪队人马都有可能是国王的卫队——事实上，他们自己就是全副武装的北方军队。

难道这批人竟错把自己当做目标——他和手下又好气又好笑。可到底为什么？另外一个同样重要的问题，他们是谁？艾奎纳的敌人中，最有势力的是考德克的司卡利，他对那人很熟悉，但那些匪徒中没有一个是司卡利的人。再说，司卡利很久之前就回领地去了，怎么可能知道艾奎纳无所事事，又担心妻子的安全，竟会跑去当面质问埃利加，大吵一番后终于得到了皇家许可，带着手下回北方的事？

"这里需要你，叔父。"他对我说。其实他也知道，我早就不信那套说辞了。我觉得嘛，他只是想监视我罢了。

然而，出乎公爵的意料，埃利加并没多加反对。在艾奎纳看来，那场争执就像是个幌子，仿佛埃利加早就知道自己会跑去质问，而且早就决定要放行了。

脑子里像一团乱麻，没有头绪。艾奎纳正想起身，准备去休息，弗雷克来了。火光照在老兵背上，像一条憔悴无力的影子。

"打扰一下，大人。"

艾奎纳竭力不让自己笑出来。这死老头肯定喝醉了。只有在酒精上头时，他才会使用敬语。

"什么事，弗雷克？"

"那个孩子，大人，爱因司凯迪带回来那个，他醒了。大人您说不定想跟他聊聊。"他的身子摇晃一下，很快又做出提裤子的动作。

"好吧，我去。"一阵风吹起，艾奎纳紧紧衣襟，刚想转身又停下，"弗雷克？"

"大人？"

"我又把该死的木雕丢进火里了。"

"我早知道会这样，大人。"

弗雷克说完，便转来转去找他的酒杯。艾奎纳敢肯定，老人脸上挂着一抹嘲弄的微笑。

臭老头，破木雕。一路货色。

男孩坐在那里，正在啃一块肉骨头。爱因司凯迪坐在旁边的石头上，装出一副轻松的模样——艾奎纳从未见他真的轻松过。火光微弱，无法照亮爱因司凯迪深深的眼窝。男孩抬起头，表情就像池塘边被吓坏的青蛙。

公爵漫步走近，那孩子立刻放下食物，嘴巴半开，目含犹疑地打量了艾奎纳一会儿。接着，即使火光如此昏暗，艾奎纳也能看出，男孩脸上闪过某种表情……如释重负？艾奎纳不清楚。爱因司凯迪怀疑这孩子，但话说回来，他总是像刺猬一样多疑。艾奎纳本以为会看到一个吓坏的农民小孩，六神无主，至少畏畏缩缩，但眼前这个男孩看着虽像无知的农夫或樵夫之子，衣服破烂，沾满泥巴，眼中却带着警惕。这眼神让公爵觉得，爱因司凯迪的判断说不定是正确的。

"说吧，孩子。"他用西领语粗声说，"你在修道院偷偷摸摸地想干什么？"

"不如干脆撕开他的喉咙。"爱因司凯迪用瑞摩加语狠狠地说。听到农夫般的粗鄙口吻加上可怕的话语，艾奎纳不由皱起眉头，心想这人莫不是疯了。但他马上发现，男孩只是一脸茫然地看着自己。他明白过来，爱因司凯迪在试探那孩子，看看他是否懂瑞摩加语。

好吧，如果他真懂，便是我见过的最会掩饰的人。艾奎纳想。不，他完全无法想象，小小年纪，身处武装军人的营地，还能听懂爱因司凯迪可怕的话。太诡异了，不可能。

"他没听懂。"公爵用瑞摩加语对他的手下说，"不过还真冷静，不是吗？"爱因司凯迪抓了抓长满黑胡子的下巴，嘟囔着表示同意。

"好吧，孩子。"公爵继续问，"我只问一次。说，你到修道院去干吗？"

年轻人垂下眼睛，盯着之前啃过又丢在地上的骨头。艾奎纳又一次觉得他有点眼熟，却还是怎么也想不起来。

"我……我在找……找双新靴子穿。"男孩指着脚上那双保养得很好的干净靴子。公爵听他口音像爱克兰人，除此以外，好像还有些什么……可到底是什么呢？

"看得出来，你找到了。"公爵蹲下身子，平视男孩的眼睛，"你知不知道，偷走没下葬的人的东西，是要被吊死的？"

终于来了，效果令人满意！听到威胁，男孩吓得身子一缩。这可不是装出来的，艾奎纳很肯定。很好。

"对不起……大人。我没想干坏事。我在赶路，肚子很饿，脚也疼……"

"从哪里赶路来的？"他终于找到了问题所在。男孩话说得太溜，不像樵夫的儿子。他要么由牧师养大，要么是商人的儿子，诸如此类。而且不用想也知道，他是偷跑出来的。

年轻人同艾奎纳对视一会儿。公爵心里有种感觉，这孩子正在算计什么。他是从教会逃出来的，或者某个隐修会？他到底想隐瞒什么？

男孩总算又开口了："我……我从师傅那儿跑出来了，大人。我父母……把我交给一个杂货商当学徒。可他动不动就打我。"

"哪个杂货商？在哪儿？快说！"

"莫……麦拉齐！在鄂克斯特！"

基本上能说通，公爵心想。还剩两个疑点。

"那你怎么会在这儿？你到圣宏德朗干吗？另外，"艾奎纳追问，"贝纳哈是谁？"

"贝纳哈？"

爱因司凯迪眼睛半闭，一直留心他们的对话，这时靠过来插嘴："他知道的，公爵，"他用的是瑞摩加语，"他叫了'贝纳哈'或'宾诺克'，肯定叫了。"

"或者是'宾诺克'？"艾奎纳的大手拍上俘虏的肩膀，立刻感到男孩畏惧的颤抖，不由为自己的行为后悔起来。

"宾诺克？哦，宾诺克……是我的狗，大人。实际上，是我师傅的狗。也逃走了。"说着，男孩的嘴角扯出一丝不易察觉的微笑，但马上收了起来。虽然还是心存疑窦，但老公爵发现自己挺喜欢这小子的。

"我打算到奈格利蒙去，大人。"男孩继续飞快地说，"我听说修道院会给像我这样的路人吃的。可一看到那些……那些尸体，那些死人，我吓坏了……可我需要靴子，大人，真的很需要。修道士是善良的安东教徒，大人，他们不会生气的，对吧？"

"奈格利蒙？"公爵眯起眼睛。他能感觉到坐在另一边的爱因司凯迪的紧张。"为什么去奈格利蒙？为什么不去斯坦郡或哈苏峡谷？"

"我有个朋友在那边。"在艾奎纳身后，施拉迪格的声音更响了，他正醉醺醺地唱着小曲儿的最后一段。男孩指了指篝火那边，"他是个琴师，大人。他说过，如果从麦拉齐跑出来，可以去找他，他会帮我。"

"琴师？奈格利蒙？"艾奎纳仔细打量男孩。他的脸庞虽被阴影笼罩，却还像奶油一般洁白稚嫩。艾奎纳突然觉得整件事都令人作呕。看看我！居然审问一个杂货商的学徒，真当他单枪匹马藏在修道院，要伏击我们似的！今天这都怎么了？

爱因司凯迪还是不太满意。他弯下腰，脸挨着男孩的耳朵，用口音浓重的西领语问："那个奈格利蒙琴师叫什么名字？"

年轻人转过身，一脸警惕，但也可能不是因为问题，而是因为爱因司凯迪突然的靠近。他不假思索地回答说：

"桑法戈。"

"丰乐娅的奶子啊！"艾奎纳咒骂着，猛地站起，"我认得他。够了，孩子，我相信你。"爱因司凯迪一脸不快，屁股蹭着石头转了个方向，看着篝火旁又笑又闹的人们。"孩子，如果你愿意的话，可以跟我们待在一块儿。"公爵说，"我们会在奈格利蒙停留一下。多亏那些该死的混球，荷伍的马空下来没人骑了。你一人穿过这块土地是很难的，尤其最近这段时间，不加入团队，单独乱走等于自己往刀口上撞。拿去。"他走到一匹马跟前，拉下一张捆好的毯子，丢给了年轻人，"在附近找个地方睡吧。别跟羊一样到处乱走，也方便安排人放哨。"他盯着小伙子头上如鸡窝般翘起的乱发，还有那对亮晶晶的眸子："爱因司凯迪给你东西吃了吧？还缺什么？"

男孩眨眨眼——到底在哪儿见过他呢？也许在镇子上？"没有了。"男孩回答，"我只希望……宾诺克没了我不会迷路。"

"相信我，孩子。就算他找不到你，也会有其他人照顾他，真的。"

爱因司凯迪已经不见了人影。艾奎纳也蹒跚着走开。男孩就地缩成一团，在石头下休息。

※

我已经好久没正儿八经看过星空了。西蒙裹在毯子里盯着头顶的天空，那些明亮的小点就像被冻住的萤火虫。在开阔地看到的天空，跟在树丛间看到的真不一样——就像在一张平整的桌面上似的。

他想起塞达之毯，接着又想到宾拿比克。

希望他没遇到危险——但话说回来，是他不管我，才让我被瑞摩加人抓住的。

运气不错，抓到他的人竟是艾奎纳公爵。当然了，醒来之后，看到营地里满是凶神恶煞、长满胡须的大汉，他确实惊慌失措了一阵子。但他知道宾拿比克的族人和瑞摩加人之间有过节，所以并不真的责怪矮矮独自消失了——何况他可能还不知道西蒙被人绑走了。但就这样跟朋友分开，还是挺难过的，但他只能硬起心肠。他现在什么都依靠那个小个子，听他讲话，受他影响，就像以前听从莫吉纳医师的指示。显而易见，他应该学会独立，应该为自己拿主意，应该走自己的路。

老实说，他本不打算告诉艾奎纳自己真正的目的地，但公爵的问题相当尖锐。有好几次，西蒙都觉得老兵是在故意试探他，只要说错一句，说不定他就万劫不复了。

而且，那个坐在旁边的阴沉汉子，好像只要高兴，随时都会动手杀了我，轻松得像溺死一只小猫。

于是，他尽量说出一切能说的实话，结果还挺管用。

现在的问题是，接下来该怎么办？他要不要跟瑞摩加人待在一起？不这么做似乎很蠢，可是……西蒙也不确定公爵到底站在哪边。艾奎纳也要去奈格利蒙，可万一他是去逮捕约书亚呢？在海霍特，所有人众口一词，说艾奎纳对老约翰国王多么多么忠心耿耿，说他看重国王的权柄甚于自己的生命。可埃利加又把他摆在什么位置呢？这种情况下，西蒙半点儿都不想透露自己在约书亚逃脱事件中扮演什么角色。但世上毕竟没有不透风的墙。西蒙也极度渴望打听到海霍特的消息。准确地说，他想知道，在完成最终的壮举后，莫吉纳到底怎么样了？派拉兹还活着吗？尹寸呢？埃利加又是怎样对其他人解释的？但这一类问题，不管多么想知道，打死他也不敢问出口，一问就等于把自己丢进了绝境。

他实在太紧张，一直睡不着。盯着稀落的星星，他又想起那天早上，看到宾拿比克摆弄骨头。风吹拂他的脸，突然，星星仿佛也变成了骨头，像一大把苍白的残骸散落在黑暗的天空。在一群陌生人中间，在无尽的夜晚，孤独感阵阵袭来。他渴望回到佣人间角落的小床，他想念过去波澜不惊的日子。渴望就像宾拿比克的笛音，平白引起一阵冷冷的疼痛，但这疼痛是将自己和广阔世界联系起来的唯一的东西。

他打了一会儿盹，但随即又被杂音吵醒，心脏咚咚跳得厉害。上空，星星还在黑暗中发光。模模糊糊地，他看见身边好像有个黑影，不可思议地高大，连月亮都被遮挡住。一阵强烈的恐惧直冲喉头。

旋即，他发现原来只是个哨兵。那人背对自己，身上裹着毯子，没戴头盔的脑袋硬邦邦地顶在肩膀上，腰里别着一把令人不安的，巨大且锋利的战斧，手中紧握着一支比人还高的长矛。这人站了一会儿，从他身边经过时甚至没费神低头查看。他踱着步，脚跟带起尘土。

西蒙裹紧毯子，抵御拂过平原的冷风。头上的景色逐渐变了模样。夜空原本清澈无垠，星星在黑暗中明亮地闪烁，现在则飘着丝丝缕缕的云朵，仿佛从北方伸来的手指。遥远的天边，低垂的星星被它们完全遮住，就像沙子盖住火堆里的煤炭。

也许塞达今晚能抓住她丈夫，西蒙疲倦地想。

又醒来时，感觉眼睛和鼻子都沾了水，他赶紧睁开眼睛，喘着气。已经看不到星星，如合上盖子的宝石匣子，乌云覆满头顶，下起雨来。西蒙嘟囔着，抹掉脸上的水，侧过身子，将毯子拉过头顶，像兜帽一样挡住雨滴。他又看到那个哨兵，那人现在离得更远些，抬起头，遮着脸，直直地看着雨丝。

西蒙的眼皮又快合上了，突然听到那人发出奇怪的哼哼声。他似乎正低头看着什么东西，姿势就像石头，一动不动，也没有挣扎。但西蒙感觉那模样不对劲，不由睁大双眼。雨越下越大，雷声在远处回响。西蒙的目光穿过雨帘，紧张地看着哨兵。那人还是站在原地，但有什么东西在他脚边移动，某种黑暗中夜行的生物。西蒙惊坐起身，豆大的水珠噼里啪啦打在周围的地面上。

一道雪白的闪电划破夜空，瞬间，四周的景象仿佛乌瑟木偶剧里画在木片上的拙劣背景。营地里的一切都清清楚楚——篝火还在冒烟，瑞摩加人挤在一处睡着了。但首先映入西蒙眼帘的是那个哨兵，他脸上的表情极其骇人，静静地，仿佛戴了一张惊恐的面具。

雷声骤响，天空又闪起电光。哨兵周围的地面仿佛沸腾起来，溅起大片大片的泥浆。西蒙看着那人跪倒，心脏在胸腔里颤抖。雷声再次轰鸣，闪电随即亮了三次。泥土仍像泉水般翻腾不休，同时，地面上出现了许许多多的手，连同细长的胳膊，在雨中反射出令人作呕的光。它们攀到跪着的哨兵身上，拉扯他，让他面朝黑土倒下。划破长空的闪光照亮了这群黑暗的生物，它们争先恐后地从土里涌出，细瘦肮脏，挥动着手臂，睁着混沌的白眼。大雨还在继续，闪电惨白的光，清晰地映出它们纠缠的长须和破烂的衣衫。雷声消失了，西蒙大叫起来。嗓子被雨水呛住。他却无法停止。

这景象比地狱还恐怖。瑞摩加人被西蒙恐惧的呼喊惊醒，却发现自己被一堆抽搐的身影团团围住。那些东西在地上蠕动，如同无数只老鼠。没错，它们在夜色中挤成一团，盲目又恶意地快速窜动，发出尖细的啜泣声和叫声，整个营地犹如巨大的鼠穴。

一个北方人站起身来，那些生物立刻涌向他。虽然它们没有一个高过宾拿比克，但数量惊人。即便北方人拔出佩剑，它们还是会将他拽倒在地。西蒙似乎看到它们手中有什么东西一亮，举高，又落下。

"Vaer! Vaer Bukkan!"营地另一边，有个瑞摩加人叫起来。这时所有人都醒了，在断断续续的闪光中，西蒙看到他们剑和斧子上的反光。于是他也踢开毯子，奋力站起，绝望地四下找武器。怪物满地都是，像昆虫一样用细细的腿跳来跳去，不停叫唤，当瑞摩加人的斧刃砍中它们时，还发出尖细的惨叫。叫声仿佛话语，就算在噩梦中，也是最可怕的一种语言了。

西蒙躲在挡风的石头后面转圈，疯狂地找寻任何能保护自己的东西。这时，一个影子猛地朝他冲来，在离自己只有一步之遥时倒下——是个北方人，脸被毁了一半。西蒙赶紧上前，想从那人痉挛的手中把斧子抢过来。可那人还没死，当西蒙拽走武器时，他在呻吟。不一会儿，西蒙觉得有什么东西攀上膝盖，低头一看，那对紧紧抓住自己的爪子后面，有一张人脸般的丑陋面孔，苍白的眸子直勾勾地瞪着自己。他对着那张脸，用尽全力挥动斧子，接着，就像将甲虫碾在脚下，他感到那东西在斧刃下破碎。黏糊糊的指头松开了，西蒙迅速跳到一边，喘着粗气。

世界在闪电照耀下忽明忽暗，没人能看清。瑞摩加人摇晃的身影遍布在周围，但又叫又跳的魔鬼却如洪水般席卷着一切。看来，最安全的位置是……

毫无预警，西蒙突然被打倒在地，一只爪子紧紧掐住他的脖子，他的半边脸被摁进泥地，嘴里满是泥水。他顶着背上的压力，撑起身子。模糊的斧刃反光自眼前掠过，啪的一声落在泥泞中。西蒙奋力跪起，另一只手却又伸过来，一把按住他的脸，遮住他的眼睛。那只手上散发着泥土和污水的臭气，手指像夜魔的爪子，不停地蠕动。

斧子呢？我把斧子弄丢了！

他摇摇晃晃地站起来，双腿分开，一边在滑溜溜的地面上稳住身子，一边试着挣脱箍住口鼻的手指。他跌跌撞撞地向前走几步，差点摔倒，却始终没办法把背上那抓着自己的可怕东西甩开。骨节嶙峋的手指扯着他的头发，膝盖抵着他的肋骨，他甚至听到那黏糊糊的东西发出胜利的叫声。在不支倒地前，他勉强又往前挣扎几步，身后，战斗的声音越来越微弱。他感觉血液上涌，耳朵里在打鼓，力气从手臂和身体里流失，仿佛面粉泄漏出破裂的麻袋。

我要死了……他脑子里只剩这一个念头，眼前浮现出暗红的光。

掐在喉咙上的力道突然消失了。西蒙脸朝下，重重地摔倒在地。

他上气不接下气，勉强抬起头。黑色的夜，有电光闪烁，映出一个疯狂的剪影……是个骑着狼的人。

宾拿比克！

西蒙深吸一口气，想站起来，却连手肘的高度都无法支撑。小个子赶来扶他。从地底爬出的怪物陈尸在旁，像被烤干的蜘蛛，身子扭曲，眼睛空洞地瞪着天空。

"别说话！"宾拿比克轻声喝道，"我们走！快！"他扶着西蒙坐起来，但男孩却用婴儿般无力的手挥开了矮怪。

"我得……我得……"西蒙的手颤抖着，指向二十步外乱成一团的营地。

"荒谬！"宾拿比克气呼呼地说，"瑞摩加人很能打。我只保证你的安全就够了。快走！"

"不。"西蒙顽固地说。宾拿比克握着中空的手杖，西蒙知道是什么打倒了袭击自己的东西，"我们得……得去……帮助他们。"

"他们会活下来的。"宾拿比克冷酷地说。坎忒喀跟着她的主人，鼻子凑近西蒙的伤口，嗅个不停。"我只管救你。"

"你说什么……"西蒙刚开口，便听到坎忒喀低沉地吼叫起来，警戒中带着威胁。宾拿比克抬起头："群山之女啊！"他呻吟着，西蒙顺着他的目光看去。

混乱中，一大片黑压压的东西脱离前方的战团，飞快地朝他们二人直扑过来。一堆扭曲的手臂和眼睛，上下舞动，说不清到底有多少，但肯定不少。

"Nihut，坎忒喀！"宾拿比克大叫，大狼立刻朝它们冲去。在她凌厉的攻势下，怪物们发出了恐惧的尖叫。

矮怪厉声说："西蒙，我们没时间浪费！"雷鸣回荡在整个平原上，他从腰间里抽出小刀，将西蒙拽起，"公爵的人知道怎么照顾自己，我却不能冒险让你丢掉性命。"

在那堆崛地而起的怪物中间，坎忒喀的身影仿佛长着灰毛的死亡机器。她的大嘴一咬一甩，立刻又再咬下去，受伤的黑色身影往四面八方溃散而逃。但又有更多的怪物涌了过来，大狼的咆哮比风暴的隆隆声更响亮。

"可是……可是……"西蒙感到宾拿比克更用力地拽着自己，却还是犹豫不决。

"保护你是我的责任。"宾拿比克说着，用力扯过西蒙，"这也是莫吉纳医师的意思。"

"医师……!? 你认识莫吉纳医师……!?"

西蒙惊讶地合不拢嘴，呆呆地看着矮怪。宾拿比克停下来，吹了两声口哨。坎忒喀抓紧最后的时间厮杀一阵，将两只冲向他们的怪物甩到一旁。

"现在快跑，笨蛋!"宾拿比克大喊。他们跑了起来，坎忒喀打头，像鹿似的跳来跳去，嘴上沾着黑色的血渍，宾拿比克紧随其后，西蒙跑在队尾，跌跌撞撞地穿过泥泞不堪的平原。风暴不停地回响，仿佛无休止地问着没有答案的问题。

凛冽北风

❀

"不用，我什么都不需要！"乌坦邑侯爵哥斯伍朝瓷砖地上啐了一口苦水，大眼睛侍从只好匆忙告退。看着远去的背影，哥斯伍有点后悔冲口而出的话语——倒不是说他同情那孩子，而是发现自己还真是渴了。他已在王座大殿门口等了一个小时，滴水未进。只有安东才知道他还得在这儿等多久。

他又啐了一口，浓烈的苦味停留在味蕾和嘴唇上。他一边咒骂着，一边抹去沾在长下巴上的唾沫。哥斯伍不像他的大多数手下，他没有嚼这种长在南方的植物苦须的习惯。然而，这样一个潮湿的古怪春天，一连几天被关在海霍特，现在还得苦等国王的召唤。因此，只要能分心，哪怕这东西刺激口腔，他也愿意试试。

就因为这潮湿的天气，连海霍特大厅都开始散发出霉味。霉味外加……不，说腐臭还是夸张了点儿。不管怎么说，浓烈的夕萃味多多少少能管点儿用。

哥斯伍实在坐不住，从长凳上站起来，像之前很多次一样，沮丧地踱步。这时，王座大殿的门吱呀作响，朝里打开。派拉兹的小脑袋从门缝间钻出来，平板又闪亮的黑眼睛就像蜥蜴。

"啊，乌坦邑领主！"派拉兹露出一口白牙，"我们居然让你等了这么久！国王已经准备好见你了。"牧师将门开大些，哥斯伍能看到他身上的红袍和身后的大殿。"请进。"他说。

这样一来，进门时不得不跟派拉兹挨得很近。哥斯伍深吸一口气，尽量缩起身子，减少触碰到牧师的可能。为什么他要站这么近？

故意让哥斯伍不舒服吗——国王之手和国王参事之间素来不睦。难道他只是想尽量让大门保持关闭？今年春天，城堡里挺冷的，埃利加确实应该注意保暖。也许派拉兹只是不想让热气跑出王座大殿？

好吧，如果他真这样想，这种尝试也不够成功。哥斯伍一踏过门槛，立刻感到阵阵凉意袭来，强壮的手臂立马起了一层鸡皮疙瘩。他抬头往王座后方看去，发现高处好几扇窗户支着木棍，敞开着。自北方来的冷风吹进大殿，吹动火把，吹得火光在灯座上摇曳舞动。

"哥斯伍！"埃利加低声唤道，在泛黄的龙骨椅上稍稍抬起身子，巨大的龙头骨在国王肩上狞笑，"真是不好意思，让你久等了。上前来吧！"

哥斯伍沿着走道大步往前，努力控制身子不要打颤："您要挂虑的国事太多，陛下。我不介意等待。"

乌坦邑侯爵单膝跪下，埃利加靠着王座椅背。国王今天穿了一件黑色衬衣，镶着绿色和银色的边，马裤和靴子也是黑色的。芬吉尔的铁王冠架在他苍白的额头上，身边则放着古怪的十字柄长剑。好几个礼拜了，他和剑一直形影不离，但哥斯伍完全不清楚这剑到底是从哪儿来的。既然国王只字未提，所以就算哥斯伍觉得这剑既古怪又神秘，也不打算开口询问。

"不介意等待。"埃利加会意地笑了，"平身吧，坐。"国王指着侯爵身后一两步远的凳子说，"阿狼啊，你什么时候不介意等待了？虽说我当了国王，可别以为这就能让我变得盲目、愚蠢。"

"我相信，当您有事需要国王之手完成时，一定会召唤我的。"

在哥斯伍和他的老朋友埃利加之间，很多事都不一样了，而乌坦邑侯爵一点也不喜欢这种改变。埃利加本不是神神鬼鬼的人，但现在，哥斯伍觉得，在那张熟悉的脸孔下，在日常事务掩藏下，肯定有什么大动作，而国王却假装什么事都没有。事情已然改变，哥斯伍心里很清楚谁该为这种状况负责。他越过国王的肩膀，看着派拉兹，牧师也目不转睛地盯着他。四目相接，红袍牧师抬了抬光秃秃的眉毛，仿佛在讥讽。

埃利加抚弄额角："很快你就该忙了，我保证。唉，我的头。王冠真是沉重的东西，吾友，有时我真希望能把它放下，到别的地方去生活。像我们以前那样，自由自在去旅行！"国王苦笑着，目光由哥斯伍移到参事身上，"牧师，我的头又疼了。给我拿点酒来，好吗？"

"马上就来，陛下。"派拉兹向王座大殿后边走去。

"陛下，您的侍从呢？"哥斯伍问。国王看上去非常疲倦，脸上胡子拉碴，在苍白的皮肤上显得特别黑。"而且，没有冒犯的意思，可大殿这么冷，为什么不关上窗子呢？这里比魔鬼的黑屁股还冷，一股发霉的味道。让我来生火吧。"

"不用。"埃利加轻蔑地挥挥大手，"我不喜欢太热，这里已经挺暖和了。派拉兹说我可能有点热病。不管怎样，凉凉的正合适。还有风吹过，不用担心脑子变迟钝，也不用听让人昏昏沉沉的傻话。"

派拉兹拿着国王的高脚杯回来了。埃利加一口便把酒喝光，用袖子擦干嘴唇。

"陛下，风确实挺大的。"哥斯伍笑了，笑得酸溜溜的，"好吧，吾王，您……还有派拉兹……什么都懂，肯定不需要一介武夫的短见。那我还能为您做什么呢？"

"我想给你个任务，虽说你可能不太喜欢。先告诉我，范巴德侯爵回来了吗？"

哥斯伍点点头，"陛下，今早我还跟他说过话。"

"我也准备召见他。"埃利加递出杯子，派拉兹提起酒罐，满上，"既然你已经见过他了，告诉我，他带来好消息了吗？"

"陛下，恐怕不是什么好消息。您要找的密探——莫吉纳的心腹，依然在逃。"

"该死！"埃利加揉搓着眉毛旁边，"他不是有猎狗吗？我都给他了，还有驯犬师！"

"是的，陛下，他让他们继续搜捕，但是我必须说，您给了范巴德一个几乎不可能完成的任务。"

埃利加眯起眼睛，直勾勾地盯着他。片刻间，哥斯伍竟觉得眼前是个完全陌生的人。这时，酒罐碰到高脚杯的声音打破了沉默，埃利加放松下来。"今天是个好日子，"他说，"也许你说得对。我不应该迁怒范巴德。他和我……都很沮丧。"

哥斯伍点点头，看着国王："是的，陛下。我听说您女儿生病了。米蕊茉怎么样了？"

国王瞟了一眼派拉兹。牧师倒完酒，后退几步。"谢谢你的关心，阿狼。我们觉得她没什么危险，不过派拉兹认为，麦尔芒德的海风可以缓解她的病情。所以婚事只能推迟了，可惜啊。"国王死盯着酒杯，好像那是个井口，而他正在张望不小心掉落进去的珍宝。风呼啸着穿过大开的窗户。

沉默许久，乌坦邑侯爵只好主动开口："您刚刚提到，我可以为您完成个小任务，是吧，国王陛下？"

埃利加抬起头："啊，没错。我希望你到赫尼塞哈去。为弥补之前该死的旱灾落下的亏空，我必须增加税收，结果该死的山鼠路萨竟敢拒绝缴税。他派来趾高气昂的艾欧莱尔，想用甜言蜜语糊弄我，但光凭一张嘴解决问题的时代已经结束了。"

"结束了？"哥斯伍抬起一边眉毛。

"结束了。"埃利加怒吼，"我要你带一打骑士直捣神堂——如果人太多的话，路萨除了反抗别无他途。你只要冲进铁公鸡的窝，把他的毛拔干净。告诉他，拒绝偿还我应得的债务，等于扇我的耳光……等于朝龙骨王座吐口水。但行事要谨慎，别在他的骑士面前说任何侮辱的话，别逼他反叛——另外，要清楚地告诉他，如果再拒绝我的命令，那他不但会掉脑袋，城墙也将会付之一炬。要让他畏惧，哥斯伍。"

"没问题，陛下。"

埃利加挤出一丝微笑："很好。你到了那儿，顺便留意收集有关约书亚下落的信息。我派去奈格利蒙的密探都能把整座城围起来了，但什么消息也没打探到。可能我那叛徒弟弟跑去路萨那儿了。甚至有可能，就是他，才让赫尼斯第人这么冥顽不灵！"

"我是国王之手，当然也会成为国王的眼线，陛下。"

"埃利加国王，能允许我插一句嘴吗？"国王旁边，派拉兹抬起了手指。

"说吧，牧师。"

"我建议乌坦邑领主大人也留意一下那个男孩，莫吉纳的探子。这同样能帮助范巴德。我们需要那个男孩，陛下——要是让幼虫跑了，光杀掉毒蛇又能起多大作用？"

"如果找到那条小蛇，"哥斯伍露齿而笑，"我会很高兴地把他碾碎。"

"不！"埃利加喝道，突如其来的怒火把哥斯伍吓了一跳，"不！要留着那个密探的命，如果他有同伴，也不能杀，把他们完整地带回海霍特。我们有问题要问他们。"也许因为刚刚的爆发，埃利加似乎有些尴尬，转而请求似的看着老朋友，"你明白我的意思，对吧？"

"当然，陛下。"哥斯伍飞快地回答。

"把他们带回来，只要活着就行。"派拉兹说，冷静得像面包师交代如何处理面粉，"那已足够我们找出所有答案了。"

"够了。"埃利加往龙骨座椅里缩了缩。哥斯伍这才惊讶地发现，国王额头上竟挂着汗珠，而自己却在冰冷的空气中不住颤抖。"现在，去吧，老朋友。把路萨的诚意带回来，如果行不通，我会再派你去拿他的人头。去吧。"

"上帝保佑您。陛下。"哥斯伍跳下凳子，屈膝行礼，然后站起来，退到门外的走廊。他头顶的旗帜被风吹动，摇摆着。嘶嘶作响的火把下，各色纹章上的圣兽和动物影子流转，仿佛跳着诡异的舞蹈。

哥斯伍在前殿遇到了范巴德。和早上相比，这会儿法尔郡侯爵的脸和头发已整洁多了。他洗掉了旅途中沾染的尘土，还换了一件红丝绒上衣，胸口别着银鹰家徽，鹰羽雕饰得十分华丽。

"嘿，哥斯伍，你见过他了吗？"他问道。

乌坦邑侯爵点点头："见过了，你也得去见他。他妈的，比起米蕊茉，他才是应该去麦尔芒德吹海风的人。他看起来……我不知道，好像病得厉害，而且王座大厅冷得像冰一样。"

"那公主的事是真的咯？"范巴德拉长了脸，"我还希望他改主意呢。"

"公主往西到海边去了。看来你的好日子还没那么快。"哥斯伍嬉笑说，"不过我肯定，在她回来前，你自己也能找到乐子。"

"又不是这个问题。"法尔郡侯爵的嘴唇扭曲起来，像吞了什么酸涩的东西，"我是怕他收回成命。她离开之前，都没人告诉我她生病了。"

"你想得太多了。"哥斯伍说，"女人耍耍性子而已。埃利加需要继承人，谢天谢地，你比我更适合做国王的女婿。"哥斯伍露齿而笑，打趣说，"要是我，就会去麦尔芒德找她。"说完，他行了个夸张的礼，悠哉地走了，留下范巴德独自站在王座大殿高大的橡木门前。

✲

她在高处的走廊里一眼就认出来人是范巴德侯爵，还看出侯爵现在心情很差。他挥舞手臂，活像被撵下餐桌的小孩，故意将靴跟重重地踩在石地板上，发出哪哪的响声。人还没到，情绪已经传来。

她向前伸手，拽了拽雅亿。这个长了一对牛眼的女孩抬起头，脸上满是畏惧，以为自己又做错了事要被责骂似的。瑞秋冲走来的法尔郡伯爵打了个手势。

"孩子，你最好把水桶挪开。"她拿过雅亿手里的拖把。走廊正中间放着满满一桶肥皂水，正好挡在侯爵行进的路上。

"快点儿，你这笨丫头！"瑞秋从齿缝间嘶声道，话语里带着警告的意味，可一开口立马后悔了，真不应该这么说。范巴德本来就一脸怒容，嘴里骂骂咧咧。雅亿慌乱地提起桶，果不其然，湿手指打滑了，随着一声巨响，水桶重重地落在地上，肥皂水全泼了出来。范巴德正好走过，踩上肥皂水，脚下一滑，失去平衡，幸好挥舞的手臂抓住旁边的挂毯，才算稳住身子。瑞秋怔怔地看着这一幕，不知如何是好。运气不错，挂毯居然挺结实，撑了范巴德的体重很久，直到他自己找回平衡，才慢慢滑下，落到地上那一大摊肥皂水中。

瑞秋看了一眼法尔郡侯爵涨红的脸，立刻转头对雅亿说："滚，笨手笨脚的。快点儿，马上滚！"雅亿无助地瞄了一眼范巴德，可怜兮兮地晃着大屁股，跑开了。

"回来，臭婊子！"范巴德尖叫起来，下巴因愤怒而颤抖，黑色长发杂乱地垂在脸上，"我要、要……要你这……你这……"

瑞秋弯下腰，从水里抬起被浸透的挂毯一角，同时也留意着侯爵。她一个人可没法把它挂回去，只好抱着毯子站在旁边，看着滴滴落下的水，旁边的范巴德怒火冲天。

"看啊！看我的靴子！我要撕破那个臭婊子的喉咙！"侯爵把目光转向瑞秋，"你好大的胆子，竟敢放她走！"

瑞秋垂下眼睛，年轻的贵族比她至少高一尺，因此做出这个模样并不难。"对不起，大人。"她说，恐惧让声音听来饱含尊敬，"她是个蠢姑娘，人人，我一定狠狠打她一顿。可我是城堡女管家，我得负上责任，您明白的。我真的非常非常抱歉。"

范巴德低头看了她一会儿，眯起眼睛。接着，仿佛射出的箭，他飞快地抽了瑞秋一个耳光。她捂着脸，红掌印像地上的水洼般迅速扩散，整张脸都红肿起来。

"帮我把这个转送给那婊子。"范巴德啐了一口，"告诉她，要是再被我撞见，我就扭断她的脖子。"他狠狠地瞪了女管家一眼，便转身离开，石板上留下一串闪闪发光的完整的靴印。

他真做得出来。瑞秋暗想。她手里拿着湿乎乎的冰袋，敷在脸上。大厅另一边，雅忆缩在女仆的床位边抽泣。瑞秋连责备她的心情都没有了。对心地善良的笨姑娘来说，光是看到瑞秋肿胀的脸，已经是严厉的惩罚了，她哭得停不下来。

善良的瑞普和派丽帕哦，我宁愿被抽两个耳光，也不想听到她又哭又闹。

瑞秋在硬板床上翻个身——她经常背痛，只能睡硬木板——用被子盖住头，好挡住雅忆的哭声。在毯子里，她能感觉到自己呼出的温暖气息包裹在脸庞周围。

洗衣篮里的衣服一定也是这种感觉。她想，可立刻又责备自己怎会有这种蠢念头。你已经是个很老很老的女人……又老又没用。突然，一滴眼泪掉了下来，自从得知西蒙的消息以来，这还是头一次。

我只是累了。有时候，甚至觉得站着站着就会直接倒下。倒在那些小畜生的脚下。他们在城堡里横冲直撞，把我们当做灰尘，而我就像坏掉的扫帚，他们说不定会将我和垃圾一起扫地出门。真累啊……但愿……愿……

毯子下的空气厚重又温暖。她终于不哭了——流泪又有什么用？让那个蠢姑娘自己去哭吧。浓浓的睡意袭来，她慢慢睡着了，就像陷入温暖、黏稠的水里。

在她的梦里，西蒙没死，没跟莫吉纳和几个救火的卫兵一起葬身大火。他们说，在这场惨祸中，就连拜由伽伯爵也被压在着火的屋顶下，不幸丧生……不，西蒙一定还活着，一定健健康康的。他身上有种与众不同的东西，但瑞秋说不清到底是什么——是他的眼神，还是下巴硬朗的线条？那些都不重要。重要的是西蒙，活蹦乱跳的西蒙。她的心在梦里又被填满。她看到他了，那个死掉的孩子——她那死掉的孩子：难道她不正像母亲一样照顾着他，直到他离去为止吗？那孩子站在一片几近纯白的地方，盯着一棵大树。大树直冲天际，朝空中伸展枝丫，仿佛一架能抵达神之宝座的长梯。他一动不动地站在那儿，头往后仰，眼睛直勾勾地看着那棵树，瑞秋一眼就注意到他的头发，那头鸟窝般乱七八糟的浓密红发真该好好修剪一下了……好吧，她一定要找时间，帮他剪剪头发……

一觉醒来，她慌乱地掀开已被烘软的毯子，却发现身边还是一片昏暗——夜晚的黑暗。悲伤与失落就像潮湿的毯子，再一次沉甸甸地压在她心头。她坐起来，下床，毛巾滚落到地上，干得像一片秋叶。不像那些被人捧在手心的小姑娘，没人会来叫她准时起床，她得自己抓紧时间。还有很多工作要完成，瑞秋提醒自己，在到达天堂之前，她没时间休息。

❄

小鼓咚咚，鲁特琴手在吟唱最后一段之前，拨了一段轻柔的调子。

> "……昔日模样，罕德丝衣，
> 窈窕淑女，可愿同行？
> 吾心切切，盼汝依依，
> 结伴而行，恩莫庭厅！"

乐手唱完最后一段华彩音节，和着李奥巴迪公爵的掌声，鞠了个躬。

"恩莫庭厅！"公爵对穆拉泽地伯爵艾欧莱尔说。伯爵则学着李奥巴迪的样子，出于礼貌勉强拍了几下手。赫尼斯第人暗想，自己肯定听过更好的版本。再说，他并不是很喜欢纳班宫廷流行的这种情歌。

"我非常喜欢这首歌。"公爵微笑着说。他有一头长长的白发，脸颊粉红，看起来就像一个广受欢迎的老头，就是那种在安东祭上灌饱了黑啤，又努力教孩子怎么吹口哨的滑稽老头。但他同时身披青金滚边的飘逸白袍，头戴饰有珍珠母翠鸟的金环，显而易见并不是普通人。"来吧，艾欧莱尔伯爵，私以为音乐就是神堂流动的鲜血。路萨不也把自己看成是全奥斯坦·亚德最慷慨的琴手赞助人，你们赫尼斯第更是天生的乐手之家吧？"公爵侧身，手臂越过天蓝色座椅扶手，拍了拍艾欧莱尔的手。

"的确，路萨国王身边一直有琴手跟随。"艾欧莱尔赞同道，"公爵，请原谅我心事重重，这绝非出于您的原因。您的美意我将永远铭记于心。必须承认，我还在为早上谈的那件事挂心。"

公爵温和的蓝眼睛里浮现出一丝忧虑："我告诉过你了，亲爱的艾欧莱尔，这种事情不可能一蹴而就。等待容易让人心神不宁，但你已经在这儿了。"李奥巴迪冲鲁特琴师打了个手势。琴师一直耐心地跪着，得到指示后，站起身来，鞠躬离开。那人身披一件精致得令人不可思议的衣服，繁复的花边层层叠叠，正往一群穿着类似的绣花衣袍的侍从中间走去。周围的仕女除了衣服风格相似，还戴着充满异域风情的帽子，有些帽檐像海鸥一样伸展开来，有些则像闪亮的鱼鳍立得高高的。而大殿整体就像那些侍从的衣服，颜色柔和，包括淡蓝、淡黄、白色、还有泡沫绿等等。让人一看就觉得宅邸是用海石砌成，仿佛在海水里一般轻柔和缓。

越过满大厅的男女贵族，正对公爵座椅的西南墙上安着一扇高大的拱窗，窗外是波光粼粼的绿海。公爵府便立在海岬顶端。海水不停地拍打石壁，仿佛一张活生生的挂毯。从窗户中，有时可以看到阳光随着起伏的海面共舞，有时则显露出一方平静深沉、仿佛玉石般的大海。艾欧莱尔不只一次想驱走面前的侍从，让他们颤抖、尖叫着跑出房间，这样就没人挡住他的视线。

"也许你说得对，李奥巴迪公爵。"艾欧莱尔终于说，"哪怕已危在旦夕，有时还是得闭上嘴。我想，我坐在这儿，应该跟大海学一学。它不需要拼命努力地达成目的，但总有一天能磨平石头，淹没沙滩……甚至高山。"

李奥巴迪显然更喜欢现在这个话题："是啊，大海从不改变，不是吗？而且，没错，同时它也一直变化多端。"

"是的，大人。它并不一直都那么平静，有时还会狂风大作、暴雨交加。"

公爵扭头看着赫尼斯第人，不确定对方的言辞下是否还有更深的含义。正在这时，他儿子班尼伽利大步流星走进房间，冲几个向自己问候的贵族随意地点点头，径直往公爵的宝座走去。

"父亲大人，艾欧莱尔伯爵。"他说着，分别朝他们鞠了一躬。艾欧莱尔微笑着，紧紧握住班尼伽利的手。

"见到你真是太好了。"赫尼斯第人说。自从上次见面到现在，班尼伽利又长高了些。上次他才不过十七八岁，如今已将近二十。艾欧莱尔有些不满地发现，虽说自己足足年长八岁，但班尼伽利的身材显然比他更魁梧。公爵的儿子不但高，肩膀也很宽阔，黑黑的浓眉下，一对深色的眼睛充满坚定的神色，扎着腰带的上衣和背心让他更显威风八面、生气勃勃。他的模样与和蔼慈祥的父亲完全相反。

"嘿，真是好久不见。"班尼伽利说，"晚餐时我们好好聊聊。"但从他的语气里，艾欧莱尔没听出任何真诚的期待，接着班尼伽利转向他父亲："弗罗伦爵士来见您，他正跟管家聊天。"

"啊，老好人弗罗伦！艾欧莱尔，真是讽刺，他可是纳班有史以来最伟大的骑士之一啊。"

"只有您的兄弟凯马瑞比他更伟大。"艾欧莱尔插嘴说，希望自己的旁敲侧击能激发起纳班勇武的记忆。

"是啊，我亲爱的兄弟。"李奥巴迪微笑起来，笑中带着一丝哀伤，"想想吧，弗罗伦此行竟是来做埃利加的使者！"

"确实相当讽刺。"艾欧莱尔轻巧地说。

班尼伽利不耐烦地撇撇嘴："他正等着呢。我想您还是尽快会见他比较好，以展现您对至高王的敬意。"

"哎呀，哎呀！"李奥巴迪被逗乐似的看了一眼艾欧莱尔，"你听到我儿子怎么命令我吗？"公爵又转向班尼伽利，艾欧莱尔看到，李奥巴迪的眼神里除了愉悦，似乎还有别的什么——恼怒？担忧？"好吧，就这样，告诉我的老朋友弗罗伦，我会在……让我想想……对了，在议会厅见他。你一起来吗，艾欧莱尔？"

班尼伽利急忙拦阻："父亲，我认为您不该邀别人旁听，这可是来自至高王的密令，哪怕像伯爵这样值得信任的朋友也不好。"

"我可以问一句吗？到底有什么秘密不能让赫尼斯第人知道？"公爵问，这一次的声音里明显带着恼怒。

"李奥巴迪，我也有很重要的事要做，请允许我晚点儿再向弗罗伦问好。"艾欧莱尔起身，鞠了个躬。

穿过大殿出门前，他又稍微停留一会儿，看了眼窗外的美景。耳边传来李奥巴迪和他儿子越来越响的争吵声。

正如纳班人所言，海浪滚滚，生生不息。艾欧莱尔想。看来，李奥巴迪的状况比我想象的还要微妙。难怪他不想跟我谈同国王之间的麻烦事。不过，好的方面是，李奥巴迪比表面上更坚韧。

他听到贵族们在背后窃窃私语，一转身，便发现其中几人正往自己这边看。他微笑着冲他们点点头。女人们羞红了脸，用蓬大的袖子遮住嘴，男人们则拉长脸点点头，迅速移开视线。他知道他们在想什么——虽说自己算是公爵的老朋友，但在他们眼里，他只是个古怪、粗鲁又少教养的西方人。不管穿什么衣服，也不管把话说得多么字正腔圆，他们依然会用这种眼光看他。艾欧莱尔突然很想回赫尼斯第，回自己的家，他已在外乡逗留了太久。

浪花冲刷着海岬下的石头。海洋仿佛永不满足，耐心永无止境，一点一点地用水流将公爵府粉碎。

整个下午，艾欧莱尔一直在塞斯兰·玛垂府高大通透的走廊和过度雕饰的花园里转悠。虽然现在这儿不过是公爵的宅邸，整座城也不过是纳班的首府，但曾经，这地方是全奥斯坦·亚德乃至全人类帝国的中心。虽说不复当年，但仍能处处看到从前显赫的影子。

公爵府西墙自塞斯霖山顶石崖延伸出来，俯瞰大海。海洋确确实实是纳班的血脉，所有纳班贵族的纹章都是象征力量的水鸟。比如班尼杜威和现任公爵家族的翠鸟，普文家族的鱼鹰，英盖达林家族的信天翁，还有曾暂时在海霍特称王的萨莱安家族，他们的纹章则是苍鹭。

公爵府东面便是纳班城。城市从海岬半岛往下延伸，山坡中部密密麻麻挤满建筑物，越往下，半岛越宽，建筑物则越少，最后半岛融入大陆，和湖地的草甸农田连成一片。纳班从统治人类所知的整个广阔世界，缩小成一方公爵领地，只包括海岬半岛和一些覆着面纱的神秘海岛。国家渐渐闭锁，统治者也固步自封。事实上，纳班帝国统辖整个世界还是不久之前的事，那时领土从黑色的乌澜一直到冰雪覆盖的瑞摩加。那些日子，鱼鹰和鹈鹕的争执、苍鹭和海鸥的搏击，都是举足轻重的大事。

艾欧莱尔走在喷泉厅里，网格状的露天石顶下，一条条弧形水柱跃过半空，四周弥漫着漂亮的水雾。他从心底怀疑，纳班人的血液里究竟还留下多少好战的因子，他们真的已经日渐衰微？因此不管埃利加如何挑衅，他们也只会往美丽精致的壳里缩？那些在奥斯坦·亚德的石砾上建立起纳班帝国的伟人们——像泰亚伽利或安图勒那样的人都到哪儿去了？

当然了，他想，还有凯马瑞——那个从没为自己做过什么、一直忠心为国的男人。从某种程度上说，他也算征服了世界。凯马瑞当之无愧，是个伟大的男人。

另外，哪里有我们赫尼斯第人说话的份儿？他不安地想。在伟大的贺恩之后，西方的土地上还诞生过几个大人物？从萨莱斯手中夺取海霍特的泰斯丹也许算吧。还有吗？赫尼斯第的喷泉厅在何处？我们雄伟的宫殿和教堂又在何处？

当然，话说回来，情况是不一样的。他的目光越过喷泉水流，眺望塞斯兰·安东尼斯大教堂的塔尖，望着属于教宗和教廷的宏伟殿堂。我们赫尼斯第人看到山上的清泉，不会说怎样才能把它搬进家里，而是把家直接建在清泉旁。我们没有面目不清的神明，不会立起比夕柯林的大树更高的塔来彰显神的荣耀。我们知道，神明存在于树里，存在于大地中，存在于河里高高溅起的水花。自然的水花沿着格兰玻山脉奔流而下，比任何喷泉都高。

我们从没想过统治世界。他笑了起来，想起赫尼塞哈的神堂，那是一座用木头而不是石头搭建的城堡：橡木支柱正如自己人民的心。真的，现在我们只想安安静静地生活。但在多年征战之后，纳班人大概已经忘记，有时和平的生活也要靠努力争取。

离开喷泉厅，穆拉沼泽的艾欧莱尔从两个守卫旁边走过。"残忍的山里人。"他听到其中一人说，还粗鲁地打量自己的衣服和扎成马尾的黑发。

"啊哈，你懂的。"另一个回答，"时不时总有几个牧羊人到这儿来，看看大城市是什么样子。"

"……我的小外甥女米蕊茉怎么样了，伯爵？"公爵夫人问道。她坐在长桌桌首，艾欧莱尔坐在她左手边。而弗罗伦就像受封而归的纳班子民，有资格坐在李奥巴迪公爵的右边。

"她看来还不错，夫人。"

"在至高王的宫廷里，你经常有机会见到她吗？"公爵夫人娜莎兰塔靠近他，抬了抬精致的柳眉。公爵夫人是个严肃美丽的中年女人，但艾欧莱尔猜不出，这美丽到底有几分要归功于她的理发师、裁缝及女仆们的努力。艾欧莱尔也算对异性有相当的了解，但娜莎兰塔恰好属于他完全不能理解的类型。她看起来比公爵年轻许多，却又有个和他同辈的儿子。到底哪些是她自身的美丽，哪些又是精心修饰的结果呢？不过话说回来，这又有什么关系？娜莎兰塔是个有权有势的女人，全领地上下，只有李奥巴迪本人才能对她说"不"。

"我没能时常去看望公主，夫人，但在晚宴上谈过几次。她看起来跟往常一样愉快，不过我想，当时她心里一定非常想念在麦尔芒德的家。"

"嗯。"公爵夫人撕下一角面包，丢进嘴里，又优雅地舔舔手指。"艾欧莱尔伯爵，真巧啊，你也提到了这个话题。爱克兰那边刚传来消息，说她已经回到麦尔芒德的城堡了。"说着，她提高了声音，"笛尼梵神父？"

宝座下方，一个牧师在餐桌上抬起头。部分头皮规规矩矩地按修士的样式露出来，剩下的头发则又长又卷。"夫人，怎么了？"他问。

"这位笛尼梵神父，是我们的圣人拉纳辛教宗的私人文书。"娜莎兰塔解释说。看到赫尼斯第人露出佩服的表情，笛尼梵笑了起来。"鄙人没什么才学。"他说，"教宗常常收留流浪狗，腓力基主簿为此大伤脑筋。'塞斯兰·安东尼斯不是狗窝'他对教宗这么说，但圣人却微笑着回答：'奥斯坦·亚德也不是护理院，但不管做错什么事，慈悲的上帝依然会收容他的孩子们。'"笛尼梵挤了挤浓密的眉毛，

"和教宗争论总是很难占上风。"

"可不是吗。"公爵夫人说，艾欧莱尔则哈哈大笑："对了，你见到国王时，他是不是说，他女儿到麦尔芒德去了？"

"是的，他是这样说的。"笛尼梵严肃起来，"说她病了，宫里的医师建议她吹吹海风。"

"这消息真令人难过。"艾欧莱尔的目光越过公爵夫人，看着公爵和老弗罗伦爵士。爵士是纷杂晚宴的焦点，正平静地说着什么。作为文明人的代表，他反映出纳班人也喜欢吵闹的餐桌聊天的另一面。

"嗯。"娜莎兰塔说，她的身子靠上椅背，以便侍从端上洗手盆，"这证明，你不能强迫人们改变自己。米蕊茉有纳班血脉，显然，我们的血像海水一样咸。我们本就不该离开海岸。人们就应该待在自己的属地里。"

你这话嘛，伯爵暗想，是在告诫我吗，优雅的夫人？意思是我该留在赫尼斯第，让你丈夫和你自己清闲点儿？拐着弯劝我打道回府？

艾欧莱尔失落地看着李奥巴迪和弗罗伦在一旁讨论着什么。他心里明白，自己被挡在圈子外，却又找不到优雅的方式丢开公爵夫人，加入到他们的谈话中去。与此同时，老弗罗伦又在转达埃利加的甜言蜜语，劝说公爵，也许还带着威胁？不，应该不会说威胁的话。埃利加不会派德高望重的弗罗伦来说难听话，国王之手哥斯伍更适合充当威慑的工具。

既然无可奈何，他只好跟公爵夫人不着边际地聊天，心思却神游天外。他现在敢肯定，她早已发现自己的目的，并且反对他的计划。班尼伽利是她的心肝宝贝，整个晚上，连他都躲着艾欧莱尔。娜莎兰塔是个有野心的女人，无疑，她觉得纳班和爱克兰的命运绑在一起更有利——即使爱克兰专横、残暴，也比赫尼斯第的异教徒好。

另外，艾欧莱尔突然意识到，她自己也有个待嫁闺中的女儿安苔帕。说不定她对米蕊茉身体状况的关心，不仅仅是好心的阿姨对外甥女的关心。

公爵的女儿安苔帕已有婚约，他知道，许配给了德瓦撒勒男爵。那年轻贵族一眼看去就是个纨绔子弟，这会儿在桌子另一头，搭着班尼伽利的肩膀，身边围绕着海量美酒。也许娜莎兰塔已有了更好的目标。

如果米蕊茉公主不会——或不能结婚的话……艾欧莱尔寻思，那么，公爵夫人说不定会想办法，让自己的女儿取而代之嫁给范巴德。法尔郡侯爵比纳班领地里任何一个男爵都更有权势。而且这一来，李奥巴迪公爵和爱克兰之间的盟约便如钢铁般牢靠。

现在，伯爵意识到，要担心的不只是约书亚的下落，还要加上米蕊茉。真是一团乱麻！

想想老艾奎纳会怎么说，想想他是怎么抱怨所谓阴谋诡计的！他连胡子都会着火的！

"告诉我，笛尼梵神父。"伯爵转向牧师，问道，"你的经书是怎么评价政治的？"

"这个嘛……"一瞬间，笛尼梵平凡又聪颖的脸上显出专注的神情，"安东之书常常提到民族的试炼。"他想了想又说，"我最喜欢的一段是这样说的：'如果敌人带着利剑前来，打开门理论吧，但自己也要紧握利剑；如果敌人空手前来，那就空手迎接。然而，如果他带着礼物，那就站在窗口朝他丢石头。'"说完，笛尼梵用自己的长袍擦了擦手指。

"真是一本睿智的书。"艾欧莱尔点头称赞。

回归本心

❀

他们头也不回地穿过黑暗，直奔隐蔽的山脚。风卷起雨滴，拍打在他们脸上。雷声像巨大的毯子，裹住艾奎纳的营地，喧闹声渐渐消退。

穿过湿漉漉的平原，西蒙心中的慌乱逐渐消失。他的身体曾充满狂热的力量，感觉自己像鹿一样灵巧迅捷地在夜里穿梭，但不停落下的雨水使他慢慢冷静下来。大约半里格后，奔跑变成快走，又过一会儿，快走也有点吃力了。膝盖上曾被那只瘦骨嶙峋的手抓过的地方，现在僵硬得像生锈的合叶。还有喉咙周围，每次呼吸都带来剧烈的抽痛。

"莫吉纳……让你来的？"他叫道。

"等会儿再说，西蒙。"宾拿比克喘着粗气，"等会儿告诉你。"

他们继续奔跑，脚底掀起湿漉漉的泥土。

"那……"西蒙气喘吁吁地问，"那些东西……是什么……？"

"那些……攻击我们的东西？"矮怪一边跑一边捂住嘴，姿势有些怪异，"那是贝肯——也叫……'掘地怪'。"

"是什么？"西蒙问。他差点被脚下的泥水滑倒，只好手舞足蹈地保持平衡。

"坏东西。"矮怪一脸痛苦，"现在不是说这些的时候。"

即使跑不动了，他们仍然继续往前走，坚持跋涉，直到太阳像灰布后的烛光，在云层间若隐若现。巍轮山已近在眼前，像一个弯腰祈祷的修道士的背影，那苍白的轮廓令人安心。

好像在模仿前面的山脉似的，草原上突兀地立着一堆圆形花岗岩，形成天然的简单庇护所。宾拿比克在周围走了一圈，找到个地方。那儿有两块交叠的石头，能挡住雨水。他借地势扎下营地，扶着西蒙躺下休息。西蒙精疲力尽，没多久就陷入沉睡。

宾拿比克俯下身，帮男孩盖好斗篷，水滴自交叠的石头滑落到他身上。矮怪从圣宏德朗带过来了包括斗篷在内的所有行李。他从袋子里翻出鱼干，还有那袋骨头。坎忒喀结束了对新领地的查探，蜷缩在西蒙的腿边休息。矮怪把行囊当成桌子，又开始摇晃并投掷那些骨头。

暗道。宾拿比克咧嘴苦笑，接着是怯羊，再来，暗道。他忍不住骂起来，虽没出声却骂了很久——再蠢也不该忽视这么明显的迹象。宾拿比克知道自己有很多缺点，偶尔犯傻也是其中之一，但现在这种情况是绝不可能弄错的。

他拉起兜帽，在坎忒喀身旁躺下。三个旅伴就像大石头背阴面一片奇怪的褐色苔藓。加上这时光线昏暗，大雨扑面，即使真有人经过，也什么都看不清。

❈

"宾拿比克，你到底在跟我玩什么把戏？"西蒙不高兴地问，"你怎么认识莫吉纳医师的？"他睡了几个小时，从苍白的黎明一直睡到冰冷阴郁的上午，篝火和早餐也没能改善他的心情。天空布满乌云，黑压压的，就像低矮的屋顶。

"西蒙，我没玩任何把戏。"矮怪回答。他刚才已帮西蒙清洗、包扎好脖子和腿上的伤口，现在正耐心检查坎忒喀的伤势。大狼身上没什么大问题，只是左腿被划开一道深深的口子。宾拿比克从皮肉中挑出沙砾，坎忒喀疼得直抽鼻子，活像个小孩。

"我一点儿都不后悔没把这事告诉你。要不是情况紧急，你现在也不会知道。"他搓了一些药膏，抹在坎试喀的伤口上，这才放开自己的坐骑。她毫不迟疑地低下头，对着伤腿又舔又咬。"我早知道她会这样。"他语气温柔地责备道，露出微笑，"跟你一样，她也不相信我知道自己在干什么。"

西蒙这才发现自己也在无意中拉扯着绷带，于是赶紧放手，往前挪了挪。"说啊，宾拿比克，告诉我。你怎么认识莫吉纳的？你到底是从哪儿来的？"

"我就是从以前说过的地方来的。"矮怪愤愤不平地回答，"我是坎努克人。我不仅认识莫吉纳，还见过他一次，他是我师傅的好朋友。他们是……伙伴，我想可以这么说吧。"

"什么意思？"

宾拿比克靠着石头坐着。虽说这会儿雨已经停了，但光是刺骨的寒风，就足以让人想躲在石头后面。小个子似乎正在组织语言。西蒙觉得他看上去很累，黝黑的皮肤松松垮垮，脸色也比平时苍白。

"首先，"矮怪总算开口，"你必须了解一些有关我师傅的事儿。他叫欧科库克，曾是个……吟唱者，我们那儿是这么称呼的。我们说到吟唱者时，不是随便指哪个唱歌的，而是指记得所有古老歌谣、拥有古老智慧的人。我想，类似医师和牧师的综合体。"

"能拜欧科库克为师，也许因为长者们在我身上看到了某些特质。向睿智的欧科库克求学是种莫大的荣耀。第一次听到这个消息时，我整整三天没吃东西，就为了让自己能尽量保持纯洁的意愿。"宾拿比克笑了起来，"然而，当我向新师傅表明自己有多荣幸时，他却给了我一耳光。'你太年轻，太愚蠢，竟然故意让自己挨饿。'他对我说，'这叫自以为是。只有当意外发生，不得已的时候才能挨饿。'"

宾拿比克开怀大笑了一会儿，西蒙琢磨着刚才听到的话，也笑了一下。

"不管怎么说，"矮怪继续，"在欧科库克那儿求学的事，以后有空再告诉你。他很胖，西蒙，比你还重，个子却跟我差不多高。好了，我们继续说重点。"

"我不知道我师傅第一次是在哪儿遇上莫吉纳的，但肯定是在我到他那儿学习之前。他们是朋友，我师傅还教给莫吉纳怎样让鸟儿传递信息。我的师傅和你的医师，他们两个一直通信。他们探讨各种事情……关于世界的运行。

"在那之后不到两年，我的双亲被杀。在一座山上，我们叫它小鼻，他们丧生于雪龙爪下。他们去世之后，我把全部精力——好吧，几乎全部精力——放在向欧科库克学习上。后来他说，下次融雪的时候，我可以跟他一起到南边旅行。我激动极了。消息听在耳里，仿佛在清楚地宣告，终于到考验我能力的时候了。"

"那时我不知道，"矮怪一边说，一边用手杖拨弄面前沾满泥泞的杂草。西蒙觉得他的动作充满愤怒，但语气里却一点都听不出来，"也没人告诉我，欧科库克此行的目的并不只是考验学徒。他从莫吉纳医师那儿收到了消息……还有其他……事情让他忧心。因此他决定，时隔多年，应该再去见莫吉纳一次。这就是我第一次跟他出行的情况。"

"什么'事情'？"西蒙问，"莫吉纳告诉他什么消息？"

"如果你之前不知道，"宾拿比克严肃地说，"那现在最好也别知道。我得考虑考虑，目前只说能说的部分——不得不说的部分。"

西蒙僵硬地点点头，面露责备。

"我也不会拿一路上长长的故事烦你。反正我很早就意识到，师傅并没有把所有真相都讲出来。他心事重重，而且满怀忧虑。在解读骨卦，还观测了天空和风的走向以后，他的心情愈发沉重。另外，我们那时还经历了一些极其骇人的事。和之前告诉你的一样，我不得不独自上路，路况又从未那么糟过。我的任务不过是帮欧科库克师傅跑腿而已，结果在霜冻边境和铎尔漱汶湖旁，也遇上了昨晚那种状况。"

"你是说……贝肯？"西蒙问。即使在大白天，想到那些抓挠的手，还是令人不寒而栗。

"就是它们。"宾拿比克点点头，"而且那时……包括现在……它们这样攻击我们，肯定不是好兆头。在我们族人的记忆里，那些Boghanik——我们是这么称呼它们的——从未对全副武装的队伍发动过袭击。它们变得胆大，因此更加可怕。但它们原本只捕猎动物，偶尔袭击孤身的旅人。"

"它们到底是什么？"

"等会儿，西蒙，如果你能耐心听我讲完，自然会明白很多事情。我师傅到底为什么忧虑，他一样没原原本本告诉过我——当然，这话没有我是你师傅的意思。自霜冻边境南下的整个旅途中，我都没见过他睡觉。我睡着了，他醒着，早上起床，他还是醒着。他已经不年轻了，在我拜师之前就一把年纪，我在他身边还学习了好几年呢。"

"那天晚上，我们刚到爱克兰的北部地区，他让我在旁边护卫，自己则前往梦境之路。就在离这里不远的一个地方。"宾拿比克朝山下的荒原比画一下，"那时春天快到了，但还没转暖。应该是，嗯，可能是你们的愚人节，或者愚人节的前一天。"

愚人节前夜……西蒙试着回想。那天晚上，一声可怕的巨响把整个城堡的人都吵醒了。再之前一晚……下雨了……

"坎忒喀出去捕猎了，老山羊独眼在篝火旁睡觉——他长得又高又胖，所以能驮动欧科库克。广阔的天空下只有我们几个。师傅嚼了点乌澜沼泽北面弄来的梦境草，睡着了。他没告诉我为什么要这么做，但我猜得出，他是去追寻其他地方找不到的答案。Boghanik古怪的行动吓到了他。

"没多久，他开始梦呓。和以前进入梦境之路时一样，大部分话语含混不清。但他当时念叨过的一些东西，后来又被多查斯弟兄提起。当时我有多么惊讶，你可能也注意到了。"

西蒙强忍住苦笑的冲动，那时他自己也被赫尼斯第人错乱的话语吓坏了，根本没注意到别的事。

"突然，"矮怪继续说，还是不停地用手杖戳着坑坑洼洼的草地，"我觉得他被什么东西抓住了——这一点也和多查斯弟兄类似。但我师傅的精神力很强，我认为不管在人类或矮怪中，他几乎比任何人都强。他开始战斗。从下午一直到晚上，挣扎了一次又一次。他在战斗，而我站在他身旁，除了帮他蘸湿额头，什么都做不了。"宾拿比克抓起一把草，先扬到空中，又用手杖抽打，"后来，到下半夜，他对我说了些话——语气很冷静，像在自己的洞穴里和长老们共饮。说完，他死了。"

"我觉得，他是为我而死的，比我父母更惨烈。他们只是不见了，消失在雪地里，踪迹全无。而这一次，我却要亲手将欧科库克埋在山上，什么仪式都没能妥善完成，这也是我的耻辱。独眼不肯离开主人，据我所知，他可能一直在那儿。但愿他安然无恙。"

矮怪沉默一会儿，愣愣地盯着磨损的裤子膝盖。这悲哀竟和西蒙自己的如此相似，男孩一时不知说什么话安慰他，心里被某种不可言说的情绪充斥着。

过了一会儿，矮怪静静地打开包裹，抓了一把坚果，西蒙接过来放在水囊边。

"后来，"宾拿比克接着说，好像中间从没停顿过，"怪事儿发生了。"

西蒙用斗篷裹着身子，盯着矮怪，仔细听他讲述。

"我在师傅的墓旁待了两天。那地方真的不错，在一望无垠的天空下。虽然心里还很难过，但我知道，他更喜欢待在高山上。那时我一直打不定主意该怎么做，是继续到鄂克斯特找莫吉纳，还是回到族人那里，告诉他们吟唱者欧科库克已经去世了。

"第二天下午，我决定先回伊坎努克。师傅和莫吉纳医师究竟有什么要相谈，我一无所知。遗憾的是，直到今天，我也没能理解多少——而且我还有其他……责任要完成。

"像往常那样，我叫上坎忒喀，最后一次拍拍忠心的独眼的角。这时，一只小灰鸟飞下来，落在欧科库克的坟头。我认出那是师傅用来传递信息的鸟儿，它看上去累坏了，身上带的东西实在太重，除了消息以外，还有……还有别的东西。我上前去抓，坎忒喀却突然从灌木丛中跳了出来。那只鸟吓坏了，又往空中飞去，差点飞走，真的只差一点儿，西蒙，不过还是被我抓住了。

"纸条是莫吉纳写的，关于你的事，我的朋友，这本应该给我师傅看。他说你会有危险，要独自从海霍特往奈格利蒙去，请求我师傅帮你，而且有可能的话，尽量不要让你知道。以外还写了其他一些消息。"

西蒙全神贯注地听，这正是自己的故事里遗漏的部分。"其他什么消息?"他迫切地问。

"都是我师傅才能了解的消息。"宾拿比克语气柔和，但很坚定，"不用说，从那时起，事情就变了。师傅的老朋友请他帮个忙……但现在只有我才能帮得上。这也很艰难，自从读到莫吉纳消息的那一刻起，我就知道必须完成这个任务。于是当天入夜前，我就出发前往鄂克斯特。"

纸条上写着我会独自上路。莫吉纳一开始就没想过要逃脱。西蒙感到泪水正往上涌，赶紧岔开话题，硬把眼泪憋了回去。

"你是怎么找到我的?"

宾拿比克笑了:"凭着坎努克人不懈的努力。西蒙，我得找出你的行踪——一个漫无目的的年轻人经过的痕迹，搜寻各种细节。坎努克人的不懈努力加上超级好运，才让我找到你。"

这时，西蒙心里突然闪过一个画面，即使已是遥远的记忆，但仍然相当灰暗可怕。"你有没有在苔藓园跟踪过我？就是城墙外那个园子？"那不可能全是梦，他心里有数，什么东西确实叫过他的名字。

但矮怪的表情一点都没变。"不是我，西蒙。"他仔细想想，说，"我一直没能发现你的行踪，直到——我想想，后来在老林路附近找到点儿痕迹。为什么问这个？"

"没什么。"西蒙站起来伸伸腿，环视一下周围潮湿的平地，又坐下，"好吧，我有点明白了……不过还得再仔细考虑考虑。看来我们最好还是继续往奈格利蒙走，你觉得呢？"

宾拿比克看起来很苦恼："我不确定，西蒙。如果贝肯已经在霜冻边境大肆出没，那对两个旅行者而言，奈格利蒙附近的路就更危险了。我真希望你的莫吉纳医师在这里，至少能给我们一点建议。西蒙，你现在的情况真有这么危险吗？我们就不能想办法给他送个消息？我觉得，他肯定也不希望我带你穿过这么危险的地方。"

过了好一会儿，西蒙才意识到宾拿比克口中的"他"是指莫吉纳。又过一会儿，他才恍然大悟：矮怪还不知道发生了什么。

"宾拿比克。"他开口说。哪怕只是把话说出口，都像再一次揭开心里的伤疤。"他死了。莫吉纳医师已经死了。"

小个子的眼睛圆瞪，露出褐色眼珠周围的眼白。接着，宾拿比克的脸瞬间凝固成毫无表情的面具。

"死了？"他终于开口了，声音冰冷，西蒙甚至听出一丝戒心。好像莫吉纳之死竟是他西蒙的错似的——要知道，他可是为医师哭干了眼泪啊！

"是的。"西蒙考虑一会儿，决定冒个险，"他是帮约书亚王子和我逃出城堡时死的。埃利加国王杀了他——好吧，是他手卜派拉兹动的手，但没什么差别。"

宾拿比克直勾勾地看着西蒙的眼睛，又将目光转到地上，"我知道约书亚被囚禁的事，信上也提到了。但结果竟然……太糟糕了。"

他站起来，风吹过黑色的直发，"我得去散散步，西蒙，我得考虑考虑这些事的含义……我必须考虑一下……"

还是半点表情都没有，小个子说完，走出石堆，坎忒喀立刻蹦蹦跳跳着跟上去。宾拿比克想挥手赶开她，却又耸了耸肩，由她去了。他低着头，一双小手拢在袖子里，大狼则随着他缓慢的脚步，懒洋洋地在他身边兜圈子。西蒙心想，那小小的身躯所承担的责任实在太沉重了。

❀

西蒙本来暗自盼望，矮怪回来时能带着一只胖斑鸠什么的，结果他失望了。

"对不起啊，西蒙。"小个子说，"就算抓到什么也吃不上。树枝都湿透了，没办法生起不冒烟的火堆，现在这种情况，我们绝不能弄个烽火台出来。吃点儿鱼干吧。"

鱼干本来就不多，吃不饱，又不好吃。西蒙皱着眉，仔细嚼着自己那份口粮。在这趟可悲的旅途中，天知道什么时候才能吃上下一顿饭。

"西蒙，我一直在想。这些消息太让人痛苦了，当然不是你的错。只是，我师傅刚去世，这么快又听说医师也亡故，那个好心肠的老人……"宾拿比克脚步沉重，弯下腰，在包裹里翻找，拿出几样东西。

"这些东西是你的——看，我帮你保管得很好。"他把东西递给西蒙，是那两个熟悉的长包裹。

"这个……"西蒙接过包裹说，"……不是箭，是这个……"他把其中一个又递还给宾拿比克，"莫吉纳医师写的。"

"真的?"宾拿比克掀开手稿包裹的一角，"这能帮助我们?"

"我猜不能吧。"西蒙说，"这是圣王约翰的生平。我读了一点儿，主要是战役记录和其他的琐事。"

"啊，好吧。"宾拿比克将包裹还了回去，西蒙将它别在腰带上，"这样一本书，没什么大用。现在我们需要更直白的指示。"矮怪弯下腰，接着在包裹里翻找，"莫吉纳和我师傅欧科库克都隶属于一个特别的组织。"他终于掏出要找的东西，拿起来给西蒙看。在午后的天光下，那东西反射着微弱的光，是链坠——呈卷轴和羽毛笔形状。

"莫吉纳也有个一样的！"西蒙说着，靠近细看。

"没错。"宾拿比克点点头，"这是我师傅的，是加入卷轴联盟的人的信物。他告诉我，这个联盟的成员不会超过七个。你我的师傅都不在了，那现在最多只有五个人了。"他用小手拍拍链坠，又把它丢回包裹里。

"卷轴联盟？"西蒙问，"那是什么？"

"一群学识渊博的人互相交流的地方，师傅以前是这么说的。也许还做些别的，但他没告诉我。"他终于把东西都包好，站了起来，"我真不想谈这个，西蒙，不过，恐怕我们得走回头路了。"

"回头路？"一瞬间，遗忘的伤痛又回到西蒙身上。

"恐怕我们不得不这样，就像刚刚说的，我想了很多。我想到……"他突然停下来，手杖拄着地面，吹起口哨召唤坎忒喀。

"首先，我必须把你送到奈格利蒙去，这一点没有改变。只是我自己的计划要稍作调整。问题是，我不能相信霜冻边境。你见过贝肯了——肯定不会想再见到它们，我也一样。但我们又必须往北走。这样的话，我想，只能走回阿德席特了。"

"可是，宾拿比克，在森林里，我们怎么可能更安全呢？那些地底怪物一样能跟过去，到时我们又该往哪儿跑？"

"这是个好问题。我曾经提过一次古老之心，关于它的岁月和……和……我想不出这个词用你的语言怎么说，西蒙。反正，类似'灵魂'和'精神'的意思。

"贝肯可以穿过老林地底，但没那么容易。阿德席特的根须蕴藏力量，那力量使得……怪物不能轻易接近。而且，我必须到那里见一个人，必须让那人知道你我的师傅发生了什么。"

西蒙自己都问腻了，但还是问了出来："那人是谁？"

"她叫葛萝伊，是个非常睿智的女人，被称为瓦莱姐——这是个瑞摩加词汇。另外，她说不定能帮我们到达奈格利蒙。这条路穿过森林东部，再越过巍轮山，我从来没走过。"

西蒙拉紧斗篷，扣好下巴底下磨损得厉害的搭扣。"一定要今天出发吗？"他问，"已经很晚了。"

"西蒙，"宾拿比克说，坎忒喀小跑过来，吐着长长的舌头，"请相信我。虽然有些事我还不能告诉你，但我们必须同甘共苦，我需要你的信任。危险的不仅仅是埃利加的王权。我们俩都失去了最亲近的人——老人和老矮怪，他们知道的事远比我们多得多，可就连他们都曾感到很害怕。还有多查斯弟兄，我想，他是被吓死的。某种邪恶的东西正在苏醒。要是我们还大摇大摆地在露天行走，那就太蠢了。"

"宾拿比克，什么东西正在苏醒？什么邪恶的东西？多查斯说出个名字——我听到了。临死之前，他说……"

"别说……！"宾拿比克插嘴，可西蒙全不理会。这么久以来，他已经厌倦了各种指点和建议。

"……风暴之王。"他坚持说完。

宾拿比克飞快地环顾四周，好像有什么可怕的东西会突然出现似的。"我知道。"他低吼着，"我也听到了，但我知道得不多。"雷声在遥远的地平线滚动，小个子的脸色十分阴郁，"在北方，风暴之王是个可怕的名字。西蒙，这个名字是用来吓唬人、诅咒人的。我只从师傅的只言片语间了解过一些，但那些话已经够让我担忧了。"说完，他背起包裹，穿越泥泞的平原，往模糊起伏的山脉走去。

"那个名字，"他说得很快，语气却平板直白，听着很是古怪，

"单是那个名字，就能让植物枯萎，让人染病、噩梦连连……"

"……会带来风雨和坏天气？"西蒙问。他抬起头，看着低垂的不祥天空。

"远远不止。"宾拿比克回答，他伸出手掌，抚摸心口上方的位置。

Memory,
Sorrow and Thorn

爱克兰猎犬

❀

西蒙梦到自己在海霍特餐厅外的松园散步。轻轻摇摆的树林上悬着一座石桥，连起大厅和礼拜堂。虽说感觉不到寒意，但能看到雪花柔和地落在周围——事实上，他连自己的身体都感觉不到，只是麻木地从一处移到另一处。树上茂密的针叶被白雪覆盖，轮廓越来越模糊。一切都十分安静：风、雪，还有西蒙自己，一切都在无声的世界里迅速移动。

没有实感的风越来越猛。遮住整个园子的树被风吹得弯了腰，在西蒙面前分成两边，像大海礁石旁起伏汹涌的浪潮。雪花狂乱飞舞，他往前走去，走到一条两旁立着树木的小径上，白雪在周围盘旋，树干随着脚步弯曲，仿佛士兵在行礼。

以前园子没这么长吧？

突然，西蒙的目光被远处什么东西吸引。雪原那头立着一根高大的白柱，影影绰绰，自他头顶上方直刺黑暗的天空。

当然了，他在睡梦中糊里糊涂地想，那一定是绿天使塔。他从没找到从园子直接走到塔楼底部的路，但自从离开之后，很多东西都改变了……改变了。

但如果那是塔的话，他抬起头，盯着巨大的影子想，为什么塔身会有枝丫？那不是塔楼……或者说不是原来的塔楼……那是一棵树——一棵巨大的白树……

西蒙坐了起来，两眼发愣。

"什么树？"宾拿比克问。他坐在近旁，手拿一根细细的鸟骨，正帮西蒙缝补衣服。没多久，他补好了，将衣服递还过来。小伙子从斗篷底下伸出手臂接过，皮肤上起了一层鸡皮疙瘩。"你说的树是什么？你睡得还好吗？"

"做了个梦而已。"西蒙一边穿衣服一边说，声音裹在斗篷里，闷闷的，"我梦到绿天使塔变成了一棵树。"他带着疑问打量宾拿比克一眼，矮怪只是耸了耸肩。

"只是梦啊。"宾拿比克说。

西蒙打了个哈欠，伸伸懒腰。睡在隐蔽的山洞里算不上有多舒服，但总比在幕天席地强——自从上路以来，他便明白了这个道理。

在他睡觉时，太阳已经升起，在厚厚的云层中若隐若现，像透过天空的一点灰红的光。在高山上回头看，已经看不清昏暗的天空和雾蒙蒙的大地的交界线。这天早上，整个世界仿佛一片混沌。

"你睡觉时，我看到夜里有火光。"西蒙还在恍惚中，矮怪的话让他打了个激灵。

"火光？哪里？"

宾拿比克伸出左手，指着平原南方。"在后面。别担心，离我们还有一段距离，而且我猜他们很可能完全不知道我们的存在。"

"我想也是。"西蒙侧目看看远处那片灰暗，"你觉得会不会是艾奎纳和他手下的瑞摩加士兵？"

"说不准。"

西蒙转身看着小个子："可你说过他们会没事的！他们能幸存下来……"

矮怪丢给他一个恼怒的眼神："你少插嘴，听我讲完，我知道他们活下来了。但他们要往北边去，不太可能往回走。而火光在南边，更有可能是……"

"……可能是刚从爱克兰出发的人。"西蒙接着把话说完。

"没错!"宾拿比克肯定道,语气有点儿暴躁,"不过也有可能是商人,或朝圣者……"他环顾四周,"坎忒喀跑哪儿去了?"

西蒙做了个鬼脸。他知道,一旦矮怪这么问,他最好转开话题。"好吧,可能性很多……不过嘛,是你唠唠叨叨拖慢了速度。我们是不是要等等,好就近观察他们到底是商人还是……那什么掘地怪?"这个笑话有点冷。他觉得后面那个词说得很不是滋味。

"重要的是别犯傻。"宾拿比克嗤之以鼻,"Boghanik——贝肯——不会生火。他们厌恶一切发亮的东西。不,我们不能等生火的人赶上来。我们要往森林走,之前就告诉你了。"他朝脑后挥挥手,"等上了山坡,我们就能看清楚了。"

身后的灌木丛发出响动,矮怪和男孩都吓了一跳。是坎忒喀,她从山上急匆匆地跑回,蹭着宾拿比克的手臂,直到他抓挠她的大脑袋。"坎忒喀还挺高兴的,嗯?"矮怪笑了,露出黄牙,"一整天都有厚厚的云层,应该可以盖住篝火的烟。我想,上路前我们可以吃一顿好的。你觉得呢?"

西蒙努力让自己显得严肃一些。"我……想我能吃下东西……如果一定要吃的话。"他说,"如果你觉得吃饭很重要的话……"

宾拿比克盯着他,想弄清西蒙是不是真的不想吃早餐。男孩忍不住快要笑出声来。

怎么搞的,我又表现得像头蠢驴。他想,我们处境很危险,这时候乱开什么玩笑?

宾拿比克终于不再迷惑,大笑起来。

好吧,他在心里对自己说,人总不能每时每刻都忧心忡忡。

西蒙捏着吃剩的一小块松鼠肉,心满意足地吁了口气,让坎忒喀直接从指间咬着吃。他看着大狼的血盆大口和锋利牙齿,不由惊讶她怎能吃得这么精细。

矮怪觉得不该冒太大风险，因此篝火不大。一道细细的烟打着旋儿，沿着山脊，随风升上天空。

得到西蒙允许之后，宾拿比克打开包裹，读着莫吉纳的手稿。"希望你能明白，"矮怪头也不抬地提醒说，"除了我的朋友坎试喀，你最好不要这样逗弄别的狼。"

"当然不会啦。她这么听话，真令人惊奇。"

"不是听话。"宾拿比克特意加重了语气，"这是一种荣誉，我们互相尊重、紧密连接，其中也包括我的朋友。"

"荣誉？"西蒙懒洋洋地问。

"你肯定懂这个词是什么意思，南方人一直说个不停。荣誉。难道你觉得这种感情不能存在于矮怪和野兽之间吗？"宾拿比克瞟他一眼，继续翻看手稿。

"哦，最近我没怎么想事情。"西蒙快活地说。他探出身子，挠着坎试喀毛茸茸的下巴，"我只想低调点儿，安全地到奈格利蒙去。"

"拙劣的借口。"宾拿比克嘟囔着，不过没再展开说什么。一时间，附近安静下来，只有纸页翻动的声音。早晨的日头已经爬得很高了。

"看这个。"宾拿比克终于开口，"哎呀。群山之女啊，光是读这些文字，我更想念莫吉纳了。你知道尼鲁拉吗，西蒙？"

"当然。那是约翰国王打败纳班人的地方。城堡里有扇门也叫这个名字，门上都是雕花。"

"说得对。你看，莫吉纳在这里写了尼鲁拉战役，约翰在那儿第一次与著名的凯马瑞爵士相逢。要我念给你听吗？"

西蒙压下心里的不满，提醒自己，医师并没说这份手稿只有西蒙能看，别人不行。

"……因此阿卓威斯下定决心——有人称之为勇敢，其他人则认为是傲慢。他决定在密尔麦湖前平坦的色雷辛草原上与北方的新王会战，结果一败涂地。之后，阿卓威斯将残余部队撤回奥乃翠关口。狭窄的关口夹在两个山湖之间，俄澄和克洛渡……"

"莫吉纳的意思是，"宾拿比克解释说，"纳班的皇帝阿卓威斯不相信圣王约翰的军力，认为他从遥远的爱克兰前来，无法同自己抗衡。然而珀都因岛民一直生活在纳班帝国阴影之下，他们暗自和约翰定下协议，从旁支援。于是，约翰国王在色雷辛草原附近将阿卓威斯的军团撕成了碎片。大出骄傲的纳班人意料。你明白吗？"

"大概明白。"其实西蒙不是很肯定，但他听过很多关于尼鲁拉的歌谣，因此大致知道那些名字是指哪些人，"接着读。"

"我会的。让我找找，就读我想让你听的部分吧……"他往下浏览，"嗬！"

"……接着，太阳落下奥乃翠山，最后一抹阳光照射在八千名已死的和将死之人身上。那时，凯马瑞年纪尚轻，他的父亲班尼杜 - 萨 - 梵尼塔，从他垂死的兄弟阿卓威斯手上接过皇位权杖，带领帝国禁卫军仅存的五百骑士，发起复仇的冲锋……"

"宾拿比克？"西蒙插嘴说。

"怎么了？"

"谁从哪里带走了什么？"

宾拿比克大笑起来："原谅我，这里确实涌现出一大堆错综复杂的名字，是吧？阿卓威斯是纳班最后一任皇帝，领地不大，你知道，不比现在的公爵领地大多少。阿卓威斯知道约翰打算统一奥斯坦·亚德，于是站出来对抗他，冲突在所难免。总之，我不打算把那么多战争都说一遍，你知道，现在谈的是他们最后一场战役。阿卓威斯皇帝死于飞箭，他的弟弟班尼杜继位成了新的皇帝……仅仅在纳班投降之前，为时不足半天。凯马瑞是班尼杜的儿子——那时候也年轻得很，大概十五岁吧。因此在那个下午，他是纳班最后的王子，有些歌里就是这样叫他的……现在你明白了吧？"

"明白点儿了，是那些'阿斯'和'威斯'之类的让我一下子没听懂。"

宾拿比克拿起羊皮卷，继续念下去。

"凯马瑞上战场之时，爱克兰部队已人困马乏。年轻王子的部队情况也不容乐观，但凯马瑞本人却像一阵旋风，一阵带来死亡的风暴。他手上的剑，荆棘——那是他死去的伯父交给他的——像黑色的闪电一般穿梭来回。记录表明，战局末期，爱克兰的兵力已经溃败，但圣王约翰亲自来到战场，手中紧紧攥着光锥，在纳班帝国军中杀出一条血路，终于同勇武的凯马瑞正面对决。"

"这就是我特别希望你听的部分。"宾拿比克翻了一页，说道。

"这段真不错。"西蒙说，"圣王约翰有没有把他劈成两半？"

"荒谬！"矮怪嗤之以鼻，"你以为他俩后来是怎么成为世上最坚定、最著名的一对好友的？——靠'把他劈成两半'？"他接着读下去。

"'歌谣里说他们从早打到晚，但我对此深表怀疑。当然，他们一定打了很久，但无疑不至于到落日和天黑，而且，似乎只有几个疲惫的旁观者作证，说两个伟人打了一整天……'

"莫吉纳到底想说什么？"宾拿比克哈哈大笑。

"'不管真相如何，据说他们一直搏斗，日头西沉、乌鸦在周围啄食尸体，金铁交击声不绝于耳，两人不分伯仲。虽说凯马瑞的护卫早被约翰的军队击败，但没有一个爱克兰人胆敢插手这场争斗。

"'最后，凯马瑞的马不幸踩进一个坑里，摔断了腿。更糟的是，随着凄厉的嘶鸣，王子被压在了马下面。约翰本可以就这样结果他，如果他真的下了杀手，也没人会横加指责。但所有目击者都发誓说，约翰竟帮着摔倒的纳班骑士从坐骑下脱身，还把剑还给他，让凯马瑞能振作精神，接着打。'"

"安东啊！"西蒙倒抽一口冷气，惊叹道。当然，他早就听过这个故事，但听到医师用古怪又明确的字眼再叙述一遍，是一种完全不同的感受。

"于是他们继续缠斗，直到圣王约翰体力不支、脚步蹒跚，终于倒在纳班王子脚下——说到底，他还是比凯马瑞老了二十岁。

"凯马瑞被对手的力量和高尚的品格感动，也没有杀死他，只是将荆棘横在约翰的护喉上，让他保证不再攻击纳班。约翰本来没料到自己的善行会得到回报。他环视尼鲁拉战场，发现周围都是自己的部队，他想了想，突然朝凯马瑞 - 萨 - 梵尼塔的裤裆狠踹一脚。"

"不!"西蒙失声叫了起来。坎忒喀闻声，睡眼惺忪地抬起头。宾拿比克只是咧嘴笑了笑，继续朗读莫吉纳的手稿。

"位置互换，这下变成约翰站在受伤的凯马瑞面前，他说：'你要学的还很多，但你是个勇敢高贵的人，我会善待你的父亲和家族，还有你的人民。但我希望你能学会第一课，我今天教给你的这一课。听好了：拥有高尚的情操，很好，但这仅仅是一种手段，而不是结果。高洁但挨饿的男人不能帮助他的家庭，一个因此落败的国王也不能拯救他的国家。'

"当凯马瑞终于恢复之后，被他的新王深深折服，从此成为约翰最忠实的部下……"

"你为什么要给我读这一段呢?"西蒙问道。听宾拿比克读了这段本国最伟大英雄的不齿行径，他深深感到自己被嘲弄了……可这些文字都出于莫吉纳之手。而且想想这些描述吧，它让老国王约翰更像一个有血有肉的活人，而不是立在圣撒翠教堂门前的那尊积灰的大理石雕像。

"因为这段很有趣。"宾拿比克顽皮地笑了，"才怪，不是这个理由。"看到西蒙皱起眉头，他赶紧解释说，"说实话，我希望你能明白一点道理，但我觉得莫吉纳应该比我更能让你明白。"

"你不想丢下那些瑞摩加士兵，我理解你的感受——也许，那时候离开确实没有荣誉可言。然而，把对伊坎努克的责任放到一边，也完全违背我的价值观。有时候，我们只能把高尚的荣誉放在一边——或者，说得更深一点，做一些不符合公认的高尚的事……你明白我的意思吗？"

"不太明白。"西蒙松开紧皱的眉头，露出嘲弄意味十足的笑。

"嗯。"宾拿比克只是耸耸肩。"Ko muhuhok na mik aqa nop，坎努克语，意思是'掉到头上的时候，你才知道那是块石头'。"

宾拿比克将炊具收回包裹时，西蒙又认真地思考了一会儿。

宾拿比克至少说对了一件事。当他们费尽力气爬上山顶时，眼前所见只有无边无际的黑暗树海阿德席特。山脚下，绿色和黑色交织，像被瞬间冻结的波涛。由古老之心掀起的巨浪看起来甚至能将大地撕碎。

西蒙惊讶地深吸一口气，看着不计其数的林木密密匝匝延伸至远处，直到浓雾将它们掩盖吞噬。整座森林似乎一直扩展到世界尽头之外。

宾拿比克发现西蒙怔怔地看着眼前的一切，说："你听我说了那么多，但现在的话才是最重要的——如果我们在森林中迷路，也许就出不来了。"

"我又不是没进过森林，宾拿比克。"

"你只到过森林边缘，西蒙好友。这回我们要到深处去。"

"一直穿过整片森林？"

"哈！不，那得花好几个月——甚至一年，谁知道呢。但这一次，我们不仅仅要在她的边缘徘徊。因此最好能受到森林的欢迎。"

西蒙低头往下看，感觉皮肤一阵刺痛。幽深静谧的树林，阴暗而从未被人踏足的小径……所有关于隐秘城堡和小镇的想象一下子涌了出来，活灵活现，挥之不去。

可我必须去，他对自己说。不管怎样，我觉得这片森林并不邪恶。它只是很古老……非常古老，因此对陌生人充满警戒——至少我是这么觉得。反正不邪恶。

"我们走吧。"他用愉悦爽快的声音说。然而等宾拿比克走到前面、俯视着脚下时，西蒙悄悄在胸口画了一个圣树的手势，祈祷一路平安。

他们顺着山坡往下走，草坪一直延伸至阿德席特边缘。坎忒喀突然停下，脑袋偏向一边。这时已是下午，日头高挂在天空，弥漫在四周的雾气被阳光驱散。西蒙和矮怪走过去，大狼还是像一座灰色的雕像，一动不动。他们环视四周，一派平和安静，没发现什么异常。

坎忒喀见两人过来，哀号一声，将头侧向另一边听。宾拿比克将背包缓缓放到地上，安静地拿出那些叮当作响的骨头和石头，也竖起耳朵仔细聆听。

直发盖住矮怪的眼睛，他刚张嘴想说些什么，突然，西蒙听到一个声音：一个细细的微弱的声音，很快就消失了，仿佛云端上的大雁，鸣叫着飞过头顶。但声音似乎不是从那么高的地方发出，更像来自森林和山坡的中间地带，但西蒙分不清是北面还是南面。

"什么……?"他刚想问，坎忒喀突然又哀号一声，摇摇脑袋，似乎不喜欢这灌进耳朵的声音。矮怪用棕色的小手笼着耳朵，又仔细聆听一会儿，接着背起包裹，示意西蒙跟着他往昏暗的森林里走。

"我想是猎狗。"他说。大狼反常地在周围急躁地转圈，一下靠近，一下又跳开，"它们离得还挺远，在山脉南面……霜冻边境那边。我们越早进入森林就越安全。"

"也许吧。"西蒙在小个子旁边迈开大步，一边走一边回答。矮怪几乎小跑起来，"但这声音听起来不像猎狗……"

"那个，"宾拿比克嘟囔道，"只是我的猜测……同样也是我们最好快走的理由。"

思考着宾拿比克的话，西蒙突然觉得，好像有冰冷的手抓住了自己的五脏六腑。

"停。"他说着，停下脚步。

"你干什么？"小个子低声喝问，"它们还在后头……"

"叫上坎忒喀。"西蒙不为所动。宾拿比克盯着他看了一会儿，才吹响口哨，大狼一下子跳到他们身后。

"我希望你赶快解释一下……"矮怪开口，但西蒙只是指着坎忒喀。

"骑上她。快，马上，快上去。要加速的话，我还可以跑——但你的腿太短。"

"西蒙，"宾拿比克眼里带着愤怒，"我还是个小鬼时，就已经在岷塔霍陡峭的山脊上跑来跑去了……"

"可这里是平原，还是下坡。求你了，宾拿比克，是你说的，我们得快点！"

矮怪又盯着他看了一会儿，这才转身，咯咯出声指示坎忒喀。大狼俯下身子，肚皮贴着稀疏的草叶。宾拿比克抬起一条腿，搭在她宽阔的背上，接着一用力，骑了上去，厚厚的皮毛就像马鞍。他又发出咯咯声，狼先伸直前腿，接着是后腿，站了起来。宾拿比克在她背上摇晃几下。

"Ummu，坎忒喀。"他喝道，她开始往前跑。西蒙迈开双腿，也跑了起来。除了自己发出的声音，他们现在听不到其他响动。但记忆中那遥远的嗥叫，让西蒙后颈一阵阵发凉，相反，阿德席特黑暗的面庞现在更像朋友的微笑。宾拿比克附身贴着坎忒喀的脖子，故意不去看西蒙的眼睛。

他们并肩跑下长长的山坡。最后，当太阳开始沉下身后的山脉时，他们也终于摸到最边缘的林木。一排细细的白桦树——像一队苍白的女仆，随时准备为客人洗尘，欢迎他们进入老主人黑暗的大屋。

在斜阳余晖下，黄昏显得十分明亮，但他们只能在林木交错形成的微光和暗影中尽快穿行。脚下的林地厚实柔软，他们像鬼魂一样安静地在稀疏的林间奔跑。暗黄的光穿过枝条，丝丝落下，团团尘土在身后的阴影里闪闪发光。

狂奔让西蒙精疲力竭，汗水在他脸上和脖子上流淌，画出一道道脏兮兮的痕迹。

"还得再走远点儿。"宾拿比克在坎忒喀背上说，"用不了多久，路就不适合跑了，那时再休息。"

西蒙什么都没说，只是机械地继续疾行，肺里仿佛在灼烧。

终于，西蒙慢了下来，步子摇摇晃晃。宾拿比克从狼背上滑下，在他旁边一起跑。西斜的太阳已落到树干后面，虽然高处的枝头被光环笼罩，鲜艳得仿佛海霍特教堂的彩色玻璃窗，脚下的林地却越来越暗，黑得什么都看不见。西蒙被半埋在土里的石头绊了一下，还好宾拿比克及时抓住他的手臂，才没让他摔倒。

"好啦，坐吧。"矮怪说。西蒙一言不发地倒下，压在松软的泥土上。过了一会儿，坎忒喀转回来，四下闻闻，坐下来，开始舔舐西蒙后颈的汗水。很痒，但西蒙累得不想动弹，任由她去。

宾拿比克盘腿坐着，检查他们停留的所在。这里位于小山坡中间，山坡底部的泥地上有一条蜿蜒的小溪，细细的黑水正在流淌。

"等你呼吸平顺下来，"他说，"我们可以到那儿。"手指着山坡高一点的地方，那里长着一颗大橡树，交错的根须将其他树推到一旁，扭曲的粗壮树干周围大约有一石左右的空地。西蒙点点头，挣扎着将空气吸入肺里。过了一会儿，他努力撑起身子，站了起来，和小个子一起爬上斜坡，来到大树旁边。

"你知道我们在哪儿吗？"西蒙靠着半露出地面的卷曲树根，慢慢坐下。

"不知道。"宾拿比克高兴地说,"不过明天,太阳升起来,等我有时间做事情……就能知道了。帮我找些石头和木柴,我们可以生火。等会儿——"宾拿比克站起来,借着快速消失的天光搜寻枯树枝,"等会儿有个惊喜给你。"

宾拿比克筑起三道石头围栏,围住火坑,想要防止火光外泄,但用处不大。火焰还是热烈地跳跃不休,红光照在翻找东西的宾拿比克身上,投下形状奇妙的影子。西蒙怔怔地看着几点寂寞的火星打着转落下。

他们吃了一顿粗劣的晚饭——鱼干、硬蛋糕,就着水。西蒙觉得没能好好填饱肚子,他本以为会大吃一顿。但躺在地上,让酸痛的双腿暖和一下,总比不停奔跑好多了。以前也曾不停狂奔过这么久吗?他不记得了。

"哈!"宾拿比克大笑起来,满意地抬起头,火光染红他的脸,"答应你的那个惊喜,西蒙,我准备好了!"

"什么惊喜?我觉得这辈子受到的惊吓已经够多了。"

宾拿比克笑着,嘴角都要咧到耳根去了,"很好,你自己决定吧。先试试这个。"他递给西蒙一个小陶罐。

"这是什么?"西蒙靠近火光,仔细观察。硬陶罐没有任何标记。"你们矮怪的东西?"

"打开它。"

西蒙用手指戳戳罐顶,发现罐子被一层蜡似的东西封住了。他戳个洞,蘸了一点儿闻了闻。弄清那是什么之后,他立刻又将手指伸进去,蘸满了,塞进嘴巴。

"果酱!"他欣喜若狂。

"当然!葡萄果酱。"宾拿比克说,西蒙的反应让他很满意,"我在修道院弄到些葡萄，但之后发生的事一件紧接一件，我给忘了。"

吃了几口之后，西蒙才不情不愿地将罐子递还给宾拿比克。矮怪也爱吃，没多久果酱就见底了，他们把黏糊糊的罐子留给坎忒喀舔干净。

篝火快要熄灭，西蒙靠在温暖的石头旁，蜷缩在毯子下。"宾拿比克，你能不能唱首歌？"他问，"或者讲个故事？"

矮怪望过来。"还是别讲故事了，西蒙，我们得早睡早起。也许短歌好点儿。"

"也行。"

"不过，考虑一下，"宾拿比克说着，将兜帽拉起，包住耳朵，"还是你来唱吧，我想听。当然了，要安静的歌。"

"我？唱歌？"西蒙沉思一会儿。在树冠的缝隙间，他似乎能看到淡淡的星光。一颗星星……"好吧，"他说，"上次你唱过一首歌，关于塞达和星星毯子……那我就唱首小时候学的歌吧，女仆教的。"他挪挪身子，躺得更舒服些，"希望我还记得歌词，挺有趣的。"

"古老之心的幽谷里，"

西蒙轻声唱起来，

"杰克·穆德沃德喊叫着，
远近林地，众人聆听。
谁能从天上摘下星星，
便得王冠，远扬威名。

贝奥诺斯，自告奋勇，

‘我能爬上最高的枝头，
摘下星星，镶上金冠，
很快一切都将属于我。’

于是他爬上高高枝头，
一颗古老高大的紫衫。
他爬到大树顶端，
爬得越高，摔得越惨，
要摘星星，终告失败。

奥斯伽第二个站起，
保证飞箭射中天上星。
‘射下星星，落入我怀，
黄金宝冠，终将得来……’

射出箭矢二十无一中，
闪烁星光，仿若讥讽。
奥斯伽空手而回，
大言不惭，杰克嗤笑。

人人尝试，又吵又闹，
千万方法，皆告失败。
美丽荷露丝低垂着头，
整理罗衫，从容道来。

‘穆德沃德所求不难’，
目光闪烁，细语轻言。

'若真无人愿持有王冠，
我愿为穆德沃德解忧排难'。

她求旁人，找来大网，
又将大网，投进湖水。
水波潋滟，水花飞溅，
星影闪烁，皆入网中。

转回身子，展露笑颜。
她开口说：'如您所见，
千万星星，落进我网，
若想得到，自取便罢。'

老杰克大笑招呼众人：
'我决定娶了这女人，
摘下星星得到王冠，
我将给予她我的生命。'

是的，摘下星星得到王冠，
杰克·穆德沃德娶妻……"

黑暗中，他听到宾拿比克的笑声，轻松自然。
"真是一首欢乐的歌，西蒙，谢谢。"
余烬的嘶嘶声安静下来，只有柔和的风穿梭在无尽的林木之间。

西蒙眼睛还没睁开，耳里却已灌满奇怪的嗡嗡声，就在附近，响
起来，又轻下去。他抬起头，睡眼惺忪，看到宾拿比克叉着腿坐在篝

火前。太阳刚刚升起，森林中弥漫着苍白的雾气。

只见矮怪小心地在篝火周围铺了一个羽毛圈，各种各样鸟的羽毛，好像把周围森林里的鸟儿都拔了个干净似的。小个子闭上眼睛，靠近微弱的火焰，用母语吟诵着，那声音让西蒙清醒过来。

"……Tutusik - Ahyuq - Chuyuq - Qachimak, Tutusik - Ahyuk - Chuyuq - Qaqimak……"他继续念诵，篝火冒出的细烟像丝带，开始摇晃，像有风吹过，但平铺在地上的羽毛却一动不动。矮怪闭着双眼，在火焰上挪动小小的手掌，画了一会儿圈，然后停下。过了一会，烟又恢复了之前的样子。

西蒙一直屏住呼吸看着这一切，现在才算放松下来。"你现在知道我们在哪儿了吗？"他问。宾拿比克转身，笑了，表情愉快。

"早上好。没错，我弄清了不少事情。我们应该摆脱了大部分麻烦，不过还得走上好久，才能到达葛萝伊的小屋……"

"小屋？"西蒙问，"阿德席特里有房子？什么样的？"

"嗯。"宾拿比克伸直腿，揉了揉，"不像你见过的房子……"他突然停下，双眼越过西蒙，盯着后面。小伙子注意到，也警惕地转头去看，可什么都没发现。

"什么东西？"

"嘘……"宾拿比克没有转移视线，"那儿，听到没有？"

过了一会儿，他也听到了。远远地，传来吠叫声，和他们跑进森林时听到的一模一样。西蒙觉得皮肤又一阵刺痛。

"又是猎狗……！"他说，"不过听起来还是很远。"

"你没明白。"宾拿比克低头看看火堆，又抬头望着从树梢上流淌下来的晨光，"它们在夜里赶了上来，跑了整晚！现在，除非我耳朵出了问题，它们已经朝我们追来了。"

"谁的猎狗？"西蒙的手掌已经汗湿，紧张地在外套上擦了擦，"它们在追我们？在森林里，它们不能伤害我们吧？能吗？"

宾拿比克用小靴子的靴跟踢乱羽毛，开始收拾包裹。"我不知道。"他说，"这么多问题，我一个都回答不了。森林里蕴含力量，也许可以让猎狗找不着北——我是说普通的猎狗。但也有可能，那些狗不会被森林之力影响。"

宾拿比克呼唤坎忒喀。西蒙坐起来，准备尽快出发。全身还是酸痛不已，但他觉得自己已经准备好再次奔跑。

"是埃利加，对不对？"他冷冷地问，把脚塞进靴子。疼痛让他的脸不由抽搐一下。

"也许吧。"宾拿比克说。坎忒喀跳过来，他抬起腿，跨坐在狼背上，"可为什么呢？他竟这么重视一个医师的小伙计——还有，国王从哪儿找来的猎狗，能从黄昏跑到清晨，一口气跑二十里格之远？"宾拿比克将包裹放到坎忒喀肩上，手杖递给西蒙，"记着，别弄丢了。我真希望能帮你找匹马。"

两人走下山坡，往隘谷前进。

"它们近了吗？"西蒙问，"我们离那……房子还有多远？"

"猎狗和房子都还远着呢。"宾拿比克说，"好吧，等坎忒喀累了，我就跟你一起跑。Kikkasut！"他骂道，"多希望有匹马啊！"

"我也是。"西蒙喘着粗气说。

整个早上，他们艰难跋涉，一直向东，朝森林腹地行进。他们往下走到一片布满岩石的幽谷，身后的犬吠轻了一段时间，又响起来，甚至比之前更响。和之前说的一样，狼累了以后，宾拿比克从坎忒喀身上跳下，跟在男孩旁边。他的短腿跑两步才等于西蒙的一步，脸颊鼓出来又凹进去，牙齿露在外面。

沐浴着上午的阳光，他们停下来喝了点水，又休息了一会儿。西蒙从他的两个包裹上撕下布条，包住起泡的脚跟，然后将包裹交给宾拿比克，跟其他的东西放在一起。刚才跑步和走路时，它们不停捶打着大腿，西蒙实在受不了。他们喝干水囊里最后几滴甘甜的水，努力平复急促的呼吸，这时又听到追赶不休的声音。

这一次，猎狗们喧闹的吠叫更清晰了。他们只好立刻出发，蹒跚上路。

不多会儿，他们走上一段长长的上坡路。随着地势上升，岩石多了起来，树木的品种也改变了。步履维艰地爬上坡地，西蒙觉得挫败感正在体内滋长，像毒药一样。宾拿比克告诉他，至少黄昏时分他们才能赶到葛萝伊那儿，然而日头还没升上树梢，他们已经输掉了速度的比拼。追捕者的声音持续不停，兴奋的吠叫更加响亮。虽然慌张地爬坡，西蒙还是不由想到，它们是怎么一边叫又一边不停奔跑的？那到底是什么狗？西蒙的心跳犹如鸟儿的翅膀。他和矮怪很快就要面对猎人们了。这些念头让他心烦意乱。

终于，透过树干的间隙，地平线和天空中间出现了一个斑点。他们一瘸一拐地走出树林。坎忒喀一直跑在前头，突然停下脚步，叫了起来。那是从喉咙深处发出的尖利吼叫。

"西蒙！"宾拿比克呼喊着，扑倒在地，用力拽着男孩的腿。随着一声暴喝，西蒙步子不稳，也倒下了。待视野恢复正常，西蒙发现自己正侧压着自己的手臂，眼前竟是一道陡峭的深谷。掌下的石块松脱了，在峭壁上弹跳几下，消失在遥远的谷底绿林中。

犬吠声仿佛嘹亮的金铜战号。西蒙和矮怪在悬崖边，往山坡挪了几尺，站起身来。

"看！"西蒙尖声说，忘了双手和下巴都在流血，"宾拿比克，看！"他指着刚刚爬过的长坡上那片茂密的树丛。

离他们还不到半里格之处，一群矮小的白影正灵敏地在林间空地穿梭——猎狗来了！

宾拿比克从西蒙手里抢过手杖，分作两半，倒出飞镖，并将带小刀那一半交给西蒙。

"快！"他说，"砍根树枝当棍子。如果牺牲在所难免，那他们也得付出高昂的代价！"

狗群的嘶吼让山坡沸腾起来，宛如一曲终结与杀戮之歌。

秘境之湖

❀

他疯狂地又劈又砍，将全身重量压到树枝上，手指颤抖，小刀总是打滑。每一秒钟，狗群都在逼近。西蒙费了不少时间，终于砍下一段适合的树枝。可它能起到的防御作用微乎其微。这根树枝跟他的手臂差不多长，一端是切面，另一端有颗树瘤。

矮怪一只手在包裹里乱翻，另一只手抓着坎忒喀脖子上厚厚的皮毛。

"按住她！"他呼唤西蒙，"现在还不能放。太早开战，它们会把她拖垮，那会害死她。"西蒙闻言伸出手臂，搂住大狼的粗脖子。她全身都因兴奋而颤抖，强劲的心跳由手臂传上来，西蒙自己的心也跟着越跳越快——这一切都不像是真的！今天早晨，他和宾拿比克还静静地坐在篝火旁……

狗群的嗥叫更响了。它们像逃出坍塌巢穴的白蚁，迅速涌向山坡。坎忒喀往前冲去，力道大到让西蒙膝盖跪地。

"Hinik aia！"宾拿比克吆喝道。他在她鼻尖上方挥了挥空心骨管，又从包裹底部拉出一条长绳，打了个结。西蒙已经明白矮怪要干什么，但一看后面的悬崖，又绝望地摇摇头。谷底太深，绳子最多只能到峭壁的一半高度。但他突然发现了什么，心中再次燃起希望。

"宾拿比克，看！"他伸手一指。矮怪置若罔闻，直到把绳子套在离悬崖一码左右的大树桩上，他才抬起头，顺着西蒙的手看过去。

离他们所在的位置不到一百步处，有棵粗大的铁杉树。树根攀在悬崖边，枝干朝下生长，半路转向，伸向对面的岩壁，树梢搭在一块突出的岩架上。

"我们可以沿着树干爬到对面!"西蒙说。可矮怪摇了摇头。

"如果坎忒喀能爬过去,那它们也能,而且那边不太好落脚。"他朝对面挥挥手,那道岩架还不如一块木板宽,"但也只有这个办法了。"他站起来,用力拽拽绳子,确保绳结牢靠,"要是可以,争取让坎忒喀先爬过去。不需要太远,大概十腕尺就够了。抱紧她,直到我叫你为止,明白吗!?"

"可是……"西蒙刚想开口,又扭头望望坡下,那些白影已经快撵上他们,乍一看约有一打。他只好揪住坎忒喀的后颈,用力往铁杉那边拖。

悬崖边,树根与岩壁纠结,树干也够粗,走上去不成问题,但抱着一头大狼,再想保持平衡就没那么容易了。坎忒喀直往后退,颤抖着,哀号着,叫声和越来越近的犬吠声融合在一起。他没办法把她哄上树干,只好失望地扭头看向宾拿比克。

"Ummu!"矮怪大喊,声音嘶哑。过了一会儿,坎忒喀才不情愿地跳上铁杉,但还是哀号不止。插在腰间的木棍让西蒙行动不便,他努力跨坐在宽阔的树干上,一边抱紧坎忒喀,一边用屁股往后挪,总算平稳地离开了悬崖边。就在这时,矮怪呼号起来,坎忒喀一听,立刻转身要往回冲。西蒙双手箍住她的脖子,膝盖夹紧粗糙的树皮。他突然觉得冷,很冷!他把脸埋进她的毛皮,嗅着浓重的野兽的味道,轻声祈祷。

"……艾莉西亚,赎罪者之母,拯救我们,保护我们……"

宾拿比克离悬崖只剩一步之遥,手中抓着那卷绳子。"Hinik,坎忒喀!"叫声刚落,群狗已窜出树林,窜上最后一段上坡。西蒙坐在树上,抱紧大狼。从这个位置看不太真切,只能望见白色的细长背脊和尖尖的耳朵。那些猛兽冲向矮怪,发出的声音活像金属锁链在石板上拖曳。

宾拿比克在干吗？西蒙心想，慌乱得几乎无法呼吸。他怎么不跑？怎么不用飞镖？——干吗什么都不做？

眼前这一幕仿佛最可怕的噩梦再次浮现，仿佛那天，莫吉纳站在西蒙和埃利加的魔掌之间。他不能眼睁睁看着宾拿比克也在眼前被杀。但他刚拼命站起，狗群已朝矮怪猛扑过去。一时间，西蒙只注意到它们那苍白的长鼻子、珍珠色的空洞眼瞳、鲜红的舌头和嘴巴……下一个瞬间，宾拿比克往后一跳，直坠深谷。

"不！"西蒙惊骇地尖叫着。扑到最前面的五六只猛兽没能停下，也直接冲下悬崖，白色的四肢和尾巴无力地挥动，发出凄厉的哀号。西蒙目瞪口呆，看着那几只狗在崖壁上滚了几下，直坠向谷底的树林。被压断的树枝爆出一阵噼啪声。他自胸膛里又要挤出一阵尖叫……

"就是现在，西蒙！放开她！"

西蒙大张着嘴，低下头，竟看到宾拿比克的脚撑在崖壁上，紧接着才注意到矮怪腰上绑着绳子。他悬在半空，离悬崖边不到二十尺。"放开她！"他又喊了一声，西蒙总算反应过来，松开箍住坎忒喀的手臂。剩下的猎狗还在悬崖边徘徊，就在宾拿比克头顶，嗅着地面，直盯着他。虽然小个子离得并不远，但它们也只能狂吠个不停。

坎忒喀沿着铁杉树干慢慢往上爬。其中一条白狗突然转过头，迷蒙的白色小眼睛直盯着大树和西蒙。它发出刺耳的咆哮，奔了过来，其他几条随后紧追。

吠叫的狗群还没赶到，灰狼已挪完最后几步。她气势汹汹，纵身一跃，跳下铁杉，当即与最前面那条狗撕咬起来，另有两只也冲入战团。狼嚎如战歌般奏起，声音越来越响，越来越洪亮。

西蒙呆了一会儿，不知如何是好，粗壮的树干让分跨两边的腿疼得厉害，他想跪起来，爬到前面去，为加快速度，还松开了抓紧树干的手。这时，他第一次直视下方，只见遥远谷底的树梢连成一片起伏不平的绿毯。幽深的落差令人头晕目眩，比绿天使塔到城墙的距离还要高。他头皮一麻，转开视线，决定还是保持姿势不动为好。可他刚一抬头，就发现一条白影已从悬崖边蹦到粗大的铁杉树上。

猎狗的爪子稳稳踩在树干上，咆哮着逼近。在这头野兽越过不足十二尺的距离，咬住他喉咙之前，西蒙必须拔出那根木棍。刚开始，棍子被腰带卡住，好在他急中生智，从细的那头往下推，这才保住了性命。

抽出木棍时，猎狗已跳上半空，亮闪闪的黄牙眼看就要咬中他的脸。他举起木棍，来不及看第二眼就狠狠挥出。这一下让猎狗稍微偏了点方向，利齿生风，在他左耳边一英寸处滑过，口水溅了他一脸。它的爪子搭在他胸口，嘴里散发着令人作呕的恶臭。他的力气渐渐消失，想把木棍往后拉，却卡在那东西两条前腿中间。他向后仰，猎狗也咆哮着伸长脖子，长鼻子又对准他的脸，挥动爪子，准备把木棍拨开。一人一狗搏斗数回，西蒙终于把钩在肩膀上的爪子推开。白狗失去平衡，一边尖叫，一边翻滚挣扎，还带走了西蒙手里的棍子。接着，它重心不稳，滑下树干，坠入深谷。

一经脱险，西蒙立刻伏下身子，双手紧抓树干，不停地咳嗽，想把那东西留在他鼻孔里的臭味咳出来。这时，一阵低吼传来。他慢慢抬头，发现又一条狗出现在树根下方。乳白色的眼睛闪烁着，就像瞎眼的流浪汉。它的嘴角泛着白沫，露出利齿和猩红的舌头。西蒙举起空空的双手，绝望地看着猛兽慢慢地步向树干，他能看到它短短的皮毛下结实的肌肉。

猎狗转头舔舔侧腹，好像整理了一下皮毛，又将空洞诡异的目光投向西蒙。它迈了一步，似乎有些犹豫，摇晃着又迈一步。突然，它滑下铁杉树，消失不见了。

"用黑色飞镖比较安全。"宾拿比克喊道。小个子站在坡下一点儿，离大树纠成一团的枯根几码远。过了一会儿，坎忒喀一瘸一拐回到他身旁，黑红色的血自嘴里滴滴答答往下淌。西蒙怔怔地看着眼前的景象，终于意识到，他们活下来了。

"来吧，慢点儿。"矮怪继续说道，"注意，我把绳子丢过去。危险都过去了，要是这时你再有个三长两短……"绳子在空中画个弧形，落到树干上，横在西蒙眼前。他感激地抓过绳子，双手像中风似的抖个不停。

宾拿比克费力地用脚尖把猎狗翻过来，他刚才用飞镖杀了它——这东西光滑的脖子上，伤口里涌出白色的絮状物，像一朵蘑菇。

"看那儿。"矮怪说。西蒙俯下身子，靠近一点。它不像他曾见过的任何一种猎犬。它吻部细长，下巴让他想起渔夫在津濑湖里钓到的鲨鱼，乳白色的眼睛失神地瞪着远方，一如病态的心灵之窗。

"不，这里。"宾拿比克指了指。大狗胸口的短毛间烙着一个黑色的印记——是个细细的三角形，底边很窄。这个记号很像色雷辛人把矛烧红之后给马匹打上的烙印。

"风暴之矛的标志。"宾拿比克轻声说，"这是北鬼的印记。"

"北鬼是啥？"

"一群古怪的人。他们的领土比伊坎努克和瑞摩加更往北，那儿有座巨型山脉，高耸入云，覆盖冰雪。瑞摩加人叫它风暴之矛。北鬼从不踏足奥斯坦·亚德的领土。有人说他们就是希瑟，但我不知道是不是真的。"

"怎么可能？"西蒙问，"看项圈。"他弯下腰，小心地伸出手指，把白色的皮项圈从死狗僵硬的尸体上取下来。

宾拿比克不好意思地笑了："真是丢脸！我竟没看到项圈，白色上的白色——我可是从小就在雪地里学捕猎了！"

"你看。"西蒙催促道，"看到项圈扣了吗？"

项圈上的环扣确实有些古怪——用纯银打造而成，形状像条盘龙。

"这条龙……是埃利加的狗。"西蒙肯定地说,"我早应该看出来——我以前经常拜访驯犬师唐贝斯。"

宾拿比克蹲下,仔细观察尸体。"我相信你。但这风暴之矛的标记,一看就知,这些狗肯定不是海霍特圈养的。"他站起来,退了一步,坎忒喀上前闻闻尸体,立即也退了回去,喉咙发出低吼声。

"等一会儿再解谜吧。"矮怪说,"我们现在还活着,四肢俱全,已经运气不错了。要赶紧出发,我可不想看到这些狗的主人。"

"我们离葛萝伊那儿近吗?"

"刚才那一段,我们不小心走偏了,不过没离太远。如果现在动身,还能赶在天黑之前到达。"

西蒙低头看着猎犬的长吻和可怕的下颌,还有强壮的身躯和失神的眼睛。"希望如此。"他说。

他们找不到直穿峡谷的路,只好离开陡峭的悬崖,折回长坡,另寻他路。西蒙像小孩子似的暗自庆幸终于不用爬上爬下。他的膝盖到现在还酸痛无力,和发高烧的感觉差不多。他实在不想再一次吊在高高的崖壁边,看着深深的峡谷,脚下却没有坚实的地面支撑。在海霍特时,爬上城墙和塔楼并不难,建筑物上不但有棱角,还有泥瓦匠留下的裂缝。爬上悬空的树干则完全不同,它就像孤零零伸出悬崖的细枝,只是比普通树枝粗一些罢了。

约一小时后,他们在长坡坡底右转,开始往西北走。还没走出五弗隆,忽听一声尖利的哭号穿透午后的空气。两人同时急停下来,坎忒喀竖起耳朵,低吼着。又是一声哭号。

"像小孩在尖叫。"西蒙说着,转头搜寻发出声音的方向。

"森林经常玩这种把戏。"宾拿比克刚说一句,哭号声又起,紧跟着是一声愤怒的犬吠。这吠声他们再熟悉不过了。

"瑾奇琶之眼啊!"宾拿比克骂道,"难道他们要一直追到奈格利蒙!?"

又是一声犬吠,他认真听着。"不过,听上去只有一条狗。算是好运了。"

"它好像正往这边跑。"西蒙指着不远处茂密的树丛说,"我们去看看吧。"

"西蒙!"宾拿比克惊讶地说,声音十分刺耳,"你到底在说什么?我们可是在逃命啊!"

"你说只有一条狗的。我们还有坎试喀。如果是有人受到攻击,我们怎能就这样逃走?"

"西蒙,我们无法断定这是不是个圈套⋯⋯有些野兽也能发出类似的声音。"

"如果不是呢?"西蒙坚持道,"如果猎狗袭击了樵夫的小孩⋯⋯或者别的什么人呢?"

"樵夫的小孩?在森林深处?"宾拿比克嘲弄地看着他。西蒙迎向他的视线,挑战似的瞪回去。"哈!"宾拿比克沉重地说,"那好吧,随你。"

西蒙转身,朝茂密的树丛跑去。

"'Mikmok hanno so gijiq',伊坎努克谚语!"宾拿比克叫道,"'你要把饥肠辘辘的黄鼠狼装在口袋里,可就怨不了别人!'"年轻人头也不回。宾拿比克用手杖跺了跺地面,也小跑着跟了上去。

大概跑了一百步,他赶上西蒙。接下来二十步,他拆开手杖,倒出飞镖袋。他打个嗯哨命令坎试喀折回来,还在一支尖端为黑色的飞镖上灵巧地缠好粗羊毛。

"如果你被绊倒或摔倒,会不会中毒?"西蒙问。宾拿比克只是抛给他一个厌烦又担忧的眼神,继续奋力跟上大个男孩的脚步。

他们终于赶到,映入眼帘的却是副平静的假象:一条狗蹲在一棵枝繁叶茂的白蜡树前，眼睛盯着树上一团黑影。乍一看去，很像海霍特的猎狗在跟上树的猫对峙，但不管是狗还是树上的猎物，体型都好大。

他们慢慢接近，不足百尺，猎狗突然转头，冲他们咧嘴大吼，声音凶恶又响亮。它回头看了一眼那棵树，然后伸直长腿，迈开大步，朝他们奔来。宾拿比克停下脚步，将空心管抬到唇边，坎忒喀越过他，迎头冲去。当猎犬足够接近时，矮怪鼓起脸颊，猛地一吹。不知飞镖有没有击中，大狗半点反应都没有，反而咆哮着，加快了脚步。坎忒喀也蓄势待发。这条狗比其他那些更高大，体型和坎忒喀相似，可能还要更大一些。

两头猛兽没有兜圈子，直接张开血盆大口，撞到一起。他们落到地上，撕咬缠斗，像颗滚动而沉重的球，灰毛和白毛混在一起。宾拿比克在西蒙身边狠狠地咒骂，他本想再缠另一支飞镖，结果手忙脚乱地把小皮袋掉到了地上。象牙色的细镖散落在脚下的叶片和苔藓之间。

争斗的双方都提高了吼声。猎犬的长脑袋向前一冲，又缩回来，如此重复一次，两次，三次，像条毒蛇般发动攻击。最后一次伸缩，让它的白鼻子染上了血迹。

西蒙和矮怪正往前跑。宾拿比克见状，倒抽一口冷气。

"坎忒喀！"他喊了一声，飞快上前。只见宾拿比克的骨柄匕首一闪，下一秒钟，矮怪竟已杀入猛兽的战团，将匕首刺了下去，又举起，再刺。西蒙担心两个同伴的安危，捡起宾拿比克掉在地上的空心管子，也跑过去。他赶到时，矮怪正振作精神，抓住坎忒喀背上厚厚的灰毛，用力拉扯。猛兽被分开了，身上都挂了彩。坎忒喀慢慢站起，一条腿似乎有点儿跛。白猎犬则静静地躺在地上。

宾拿比克半蹲着，手臂环抱大狼的脖子，二者互相抵住前额。西蒙被这一幕所感动。他一声不吭，朝树那边走去。

白蜡树上竟有两个身影，这是让西蒙惊讶的第一件事。一个大眼睛年轻人，腿上坐着一个小个子，一言不发。而西蒙认识那个年轻人，这是第二件惊异的发现。

"是你!"他睁圆了眼睛，看着那张沾满鲜血和尘土的脸，"你是麦……麦拉齐!"

男孩什么都没说，眼里饱含恐惧，往下看着，轻轻摇晃腿上的小人儿。一时间，整片林地平静如水，连停在树梢的午后日头似乎也不再移动。然后，一声响亮的号角打破了沉默。

"快!"西蒙招呼麦拉齐，"下来! 你们快下来!"宾拿比克从他身后走来，坎忒喀一瘸一拐地跟着。

"是猎人的号角，我敢肯定。"他说。

麦拉齐好像总算理解了，小心翼翼地抱着小伙伴，沿着长长的树枝朝树干爬去。到了分叉处，他犹豫片刻，终于把怀里柔软的担子递给西蒙。原来是个瘦小的黑发女孩，看来还不到十岁。她一动不动，脸色惨白，双眼紧闭。西蒙刚接过她，就觉得衣服沾上了什么黏糊糊的东西。过了一会儿，麦拉齐终于爬下树枝。离地面还有最后几尺时，他身子不稳，摔了下来，但马上又站直了。

"现在怎么办?"西蒙问，并试着抱稳小姑娘。号角声又回荡起来，似乎从他们身后那个峡谷传来，接着响起狗群兴奋的尖啸。

"我们打不过他们，更别提还有狗。"矮怪说，松垮垮的脸上明显透出疲惫，"我们也跑不过马。只能想办法藏起来。"

"藏哪儿?"西蒙急切地问，"狗会闻出来的。"

宾拿比克俯下身，用小手捧起坎忒喀受伤的爪子，来回揉着。大狼稍作抵抗，还是乖乖坐下，喘着气，忍痛让小个子按摩。

"会很疼，但没断。"他对西蒙说完，又扭头对狼说话，麦拉齐的目光从西蒙抱着的人移到他们身上。"Chok，坎忒喀，我勇敢的朋友。"矮怪说，"ummu chok Geloë!"

大狼从胸口发出低沉的吼声，立即跳向西北方，远离他们身后越来越响的喧闹。因为前腿受伤，她在树间穿行得花更多的时间。

"我希望，"宾拿比克解释说，"这里乱七八糟的气味，"他指指那棵树，又指指旁边的巨型狗尸，"能糊弄过他们，让他们直接去追坎忒喀。我想他们抓不到她。即使腿脚不便，她的头脑也足够聪明。"

西蒙环视四周："那里怎么样？"他指着半山腰上一道裂隙说。那本是一整块布满条纹的巨石，却碎成现在这样，像被一把巨楔从中间撬开。

"但我们不知道他们会往哪边追。"宾拿比克说，"如果他们下山坡，我们就算运气好，逃过一劫。要是他们回头追，就会经过那个山洞。太冒险了。"

西蒙几乎无法思考。越来越近的犬吠声令人胆战心惊。宾拿比克说得对不对？他们真会被一路追杀到奈格利蒙？可他们的身子又疲倦又酸痛，已经跑不了多远。

"那儿！"他突然说，又指向另一块露出林地的长条形石头。石头大概三人高，离当前所在地稍有些距离。围绕石块底部的树木长得尤其茂盛，像一群孩子扶着颤巍巍的爷爷上餐桌似的。

"要是爬上去。"西蒙说，"我们会比骑在马上还高一截！"

"没错。"宾拿比克点头，"对，你说得对。来吧，我们爬上去。"说完他便往那块石头走去，沉默不语的麦拉齐紧跟其后。西蒙调整一下怀里小女孩的姿势，也快步跟上。

密密匝匝的树丛中，宾拿比克爬到一半，攥着树枝，回头说："把小东西递给我。"

西蒙上前一步照办，伸直手臂将小女孩递过去。接着他转过身，将手放在麦拉齐臂上，想拉他一把。麦拉齐正在找落脚点，一碰到西蒙的手，便不由分说地甩开，越过他用力往上爬去。

西蒙最后一个往上爬。到了第一层平台，他抱起一动不动的小女孩，轻柔地背在自己肩上，接着往石头的圆顶爬。他和其他人一起躺在叶片和树枝上，藏在一大片树冠后面，躲避地上的敌人。他的心因疲倦和害怕怦怦直跳，感觉自己这辈子好像一直在逃跑和躲藏。

他们四人挪动位置，想躺得舒服点儿。狗吠声越来越响，越来越可怕。没过多久，林地上就布满了横冲直撞的白影。

西蒙将蜷缩的小女孩留在麦拉齐的臂弯中，静静地往前挪，和宾拿比克一起趴在石头边，从枝叶的缝隙间偷偷往下张望。到处都是恶狗，至少二十条，又是嗅，又是叫，在树林间兴奋地穿梭来回，一会儿挨在同类旁边，一会儿跑到空地中间。其中一只好像正望向西蒙和宾拿比克，空洞的白眼闪烁不定，咧开血盆大口。好在没多久，它又转头跑回到攒动不休的狗群中。

号角声近在咫尺。不一会儿又出现几匹马。它们小心地穿过茂密的树林，朝这边山坡下来。狗群有了可以兜圈的新理由，它们跑向领头的马，冲两条石灰色的马腿狂吠。那匹马不慌不忙地前进，好像那些狗只是无害的蛾子。跟在后面的几匹马就没那么冷静，有一匹还被惊退几步，主人只好把它拉出列，催着它走下最后一段坡道，停在空地边。

那名骑手很年轻，方正的下巴刮得干干净净，脸上写满失望，卷曲的头发和他的马一样都是栗色，银色铠甲外套了一件蓝黑相间的外衣，从肩膀到胸口斜绣着三朵黄花。

"又死了一条。"他啐了口唾沫，"杰戈，你怎么看？"他的语气带着嘲讽，"哦，请原谅，应该是尹艮大人。"

每个字都能听得清清楚楚，西蒙不由吓了一跳，感觉这人就像故意对偷听的人说话似的。他屏住呼吸。

身披铠甲的人遥望远处，他的轮廓突然有些眼熟。西蒙敢肯定自己见过他，大概是在海霍特吧。这人的口音像爱克兰人。

"你叫我什么并不重要。"另一个声音说，低沉、柔和而又冰冷，

"我尹艮·杰戈的地位不是你给的。你能来……是我给你面子，荷费斯，毕竟这是你的领地。"

西蒙知道了，第一个人原来是荷费斯男爵，埃利加的廷臣，也是范巴德侯爵的密友。第二个说话的人骑着灰马，走过西蒙和宾拿比克眼前的缝隙。焦躁的白狗在马蹄旁转圈。

这个叫尹艮的人一身黑衣，外套、裤子和上衣都清一色的单调暗沉。乍一眼看去，那张严肃脸庞上的短胡子像是白色，但过一会便发现，其实是黄色，只是色泽太浅，像没有颜色似的。同样，黝黑的脸庞上，他的双眼像两个苍白的点，但事实上可能是蓝色的。

西蒙盯着黑色头巾里那张冷酷的脸，盯着他肌肉虬结的身子。不同于以往碰上的任何险境，他感到一种异常的恐惧。这人是谁？看着像瑞摩加人，名字也像瑞摩加人，但他说话很慢，口音很奇怪，西蒙从没听过。

"我的领地只到森林边缘。"荷费斯说着，拉着坐骑慢慢同其他人站到一起。半打穿着闪亮铠甲的人骑在马上，在后面的空地上等待。"我的领地到头了，"荷费斯继续说，"我的忍耐也到了极限。简直是场闹剧，死狗像谷糠一样满地都是……"

"而两个逃犯还是没抓到。"尹艮沉重地替他讲完。

"逃犯？"荷费斯嘲弄道，"一个小男孩和一个小女孩？你觉得埃利加急着想抓的叛徒就是他俩？你觉得他俩……，"他冲地上的巨型狗尸扬起下巴，"能干出这种事？"

"狗在追赶什么东西。"尹艮·杰戈俯视死掉的獒犬，"你看这伤口，不是熊或狼造成的，而是我们的猎物。他们还在逃。多亏你的愚蠢，逃犯一直没找到。"

"你敢说这种话?!"荷费斯提高声音，"好大的胆子?! 只要一声令下，我就能让你变成刺猬！"

尹艮的目光从狗尸上慢慢抬起，"但你不会这么干。"他平静地说。荷费斯的马又惊慌地倒退，还人立起来。男爵好不容易安抚了坐骑，两人一语不发，瞪视彼此。

"啊……那好吧。"荷费斯说，语气和刚才略有不同，目光从黑衣人身上移开，看着森林，"现在怎么办？"

"狗闻到了气味。"尹艮说，"我们继续执行任务，跟上去。"他拿起挂在身侧的号角，吹了一声。原本聚在空地边缘的狗群跟着叫起来，往坎忒喀消失的方向冲去。尹艮·杰戈一言不发，骑着灰色的高头大马跟上。荷费斯男爵嘴里骂骂咧咧，示意着手下也跟上。大约心跳一百次，下方的林地总算归于宁静。但宾拿比克还是让大家别动，他自己先往下爬。

回到地面，他很快检查一下小女孩。先用粗短的手指小心拨开她的眼帘，再靠近听听她的呼吸。

"情况很糟。这孩子，她叫什么，麦拉齐？"

"莱乐思。"男孩看着她苍白的脸，"是我妹妹。"

"我们唯一的希望就是赶快带她到葛萝伊那儿。"宾拿比克说，"另外，也希望坎忒喀能把那伙人引走，好让我们安全到达目的地。"

"麦拉齐，你到底在这儿干吗!?"西蒙不客气地问，"你是怎么从荷费斯手上逃出来的？"男孩紧紧闭着嘴，西蒙又问了一遍，他干脆扭过头去。

"问题留到以后吧。"宾拿比克说，"我们得加快速度。西蒙，你能带着小姑娘吗？"

他们穿过茂密的森林，往西北方走去。太阳渐渐西沉，阳光穿透树枝。西蒙问矮怪知不知道那个叫尹艮的人，还有那奇怪的口音。

"黑瑞摩加人。我想是。"宾拿比克说，"他们人数稀少，不常为人所知，只有住在最北面的人，有时会和他们有贸易来往。他们不说瑞摩加语，据说就住在北鬼领地边上。"

"又是北鬼。"西蒙哼道。麦拉齐拨开一根树枝，西蒙急忙低头躲过。他转身对矮怪说，"到底发生了什么?! 这些人怎么这么看重我们?"

"现在可是紧要关头，吾友西蒙。"宾拿比克说，"没时间可以浪费了。"

几个小时过去，落日将影子越拉越长。枝叶间透出点点天光，慢慢地由蓝色变为橙红。三人继续前行。地势总体是上升的，时不时有几道小坡，像乞丐的碗，浅浅的。头顶的树枝上，松鼠和小鸟叽叽喳喳吵个没完。脚下的树叶里，蟋蟀也在戚戚和鸣。西蒙还看到一只很大的灰色猫头鹰，幽灵一般从纠缠的枝丫间掠过。再晚一些，他又看到一只差不多模样的猫头鹰，像头一只的一奶同胞。

路过一片空地，宾拿比克仔细观察天空，调整路线，朝东偏了些。之后没多久，他们走到一条小溪旁，溪水汩汩淌过由成百上千断枝组成的堤坝。他们在河边茂盛的草丛间走了一阵，被一棵大树挡住去路，只好踏进缓慢的清流，踩着石头前进。走着走着，又有另外的水流汇入，小溪更宽了。没多久，宾拿比克举起一只手，示意大家停下。几人站在小溪的拐点，再往前，水流突然下坠，形成了一道细细的瀑布，敲击着下面的几块石板。

他们站在一个宽阔的碗状盆地边缘，长满树的斜坡延伸向下，中心有一个湖泊。太阳已沉到看不到的地方去了，伴随着昆虫的吟唱，暮光下的湖呈现出紫色，湖水似乎很深。扭曲的树根探进水里，像一条条纠缠的蛇。湖泊散发着幽静的气息，和那无边无尽的林木悄悄谈着隐秘的话题。天色逐渐晦暝，湖的另一边，模模糊糊的似乎有间小草屋。屋子悬在水面上，远远看去仿佛飘在空中。过了一会儿，西蒙才看出，原来屋子立在湖中的支架上。两扇小窗子闪烁着温暖的黄光。

"葛萝伊小屋。"宾拿比克说。一行人走下长满林木的盆地。这时，一个灰色影子悄无声息地拍打翅膀，自头顶的树冠飞下，在湖上滑翔两圈，最后消失在小屋旁的黑暗中。一瞬间，西蒙好像看见那只猫头鹰飞进了屋子。但由于精疲力竭，他的眼皮沉重不堪，没能看清。身边，蟋蟀们唱起的夜曲越来越响，夜色也越来越浓。突然，一个影子飞快地由湖边朝他们跑来。

"坎忒喀！"宾拿比克大笑，跑下去同她会合。

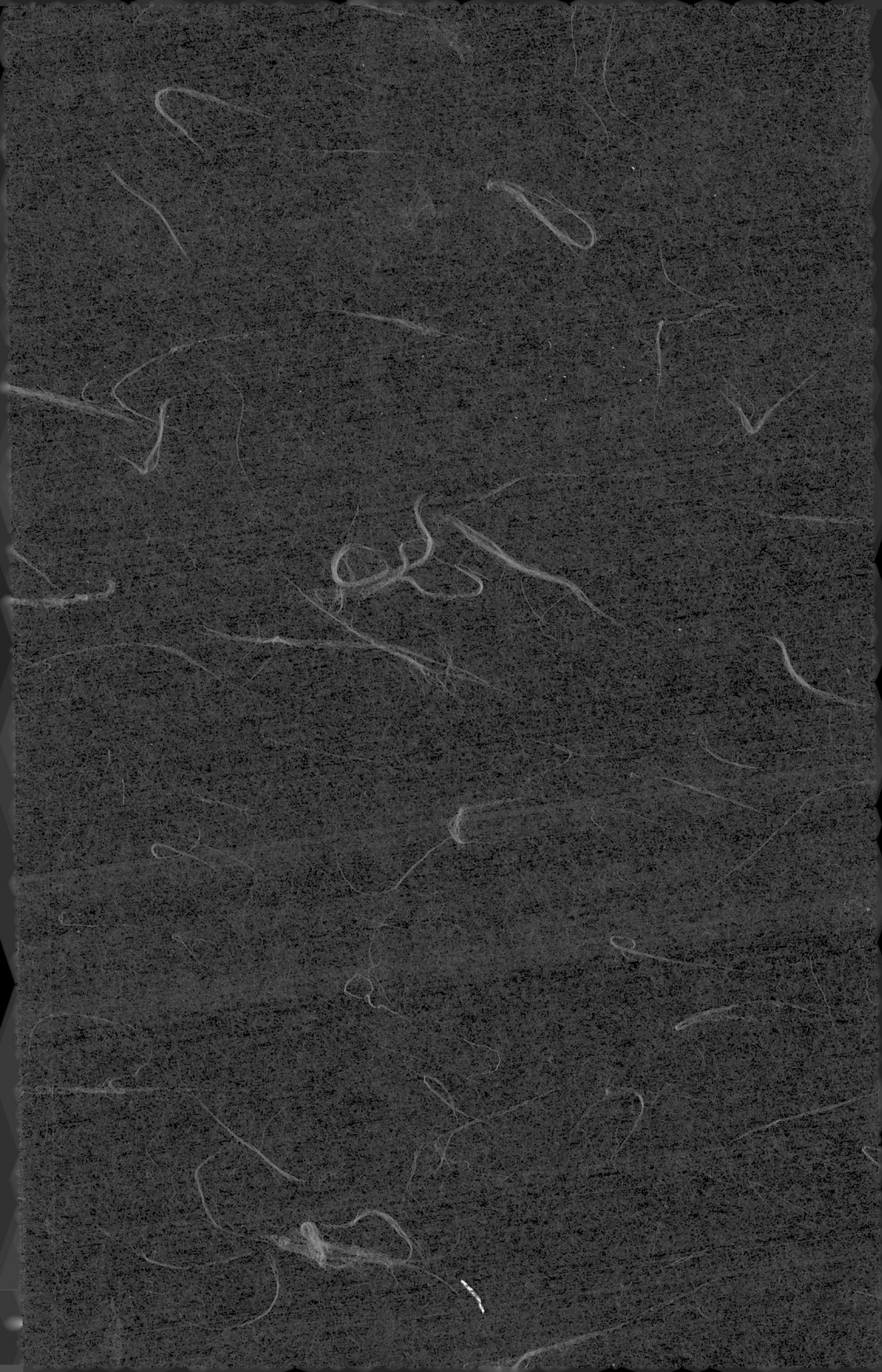

Memory, Sorrow and Thorn

回忆、悲伤与荆棘

卷一

龙骨椅［下］

【美】泰德·威廉姆斯 著

项锁 译

重庆出版集团 重庆出版社

葛萝伊居舍

❀

一行人走上由湖边通往门阶的板桥，只见门口站着个身影，温暖的光笼罩在四周，这人一动不动，也没说话。西蒙跟着宾拿比克，小……着莱乐思，不由暗自嘀咕，为什么这个叫葛萝伊的女人不弄个……的入口呢？至少拉条绳子做扶手嘛。要在狭窄的桥上保持平……酸痛无力的双脚来说相当困难。

……看来，我猜她平时就没什么客人。他眺望着迅速暗下来的森……

……比克上前一步，鞠躬，结果差点把西蒙顶到水里。

"瓦莱姐·葛萝伊。"他郑重地说，"岷塔霍的宾宾尼斯请求您的救援。我带来了旅人。"

门口的人影后退一步，让出进屋的路。

"我这纳班风格的陋居让你见笑了，宾拿比克。"声音严肃、低沉又动听，还带着奇怪的口音，但毋庸置疑是女声，"我早知是你。坎忒喀已在这里等了一个小时。"湖岸边的斜坡上，大狼朝这边竖起耳朵，"当然了，欢迎。难道我会将你们拒之门外吗？"

宾拿比克走进屋子。西蒙跟在他后面，开口问道：

"我该把小姑娘放哪儿？"他闪进门里，迅速朝周围扫视一番——高高的屋顶，许多蜡烛映出长长的颤动的影子。接着，葛萝伊走到他面前。

她身穿一件粗糙的深褐长袍，随便在外面系了根腰带，身高在西蒙和矮怪之间，圆脸晒得黝黑，眼睛和嘴巴附近都有皱纹，剪得短短的黑发夹杂不少白发，看起来很像牧师。最吸引他的是那对眼睛——厚重的眼皮下，圆眼睛的眼白竟是黄色的，瞳仁又黑又亮。那是双饱含智慧的古老双眼，似乎属于某种翱翔天际的远古神鸟。这双眼睛蕴含的力量让他平静下来。同时，就在片刻间，西蒙觉得自己像个袋子似的，被倒过来摇晃、清空、看透。当他最后垂下目光，看着手上的女孩时，甚至觉得自己像被喝干的空酒囊。

"这孩子受伤了。"陈述的口气，并非提问。

西蒙无助地任由她从自己手里接过莱乐思。这时，宾拿比克走了过来。

"她被猎狗袭击了。"矮怪说，"狗身上有风暴之矛的印记。"

他本以为这个字眼会引来惊讶或恐惧，但事实令他失望了。葛萝伊只是迅速走到一张草编床垫边，扶小女孩躺下。"饿了的话，自己找吃的吧。"她说，"我腾不出手。你可以接着说吗？"

宾拿比克忙把最近发生的事挨个都说了一遍。葛萝伊帮人事不省的女孩脱掉衣服，麦拉齐终于进来了。他蹲在床垫旁，探头探脑地看着。葛萝伊开始清理莱乐思的伤口。由于麦拉齐靠得太近，妨碍到她操作，她温柔地用晒黑的手拍拍他。她的手就这样搭在他肩上，看着他，过了一会儿，麦拉齐也抬起头，四目交接，他有些畏缩。又过一会儿，他再次抬眼看着葛萝伊。这一回，两人在沉默中似乎达成某种共识，麦拉齐转身，靠墙坐下了。

宾拿比克拨旺炉火。深深的火盆巧妙地安置在地上，冒出的烟少得令人吃惊，慢慢地升上天花板。西蒙觉得，头顶的黑暗里肯定藏着烟囱。

整座小村舍其实就是个大房间，很多角落都让西蒙想起莫吉纳的研究室。泥墙上挂着许多奇奇怪怪的东西——带叶子的枝丫被小心地扎在一起，一袋袋干花露出花瓣、茎秆、苇叶，还有滑溜溜的长根须，似乎是从下面的湖里好不容易捞上来的。火光在为数不少的动物头骨上闪烁，照亮它们光滑平整的表面，却照不进黑洞洞的眼窝。

地板和天花板之间，有一面墙被半人高的木架子分成上下两半。同样，架子上也摆满了古怪的东西——动物毛皮，成捆的长骨头，各种形状和颜色的光滑石头，一堆小心叠放的卷轴，还有一捆面朝外放、像柴火似的扶手。这么多东西，琳琅满目，西蒙花了好一阵子才意识到那不是架子，而是张书桌。卷轴旁有一沓羊皮纸，羽毛笔插在墨水瓶里，瓶子本身则是用动物头骨制成。

坎忒喀发出轻柔的哀鸣，嗅嗅他的大腿。西蒙挠挠她的鼻子，发觉她脸上和耳朵上都有伤痕，但身上干涸的血渍已被清除干净。他的目光从桌子移到正对小湖的墙，上面有两扇小窗。太阳已经落山，烛光倾泻而出，在水面上投下两个不规则的四方形。西蒙看到，其中一个四方形中有自己细长的影子，像明亮眼睛里的瞳仁。

"我刚刚热了些汤。"宾拿比克在他身后说，递来一只木碗，"我也得喝一点儿。"矮怪微笑，"你，还有其他人也是。希望以后再也不用过今天这种日子。"

西蒙小心地吹着热汤，尝了尝，味道浓浓的，带点苦涩，像是艾莱西亚祭上放了香料的苹果酒。

"味道不错。"他说，又喝一口，"什么汤啊？"

"这个嘛，你最好别问。"宾拿比克淘气地咧嘴笑了。葛萝伊从床垫边转过头，眉毛皱成一团，都快挨到尖鼻梁了。她意味深长地看了宾拿比克一眼。

"别说了，矮怪，你会让那孩子胃痛的。"她不满地哼了一声，"汤里就放了蜜扣、蒲公英和石花，没别的，孩子。"

宾拿比克似乎有些愧疚："我道歉，瓦莱姐。"

"我喜欢这汤。"西蒙说，担心有没有无意中冒犯她，虽说他只是听了宾拿比克的玩笑话而已，"谢谢你让我们进来。我叫西蒙。"

"嗯。"葛萝伊应了一声，回头继续清理小女孩的伤口。

西蒙有些窘迫，只好尽量安静地喝完汤。宾拿比克接过空碗，盛满。他很快又把第二碗喝干净了。

宾拿比克用粗短的手指帮坎试喀梳理厚毛，梳下来的毛和小树枝都丢进火里。葛萝伊安静地帮莱乐思穿上衣服，麦拉齐抬头看着她们，黑发垂在脸上。西蒙在旁边找了个比较整洁的地方，也靠墙坐下。

数不清的蟋蟀和其他夜间歌手们一起，填满了这天晚上的空白。西蒙累坏了，不知不觉地睡去，心跳也渐渐归于平静。

睡醒时还是晚上。西蒙愣愣地晃着脑袋，想甩掉睡眠不足带来的黏腻迷糊感。他打量着陌生的房间，好一会儿才记起自己在哪儿。

葛萝伊和宾拿比克正在小声交谈。那女人坐在一张高脚凳上，矮怪则盘腿坐在地上，一副学生的模样。他们身后的草垫上躺着个黑影，高低不平。西蒙看了很久才认出那是麦拉齐和莱乐思，他们挤在一起睡着了。

"你聪明与否并不重要，年轻的宾拿比克。"女人正在说，"你一直运气不错，这一点更胜聪明。"

西蒙觉得还是让他们知道自己醒了比较好。"小女孩怎样了？"他打了个哈欠问。

葛萝伊转过头，眼睛被头巾遮住。"不太好。伤得很重，还发烧。北鬼的狗……唉，被它们咬伤可不太妙啊。那些狗食用不洁的肉。"

"瓦莱妲能做的都做了，西蒙。"宾拿比克一边说，手里一边忙着缝新皮袋。西蒙好奇地想，矮怪是怎么弄到新飞镖的？哦，也许他在做剑鞘……或小刀的刀鞘！冒险家总是随身带着剑，还有机敏的头脑，或是魔法。

"你有没有告诉她……"西蒙犹豫一下，"有没有告诉她莫吉纳的事?"

"我已经知道了。"葛萝伊看着他,火光染红她发亮的眼睛。她说话时,声音总是那么有力而谨慎。"孩子,你那时跟他在一起。我知道你的名字。刚才接过那孩子时,我触碰到你,你身上有莫吉纳的痕迹。"她像展示似的伸出宽大又布满老茧的手。

"你知道我的名字?"

"医师关心的事,我也知道不少。"葛萝伊靠近火堆,用一根长长的黑棍把火拨旺些,"一位伟人的陨落,是我们无法承受的损失。"

西蒙犹豫着,终于,好奇战胜了畏惧。"这是什么意思?"他爬到矮怪旁边坐下,"我们是指谁?"

"'我们'就是我们所有人。"她说,"'我们'指的是所有不欢迎黑暗的人。"

"我都告诉葛萝伊了,吾友西蒙。"宾拿比克静静地说,"包括我的一些推论,在这里无需保密。"

葛萝伊脸上的肌肉抽动一下,把粗布袍子裹得更紧些。"我没有更多的话可说……暂时没有。然而,我觉得天气的异象已经很明显了。在这与世隔绝的湖上,本来两星期前就该听到南飞的雁群拍打翅膀,但这奇异的季节,让所有事情都停滞了。"她合起手掌,动作像是祈祷,"都是真的——关于转变的预言也是真的。真实得令人发指。"她看着他们,双手重重地落在腿上。

"宾拿比克说得没错。"她又开口,矮怪则在旁边沉重地点点头,西蒙好像捕捉到,小个子眼里闪过一丝满足,就像受到莫大的称赞。"事态已经远非国王和他弟弟的纷争那么简单了。"她继续说,"国王的争斗的确能摧毁大地,拔起大树,血染河山。"一片柴火随着火花爆裂,吓得西蒙跳了起来。"但是人类的战争不会带来北方的乌云,也不会让饥饿的熊在玛雅月出洞。"

葛萝伊站起来,伸伸腿,宽大的袖子垂下来,像鸟儿的翅膀。

"明天我会试着找找你们想要的答案。现在能睡就睡会儿吧。我担心那孩子的体温会不会在夜里又升高。"

她走到对面墙边，将瓶瓶罐罐放回架子。西蒙挨着火盆旁的墙壁，在地上摊开斗篷。

"你最好别睡那么近。"宾拿比克提醒说，"一点火星跳出来，就能把你烧着。"

西蒙认真地看看他，矮怪的表情不像开玩笑，于是他把斗篷拉开几尺才躺下，卷起兜帽垫在脑袋下面，又小心地拉起斗篷两侧，盖在身上。宾拿比克往角落走去，窸窸窣窣、乒乒乓乓地鼓捣一阵，收拾舒服后也躺下了。

蟋蟀的歌曲已经消失。西蒙看着橡梁上飘忽的影子，听着窗外柔和的风声。这风穿过湖面，围绕在湖周围一圈圈的树木旁，无休无止地吹拂着枝叶。

没有灯也没有火，只有苍白的月光透进高高的窗户，房间被抹上一层冰冷的光。西蒙环顾四周，桌上有一堆古怪的不知是什么东西的剪影，地板上则是一叠叠乱七八糟的厚重书本，像教堂墓地里的石碑似的。他的目光被其中一本打开的书吸引，书页反射着月光，像被剥皮的树干一样白。翻开的书页上有张熟悉的脸。那人长着一对燃烧的眼眸，头顶上还有分叉的鹿角。

西蒙抬头看看这个房间，又低头看看书。当然了，他在莫吉纳的房间里。当然了！他还能在哪儿？

他总算恢复了理智，桌上的剪影也随之呈现出熟悉的模样，那是医师的烧杯、曲颈瓶和蒸馏架。门那边传来可疑的刮擦声。他看着发出怪声的地方，倾斜的月光使得墙面看起来歪得厉害。刮擦声又响起来。

"……西蒙……？"

声音很轻，好像说话人不希望被听到，但他还是立刻分辨出那是谁。

"医师?!"他跳了起来，几步跨到门边。为什么老人不敲门呢？这么晚才回来，他在干吗？也许他刚完成某个神秘任务，却发现自己被傻乎乎地锁在门外？——没错，肯定是这样！幸运的是，西蒙在这里，可以开门让他进屋。

打开门闩的声音和抱怨声混在了一起。"什么事情耽搁这么久，莫吉纳医师?"他又轻声说，"我等了你好久好久!"没有回答。他正把门闩从插槽上拨下，心里突然一阵不安。他停下来，留着半开的门闩，踮起脚尖，从门缝往外看。

"医师?"

内廊里，廊灯洒出蓝色的光，老人戴着兜帽、穿着斗篷的身影就站在门前。他的脸被阴影遮住，但那破破烂烂的旧斗篷，矮小的身形，兜帽下露出来的几缕白发，在蓝光下都那么熟悉。他为什么不回话？受伤了吗？

"你还好吧?"西蒙问，拉开了门。驼背的矮小人影还是一动不动。"你到哪儿去了？有什么发现?"他似乎听到医师说了些什么，弯下腰凑近些。

"什么?"

传到耳里的话语非常模糊，还夹着嘶嘶声。"……错误的……信使……"这些话似乎说得很艰难，但不管多仔细听，他只能听懂这几个字眼。接着，那人抬起头，兜帽垂了下去。

乱蓬蓬的白发中间，脸庞被严重烧毁，仿佛黑炭一般。眼睛是破裂空洞的瘤，细长的脖子像柴棍般摇摇晃晃。西蒙吓得连连倒退，喉咙里恐惧的尖叫呼之欲出。黑乎乎的皮球正面，一道细细的横向红线延伸贯穿，接着，那张嘴裂开，裂缝里露出粉色的肉。

"……那个……错误的……信使……"它说，字眼间夹着艰难的喘息，"……要小心……"

西蒙尖叫起来，血液涌进耳膜，打鼓般隆隆作响。那个被烧伤的东西的声音，毋庸置疑，是莫吉纳医师。

心脏狂跳，很久才平静。他坐起来，呼吸急促紊乱。旁边的宾拿比克也坐了起来。

"这里没有东西能伤害你。"矮怪说，他把手放在西蒙的额头上，"你在打冷战。"

西蒙尖叫着醒来时，麦拉齐在睡梦中把毯子踢掉了，葛萝伊帮他重新盖好，然后从床垫边大步走过来。

"孩子，你在城堡时，也会做这样的梦吗？"她问，眼神有力地直视他，目光好似威胁，让他说不出半个不字。

西蒙颤抖着。面对她压倒性的目光，他除了实话实说，别无选择。"原来没有……但在最后几个月……在那事……之前……"

"在莫吉纳去世之前。"葛萝伊直截了当地说，"宾拿比克，除非我多年来的学识全都作废，否则，我不相信他能在我的屋子里随随便便梦到莫吉纳。不可能是那种梦。"

宾拿比克挠了挠睡觉时压乱的头发："瓦莱妲·葛萝伊，如果你都不知道，我又怎能知道？群山之女啊！我觉得就像在一片黑暗里聆听，危险肯定会袭来，我们却无法应付。西蒙梦到了'错误的信使'……又是一件难以理解的事。北鬼为何现身？还有黑瑞摩加人？污秽的贝肯又是怎么回事？"

葛萝伊转向西蒙，温柔却坚定地将他推回到斗篷上躺好。"再睡会儿吧。"她说，"没什么东西能闯进女巫的屋里伤害你。"她转向宾拿比克，"我想，如果他的梦真像他描述的那么清晰，也许能帮我们找到答案。"

西蒙仰面躺下，看着萤火虫般微弱的火光照在瓦莱妲和矮怪身上。那个小点的人影弯下腰，向他靠过来。

"西蒙。"宾拿比克耳语道，"还有没有类似的梦境？你没告诉我们的？"

西蒙慢慢地左右摇头。除了阴影，什么都没有，他也没力气再说话。想起门廊里那个被烧毁的东西，他仍然觉得惊恐，他只想把那些都丢入遗忘的深渊，他想睡觉，想睡觉……

但睡意迟迟不肯降临。虽说紧闭双眼，但火焰和灾难的景象还是一直浮现，他辗转反侧，始终找不到能放松的姿势。耳边传来矮怪和女巫的交谈声，像墙壁里的耗子一般窸窸窣窣。

最后，说话声也消失了，但还能听到阴沉的风声，他只好睁开眼睛。葛萝伊独自坐在火边，像在雨里缩成一团的鸟儿，双肩耸立，眼睛半开半闭。他不知她是在睡觉，还是在看快要燃尽的火焰。

他的脑海里慢慢浮起最后一个清晰的念头，像大海上的一点火星。沉入睡眠之前，他看到一座高高的山丘，顶上围着一圈石头。这也是个梦，不是吗？他本该记起来的……应该告诉宾拿比克的。山顶上的黑暗里升起火焰，他听到木轮吱嘎作响，梦中的轮子……

❀

到了早晨，阳光却未一同降临。透过小屋的窗户，西蒙能看到远远的盆地边上黑暗的树梢，整个湖却笼罩在浓重的雾里，连屋子正下方的水面也看不真切。雾气缓缓流动，一切都显得朦胧虚幻。连成一片的树梢上方，天空是浅灰色的。

葛萝伊和麦拉齐出去采集一种有治疗效果的苔藓，留下宾拿比克照看莱乐思。矮怪觉得那孩子的病情正在好转，但一看她那苍白的脸和微微起伏的瘦弱胸膛，西蒙实在不明白，小个子是从哪儿发现她正好起来的？

西蒙找到葛萝伊整整齐齐堆在角落的枯树枝，重新生起火，然后帮那小女孩换衣服。

看着宾拿比克掀开莱乐思身上的被子、拆开绷带，西蒙不由畏缩一下，但还是坚持着没有离开。只见她全身都是瘀青和难看的牙印，更可怕的是，从左臂斜下直到臀部，约一尺长的皮肤竟被残忍地撕掉。宾拿比克清理伤口，重新裹上宽宽的亚麻布条，血继续渗出来，一点又一点。

"她真能活下来？"西蒙问。宾拿比克耸耸肩，小心地把绷带系牢。

"葛萝伊觉得她能。"他说，"她的头脑固执又直接，对人和动物一视同仁，当然这么说有点过分。但我觉得，她不会做无意义的努力。"

"她真像自己说的一样，是个女巫？"

宾拿比克拉起被单，盖在小女孩身上，让她只露出瘦削的脸庞。她的嘴微微张开，西蒙发现两颗门牙都没了。他突然为她感到一阵心疼——她和哥哥在森林里迷路，被抓住，被折磨，满心恐惧——救主乌瑟斯怎么会爱这样一个世界？

"女巫？"宾拿比克站起来。坎忒喀在前门木桥上蹦跶，发出咔嗒咔嗒的声音，说明葛萝伊和麦拉齐马上就要回来了。"她当然是个睿智的女人，还有罕见的力量。听你的口气，'女巫'好像是个蔑称，在你们看来是邪恶之人，会给邻里带来灾害。但瓦莱妲显然不是这类人。她的邻居是鸟儿和山兽，她像照顾羊群一样照顾它们。不过她确实是从瑞摩加来的，那是很久很久以前的事了。也许就是因为，以前她身边那些人总有莫名其妙的偏见，所以……她就来这湖上隐居。"

宾拿比克转身迎接不耐烦的坎忒喀，挠她毛茸茸的后背，让她开心地打滚，接着拿起罐子，到前门打点水，挂在火堆上的钩子上。

"你说，你在城堡时就认识麦拉齐？"

西蒙正看着坎忒喀。大狼跳进湖里，站在浅滩上，将鼻子伸进水里。"她打算捕鱼吗?"他大笑着问。

宾拿比克耐心地微笑,点点头:"捕鱼嘛,她也会。我在问麦拉齐。"

"哦,对,我是在那儿认识他的……但不熟。有一次,他偷偷跟着我,被我逮到,但他矢口否认。他跟你说过话吗?有没有告诉你他和妹妹在阿德席特干吗,又是怎么被抓住的?"

坎忒喀还真抓到了。只见大狼嘴里,一条银闪闪的鱼于事无补地挣扎着。大狼爬上湖岸,身上不住往下淌水。

"让他开口比教石头唱歌还难。"宾拿比克在葛萝伊的架子上找到一碗干树叶,抓了一把,揉碎,撒进火堆上的水罐里。整个房间立刻充满暖融融的薄荷香。"自从在树上遇见,我只听他说过五六个词。不过他记得你。我好几次发现他在看你,但感觉不到危险,老实说,这一点还是能肯定的。但还是要看紧他。"

西蒙还没来得及开口,就听到屋子下面传来坎忒喀短促的叫声。他往窗户外看去,只见大狼朝树林小径冲去,三蹦两跳消失在雾中,所剩无几的猎物残骸丢在湖岸上。不久,她又小跑回来,身后跟着两个身影,西蒙渐渐分辨出正是葛萝伊和狐狸脸的怪男孩麦拉齐。二人相谈甚欢。

"瑾奇琶啊!"宾拿比克搅拌罐子里的水,哼了一声,"他总算说话了。"

葛萝伊一边刮擦脚上的靴子,一边探头进屋。"到处都是雾。"她说,"今天的森林睡意朦胧。"她摘落斗篷,走进来,麦拉齐跟在后面,一脸警惕,面颊泛红。

葛萝伊迅速走到桌前,开始整理两个袋里的东西。今天她穿得像个男人,厚厚的羊毛裤,短上衣,还有双虽旧但很结实的靴子。她全身散发着冷静的力量,像个军队统领,准备充足,只等着战争正式打响。

"水准备好了?"她问。

宾拿比克凑近罐子,吸了口气。"应该好了。"片刻后,他回答说。

"很好。"葛萝伊打开挂在腰带上的一个小布袋,拿出一把黑绿色的苔藓,苔藓上还闪烁着水珠的光芒。她把苔藓一股脑儿丢进罐子,接过宾拿比克递来的小棍,开始搅拌。

"麦拉齐跟我谈过了。"她说着,眯起眼,透过蒸气往罐子里看,"我们谈了不少事情。"她抬起头,麦拉齐却别过脸,粉脸蛋更红了。他坐到莱乐思的床垫边,握着她的手,抚摸她苍白汗湿的前额。

葛萝伊耸耸肩。"好吧,等麦拉齐准备好再说吧。反正现在我们手头的事也够多了。"她用木棍捞起一些苔藓,用手指戳戳,又从小木桌上拿起一只碗,把所有黏糊糊的苔藓都从罐子里舀出,然后端着碗走到床垫边。

麦拉齐和女巫一起给女孩敷苔藓时,西蒙到湖边去散步。不管白天还是夜晚,女巫的屋子内外都一样古怪。茅草屋顶尖尖,像奇怪的帽子,阴暗的木墙上涂满蓝黑色的神秘文字。他绕着房子走下湖岸,那些文字随着光照时隐时现。小屋底下空间更暗,那对起支撑作用的脚柱好像也覆盖着某种奇异的瓦石。

坎忒喀又回到吃剩的鱼那儿,仔细地啃光细骨头上的最后一点肉。西蒙刚坐到她旁边的石头上,便听到警告的低吼,只好挪远些。他朝吞噬一切的雾中丢着小石子,听水花飞溅的声音。不一会儿,宾拿比克也来了。

"要破斋戒吗?"矮怪问,递给他一块硬皮黑面包,上面抹着厚厚的霉奶酪。西蒙很快吃完。他俩一起坐着,看几只鸟儿在湖岸上啄来啄去。

"瓦莱姐·葛萝伊希望你能跟我们一起,参与今天下午的行动。"宾拿比克终于开口。

"什么行动？"

"搜寻行动。搜寻答案。"

"怎么搜？我们要到别处去？"

宾拿比克严肃地看着他。"在某种意义上，没错——停，别一脸不满！我会解释的。"他丢出一块卵石，"在正常的搜索无法进行时，有时只能采用这种方法。但只有足够聪明的人才能这么做。我师傅欧科库克称之为梦境之路。"

"他就是这么死的！"

"不！应该说是……"矮怪搜索着合适的字眼，脸上写满担忧，"应该说，没错，他就是在那条路上死去的。不过，人可能在任何一条路上死去，而且也无法证明走那条路就一定会死。在你家乡的主干道上，很多人被马车撞死，但每天还是有数以百计的人走上主干道，毫发无伤。"

"梦境之路到底是什么？"西蒙问。

"必须承认，"宾拿比克露出了悲伤的笑容，"梦境之路比主干道危险多了。师傅教过我，这条路就像山顶小径。"矮怪伸出一只手，在头顶上比画，"要爬上这条路是非常困难的，但你在那儿能看到其他地方看不到的东西——另外，这条路跟平常的路不一样，是隐形的。"

"梦境又是怎么回事？"

"我师傅说，做梦是找到那条路的一种方法，任何人都能使用。"宾拿比克皱起眉头，"但一般人在梦里到达那条路，自己却无法行走。他只能看到自己所在的那一点。欧科库克告诉我，在这种情况下，究竟看到什么，你自己都无法理解。有时候，"他指着树林和湖上弥漫的雾气，"人只能看到雾。而睿智的人，只要学会找到路的方法，就能沿路而行，且行且看，并能辨清事实，发现其中的变化。"

他耸耸肩："解释起来很难。总之，在梦境之路能看到不同的东西，那些东西在现实的阳光下是看不清楚的。葛萝伊精通这种旅行。我也体验过几次，但还没能掌握。"

西蒙静静地坐了一会儿，目光越过水面，想着宾拿比克的话。另一端的湖岸隐匿在雾中，看不透彻。他百无聊赖地猜测，从这头到那头到底有多远？疲惫不堪的脑海里，昨天来到这里之前的记忆，就像今晨的空气一样朦胧。

现在我得仔细考虑一下，他意识到，我已经走了多远？那么长的路，比我曾想象过的还要远得多。可我敢肯定，接下来还有很长的路要走。值得冒这个险吗？这能增加我们活着到达奈格利蒙的机会吗？

为什么这种大事要交给他来决定呢？不应该这样啊，太可怕了。他苦苦思索，为什么上帝偏偏选他来受折磨呢？如果真如卓杉神父以前说的那样，上帝应该公平对待每个人啊。

但除了愤怒，现在还有更重要的事要做。宾拿比克和其他人想要依靠他，这是西蒙从没遇到的事。现在，他身上背负了期待。

"我去。"最后他说，"但你得先回答我：你师傅到底怎么了？他为什么会死？"

宾拿比克缓缓点点头："我听说，在那条路上会出现两种情况……两种危险的情况。第一种，一般只发生在没能熟练掌握方法的人身上，也就是说，尚未具备相应的智慧，就尝试在路上行走，结果错过梦境之路和现实的交界，踏上别的岔路，"他摆摆手，"所以找不到回来的路了。但我觉得，欧科库克不可能犯这种低级错误。"

在想象的国度中迷路、无家可归，这一点触动了西蒙。他用力吸了口潮湿的空气："那欧科……欧科库克到底遇到了什么状况？"

"另一种危险。他以前教过我，"宾拿比克站起来说，"梦境之路上还有别的东西，一些超出你的认知理念甚至不怀好意的东西，还有更加危险的梦境行者。我认为，他就是碰上了那一类东西。"说完，宾拿比克领着西蒙上了坡道，走进小屋。

葛萝伊打开一只大罐子，伸进两根手指，蘸满一种暗绿色的黏稠膏状物，那东西的味道比之前的苔藓更奇怪。

"靠近点儿。"她说。她在西蒙眉心涂了一抹这东西，同样也涂在自己和宾拿比克额上。

"这是什么？"西蒙问。皮肤感觉很古怪，又冷又热。

葛萝伊在快熄灭的火堆旁坐稳，示意小伙子和矮怪一并坐下。"龙葵、伪茜、白木皮，按比例调和……"她指导小伙子和矮怪，三人围着火堆坐成三角形，然后将罐子放在膝边的地上。

西蒙看着瓦莱妲将绿色的枝条丢进火里，前额的感觉还是很怪。白烟盘旋升腾起来，周围雾蒙蒙的，她的眼睛反射着火光，看起来灼热又明亮。

"现在，双手也涂上。"她说着，又给每人舀了一团那种怪东西，"嘴唇也要抹——但别吃进去！只要稍微抹点儿，像这样……"

抹完之后，她让大家伸出手，互相握在一起。自西蒙和矮怪回来，麦拉齐就一直没开口。女孩睡在床垫上，他则待在垫子旁望着他们。奇怪的男孩看来很紧张，嘴唇抿成一条不带感情的线，像要遮掩紧张感。西蒙朝两边张开双臂，左手握住宾拿比克干燥的小手，右边葛萝伊的手则稳健有力。

"握紧了。"女巫说，"其实放开也不会有糟糕的事发生，但握着会好一些。"她垂下眼睛，用柔和的声音念诵起来，但听不清到底念了什么。西蒙看着她蠕动的嘴唇和半睁半闭的眼睛，心里觉得她真像一只鸟，骄傲的高飞天际的鸟。他继续透过白烟观察。手掌、前额和嘴唇上的刺痛越来越厉害。

顷刻间，黑暗降临，像乌云突然盖住太阳。刚开始，除了烟雾和冒出烟雾的红色火光，他什么都看不到，一切都被黑暗形成的厚墙隐没。他觉得眼皮很沉，又像是被什么人脸朝下按进雪里。他觉得冷，很冷。他在后退，在坠落，四周全是黑暗。西蒙无法判断有多久，总之过了一会，他才又能够模模糊糊地感觉到双手传来的握力，这感觉让人安心。同时，黑暗中亮起一点不知从哪儿来的光。光越来越亮，最后变成一片白色的世界。这白色并不均匀，有些地方亮得像太阳下抛光的钢铁，另一些地方却是灰的。又过一会儿，白色世界中现出一座闪闪发光的巨大冰山，山体高得不可思议，山顶没入黑暗天空中旋涡状的云层。透明山体的裂缝中冒着烟，烟升入天空，融入云环。

接着，不知怎么回事，他突然就来到巨大山体的内部，来到同样由平滑如镜面的冰所形成的黑暗隧道之中。他像道光，沿着隧道迅速深入山体中心。旁边还有不可计数的身影，也一同穿越迷雾、阴影和冰块——它们脸色苍白，身形棱角分明，有一些在冰矛林立的廊道中迂回前行，有一些则飘向古怪的蓝黄交织的火焰。就是这怪火冒出的烟形成了高处的云。

西蒙虽化成一道闪光，但仍能感觉到二人的手紧紧拉着自己，更准确地说，他感到自己并不孤独，因为闪光肯定没有手。最后，他来到一个大房间，这里位于山腹，宽广又空洞。屋顶与冰块形成的地砖之间落差极大，雪花正从高处跳跃旋转的云朵上纷纷扬扬地落下，像是由小小的白蝴蝶组成的大军。在广阔房间的正中，有一口畸形的可怕深井，井口闪烁着蓝白色光芒，散发出令人胆战心惊的恐惧。毫无疑问，井非常深，从它冒出的蒸腾翻滚的汽柱来看，里面一定很热。蒸汽闪耀着各种色彩，仿佛一支折射阳光的巨型冰柱。

他悬在深井上方的雾气中，可还是看不清楚井的整体形状和大小。那是个无法形容的存在：由许许多多材质和形状不同的物体组成，却像玻璃一样没有颜色。在汽柱的涡流中，它看起来一会在这儿，一会又在那儿，每次都呈现不同的角度和形状，精妙复杂，令人心生畏惧。如果用不怎么严格的方式形容，它就像一件乐器，宏大得难以想象，奇异又骇人。变成闪光的西蒙下意识地知道，自己不可能活着听完它演奏出的恢弘乐章。

面对深井，在一块覆盖白霜的黑色石头上，坐着一个人影。他清楚地看到了那个影子，与此同时，那口可怕的、燃烧的蓝井猛地产生一股吸力。人影披着一件银白相间、精致得难以置信的袍子，雪一样的白发垂在肩上，与完美无瑕的白袍毫无痕迹地融合在一起。

苍白的人影抬起头，脸上是一片耀眼的光芒。过了一会儿，光芒消退，他才发现，那是个精雕细琢、没有表情的美女……不，是一张银色的面具。

这张令人目眩神迷、带着异域风情的面孔转向他。他觉得自己被一下子推开，被唐突地赶出了那个世界，像一只抓住裙摆花边的猫，硬生生被人拖走。

一道异象飘浮在他眼前，似乎是那片雾气和冷酷的白色人影的一部分。刚开始，那只是另一片光洁的白色，渐渐地，黑色的轮廓将这片白色勾勒出来，轮廓里又出现黑色的线，线又逐渐组成符号，最后，他面前出现一本打开的书。翻开的书页上写着文字——西蒙不认识——那是扭曲飘逸的如尼文，慢慢地清晰起来。

仿佛永恒，但又转瞬即逝，文字再一次闪烁起来。它们散开，重组成黑色的剪影，三道又长又细的形状……是三把剑。其中一把的剑柄像乌瑟斯圣树；另一把的剑柄像直角的屋梁；最后那把很奇怪，有两个护手，横挡和剑柄连成一体，像一颗五芒星。在西蒙心底深处，似乎认出了最后那把剑。在心底，在黑夜般晦暗、像被藏进山洞最深处的记忆里，他曾经见过它。

一把接一把，利剑的形象渐渐消失，除了灰色和白色的影子，什么都没有。

西蒙觉得自己在下坠——远离那座冰山，远离有井的房间，远离梦境本身。他心里有些高兴，觉得终于可以不用再飞来飞去，可以脱离这骇人又恐怖的地方。但他还有种感觉，并不想就这样离去。

答案到底在哪里?！他的人生被别人操纵，被该死的、冷酷无情的轮子带动。那本该是心底最隐秘的角落啊。他无法抑制自己的怒火，同时也怕被困在永无止境的噩梦中出不去，但现在，最强烈的感情是愤怒，怒火瞬间盖过了一切。

他抗拒着那股拉力，抄起武器同这不明力量战斗，觉得这样才能留在梦里，才能找到他想知道的答案。他想拼命抓住飞快消逝的白色，不顾一切地想唤回刚才的异象，想让它告诉自己，为什么莫吉纳会死？为什么多查斯和圣宏德朗的修士们会死？为什么小姑娘莱乐思会在大森林腹地的小屋里奄奄一息？他挣扎着，抗拒着。他哭了，如果闪光也能哭泣的话。

慢慢地，带着疼痛，冰山又在他眼前凭空显现出来。

真相在哪里？他想要答案！随着西蒙在梦境中挣扎，山体越发高耸，越发细长，开始长出树丫来，像一棵刺向天堂的冰树。接着，树丫消失不见，只剩一座光滑的白色高塔——他知道这座塔。火焰在塔顶燃烧。有声音隆隆作响，好像惊天动地的钟鸣。塔楼摇晃起来。钟声又响了一次。那是某个令人畏惧的关键，他知道，某种神秘又恐怖的东西。他能感觉到，答案触手可及……

小苍蝇！你来找我们了，是吗？

骇人、灼热的虚无蔓延过来，吞没了他，挡开了塔楼和钟声。他感到自己在梦中的生命之火渐渐消失，像被永恒的寒冷包裹住。他迷失在令人毛骨悚然的虚无之中，仿佛沉入黑暗深海底部的一粒尘埃，再也没有生命，没有呼吸，没有思考。所有一切都消失了……除了恐惧以外的一切。抓住自己的那个东西的恨意正在将他压碎……让他窒息……

接着，他突然挣开了彻骨的绝望，脱身了。

他在飞翔，在奥斯坦·亚德令人目眩的高空中飞翔。一只巨型灰色猫头鹰用强有力的爪子抓着他，像风之子一样飞翔。冰山在他身后消失，被骨头般惨白的辽阔平原淹没。猫头鹰拍打着翅膀，用快得不可思议的速度，带着他离开，飞过湖泊、冰川和山脉，向黝黑的地平线飞去。他刚看清楚地平线那边是座森林，便觉得自己正从爪子里往下滑。那只鸟又把他抓紧一些，展开她宽大的双翼，随着风声呼啸，向地面俯冲而去。大地迎面扑来。他们越飞越低，滑翔，盘旋，穿过雪地，朝安全的森林飞去。

然后，他们落在屋檐下，安全了。

西蒙不住地喘气，翻滚，最后侧躺在地上。他的头像比武大会期间大熊鲁本的铁砧，一下又一下，被不间断地反复锤炼。他的舌头肿胀，有平时的两倍大，呼吸里带着金属味。他蜷缩着身子，尽可能慢慢挪动沉重的脑袋。

宾拿比克躺在旁边，圆脸也变得煞白。坎忒喀在矮怪旁嗅探，发出呜咽声。火堆还在冒烟，另一边，黑发的麦拉齐正在摇晃葛萝伊。她嘴角松弛，嘴唇湿漉漉的。西蒙又呻吟一声，垂下脑袋，感觉它像颗被压坏的水果般抽痛不已。他向宾拿比克爬去。小个子还在喘息，西蒙靠过去时，矮怪突然猛地咳嗽起来，睁开了眼睛。

"我们……"他断断续续地挤出话语，"我们……都……回来了吗？"

西蒙点点头，往葛萝伊那边望去。不管麦拉齐怎么尝试，她还是一动不动。

"等等……"他说着，慢慢站起身。

他拿起一只小空罐，小心翼翼走到前门，接着略有些惊讶地发现，虽然浓雾笼罩四周，但现在仍是下午。他总感觉在梦境之路花费的时间比实际上要长很多。另外，他也隐约察觉，屋外似乎起了某种变化，但又说不出个所以然来。景观些微有些不同。最后他觉得，可能是刚才的经历引起的错觉吧。他洗净手上黏稠的绿糊，又打满一罐湖水，转身回屋。

宾拿比克猛喝几口，挥手示意西蒙把罐子拿给葛萝伊。麦拉齐心里一半抱着希望，一半带着妒忌，看着西蒙小心地一只手撑着女巫的下巴，一只手往她嘴里倒了点水。她咳了几声，总算把水咽了下去。西蒙赶紧又倒点儿。

西蒙扶着她的头，突然回想起来，在某种程度上讲，他们一行人在梦中行走时，是葛萝伊救了自己一命。他低头看着那女人，她的呼吸已趋平稳。他还记得，梦中的自己只剩一口气时，一只灰色的猫头鹰抓住了他，带着他远离那里。

他知道，葛萝伊和矮怪没预料到会出现这种情况。实际上，正是由于自己，才会让大家遇险。但这也是头一次，他并不为自己的行为感到后悔和羞愧。他做了该做的事。之前他逃避那个轮子太久太久了。

"她怎么样？"宾拿比克问。

"我想她会好起来。"西蒙仔细观察女巫，回答说，"她救了我，对不对？"

宾拿比克愣了一会儿，汗湿的头发像钉子似的，一缕缕贴在棕色的前额上。"应该是这样。"他总算说了出来，"她是个强有力的盟友，但就算她也有极限。"

"那个梦是什么意思？"西蒙将葛萝伊交到麦拉齐的双臂中，问道，"我看到一些景象，你也看到了吗？冰山，还有……还有戴面具的女人，还有那本书？"

"西蒙，咱们看到的景象是不是一样，我还不知道。"宾拿比克慢慢地说，"但我觉得，最重要的还是等葛萝伊恢复，再听听她的想法。还是等会儿吧，吃完饭再说。我饿坏了。"

西蒙勉强挤出点笑容，转过身，发现麦拉齐正盯着自己。男孩似乎本想移开视线，但突然又像发现了新大陆，继续直直地盯着他，反倒让西蒙觉得不自在了。

"那时，好像整个屋舍都在摇晃。"麦拉齐突然开口，吓了西蒙一跳。男孩的声音有些不自然，音调又高又嘶哑。

"什么意思？"西蒙问。麦拉齐说的内容，还有他居然开口说话，这两件事都让西蒙感到好奇。

"整间屋子。那时你们三个坐在那儿，盯着火堆，然后墙壁就开始……开始震动。好像有人把整间屋舍连根拔起，又放了回来。"

"可能因为我们在移动，那时正在……怎么说呢……唉，我不知道。"西蒙心里烦躁，没办法再说下去。事实上，现在他自己都不知道什么是对的。他的大脑像被棍子搅拌过似的，含混不清。

麦拉齐去拿水给葛萝伊喝。不期而至的雨点拍打窗棂，灰暗的天空再也阻挡不了风暴的降临。

女巫的状况还是很糟。他们吃完饭，将汤碗放在一边，面对面坐在空荡荡的地板上——西蒙、矮怪，还有屋舍的女主人。麦拉齐显然也想加入，但最终还是待在小姑娘的床垫边。

"我看到邪恶在蠢动。"葛萝伊眼里闪着光，"我们都知道，那邪恶将会撼动世界的本原。"她恢复了一些气力，但还有些其他变化——她神情严肃，带着国王下判决般的庄重，"我甚至希望我们没去过梦境之路——虽然这毫无意义，但我真心希望自己能置身事外。我看到黑暗的日子就要来临。在那极度可怕的凶兆里，恐怕连我自己也会被牵扯进来。"

"什么意思啊？"西蒙问，"究竟是怎么回事？你也看到了那座山？"

"风暴之矛。"宾拿比克的语气出乎意料地平淡。葛萝伊望着他，点点头，又将视线转回西蒙。

"对。我们看到的正是 Sturmrspeik，这是瑞摩加语。从瑞摩加人的始祖开始，那里就是传说之地。风暴之矛——北鬼占据的山脉。"

"我们坎努克人，"宾拿比克说，"知道风暴之矛是真实存在的。但从久远的时代开始，北鬼就没踏足过奥斯坦·亚德。为什么是现在？对我来说，就像，就像……"

"就像他们长久以来都在准备一场大战。"葛萝伊帮他把话说完，"你说得对，前提是那个梦可信的话。当然，判断那些是否是真相，需要一双比我更锐利的眼睛。而你说过，追捕你们的猎犬身上打着风暴之矛的印记，这是来自现实世界的佐证。我认为梦境的这一部分是可信的，至少我们应该相信。"

"准备一场大战？"西蒙已经糊涂了，"跟谁？那个戴银面具的女人又是谁？"

葛萝伊看起来很累："戴面具？那不是女人。你可以把它理解为传说中的生物，或者，借用宾拿比克的语言，一个来自远古的生物。乌茶库，北鬼女王。"

西蒙觉得一阵寒意流过身体。外面的风唱着冰冷孤独的歌谣。"北鬼到底是什么？宾拿比克说，他们曾是希瑟。"

"按比较古老的说法，他们本属于希瑟的分支。"葛萝伊回答，"但如今，他们是流亡在外的部族，或者说叛徒。他们从未跟其他希瑟一起定居阿苏瓦，而是很早之前就消失在从未绘入地图的极北之地，在比瑞摩加群山更北的冰川间。他们自愿选择离开奥斯坦·亚德，但现在来看，似乎不再如此。"

一瞬间，西蒙看到，女巫疲倦的脸庞上闪过一丝深深的不安。

*而那些北鬼竟帮埃利加追捕我？*他想，心里又恐慌起来。*我居然会落入这种噩梦般的境地？*

恐惧在他心里打开一扇门，让他记起其他一些事情。令人不安的影子从心底深处爬上来，他挣扎着，努力调整呼吸。

"那些……那些脸色苍白的人。北鬼。我见过他们！"

"什么?!"葛萝伊和矮怪异口同声，迅速往西蒙这边靠过来。旋即又发现自己表现得太过紧张，又坐了回去。

"什么时候？"葛萝伊追问。

"那是……我觉得那是真的，但也可能只是个梦……就在我逃出海霍特那晚。我在苔藓园，好像听到什么东西在叫我的名字——一个女人的声音。我怕得要命，就跑了，跑出苔藓园，朝泽特伯格跑去。"这时，床垫那边传来声响——是麦拉齐紧张地挪动身子。西蒙不管他，继续说下去。

"泽特伯格山顶有火光，在怒冠石那儿。你知道是哪儿吗？"

"知道。"葛萝伊反应很直接，但西蒙总觉得她的话里还藏着什么沉重的、无法理解的东西。

"总之，我又冷又怕，就往山上走去。对不起，我现在才说，我以前以为只是个梦。也许真的只是个梦。"

"也许吧。继续。"

"山顶上有人。有一些是卫兵，我能认出他们的铠甲。"西蒙觉得手掌渗出一层薄薄的汗水，于是合拢双手。"其中一人则是埃利加国王。我更加害怕，就藏了起来。接着……接着响起可怕的吱嘎声，一辆黑色的马车从山的另一头驶来。"回想起来了，一切都回想起来了……或者说，似乎是一切……但记忆里还是有空洞的阴影，"那些皮肤苍白的人——就是北鬼，跟马车一起过来，有好几个，穿黑色袍子。"

西蒙努力回忆，停了很久没说话。雨点敲打着屋顶。

"然后呢？"瓦莱妲终于问道，语气柔和。

"圣母艾莱西亚啊！"西蒙咒骂着，眼眶里满是泪水，"我记不得了！他们给了他什么东西，是从马车里拿出来的。还有别的事情，但我的脑子里，这些事情好像被毯子盖住。我知道它在那儿，但我不知道是什么！他们把一样东西给了他！我以为都是梦！"他双手捂脸，努力从混沌的脑袋中将痛苦的记忆挤出来。

宾拿比克生硬地拍拍西蒙的膝盖："这些说不定已经能解答一些问题了。同样，我也在考虑为什么北鬼要准备打仗。我之前还想过，他们是不是要向至高王埃利加宣战，要向人类清算陈年旧账。不过现在看来，很明显他们是在帮他，还达成了某种交易。西蒙看到的也许正是交易过程。不过怎么达成的呢？埃利加怎么会跟诡谲莫测的北鬼做交易？"

"派拉兹。"这个名字一出口，西蒙更加确信肯定是他。

"莫吉纳说过，派拉兹打开了门，可怕的东西找上了他。另外，当时派拉兹也在山上。"

瓦莱姐·葛萝伊点点头："有几分道理。现在有个非常重要的问题，但目前我们肯定都解答不了——那就是，这个交易是什么内容？派拉兹和国王，这两人为北鬼提供了什么，才得到他们的帮助？"

大家沉默良久。

宾拿比克突然重重地拍拍自己的胸脯："是了。我们看到的如尼文其实是瑞摩加文——'Du Svardenvyrd'，意思是'宝剑咒文'。"

"或者宝剑预言。"葛萝伊补充道，"在智者的圈子里，这本书很有名，但早已失传，我从未见过。据说它由尼西斯写成。他曾是疯王耶尔丁的参事。"

"耶尔丁之塔就是以他命名的？"西蒙问她。

"对。那里也是耶尔丁和尼西斯两人殒命的地方。"

西蒙想了想说："我还看到三把剑。"

宾拿比克看着葛萝伊。"我只看到大致形状。"矮怪说得很慢，"我觉得可能是剑。"

女巫也不是很肯定。西蒙向他们描述一遍剑的形状，但女巫和宾拿比克都没听说过类似的东西。

"那么，"小个子最后发话说，"我们在梦境之路得到了什么信息？北鬼在援助埃利加？这只是个猜想。还有一本怪书能起到作用……可能吧？这是个新线索。我们在梦里瞥见风暴之矛，还有群山之殿的女王。说不定还有其他一些暂时不能理解的东西——不过，我在想，有件事依旧没有改变：我们必须到奈格利蒙去。瓦莱姐，你的小屋可以当做暂时庇护所，如果约书亚活下来，他一定得知道这些信息。"

这时，第四人出乎意料地插嘴，打断了宾拿比克的话。"西蒙，"麦拉齐说，"你说在苔藓园，听到有人叫你的名字。那是我的声音。当时我在叫你。"

西蒙目瞪口呆。

葛萝伊微笑起来："总算有个谜团找到了答案！继续，孩子，把必须讲的话说出来。"

麦拉齐的脸刷地红了："我……我的名字不叫麦拉齐，我叫……玛雅。"

"可玛雅是女孩的名字。"西蒙刚开口，看到葛萝伊开怀的笑容，便立刻停了下来。"女孩……"他又念叨一遍，盯着男孩古怪的脸，突然明白过来，"女孩！"他嘟囔着，觉得自己真是蠢得不可思议。

女巫咯咯笑了起来："很明显啊——或者说，本来应该是很明显的事。她跟着矮怪和小伙子一同旅行，还遇上各种纠缠和危险。我告诉过她，这事瞒不了太久。"

"更不可能一路跟踪到奈格利蒙。而我必须到那儿去。"玛雅疲倦地揉揉眼睛，"我有重要的消息要带给约书亚王子。消息来自他的侄女儿米蕊茉。请不要问我详情，我是什么都不会说的。"

"那你妹妹怎么办？"宾拿比克问，"她很长一段时间都没法上路了。"他说着，斜眼看着令人惊讶的玛雅，想搞清楚为什么自己会被糊弄过去。真相大白后，一切似乎都变得显而易见了。

"她不是我妹妹。"玛雅哀伤地说，"莱乐思本是公主的贴身侍女，我们是密友。她胆子小，离开我就不敢待在城堡里，非要跟来。"

她低头看着这孩子，"我真不应该带上她。在狗发现我们之前，我用尽全力，想把她拉上树。要是我再强壮点的话……"

"具体状况还不清楚。"葛萝伊插嘴说，"不管那个小女孩能不能再上路，她的生命都岌岌可危。我不想这么说，但这是事实，你必须把她留在这儿。"

玛雅开口抗议，但葛萝伊毫不理会。西蒙好像在女孩的黑眼睛里看到一丝宽慰。一想到她会把受伤的伙伴丢下不管，他就气不打一处来，无论那消息有多重要。

"那么。"宾拿比克说，"我们现在到底怎么办？奈格利蒙是一定要去的，但前面还有好多里格的森林，还有陡峭的巍轮山，更别提后面还有追兵。"

葛萝伊仔细考虑一会儿。"我觉得没那么复杂。"她说，"你们必须穿过森林到大稚照。那是个古老的希瑟领地，当然，已被遗弃很久。那里有一道穿山梯，是久远以前希瑟建立的古老通道，那时他们经常从那里到阿苏瓦——也就是海霍特去。现在除了动物，已经没人使用那条路了，但它是最方便安全的。明早我可以给你们地图。对，大稚照……"那双黄眼睛从深处亮了起来，她慢慢地点点头，像在思考着什么。过了一会儿，她眨眨眼睛，又恢复了严肃精干的模样，"现在你们该睡了。我们都该睡了。今天的行动让我的身子像柳枝似的，酸软无力。"

西蒙不以为然。在他眼里，女巫似乎跟橡树一样强壮，不过他也相信，即便大橡树也会遭受暴风雨的摧残。

晚些时候，他躺在斗篷上，坎忒喀温暖的身子挨在双腿旁。他想把可怕的山脉的景象从脑子里赶出去，那形象过于广大阴沉。他也好奇玛雅是怎么看待自己的。男孩，葛萝伊这样说他，一个连男女都分辨不出的男孩。这么说他实在不公平——他哪有时间去想这种事情？

在海霍特，她为什么要监视自己？也许是在帮公主做事？在苔藓园，如果叫他名字的是玛雅，又是为什么呢？她怎么知道自己的名字，又为什么会特意记住他这个无名小卒的名字呢？他完全不记得在城堡里见过她——至少没见过女孩打扮的她。

他好不容易才入睡，就像一条漂浮在黑暗大海里的小船。他觉得自己在追寻一道微弱的光芒，一片触及不到的明亮。窗外，雨点滴落在葛萝伊屋旁黑暗的湖面上。

游丝群塔

❋

他不想理会肩膀上那只手，但又做不到，只好睁开眼睛。房间里还是黑乎乎的，只有两片方方的星空，看得出那是窗子。

"让我再睡会儿。"他呻吟着，"太早了！"

"起来，孩子！"声音不响却很刺耳。是葛萝伊，她的袍子松松垮垮地垂下，"不能再浪费时间了。"

西蒙眨着酸痛的双眼，目光越过蹲在身旁的女人，看到宾拿比克正静静地收拾包裹。"怎么了？"他问，但矮怪似乎没空说话。

"我到外面去过。"葛萝伊说，"他们已经发现了这个湖——肯定是追捕你们的人。"

西蒙迅速坐起，抓起靴子。天黑得几乎不像真的，他能感受到自己快速的心跳。"乌瑟斯啊！"他小声诅咒着。

"我们怎么办？他们会杀过来吗？"

"我不知道。"葛萝伊说着，转身叫醒麦拉齐——不对，是玛雅，西蒙在心里提醒自己。"附近有两伙人，一伙在湖的另一边，溪口那儿。另一伙离我们也不远了。他们也许知道这是谁的屋子，也许还没决定该采取什么行动，也有可能还没发现这儿。等天明熄灭烛火时，说不定他们就会到了。"

突然，他心里蹦出一个问题："你怎么知道他们在外面？"他往窗外看去，湖仍被浓雾笼罩，看不到有营火。"天这么暗。"他补充一句，转向葛萝伊。她的衣服显然不适合在林间行动，还赤着脚！

他看着她——袍子是匆忙披上的，雾气凝成的水珠还挂在脸和头发上。西蒙突然记起，刚到湖边时，有只猫头鹰展开宽大的翅膀飞在他们前头。他还想起，在梦境之路，自己差一点被那可怕的东西挤尽生命时，一对强有力的爪子曾带着他逃出生天。

"但那不重要，对吧？"最后，他自己总结道，"重要的是我们知道他们在外头。"虽说月光暗淡，他还是看到女巫微微地笑了。

"这样想就对了，西蒙。"她温柔地说，开始帮宾拿比克收拾另外两个袋子，好分别交给西蒙和玛雅。

"听着。"葛萝伊说，这时西蒙已穿好衣服，凑了过来，"你们马上就得出发，在黎明之前上路。"她望着天上的星星，"没多少时间了。问题是，怎么走？"

"我们只能……"宾拿比克嘟囔道，"尽量保持安静，神不知鬼不觉，从森林里溜走。我们这些人当然不会飞。"他咧嘴苦笑。玛雅裹着瓦莱妲给她的斗篷，迷惑地看着矮怪。

"不行。"葛萝伊严肃地说，"这样肯定逃不过那些可怕的猎犬。你们也许不能飞，但可以漂。我有条小船，就绑在屋子下。船不大，但足够装下你们，包括坎试喀，只要她不乱动就行。"她爱怜地揉着大狼的耳朵，坎试喀舒服地在她身边坐下。

"那有什么用？"宾拿比克问，"难道划到湖心去，等到天亮，看他们敢不敢游过来抓我们？"他终于打包完毕，一个递给西蒙，另一个交给女孩。

"附近有条小溪。"葛萝伊说，"不大，水流也不快，甚至不如你们来时看到的那条宽。你们有四支桨，可以轻松划出湖去，沿小溪逃走。"她微微皱起眉头，更像在思考，而不是担忧，"遗憾的是，这条小溪也会流经一两个营地。好吧，情况确实不太妙。你们划桨时只能尽量安静，说不定反而更容易逃脱。那个荷费斯男爵是个榆木脑袋——相信我，我跟他那类人打过不少交道！——他不会相信猎物竟敢在他眼皮底下逃脱。"

"我不担心荷费斯。"宾拿比克说,"但我害怕真正的带头人——那个黑瑞摩加人,叫尹艮·杰戈。"

"说不定他根本不睡觉。"西蒙补充说,那人给他留下了极其骇人的印象。

葛萝伊撇撇嘴:"这个嘛,不用害怕,至少别让恐惧战胜你们。总会有办法的……谁都说不准。"她站起身,"孩子,过来。"她对西蒙说,"你身板不错,去帮我解开船,把它推到前门的桥那儿,记得要安静。"

"看到了吗?"葛萝伊指着架在水面的小屋一角,轻声说。那儿有个黑影,正随着墨黑的湖水上下起伏。西蒙的膝盖泡进水里,点点头。"去吧,安静点儿。"她说——西蒙心想,这提醒真是多余。

他吃力地在水里行走,头顶快要碰到小屋架高的地板。西蒙觉得,昨天下午自己果然没弄错,小屋四周确实有些不一样了。树林还在那儿,根须浸入湖水,这些都跟来时一样。但他现在发现,乌瑟斯啊!这些景致本该在小屋另一边,靠门的那边。树怎么移动了?

他摸到绑住小船的绳子,沿绳子找到绳结。小屋底部垂下一个类似铁环的东西,绳子就绑在那儿。他弯下腰,试着松开绳结,这个角度让他后背生疼。他突然闻到一股奇怪的味道,不由皱起鼻子。是湖的味道,还是屋子下面本来就有这股味儿?除了湿木头和霉菌,还有某种奇怪动物的味道——暖暖的异味,还好不算特别难闻。

这时,即使最深沉的阴影,也比之前亮了一些,甚至能看清绳结了!他心里一喜,赶紧加速解开绳结,但冰冷的湖水提醒他黎明将至,正在消退的黑暗才是他的援助。终于解开了,他开始往回走,背后拖着那艘船,尽量保持安静。门口的长板斜坡旁有个模糊的影子,他认出那是葛萝伊,于是加速朝她那儿赶去……突然,他被绊倒了。

伴着飞溅的水花和含混的叫喊,他身子一斜,单膝跪在水中,又赶紧站起。他被什么绊倒的？木头？他想跨过障碍，却差一点直接赤脚踩上那东西。他竭力把叫喊声压在喉咙里。那东西一动不动地漂浮着，像海霍特护城河里的梭子鱼，或莫吉纳架子上的鳄鱼标本，让人不由得害怕起来。涟漪慢慢平复，葛萝伊平静但充满担忧的声音传来，问他有没有受伤。他低头往下看去。

虽说在黑暗里，湖水浑浊不清，西蒙却清楚地看到了圆木的古怪轮廓，或者准确地说，那是根大树枝。绊倒自己的东西浮上水面，旁边还有两段一模一样的树丫。这样看来，它们就像支撑小屋的两根支柱，连在一起，延伸至湖里。

他小心翼翼地跨过树枝，安静地往葛萝伊的方向蹚过去。他突然想到，那些树根，或者树枝，不管是什么吧，看起来就像……像怪物的脚。是爪子，更准确地说，鸟爪子。真是个有趣的想法！屋子不可能长出鸟爪子，不然就能自己移动了，还能……走路。

葛萝伊把船系到木板底座上时，西蒙静静的，连大气儿都不敢出。

所有东西和所有人都上了小船——宾拿比克站在尖尖的船头，玛雅居中，西蒙待在船尾，双膝夹住焦躁的坎忒喀。大狼显然很不舒服，当宾拿比克命令她跳进小船时，她又是哀号又是反抗，最后还被矮怪轻捆了一下鼻子。小个子脸上不安的神情是那么明显，哪怕黎明还未到来，都能看得一清二楚。

月亮慢慢移入渐渐亮起的蓝黑色天穹底部。葛萝伊把桨递给他们，站了起来。

"一旦安全离开这个湖，往上游去一点，你们就可以上岸，抬着船穿过森林，到达艾伏川。船不太重，你们也用不着抬很远。那条河流向稳定，应该能将你们带到大稚照。"

宾拿比克伸出桨，用力一推，小船离开坡道。船缓缓转向，离岸。葛萝伊站在湖边，湖水没过她的脚踝。

"记住，"她轻声说，"到溪口时，桨要侧着划。要安静！越静越能保护你们。"

西蒙挥挥手："别了，瓦莱妲·葛萝伊。"

"别了，年轻的旅人们。"她离他们不到三腕尺，声音却已渐渐低了下去，"祝你们好运。别害怕！我会好好照顾那个小女孩。"他们静静地划桨，女巫渐渐变成小屋支柱旁的一个影子。

小船船头划破水面，像野蛮人的利刃割开丝绸。宾拿比克打个手势，让他们低下头，矮怪静静地将小船驶向雾蒙蒙的湖心。西蒙抱着坎忒喀，将身子埋进她厚厚的毛皮里，感受到她紧张的呼吸。他看着湖面，船边起了一圈又一圈小小的涟漪。刚开始他以为是鱼儿游到水面，吃掉蜉蝣和蚊子。接着，他感到有水滴落下，打湿了后颈。第二滴也落了下来。又下雨了。

他们快到湖心了。前方有一大片漂在水面的风信子，他们则像衣锦还乡的英雄，在水草间开出一条小路。天空开始泛白，不知不觉已是清晨，想必不久后，太阳就该穿透厚厚的云层，升到天上。黑暗就像天堂的面纱，被轻轻拨开一层。地平线上，树丛本来像是大片污渍，慢慢地，在灰色天空的映衬下，也可以看出树梢的模样了。周遭的湖水如黑色的玻璃，湖滨周围开始清晰起来，苍白的树根像一群乞丐扭曲的腿，凸出地面的花岗石泛着冷冷的银光——围绕在隐秘湖畔的景物，像等着观众入场的宫廷画廊，渐渐由夜色中灰暗的影子，变幻出白昼下生动的模样。

突然，坎忒喀像被什么东西吓了一跳，缩了起来。玛雅也朝船舷外探出身子。她刚想说什么，却卡在嘴边，伸出一根手指，指向船头稍向右边一点的地方。

西蒙眯眼望去。那是一片形状不规则的林地，林间有个方方正正的块状阴影，跟周围阴暗的树丫颜色都不一样——是顶蓝纹帐篷。

接着，他们看到更多帐篷，就在第一顶后面，还有三四顶同样的。西蒙皱起眉头，又轻蔑地露出微笑。典型的荷费斯行径。至少，他在城堡时听人这么说过。这人很喜欢带着奢侈品到野林中去。

在那堆小帐篷后面，湖岸线突然断开，在不远处又重新出现，中间形成一块黑色的区域，像被咬掉一口似的。这一带，树枝低垂在水面，因此看不清到底是不是河口，但西蒙相信就是这儿了。

这就是葛萝伊说的地方！他想。她有一双锐利的眼睛——但这没什么好奇怪的，不是吗？

西蒙指着湖边那道黑黑的开口，宾拿比克点点头。他也看到了。

他们离静静的营地越来越近。宾拿比克划得更加用力，这样他们才能保持一定的速度。西蒙猜他们已经进入上游的水流，开始感觉到阻力了。他小心地抬起船桨，侧滑进水。宾拿比克的眼角扫到他的动作，转过来冲他摇摇头，无声地做了个"还没到"的口型。西蒙只好停下手中的动作，让小桨悬在被雨点拍打的水面上。

他们从帐篷边滑过，离湖岸还不到一百尺。西蒙看到一个黑影移到蓝色的帐篷边，不由喉咙发紧。是个哨兵，他能看到那人斗篷下兵器的闪光。哨兵可能正面朝他们的方向，但那人头上戴着兜帽，西蒙因此无法确定。

接着，其他人也发现了哨兵。宾拿比克慢慢地从水里抬起船桨，所有人都俯下身，尽可能不让对方发现这里的动静。希望那个士兵就算往湖面上看，也不会注意到他们，或者把他们当成水面上一段漂浮的木头——但西蒙觉得，这种可能性太小。离这么近，如果哨兵转过身，西蒙不敢想象他真会看走眼。

虽然小船慢了下来，但湖岸的缺口还是离他们越来越近。真是溪口。西蒙看到一块圆石，离河道只有几码远，水波滑过石头，缓缓地流淌下来。这时，他们几乎停止前行，事实上，船头开始打转，好像不愿意接受现状似的。他们得尽快下桨，否则就会被水流推向蓝帐篷那边的湖岸去。

之前那个哨兵被营地另一边的动静吸引，这时终于转过头，看向湖面。

那一瞬间，一行人还没来得及惊慌，就见一道黑影从营地上方的树上跳下，冲向哨兵。它像硕大的灰色叶片，穿过密匝的树枝，朝那人的咽喉扑去。这片树叶还长着利爪。爪子刚一抓上咽喉，穿铠甲的人就惊恐地大叫，长矛落到地上，对着怪东西一阵乱打。灰影拍打翅膀，悬停在那人头顶上方，恰好在他能够到的范围之外。他又叫了一声，捂着脖子，笨拙地在地上摸索他的长矛。

"快!"宾拿比克嘶声道，"快划!"矮怪、玛雅和西蒙都把木桨刺进水里，用力地划。开头那几下不太顺利，水花四下飞溅，小船晃得厉害。接着，他们开始慢慢向前，没多久便在强劲的小溪中逆流前行，迅速冲过垂悬在水面上的树枝。

西蒙转身掀开树枝形成的帘子看看哨兵。那人光着脑袋，上蹿下跳，追打悬在半空的生物。又有几人从帐篷里出来，看着营地里的打斗，哈哈大笑。那人找不到长矛，只好朝危险的疯鸟丢石块，猫头鹰却轻松地避开。等西蒙放下垂到船尾的树枝帘子，它才挑逗似的露出宽宽的白尾巴，盘旋着飞进阴暗的树丛。

终于越过险境。河面上看不出水在流动，但划起桨来却出乎意料的困难。他们吃力地逆流而上，西蒙无声地开怀大笑起来。

他们逆水行舟，划了很久。虽然现在已不必保持安静，但他们没多余的力气讲话，划桨实在太耗体力。终于，约莫过了一小时，他们发现一个回水处，四周长满屏风般的芦苇，于是停下歇一会儿。

太阳已经升起，在覆盖整片天空的白云后透出一片光亮。森林和河流依旧弥漫着雾气，仿佛身处梦境中一般。前方不远处，小溪似乎穿过或流过什么障碍物，河水跳跃飞溅，像敲打在钟上，安静的汩汩声被放大了。

西蒙不住喘气，眼睛看着女孩。玛雅靠在船舷上，脸颊压着手臂休息。很难想象，他竟会把她错看成男孩子。他曾觉得对方的脸像狐狸，五官过于清秀，但换成女孩，就显得精致极了。她也尽了全力。西蒙看着她红彤彤的脸，目光又移到修长白皙的脖子。她依然穿着男孩的衣服，领口敞开，露出线条柔和但明显突出的锁骨。

她不够丰满……不像海普兹帕，他想。哈！真想看看海普兹帕穿上男装会是什么样！但她也很漂亮，身材苗条轻盈，头发乌黑发亮。

玛雅阖上眼睛，深呼吸。西蒙心不在焉地拍拍坎忒咯的大脑袋。

"她干得不赖，不觉得吗？"宾拿比克愉快地问。西蒙吓了一跳，瞪着他。

"什么？"

宾拿比克皱起眉头："对不起。也许在爱克兰，你们称之为'他'？难道是'它'？不管怎样，你必须承认，葛萝伊的手艺真了不起。"

"宾拿比克，"西蒙说，脸上的红潮渐渐消退，"我完全没听懂你在说什么。"

小个子用手掌轻轻拍打船舷。"葛萝伊用树皮和木块造出这么好的东西。还这么轻！我觉得，把她抬上岸，再抬到艾伏川，应该不太难。"

"这条船……"西蒙说着，像傻乎乎的农夫似的点着头，"船……没错，确实造得好。"

玛雅坐起来。"我们是不是该继续，往另一条河划？"她问道，转过头去，目光穿过细长芦苇的缝隙，望向外面。西蒙注意到她有黑眼圈，还带着紧张的神情。想起当时，葛萝伊提出留下那个小女孩时，她竟表现出轻松的模样，让他始终有点不满。但看到她似乎也挺担心，又让他有些释怀。这个女仆应该不是只会大笑和戏弄人的女孩子。

她当然不是啦，过了一会儿他才想到，事实上，我从来没见过她笑。虽然我们也遇到过很可怕的事——但你不会见我总是皱着眉头、一脸阴郁。

"是个好主意。"宾拿比克回答了玛雅的问题，"我觉得前面的响动是因为溪水里有不少礁石。即使真是这样，我们也没有别的选择，只能扛着船绕过去。也许西蒙可以过去看看。"

"你几岁了？"西蒙问玛雅。宾拿比克惊讶地转过身，瞪着他。玛雅的嘴唇动了动，盯着西蒙看了很久。

"我……"她开口，又顿了一下，"到奥坦德月满十六。"

"那就是十五岁喽。"西蒙说，语气里有些得意。

"你呢？"女孩挑衅似的问。

西蒙颇有些恼火："十五！"

宾拿比克咳嗽一声："很好，船伴应该互相了解，不过……闲话还是留到以后再说吧。西蒙，你能不能看看前面是不是真有礁石？"

他正要答应，突然又反悔。难道自己是个跑腿小鬼？一个跑去帮大人探路的男孩？再说，当初是谁决定要救树上那个蠢女孩的？

"反正我们也得穿过……它叫什么来着？干吗非要去看？"他说，"直接扛过去呗。"

矮怪看着他，最终点点头。"很好，我觉得这对我的朋友坎试喀也好，可以让她伸伸腿。"宾拿比克转向玛雅，"狼可当不了水手，你知道的。"

玛雅盯着宾拿比克看了一会儿，好像他比西蒙更古怪似的，然后，突然爆发一阵银铃般的笑声。

"太对了！"说完，她又笑了起来。

独木舟确实轻巧，但扛着它穿过茂密的树枝和藤蔓，还是有些难度。为了让宾拿比克和女孩都能分担一些重量，船身高度不得不放低。他们把船翻了过来，可这一来，尖的那头便会不停撞击西蒙的胸骨，加上他走路时看不到脚下，所以时不时会被地上的植物绊倒。滂沱大雨从枝干和树叶间的空隙倾泻而下，西蒙双手撑着独木舟，连滴进眼里的雨水都擦不了，情绪实在好不起来。

"宾拿比克，还有多远？"他忍不住问，"以乌瑟斯之名，我的胸口快被这破船撞碎了。"

"不会太远了，希望是。"矮怪叫道，声音在长条船壳里回荡，听起来很古怪，"葛萝伊说过，从入口开始很长一段路，艾伏川都紧挨着小溪，它们之间只有四分之一里格，很快就能到了。"

"越快越好。"西蒙的语气相当沮丧。玛雅走在他前头，哼了一声，他敢说那是厌恶的意思——也许就是厌恶他。他恨恨地皱眉，又黏又湿的红发贴在前额上。

最后，除了雨点敲打在叶片上的柔和滴答声，他们总算又听到别的声响。一种类似于呼吸的嘈杂声，这让西蒙联想到满屋子交头接耳的人。坎忒喀跳到前面，灌木丛一阵哗哗响。

"哈！"宾拿比克嘟囔着，将独木舟的一头放下，"看到没？到了！赤宿沙！"

"我还以为它叫艾伏川。"玛雅揉着肩上刚刚扛船的地方，"还是说，每次矮怪们发现一条河，都要这么来一句？"

宾拿比克微笑："不，这是它的希瑟名字。从某种意义上讲，这是一条希瑟河。很久以前，大稚照还没荒废时，他们就在这条河上泛舟。你最好学会这个。在古老的爱克兰语里，艾伏川的意思就是'希瑟河流'。"

"那……你刚才说的词是什么意思？"玛雅问。

"赤宿沙？"宾拿比克想了想，"很难说准确。意思类似于'她的血是冷的'。"

"她?"西蒙问。他拿根小棍,刮掉粘在靴子上的泥巴,"这回的'她'又是什么?"

"这座森林。"宾拿比克回答,"来吧,你可以在水里把泥洗掉。"

他们把小船抬下河岸,推过一丛只剩茎干还挺立不倒的香蒲,直到河水近在眼前——这是条经过人工开拓的宽阔河道,规模远胜刚刚那条小溪,水流也湍急得多。他们把小船推进河水。西蒙个子最高,他紧张地站在及膝的浅滩,护住小船,免得它顺水漂走。这一来,他的靴子也被洗得干干净净。他稳住小船,玛雅和矮怪先把坎试喀推上船——靠她自己可不行——然后是他俩,西蒙最后一个爬上去,坐在船首。

"西蒙,坐那个位置,"宾拿比克严肃地对他说,"需要高度的责任心。水流这么急,我们不需要怎么划桨,但你得驾船。若你发现前方有石头,一定得告诉我们,大家一起帮忙转向避开。"

"我能做到。"他很快回答。宾拿比克点点头,松开一直抓在手里的树枝。小船离开河岸,顺着艾伏川的水流前进。

刚开始,西蒙发现驾船还挺难。有好几次,望着粼粼的水面,一点都看不出哪里有暗礁。当然啦,礁石就藏在水面之下,唯一能辨识的标记便是河水流经时闪烁的浪花。西蒙头一次看漏时,船体撞上石头,发出可怕的刮擦声,一时把大家都吓坏了,还好小船随即从暗礁旁弹开,像从羊毛剪下逃走的绵羊。之后没多久,西蒙便掌握了行船技巧。在他的操作下,独木舟仿佛一片漂在河里的轻巧叶子,有几段路甚至像飞掠过水面。

他们驶入一段水流平缓的河道,波浪冲刷石头的响声被抛在身后,但西蒙的心脏仍在胸膛中狂跳,顽皮的河水拉扯着船桨。这时,他突然回忆起以前爬上海霍特宽阔城垛的情形——那时他看着脚下遥远的风景,几乎无法呼吸。他还记起,自己曾蹲在绿天使塔上的钟楼里,俯瞰爱克兰拥挤的建筑群,迎风遥望广阔的世界。而现在,乘着小小的独木舟，这种感觉又回来了——自己既在世界里，又在世界之上。像独立于高空的一阵春风，盘旋吹过树梢。他把桨举到面前……仿佛举起一把利剑。

"乌瑟斯曾是水手。"他突然唱起歌来，曲子连同歌词一起涌上心头。他年纪还小时，有人曾为他唱过这首歌。

　　　　　　"乌瑟斯曾是水手，
　　　　　　他扬帆出海，
　　　　　　他身负圣言，
　　　　　　他航向纳班——哦！"

宾拿比克和玛雅看着他，西蒙咧嘴笑了。

　　　　　　"泰亚伽利当过兵，
　　　　　　他扬帆出海，
　　　　　　他身负正义，
　　　　　　他航向纳班——哦！

　　　　　　约翰国王是领主，
　　　　　　他扬帆出海，
　　　　　　他心有救主，
　　　　　　他航向纳班——哦！"

他的声音低了下去。

"怎么不唱了？"宾拿比克问。玛雅继续盯着他，眼中若有所思。

"我就记得这些。"西蒙说着，把桨放回船边的水波，"我连这首歌是从哪儿听来的都不记得。可能是小时候，哪个女仆唱给我听的吧。"

宾拿比克微笑："是首好歌，适合划船的时候唱，虽说有些细节跟历史不符。你真的记不起其他部分了？"

"不记得了。"虽然想不起来，他也没太在意。河上不过短短一小时，他的心情已完全好转。他以前也上过海湾里的渔船，感觉不错……但没法跟现在比。那时没有身边飞快掠过的森林，也感受不到身下精巧的小船——它就像匹小马驹，灵活又听话。

"我不会唱船歌。"矮怪发现西蒙情绪好转，显得也很高兴，"在坎努克高原上，河流都被冻住了，矮怪们只能在河上滑冰。也许我可以唱首巨人楚库的冒险之歌……"

"我知道一首船歌。"玛雅插嘴，她用又白又细的手抚弄乱糟糟的黑发，"在麦尔芒德的大街上，人们都会唱船歌。"

"麦尔芒德？"西蒙问，"城堡女佣怎么会到麦尔芒德？"

玛雅朝他撇撇嘴："公主和她的侍臣搬去海霍特之前，你以为她们住在哪儿？纳斯卡都荒原吗？"她轻蔑地哼了一声，"当然是麦尔芒德了！那是世界上最美的城市，海洋和格兰汶河在那儿交融汇聚。你从没去过，当然不懂。"她坏笑着，"城堡小鬼。"

"那就唱吧！"宾拿比克说，做了一个请的手势，"这条河正等着听呢，还有森林！"

"希望我还记得。"她说着，偷偷瞟了西蒙一眼。对方骄傲地回瞪——她的话并没有影响他的好心情。"这是首弄潮儿之歌。"她清了清嗓子，用甜美又低沉的声音唱了起来。刚开始还有些犹豫，试唱几句之后，越来越自信。

> "……往大洋航行的人们，
> 会告诉你它的神秘，
> 会夸耀所有的战争，
> 还有那血腥的历史。

和老水手们谈谈吧！
他们曾驶出格兰汶，
他会说神创造了海，
但河流才有真意义。

哦，大海是个问号，
但河流给了你答案，
连同她的嬉戏喧闹，
还有那绝美的舞姿。

让懒骨头下地狱吧！
这老船装不下他们。
真要少了几个伙伴，
麦尔芒德定当祝酒……

又有人们航向大海，
就此消失再也不见。
我们老水手每一夜，
都在酒馆里寻开心。

有人说我们喝太多，
打来闹去没得正经。
但河流若是你妻子，
夜里就当如此安歇。

哦，大海是个问号，

但河流给了你答案。
连同她的嬉戏喧闹，
还有那绝美的舞姿。

让懒骨头下地狱吧！
这老船装不下他们。
真要少了几个伙伴，
麦尔芒德定当祝酒……

麦尔芒德！麦尔芒德！
回麦尔芒德去祝酒，
见不到他们漂回来，
省却了这分埋葬钱……！"

　　玛雅第二次唱到副歌时，西蒙和宾拿比克已经记住歌词，一起唱了起来。坎忒喀没精打采地垂下耳朵，任由他们又叫又闹地行驶在艾伏川上。

　　"哦，大海是个问号，但河流给了你答案……"西蒙正声嘶力竭地唱着，船头突然一下子没入水里，又弹起来——又撞礁了。他们离开那片汹涌翻腾的水域，划到平静些的河面上，唱得连气都喘不上来。森林上空的乌云一直没散，这会儿又下起雨来。西蒙一直咧嘴笑到现在，他抬起下巴，让雨点直接落在舌头上。

　　"下雨了。"宾拿比克的头发黏在前额上，皱起眉头，"我觉得我们会被淋湿的。"

　　片刻的沉默过后，矮怪放声大笑起来。

　　透过树冠照下来的天光逐渐暗淡，他们驾着小船靠岸扎营。宾拿比克用那种黄色粉末点燃潮湿的木头，生了火，又从葛萝伊交给他的袋子里拿出新鲜的蔬菜和水果。坎忒喀终于恢复自由，潜入高高的灌木丛，回来时全身皮毛湿透，嘴上还沾着几丝血迹。西蒙看着玛雅，她只是沉默地吮吸着一颗桃核。他原想看看，当大狼显露出野兽的本性时，她会有什么反应。结果什么反应都没有——如果说她真注意到的话。

她肯定在公主的厨房里工作过，他想，不过，要是把莫吉纳的蜥蜴标本塞进她的斗篷，我敢打赌，她肯定会吓得跳起来。

想到她可能在城堡厨房里工作，他又开始好奇，她会在公主身边做什么呢？——想到这儿，他又回到最初的问题，她那时为什么要暗中监视他呢？他试图问她公主的情况，她只是摇头，说自己不能透露任何有关女主人或工作的事，除非到达奈格利蒙，把信息送达以后。

"请原谅我问得这么直接。"宾拿比克收拾好为数不多的餐具，拆开手杖，拿出长笛，"但是，万一约书亚不在奈格利蒙，你没办法把消息送到，那该怎么办？"

这话似乎让玛雅心烦意乱起来，但她还是不肯透露一个字。西蒙本想问问宾拿比克他们又有什么计划，还有大稚照和长阶，但矮怪却心不在焉地吹奏起笛子。夜晚拉起一张黑暗的毯子，盖住广阔的阿德席特，唯独漏下了他们生起的营火。西蒙和玛雅坐在一边，聆听矮怪的笛音在下雨的林间盘旋回荡。

第二天的太阳刚升起，他们又上路了。这天，河水的节奏像任性的孩子。水流缓慢的地方，他们坐着小船，像坐在石头上，看着两边宽广的树海从身边慢慢经过；在危险湍急的地方，脆弱的小船被水流猛烈地摇晃，像一条上钩的挣扎不休的鱼。上午，雨渐渐停了，阳光从层层叠叠的树枝间洒下，水面和林地上满是斑驳的光点。

气候稍微舒适了些，大家都心情不错。然而西蒙注意到，就玛雅月底而言，最近还是有点冷，让他想起大家一起做过的冰山之梦。两岸林木弯向水面，形成一条隧道。他们沿隧道漂去，时不时地，庄严的阳光穿透扭曲的树枝，倾泻到河上，形成一面光滑的金色玻璃。大家互相交谈。西蒙刚开始不太情愿，勉强讲了讲城堡里的熟人——瑞秋；用灯油涂黑鼻子的驯犬师唐贝斯，他认为这样更容易融入狗群中去；镶金碗彼得；魁梧的鲁本，等等。宾拿比克则讲述了他的旅行经历，他年轻时去过的盐水沼泽乌澜，还有家乡岷塔霍东面奇异的荒原。虽然玛雅刚出现时显得沉默寡言，又有很多话题不能说，但她讲述的河上和海上水手吵架的情景，以及在麦尔芒德和海霍特时，暗中观察的那些围绕在米蕊茉周围、装模作样的贵族，着实把西蒙和矮怪都逗乐了。

划船前行的第二天，这一整天里，他们只有一次谈起那个压在心头的、比较黑暗沉重的话题。

"宾拿比克。"大家坐在阳光灿烂的林地里吃午餐时，西蒙问，"你真的觉得我们已经把那些人甩掉了？会不会还有人在找我们啊？"

矮怪弹掉沾在下巴上的苹果籽："西蒙好友，我没法保证每件事——以前我就是这么说的。我们那时肯定成功溜出来了，否则一定看得到追兵。可我不知道他们为什么抓我们，因此也就不知道他们会不会找到我们。他们知道我们要去奈格利蒙吗？这其实不难推测。不过，我们有三个优势。"

"什么优势？"玛雅问，微微皱起眉头。

"第一，在森林里，躲藏比寻找容易得多。"他伸出一根粗短的手指，"第二，我们选了一条几百年都没人知道的路线。"又伸出一根，"最后，那些人要打听我们往哪儿走，只能通过葛萝伊。"他竖起第三根手指，"而这一点，我认为，是不可能发生的。"

这正是西蒙一直暗暗担忧的问题："他们不会伤害她吧？那些人可是全副武装，宾拿比克。要是他们认为她把我们藏起来了，猫头鹰可唬不了他们多久。"

矮怪严肃地点点头，合拢短短的手指："西蒙，我不是不关心。群山之女啊，真不是！但你不了解葛萝伊，要是把她当做普通的小村巫婆，那就大错特错了。同样，荷费斯的人要敢对她不敬，一定会为这个错误后悔的。瓦莱妲·葛萝伊在奥斯坦·亚德行走多年。长期定居在森林前，在瑞摩加人中间也待过很久。更早之前，她在南方的纳班，更往前的经历就没人知道了。相信我，她绝对能照顾好自己——远比我更有能力。甚至，悲哀的事实表明，在这一点上，她比善良的莫吉纳更可靠。"他又从袋里拿出一个苹果，最后一个。"担心到这份上已经够了。河还在等着我们，我们得轻松起来，这样才能走快点儿。"

这天下午，树影混杂，在河面上延伸成一道巨大的斑块，西蒙又发现不少艾伏川的神秘之处。

他本来正在包里翻来翻去，想找些布条缠在手掌上，防止被粗糙的船桨磨出水泡。他以为找到了合用的东西，拉出来一看，却是那支用破衣服包住的白翎箭。再次把它握在手中，感觉真让人惊讶，那么精致，又那么轻巧，似乎一阵轻风就能将它吹走。他小心地打开裹在外面的布。

"看这儿。"他对玛雅说，手臂越过坎试喀，给她看破布中的箭，"这是支希瑟白箭。我救了一个希瑟的命，他就把这个送给了我。"他顿了一下，想了想更正说，"事实上，是射向我的。"

真是件美丽的物品。在黯淡的天光下，它几乎像在发光，如同天鹅胸前的白毛。玛雅看了一会儿，伸出手指轻轻碰了碰。

"真漂亮。"她说，但语气里完全没有西蒙希望听到的钦佩之意。

"当然漂亮了！它是神圣的。它还代表了一笔账。问宾拿比克，他会告诉你的。"

"西蒙说得对。"矮怪从船首回过头说，"那时我们刚见面。"

玛雅见怪不怪地注视着箭，一副神游天外的样子。"真是件好东西。"她说，口吻只比刚才稍微肯定了一点，"西蒙，你运气真好。"

不知道为什么，一股怒气蹿了起来。她真能理解自己到底遇到了什么事吗？苔藓园，受困希瑟，狗群，与至高王为敌？！像她这样一个小小的女仆，竟然这样轻描淡写地对他切身的痛苦不屑一顾。

"当然。"他说着，将箭举到面前，让它沐浴在微弱的夕照中，河岸是背景，宛如一片移动的挂毯，"当然，都是因为运气好，我才活到今天——被攻击，被咬，挨饿，被追捕，我最好从来没得到这支箭。"他怒冲冲地看了它一眼，扫过箭上的雕刻，也许上面刻的就是从他离开海霍特至今的故事，复杂却没有意义。

"我也许真该把它丢掉。"他故作轻松地说。当然，他永远不会这么干，然而假装自己也许会丢掉它却带来一种奇怪的满足感，"我是想说，它到底给我带来了什么好处……？"

就在这时，宾拿比克打断他的话，发出警告。但已经太晚。小船几乎正面撞上一块暗礁，船身倾斜，随着水花飞溅，船头沉入水里。西蒙猝不及防，手一松，那支箭在空中打着旋儿，掉进岩石旁的旋涡。翘起的船尾随即落下，西蒙赶紧寻找，可他们又撞上另一块隐藏在水里的石头，他一个不稳栽进河里，船身再一次倾斜，落下……

河水冷得可怕。他觉得自己好像掉进一个绝对黑暗的洞，接着，他拼命喘气，浮出水面挣扎，在激流中疯狂地打转。他的手拍上一块石头，却被反推开，又沉了下去，可怕的河水将空气从他的鼻子和嘴里挤出去。强劲的涡流拍打在他身上，将他重重地撞到一个硬东西上，他挣扎着紧紧抓住那东西，把头探出水面。风吹过脸庞，他赶紧吸了口气，立即咳嗽起来。他感到乌瑟斯带来的甜美空气流进了仿佛在燃烧的肺里。接着，突然间，他被水流从那些石头旁冲开，他下意识地拼命踢水，不让自己沉下去。令他惊讶的是，这时小船竟然在他身后，正绕过最后一块圆圆的礁石。宾拿比克和玛雅用力划着桨，惊恐地瞪圆了眼睛，但西蒙看到，自己和他们之间的距离还是越来越远。他正被河水冲往下游，而且，当他用力转头往两边张望时，发现不管哪边的河岸都非常遥远。他又猛地吸了口气。

"西蒙!"宾拿比克大喊，"游回来! 我们划不了那么快!"

他挣扎着，想转身朝他们游去，但河水伸出成千上万只看不见的手指，牢牢地拽着他。他扑打着，试着把手弯成桨的形状。记得瑞秋还是莫吉纳? 有人曾给他演示过，就在津濑湖旁的浅滩。但如今，面对这么大的阻力，一切努力都可笑得没有意义。他越来越累，已经感觉不到自己的双腿。他想踢水，但除了冰冷的空虚什么都感觉不到。水花溅入眼里，上方的树枝像棱镜一样折射着光芒，他的身子沉到水面以下。

有什么东西扎进水里，就在手边，他抵抗着水流，用力甩出手臂，最后一次挣扎向上。是玛雅的桨。为了能离西蒙近点儿，她挤过宾拿比克，从船头伸出桨，木片离西蒙的手只有几英寸了。坎忒喀站在她旁边，吠叫着，同女孩一起往前挤。独木舟船头吃重，危险地往前倾。

西蒙回想自己双腿应该在的地方，也不知它们还能不能反应，下令让它们用力踢，一边伸出手。他几乎没有了触觉，只能弯着麻木的手指去抓桨，它真的在那儿，就在他能够到的地方。

他们终于把他拖到船边，这本身就是个不可能的任务——除了狼，他比另外两人都重。然后，他一边咳一边吐出大量河水，身子蜷成一团，躺在船底，喘息，颤抖。女孩和矮怪四下搜寻能上岸的地方。

他恢复一些力气，迈着颤抖的双腿，自己爬出小船，接着跪倒在地，感激地在柔软的林地上摊开手掌。宾拿比克走过来，伸出手，从西蒙一塌糊涂的湿衣服上拔出一件东西。

"看看你衣服里卷进了什么?"宾拿比克说,脸上带着古怪的神情。是白翎箭。"我们给你生个火,可怜的西蒙。也许你已经学到了——残酷的一课,也是非常重要的一课。让你知道,在希瑟河上航行时,说希瑟赠礼的坏话会有什么结果。"

当宾拿比克帮他脱掉衣服、又用斗篷裹住他时,他已经连尴尬的力气都没有了。西蒙在美好的火堆旁睡着了。理所当然做了个黑暗的梦,梦里满是想要抓住自己、闷死自己的东西。

第二天早晨,低垂的天空布满了云层。西蒙压下反胃的冲动,硬是嚼了两条肉干,吞了下去。他觉得身体非常不舒服,小心翼翼地爬进船。这一次,玛雅坐在船首,他蜷缩在中间,挨着坎忒喀温暖的身子,睡睡醒醒,在河上度日。看着森林的绿影从旁滑过,他昏昏沉沉,头又烫又肿,仿佛放在炭上烤胀的土豆。宾拿比克和玛雅都仔细检查过他的体温。他睡着了,接着又迷迷糊糊地醒来,看到两个伙伴正在吃午饭,然后看到他们也俯身看着自己。玛雅把凉凉的手指搭在他的前额上,他困惑地想:我的父母怎么长得这么奇怪呢?

当暮色仿佛这天的晨光似的刚没过树顶时,他们就停下来了。西蒙像个婴儿,裹着斗篷,坐在篝火边,露出一截手臂,刚好能够到宾拿比克备下的汤,汤里有牛肉干、芜菁和洋葱。

"明天,太阳一升起,我们就得赶路。"宾拿比克说着,朝被大狼占据的船头丢了一颗芜菁。坎忒喀冷淡地凑过去嗅嗅。"我们离大稚照近了,不过夜里什么都看不清,现在过去太冒失。不管怎样,从那里开始,我们肯定要在长阶上爬很久,等天气暖和起来,可能还得减少休息时间。"

西蒙朦朦胧胧地看着矮怪从行囊里拿出莫吉纳的手稿,打开包在外面的布,蹲在跳动的营火旁,斜举纸页,对着火光读起来。他看起来就像一个手捧安东之书祈祷的小修士。风吹过头顶的树叶,沙沙作响，摇落了那场午后大雨留在叶片上的水珠，和河面上青蛙的叫声混在一起，一派祥和。

过了好一会儿，西蒙才意识到，自己肩上感到柔软又沉重的压力，但不是发烧引起的。他吃力地转动脖子，下巴划过沉重的羊毛斗篷领口，伸手想把坎忒喀赶开，却看到玛雅一头黑发的脑袋靠在自己的手臂上，她的嘴微微张开，呼吸均匀绵长，像是睡着了。

宾拿比克抬起头。"工作得很卖力啊，今天。"他微笑着，"划了很久。如果没弄痛你的话，就让她这样待一会儿吧。"说完，他又低头继续看手稿。

玛雅靠着他，动了动，喃喃说着梦话。西蒙伸手把葛萝伊借给她的斗篷拉高一点，不小心碰到她的脸颊。她又含糊地说了句什么，抬起手，笨拙地拍了拍西蒙的胸口，身子又往他身上挪近了一点。

她的呼吸近在咫尺，与河流及森林的噪音溶在一起，萦绕在他耳旁。西蒙颤抖起来，觉得耳朵突然变得沉重，非常沉重……可他的心却跳得飞快。随着血液不停流淌的声音，他也陷入到温暖的黑暗中去。

灰蒙蒙的光线中，这天黎明又下起了雨。由于起得太早，他们的眼皮还黏在一起，身体还很迟钝，这时，第一座桥映入眼帘。

西蒙又回到船头。虽然天还没亮时，他们就迷迷糊糊地上了船，驶进河里，他还是觉得身体已经比前一天舒服多了，难免有些头昏眼花，但总算好了起来。他们调整好方向，小舟愉快地沿着河水跳跃前行，就这样无忧无虑地过了一个小时，他突然看到前面的河上有个奇怪的拱形。他揉揉眼睛，赶开周围似乎没有往下落、反倒像悬在空中的细雨珠，仔细望过去。

"宾拿比克。"他靠过去，问道，"难道那是……？"

"一座桥，没错。"矮怪欢快地回答，"其实它叫鹤门，我觉得应该是。"

河流载着小船漂过去，他们倒着划桨放慢速度。这座桥从岸边茂密的灌木丛往上延伸，形成一道细细的弧线，落到另一边的树丛中去。桥身用半透明的白绿色石头造就，精致得像被冻结的海水泡沫。桥身本应布满复杂的雕刻，现在却被苔藓和纠结的藤蔓盖住大半。露出来的部分也遭到腐蚀，螺纹、曲线和尖角都被风雨磨平抚圆。随着小船在桥下行驶，正对着他们头顶的最高处，安放着一只半透明的白青色石鸟，一对被水侵蚀的翅膀向两边展开。

他们很快穿过桥下淡淡的影子，继续往前驶去。森林突然充满古老的气息，仿佛穿过一道时空之门，回到了过去。

"很久以前，河道就被古老之心吞没。"当大家回头望着越来越远、越来越小的桥梁时，宾拿比克平静地说，"也许有一天，希瑟其他的工艺也会消失。"

"人们怎么能从这么个东西上过河呢？"玛雅好奇地问，"它看起来那么……那么脆弱。"

"比起以前来更脆弱，这是当然的。"宾拿比克留恋地往后看了一眼，回答说，"但希瑟不会建造……不曾建造……仅注重外观的东西。他们的作品都有强大的力量。奥斯坦·亚德最高的那座塔，也出自他们之手，难道不是还屹立在你们的海霍特吗？"

玛雅点头，思考着。西蒙将手指浸入清冷的水里。

他们又接连越过十一座桥梁，或者像宾拿比克说的，是"门"。它们数千年前就已屹立在河道上，作为进入大稚照的标志。每道门都以动物命名，矮怪解释说，和月相变化一致。一座又一座，他们漂过狐狸、公鸡、野兔和鸽子，每座雕像的模样都不尽相同，皆用白色的月长石或明亮的青金石雕成，但毋庸置疑，皆出自于同一批技艺精湛的工匠之手。

已经是上午了，太阳爬升到云层后，而他们刚穿过夜莺门。远处河面傲然闪烁着金光，河道在那里转向，自西往东，流向看不到的巍轮山。这里没有暗礁，河水匀速流淌。西蒙正想问玛雅一个问题，却看见宾拿比克举起了手。

他们随着河道转过去，映入眼帘的，竟是一片难以置信的优雅塔群，就像大森林里一座由珠宝搭建的迷宫。希瑟的城市从左右两侧包围河道，让人不由觉得它们是自泥土里长出来的。仿佛森林本身的梦境成真了，精致的石头形成上百种不同的色泽，各种绿色、白色，甚至还有盛夏天空的苍蓝。这是由针尖般细长的石头组成的广阔丛林，搭在其间精细的桥梁犹如蛛网，探向天空的塔楼尖顶细若游丝，像结冻的花儿一样竞相迎接阳光的照耀。过往的世界在他们眼前展开，让人忘了呼吸，也让人心醉不已。这是西蒙见过最美丽的景象。

他们顺着蜿蜒曲折的细长河道漂向城市，却发现大稚照已被森林占据。藤蔓和树枝网住塔楼，塔身还布满细小的裂纹。建筑的石材伫立在原地，但木头或其他易腐朽的材质早已消失，原来曾是墙和门的地方现在空空荡荡，就像泛白的某种巨大海兽的头骨。植被闯入每一个角落，攀上每一道精美的墙，不经意间，叶片就能使纤细的尖顶窒息。

西蒙觉得，在某种程度上，颓败让这里平添了几分美丽，活像无休无止、永不满足的森林自己长出了一座城市似的。

宾拿比克平静的声音打破沉默，语气和此地一样肃穆，回音很快消失在密密麻麻的绿色中。

"他们称这里为大稚照，意思就是'风歌树'。你能想象吗？这里曾经满是欢声笑语。所有窗户里都点着灯，闪亮的船只在河里穿梭。"矮怪转头看着他们最后越过的那座桥，它和羽毛笔一样窄，上面刻着优雅的长着叉角的鹿。"风歌树。"他又说了一遍，好像深陷回忆的人，声音虚无缥缈。

西蒙一言不发地操纵小船靠岸。岸上有一道石阶，阶梯上方的平台时常被河水冲刷。他们将独木舟系在一条撑裂了白色石头的根须上，拾级而上，到了平台都不约而同停下脚步，静静地注视挂满藤蔓的墙和遍布苔藓的走道。废墟的空气好像在无声地共振，仿佛已经调好、蓄势待发的琴弦。连一旁的坎忒喀似乎都局促不安，垂着尾巴，嗅着空气的味道。接着，她竖起耳朵，发出呜咽声。

就在这时，一道细细的影子突然掠过西蒙的脸，落在一条狭窄的走道上，发出尖锐刺耳的啪啦声。绿石头瞬间爆裂，闪亮的碎片四散开去。西蒙转头往回看。

相距不到四百尺，只见一个手握一人高的长弓、全身黑衣的人，站在那儿，双方之间隔着那条平稳的河流。大概还有一打、身穿蓝黑相间衣服的人正爬上小径，聚集到黑衣人身边，其中一人手里举着火把。

黑衣人把手举到嘴边，一瞬间露出了发白的胡子。

"你们无路可走了！"尹艮·杰戈的叫声越过哗哗流淌的河水，听起来很轻，"以国王之名，投降吧！"

"船！"宾拿比克大叫，一行人连忙跑下阶梯。黑衣人尹艮迅速抽出一根细长的东西，擦过火把，点着其中一端，弯弓搭箭。他们刚到阶梯底部，火箭便飞过河，在船侧爆开。箭矢抖动，几乎立刻点燃木船，在火势蔓延前，矮怪只来得及从船里抢救出一个行囊。西蒙和玛雅在熊熊火焰的掩护下，先跑上阶梯，宾拿比克紧随其后。坎忒喀在阶梯顶上来回打转，不住地惊慌嘶吼。

"快跑！"宾拿比克吼道。河的另一边，又有两个弓箭手走到尹艮身旁。西蒙尽力冲向最近的那座塔，耳边又传来箭矢破空的可怕声响，只见它落在距自己面前仅二十腕尺的地方。又飞来两箭，击中那座仿佛突然间离自己很远的高塔。这时，他听到一声痛苦的叫喊，跟着是玛雅害怕的呼唤声。

"西蒙!"

他转头看到宾拿比克蹒跚着倒在地上,包裹落在女孩脚下。

不知哪里传来凄厉的狼嚎。

寒冰战鼓

✦

玛雅月第二十四天，清晨的阳光洒落在赫尼塞哈，神堂屋顶最高处的金盘形成一圈耀眼的光辉。天空蓝得仿佛彩釉瓷盘，好似天空之神布雷赫拿着他的神圣褐杖，把云朵都赶开了，只许它们待在若隐若现的格兰玻山顶周围。

春回大地本该让梅格雯开心起来。之前，反常的阴雨和严寒笼罩着整个赫尼斯第，土地和她父王路萨的子民们都萎靡不振。花儿还没开放便冻在地上；果园枝头落下的苹果又小又酸；牛羊被拉到湿透的牧场，归来时又被冰雹和狂风吓得眼珠乱转、魂不附体。

一只无礼的黑鸟等到最后一刻，才从梅格雯面前的小路跳到光秃秃的樱桃树枝上，带着颤音鸣叫起来。梅格雯没注意到它，只是提起长裙朝她父王的大殿飞奔。

有个声音在叫她的名字，因为不想被拦阻，她一开始并未多加理会。但那声音不屈不挠，她只好不情不愿地转身，看到弟弟格威辛一路小跑过来，于是停下脚步，双臂交叠在胸前等着。

格威辛的白上衣皱成一团，金项圈垂到背后，看起来不像是个成熟的战士，而是个孩子。他赶上来，站着直喘气。她轻蔑地哼了一声，帮他整整衣衫。王子傻笑起来，耐心地等着她把金项圈挂回原位，悬在锁骨上。用红布条胡乱扎起的马尾辫散开了，棕色长发披了下来。她伸出手臂，帮他重新绑好辫子时，两张脸几乎挨在一起，虽说格威辛的个子一点都不矮，他们还是能平视彼此。梅格雯沉着脸。

"巴格巴的牧群啊，格威辛，看看你自己！你要注意仪表，总有一天你会成为国王！"

"当国王和我的头发有什么关系？而且，我出发时整洁得很呢，就是为了赶上你，才跑那么快，你这两条大长腿。"

梅格雯脸红起来，转身走了。不管怎么努力，身高问题一直让她耿耿于怀。

"好了，你已经赶上我了。你要去大殿吗？"

"当然要去。"格威辛的脸上闪过坚决的神色，手里捻了捻长长的髭须，"有些事我必须对咱父亲说。"

"我也一样。"梅格雯迈开步子走着，点点头。他们的个子和步伐协调一致，栗色的长发也相差无几，任何外人都会以为他们是双胞胎，但事实上，梅格雯比弟弟年长五岁，是他的异母姐姐。

"我们最好的母猪，阿岗，昨夜还是死了。又一头啊，格威辛！到底是怎么了？是瘟疫吗，像艾本河口那种？"

"如果真是瘟疫的话。"弟弟冷冷地说，手指抚上剑柄，"我知道是谁带来的。那人就是瘟神。"他拍打着镶在剑柄顶端的圆头，朝地上啐口唾沫，"我盼着他今天说错话。布雷赫啊！我真想狠狠教训他一下！"

梅格雯眯起眼睛："别傻了。"她反对说，"哥斯伍是个杀过上百人的战士。另外，虽然怎么想都怪怪的，但他确实是神堂的客人。"

"侮辱父王的客人！"格威辛咆哮起来，甩掉梅格雯温柔有力的手，"代表滥用权力的至高王，前来威胁我们的客人！国王自己横行霸道、挥金如土，竟然还要求赫尼斯第伸出援手！"格威辛越说越响，他姐姐朝周围张望一下，担心被人听到。还好，除了百步外门卫苍白的身影，视线里没有其他人。"通往纳文德和艾弗沙的路失守时，国王在哪里？土匪和天才知道的怪物涌上霜冻大道时，国王又在哪里？"王子的脸又涨红了，他抬起头，却发现梅格雯不在自己身边。他转过身，只见她双臂抱胸，离了十步远，站在后面。

"说完了吗，格威辛？"她问。他点点头，嘴唇绷得死紧。"很好。我们的父亲和你之间的差异，小伙子，不只是三十多年的时间。那么多年来，他学会了什么时候开口，什么时候保持沉默。而这就是为什么你站在这儿，作为王储格威辛，而不只是赫尼斯第公爵领地的爵位继承人的原因，都是多亏了他啊。"

好一会儿，格威辛只是瞪着她。"我知道。"他最后说，"你要我像艾欧莱尔那样，对爱克兰来的恶狗弯腰屈膝。我知道你觉得艾欧莱尔堪比日月——哪怕你是国王的女儿，他依然视你如无物——反正我不会变成他那样。我们是赫尼斯第人！我们不向任何人屈服！"

梅格雯怔怔地看着他，心里被深深地刺痛。关于穆拉泽地伯爵的那些话，格威辛说得完全正确：很明显，他只把她当做国王的笨闺女对待。她本来还怕自己会掉泪，但她没有，只是看着格威辛英俊的脸庞上满是失落，那是因为自尊，更是因为对人民和土地的爱。在她眼里，他又变成了跨在自己肩上的小弟——她曾时不时戏弄他、把他弄哭。

"格威辛，我们为什么要吵架呢？"她疲倦地问，"是什么让我们的家族笼罩着阴影？"

她弟弟垂下眼睛，羞愧不已地看着自己的脚尖，接着伸出手。"我的朋友和同盟。"他说，"来吧，在乌坦邑侯爵假惺惺地道别之前，我们一起去见见父亲。"

神堂大殿的窗户大开着，阳光里布满灯芯草飘落的尘埃，闪闪发亮。厚厚的墙用夕柯林橡木制成，严丝合缝，半点光都透不过来。顶梁上悬着上千座赫尼斯第神祇、英雄和怪物的彩雕。它们在橡木间缓缓转动，光滑的木面反射着温暖的阳光。

大殿另一端，阳光洒在两旁。路萨–安哈–历辛国王坐在巨大的橡木椅上，椅子靠背顶端雕着一颗鹿头，鹿头上插着一对真正的分叉的鹿角。国王拿一把骨勺喝着蜂蜜粥。他年轻的妻子茵娜温坐在旁边一把低矮些的椅子上，正把精美的花边缝到路萨的一件袍子上。

这时，卫兵用矛尖敲了两下盾牌，表示格威辛来了。像艾欧莱尔那样的贵族只能敲一下，国王本人驾临则是三下，而梅格雯连一下都没有。路萨抬起头，露出微笑，把碗放在椅子扶手上，用袖子擦了擦灰胡须。茵娜温看到路萨的动作，以女人的方式漠然地瞟了梅格雯一眼，而国王的女儿则用更冷淡的眼神回敬她。虽说梅格雯向来不习惯看到格威辛的母亲菲斯娜坐在自己母亲曾经的位置上（梅格雯的母亲潘奈薇在女儿四岁时过世），但至少菲斯娜和路萨年纪相当，而茵娜温只是个丫头片子！话说回来，这年轻的金发女人其实心肠挺好，但不怎么聪明。成为国王的第三任妻子并不是茵娜温的错。

"格威辛！"路萨微微起身，拍掉沾在黄袍上的碎屑，"今天天晴了，不觉得我们运气不错吗？"国王朝窗户摊开手掌，活像个刚学会新把戏的孩子，"我们现在正需要一点运气，嗯？也许这能帮助我们安抚爱克兰来的客人。"他做了个鬼脸，灵活机敏的面容带着疑问的神情。他的大鼻子在年轻时就被打断，眉毛在弯曲的鼻梁上拧成一团，"让他们和蔼点。你觉得呢？"

"不，我不这么想，父亲。"格威辛说着，走上前去。国王则又坐回鹿角椅。"另外，如果我可以这么说的话，希望今天您给他们的答复，会让他们离开时的心情更加恶劣。"他赶开一个琴师，拉过凳子，挨着台座坐在国王脚边，"昨晚，哥斯伍的士兵挑衅老克罗翰。我费了好大功夫，才劝住克罗翰，没冲那混蛋背后放一箭。"

路萨露出几分担忧的神情，但又马上消失、隐藏在微笑的面具背后。梅格雯对这张面具再熟悉不过了。

啊，父亲啊，她想，就算是你，也被神堂四周乱吠的生物搅得心烦意乱，连音乐都听不下去了吧。她静静地走过去，坐在格威辛身旁的台座上。

"好吧。"国王哀伤地笑了，"当然了，埃利加国王本应更慎重地选择外交官。不过还有一个小时，他们就要离开了。和平又将降临赫尼塞哈。"路萨打了个响指，一个小侍从赶忙上前把他的粥拿下去。茵娜温苛责地看着那只碗。

"你瞧。"她的话语带着责备，"又没吃完。我该拿你父亲怎么办呢？"她在后面补了一句，这一次，目光正对梅格雯，怜爱地微笑，好像梅格雯也该跟她站在同一阵线，劝服路萨把食物吃完。

梅格雯茫然失措，不知该如何应对比自己还小一岁的母亲，只好赶紧另起一个话题。"阿岗死了，父王。我们最好的一头，也是这个月的第十头。还有不少也掉了膘。"

国王皱起眉头："这该死的天气。要是埃利加可以保障我们头顶的春日，无论他要多少税我都给。"他垂下手，想拍拍梅格雯，却没够着，"我们能做的，只有在仓房里堆满灯芯草，以期把寒冷挡在屋外。要是连这都失败，我们就只能倚靠布雷赫与密尔汉的圣手搭救了。"

又传来一声矛与盾的敲击声，接着传令官出现了，他的双手手指紧张地交叉在一起。

"陛下。"他大声说，"乌坦邑侯爵求见。"

路萨微笑："我们的客人出发前过来道别了。当然可以！快把哥斯伍侯爵请进来。"

他们的客人已经越过老佣人进来了，身后还跟着几个身穿铠甲但没拿武器的士兵。

距离台座五步左右，哥斯伍慢慢地单膝跪下："陛下……哦，王子殿下也在，真是荣幸。"他的语气里听不出嘲弄的意味，但那对绿眼睛里却冒着咄咄逼人的火焰，"还有梅格雯公主。"—— 一丝微笑 ——"赫尼塞哈的玫瑰。"

梅格雯努力保持镇静："大人，一直以来，只有一人能被称为赫尼塞哈玫瑰。"她说，"而她正是您国王埃利加的母亲，我很惊讶您居然忘了这一点。"

哥斯伍沉着脸，点点头："当然没忘，小姐，我只是在寻找赞美之词，但有一点，你刚刚叫埃利加为我的国王。他掌握着至高权柄，难道不也是你的王吗？"

格威辛坐在凳子上转过身，看着父亲会作何反应，剑鞘随着他的动作，在木制的台座上拖曳。

"好啦，好啦。"路萨慢慢地摆摆手，好像浸没在深水里似的，"我们已经讨论过这些问题了，我实在不觉得有再提起的必要。我承认我的家族欠了约翰王一笔债，且一直都心存感激，不管是和平还是战争。"

"没错。"乌坦邑侯爵站了起来，拍打着膝盖，"那么，您的家族欠埃利加国王的债呢？他已经表现得相当宽容了……"

茵娜温站起来，之前一直拿在手里缝制的长袍滑到地上。"请原谅。"她呼吸急促地说，把衣服捡起来，"我必须先去处理些内务。"国王挥挥手表示允许，她迅速但小心地穿过佣人，像只敏捷的母鹿，溜出半敞的殿门。

路萨轻叹一口气。梅格雯看着父亲爬满皱纹的脸，每次见到这些代表年龄的纹理，都让她惊讶。

他很累，而茵娜温很害怕，梅格雯想。那我自己呢？愤怒？我不确定——应该是精疲力竭，真的非常疲惫。

国王盯着埃利加的使者，房间似乎变暗了些。梅格雯担心是云层遮住了太阳，冬天又将来临。但她马上觉察到，那只是自己因恐惧而产生的错觉，因为她突然意识和父亲想象的和平相比，实际情况其实并不明朗。

"哥斯伍。"国王开口说，声音听来十分沉重，"别以为今天能激怒我……但同样别以为你能恐吓我。国王对困境中的赫尼斯第没有半点宽容。我们经过了可怕的干旱，而曾经由我们千万遍赞颂诸神而送来的雨水，现在却成了诅咒。埃利加拿什么惩罚来威胁我？又有什么惩罚能比我的人民惊慌失措、牛群饥肠辘辘更可怕？我付不出更高的税金。"

乌坦邑侯爵静静站了片刻，刻板的脸庞渐渐僵硬。梅格雯看在眼里，心里隐隐不安，因为她觉得，对方的表情似乎很愉悦。

"没有更严厉的惩罚？"侯爵反问道，慢慢咀嚼每一个字眼，好像嘴里的这些话让他乐在其中似的。"不付更高的税金？"他将一口夕萃汁吐在国王的王座前。路萨的几名卫兵见状，惊恐地叫了起来。琴师本来在角落里静静弹奏，只听一声刺耳的响声，乐器摔碎在地。

"畜生！"格威辛跳了起来，凳子也翻倒在地。短短一瞬间，他已拔剑出鞘，剑锋抵住哥斯伍的喉咙。侯爵盯着他，下巴微微地向后缩了缩。

"格威辛！"路萨吼道，"收起来，该死的，把剑收起来！"

哥斯伍的嘴唇弯出笑容："让他来。动手啊，狗崽子，把手无寸铁的至高王之手杀了！"

门边一阵叮当作响，他的手下在片刻的惊讶后，开始往前移动。哥斯伍抬起手。"不！哪怕这只狗崽子割断我的喉咙，也不准你们反击！你们回爱克兰。埃利加国王一定……很想听听到底发生了什么。"他的手下满脸困惑，站在原地，就像一个个披着铠甲的稻草人。

"放他走，格威辛。"路萨说，声音里带着冷冷的愤怒。王子涨红了脸，狠狠地瞪着爱克兰人，过了好一会儿，才把剑锋垂下。哥斯伍碰了碰喉咙上的小伤口，淡淡地盯着指尖上的血。梅格雯看到一点猩红，下意识地屏住呼吸，接着发现自己竟然这样反应，又慢慢地把气吐了出去。

"乌坦邑侯爵，你会活下来，亲自把这些告诉埃利加。"国王平静地说，波澜不惊的语气中略带一丝颤抖，"我希望你同样会告诉他，你已经为对贺恩后裔的多番侮辱付出了代价。要不是看在埃利加的使者和国王之手的分上，你已经身首异处了。下去吧。"

哥斯伍转身，眼里喷着怒火，朝手下走去。刚到他们身边，他突然脚跟一旋，隔着宽阔的大殿，面对路萨。"你要记得是你不想提高税金。"他说，"如果有一天，你看到神堂着火，听到你孩子们的哭号，请记得这一点。"他迈着大步，走出门去。

梅格雯双手颤抖不止，弯下腰捡起一片竖琴的碎块，卷曲的琴弦绕在手上。她抬起头，看到她父王和弟弟的模样后，又低头看着掌中的木片。琴弦紧紧缠绕在她苍白的皮肤上。

❀

提阿摩轻轻骂了句乌澜脏话，发愁地看着空空的芦苇笼。这是他设的第三个陷阱，但到现在一只螃蟹都没抓住，放在里头当饵用的鱼头却不见了，半点踪迹都没留下。他瞪着下方浑浊的水，心里突然莫名紧张起来，觉得螃蟹说不定就在面前——正盼着他再投下重新塞入凸眼鱼头的笼子。他甚至可以想象整群螃蟹欢乐地挪到笼底，用螃蟹之神教给他们的小棍子之类的东西，轻而易举地从木栏间又出饵食的景象。

他好奇地想，螃蟹会不会把他当做一个软壳的备餐天使来崇拜，又或者它们像一群饭桶，把他当做一个酒鬼，轻蔑又冷漠地看着他，盘算着能从他的荷包里弄到多少银子？

他很肯定是后一种情况。小心地放进饵后，他轻叹一声，让笼子落进水中，笼绳随之伸展开来。

太阳刚刚滑下地平线，沼泽上方的天际染上了橙色和柿红色。在乌澜沼泽划船，只能由岸边植被的高低来判断位置。提阿摩一边撑着平底船沿水路前行，一边沮丧地想：今天的运气从一开始就很坏，早上他打破了最好的一只碗，要知道，这可是花了两天帮陶工罗皓格抄写家谱才得到的；下午在削笔时又打翻了莓墨，墨水倒在他的手稿上，几乎把整张纸都毁了；现在，除非螃蟹今天过节，决定要挤进他设下的最后那只陷阱笼欢庆一番，否则今天晚上就没什么能吃的东西了。他实在不想再吃根须汤和米饼。

他静静地靠近最后的浮标——一颗芦苇编成的小球，心里默默向沙行者祈祷，希望那些爬来爬去的小东西还在争先恐后地往水底的笼子里挤。其实在经历过一些特殊教育之后，提阿摩已经不再信奉沙行者了，他甚至还在珀都因生活过一年——平常的乌澜人连那地方的名字都没听过。不过他还是挺喜欢沙行者的，就像喜欢一位老人，虽然他上了年纪，总给家里添麻烦，但毕竟也给自己带来了坚果和玩具。再说祈祷一下又不会少块肉，即使祈祷者并不相信被祈祷的对象。这还有助于整理头绪，更不用说还能给其他人留下好印象了。

陷阱被缓缓拉上水面，有那么一会儿，提阿摩的心脏在单薄的棕色胸膛里加速跳动，几乎要压过胃里发出的期待的咕噜声。但手里沉甸甸的感觉没能持续多久，也许因为缠到笼子上的根须又沉下去了吧，笼子一下就被拉了起来，在阴沉的水面上漂浮。里面有东西在动。他把笼子拖上来，对着耀眼的暮光眯眼看去。只见一对小小的眼睛在触角上回瞪着他，那只螃蟹小到可以被他整个儿握在掌心里。

提阿摩哼了一声。他能想象出这里发生了什么：那些年长的、吵吵闹闹的螃蟹哥哥们怂恿最小的弟弟爬进陷阱试胆，结果小家伙被卡在笼子里不停地哭泣，冷酷的哥哥们却只在旁边挥舞着钳子嘲笑他。接着提阿摩巨大的影子降临了，笼子突然被提了上去，螃蟹哥哥们羞愧地看着彼此，想着该怎么跟妈妈解释小弟失踪的消息。

提阿摩想，自己的肚子空空荡荡，如果这就是今天全部收获的话……它是很小，但可以用来熬汤。他又朝里面瞄了一眼，接着把笼子翻了个身，摇晃着，将俘虏倒在手掌上。为什么要让自己失望呢？这是在沙洲上讨生活的日子，螃蟹的家事跟他无关。

松开手，小螃蟹扑通一声落回水里，他甚至没重新安设陷阱。

他从停泊的小船爬上长长的梯子，回到搭在榕树上的小屋。提阿摩发誓，汤和米饼一定能吃饱，更提醒自己说，贪食是有害的、是灵魂和真实世界间横亘的障碍。他将梯子拉起来，收在阳台上，又想到了育人者，她连喝汤的碗都没有，却靠着石头、泥土和沼泽水生存下来，那些东西最后在她肚子里混合在一起，让她产下一窝黏土人，成了人类的鼻祖。

这样一想，根须汤其实挺不错的，不是吗？再说，反正他还有一大堆活儿要干——收拾或重写一份弄脏的手稿，这是其中之一。在自己族人看来，他仅仅是个怪人，但在世界的某个地方，会有人读到他修订的《乌澜医者行之有效的疗法》，继而发现沼泽里也有真才实学的人。不过，啊！一只螃蟹灵巧地爬过——要是有它和一壶啤酒就好了。

提阿摩在水缸里洗手，缸里的水是他离开前预留好的。这里有一大堆他着魔似的收集来的磨光的书写板，旁边还放着水罐，连坐下的位置都没有，只能半蹲着。这时屋顶传来刮擦声。他一边在围裙上擦干手，一边仔细听着。声音又响了起来：是干燥的沙沙声，像一支破笔擦过茅草屋顶。

顷刻间，他闪出窗户，双手交替上了斜屋顶，抓着榕树上一条弯曲的长树枝，爬到位于小屋尖顶上、像被妈妈扛在背上的婴儿房般的小木屋旁，把头探进敞开的小门。

果然，它就在那里——一只灰色的麻雀，正在轻快地啄食散落的种子。提阿摩伸出手，轻柔地抓起它，尽可能小心地爬下屋顶，又从窗户滑回屋里。

屋梁上挂着一个螃蟹笼，正是预备应对现在这种情况的。他将麻雀放进笼子，迅速生起火。当火舌在石制壁炉里跳动时，他又将鸟儿从笼子里捧出。烟雾打着转儿，向天花板上的洞飘去，他的眼睛被熏得一阵刺痛。

这只麻雀的尾巴掉了一两根羽毛，身侧一只翅膀略微朝外翻，看起来从爱克兰到这里的路途并不顺利。他能确定它是从爱克兰来的，因为他总共就养过这么一只麻雀。除它以外，其余的全是沼泽鸽。莫吉纳为了某种理由坚持非用麻雀不可——真是个有趣的老人。

他先将一罐水放在火上，尽力调整一下它那只不太灵活的银灰色翅膀，接着放下更多种子和一片盛满水的弧形木头。他本打算等到吃完饭再读消息，想尽可能多享受一会儿远方的消息带来的愉悦。但像今天这样的日子，实在让人没法耐心等待。他拿起一只臼，拌匀米粉，再加点辣椒和水，接着把那团混合物倒出来，揉成饼状，放在火石上烘烤。

绑在麻雀腿上的羊皮纸边缘很是粗糙，字迹也很模糊，似乎经历了长久的风吹雨淋。不过他已经习惯了，因此很快就辨认出纸上的内容。他看到标明日期的符号，不由吃了一惊——银雀竟花了将近一个月才回到乌澜。内容更为惊人，却不是他期待的那一种。

胃里不再感到饥饿，取而代之的，是种冰冷的沉重。他走到窗边，目光穿过缠绕在一起的榕树树枝，看着远在天边的闪烁星辰。就这样盯着北方的天空，一时之间，甚至感到冷风呼啸而来，将寒意像锥子一般刺进乌澜温暖的空气。他在窗前站了很久，直到闻到晚餐烧燃的味道。

❖

艾欧莱尔伯爵靠在堆满软垫的椅背上，仰望高高的天花板。那里画满宗教图案，像苦痛中的乌瑟斯治愈洗衣妇，克莱西斯皇帝杀害撒翠之类。图案似乎有些褪色，不少画面还积了灰尘，就像蒙着一层面纱。尽管这只是塞斯兰·安东尼斯的一间小接待室，但眼前的景象着实令人惊叹。

重达万钧的砂岩、大理石还有金子，艾欧莱尔想，就为打造这样一座建筑物，纪念一件没人见过的东西。

不由自主地，一阵乡愁涌上心头，从上周开始，他就时不时会有这样的感觉。他还不能回到穆拉泽地那简陋的大厅，不能待在侄子和侄女们中间，不能走进他的子民和神祇的矮房子，也不能回到赫尼塞哈的神堂——他的心底总藏着对那里的挂念。和心中所想相反，他现在却只能待在这里，身边围绕着从纳班四处开采来的石头！不过，战争的气息弥漫在风中，自己的国王此时要求帮忙，他也没法不管，但心里确实已厌倦了四处奔波的日子。要是能让马蹄再次踏上赫尼斯第的青草地，那感觉一定很美好。

"艾欧莱尔伯爵！请您原谅我，让您等了这么久。"笛尼梵神父，教宗年轻的文书远远站在门口，在黑袍上擦着双手，"从早上一直忙到现在，还好没到中午。"他大笑起来，"当然，这是个糟糕的借口。请到我的屋里来！"

艾欧莱尔跟着他离开接待室，靴子安静地踩在厚厚的旧地毯上。

"这儿。"笛尼梵说着咧嘴笑了，在炉火前暖和双手，"觉得好点了吗？说起来很不好意思，但我们确实无法让上帝最宏伟的建筑保持温暖。天花板太高了，加上今春又那么冷！"

伯爵微笑："实话说，我几乎没注意到这一点。在赫尼斯第，除非最冷的严冬，平日里我们都是敞着窗户睡觉。习惯了在户外生活嘛。"

笛尼梵抬了抬眉毛："我们纳班人则是柔弱的南方人，嗯？"

"我可没那么说！"艾欧莱尔大笑起来，"我只敢肯定南方人一点，就是你们都能说会道。"

笛尼梵在一张硬背椅上坐下："啊，不过神圣的教宗——本来是爱克兰人，众所周知。他是个睿智又狡猾的人，有本事把我们所有人都说得心服口服。"

"我知道。我要说的事也和他有关，神父。"

"请叫我笛尼梵。啊，这是作为一名伟人的文书的必然命运——人们接近他是因为他的职务，而不是因为他本人。"他露出个假装难过的表情。

艾欧莱尔再一次发现自己相当欣赏这个牧师。"你注定要遭此厄运，笛尼梵。现在，请听我说。你应该知道为什么我的领主派我来这里吧？"

"除非是石头才会不知道。这些日子，传播流言蜚语的舌头鼓动得飞快，就像狗摇尾巴。你的国王还向李奥巴迪示意，希望他们之间能达成某种共识。"

"确实如此。"艾欧莱尔离开炉火，拉过一张椅子坐在笛尼梵旁边，"我们之间有种微妙的平衡——我的路萨、你的拉纳辛教宗、至高王埃利加、李奥巴迪公爵……"

"包括约书亚王子，如果他还活着的话。"笛尼梵说，表情很是担忧，"是的，微妙的平衡。你应该明白，教宗不会做出任何导致失衡的举动。"

艾欧莱尔缓缓点头："我知道。"

"那你为什么还来找我呢？"笛尼梵爽快地问道。

"我也不那么肯定，只能说，似乎有什么阴谋正在暗地里进行，这类事并不少，但我的恐惧比以往要强烈得多。你也许会觉得我是个疯子，但我预感到这个时代正走向终结，而紧跟的那个时代会带来什么？这才是我害怕的。"

教宗的文书凝视着他。过了一会，那张脸变得老成起来，仿佛回想起很久以前埋藏在心里的悲伤往事。

"我只能说我跟你同样忧心忡忡，艾欧莱尔伯爵。"他最后说，"但我不能代表教宗的意思，除了之前说过的——他是个睿智又狡猾的人。"他轻抚胸前的圣树，"但是，为了让你心里好过点儿，我可以告诉你：李奥巴迪还没下定决心要支援哪一方。虽然至高王一会儿甜言蜜语，一会儿威逼恫吓，但李奥巴迪还是不置可否。"

"好吧，这是个好消息。"艾欧莱尔露出警惕的笑容，"今早我去见公爵时，他的态度很冷淡，好像怕被人看到和我密切交谈。"

"他有很多事情要权衡，我那位大人也是。"笛尼梵回答说，"不过你要知道一点——这可是个天大的秘密——就在今天早晨，我带德瓦撒勒男爵见过拉纳辛教宗。男爵即将作为使者出行。他此行对李奥巴迪和那位大人都有深远的意义，会在纳班究竟往哪方靠拢这个问题上起到重大作用。我的话只能说到这儿了，但愿对你有帮助。"

"不止一点。"艾欧莱尔说，"笛尼梵，感谢你对我的信任。"

塞斯兰·安东尼斯的某处传来一声钟鸣，低沉又缓慢。

"珂莱瓦钟响表示中午到了。"笛尼梵神父说，"来吧，我们找点东西吃，再加上一壶啤酒，谈谈愉快的事吧。"一丝笑容拂过脸庞，他的模样又显得年轻起来，"你知道我曾去过赫尼斯第吗？艾欧莱尔，你的国家很美丽。"

"不过，还是缺少点石制建筑。"伯爵拍打着笛尼梵屋内的墙壁，回答说。

"那一点嘛，正是赫尼斯第之所以美丽的原因之一。"牧师笑了起来，领他出门。

❋

老人的胡子又白又长，长到走路时可以塞进腰带。另外，他今天早上终于把连续干了好几天的活儿做完了。现在，他不但头发和胡子一样白，连风衣和绑腿都用上了厚厚的白狼皮。猛兽的皮被小心地剥下，两条前腿交叉在他胸前，没有下颌的脑袋则钉在一顶铁盔上，垂落到眉前。狼皮空荡荡的眼窝里安上了红水晶，狼眼下则是老人自己那对勇猛的蓝眼。铎尔漱汶湖和山脉间，覆盖着皑皑白雪的森林里，他很自然地融入了进去。

树梢上，风的悲鸣声更响了，雪从高高的松树枝滑落到蜷缩在树下的人身上。他不耐烦地抖抖身子，就像动物一样，周身甩出一圈白雾。水雾暂时阻断了微弱的阳光，形成一道小小的彩虹。风继续唱着哀恻的歌，一身白的老人朝身侧伸出手，抓住某样一眼看去还是一团白的东西——一块被雪覆盖的石头或者树桩。他用手抚去它顶部和两旁粉末般的白雪，接着掀起盖着的布，露出刚够往里瞟的一道口子。

他轻轻地对掀开的口子说了些什么，等待，接着皱起眉头，也不知是由于恼怒还是困惑。他把那东西又原样摆好，站起来，解开系在腰间的漂白鹿皮带的搭扣，拉下盖在饱经风霜的瘦脸上的兜帽，然后脱掉狼皮大衣。底下的无袖衫和大衣同色，他结实的手臂上的皮肤也十分苍白，从右手腕一直到皮制臂铠之间画着一颗蛇头，鲜艳的蓝色、黑色和血红色的染料直接绘在皮肤上。蛇身绕着老人的右手臂，呈整齐的螺旋形，消失在肩膀的衣服底下，又蜿蜒盘至左臂，带花纹的尾端一直往下延伸到手腕。刺眼的色彩在阴暗的冬天森林、在那人白色的衣服和皮肤的映衬下显得格外出挑。从旁边看过来，乍一眼还以为是条飞在空中的毒蛇，在冰冻大地上方约两腕尺左右，被对半切开，痛苦地垂死挣扎着。

老人全然不顾手臂起了一层鸡皮疙瘩，将外衣丢在行囊上，胡乱盖住，接着拉出短衫口袋里的一个皮囊，从里面挤出一些黄色的油，迅速抹在自己裸露的皮肤上。那条蛇现在看起来油光发亮，就像刚从某个潮湿的南方森林来到此地。任务完成，他又蜷缩起来，等待着。他觉得饿了，但昨夜已经吃完了最后一点口粮。不过，反正也不重要，因为用不了多久，他等待的那些人就会到来，到时就有食物吃了。

亚拿嘉下巴收紧，钴蓝色的眼睛在结冻的眉毛下，像一团静静燃烧的火焰，盯着南边的路。他是个很老很老的人了，时间和环境的洗礼让他的身体依旧精干强健。某种程度上，他期待战争能快点打响，死亡将会召唤他，带他进入黑暗静谧的殿堂中去。他只想完成眼前的任务，递交火炬，这样，其他人也许还能在即将降临的黑暗中使用。然后，他就可以让生命和身体一起简单地消逝，就像把雪花从赤裸的双肩抖掉一样。

想到正在人生之路终点等待的肃穆殿堂，他又回忆起自己心爱的棠戈寨。两星期前他离开了那里。九十年来，他大部分时间都在小镇上度过。记得最后一天，他站在门阶上，小镇死气沉沉，彷如圣地休尔海姆——待他离开这个世界，那圣地将是他的长眠之处。几个月前，棠戈寨的其他人都已全部逃走，只有亚拿嘉留在席米幕山上，一个叫月门的村子里，然而风暴之矛的阴影依然笼罩在那里。天冷得可怕，连棠戈寨的瑞摩加人都说从没遇到过这种情况，夜里的风啸声也不同往日，听着像咆哮又夹杂着哭泣的可怕声音。到了早晨，男人们失去理智、不住狂笑，而他们的家人则死在一旁。

弥漫在山间和镇子小路上的冰雾越来越浓，浓得仿佛羊毛一般时，就只剩亚拿嘉还留在他的小屋里。棠戈寨一座座斜屋顶就像鬼魂战士的船只，飘浮在云里。除了亚拿嘉以外，没有人看到风暴之矛上隐约闪烁着的光芒越来越亮，也没有人听到和着雷声一起奏响的无数刺耳的乐曲，在瑞摩加最北面的山脉和峡谷间回荡。

现在，即使他也离开了棠戈寨，待在缓缓蔓延的黑暗与寒冷之中——他知道自己大限将至，那些特殊的天兆与启示已经明明白白地把这个消息传达出来。亚拿嘉知道，不管将来发生什么，自己都再也不能看到木屋上的太阳，听不到流过门前的山涧、流向格兰图瓦克时的叮咚歌声。他也永远不能在晴朗的春夜，站在门廊上看着天上的光芒了——自他孩提就有的那片闪耀的极光，而不是如今在风暴之矛黑暗表面的忽明忽暗的惨白闪光。如今，那样的美好事物已经不再。他前头的道路是一片平原，然而其中鲜有乐趣。

现在各种各样的事情还是未知数。那个有本黑书还有三把剑的梦境困扰着他。两星期来，它一直出现，他却不明白其中隐藏的意义。

这时，一道移动的模糊影子沿零星点缀着林木的巍轮山而来。他的思绪被打断，眯起眼看了一会，接着慢慢地点着头，站了起来。

他把外衣重新穿上时，风向改了。不一会儿，北面响起滚动的闷雷声，接着又一声，像是一头刚从睡梦中苏醒的巨兽发出的低沉吼叫。在它脚边，反方向，轻柔的马蹄声也越来越响，堪比雷鸣。

亚拿嘉拿起鸟笼，走上前去迎接那些骑手。四周的声响融为一体——从北面传来的雷声，从南面来的骑手们发出的含混喧闹声。隆隆回声在白色的森林里冷冰冰地回荡，就像一面用寒冰制成的大鼓敲出的乐章。

猎人与猎物

❊

　　耳里灌满河水空洞的吼声，一次心跳的瞬间，西蒙只觉河水才是唯一移动的——而对岸的弓箭手、玛雅、他自己，其余的一切都随那支箭在宾拿比克背上颤动，冻在原地动弹不得。这时，又一支箭飞过脸色苍白的女孩，哗啦一声，击碎一片闪光的破石檐，世界又恢复了狂乱的节奏。

　　对岸弓手箭如雨下，西蒙在半梦半醒之间，三步赶回到女孩和矮怪身边。他弯腰查看，脑子里有个部分却完全不在状态，竟注意到玛雅男式紧身裤的膝盖破了个洞。一支箭从他手臂底下穿过，刺破他的上衣。刚开始他以为箭没射中自己，但没过多久，就感到肋骨旁一阵疼痛。

　　更多箭矢飞过，落在他们面前的地砖上又反弹起来，像在湖面跳跃的小石子。西蒙赶紧蹲下，抱起不声不响的矮怪，感觉到那支可怕的、坚硬的箭矢在指尖颤动。他转过去，把自己的身体挡在小个子和弓手之间，站了起来——宾拿比克看起来苍白得可怕！他已经死了，他一定死了！肋骨上的伤再次灼痛起来，他蹒跚着，挣扎往前，玛雅抓着他的手臂。

　　"洛肯之血啊！"黑衣人尹艮厉声骂道，怒吼远远传进西蒙耳里，像是轻声抱怨，"你们会杀死他们的，蠢货！我说了要留活口！荷费斯男爵在哪儿?！"

　　坎忒喀也赶来和他们会合，玛雅一面挥手示意大狼快走，一面和西蒙一起挣扎着爬上台阶，往大稚照的方向跑去。最后一发箭轻飘飘地落在他们身后的台阶上，气流又恢复了平静。

"荷费斯在此，瑞摩加人！"那群身穿盔甲的人中间，一个声音嚷了起来。

西蒙从阶梯顶部往回看，他的心一下子沉了下去。

一打排成列的士兵越过尹艮和他的弓手们，往牡鹿门冲了过来。西蒙一行人就是穿过那道门上的岸。男爵骑着红马，跟在他们后面，手里长矛高举过头顶。即使是步兵的追击，他们也逃不了多久——而骑在马上的男爵只要转眼就能赶上他们。

"西蒙！跑啊！"玛雅拉着他的手臂，拽着他跟跟跄跄地向前，"我们得藏到城里去！"但西蒙知道已经无路可走了。他们逃到隐蔽物附近的时间，足够那些士兵们赶上来。

"荷费斯！"他们身后传来尹艮·杰戈的呼喊，声音越过川流不息的河水，听起来又轻又平淡，"你不能上去！别傻了，爱克兰人，你的马……！"

其他话语消失在水声里，而荷费斯即使听到了，也没当回事。不一会儿，他的士兵们踩在桥面上的脚步声，便和马踏在石头上的蹄声混合在一起。

身后追赶而来的声音越来越响，西蒙的靴尖被一片翘起的地砖绊了一下，身子往前摔去。

从背后刺来的长矛……他倒下时脑子里想着：怎么会变成这样？接着便肩膀着地摔倒了，剧痛。他就势翻滚过去，护住矮怪人事不省的身体。

他仰面躺着，目光穿过黑乎乎的圆树冠，看着枝叶缝隙间透出来的闪烁天空，胸口上躺着宾拿比克不算轻的身体。玛雅拉着他的衣服，试图把他拽起来。他想告诉她，现在都不重要了，也用不着再挣扎，却还是用手肘撑着坐了起来，另一只手稳住矮怪的身子。这时，他看到下方的情况有古怪。

在长长的拱桥中间，荷费斯男爵和他的手下们一动不动——不，这样说不够准确，他们在原地摇晃。全副武装的士兵们抓着低矮的桥栏。男爵跨在马上，虽然从这里辨不清他的五官，但他的姿势就像是一个从睡梦中惊醒的人。过了一会儿，西蒙搞不懂为什么，只见那匹马退后几步，朝前猛地飞跃起来，其他人也开始奔跑，速度比之前更快。接着，就在他们开始行动后的一瞬间，西蒙耳里只听得一声轰鸣，简直像巨人折断了大树树干来做牙签似的。桥中心松脱了。

在西蒙和玛雅惊诧的注视下，纤细的牡鹿门开始下陷。破碎的石头先从中部大块大块落进下方的河里，激起一片片白色浪花。荷费斯和他的士兵们原本似乎还来得及跑到岸边，但下一个瞬间，桥身的涟漪却像抖动的毯子，石拱整个向中间坍落，连带着一片挥舞的手臂、腿、苍白的脸、挣扎跳跃的马，它们和碎裂的白色玉石一起掉了下去，消失在绿水白波中。片刻后，男爵的马在十几尺外的河面露出头，它尽力伸长脖子，但瞬间又被旋转的水流卷走。

西蒙慢慢抬起头，看着那座桥的基座。只见两道短短的弧线朝奔腾的河水伸去，而尹艮的黑影立在桥基后面，呆看着那些落水的同伙，那对苍白的瞳孔似乎近在咫尺……

"起来！"玛雅大叫，拉着西蒙的头发。他赶紧把目光从尹艮·杰戈身上收回来，像是感觉被截断，或是绷紧的绳子突然断裂。他摇晃着站起来，稳住手中的重担，往共鸣不断的大稚照逃去，躲进高高的阴影中。

跑了一百步左右，西蒙的手臂痛了起来，同时，身侧像有把小刀反复刺入又拔出。前头，大狼跳跃着，在希瑟之城的废墟中为他们带路。西蒙咬紧牙关，努力跟上女孩的步伐，感觉就像穿越一个长着树和冰柱的山洞，也像走过一片明暗交接、长满腐败苔藓的森林。目所能及皆是残垣断壁，无数蜘蛛网缠绕在破碎而美丽的石拱上。西蒙只觉自己被一只大得不可思议的食人魔吞下了肚，结果发现它的内脏竟全是由石英、翡翠和珍珠母构成。身后河流的声音渐渐柔和，而他们刺耳的喘息和双脚不断刮擦地砖的声音则变得响亮。

终于，他们跑到城市的边缘——铁杉、香柏、塔一样高的松树等密密匝匝地长在一起；脚下本来到处都是地砖，现在却只剩一条窄路在林中大树脚下蜿蜒盘旋。视野周围已经暗了起来，西蒙停下脚步，只觉得天旋地转，迈不开步子。玛雅拉起他的手，领着他跌跌撞撞地往前，走到一口爬满藤蔓的大石井旁。这时，西蒙的视力慢慢恢复正常，又能看清东西了。

他轻轻把宾拿比克放下，靠着玛雅之前背的行囊，用一卷粗布支撑住小个子的身侧，然后靠在井边，往肺里吸气。他的身子还在一跳一跳地抽痛。

玛雅蹲坐在宾拿比克身旁，推开用鼻子蹭主人的坎试喀。大狼往后退了一步，发出困惑的呜咽声，然后把脑袋搁在爪子上躺下。西蒙觉得热泪涌上眼眶。

"他没死。"

西蒙盯着玛雅，又看向宾拿比克没有血色的脸。"什么？"他问，"什么意思？"

"他没死。"她头也不抬地回答。西蒙跪坐下来，她是对的——矮怪的胸膛还在细微地起伏着，嘴角冒出的一颗血泡也在微微跳动。

"乌瑟斯·安东啊。"西蒙用手抹了抹湿淋淋的额头，"我们得把箭弄出来。"

玛雅用尖锐的眼神看着他："你疯了吗？如果我们把箭拔出来，他真的会死啊！他就真的没有机会了！"

"不。"西蒙摇摇头，"医师告诉我的，我确信他是这么说的。但不管怎样，我不知道能不能把箭弄出来。帮我脱掉他的衣服。"

他们小心翼翼地检查一会儿那件外套，却发现在不碰到箭的情况下，是不可能把衣服脱掉的。西蒙骂着，想找工具把外套弄开，某种尖利的东西。他拉着束口的带子，把抢救出来的行囊拖到身边，在里面翻找。即使满心悲伤与痛苦，他仍很欣慰地看到，那支白翎箭还好好地裹在破布里。他把箭拿出来，拆开包在外面的布条。

"你在干什么？"玛雅质问，"我们中的箭还不够多吗？"

"我需要尖利的东西划开衣服。"他嘟囔道，"真可惜，我们把宾拿比克的半支手杖给丢了……那半支里面有把小刀。"

"你就忙着找这个？"玛雅把手伸进自己的衣服，拉出挂在脖子上的一把裹皮套的小刀，"葛萝伊说我应该带着它。"她一边解释，一边抽出小刀递过去，"不太适合对付弓手。"

"弓手也不太适合对抗一座坍塌的桥。感谢上帝。"西蒙动手割开光滑油亮的兽皮。

"你觉得事情就这么简单？"过了一会儿，玛雅问。

"什么意思？"西蒙喘着气反问。这样割挺困难的，但又不得不从衣服底部往上经过箭孔。底下露出一片凝固的黏稠血液。他将刀锋朝衣领划去。

"那座桥就这样……塌了。"玛雅抬起头，看着光线经过缠绕成一片的绿色，渗透下来。"也许因为在城市里发生那样的事，希瑟生气了。"

"呸。"西蒙咬着牙，割开最后一点兽皮，"还活着的希瑟已经不住这里了，而且，要是希瑟不会死，像医师告诉我的那样，也就没有鬼魂能使桥塌下来。"他朝两边摊开割裂的外套，脸上不由自主抽搐了一下。

矮怪背上满是干涸的血块。"你听到那个瑞摩加人朝荷费斯叫了：他不想让他骑马上桥。我得想一想，闭嘴！"

玛雅举起手，像要打他似的。西蒙抬起头，四目相对。这也是第一次，他清清楚楚地看到，女孩哭过的脸。"我把小刀都给了你！"
她说。

西蒙摇摇头，有些迷惑。"也许只是……只是那个魔鬼尹艮知道
其他的地方可以过河。他手下至少有两个弓箭手，另外，不知究竟还
有多少猎狗……还有……还有这小个子是我的朋友。"他转回去看着
血泊中的矮怪。

玛雅沉默一会儿。"我知道。"她最后说。

那支箭斜刺在他身上，背脊外露出大约一掌长的箭身。西蒙谨慎
地撑起小小的身体，将手滑到宾拿比克手臂下，手指很快摸到尖锐的
铁箭尖从肋骨处穿出来。

"要命啊！他整个被穿透了！"西蒙疯狂地思索着，"等等……等
等……"

"把箭头卸掉。"玛雅建议说，声音已经平静下来，"然后就可以
把整支箭取出来了——如果你确定这么做的话。"

"没错！"西蒙兴奋地说，脑袋有些晕乎乎的，"没错。"

小刀已经钝得厉害，他花了不少时间，才把箭头从箭身上切下。
总算切断后，玛雅帮着扶住宾拿比克，尽量保持其他东西不会挤压箭
身。接着，静静地向安东默祷几句，他握住箭杆，反向用力把它拔了
出来，顿时，鲜血泉涌而出。他看了一眼那可憎的东西，扔掉。坎忒
喀抬起大脑袋，看着它划过空中，低吼一声又卧倒了。

他们用包着白翎箭的破布和那件破外衣为宾拿比克包扎好，接着
西蒙抱起呼吸微弱的矮怪，轻轻安抚他。

"葛萝伊说过要爬上长阶。不知道在哪里，不过我们最好继续往
山上爬。"他说。玛雅点点头。

当他们离开这口盖满藤蔓的井时，阳光从树梢照射下来，已经快
到中午了。他们迅速穿过荒城的边缘地带，不到一个小时，便迈着疲

倦的双腿，走上一片往高处延伸的斜坡。矮怪又一次成了艰难的重担。碍于自尊心，西蒙什么都没说，但他已经汗如雨下，后背及手臂也和受伤的身侧一样痛得厉害。玛雅建议他在包裹上抠两个洞，让宾拿比克把腿从两边伸出来，就可以背在背上了。考虑了一会，西蒙还是放弃了这个主意。一方面，这一来，失去意识而不能动弹的矮怪会遭受更多颠簸。另一方面，他们将不得不丢下一些包里的东西，但那大多都是食物。

平缓的地面渐渐陡峭，遍布莎草、刺蓟等灌木丛。西蒙终于向玛雅挥挥手，示意休息一会儿。他将小个子放下，站了一会儿，手撑在腰上，身子随着大口大口地喘气而起伏着。

"我们……我们必须……我必须……休息……"他一边喘一边说，玛雅同情地看着他涨红的脸。

"你不可能把他一路抱上山顶的，西蒙。"她用温和的语气说，"上面的山坡看起来更加危险。你得手脚并用才爬得上去。"

"他是……我的朋友。"西蒙固执地说，"我可以……爬上去的。"

"不，你上不去的。"玛雅摇头，"如果我们不用那个行囊背他，那就必须……"她的肩膀无力地垂下来，身子滑坐在石头上，"我不知道我们必须怎么做。不过我们必须想办法。"

西蒙瘫坐在她旁边。坎试喀消失在高处的山坡，敏捷地在山间跳跃，要是换了男孩和女孩，那些地方得花很久才上得去。

突然，西蒙脑袋里有了主意。"坎试喀！"他叫着，站了起来，包裹里的东西散落在草地上，"坎试喀！到这儿来！"

手里拼命忙活，脑子里则盘旋着尹艮·杰戈的阴影，西蒙和玛雅将宾拿比克从脖子到脚包在女孩的斗篷里，然后抬着矮怪，让他面朝下平趴在坎试喀背上，用尽包裹里的布条，把他绑牢。西蒙回想起以前被人带去艾奎纳公爵的营地，回想当时昏迷的自己在马上的姿势，他还将厚厚的毛毯垫在宾拿比克的肋骨和狼背中间，这样小个子可以自由呼吸。西蒙知道对一个受了重伤、也许快死的矮怪来说，这不是个好办法，可他又能怎样呢？玛雅是对的，要爬上山，他只能手脚并用。

坎忒喀刚开始的兴奋劲过去之后，便顺从地一动不动，任由两个孩子忙活，只是偶尔转过头，闻一闻悬在她脑袋旁边的宾拿比克的脸。当他们终于绑好、开始爬坡时，大狼也更谨慎地选择道路，像是理解了自己背上安静的担子有多么需要平稳前进。

赶路的速度终于快了起来，他们翻过石头和树皮一层层剥落的老树桩。太阳像一颗被云层遮盖得模模糊糊的光球，慢慢地落下树梢，往遥远的西边滚去。西蒙双手扒在山石上，灰白交杂的狼尾在他被汗水刺痛的眼前晃动，就像一缕轻烟。西蒙很想知道，黑暗将在哪里找到他们——黑暗中又有什么会找到他们。

山坡险峻难行，西蒙和玛雅身上都挂满来自灌木丛的划伤。他们偶然在山坡上发现一处干净、平整的缝隙，终于满心感激地坐在积灰的地上。坎忒喀似乎不介意继续沿着狭窄、杂草丛生的小径往上继续探险，但她还是在他们旁边坐下来，伸出舌头。西蒙暂时把矮怪放下。小个子的情况并没有改善，呼吸还是微弱不堪。西蒙拿出水囊，往他嘴里滴了点水，接着将水囊交给玛雅。等她喝够了，西蒙拢起手，让她倒点水在里面，再将手送到坎忒喀面前让她喝。最后，他自己才拿起水囊，猛灌了几大口。

"你觉得这里就是长阶吗？"玛雅一边用手梳理自己湿漉漉的黑发，一边问道。西蒙虚弱地微笑起来。真是女孩子才会干的事，在森林中心整理头发！她的脸蛋通红，他看到她的鼻梁上凸显出几粒雀斑。

"看起来更像是兽径之类。"他最后说，将注意力转到沿着山侧而去的小路上，"我想按葛萝伊的说法，长阶应该是希瑟建造的。不过我觉得我们可以沿这条路再走一会儿。"

她并不瘦弱，不是很瘦。他想。应该更像他们平常说的纤细。他又回想起她伸出手，折断挡在面前的树枝的模样，还有那首粗俗的船夫曲。不，"纤细"也不够准确。

"那我们走吧。"玛雅打断他的沉思，"我饿了，但我更不愿意太阳下山之后还待在野外。"她站起来，开始收集地上的布条，准备将宾拿比克再次安放在坐骑上。那头坐骑此时则趁最后一点轻松自由的时间，抓耳挠腮。

"我挺喜欢你的，玛雅。"西蒙脱口而出，说完立刻想转身逃走，去干点什么别的事。然而，他还是勇敢地待在原地。片刻后，女孩抬头看着他，面带微笑——她居然一副难堪又尴尬的模样！

"我很高兴。"她只说了这么一句，便往兽径上走了几步，空出位置，方便西蒙把宾拿比克绑好。西蒙的手突然笨拙起来，当他终于把最后一圈布条绕在极其耐心的大狼身上，又在狼肚皮上系好结时，一抬头看到矮怪血色全无的脸，那张像死了一般松弛又安静的脸——心里不由对自己发起火来。

你个蠢驴！他恶狠狠地想。你最亲密的朋友快要死了，你自己也不知身在何处，身后全副武装的追兵，说不定还有更可怕的东西撵上来——你却站在这里跟一个瘦不拉叽的女仆闲聊！白痴！

他赶上玛雅时，什么话都没说，但脸上的表情一定让她看出了什么。她丢给他一个哀伤的眼神，然后他们大步往前，再也没有交谈。

太阳沉到山脊背后，兽径渐渐宽敞起来。再走四分之一里格，便成了一条宽阔平坦的小路。虽然它已经荒废日久，爬满了野生植物，但曾经可能是马车道。其他小径遍布在四周，由齐整的灌木和树隔开。他们走到一个岔路口，发现旁边的小径全都汇拢过来，再前进约莫四百尺，脚下就又踩上古老的石砖。没过多久，长阶到了。

铺着卵石的宽阔路面越过他们曾经走过的小径，来来回回地穿行着，盘上山巅。高高的杂草从灰白色的砖隙间顶出，路面上到处是大树，这些树一边长大，一边把石头托起、推开，每株树干底下都围着一小堆被顶开的石头。

"往这边走就可以到奈格利蒙。"西蒙说，一半是给自己听的。从刚才到现在为止，这段长长的时间里，他还是第一次开口说话。

玛雅本想回答，但山顶上有什么东西从她视野中掠过。她仔细看去，但不管发出闪光的是什么东西，现在已经不见了。

"西蒙，我觉得上面有什么东西在发亮。"她指着山顶说，到那里至少还有整整一里格。

"什么东西？"他问，但她只是耸耸肩，"也许是铠甲，要是这么晚还能反射阳光的话，有可能。"他自言自语地说，"或者是奈格利蒙的城墙，或者，谁知道呢……"他往上看去，眯起眼睛。

"我们不能离开这条路。"他最后说，"至少等我们再往前走一段，天还亮时不能停。要是我们不能把宾拿比克送到奈格利蒙，我永远都不会原谅自己。万一他……万一……"

"我知道，西蒙，可我不觉得今晚能一直走到山顶上去。"玛雅踢着小石子，它滚进地砖旁高高的草丛中。她的脸抽搐一下。"现在我一只脚上起的水泡，比以前起过的所有加起来还多。而且，对宾拿比克来说，整晚在狼背上颠簸肯定不是好事。"她对上他的目光，"前提是，如果他能活下来的话。你已经把能做的全做了，西蒙，这不是你的错。"

"我知道！"西蒙生气地回答，"我们继续走吧。也可以一边走一边说话。"

他们继续艰难前行。没用多久，他就发现，玛雅的话很明智。西蒙自己也伤痕累累、满脚水泡、筋疲力尽，也很想躺下来哀叹——那是另一个西蒙，曾在迷宫般的海霍特过着城堡帮佣生活的西蒙，他会躺下来，坐在一块石头上，吵着要吃晚餐和睡觉休息。现在，他已经变了——还是会痛，但有其他更重要的事要做。然而，把大家都累垮也不是办法。

最后，连坎忒喀的一条腿看起来都使不上力气了。西蒙正打算放弃时，玛雅发现另一道光在山脊上闪烁。这一次绝不可能是阳光的反射——夕阳已经下山了。

"火把！"西蒙呻吟着，"乌瑟斯！为什么是现在，为什么是我们快到的时候？"

"也许这就是原因。那个叫尹艮的怪物肯定先一步赶到了长阶尽头，等着我们。我们一定要离开这条路！"

心脏像石头一样沉重，他们迅速离开长阶路面，走下一条横在山脉间的溪谷。在暗淡的光线中匆匆赶路，还时不时地磕绊着，终于找到一处小空地，宽度还不及西蒙的身高，但旁边有圈小铁杉树形成的栅栏。在钻进高高的灌木丛之前，西蒙最后往那头望了一眼，觉得自己看到另外几支火把，仿佛闪闪发光的眼睛，在山顶上眨弄。

"愿地狱之火烧死这些混蛋！"他不出声地咒骂一句，蜷缩着从坎忒喀背上解下宾拿比克软绵绵的身体。"安东！乌瑟斯·安东啊！真希望我手里有把剑，或一张弓！"

"你确定要放下宾拿比克吗？"玛雅轻声问，"要是我们又得再跑呢？"

"我带着他。另外，我觉得我们不能再跑了。哪怕五十步，我担心自己也跑不动，你还能跑动吗？"

玛雅悲伤地摇摇头。

他们轮流从水囊里喝水，西蒙按摩宾拿比克的手腕脚踝，试着让血液流回矮怪冰冷的四肢。现在，小个子的呼吸声稍微有力些，但西蒙不觉得这会持续太久——他嘴边一片薄薄的血沫被吸进去又吐出来，此外，当西蒙学着莫吉纳医生曾对一个昏倒的女佣做的那样，翻开小个子的眼皮时，发现矮怪的眼白部分变灰了。

玛雅在行囊里找吃的，西蒙抬起坎忒喀的一只爪子，想看看她为什么会一瘸一拐。大狼控制很长一段时间没有晃动，只是露出牙齿冲他咆哮，这已经相当礼貌了。当他想进一步观察时，她终于忍耐到了极限，牙齿在离他探查的手指不到一英寸的地方，重重地空咬一下。西蒙几乎忘了她是头狼，习惯把她当做唐贝斯的猎犬对待。他突然很感谢她只是温和地对自己略施惩戒，于是不再干涉，任由她自己用舌头打理乱糟糟的毛发。

光变暗了，亮晶晶的星星在头顶厚厚的黑幕上闪烁。西蒙嘴里嚼着一块玛雅帮他找到的硬饼干，心想要是有个苹果就好了，或任何有汁液的东西都行。就在这时，一阵微弱的叫声盖过蟋蟀的夜曲，响了起来。西蒙和玛雅对视一眼，接着，为了证实他们的怀疑，又将目光转到坎忒喀那边，虽说他们其实并不真的需要证实这一点。只见大狼朝前方竖起耳朵，警戒地瞪大了眼睛。

不用说，他们就知道远处发出吠声的是什么东西。他们两人对身后的猎犬嗥吠再熟悉不过了。

"怎么办……？"玛雅刚开口问，但没等她说完，西蒙就摇摇头。他心里充满挫败感，狠狠地往旁边的树干上捶了一拳，恍惚地看着血液慢慢流回苍白的关节。再过几分钟，他们就会被黑暗完完全全笼罩住。

"我们什么都做不了。"他嘶声说，"逃跑，也只会为他们提供更多的线索找到我们。"他很想再发泄，破坏些什么。太蠢了，太蠢了，太蠢了，整个血腥的冒险旅程都太蠢了——又能有什么结果？

他怒气冲冲地坐着，玛雅靠近他身旁，抬起他的手臂环在自己肩上。

"我很冷。"她只是这么说。他疲倦地靠着她的头，沮丧和恐惧的泪水涌上眼眶，耳中听着从山腰上方传来的响声。在嘈杂的狗吠声之上，他已能听到叫嚷不休的人声。他愿意付出任何代价弄到一把剑！他确实不太会用剑，但至少在他们拿下自己之前，让敌人尝点苦头。

就在这时，他想到了什么，于是温柔地抬起玛雅倚在自己肩上的头，弯下腰，在行囊底部找到宾拿比克的皮袋。他把皮袋拿出来，用手指在袋里摸索，这么暗，只能靠触觉了。

"你在干什么？"玛雅低声问。

西蒙摸到他想要的东西，将它捏在手里。现在，部分吵闹声已从北面的山腰往他们这里赶来，几乎就在他们藏身的坡地旁。陷阱正在收拢。

"按住坎忒喀。"说完，他起身往前爬了几步，在灌木丛中找到一根比他手臂还长的粗树枝。他拿着树枝回到原地，把宾拿比克那一袋粉末倒在上面，然后小心地把它放在地上。"我在做火把。"他说着，拿出矮怪的火石。

"那样只会把他们引过来吧？"女孩问道，声音里有种超越现实的好奇。

"除非不得已，我不会点火的。"他回答，"但至少我们会有……能对抗他们的东西。"

她的脸被黑暗遮住，但他能感觉到她正看着自己。她知道这样的备战会带来什么结果。但他希望，非常希望她能理解必须做出这种行为的理由。

这时，凶猛的狗叫声已近在咫尺。西蒙可以听到灌木丛被踩倒的声音，还有猎人们响亮的叫嚷声。树枝断裂的噼啪声就在他们头顶上方，迅速自山坡传了过来——对狗而言，这声音实在太响，西蒙想。他的心狂跳着，猛地擦了擦火石。肯定有个人骑在马上。火星落在粉末上，但没点着。灌木丛的爆裂声就像翻滚的马车车厢，一下，又一下。

烧啊，该死的，烧啊！

就在他们藏身处前方，只听什么东西压碎了灌木丛。玛雅紧紧抓住他的手臂，很痛。

"西蒙！"她叫起来。接着，粉末噼啪作响，发出闪光，一朵摇曳的橙色花朵开在了树枝顶端。西蒙跳起来，挥舞着树枝，火焰跳动着。什么东西冲出树丛。是坎忒喀，它挣脱了玛雅，咆哮着。

噩梦啊！举起火炬后，西蒙心里只有这一个念头。火光照耀周围，照亮了站在那里、吃惊地看过来的那个东西。

是巨人。

在瞬间静止的恐惧过后，西蒙的脑子挣扎着弄清了自己眼前到底是什么东西——像塔楼一样高大、在火光中摇摆着身子的怪物。一开始，看着那一身杂乱的白毛，他想也许是熊。但不对，它的腿太长，手臂和黝黑的手掌太像人类。即使弓着腰，那长毛的脑袋还是高出西蒙三腕尺，露出的脸庞也像人类，一对眼睛斜视过来。

到处都是狗吠声，像是魔鬼可怕的合唱。那只怪物伸出长长的、带着爪子的手臂，朝西蒙抓来，一下就把他的肩膀撕得血肉模糊。西蒙向后踉跄几步，火把差点掉在地上。火焰强烈的光芒一瞬间照亮了玛雅，她的眼睛因恐惧而睁得大大的，人则朝宾拿比克软绵绵的身子爬去，想把他拖走。巨人张开嘴，雷鸣起来——只有这个词才能形容它发出的隆隆巨响。它又冲向西蒙。他往旁边一跳，脚下有什么东西被踩碎。那怪物还没来得及转身，喉咙里发出的咆哮就变成了痛苦的怒吼。它身子前倾，半躺在地上。

坎忒喀扑到它长满毛的膝盖上，像一道灰色的影子，接着，往后跑几步，又朝巨人的腿扑了过去。怪兽大吼着，胡乱挥动手臂拍打大狼，第一下被躲开，第二下，宽阔的大手打中了她，坎忒喀踉跄着滚进灌木丛。

巨人转身面对西蒙。他绝望地举起火把，看着它的黑眼睛反射出跳动的光芒。这时，一大片起伏跳跃的身影穿过灌木丛往这边冲来，发出的声音就像千尺高的塔楼上尖啸的风。它们像波涛汹涌的海水般围在巨人身边——满地都是狗，跳跃着、撕咬着那头怪兽，使它狂怒地又发出雷鸣般的吼叫。它像风车一样挥舞手臂，破碎的躯体被打飞出去，其中一具还把西蒙撞倒在地，火把也掉了。但每击退一条狗，又有五条冲过去填补空缺。

西蒙朝火把爬去，脑子里塞满了疯狂又混乱的景象。突然间，周围亮了起来，怪物庞大的身躯在空地周围蹒跚、咆哮。越来越多的人赶到，马在嘶鸣，人在叫喊。一个黑影从西蒙身上跳过，将他的火把踢远。一匹马就停在不远处，骑手站在坐骑上，手中的长矛随着火光忽明忽暗。过了片刻，长矛像冰冷有力的黑色钉子，刺穿包围圈中的巨兽。它最后发出一声震天动地的怒吼，倒在翻滚不休的狗群中。

人们跑过去拉开群狗。骑手下马，火光照亮他的脸，西蒙奋力跪了起来。

"约书亚！"他喊，接着便又倒下。最后映入眼帘的，是黄色的火光中王子瘦削的脸庞，眼睛由于惊讶而睁大。

在断断续续地清醒和昏迷间，时间流逝着。他被安放在一个沉默的人的马上，闻得到皮革和汗水的味道。这人的手臂牢牢环在西蒙身上走上长阶。马蹄嘚嘚，敲击着石板路，他发现自己正无意识地盯着前面摇晃的马尾。到处都是火把。

他想找玛雅，找宾拿比克，找其他任何人……他们都到哪儿去了？

然后，他们似乎进入一条隧道，石墙间回响着怦怦的心跳，不，是马蹄声。隧道仿佛没有尽头。

隐隐约约，前方的石壁上有道大木门。门慢慢开了，火光斜照出来，就像决堤的水流。明亮的入口处似乎有许多人影。

　　然后，他们走下长长的露天坡道，马匹纵向排列，闪闪发光的长队沿着小径蜿蜒而下，看不到头。他们旁边都是裸露的地表，寸草不生，只有些光秃秃的铁块。底部墙上排列着更多火炬，哨兵们抬头注视着从山上下来的队伍。顺着小径一路走去，慢慢地，只见石墙就在前方，齐平了，缓缓升高了，高过他们的头顶。夜空黑得就像被封住的大桶内部，还撒上了盐一样的星星。脑袋上下晃动，西蒙觉得自己快要陷入睡眠——或是黑暗的天空。很难分辨到底是哪一个。

　　奈格利蒙，他想。火光照着他的脸庞，人们在高处的墙上又叫又唱。接着，亮光消失了，黑暗像一大片轻飘飘的乌黑的灰尘，盖在他身上。

第三部

雪卫西蒙

千钉之城

❋

有人正拿斧子破坏大门——劈砍着，木片散落，木门四分五裂。

"医师！"西蒙大叫着，坐了起来，"卫兵！卫兵来了！"

但这里不是莫吉纳的屋子。他身上裹着汗湿的被单，躺在一间整洁房间的小床上。斧刃砍碎木头的声音还在响，没多久，门开了，嘈杂的声音更响了。一张陌生的脸从门边探进来，脸色苍白，长下巴，稀疏的头发闪着红铜色的光，就像太阳底下西蒙自己的头发。这人只露出一只蓝色的眼睛，另一只则被黑色的眼罩盖住。

"啊！"陌生人说，"你醒了。太好了。"口音听起来像爱克兰人，还带着一丝北方的沉重腔调。他关上身后的门，挡住一部分声响。这人细瘦的身子上披了件松松垮垮的牧师式样的长袍。

"我是史坦异神父。"这人坐在西蒙旁边的高背椅上说。房间里除了床和一张放着羊皮纸和其他零碎东西的矮桌，就只有这一件家具。陌生人坐舒服了，靠过来拍拍西蒙的手。

"感觉如何？但愿好点儿了，嗯？"

"是……是的，我觉得好点儿了。"西蒙环视四周，"我在哪里？"

"奈格利蒙，当然，你肯定已经知道了。"史坦异神父微笑，"更准确地说，你在我的房间里……在我的床上。"他抬起一只手，"我希望你觉得舒服。这里简陋了些——不过，天哪，我怎么这么笨！你之前睡在森林里，对不对？"牧师又露出一丝迟疑的微笑，"这里肯定比森林好多了，嗯？"

西蒙将脚伸到冰冷的地板上，看到自己穿着马裤，安心了些，但又发现这不是他自己的裤子。"我的朋友们在哪儿?"黑暗的念头像云一样冒出,"宾拿比克……他死了吗?"

史坦异撅起嘴,好像西蒙说了亵渎的话似的:"死?赞美乌瑟斯,没有——虽然他情况不好,也完全算不上好。"

"我能去看他吗?"西蒙滑下床,想找到自己的靴子,"他在哪里?玛雅怎么样了?"

"玛雅?"牧师看着西蒙在地上找来找去,露出不解的神情,"啊,你的同伴都没事。你会有机会见到她的,我肯定。"

靴子放在桌下。西蒙穿靴子时,史坦异神父伸手,从椅子后面拿出一件干净的白色上衣。

"穿这个吧。"他说,"哎呀,你可真急躁。你想先看看你的朋友,还是先吃点东西?"

西蒙已经系紧衣服上的带子:"先看宾拿比克和玛雅,然后吃东西。"他嘟囔着,直截了当,"还有坎试喀。"

"难啊,现在已经来不及了。"神父的话里带着责备的意味,"在奈格利蒙,我们从不吃狼。我想你把她算在朋友里吧?"

西蒙抬起头,才发现独眼人只是开玩笑而已。

"是的。"西蒙说,突然有些害羞,"是朋友。"

"我们走吧。"牧师站起来说,"他们让我保证你能吃饱,因此你越早把食物装进肚子,我就能越好地完成任务。"他打开门,阳光和喧哗声一起涌了进来。

西蒙在强烈的光线中眨着眼睛,抬起头,看到高大的城墙上有灰色的哨兵身影,巍轮山紫棕色的巨影耸立在天际。一片棱角分明的石质建筑占据了堡垒中心地带,没有半点海霍特那种由于风格和年代的差异而形成的奇特美感。深烟灰色的砂岩块,又小又暗的窗户,沉重的门,一看就知它们是为同一个目的而建造的——防止入侵。

拥挤的大院中间,正好一石开外,有群裸着上身的人正忙着把木材劈开。劈好的柴则放到旁边比他们头顶还高的木料堆中去。

"原来劈砍声是从那儿来的。"看着锋利的斧刃闪着光、又落下，西蒙问，"他们在干什么?"

史坦异神父转身，随着他的目光看过去。"哦，哦。他们在造柴堆。要把宏瘟烧掉——就是那个巨人。"

"巨人?"他很快想起来——那咆哮声，皮革似的脸，长得不可思议的手臂朝自己伸来，"它不是死了吗?"

"哦，没错，差不多死了。"史坦异说着，往主楼走去。西蒙落在后面，又悄悄往那边的木柴堆看了一眼。"你瞧，西蒙，约书亚底下有些人想要大场面。你知道的，把它的头砍掉，挂在门上什么的。王子拒绝了。他说那是个邪恶的东西，不是普通的动物。你知道吗?它们会穿衣服，还会使用棍子，准确地说，会用棍子打人。反正约书亚说，他不会为了好玩把敌人的头挂起来，只说烧了它。"史坦异拉了拉耳朵，"就这样，他们要把它烧掉。"

"今晚吗?"西蒙不得不迈开双腿，才能跟上大步走的牧师。

"只要柴堆完成就烧。约书亚王子不希望它引来过多的注意。我肯定，他同样愿意把它随便埋在山上，但人们想看到它确实死了。"史坦异神父在胸口快速画了个圣树标记。"你瞧，它们从北方远道而来，这个月已经三头了。有一头还杀死了主教的兄弟。一切都太反常了。"

宾拿比克的小房间位于主楼中庭，在礼拜堂外。他看起来很苍白，比西蒙想象的更瘦小，像被人抽掉了身体的一部分。但他的笑容很愉快。

"西蒙吾友。"他小心地坐起来，小小的棕色身躯上缠满绷带，一直包到锁骨。西蒙控制住想把他拉起来、拥抱他的冲动，怕让正在愈合的伤口又裂开，于是坐在小床边，握住宾拿比克温暖的手。

"我还以为你会离开我们。"西蒙有点哽咽。

"确实如此,从那支箭射中我的时候开始。"矮怪悲伤地摇摇头说,"不过还好,没伤到要害。我受到很好的照料,除了移动时还有点痛,几乎都好了。"他转头对牧师说,"今天我在院子里散了会儿步。"

"很好,非常好。"史坦异心不在焉地笑笑,拨弄着用来固定眼罩的线,"好啦,我得走了。你们两个肯定有很多事要谈。"他侧身朝门那边走去,"西蒙,随意使用我的房间。我目前和艾格拉夫弟兄共用一间房。他睡觉时的声音响得吓人,不过是个好人,肯让我住他那儿。"

西蒙谢过他。最后,史坦异祝宾拿比克的身体尽快康复,便离开了。

"他是个非常有头脑的人,西蒙。"宾拿比克听牧师的脚步声在走廊渐渐消失,才开口说,"他管理这座城堡的文书馆。我们之前已经好好谈过一次了。"

"他有点儿怪,不觉得吗?有点……心烦意乱的样子。"

宾拿比克大笑,然后抽搐一下,咳嗽起来。西蒙靠过去,有些不安,但矮怪挥手表示不用帮忙。"等等,就好了。"他说。呼吸平复下来后,他继续说:"西蒙,有些人的脑子里塞满了各种想法,结果总是忘记要像平常人一样说话或行动。"

西蒙点点头,打量房间。这里和史坦异那间很像——空荡,狭小,白墙刷着石灰。不过桌上没有成堆的书和羊皮纸,只放着一本安东之书,书中有条红丝带,像细细的舌头似的,标出上次读到的页面。

"你知道玛雅在哪儿吗?"他问。

"不知道。"宾拿比克看起来很严肃,不知是为什么,"我想她已经把消息转达给约书亚了。也许他又派她回公主那儿传话了。"

"不!"西蒙不喜欢这个推测,"为什么一切都发生得这么快?"

"快?"宾拿比克笑了,"这已是我们来奈格利蒙的第二个早晨了。"

西蒙大吃一惊:"怎么可能?!我才刚醒!"

宾拿比克摇着头,慢慢滑到被单下。"确实是。你昨天睡了一整天,只醒来喝了点儿水,然后又睡了。我想应该是最后那段旅途的遭遇,加上之前落水发烧,你才变得这么虚弱。"

"乌瑟斯啊!"他有种被自己的身体背叛的感觉,"玛雅被遣走了?"

宾拿比克从被单下伸出一只手,安慰他说:"我没听说有这事。刚刚只是猜测。她说不定就在附近——也许和女人待在一起,或者在佣人间。说到底,她是个女仆。"

西蒙气呼呼地瞪着眼睛。宾拿比克轻轻把手收回,刚才男孩一激动,无意中推开了他。"耐心,西蒙吾友。"矮怪说,"你已经完成英雄般的壮举,来到这么远的地方。谁知道接下来还会发生什么?"

"你说得对……大概……"他深吸一口气。

"你还救了我一命。"宾拿比克指出。

"那有什么了不起的?"西蒙心不在焉地拍了拍矮怪的小手,站起来,"你也救过我的命,好几次。朋友就是朋友。"

宾拿比克保持微笑,但眼里透出疲倦。"朋友就是朋友。"他赞同说,"说了这么久了,我得赶紧再睡会儿。接下来几天会有了不得的大事要做。你能不能帮我看看坎试喀有没有被好好照顾?史坦异本来答应把她带来,不过我怀疑,这事已被他从忙乱的脑子挤了出去,就像挤压一个……"他压着自己的,"……一个枕头。"

"当然可以。"西蒙说着,打开门,"你知道她在哪儿吗?"

"史坦异说过……马厩……"宾拿比克打着哈欠回答。西蒙离开了房间。

走到中庭，他停下脚步，看着人们经过。朝臣、佣人和牧师，没人多看他一眼。他陷入两难的境地。

首先，他完全不知道马厩在哪儿。其次，他非常非常饿。史坦昪神父说过，必须看着他吃饱肚子，现在却不知跑哪儿去了。真是只老笨鸟！

突然，他在中庭发现一张熟悉的脸。在回忆起那人叫什么之前，他已迫不及待地往那个方向走了好几步。

"桑弗戈！"他喊道。琴师停下脚步，四处张望，想弄清谁在叫自己的名字。他发现西蒙朝自己这边跑来，眨眨眼睛，满脸困惑地看着年轻人跑到面前。

"什么事？"琴师身穿一件鲜艳的紫色紧身衣，黑发优雅地从同色的羽毛帽底垂下。站在维持着礼节性微笑的音乐家面前，即使穿着干净衣服，西蒙也觉得自己很寒酸。"你有什么事要告诉我吗？"

"我是西蒙。你可能不记得了……在海霍特的葬礼宴席上，你跟我说过话。"

桑弗戈轻轻皱起眉头，又花了些时间盯着他看，终于露出恍然大悟的样子。"西蒙！啊哈，是你！那个负责倒酒说话文雅的孩子。真抱歉，我刚才完全没认出来。你可长大了不少啊。"

"我长大了吗？"

琴师咧嘴笑了："应该说，上一次见到你时，你脸上还没有这些毛呢！"他伸手托着西蒙的下巴，"反正我不记得你有。"

"毛？"西蒙好奇地伸手，摸摸自己的脸。是有点毛……软软的，就像他手臂上的汗毛。

桑弗戈张嘴大笑起来："你怎么会没感觉呢？我第一次长出代表男子汉的胡须时，每天都跑到妈妈的镜子前看它长什么样。"他摸摸自己刮得干干净净的下巴，"现在则每天早上一边骂一边把它剃干净，好在女士们面前显得亲切些。"

西蒙脸颊发烫，自己肯定像个乡巴佬！"我很久没机会照镜子了。"

"嗯。"桑弗戈自上而下打量他，"如果我没记错，你也更高了。你怎么会到奈格利蒙来？不过也不难猜。这里不少人是从海霍特逃来的，我的约书亚殿下并不是唯一一个。"

"我知道。"西蒙说。他觉得有必要说些什么，好让自己和这个穿着时髦的年轻人处于平等地位，"我帮他逃出来的。"

琴师挑起眉毛："真的？好吧，听上去是个有趣的故事，真的！你吃过饭没有？或者你想来点儿酒？我知道现在还早，不过说老实话，我整晚都没上床……没睡觉。"

"有吃的就太好了。"西蒙说，"不过我得先做件事。你能带我到马厩去吗？"

桑弗戈微笑："又是什么打算，年轻的英雄？你会一骑绝尘，到鄂克斯特，把派拉兹的脑袋装进袋子送给我们？"西蒙的脸又红了，但这次带着欢乐。

"来吧。"琴师说，"马厩，然后是食物。"

当西蒙问坎试喀在哪儿时，那个驼背、苦脸、用草叉塞干草的人怀疑地打量着他。

"嘿，你问他做什么？"那人反问，接着摇摇头，"他可真是个坏东西。不该把他安排在这儿的。我肯定不会，但王子发了话。几乎把我的手咬掉，那只畜生。"

"好吧，"西蒙说，"你应该很高兴可以摆脱她。带我去找她。"

"那可是头邪恶的畜生，我告诉你。"那人说。他们跟着他一瘸一拐的脚步，穿过整间黑暗的马厩，从后门出去，到了一个笼罩在城墙阴影里的泥泞院子。

"有时候，我们会把牛带到这里宰杀。"那人说，指着一个方正的小坑，"不知王子干吗把这只狼活着带来，让可怜的老卢卡曼操心。应该一下扎死这邪恶的东西，就像那个巨人。"

西蒙厌恶地看了一眼驼背，然后大步往小坑边走去。坑口旁的木桩上系一根绳子，长绳一直延伸到坑里，绕着狼脖子。坎忒喀侧躺在泥泞的坑底。

西蒙震惊了："你怎么这样对她?!"他转身冲马倌大吼起来。桑弗戈小心地迈过湿乎乎的院子，跟在后面。

老人的满腹疑虑变成满腹牢骚。"我什么都没做。"他忿忿地说，"完全是头邪恶的东西——叫啊叫的像个魔鬼。还想咬我。"

"我也会。"西蒙厉声说，"我可能真会咬人的。把她弄上来!"

"怎么弄?"那人不安地问，"拉绳子吗？就算把他劈成两半，还是太大。"

"是她，你个蠢货。"看到跟自己一起历经数不清的患难的同伴竟躺在一个黑暗、积水的坑洞里，西蒙不由满腔怒火。他凑过去。

"坎忒喀。"他呼唤着，"嘿，坎忒喀!"她抖动耳朵，像要赶苍蝇，但没有睁开眼睛。西蒙环视小院，终于找到他需要的东西：一块有人胸膛那么宽的砧板，板上布满深浅不一的刀痕。他奋力把木板拖到小坑顶上，马倌和琴师不解地在旁边看着。

"小心。"他提醒大狼，将砧板滚过坑边。它重重地落在软泥里，离大狼的后腿只有一腕尺。她稍微抬下头，又躺下了。

"看在老天的分上，小心点儿。"桑弗戈说。

"运气不错，这畜生在睡觉。"另外那人故作聪明地咬着拇指指甲，"你们真该听听他是怎么乱吼乱号的。"

西蒙走到洞口边，伸腿滑下去，落在嘎吱作响的滑溜溜的泥里。

"你在干什么?!"桑弗戈喊了起来，"疯了吗？"

西蒙跪在大狼身边，慢慢伸出手。她冲他咆哮，他张开手指。她探出脏兮兮的鼻子闻一下，然后伸出长长的舌头舔着他的手背。西蒙的手继续探过去，挠她的耳朵，发现她身上有表面看不到的伤，有些骨头也断了。他心里难过极了，转身直立砧板，插在靠近坑壁的泥地里，然后又回到坎忒喀身边，用手臂环抱住她的身子，让她人立起来。

"他疯了，是不是？"一脸苦相的男人对桑弗戈说，也像自言自语。

"闭嘴。"西蒙吼道，发现自己干净的靴子和衣服已经沾满泥水，"抓住绳子，我叫你们拉就拉。桑弗戈，要是他不肯，就把他的头砍下来。"

"知道了。"那人的语气很不满，但还是抓起绳子。琴师站在他后面帮忙。西蒙催促坎忒喀往板上走，终于成功说服她把前腿放了上去。西蒙垂下肩膀，顶在她粗壮的毛茸茸的后腿上。

"准备好了吗？用力！"随着他的叫声，绳子绷紧了。刚开始坎忒喀挣扎了一会儿，反向拖动绳子，将身体的相当一部分重量压在西蒙身上。西蒙的脚在软泥里打滑，正当他以为自己要滑倒在地、被一头大狼压碎在泥坑里死掉时，坎忒喀慢慢放松力气，任由绳子拖动。西蒙还是滑倒了，但他满意地看到大狼在坑壁上又踢又刨，向上攀登。当她的黄眼睛和大脑袋出现在坑口，马倌和桑弗戈一同发出错愕的惊呼声。

西蒙利用砧板，也爬了上去。马倌害怕地缩成一团，以为狼会攻击他。桑弗戈则高度警觉，坐在地上，小心地往后挪，离她远远的，完全忘记了身上那件华丽的衣服。

西蒙大笑，拉琴师起身。"跟我来。"他说，"我们一起把坎忒喀送回她朋友及主人那里去。你也该见见他——然后可以像之前说的那样，吃点东西。"

桑弗戈慢慢点头："现在我知道了，西蒙，你是狼的伙伴，其他事情都好说。我们走吧，赶紧的。"

坎忒喀最后一次撞了撞蜷在地上的马倌，吓得他哭了起来。西蒙解开桩上的长绳，大家一同走出马厩，身后留下了四对泥脚印。

当宾拿比克和坎忒喀享受重逢之乐时，西蒙一直在旁边保护虚弱的矮怪别被欢天喜地、力大无穷的坐骑弄伤，桑弗戈则溜到厨房去了。没多久，他带着一罐啤酒、一大块羊肉，还有用布包好的奶酪和面包回来了。西蒙惊讶地发现，他还穿着那件沾满泥水的衣服。

"我们去南边的城垛，那地方到处都是积灰。"琴师解释说，"要是再毁掉一件衣服，我就真该死了。"

他们往主楼大门走去，然后是通向城垛高高的楼梯。一路上，西蒙挑剔地看着挤在空地上的一顶顶帐篷和棚屋，还有许多人在大院里漫无目的地游荡。

"很多人都来避难。"桑弗戈说，"大多数来自霜冻边境和绿渭河谷附近。也有人发现哥斯伍侯爵的治理有点过头，从乌坦邑逃到这儿。不过最多的是因为天气或土匪，还有其他——像宏瘟之类，不得不离开自己土地的人。"经过已经完成的大柴堆时，他打了个手势。之前的樵夫已经走了，柴堆安静又意味深长地立在那儿，像一座荒废的教堂。

爬到城垛顶部，他们在一块粗糙的石头上坐好。太阳高挂在天空，阳光穿过仅存的几朵云照下来。西蒙真希望有顶帽子。

"不知道是你还是其他什么人带来了好天气。"桑弗戈解开衣服晒太阳，"在我的记忆里，这是最奇怪的玛雅月——霜冻边境下雪，乌坦邑下冻雨……还有雹子！两个星期前，我们这儿也下过冰雹，足足有鸟蛋么大呢。"他拆开裹在食物外的布，西蒙远眺周围的景色。他们坐在内城高高的城墙上，从这里看出去，奈格利蒙像张毯子，在脚下伸展铺开。

整座城堡缩在巍轮山侧一道中空的峭壁里，像被一只指尖朝上的大手拢着。他们对面的西城垛下方是城堡宽阔的城墙。城墙外，奈格利蒙弯曲的街道顺着山坡往下延伸至城市外墙。再往外去，则是几乎看不到边的广阔牧场和低矮丘陵，还到处遍布着石头。

另一头，在东城垛和巍轮山光秃秃的紫色崖壁间，有一条沿山顶盘旋而下的曲折的长长小径。小径两旁的山坡上分散着上千个黑点，反射着闪烁的阳光。

"那是什么？"西蒙指着那边问。桑弗戈斜眼看去，嘴里不忘咀嚼。

"你问那些钉子？"

"钉子？我问的是，山崖上那些长长的尖石头是什么？"

琴师点点头："就是钉子。你以为奈格利蒙是什么意思？你们海霍特人都忘记自己的母语了。'钉子要塞'——这就是奈格利蒙的意思。艾斯韦兹公爵建立奈格利蒙时，把它们钉了上去。"

"那是什么时候的事？它们用来干吗？"西蒙眺望着，让风任意吹走落下的面包屑，旋转飞过外城。

"我只知道是瑞摩加人南下之前。"桑弗戈回答，"不过他是在瑞摩加弄到的钢铁，就是那些铁块。戴夫林制造的。"他意味深长地补了最后一句，但西蒙从没听过这个名字。

"可为什么呢？看起来像个铁园子。"

"防止希瑟入侵。"桑弗戈公布答案，"艾斯韦兹惧怕他们，因为这里其实是他们的土地。他们的大城市之一，我不记得名字了，就在这座山的另一边。"

"大稚照。"西蒙看着锈蚀的金属灌木林，平静地说。

"就是这个名字。"琴师赞同，"据说，希瑟不能抵抗铁器，否则会中毒，甚至死掉。因此艾斯韦兹在他的城堡周围安上这些铁'钉子'——本来城堡正面也围满了钉子，不过希瑟一走，它们就成了妨碍，导致集市货物很难运进来。后来，约翰国王将这地方给了约书亚。我怀疑，主要还是想让他和他的兄长离得越远越好。总之，除了山坡上，我的领主把其他钉子都拆了。我想，他可能还觉得挺有意思。我那位王子殿下哟，他喜欢那些古老的东西。"

一起享用啤酒时，西蒙给琴师讲了自从他们见面之后发生的事，但省去了费解的部分。因为他知道，琴师一定会问些问题，可他自己都没有答案。桑弗戈被整个故事触动，但他对营救约书亚和莫吉纳牺牲那部分更感兴趣。

"啊，埃利加那个恶棍。"他最后说。西蒙惊讶地发现，琴师脸上充满了发自内心的愤怒，仿佛风暴刮起，"那个怪物刚出生，约翰国王就该把他掐死，至少不该让他带领整支军队折磨色雷辛人——最不应该的，就是把他送上龙骨王座，给我们所有人带来灾祸！"

"但他已经这样了。"西蒙一边吃一边说，"你觉得他会派兵来奈格利蒙吗？"

"只有上帝和魔鬼才知道。"桑弗戈苦笑，"而魔鬼已经把注押到他那边了。他可能还不知道约书亚在这儿，但这瞒不了多久。这座堡垒非常非常坚固。这一点，我们还得感谢早就死掉的艾斯韦兹。但坚固不坚固都一样，我没法想象，埃利加会袖手旁观约书亚在北方发展势力。"

"可我以为约书亚王子不想当国王。"西蒙说。

"他是不想。但埃利加不信。野心勃勃的人永远不会相信其他人不想争权夺利。另外，还有派拉兹在他耳边不断进献谗言佞语。"

"可多年来，约书亚和国王不是一直敌对吗？远在派拉兹来之前？"

桑弗戈点点头。"他们俩的矛盾是不少。他们曾经也彼此关爱，甚至比大多数兄弟更亲密——至少约书亚的老仆人是这么告诉我的。但最后他们还是吵翻了，接着海黎莎也死了。"

"海黎莎？"西蒙问。

"埃利加的纳班妻子。那时埃利加还是王子，正代表他父亲跟色雷辛人打仗，约书亚则带她赶去与兄长会合。但队伍被色雷辛骑兵伏击，约书亚为保护海黎莎，失去了一只手，但无济于事——骑兵实在太多。"

西蒙长出一口气："原来是这样！"

"不管他们之间有多少情义，都在那时死掉了……人们是这么说的。"

思考一会儿桑弗戈的话，西蒙站起来伸展腿脚，肋骨旁的刺痛提醒了他。"那现在约书亚王子打算怎么办？"他问。

琴师挠挠手臂，俯视大院。"我猜不出。"桑弗戈说，"约书亚王子很小心，行事谨慎。不管怎样，他们不常叫我去参与讨论。"他微笑着，"听说有重要的使者快来了，大概一个星期之内吧，约书亚会召开正式的商酌会。"

"什么会？"

"商酌。老爱克兰语，意思和议会差不多。人们在这类事上更愿意走老路子。城堡外的乡下地方，很多人还在使用古老的语言。像你这样的海霍特人出去，说不定还得找个当地人帮忙翻译。"

西蒙不想被乡下人的事岔开话题："议会，你说——商……商酌会？是不是说要召开议会讨论……战争？"

"这些日子，"乐师的神情又严峻起来，"奈格利蒙每次议会都是商讨战争。"

他们沿着城垛走着。

"我很惊讶。"桑弗戈说，"你为我的领主贡献了那么多，他竟然到现在还没召见你。"

"我今天早上刚能下床。"西蒙说，"另外，他可能还不知道那人就是我……黑漆漆的空地，旁边还有个快死的巨人。"

"我想也是。"琴师说着，抓紧自己的帽子，阵阵狂风快把它吹跑了。

还有，西蒙想，如果玛雅已把公主的信息告诉给王子，希望她会提到自己的同伴。我不相信她会把我们忘得一干二净。

不过，公正地讲，什么样的女孩，突然从潮湿危险的野林里得救以后，会宁愿放弃跟城堡里有头有脸的人待在一起，反来找骨瘦如柴的小厮？

"你该不会没见过玛雅吧？就是跟我们一起来的女孩子？"他问。

桑弗戈摇摇头。"每天都有人走进大门，不光是从偏远地区逃来的农民和村民。昨晚，赫尼斯第的格威辛王子的先遣队来了，马像肥皂泡一样到处都是。王子的队伍应该今晚就到。汀赛特的厄斯菲斯领主带着两百人，两周前就到了。奥德迈男爵带着一百兀特塞尔人紧随其后。其他各方领主也召集人手，从四面八方赶往这里。捕猎已势在必行，西蒙——但只有安东知道，到底哪一方才是猎人。"

他们走到东北角的塔楼。桑弗戈朝一个正在巡逻的灰衣年轻哨兵行了个礼。越过这人的肩膀，耸立着高大的巍轮山，巍峨磅礴的山脉看起来似乎很近，触手可及。

"他确实很忙。"琴师突然说，"但还不至于这么久都不接见你。你愿意我帮你说几句话吗？我今晚会参加他们的晚宴。"

"我当然很想见他，是的，我之前……很担心他的安危。而且，我的师傅付出了极高的代价，才让约书亚回到这里，回到他的家。"

西蒙惊讶地发现，自己的声音里竟带着一丝苦涩。他不想故意这么说，但他确实历经千难万险才到这儿，而且确实是自己，而非别人，发现约书亚像野鸟一样被捆住、吊在囚牢里。

他的语气没能逃过桑弗戈的耳朵。他看着西蒙，脸上的表情半是同情，半是兴味。

"我理解，西蒙。但听我一句忠告，不要用这种语气评价我的王子。他是个骄傲又执拗的男人，但我相信他没忘记你。你也知道，有些事情哪怕过去很久，痛苦仍然历历在目，就像你自己的旅途一样。"

西蒙抬起头，眺望山脉，看着起伏不平的山林在风吹之下泛着微弱的反光。"我知道。"他说，"如果他要见我，我当然会很荣幸。要是他不打算见……那该怎么样还是怎么样。"

琴师露出懒洋洋的笑容，垂下带着戏谑意味的眼睛看着角落："光荣公正的演说。来吧，让我带你去看看奈格利蒙的钉子。"

光天化日之下，这景象确实令人吃惊。只见城堡东墙下离壕沟十几尺远，大地上遍布闪亮的点，斜上山坡，延伸了四分之一里格左右，直到山脚为止。它们对称地排列成行，就像一支由矛兵组成的大军被埋在这里，只有武器刺穿黑色的土壤露在外面，展示他们是多么忠于职守。蜿蜒的小路从山脉西侧一个山洞里穿出，来回盘旋，活像一条蛇道，最后止于奈格利蒙沉重的东门门前。

"不管那人到底叫什么，他摆上这么多东西，就因为害怕希瑟?"西蒙看着面前铺开的如丝般光滑的奇异黑色庄稼，不知所措地问，"干吗不干脆装到城墙上?"

"是艾斯韦兹公爵，纳班派来的。他打破先例，将城堡建在希瑟的土地上。另外，为什么不装在城墙上嘛，好吧，我觉得，他害怕他们能找到某种方法，跨越单薄的城墙——或穿越地底。现在这么一弄，他们无论如何都得通过铁屏障。西蒙，你现在看到的还不到一半呢——以前城堡四面都插满了这些东西!"桑弗戈挥舞臂膀，划出一个大圈。

"那希瑟呢?"西蒙问，"他们打来了吗?"

桑弗戈皱起眉头："反正我没听说。关于这个，你该问问老神父史坦异。他是这里的文书官兼历史学家。"

西蒙笑了："我已经见过他了。"

"有趣的老家伙，不是吗? 有次他告诉我，艾斯韦兹建造这地方时，希瑟把它叫做……叫做……该死的！我应该知道这些古老的故事，我是个歌手。总之，他们给它取了个名字，意思类似'逮住猎人的陷阱'……说艾斯韦兹把自己关在了这样的地方，自投罗网。"

"他真被关住了？后来呢？"

桑弗戈摇摇头，帽子又差点儿飞出去。"该死的，我不知道。也许老死在这里了。我觉得希瑟没把他当回事。"

他们花了一小时才逛完一圈。桑弗戈带来的那壶用于佐餐的啤酒早就空了，走了那么多路，他们渴得连琴师偷偷带来的红酒都喝光了。年纪稍长的桑弗戈教西蒙唱了首关于纳班贵妇的猥亵小曲，二人一路笑声不断，走过大门，走下蜿蜒的台阶，回到地面上。他们一出城门塔，便被一大群闲逛的工人和士兵围住。从士兵们衣冠不整的模样看，大多数应该在休息。所有人都在叫嚷、推搡，西蒙则被夹在一个胖子和一个满脸胡子的卫兵中间。

"怎么了？"他冲被涌动人潮挤远的桑弗戈叫道。

"不知道。"琴师也大叫着回答，"也许赫尼塞哈的格威辛到了。"

胖子转过红彤彤的脸，对着西蒙。"不，不是。"他愉快地说，呼吸中散发出啤酒和洋葱的味道，"是巨人，王子杀死的那个东西。"他指着柴堆，可它依旧安静地站在大院里，上面什么都没有。

"可我没看到巨人啊。"西蒙说。

"他们在准备。"那人说，"我跟其他人一起过来，一定要看到。我外甥也是其中一个，帮忙抓住了这头鬼畜生！"他骄傲地补上一句。

又一波喧闹声响起。前面的人似乎看到了什么，他们的话被迅速传到后面看不到的人耳里。人人都伸长脖子，孩子们还被耐心的、满面尘土的母亲举到肩上。

西蒙四下张望，桑弗戈已经不见了。他踮起脚尖，发现人群里没几个人跟自己一样高。柴堆另一边是用亮丽的丝绸制成的帐篷或雨篷，篷前是身穿各色衣服的城堡侍臣，他们坐在凳子上交谈，衣袖随手上的动作上下翻飞，仿佛停满树枝的羽毛鲜艳的鸟儿。他仔细看着那一张张脸庞，希望能发现玛雅——也许她已经找到了肯收留她的贵妇人。对她来说，回到海霍特，或不知究竟在哪儿的公主身边肯定不安全。但她不在那里。他还没来得及转回人群中寻找她，一群穿着盔甲的人就出现在内城墙的拱道上。

人们急切地交谈着。开头六个士兵走过之后，来了一队拖着高大木车的马。一瞬间，西蒙觉得自己的胃被紧紧揪住，但又马上平复——难道每次有马车嘎吱经过都要反胃呕吐吗？

车轮慢慢停下，士兵们聚集在旁边，把车上那个高高隆起的白色东西卸下来。西蒙的目光扫过贵族那边，似乎瞥到一个长着乌鸦般黑发和白皮肤的人影。他仔细朝那个方向看，希望是玛雅，但大笑的朝臣们挤在一块儿，又把他的视线挡住了。

合八名卫兵之力，总算把巨人的尸体绑在杆子上，就像运送从国王猎区打回来的鹿一样。但就算如此，在扛起杆子之前，他们还得先把它从马车上弄到地上。那东西的膝盖和手肘都被捆在一起，背脊擦着地面颠簸起伏，巨大的双手随之在空中甩动。之前不停往前挤去的人群，现在又因恐惧和嫌恶惊叫着往后退。

那东西现在看来更加像人类，西蒙想，比起之前在昏暗的长阶森林里，站在自己面前时更像。死亡使得那张黝黑的脸松垮下来，也不再有威胁的吼叫，表情看来似乎是迷惑，仿佛听到不明所以的消息的样子。和史坦异说过的一样，它腰上裹着粗布，一条用某种红色的石头做成的腰带垂下来，拖在满是尘土的大院的地上。

西蒙旁边的胖子叫嚷着让士兵们走快点儿，又愉快地看了看西蒙。

"你知道他脖子上挂着啥吗？"他叫着。西蒙被左右夹住，只能耸耸肩。"一串骷髅！"那人说，兴奋得好像是他把骷髅挂到巨人尸体上似的，"当作项链戴在脖子上。王子说，要为那些骷髅举行安东葬礼——可惜没人知道他们是谁。"他又转回去看好戏了。

有几个士兵已经爬到柴堆上，帮着把那头庞然大物拉到位。最后，尸体总算是被成功放了上去，从交叉的手臂和腿中间抽出的杆子也被丢入柴堆。最后一人跳到地面上，巨尸突然向前滑了一下，突如其来的动作吓得一个女人尖叫出声，几个孩子甚至哇哇大哭起来。这时，灰衣军官大声下令，一名士兵靠近柴堆，将手里的火把丢进事先扎好、围在木柴旁的稻草堆。夕阳中，火焰透明得不可思议，将稻草烧得卷曲起来。火势蔓延，吞噬更多的燃料。一缕缕烟在巨人身旁缭绕，热流经过它杂乱的毛发，仿佛夏天扭曲的干草。

在那儿！他又看到她了，在柴堆另一边！他试着往前推进，肋骨却撞在一只尖尖的手肘上。那人努力捍卫自己选定的位置。他只好灰心丧气地停下，盯着她出现过的位置。

看到了，但他发现那人并不是玛雅。那个黑发女人穿着精工细琢的暗绿色斗篷，长得非常漂亮，象牙般的皮肤，还有一对眼角翘起的大眼睛，看起来大概有二十岁了。

西蒙看到她一直盯着燃烧的巨人。此时，火已经点燃高处的松木，巨人的毛发也开始卷曲发黑。升腾的烟就像一道帘子，遮住她的身形，更加看不真切。西蒙很想知道，她到底是谁？——而且，身边的奈格利蒙人都在大叫，冲着烟柱挥舞拳头——她为什么会用那么悲伤又愤怒的眼神，直直地瞪着火焰呢？

王子的议会

❋

虽然同桑弗戈一起在城墙上散步让他饿得厉害，但当史坦异神父终于来履行承诺、带他去厨房时，西蒙却因闻了一下午烧巨人的臭气而胃口全无。走在城堡文书官身后，他依然觉得烟气还附在自己身上。

到了厨房，一名严厉的女佣将装满面包和香肠的盘子重重拍在西蒙面前，但他几乎没怎么动。吃完后，二人再次穿过烟雾缭绕的院子，史坦异还在尽力打开话题。

"也许你只是……只是累了，孩子。对，是这样的。食欲马上就能恢复。年轻人总是胃口好。"

"你说得对，神父。"西蒙说。他确实累了，而且有时赞成别人的意见比解释真实情况简单得多。况且，他自己也不确定为什么会这么精疲力竭。

他们又走一会儿，经过内城守卫。"哦，对了。"牧师终于说，"我本来想问你……希望你不会觉得我太唐突……"

"什么事？"

"好吧，宾比纳斯……宾拿比克，这才对，他告诉我……告诉我有一份手稿。一份由鄂克斯特的莫吉纳医师撰写的手稿？多么伟大的人啊，对求知的人们来说，又是多么悲痛的损失……"史坦异哀伤地摇摇头，似乎忘了刚刚要问的事，只是一味地沉浸在沮丧中，又往前走了几步。西蒙只能自己打破沉默了。

"莫吉纳医师的书?"他提示着。

"哦!哦,没错……好吧,我想问的是——当然这要求有点过分——宾比纳斯说,它被好好地保护着,那份手稿,在你的行囊里,一起带了过来。"

西蒙收起微笑。这人说话真是没完没了!"可我不知道行囊在哪儿。"

"哦,在我床下——你的床,暂时是。不过,你想要用多久都行。我看到王子的人把它放在那儿。我没碰过它。我向你保证!"他飞快地加上一句。

"你想看吗?"西蒙被老人的真诚感动,"只管拿去吧。我太累了,看不动。另外,我相信医师希望让一个学识渊博的人来翻阅它——我肯定不算。"

"真的?"史坦异喜不自胜,紧张地扯着眼罩,似乎随时会把它拽下来,欢呼着丢到空中去。"哦。"牧师深呼吸,让自己冷静,"那可真太好了。"

西蒙觉得不好意思。毕竟,文书官把自己的房间让给陌生人西蒙随意使用,还这样感激他,让人不由心生愧疚。

啊,他突然明白过来,他可不是感激我,我想不是,主要是有机会阅读莫吉纳写的关于约翰王的作品。这是个爱书如命之人,就像瑞秋爱肥皂和水一样。

他们快走到南墙旁的低矮平房,这时,有个人影跳了出来——是个男人,在快速消失的光线和雾霭中,看不清他的模样。他发出轻轻的叮当声,走到他们面前。

"我找史坦异牧师。"那人说,声音非常模糊,身子似乎在摇摆,叮当声又响了起来。

"他就是我。"史坦异说,声音比平时稍微尖一点,"嗯……应该说,我就是他。你想干什么?"

"我在找一个年轻人。"那人走近几步,"就是他吧?"

西蒙肌肉绷紧,但马上发现走过来的人影并不高大。另外,他走路的姿势有点儿怪……

"是的。"西蒙和史坦异一起说。牧师闭上嘴,心不在焉地拉扯眼罩带子,让西蒙自己说,"我就是你要找的人。你有什么事?"

"王子想跟你谈谈。"瘦小的人影走上前来,和西蒙四目相接,身上又叮当作响。

"淘儿!"西蒙高兴地叫起来,"淘儿! 你在这里干什么?!"他伸出手,紧紧抓住老人的肩膀。

"怎么? 你是谁?"弄臣惊讶地问,"我认识你吗?"

"我不知道——我是西蒙! 莫吉纳医师的学徒! 从海霍特来!"

"嗯嗯。"弄臣怀疑地说。一靠近老人,西蒙就闻到了酒味,"大概吧……这里太暗了,孩子,太暗了。淘儿老了,像老泰斯丹:'头上白雪与风霜,一如远远岷纳锐。'"他斜着眼睛,"我也不像以前那么容易记得人的长相了。你就是我要带去见约书亚王子的人吗?"

"我想是吧。"西蒙的情绪已经提了起来,"桑弗戈一定找他说过了。"他转向史坦异神父,"我得跟他走一趟。我没动过那个行囊——我之前甚至不知道它在哪儿。"

文书官嘟囔着道谢,快步离开去拿他的奖品了。西蒙扶着老弄臣的手臂,一同转身走回大院。

"呼!"淘儿颤抖着叹道,衣服上的铃铛又清脆地响起,"今天阳光挺好的,但晚上风太大。对老骨头来说是个坏天气——真不明白为什么约书亚派我来。"他跟跄一下,暂时靠在西蒙的手臂上,"其实,我也不是不明白。"他继续说,"他不太喜欢我的笑话和把戏,所以派我到处跑。但我觉得他是不喜欢看到我无所事事。"

他们继续走了一段路,没再说话。

"你是怎么到奈格利蒙来的?"西蒙最后问。

"我搭上最后一批经过巍轮路的商队。埃利加已经把路封了，那个人啊！路上很辛苦——还要击退从北方弗雷特来的土匪。一切都在崩塌，孩子。一切都变样了。"

站在居住区前的守卫举着摇曳的火把，仔细查看他们一番，才敲敲门让人拉开门闩。西蒙和弄臣一起慢慢走过冰冷的、铺着石板的走廊，来到另一扇钉着沉重木梁的门前，那儿又站着一对守卫。

"孩子，到了。"淘儿说，"我要回床上去了，昨晚睡得太迟。真高兴看到一张熟悉的脸。有空过来跟我喝点儿酒，告诉我你都在忙些什么——好吗？"他转身离开门厅，身上那件五颜六色的拼搭衣服微微反着光，随着他的身影一起消失在阴影中。

西蒙走到两个冷漠的守卫中间，轻轻敲门。

"谁呀？"一个男孩的声音问道。

"海霍特来的西蒙，求见王子。"

大门静悄悄地向内打开，门后是个满脸严肃的孩子，十岁左右，身穿佣人服。他侧身让西蒙走进垂着帘子的接待室。

"过来。"一个声音闷闷地唤道。找了找，他才发现入口藏在一道帘子后面。

这是间朴素的屋子，和史坦异神父那间一样，没什么家具和装饰。约书亚王子穿着睡衣，戴着睡帽，坐在桌前，手拿打开的卷轴，手肘搁在卷轴下。西蒙进来时，他没抬头，只是朝另一把椅子挥挥手，示意西蒙坐下。

"请坐。"他说。西蒙一听这话，忙在半路就深深鞠了一躬。"快好了，马上。"

西蒙坐在没有衬垫的硬椅子上，发觉房间后有动静。只见一只手伸出来，拉开帘子，银色的灯光透了出来，接着又探出一张脸，黑眼睛，浓密的黑发——正是西蒙在院子里见过的观看火葬的女人。她专注地看着王子，然后抬起头，视线对上西蒙，就这样盯着他看了一会儿，那眼神凶狠得像角落里阴森的猫。帘子又合上了。

他有些担心，想着该怎么向约书亚报告。有间谍？刺客？突然，他明白过来为什么这个女人会在王子的寝室里，同时觉得自己真是蠢到家了。约书亚抬起头，看着满脸通红的西蒙，松手让卷轴在桌上自行卷回去。"好啦，请原谅。"他起身把椅子拉近些，"之前是我考虑不周，希望你能理解，我完全没有怠慢你的意思，是你帮我逃出了监牢。"

"不……不需要道歉，殿下。"西蒙结结巴巴地说。

约书亚伸展他的左手手指，露出痛苦的表情。西蒙记起桑弗戈说的话，心想失去一只手会是什么感觉。

"在这里，叫我'约书亚'就行，或者'约书亚王子'。我在纳班的乌瑟林兄弟会时，他们叫我'小助手'或'小鬼'。我觉得自己不比那时有多大长进。"

"是，大人。"

约书亚转开视线，又看向书桌。沉默中，西蒙仔细地观察他。事实上，比起当初在莫吉纳的小屋、戴着手铐的时候，他现在的样子也没多像一位高贵的王子。他看起来很累，被忧虑侵蚀着，正如一块被风雨侵蚀的石头。他穿着睡衣，高高的灰白眉毛拧在一起，在思考。比起爱克兰王子或圣王约翰的儿子，他看起来更像史坦异神父那样的文书官。

约书亚站起来，走回卷轴旁。

"老丹德尼斯写的。"他用包着皮革的右手腕轻轻翻开卷轴，"艾斯韦兹的军用建筑师。你知道吗？奈格利蒙从未被攻破。当瑞摩加的芬吉尔从北方攻来时，他必须分出两千兵力围城，才能保护侧翼。"他又翻着，"丹德尼斯建得不错。"

话语停了一会儿。终于，西蒙笨拙地开口："真是座宏伟的堡垒，约书亚王子。"

王子将卷轴扔回桌上，抿抿嘴，表情就像守财奴正在数收上来的税金。"是的……但宏伟的堡垒也会被饥饿降服。我们的补给线长得不可思议，而且上哪儿才能找到帮手呢？"约书亚看着西蒙，好像想要得到回答似的，但年轻人只能干瞪眼，完全不知说什么才好。"也许艾奎纳会带来好消息……"王子继续说，"也许不会。南方到处流传着小道消息，说我哥哥正在集结一支大军。"约书亚盯着地板，突然又抬起头，眼里闪着坚定的光，"抱歉啊，最近脑子里全是阴暗的念头，说话总是不经过大脑。纸上谈兵是一回事，但真正统领一场大战则完全不同。你知道各方各面要考虑多少事情吗？召集当地军队，把人手和装备安置在城堡里，找食物，加固城墙……而且，如果没有人在埃利加背后夹攻，那么多工作就全都没有意义。要是只有我们揭竿而起，的确可以坚持很长时间……但最终还是会倒下。"

西蒙相当困窘不安。约书亚竟同自己唠叨起这些事，除了难以置信，还有种令人恐惧的感觉。王子心里满是不祥的念头，竟会跟一个男孩说这些本应跟朝臣说的话。"嗯，"西蒙最后说，"嗯……一切事情肯定会按照神的意愿进行下去。"他一边说出这些话语，一边在心里厌恶自己的愚蠢。

约书亚只是笑笑，笑声苦涩。"哈，被一个小伙子说教了，就像乌瑟斯戴的那顶著名的荆棘冠。西蒙，你说得对。只要我们活着就有希望，我必须为此感谢你。"

"不算什么，约书亚王子。"他说完，又觉得自己是不是有点不领情。

王子的表情又变得严肃冷漠起来："我听说医师的事了。这对我们全体都是个沉重的打击，尤其是你，我肯定。我们怀念他的智慧——也怀念他的善良，但更需要他的智慧。我希望有人可以填补他的空缺。"约书亚又把椅子拉近些，"必须召开议会了，而且要快。格威辛，赫尼斯第的路萨之子，今晚就能赶到。还有些人已经等了好几天。我们要以最终决定为准，订立计划。许多条生命啊。"约书亚慢慢地点点头，沉思着。

"艾奎纳公爵……还活着吗，王子?"西蒙问，"我……我在来的路上，和他手下一起过了一晚，但……但我后来离开了。"

"他和他的人几天前就到了，稍事休息一阵便要去艾弗沙。这也是我不能再等的原因——他们要离开好几个礼拜。"他又转过头去。

"西蒙，你会用剑吗?"他突然问，"受过训练吗?"

"不太会，大人。"

"那你去找卫兵长，让他找个人教你。我们需要每一分力量，特别是年轻力壮的。"

"当然，约书亚王子。"西蒙说。王子站起来，走到桌边，背着身，似乎表示晋见已经结束。西蒙坐在椅子上，身子仿佛冻住。他很想问问其他问题，但又不确定合不合适。最后，他站起来，慢慢朝遮着帘子的门口退去。约书亚继续盯着丹德尼斯的卷轴。离门口只有一步之遥时，西蒙停下来，正了正肩膀，问了个想了很久的问题。

"约书亚王子，大人。"他开口说。高个子男人扭过头来看着他。

"怎么?"

"那个……那个叫玛雅的女孩……为您侄女儿米蕊茉带了口信……"他深吸一口气，"您知道她现在在哪儿吗?"

约书亚挑起眉毛："即便在最黑暗的日子里，我们也无法将她赶出脑海，不是吗?"王子摇摇头，"恐怕我帮不了你，年轻人。晚安。"

西蒙垂下头，退到帘外。

结束与王子令人不安的见面，走在回去的路上，西蒙很想知道大家到底会怎样。到达奈格利蒙本是莫大的胜利。好几个礼拜以来，他都没考虑过别的目标，也没有其他志向。自己被迫离开家园，在困境中达成目标的想法压过其他更大的问题。现在看来，这个同野外旅途比起来就像天堂一样的地方，突然变成了另一道陷阱。约书亚几乎明白无误地说出来了——要是他们无法取胜，就会被饿死。

回到史坦异的小房间，他立刻爬上床。但在睡着之前，他听到两轮哨兵换班的呼喊。

灰暗的早晨，西蒙头晕眼花，下床应门。一开门便看到一头大狼和一个矮怪。

“你居然还在床上！”宾拿比克顽皮地咧嘴笑着，“才离开原野没几天，文明便将懒惰的爪子伸向你了！”

“才没有。”西蒙皱起眉头，“我没在床上。现在不在了。你为什么不多躺会儿？”

“躺床上？”宾拿比克反问，吃力地走进房间，用屁股一顶，把门轻轻关上，“我好多了——准确地说，恢复够了。我还有好多事要做。”他扫视整个房间，西蒙则坐回床边，看着自己的一双赤脚。“你知道我们抢救下来的行囊在哪儿吗？”矮怪问。

“嗯。”西蒙嘟囔着，朝地面挥挥手，“本来在床下，不过史坦异神父可能拿走了，他想看莫吉纳那本书。”

“好像还在。”宾拿比克说着，小心翼翼地用双手双膝撑地，俯下身子，“那个牧师似乎挺健忘，但应该是做完事情会把东西归位的人。”他在床下摸索，“啊哈！找到了！”

“你身上有伤，这样不好吧？”西蒙问，心里为自己没帮他拿而内疚不已。宾拿比克倒退着爬出来，站起身子。西蒙注意到，他移动得非常小心。

“矮怪伤口愈合的速度很快。”他说着，露出安慰的微笑。但西蒙还是有些担心。

“我觉得，你不该起床走来走去。”他说，宾拿比克已经在包里翻来找去了，“你这样很难好起来啊。”

"你会成为合格的矮怪妈妈。"宾拿比克头也不抬地说，"你是不是还打算把肉嚼烂了喂我吃？瑾奇琶啊！我的骨头哪儿去了!?"

西蒙跪下来，想找到自己的靴子，但狭窄的房间里有头狼在晃悠，实在不容易找到。

"坎试喀就不能到外面等一会儿吗？"又被她的身子撞了一下，他不由问道。

"要是给你造成了麻烦，西蒙，你的两个朋友马上就会高高兴兴地离开。"宾拿比克一本正经地说。"啊哈！它们藏在这儿！"

真了不起啊，男孩盯着矮怪想。宾拿比克勇敢、聪明、和善，还在西蒙身边英勇负伤——哪怕除去这些因素，自己也比不上他。西蒙带着厌恶和沮丧，哼了一声，爬了过去。

"你要这些骨头做什么？"他从宾拿比克肩膀后探出头，"我的箭还在吗？"

"箭啊，在。"他的朋友回答，"骨头吗？因为最近要做重大的决定，要是这时还不找寻明智的建议，那就太傻了。"

"昨晚王子召见我了。"

"我知道。"宾拿比克把骨头倒出袋子，放在手上，"今早我跟他谈过。赫尼斯第人已经来了。今晚就要召开议会。"

"他告诉你了？"西蒙失望地发现，自己并不是约书亚唯一的知己，但能跟其他人分担责任，也有种如释重负的感觉，"你会参加吗？"

"作为有史以来，我们种族第一个进入奈格利蒙城墙的人？作为岷塔霍矮怪的吟唱者欧科库克的学徒？我当然要去。还有你。"

"我?!"他如坠九霄云外，"为什么还有我？以上帝的名义，我在……军事议会上能做什么？我又不是士兵，甚至还不算是个大人！"

"你显然不急着成为大人。"宾拿比克做了个嘲弄的鬼脸，"但也不可能永远都是小孩子。另外，年纪和这次会议没什么关系。你看过听过的事也许很重要，约书亚王子会希望你到场。"

"会希望？他没叫我？"

矮怪不耐烦地吹开一缕垂到前额的头发："没明说……但他叫了我，而我会带上你。约书亚还不知道你看到那么多东西呢。"

"上帝的宝血啊，宾拿比克！"

"别对我吼安东教的话。你是长了胡子……差不多吧……但不代表你非得满嘴脏话。现在，请让我安静地扔一会儿骨头，然后我再来说说其他消息。"

西蒙无力地坐着，又是担忧，又是烦躁。要是他们向他提问呢？他们会不会让他站出来，在男爵公爵将军之类的大人物面前讲话？他，一个出逃的小厮？

宾拿比克柔声哼着歌，轻轻摇晃那些骨头，像个骑兵在酒馆里摇骰子。它们发出咔哒咔哒的声音，滚到石地板上。他查看它们的位置，然后拢成一堆，又掷了两次。他抿着嘴，花了好一会儿，专心盯着最后那次的结果。

"小径云烟……"他沉思着，最后说道，"无翅鸟……黑隙。"他用袖子擦擦嘴唇，接着用手掌拍拍胸口，"我能从这些意象里编织出什么？"

"那些有什么含义吗？"西蒙问，"你刚刚说了什么？"

"这是某种迹象的称呼——某种模式。投三次，每次的含义都不一样。"

"我不……我……你能解释一下吗？"西蒙说着，差点被坎忒喀推倒。她从他身边挤过，脑袋搁在宾拿比克盘起的腿上。

"你看。"矮怪说，"第一个，小径云烟。意思是我们所处的位置看不到远处，但远处的东西又和更远的东西很不一样。"

"我也能说出类似的话来。"

"安静，学着点儿。你想永远都那么蠢吗？好了，第二个掷出的是无翅鸟。代表优势。看来我们的无助本身就是有益的，大概就是说我今天的骨卜吧。最后，是我们应该小心的东西……"

"或者害怕的东西?"

"害怕的东西。"宾拿比克平静地赞同说，"黑隙——这就比较奇怪了，以前我还从没自己掷出来过。它可能是背叛的意思。"

西蒙倒吸一口气，想起来了："像是'错误的信使'?"

"对。但它也有其他意思，更特殊的意思。我师傅教过，可能是什么东西即将到来，从另一边突破而来……因此，也许是我们知道的那些神秘事件里的……北鬼。你的梦……明白了吗?"

"一点点。"他站起来，伸个懒腰，开始找衣服，"其他消息呢?"

矮怪抚摸坎忒咯的背，思索着，过了一会才抬起头。"啊。"他终于反应过来，伸手摸进上衣，"我带来了，你自己读吧。"他拿出一张摊平的纸卷，递过来。西蒙觉得露在外面的皮肤有些刺痛。

字迹很淡，但字体精细，寥寥数语写在摊开的羊皮纸中间。

西蒙:

感谢你在旅程中表现出的勇敢。希望上帝保佑你一直好运，朋友。

签名只有一个字母"M"。

"是她写的。"他慢慢地说，说不清自己是失望还是高兴，"是玛雅写的，对不对? 她就送来这么点儿东西? 你见到她了?"

宾拿比克点点头，看起来很悲伤。"我见过她了，但时间很短。她说我们也许还能再见面，不过在那之前，要先完成一些事情。"

"什么事情? 她让我很生气……不，我不是那个意思。她在奈格利蒙吗?"

"她给了你消息，不是吗?"西蒙满心想着那张纸条，没注意到宾拿比克摇摇晃晃地站起。她写了纸条! 她没忘! 可是她没写几个字，也没来看自己，没跟他说话，没做任何事……

乌瑟斯拯救我吧，我这是爱上她了吗？他突然想到这些。可这跟他以前听过的情歌不一样——比那令人开心，也更加令人恼火。他曾以为自己爱上了海普兹帕，当时肯定也想了很多关于她的事，但主要是她的外貌，她走路的姿势。而玛雅，他当然记得她长什么样，但同样的，也想知道她在想什么。

她在想什么？他被自己恶心到了。我甚至不知道她从哪儿来，更不用说她在想什么！我对她一无所知……而且，要是她喜欢我，肯定也没喜欢到特意写在信上的地步。

这才是唯一的真相。他知道。

不过她说我很勇敢。她称我为朋友。

他从纸片上抬头，发现宾拿比克正盯着自己。矮怪的表情有些阴郁，但西蒙不知为什么。

"宾拿比克。"他刚开口，却又想不出有什么问题的答案可以帮他清理混乱的思绪，"好吧。"他最后说，"你知道卫兵长在哪儿吗？我得去弄把剑。"

他们走到外城，空气很潮湿，沉重的灰暗天空低垂在头顶。一大群人穿过城门涌进来。有些人带着蔬菜、麻布和其他东西来兜售。更多的人则拉着摇晃的板车，车上堆着全部家当，令人看了心生同情。西蒙的两位同伴，个子小小的矮怪，体型巨大的黄眼狼，在新来的人群中间引起一阵不小的恐慌。有些人指着他们，担心地用乡下土话叫嚷。其他人则害怕得直往后退，手放在粗衣胸前，画着圣树手势。所有人脸上都带着恐惧——怕奇异的事物，怕降临在爱克兰的坏日子。西蒙觉得自己像被撕成两半——一半希望能帮助他们，另一半则希望从没见过他们平凡又苦恼的脸。

卫兵营在外城，是城门塔的一部分。宾拿比克把他送到那地方，就去城堡藏书室找史坦异神父聊天了。西蒙很快便站到卫兵长官跟前。那是个看起来很疲惫、心烦意乱、好几天都没刮胡子的年轻人，没戴帽子，圆锥形的头盔里装满小石头，用来给进城的其他部队点名计数。他已接到通知，说有人要加入，而且西蒙来了之后，还时不时念叨一句王子记得自己，于是他将小伙子交给一名熊一样魁梧的北爱克兰守卫，那人叫黑斯坦。

"毛还没长齐是吧？"黑斯坦看着西蒙瘦长的身形吼道，手里还捅着自己卷曲的棕色胡子，"好吧，射箭，就酱（这样）①。给你弄把剑也派不上用场。弓才有用。"

他们一起绕过外城墙，来到打铁铺后面一间长长的、狭窄的房间。这里就是兵器库。全副武装的看守将他们带到一排破旧的铠甲和生锈的剑旁，西蒙沮丧地发现，城堡的军备真是少得可怜，但埃利加无疑会用上最精良的装备。面对那样一支强有力的军队，这边的防护真是薄弱。

"没剩多少。"黑斯坦打量一下说，"开始连这一半都没。除了草叉和锄头，希望外地人给我们带别的来。"

一瘸一拐的看守最后找到一把包在鞘里的剑。黑斯坦觉得，对西蒙的身板来说，细剑最适合。剑身上凝了一层厚厚的油，连看守都毫不掩饰对它的嫌恶之情。"磨一下。"他说，"会好的。"

接着，他们又找到一把长弓，虽说少了弓弦，但其他部分完好，还有一只皮箭囊。

"色雷辛人造的。"黑斯坦指着箭囊背面的圆眼鹿和兔子标记说，"箭囊工艺不错，色雷辛嘛。"西蒙能感觉到，卫兵因那把糟糕的剑，心里有点儿内疚。

回到卫兵营，工匠帮他上好弓弦，又从军需官那儿拿来半打箭，接着教他怎么清理并照管他的新武器。

---

① 黑斯坦有时说话口齿不清。

"尖儿朝外，小鬼，尖儿朝外。"粗鲁的卫兵说着，把剑刃横在磨石上，"要不，没长成男人就当小丫头了。"不知怎么，西蒙竟在污渍和沙砾下见到一抹不可能出现的钢铁反光。

西蒙希望尽快挥剑，至少射些什么东西，但黑斯坦却拿来一对包着破布的木杆，带着西蒙出城门，来到小镇高处的山坡上。西蒙很快体会到，真正士兵间的对练，完全不像以前跟杂货商小学徒杰瑞米玩的游戏。

"长矛更常用。"黑斯坦说，西蒙则坐在草地上，捂着自己被反复敲打的肚子，气喘吁吁，"像酱，但没多余的，你就用弓，小鬼。不过，使剑方便近距离打。那时候你较（就要）百倍谢谢老黑斯坦。"

"为什么……不先……学弓箭……?"西蒙喘着气。

"明天，小鬼，再学弓箭……或者后天。"黑斯坦大笑，伸出宽阔的手掌，"站起来。今天的乐子才刚开始。"

疲倦，酸痛，身子像麦子一样被反复捶打，最后他甚至感觉麦糠从耳朵里掉出来。西蒙中午吃了卫兵营的食物，豆子和面包。黑斯坦则在旁边继续语言教育。可西蒙耳里一直有低低的沙沙声，因此大部分话都没听到。最后，卫兵提醒他明天要来得更早，然后放他走了。他一瘸一拐地回到史坦异空荡荡的房间，连靴子都没脱就睡着了。

雨点从敞开的窗户飘落进来，雷声在远方隆隆作响。西蒙醒来，发现宾拿比克正在等他，就像今天早上情景重现，让他浑身瘀青的漫长下午似乎从未发生。但错觉很快消失。他坐起来时，每块肌肉都无比僵硬。他觉得自己一下子步入迟暮之年。

宾拿比克费尽心思说服他起床："西蒙，这可不是随便你去或不去的晚会。有些事攸关我们的性命。"

他又躺下。"我相信你……可要起床，我现在就没命了。"

"够了。"小个子抓住他的手腕，撑着他的双脚，慢慢地拉着哭丧脸的西蒙坐起。随着穿靴子的脚重重砸上地面，西蒙不由轻轻发出呻吟，接着，沉默休息一会儿，第二只脚也下了地。

过了很久，他才跟宾拿比克一起，跛着脚走出房门，走进越来越大的风和冰冷的雨里。

"我们会不会顺便吃个晚饭？"西蒙问。他人生中头一回痛到吃不下东西。

"这个嘛，我觉得不会。约书亚在这方面挺怪的，他从不跟朝臣们一起吃喝。他有种隐居的渴望。因此我想，大家应该都吃过了。这也是我劝坎忒喀留在房里的原因。"他微笑着拍拍西蒙的肩膀，西蒙的脸抽搐一下。"今晚我们将享用担忧和争执，不利于矮怪、人类或狼消化的食物。"

暴风雨在窗外响亮地嘶吼，但奈格利蒙的大厅还很干爽，三座敞开的火炉带来了温暖，火光和数不清的蜡烛则把周围照得亮亮堂堂。屋顶的斜椽梁隐藏在高处的黑暗里，墙上挂满阴郁的宗教画挂毯。

许多张桌子拼在一起，组成庞大的马蹄形。约书亚又高又窄的木椅位于弧线顶端，椅子上刻着奈格利蒙的天鹅纹章。已有五十来人沿着马蹄分散坐下，彼此热切地交谈着——大部分是贵族，要么身形高大、穿着皮草，要么戴着许多漂亮的饰品，但也有些人穿着粗糙的卫兵服。他们走进来时，有几人抬起头，用估价似的目光观察他们一番，又转回去继续谈论。

宾拿比克用手肘戳戳西蒙的屁股。"他们以为，我们是被叫来表演翻跟头的。"他笑了起来，但西蒙觉得他不像被逗乐的样子。

"这些人都是谁啊？"他们在马蹄一边的最远端坐下，西蒙轻声问道。一个仆人在他们面前放上酒，又往杯子里倒了些热水，然后缩回墙旁边长长的阴影里。

"爱克兰的领主大人们，效忠奈格利蒙和约书亚——或者还没决定效忠哪一方。穿着红白衣服的矮胖子是奥德迈——兀特塞尔男爵。他正跟格林泰德、厄斯菲斯，还有其他几个领主说话。"矮怪举起铜杯喝了一口，"嗯，我们的王子不好酒，或者他只想好好品味此地的甘泉。"宾拿比克又露出顽皮的笑容。西蒙身子往后倾，靠着椅背，害怕又小又尖的手肘再打过来，但小个子的目光越过他，定定地看着桌面。

西蒙喝了一大口酒。真是太淡了。西蒙好奇地想，不知是此地的总管还是王子自己，竟把小事管得这么紧。但话说回来，总比什么都没有强，也许还能帮他缓解四肢的疼痛。喝完这杯，仆人又急匆匆地跑来帮他满上。

越来越多的人进入大殿，有一些人活跃地讨论不休，另一些则在旁冷静地观察。一位上了年纪、穿华丽圣袍的老人，由一名强壮的年轻牧师搀扶进来。他在桌首放了各式闪亮的小东西，从表情看来，脾气一定很暴躁。年轻人扶他坐在椅子上，弯腰在他耳边说了些什么。老人装腔作势地回答几句，年轻牧师则用忍耐已久、快要爆发的目光瞟了屋梁一眼，大步走了出去。

"那是教宗吗?"西蒙悄悄问道。

宾拿比克摇头："我觉得你们安东教的头头不会来。这可是被通缉的王子的地盘。那人更可能是安诺迪斯，奈格利蒙的主教。"

宾拿比克正说着，最后一群人也来了，他停下话头转身去看。来人中，有一些把头发编成细细的辫子垂在身后，身着系腰带的白色赫尼斯第上衣。显而易见，他们的首领是个热情、肌肉发达、留着深色长须的年轻人，正跟一个穿着极尽华丽的南方人交谈。那人看来只比赫尼斯第首领稍微年长些，卷发仔细地打理过，精致衣袍上交织着石楠花色和蓝色。西蒙觉得，哪怕桑弗戈也会为这人的优雅华丽惊叹不已。围坐在桌旁的一些老兵则毫不掩饰地对那浮华的纨绔子弟露出嘲讽的笑容。

"这些呢?"西蒙问,"那个穿白衣、脖子上围着一圈金的——是赫尼斯第人,对吧?"

"对,那是格威辛王子和他的使节。另外一个,我猜,可能是纳班的德瓦撒勒男爵。他以智慧过人著称,也很喜欢衣饰打扮,我听说,他还是个勇敢的战士。"

"宾拿比克,你怎么知道这么多?"西蒙将注意力从新来那伙人身上转回到他朋友,"你是不是躲在门后到处偷听啊?"

矮怪骄傲地挺起胸膛:"我又不是一直住在山上,你知道的。另外,你躺在床上时,我已跟史坦昇还有其他人搞好了关系,也打听到不少消息。"

"什么?!"西蒙的声音比他以为的更响。他意识到自己有点儿醉了。坐在他旁边的人好奇地朝这边瞥了一眼。西蒙靠过去,压低声音,想为自己辩解几句。

"我之前……"他刚开口,就听整个大殿响起一片椅子的吱嘎声,似乎人们都站了起来。西蒙抬头,看到约书亚王子细瘦的身影。他走向大厅另一头,穿着惯常的灰色衣服,面无表情。唯一能显示他身份的,只有头顶的一圈银环。

约书亚对大家点点头就座,其他人也跟着入座,仆从们上来倒酒。约书亚右手边是赫尼斯第的格威辛王子,左手边的主教站了起来。

"现在,"主教声音干涩,听着很是勉强,"请低下你们的头,让我们祈求乌瑟斯·安东保佑这次议会成功。"说着,他拿起用金子和蓝宝石打造的精美圣树,举到面前。

"他曾驾临这个世界,却不仅仅是血肉之躯。请听我们的祷告。

"他曾是人类,但他的圣父却非凡人,而是又真又活的上帝,抚慰我们。

"请保佑这个地方,保佑这里的人们,把您大能的手放在迷失又不断寻求的人肩上。"

老人吸了一口气，目光扫过整张桌子。西蒙的下巴垂在胸口，眼睛却在偷瞄，觉得那老人似乎更想用镶着珠宝的圣树，给每人头上来一下。

"同样，"主教匆匆讲完，"请饶恕这里将会说出的该遭责备的骄傲蠢话。全因我等皆为您的孩子。"

老人摇摇晃晃坐回椅子。桌边有人开始低声交谈。

"西蒙，你猜，主教是不是不愿意到这儿来啊？"宾拿比克轻声问。

约书亚站起来："谢谢，安诺迪斯，谢谢你……发自心底的祈祷。也感谢大家来到这里。"他望着火光明亮的大房间，左手撑在桌面上，另一只手则藏在斗篷的褶皱中，"这是个举足轻重的时刻。"他宣告着，目光扫过一张张脸庞。西蒙觉得整个房间都因他的目光而温暖起来，心想，不知王子会不会提起自己是怎么被救出来的。他眨眨眼，再看过去时，正好对上约书亚的目光。王子飞快地瞟他一眼，又看着房间中心，"举足轻重，又艰难困苦。海霍特的至高王，是的，我哥哥，当然是，但在这里，我们面对的是作为国王的他。国王对我们的艰难处境不屑一顾。即使爱克兰和赫尼斯第都遭受了可怕的干旱，北方又被暴风雨袭击，高额的税金已经成为残忍的惩罚——在这样的情况下，海霍特还向各地伸手，税金比约翰王统治的任何时期更高。埃利加还撤走了曾用来维持道路安全畅通的军队，他们本来还兼顾着把守霜冻边境和巍轮山附近人烟稀少的地方。"

"太对了！"奥德迈男爵叫起来，桌上的酒杯被他震得叮当作响，"上帝保佑，但这些都是真话。约书亚王子！"他转过身子，高举拳头，周围响起赞同的呼喝。但也有不少反对派，安诺迪斯主教就是其中之一，他们听着这么快就爆发的冲动言语，一个个摇着头。

"因此。"约书亚让人群安静下来，继续大声说，"因此我们面临一个问题。我们该怎么做？这就是我把你们叫来，也是你们光临此地的原因，共同来商谈一个决定。"他举起自己的左臂，露出仍然留在那儿的铁铐，"把锁链从各位的脖子上取下来。我们不需要被国王拴住。"

一小撮人发出叫好声回应王子，也有不少人在底下交头接耳。约书亚挥舞那只没有枷锁的手臂让大家安静下来时，一道红光从门口闪进。一个身穿长丝裙的女人轻快地跑来，模样像支火炬。西蒙在约书亚房里看到的也是这个女人，黑眼睛，态度专横。人们露出好奇的目光追随着她，看着她飞快跑到约书亚椅旁，弯腰在王子耳边嘀咕。约书亚看起来浑身不自在，双眼直盯着自己的酒杯。

"这女人是谁啊？"西蒙轻轻问。从周围多人的表情和低语声看，他不是唯一一个问这个问题的人。

"她叫渥莎娃。色雷辛一个族长的女儿，她也是王子的……叫什么来着？女人，我想是吧。他们说她非常漂亮。"

"她是很漂亮。"西蒙盯着她看了一会儿，又转向矮怪，"他们说！你说'他们说'是什么意思？她就在那里，不是吗？"

"是啊，但我很难判断。"矮怪微笑起来，"我不喜欢大个子女人。"

渥莎娃小姐将消息传达完毕，听完约书亚的回答，便飞快安静地离开大殿，只留下一抹猩红在门口的黑暗中闪烁。

王子抬起头。西蒙觉得那张平静的脸庞下，掩盖着某种感情，似乎是……尴尬？

"好了。"约书亚开口，"我们刚刚……怎么了，德瓦撒勒男爵？"

纳班的膏粱子弟站起来："殿下，你刚刚说，我们应该只把埃利加当做国王看待。但那显然不是真的。"

"什么意思？"在忠实部下的反对声中，奈格利蒙领主问道。

"原谅我，王子。我的意思是：如果只把他当做国王，我们就不会在这儿了，至少李奥巴迪公爵不会派我来这儿。你是圣王约翰仅剩的另一个儿子。否则，我们怎会长途跋涉到这儿来？否则，那些抱怨海霍特的人会到塞斯兰·玛垂府，或到赫尼塞哈的神堂去。但你是他的弟弟，不是吗？国王的弟弟？"

约书亚唇上浮出一丝冰冷的笑容："没错，男爵，确实如此。我明白你的意思。"

"多谢殿下。"德瓦撒勒微微鞠了一躬，"现在，约书亚王子，问题又回到你想怎么做？复仇？王座？还是与贪婪的国王和解？他会答应放任你在奈格利蒙过无忧无虑的日子？"

这一下，出席的爱克兰人齐声大吼，还有几人站起来，眉毛倒竖，胡子打颤。但在他们说话之前，赫尼斯第年轻的格威辛迅速站起，身子朝桌对面的德瓦撒勒男爵靠过去，活像一匹想往前冲又被拽住辔头的马。

"纳班的大人想要命令，嗯？那好，听我的命令。战斗！埃利加侮辱了我父亲的血统和王座，还派国王之手到我们的神堂，用污言秽语威胁我们，就像大人惩罚孩子。我们不需要衡量这个那个——我们已经准备好战斗了！"

有几人为赫尼斯第人大胆的言论欢呼起来。西蒙又喝光一杯酒，模糊的视线中，有更多人面带忧虑，还和他们身旁的人轻轻交谈。他自己身边，宾拿比克也皱着眉头，像镜子一般倒映出王子那张被阴影笼罩的脸。

"听我说！"约书亚喝道，"代表李奥巴迪的纳班使者提出了冷酷但合理的问题，我会一一给他答复。"他冷冷地回瞪德瓦撒勒，"男爵，我不想称王。我哥哥也知道这一点，但他依然派人抓我，杀了不少我的人，还把我关进地牢。"他再一次挥动戴着镣铐的手臂，"因为这一点，是的，我确实有复仇的念头——但埃利加若能让国泰民安，我会为了奥斯坦·亚德，特别是我的爱克兰放弃复仇。我会想办

125

法和解……虽然我不知道究竟能不能做到。但埃利加已变得危险又固执，有人说，他时不时会陷入疯狂。"

"谁说的？"德瓦撒勒问，"被他的铁拳打击到的领主们？我们正在讨论可能降临的战争，会将我们的国家像破布一样撕碎的战争。要是一切不过由流言引发，那就愧对大家了。"

约书亚靠着椅背，招手示意一个佣人前来，对他耳语一番。那男孩立刻飞奔出大殿。

一个穿白皮衣、戴银链子、身强力壮、满脸胡须的男人站起来，"如果男爵不记得了，我会提醒他。"他说，明显不怎么自在，"我是厄斯菲斯，汀赛特领主。我只说一点：如果我的王子说，国王失去了理智，对我来说，这话就足够了。"他皱起眉头，坐下。

约书亚站起来，灰衣包在细瘦的身子外，整个人就像一条展开的绳子。"厄斯菲斯领主，谢谢你的话。但是，"他环视人群，所有人都安静下来回望着他，"没有人必须听从我的命令，也不需要听从我臣下的命令。不过，我给你们带来了对埃利加为人处世有直接认识的人，你们也会觉得这人的可信度非常高。"他朝大殿旁门挥挥左手，刚才退下的仆人又走了进来，身后还有两个人影站在门口。一个是渥莎娃，另一个穿着天蓝色的裙子，越过渥莎娃，走到壁灯照耀下的光圈中。

"领主们，"约书亚说，"有请米蕊茉公主——至高王的女儿。"

西蒙张口结舌，盯着面纱和皇冠掩饰下那头剪得短短的金发……盯着那张无比眼熟的脸庞，仿佛一道晴天霹雳，他几乎和其他人一起跳起来，但松软无力的双膝，使他又跌回椅子上。怎么回事？为什么？这就是她的秘密——她那烂在肚里、欺瞒到现在的秘密?！

"玛雅？"他喃喃自语。当格威辛让位给她时，他注意到她精准又优雅地点头致谢。接着众人都坐回去，好奇地大声说着什么，西蒙终于站了起来。

"你，"他抓着宾拿比克的双肩，"你……你已经知道了?!"

矮怪本想说些什么，但只是撇撇嘴，耸了耸肩。西蒙的目光越过一大片攒动的人头，看着玛雅……不，米蕊茉……她的大眼睛里满是悲伤，也正看着自己。

"该死!"他从齿缝间嘶声骂道，转身快步走出房间，眼里噙着羞愧的泪水。

北
方
的
消
息

❋

"好吧，孩子。"淘儿说着，将另一把酒壶推到桌子对面，"你说得太对了——她们就是麻烦。一直都是。"

西蒙斜眼看看老弄臣，突然觉得这人还真聪明绝顶。"她们给人写信。"他说着，喝了一大口酒，"骗人的信。"他把酒杯放回木头桌子，看着酒又从壶口倒进杯里，几乎满溢而出。

这房间像个盒子，方方正正。淘儿穿着亚麻内衣，大概一两天没刮胡子了，身子向后靠在墙上。"她们是会写这种信。"他严肃地说，点着长满杂乱白须的下巴，"有时她们还在别的女人面前乱说你的事。"

西蒙皱着眉头，想着他的话。她可能已经这么做了，告诉其他贵族，有个愚蠢的小厮曾跟她一起划船到艾伏川。可笑的故事说不定已传遍了奈格利蒙。

他又灌了一大口酒，除了满嘴酸味，还带些苦涩。他把杯子放下。

淘儿挣扎着站起："看，你看。"老人说着，走到一个木柜旁边，在里面翻来找去，"该死的，我知道就在这附近。"

"我早该想通的！"西蒙责怪自己，"她给我写了张字条。一个女仆怎么会……会比我写得更好?!"

"这是该死的鲁特琴弦！"淘儿继续翻箱倒柜。

"可是，淘儿啊，她写了字条给我——说愿神保佑我！她叫我

'朋友'。"

"什么？好吧，那很好，孩子，好啊。她就是你想的那种姑娘，不是什么傲慢的漂亮小姐，看不起你，像那些人一样。啊！在这里！"

"啊？"西蒙的思绪乱作一团。他十分肯定，自己只提过一个女孩——那个自大的逃跑女佣，变换身份的玛雅……米蕊茉……好吧，反正也不重要，对吧？

可她靠着我的肩膀睡着了。迷迷糊糊，酒意朦胧，他想起脸颊旁的温暖呼吸，同时，一阵失落的心痛袭来。

"看这个，孩子。"淘儿站到他面前，身子摇晃，拿着个白色的东西。西蒙看着它，迷惑不解。

"这是什么？"

"围巾。天凉保暖用的。你看到这些字没？"老人手指弯曲，指着白底上一行用蓝黑色的线绣出的字。这些如尼文字的形状让西蒙想起了什么，即使醉意朦胧，还是能感到某种冰冷的东西在体内悸动。

"这是什么？"他问，口齿比之前清楚了些。

"瑞摩加如尼文。"老弄臣出神地微笑，"读作'克鲁恩'——我的真名。一个女孩绣的，围巾也是她织的。为我织的。那时我和亲爱的约翰国王一起，在艾弗沙。"出乎意料，他竟哭了起来，一边流泪一边摸回桌边，跌坐在硬椅子上。几分钟后，他停止啜泣，泪水还在红红的眼眶里打转，就像太阳雨后的水洼。西蒙什么都没说。

"我应该跟那女孩结婚的。"淘儿终于说，"但她不肯离开那片土地——不肯到海霍特。她啊，不敢去任何地方，不敢离开家。她很久以前就死了，可怜的姑娘。"他响亮地吸着鼻子，"可我怎能离开我的好约翰呢？"

"什么意思？"西蒙问。他记不起自己最近在哪儿看到过瑞摩加如尼文，或者说，他不愿努力回想。坐在这里，在烛光下，让老人爱说什么就说什么，简单又轻松。"他什么时候……你什么时候到瑞摩加的?"他问。

"哦,孩子,很多、很多、很多年以前了。"淘儿毫不脸红地擦干泪水,拿出块大手帕擤了擤鼻涕,"是在纳文德大战之后。就是打完仗那一年,我遇到了织围巾的姑娘。"

"纳文德大战是什么?"西蒙伸手,给自己倒了更多的红酒,思绪又飘去了别处。他想,现在大厅里到底怎么样了?

"纳文德?"淘儿瞪着他,"你居然不知道纳文德?约翰就是在那里打败老国王乔戈仑,一统北方,成为至高王的。"

"我大概知道一点儿。"西蒙不快地说。要知道的事真是太多了!"是场有名的大战吗?"

"当然!"淘儿两眼炯炯发光,"整个冬天,约翰都包围着纳文德。乔戈仑和他的手下没料到南方的爱克兰人能撑过瑞摩加严酷的大雪。他们以为约翰会撤回南方。但约翰做到了!不但破了外墙,在最后一场暴风雪中,约翰甚至亲自翻越内城城墙,打开城门——切断闸链前,他孤身和十人作战。然后,就在异教祭坛上,约翰粉碎了乔戈仑的盾,把他砍翻在地。"

"真的?那时你也在?"西蒙多多少少听过这个故事,但从目击者口中再听一遍,还是挺让人兴奋的。

"差不多,那时我在约翰营里。他到哪儿都带着我,我的好国王。"

"艾奎纳是怎么成为公爵的?"

"啊。"淘儿从酒罐里找到那条白围巾,正在拧干它,"你知道,他的父亲艾布恩是第一任公爵,第一个开化的瑞摩加异教贵族——他接受了乌瑟斯·安东的信仰。约翰扶植他的家族坐上瑞摩加的头把交椅,就这样,艾布恩的儿子艾奎纳现在也成了公爵,而且,你甚至找不出几个比他更虔诚的安东信徒。"

"那个乔什么国王的子孙怎么样了?他们中间没人想成为安东信

徒吗?"

"哼。"淘儿轻蔑地挥挥手,"我想他们都战死了。"

"嗯嗯。"西蒙靠着椅背,把宗教、异端等乱糟糟的想法推出脑外,试着想象那场气势恢宏的大战,"那时,约翰国王有没有得到光锥?"他问。

"有……有,他有。"淘儿说,"上帝之树啊,他在战场上是多么英姿勃发。光锥,它真是闪亮,剑光是那么快——只看到钢铁模糊的影子。有时,约翰看起来就像被一团漂亮的、圣洁的银光围住。"老弄臣叹了口气。

"那么,那个女孩是谁呢?"西蒙问。

淘儿看着他:"哪个女孩?"

"给你织围巾的女孩。"

"哦!"淘儿皱着眉,满脸都是褶子,"茜格玛。"他考虑了一段时间,"然后,你想啊,我们后来在那儿待了几乎一年。要治理好被征服的地区是很难的,你知道,很难。我感觉,有时比打场该死的仗还要难。她那时是个女仆,负责打扫国王大殿——我也经常在那儿。她头发的颜色像是金子——不,淡一点,几乎是白色的。我向她示好,亲近她,像驯服一匹小野马——说几句好听的话,给她家族一点额外的食物。啊,她长得可漂亮了!"

"那时你想娶她吗?"

"大概想吧。那是很多年前的事了,孩子。我想把她带在身边,这一点是肯定的。但她不肯走。"

好一会儿没人说话。暴风在厚厚的城墙外呼啸,像被主人遗忘的猎犬。蜡油滴落下来,发出嘶嘶声。

"如果你能回去。"西蒙说,"如果你能再到那个地方……"他努力把这个奇怪的想法表达清楚,"你会不会……会不会还跟她分开?"

很长时间没有应答。正当西蒙打算伸手摇醒老人时,他的身子动弹一下，清了清嗓子。

"我不知道。"淘儿慢慢地说，"看来，上帝总是让事情往安排好的方向发展，但我们肯定也有选择，是不是，孩子？没有选择不是好事。我不知道——我觉得，我不想谈太多往事。最好也就是这样，选对或选错，就是这样了。"

"但事后再想选择就要简单得多。"西蒙说着，站了起来。淘儿定定地看着摇曳的烛火。"我的意思是，当你要下某个决定时，你知道的事永远都不够多。只有过后，你才能把方方面面都看清。"

一阵强烈的困乏感袭来，他突然觉得疲倦比醉意更浓厚，于是谢过老弄臣的酒，说了声晚安，离开屋子，走进冷清的院子和倾盆大雨中去。

西蒙一边跺着脚，把泥从靴子上弄下来，一边看着黑斯坦摇摇晃晃地离开狂风大作的潮湿山坡。他看到，下方镇子里的炊烟升上铁灰色的天空。他打开包在剑外的布，看着远处明亮的阳光穿过云层，投射在西南的地平线上，装点着风暴外的区域，那里看来似乎更亮、更美。也许阳光无心也无情，完全不在意这个世界的问题，只是随意地照耀着。西蒙向上望去，手里握紧木棒，但他的情绪没有改变。他觉得孤独。在这片摇曳的草丛中，自己跟石头、树干没什么区别。

今天早上，宾拿比克来过。虽然西蒙最后被叫醒，却没理会敲门声和矮怪的轻声话语，直到两种声音都消失，他又躺回去睡了一会儿。他还不想这么快见到小个子，心里暗自感激隔开他们的无情房门。

西蒙再次来到卫兵营，黑斯坦毫不客气地嘲笑他衣服上沾染的绿色污渍，并保证很快会带小伙子出去尝尝真正的酒，然后开始练剑，好让他蒸发掉身体里残余的酒气。虽说刚开始，西蒙觉得生命力也跟酒气一起散掉了，但过了一小时左右，血液在血管里奔腾流淌的感觉又回来了。黑斯坦拿着包好的剑和裹得厚厚的小盾，比昨天更严格地训练他。能够分心让西蒙很感激，他几乎在享受剑和盾一下又一下不间断的重击。劈剑，躲避，反手再劈剑。

此时，大风吹过汗湿的衣衫，他捡起自己的装备，走上山坡，往大门走去。

费劲儿地穿过积水的内庭，又避开一队前去换班放哨的披着羊毛斗篷的卫兵。他觉得奈格利蒙所有的颜色都被一起洗掉了。病恹恹的树木、约书亚卫兵身上的灰斗篷、牧师暗沉的法袍，目所能及的一切也许都是用石头做的，连匆忙走过的仆佣们也是雕像，只是暂时被注入了活力。

西蒙玩味着自己阴郁的情绪，甚至感到一丝愉悦。这时，长长的露天庭院对面突然闪过一片鲜艳的色彩，吸引了他的注意力。色块如此出挑，好比静夜里响起的号角。

那是三个身穿奢华丝绸的年轻女人。她们走出一道拱门，轻快地打闹、嬉笑着，穿过露天庭院。其中一人穿着金红相间的衣裙，另一人穿干草黄的裙子，最后一人则穿条长长的、闪光的、鸽灰和蓝色相间的裙子。他认出最后那个正是米蕊茉。

意识到自己正在干什么之前，他已经朝那三个女孩子走了过去。可她们却在长长的立柱走廊里消失了，他只好顺着飘进耳里的谈话声小跑起来，像头獒犬闻到食物的香气，没跑三十步，就到了。

"米蕊茉！"他发出的呼唤声那么响，连自己都吓了一跳，不由尴尬地停下脚步。"公主？"看到她转过身，他一瘸一拐地走上前去。看她的表情，应该认出了自己，但接着，她又浮现出另一种表情，在他眼里，像是惊讶，也像怜悯。

"西蒙？"她问道，眼里已没有任何疑问。她们站在十多尺远的距离外望着他，却好像隔着一道鸿沟。他们互相看了一会，似乎都在等对方先开口，用适合的话语打破僵局。最后，米蕊茉对两个同伴轻轻说了几句。西蒙没怎么注意那两个女孩，却能肯定她们脸上写满了不以为然的神情。只见她们后退几步，走到前方不远处等待。

"不能叫你玛雅……我……我觉得怪怪的……公主。"西蒙低下头，看着溅到靴子上的泥点和沾着绿草的裤子，本以为自己会羞愧，但相反，一种奇特、强烈的骄傲涌上心头。也许他是个土包子，但至少是个诚实的土包子。

公主飞快地打量他一番，最后目光落在他脸上。"对不起，西蒙。我不是想欺骗你才说谎的，因为没办法。"她简单地打了个无助的手势，"对不起。"

"不……不必说对不起。只是……只是……"他搜肠刮肚，想找出合适的字眼，双手紧紧环握剑鞘，"只是事情有点怪怪的，我觉得。"

轮到他打量她了。裙子上带着绿色条纹，也许是为表示忠于她父亲吧。接着他肯定，这条裙子让记忆中的玛雅多了些什么，但同时，也有些东西消失了。他不得不承认，她看起来很好：清晰精致的五官，像贵重的宝石，用最适合的方式展现出实质。与此同时，消失的只是跟他一起在河上旅行、又一起在长阶担惊受怕的玛雅，看不到有趣、朴实又无所顾虑的模样了。那张淡漠的脸上，已经没剩下什么能让他回想起那些过往，不过，从她斗篷里露出来的脖子上剪得短短的浓密金发里，还潜藏着一丝当初的感觉。

"之前你把头发染黑了？"他问。

她害羞地笑了："是啊。逃离海霍特之前，我就想好要怎么做了。先把头发剪掉——本来可长了。"她得意地补充一句，"然后让一个鄂克斯特女人帮忙用它做了顶假发，莱乐思帮我戴上。假发能盖住染黑的短发，这样就可以销声匿迹地观察父亲身边那些人，还能听到本不可能听到的事……弄清到底发生了什么。"

西蒙虽然有些不快，但十分佩服女孩的聪明伶俐。"那你为什么跟着我呢？我又不是什么重要的人。"

公主反复地交叉手指又松开。"我没有故意跟着你，第一次没有。我是在礼拜堂听我父亲和伯父争吵。其他时候……好吧，确实是跟着你。我在城堡见你一个人待着，没人要求你做什么、到哪儿去、对谁微笑，又要对谁说话……我很嫉妒。"

"没要求我做什么？"西蒙自嘲地咧嘴笑了，"那你肯定没见过怒龙瑞秋，小姑娘！"他马上更正过来，"我是说，公主。"

米蕊茉微笑的脸突然不自在起来。西蒙再次感到昨夜灼烧自己的愤怒涌了上来。她是什么人，居然在他身边会觉得不自在？难道不是他把她从树上救下来的吗？她难道不是还把头靠在他肩上吗？

没错，这正是大麻烦的一部分，不是吗？他想。

"我得走了。"他举起剑鞘，像要给她看展示这东西长什么样子似的，"我挥了一整天剑累得很。你那些淑女朋友肯定也在等你。"他刚要转身，却又停下来，在她面前单膝跪下。她的表情更加不自在，比之前更加悲伤。

"公主，我告退了。"说着，他走开了，没有转头，没有看她是不是一直目送自己。他抬头挺胸，径直离开。

宾拿比克身穿应该算是正装，一件白鹿皮外套和一根鸟骨项链，站在房门口等着西蒙。西蒙冷淡地打个招呼，心里暗自惊讶，几个小时前他还充满怒气，现在却只剩下奇异的空虚。

矮怪等他在门阶蹭掉靴子上粘的泥土，一起走进房间。西蒙换上另一件衣服，也是史坦异神父好心留下的。

"西蒙，我知道你还在生气。"宾拿比克开口说，"我希望你能明白，前天晚上，在约书亚说出来之前，我根本不知道公主的事。"

对西蒙这样瘦瘦的大个子来说，牧师的衣服太宽大了，下摆得塞进裤子里。"干吗不告诉我？"他问道，相当满意自己这种轻松随意的感觉。他不该让小个子的蒙骗影响自己的心情，反正以前也是独自过活。

"因为我保证过不说。"宾拿比克看起来很不高兴，"在知道是什么事情之前，我已经答应下来了。而且，我比你先知道，总共也就一天时间——这能有多大区别？她本该亲口告诉我们的，反正我是这样想。"

小个子是对的，但西蒙不想听到有人批评米蕊茉，虽然他自己也为些小事一直在责怪她。

"现在已经不重要了。"他只是说。

宾拿比克挤出一个难看的微笑："希望是这样。目前，商酌会是最重要的。应该让他们听听你的故事，今晚就说。昨天你离开以后，没发生什么大事，主要是德瓦撒勒男爵想要约书亚的保证，那样纳班就会答应站在他这一边。不过今天晚上……"

"我不想去。"他整理一下垂到手背的衣袖，"我要去看淘儿，或者桑弗戈。"他将袖口翻上去，"公主会去吗？"

矮怪看起来忧心忡忡："谁说得准呢？但你得去。不到一小时前，公爵和瑞摩加人到了，骂骂咧咧，风尘仆仆，马嘴里吐着白沫。今晚会讨论重要的事。"

西蒙盯着地板。去找琴师喝一杯要轻松得多，似乎还能将所有麻烦赶出脑子。无疑，新认识的卫兵们也会是好伙伴，可以一起到奈格利蒙镇去，他们还没去过那儿呢。反正比坐在那个大房间里轻松多了。那个沉重的房间里，讨论的净是面前的险境和要下的决策。就让其他人去讨论、去担心吧——他只是个小厮，那一切已经远远超出他的理解范围。难道这不是最好的办法吗？

"我会去的。"他最后说，"但有个条件，由我自己决定要不要开口。"

"同意！"宾拿比克冲他笑了，但西蒙没有心情回以微笑。他披上斗篷。虽说已经洗干净，但上面还有很多没人注意到的、在路上和森林里弄的划痕。宾拿比克带路，两人往大殿走去。

✿

"就是这样！"艾弗沙的艾奎纳公爵大吼，"还要什么证据啊？用不了多久，他就会抢走我们全部的领土！"

艾奎纳和他手下人一样，还来不及换掉路上被打湿的衣服，水从湿透的斗篷上一滴滴落到地上，形成一个小水洼。"想想，我还曾把那个扭曲的怪物抱在腿上玩！"他激动地紧抓胸口，盯着手下，想看到他们的支持。除了眯起眼睛的爱因司凯迪，其他人都阴沉地点头。

"公爵！"约书亚呼唤着举起手，"艾奎纳，请坐下。你从冲进来开始吼到现在，但我还是没明白……"

"没明白你的国王哥哥做了什么?!"艾奎纳的脸涨成紫色，似乎随时会抓起王子，把他砸到自己粗壮的膝盖上。"他偷走我的领土！把它送给叛徒，还把我儿子关了起来！他是个魔鬼，你还想要什么证明？"

厅里都是领主和将军。当瑞摩加人冲进房间大吼大叫时，他们下意识地都跳了起来，现在又纷纷坐回硬木椅子，恼火地嘟囔着，一打利剑也随着整齐清脆的声音重新入鞘。

"非得让我找个人代你发言吗，亲爱的艾奎纳？"约书亚问，"或者你能冷静下来，亲口告诉我们到底发生了什么？"

老公爵瞪着坐在桌首的王子，过了一会儿才慢慢伸手，抹了把脸，动作像在擦汗。那一瞬间，西蒙确信艾奎纳就要落泪了：红脸膛像一张满是无助和失望的面具，皱成一团，眼神仿佛受惊的野兽一般。但他只是后退一步，坐了下去。"他把我的领地给了尖鼻子司卡利。"他终于开口说，不再嘶吼，声音十分空洞，"我没有其他要说的了，除了这里，也没别的地方可去。"他摇摇头。

汀赛特的厄斯菲斯站了起来，宽阔的圆脸上满是同情："艾奎纳公爵，告诉我们发生了什么。"他说，"我们一个接一个，要把事情都说出来。要相信，我们之间久经考验的友谊，会成为彼此的利剑和盾牌。"

公爵感激地看着他，"谢谢，厄斯菲斯大人。你是可靠的伙伴，也是个善良的北方人。"他把目光转向其他人，"原谅我。我刚才失态了。但也没多少该死的消息。我只能说些大家应该都知道的事情。"艾奎纳随手拿起一只酒杯，喝干了酒。有几个等着听他说的人，也趁机叫人把自己的杯子满上。

"大部分事情，我敢肯定，约书亚和在座不少人已经知道：我告诉埃利加，暴风雪害死我的人民，掩埋我们的城镇，我儿子不得不代替我统领瑞摩加。这种情况下，我实在没法子继续留在海霍特听他调遣。好几个月来，国王一次又一次拒绝我的请求，但最终，他还是同意了。于是我赶紧带着人马北上。

"首先第一件事，我们在圣宏德朗被人伏击。就在我们踏进陷阱前，埋伏的人甚至把教堂里的人全杀光了。"艾奎纳伸出手，拍拍挂在胸口的木制圣树，"我们和他们打了起来，他们敌不过就撤，这时却下了场诡异的雷雨，我们被拖慢脚步，让那些人逃走了。"

"我没听说过这事。"纳班的德瓦撒勒若有所思地盯着艾奎纳，"谁在修道院里伏击你们？"

"我不知道。"瑞摩加人烦躁地回答，"我们虽把不少人送下了地狱，却连一个俘虏都没抓到。有几个看起来像瑞摩加人。那时候我还肯定他们是雇佣兵——现在就不敢下这种结论了。我还有个亲戚死在他们手上。"

"紧接着，第二桩。我们当时在小闹北面不远处扎营，却被一群肮脏的贝肯袭击。一大群，就在开阔地，字字属实。它们袭击全副武装的营地！我们虽然打退了它们，但损伤惨重……哈尼、瑟雷宁、西加德的乌泰……"

"贝肯?"德瓦撒勒挑起眉毛，很难判断那表情到底是惊讶还是轻蔑，"艾奎纳公爵，你刚刚说，你们被传说中的小妖怪袭击了?"

"也许在南方是传说。"爱因司凯迪坐在座位上冷笑，"无能的纳班宫廷的传说。但在北方，我们知道它们是真的，而我们的斧子总是保持锐利。"

德瓦撒勒男爵气得跳起来，但在他把讥讽甩出去之前，西蒙感到自己身边有个人动了动，接着，那人开口说道:

"不管北方还是南方，各有很多误会和无知之处。"宾拿比克说，他站在椅子上，小手搭着西蒙的肩膀，"贝肯，也就是掘地怪，本来不太可能越过爱克兰北境，往南方扩展它们的巢穴。虽说对南方人是好事，但也不应该忘记这个普遍的真相。"

德瓦撒勒惊讶地张大嘴巴，其他不少人的反应也如出一辙。"难道这是贝肯中的一员，被派到爱克兰来做使者了? 我现在才算见识到大千世界无奇不有，死而无憾了!"

"如果我是你见过最稀奇的……"宾拿比克刚想回答，却被爱因司凯迪打断。他猛地跳起，站在惊呆的艾奎纳身边。

"他比贝肯还糟糕!"他低吼着，"这是个矮怪——地狱来的怪物!"他试图挣脱公爵的手，"偷婴儿的怪物在这里做什么?"

"做比你更有用的事，你这长胡子的蠢货!"宾拿比克反唇相讥。众人不明就里，叫嚷着乱作一团。小个子太靠前，西蒙伸手抓紧他的腰，防止他摔到满是酒渍的桌子上。最后，在喧闹声中，终于听到约书亚愤怒的喊声。

"安东之血啊，实在看不下去了! 你们是大人还是小孩?! 艾奎纳，伊坎努克的宾拿比克是受我之邀前来的。如果你的人不守我的规矩，可以去塔楼牢房接受款待! 我要听到道歉!"王子身子前倾，像只弓背的鹰。西蒙攥着宾拿比克的外套，发现这时的约书亚竟那么像死去的至高王，不由呆住了。那才是约书亚应该有的样子!

艾奎纳低下头："我为我的部下道歉，约书亚。他头脑发热，又没什么教养。"瑞摩加人转回去，狠狠瞪着坐下的爱因司凯迪。那人则盯着地板，胡须随无声的念叨而颤动。"我们这一族和矮怪是由来已久的宿敌。"公爵解释说。

"伊坎努克的矮怪不与任何人为敌。"宾拿比克傲然回答，"是瑞摩加人看到我们过人的体格和力量，害怕了，才到处袭击我们——甚至在约书亚王子的大厅里。"

"够了。"约书亚厌恶地挥手，"这里不是让你们无休止地为陈芝麻烂谷子吵架的地方。宾拿比克，你会有时间发言的。艾奎纳，你的事还没说完。"

德瓦撒勒清清喉咙："王子，请允许我说一句。"他转向艾奎纳，"看到这个小个子，从……伊坎努克来？……我才觉得你说的贝肯像是真的了。请原谅我之前的质疑，尊敬的公爵。"

艾奎纳紧皱的眉头稍微舒缓了。"哪儿的话。男爵。"他嘟囔道，"我已经忘记了，你也一样，肯定忘记了爱因司凯迪刚才的蠢话。"

公爵停顿一会儿，重新整理被打乱的思路。

"好了，像我刚刚说的，那才是最奇怪的。就算在霜冻边境和北部荒野，贝肯也极少出没——我们为此感谢上帝。所以说，它们居然会袭击我们那样的武装队伍，前所未闻啊。贝肯体型不大。"他瞟了一眼宾拿比克，目光接着滑到西蒙身上，顿住了。他又皱起眉头仔细打量。"不大……它们体型不大……但很凶猛，一大群同时发起攻击时很危险。"他摇着头，像要把觉得西蒙眼熟的感觉甩掉似的，将注意力拉回到围满人的长桌。

"从掘地怪手中逃出来，我们继续赶往奈格利蒙，到了以后补给一下，又接着向北去。我非常渴望再次见到家园，还有儿子和妻子。

"这些日子，北巍轮路和霜冻大道都不是什么安全之地。在座各位如果有人的领地在此地以北，不用我多说什么，肯定会明白。在出发后的第六天夜里，我们高兴地看到从山下韦斯万发出的灯光。

"紧接着那个早晨，我们在大门边遇到了斯道夫，韦斯万的领主——应该是男爵吧。总之，他带着五十名侍卫。可他真是来欢迎借道的公爵吗？

"他很不安——确实应该不安，叛变的狗贼。他告诉我，埃利加把我当做叛徒，还把我的领土给了尖鼻子司卡利。斯道夫说司卡利希望我投降，而他，斯道夫本人，会将我带到艾弗沙，我儿子艾索恩已经被关在那儿了……还说司卡利会公正宽容地对待我。公正！考德克的司卡利，他以前在醉酒时手刃了自己的兄弟！这种人竟在我的屋檐下，说要宽容地对待我！

"要不是我的人拦住我……要是他们没有……"艾奎纳公爵不得不停下，怒不可遏地扯着自己的胡子，"那么。"他继续说，"你们可以想象，我会立刻把斯道夫的肠子扯出来。我那时想，如果要向司卡利那样的蠢猪低头，还不如死在剑下算了。不过，就像爱因司凯迪指出的，最好的方法是夺回我的家园，拿司卡利去喂剑。"

艾奎纳看了眼他的手下，两人同时露出一抹苦涩的笑容。接着他又转回人群，拍拍空荡荡的剑鞘："总之，我保证。哪怕拼了这把老骨头、这堆肥肉，一路爬回艾弗沙去，我向铎尔之锤起……原谅我，安诺迪斯主教，我是说，向乌瑟斯·安东起誓，一定要用我的宝剑克瓦尼尔捅穿他的肚子。"

到刚才为止，赫尼斯第王子格威辛都安静得反常，听到这话，终于忍不住狠狠往桌上捶了一拳，脸也涨红了。西蒙想，应该不光是喝了酒才变红的，虽然这位西方的小伙子确实喝了不少酒。"很好！"王子说，"可你想啊，艾奎纳，想想：你最大的敌人不是司卡利——不是他，而是国王本人！"

交头接耳声又在桌边响起，但这一次，听起来多数是赞同。一个领主的领地被夺走，还交给他残忍的对手，这个消息深深地打击并威胁到在座几乎每一个人。

"赫尼斯第人说得对!"胖奥德迈叫着,从座位上站起,"很明显,埃利加把你软禁在海霍特这么久,就是要方便司卡利反叛。正是埃利加在背后操控这一切。"

"他通过哥斯伍、范巴德,还有其他争先恐后的走狗,践踏了这里大部分人的权利!"格威辛恨恨地咬牙,奋力劝说,"埃利加要把我们都碾碎,让这片不幸的土地上没人能抵抗他,让我们所有人都因税收而食不果腹,或倒在他的骑兵脚下。至高王才是敌人,我们必须行动起来!"

格威辛转向约书亚。约书亚则望着整个议会,就像一尊灰色的雕像。"王子,现在轮到你来带领我们大家了。你哥哥无疑计划要对付我们所有人,就像他对你和艾奎纳那样!难道他不是我们真正的、也是最危险的敌人吗?!"

"不!他不是!"

奈格利蒙的大厅里,一个令人惊讶的声音突然插了进来,仿佛牲口贩子清脆的鞭子声。包括西蒙在内,房间里所有人都下意识地转过去,想看看谁在说话。不是王子,他也跟大家一样,一脸迷惑地朝那里看。

那一瞬间,老人似乎是从透明的空气里变出来的,其实他只是突然从阴影里走到壁灯的火光中。这人个子很高,瘦得不可思议,火光照着他凹陷的脸颊和高耸的眉骨,投下深深的阴影。他穿着一件狼皮斗篷,长长的白胡子卡在腰带里。在西蒙看来,他就像严冬森林里某个蛮族的幽灵。

"老人家,你是谁?"约书亚喝道,两名卫兵赶忙站到王子座椅两旁,"你是怎么进到议会厅里来的?"

"一定是埃利加派来的奸细!"一个北方领主嘶声说,其他人也出声附和。

艾奎纳站起来。"是我带他来的，约书亚。"公爵低吼着，"他在我们去韦斯万的路上等着我们——他知道我们要干什么，而且在我们决定之前，就知道我们会回到这里来。还说，不管通过什么方式，他总会前来和你谈谈。"

"越早越好，且对所有人都好。"老人接过艾奎纳的话头，用明亮的蓝眼睛看着王子，"我有很重要的事要告诉你——告诉你们所有人。"他移开令人不安的眼神，沿着桌子扫了过去，窃窃私语声随着他的目光停止，"听或不听，都是你们自己的选择……这样的事总要经过选择的。"

"全是说给小孩的谜语。"德瓦撒勒嘲笑道，"不管你是谁，你怎么会知道我们讨论的事情？"他对约书亚微笑一下，"在纳班，我们会将老糊涂送到维戴樊兄弟会，他们专门照顾疯子。"

"我们不是在谈南方的事务，男爵。"老人说，那冷冷的笑容就像一排冰锥，"虽然用不了多久，南方也会感到冰冷的手指扼住自己的咽喉。"

"够了！"约书亚命令道，"说清楚，否则我会将你关起来，像对待奸细那样。你是谁？你为什么到这里找我们？"

老人僵硬地点点头："原谅我。我太久不接触议会事务了。我的名字是亚拿嘉，从棠戈寨来，来得有些晚了。"

"亚拿嘉！"宾拿比克重复着，又爬到椅子上，探头看着新来的人。"神了！亚拿嘉！嘿，我是宾拿比克！我一直在欧科库克身旁当学徒！"

老人明亮、钢铁般的目光转向矮怪，用眼神制止了他："我知道。我们会谈的，很快。但首先，我得先跟这些人讲些要事。"他站得笔直，正对着王子的座椅。

"埃利加国王是敌人，我听到年轻的赫尼斯第人这样说，我也听到其他人响应他的话。你们就像老鼠，轻声谈论那只可怕的猫，躲在墙壁里，梦想有一天能消灭他。但你们中间没有一人意识到，猫并不是问题，问题是带猫前来捕杀老鼠的主人。"

约书亚探身过去，勉强表现出一些兴趣。"你是说，埃利加本人也只是别人的棋子？谁？我来猜，是不是邪恶的派拉兹？"

"派拉兹肆意妄为。"老人嗤之以鼻，"但他不过是个孩子。我说的，是将众多国王的性命视若草芥的那一个……将会夺走远比你们的土地更重要的东西。"

众人又开始窃窃私语。"这疯修士闯进来，就是来布道，告诉我们一切全是魔鬼的作为吗？"一个男爵叫了起来，"大魔鬼利用人类达成目的，对我们来说已不是秘密。"

"我说的并不是你们安东教的魔鬼首领。"亚拿嘉说着，又将目光移回到王子身上，"我说的是奥斯坦·亚德真正的魔鬼首领，像这石头一样真实存在。"他蹲下来，拍拍地板，"跟我们一样在这片土地上立足。"

"亵渎！"有人叫道，"把他赶出去！"

"不，让他说！"

"快说，老头子！"

亚拿嘉举起手。"我不是疯疯癫癫、脑筋僵化的圣人，前来拯救你们泥足深陷的灵魂。"他露出一丝阴冷的笑容，"作为卷轴联盟的一员，作为这辈子都住在名为风暴之矛的死亡山脉旁、一直观察它的动静的人，我来找你们。那个矮怪可以为你们作证，多年来，当其他人都睡下的时候，我们卷轴联盟一直为你们守夜。如今我来履行一个久远以前发下的誓言……把你们宁愿永远都不知道的事告诉你们。"

令人紧张的寂静降临大厅，老人穿过房间，将通往庭院的大门推开。立刻，呼啸的狂风冲了进来，相比之下，早先的风声只能算作呻吟。每个人的耳里都灌满狂风的咆哮。

"余汶之口啊！"亚拿嘉说，"离仲夏只有几个礼拜了！听好，一个国王，哪怕是至高王，能做到这种事吗?!"雨丝像烟一样吹过他身边，"巍轮山有白毛作衣服的宏瘟，也就是巨人，在捕猎人类；霜冻边境则有贝肯从冰冷的土里爬出来，袭击武装士兵；北面的风暴之矛，熔炉火焰彻夜燃烧。我亲眼见到天边的火光，听到冰锤的巨响！你们怎么会觉得是埃利加导致了这一切？你们就不明白，一个不属于任何正常季节、黑暗的、毁灭性的冬天将降临在你们身上？不认为这已经超出了你们所有人的理解范围之外？"

艾奎纳又站起来，脸色苍白，盯着他看："那要怎么办？怎么办啊？独眼乌顿帮帮忙啊，你是说，要我们去跟……去跟传说中的白狐作战？"他身后响起一片质疑和震惊的嘀咕声。

亚拿嘉盯着公爵，布满皱纹的脸柔和了一些，露出像是同情或悲伤的表情。"啊，艾奎纳公爵，白狐，有些人叫他们北鬼，毋庸置疑是邪恶的，但如果只是这样，对我们所有人来说，也是上天开恩了。让我告诉你，乌荼库，北鬼女王，死亡山脉风暴之矛的女主人，也跟埃利加一样，并非真正的幕后黑手。"

"等一等，先闭上你的嘴。"德瓦撒勒怒冲冲地跳起，袍子抖动着，"约书亚王子，原谅我，但这个疯子跑进来打扰议会，不解释他到底是谁或者是什么，就这样占了一席之地，已经够糟糕的了。而我，李奥巴迪公爵的使者，竟然这样浪费时间听北方怪谈？莫名其妙啊！"

争论的喧闹声又起，西蒙却感到一丝古怪又兴奋的颤抖。他和宾拿比克经历的事是争论的中心，是整个事件的关键，比马倌舍姆讲的故事更惊人！他刚想到，也许有一天自己在火炉旁讲述这个故事时，会突然记起北鬼养的那些狗的鼻子，还有梦里黑暗的山上的苍白脸庞。然后，不是第一次，也绝不是最后一次，他又希望自己能回到海霍特的厨房，什么都没改变，什么也不会改变……

老主教安诺迪斯一直用锐利凶狠的目光看着不速之客，这时终于站起，样子像只海鸥，面对着刚刚来到自己领地的同类。

"必须说，而且我也不羞于承认，我没怎么考虑过这个……这个议会。埃利加可能犯了错误，但神圣的拉纳辛教宗已经在调解，试图找出可行之路，将和平带给安东教徒们，当然，也包括他们可敬的异教同盟。"他敷衍地朝格威辛和他的人点点头，"但我耳里却充斥着复仇的言辞，为了点小小的侮辱就要引发战争，让安东教徒血流成河。"

"小小的侮辱?!"艾奎纳勃然大怒，"主教，你把偷走我领地的行为叫做小小的侮辱？你试试看，回家看到你的教堂……变成了该死的哈卡马厩，或者矮怪的窝，再试试说说什么'小小的侮辱'!"

"矮怪的窝?!"宾拿比克站了起来。

"这只能证明我的观点。"安诺迪斯厉声道，皱巴巴的手里握着圣树，就像握着匕首抵抗土匪，"看，一个教徒正在纠正你愚蠢的行径，你却对他叫嚷。"他挺起身子，"现在，"他朝亚拿嘉挥舞着圣树，"现在这个……这个……长胡子隐士讲着女巫和魔鬼的故事，将不和的楔子钉在至高王仅存的儿子们中间，扩大他们的裂痕！谁能从中得到好处，嗯？亚拿嘉侍奉的到底是什么人，嗯？"主教涨红了脸，身子摇晃着瘫坐在椅子上，拿起侍僧倒的水，一口气喝干。

西蒙伸出手，拽着宾拿比克的手臂，拉着他的朋友坐下。

"我要他解释一下什么是'矮怪的窝'。"他低声吼着，但看到西蒙皱着眉头的表情，还是闭嘴安静下来。

约书亚王子坐在那里，盯着亚拿嘉看了一会儿。老人像只猫，平静地与王子对视。

"我听说过卷轴联盟。"约书亚最后说，"但我以前不知道，联盟成员居然试图影响统治者和他们的领土。"

"我从没听说过这种所谓的联盟。"德瓦撒勒说，"而且我觉得，现在是时候让这个怪老头告诉我们，到底是谁派他来的，又是什么东西危及到我们——如果不像在座很多人认为的，是至高王带来的危险的话。"

"这一次，我同意纳班人的话。"赫尼斯第的格威辛叫起来，"让亚拿嘉把事情一五一十说出来，我们才能决定到底该相信他，还是把他赶出大厅。"

约书亚坐在最高的椅子上点点头。老瑞摩加人环视一张张期待的面孔，举起手做了个奇怪的手势——四根手指靠近拇指，好像捏着眼前的一条细线。

"很好。"他说，"很好。我们已经踏上这条路的第一级台阶了，这也是唯一一条可能带我们走出那座山脉的黑影的路。"他伸展双臂，像要拉长那条隐形的线，接着打开双手。

"联盟的故事很短。"他开始说，"但这故事属于另一个更长的故事。"他再一次走向大门，仆人刚才已把门关上，让宽敞的大厅保持温暖。亚拿嘉摸着沉重的门框，"我们可以关上这扇门，但却无法赶走风雪和冰雹。同样，你们也可以叫我疯子——但也无法赶走你们的威胁。他已经等待了五个世纪，等着拿回他认为属于自己的东西，而且，他的手比你们所能想象的更冰冷，更有力。他就是那个更长的故事，在漫长的故事中，联盟的部分很短，像卡在大树里的箭头，而大树的树皮已经厚实到将整支箭吞没其中。

"冬天正不断地向我们逼近，将夏天本该出现的时间段赶走。这是他的冬天，是他力量的象征。他伸出手，开始按他的意愿改变一切。"

亚拿嘉凶狠地瞪大双眼。长长一段时间里，除了墙外孤寂的风之歌，什么声音都没有。

"谁?"约书亚终于问，"老人家，那个东西叫什么?"

"王子，我想您也许知道。"亚拿嘉回答，"您是个博学广识的人。

"您的敌人……我们的敌人……死于五百年前，他第一次结束生命的地方，就在您生命开始的那座城堡的地底。他是伊奈那岐——风暴之王。"

来自阿苏瓦的灰烬

✵

"故事中的故事，"亚拿嘉说着，脱掉身上的狼皮斗篷，火光照亮了绕在他手臂上的扭曲长蛇，又引起新一轮低语，"在你们明白阿苏瓦如何陷落之前，我没法解释清什么是卷轴联盟。鄂斯坦·费科恩国王临终前建立了这个联盟，作为抵抗黑暗之墙，这和伊奈那岐，也就是笼罩在我们头上的这片黑暗息息相关。这些故事交织在一起，一个串联另一个。如果把一条线单拎出来——那只不过是条单独的线索。而我认为任何人都不能只从纹理观赏挂毯。"

亚拿嘉一边说，一边用细长的手指抚弄打结的长胡子，将它理顺、抚平，好像那也是张挂毯，恰能佐证他的说法。

"远在人类来到奥斯坦·亚德之前，"他说，"希瑟已经在这里了。没人知道确切时间，但他们确实从遥远的东方，太阳升起之地，来到奥斯坦·亚德，在这片大地上先建立了地基，又用象牙、珍珠和蛋白石建起城堡。城墙比树还高，耸立入云的塔楼就像船上的桅杆，能俯瞰整个奥斯坦·亚德，眼尖的希瑟人甚至能看到浪花拍击西海岸。"

"他们在奥斯坦·亚德度过无数岁月，在山坡和森林里建起纤细的城市，精美的山城就像冰雕花朵，而森林里的居所则像他们航行时

的船只。阿苏瓦是其中最宏伟的一座，长生不老的希瑟国王统治着
那里。

"第一批踏上此地的人类只是单纯的牧人和渔民，他们沿着早已
消失的北部荒原的陆桥来到这里，也许是为躲避西边可怕的威胁，也
许只为寻找新的牧场。但他们很快繁衍壮大，建起石头城市，还铸造
青铜，打造武器，希瑟却没多加注意，像是看待鹿或野牛一样，只要
人类待在奈勒王允许的范围内，不涉足希瑟的领域，一切便保持和平
无事。

"再后来，以艺术和武装著称的南方纳班征服并统一了整个奥斯
坦·亚德的人类，但这也没让希瑟，或是他们的奈勒王伊彦宇迦放在
心上。"

说到这里，亚拿嘉转身想找点喝的东西，仆人递上盛满的杯子，
听众们趁机互相交换眼神，困惑地轻声交谈。

"莫吉纳医师告诉过我这些。"西蒙对宾拿比克轻声说。矮怪微
笑着点点头，但看来心事重重。

"我敢说，"亚拿嘉提高声音继续说下去，拉回那些正在交谈的
人的注意力，"当瑞摩加人渡过西海，来到这片大陆时，引发了许多
问题。这里无需赘述，肯定会有足够多的陈年旧疤被揭开。"

"但我们必须提到芬吉尔王向南方出兵和阿苏瓦的陷落。漫长的
五个世纪以来，无知使大部分历史被掩盖，但两百年前，渔人王鄂斯
坦创立了联盟，便是要寻找并保存那些知识。因此，现在我将告诉你
们那些你们前所未闻的事情。

"在小闹、阿克·萨拉斯平原，以及乌坦渥等地，芬吉尔的军队
一次又一次取得胜利，将阿苏瓦紧紧包围起来。在盛夏之地阿克·萨
拉斯，希瑟失去了他们最后的人类盟友。赫尼斯第人溃退之后，再没
有其他人可以帮助希瑟对抗北方的铁器。"

"因为遭到背叛！"格威辛说。他的脸通红，身子颤抖，"除了背

叛，没人能在战场上击败辛奈哈——堕落的色雷辛人在赫尼斯第人背后捅刀子，想在芬吉尔血腥的桌旁分一杯羹！"

"格威辛！"约书亚喝住他，"你听到亚拿嘉的话了：这些都是陈年旧账。色雷辛人根本没出席这次会议。你是不是还要跳过桌子去打艾奎纳公爵，就因为他是瑞摩加人？"

"让他来试试啊。"爱因司凯迪低吼道。

格威辛摇摇头，面带愧色。"约书亚，你说得对。请原谅，亚拿嘉。"看到老人点点头，路萨之子又转向艾奎纳，"当然了，好公爵，我们能在这里，就都是坚定的盟友。"

"无需在意，殿下。"艾奎纳微笑，但他身旁的爱因司凯迪还是同格威辛怒目而视。

"就是这样。"亚拿嘉继续说，好像从没被打断过，"即使在希瑟的中心阿苏瓦，城墙上还有古老强大的魔法屏障，却仍有种大势已去的感觉，似乎崛起的凡人将会摧毁他们的家园，希瑟则会被永远驱逐出奥斯坦·亚德。

"伊彦宇迦王穿上悲悼的白衣，和皇后阿茉那苏一起抵御芬吉尔的围攻——很快，几个月过去了，接着几年过去了，哪怕是冰冷致命的铁器也无法一夜之间攻破希瑟的防御。他们听着悲哀的音乐，听着希瑟描写奥斯坦·亚德明媚日子的诗句。从城外北方人的营地看过去，阿苏瓦仍然由魔法和巫术紧密地保护着，强大又坚固……但在城中，曾经闪烁明亮的城堡核心却已枯死消亡。

"然而，仍有一名希瑟希望能扭转局面，不愿只是为逝去的和平和被践踏的无辜生命哀恸。他是伊彦宇迦的儿子，名叫……伊奈那岐。"

虽然一言不发，但安诺迪斯主教发出一声响亮而轻蔑的鼻息，收拾起东西，朝年轻的侍僧挥挥手，让他扶着自己站了起来。

"抱歉，亚拿嘉，等一等。"约书亚说，"安诺迪斯主教，为什么要离开呢？你也听到了，某种可怕的东西正在袭击我们。我们需要你的智慧，需要教廷的力量引导我们。"

安诺迪斯怒气冲冲地抬起头："你难道要我坐在这里，在我永远不会认可的战争议会中，听这个……这个野人大谈异教魔鬼吗？看看你们自己——竟听信这些鬼话，好像在听安东之书里的话一样。"

"主教，我说的这些，远在你们的圣书之前就已经存在。"亚拿嘉语气温和，却暴躁好斗地扬起了下巴。

"那都是幻想。"安诺迪斯吼道，"你以为我是个迟钝的老人，但我告诉你，这些骗小孩的传奇故事只会把你们拖下地狱。更可悲的是，你们还会使整片大地都陷入同样的境地。"

他在身前画了个圣树标记，仿佛一面盾牌，然后由年轻的牧师扶着，蹒跚离开。

"幻想还是真实，魔鬼或是希瑟。"约书亚说着，从座椅上站起，审视众人，"这是我的大殿，我要求这人告诉我们他知道的事情。不允许再有人打扰。"他的目光扫过整个阴暗的房间，接着满意地坐下来。

"你们也该认真听了。"亚拿嘉说，"现在开始就是核心部分。刚才说到伊奈那岐，奈勒王伊彦宇迦的儿子。

"在希瑟语里，伊奈那岐的意思是'光明之语'。国王共有两个儿子，他和哥哥哈卡崔一同手刃了黑虫黑朵荷贝，也就是圣王约翰杀死的红虫刹拉卡之母，同样也是北方白龙哀喀迦屈的母亲。"

"请原谅，亚拿嘉？"格威辛手下有一人站起，"你说的这些很奇怪，但我们并非完全没听过。我们赫尼斯第人知道黑龙的事，她是巨虫之母，但名字叫铎察莎尔。"

亚拿嘉点点头，就像老师肯定孩子的答案。"最初，贺恩还没在赫尼塞哈建立神堂以前，西方人是这样称呼她的。这说明古老事实的点点滴滴，还是借由小孩的床边故事，以及士兵和猎人在篝火边的口耳相传，一代代传承下来。黑朵荷贝是她的希瑟名，她比她任何一个孩子都更强大，杀死她的故事很长也很有名。伊奈那岐的哥哥哈卡崔被她喷出的火焰烧伤，不但无药可医，甚至找遍整个奥斯坦·亚德，也没法减轻他的痛苦，简直生不如死。最后，国王只好将他和他最信任的仆从一起放进小船，让他们随着海流漂向西方。希瑟希望，在落日的尽头会有没有痛苦的土地，在那里，哈卡崔也许又能变得健康完整。"

"因此，虽然伊奈那岐完成了杀死黑朵荷贝的壮举，成为他父亲的继承人，却依然被哈卡崔的阴影笼罩。也许是因为自责吧，他花了许多年，探求对人类和希瑟而言都是禁忌的知识。一开始，也许他想让哥哥好起来，把他从未知的西方接回来……但这种探索，很快转变为他自身的需求和目的。伊奈那岐本人曾经非常美丽，被称为阿苏瓦宫殿的无声乐曲，但在子民眼中，他变得越来越古怪，成了黑暗的追寻者。

"与此同时，北方人崛起，掠夺和杀戮随之而来，他们用带毒的铁器围攻阿苏瓦。想战胜困境的，正是伊奈那岐。

"阿苏瓦下方的深穴里，有片由诡异镜子照亮的巫木园，希瑟培育那些树，想用巫木制造武器，就像南方人炼铜，北方人打铁。有人说，巫木树根一直深入到土地最核心处，园丁类似神圣的牧师。每一天，他们都念诵古老的咒语，举行相同的仪式，让巫木茁壮成长。但这时，地上宫殿的国王和朝臣们都沉浸在绝望中，遗忘了此事。

"可伊奈那岐没有忘记那座园子，更没有忘记寻求知识时读过的黑暗书本和走过的阴暗小径。他把自己关在房间里闭门谢客，开始准备自认可以拯救阿苏瓦和希瑟的任务。

"他承受巨大的痛苦，得到了黑铁，像僧侣给葡萄藤浇水一样，用黑铁浇灌巫木。这些树和希瑟一样敏感，大部分都得病死去，却有一棵存活下来。

"伊奈那岐施展了可能比希瑟更古老的法术，法力渗透到比树根更深的地方。于是，那棵仅存的树再次茂盛起来，树里还含着有毒的铁质，仿如它的血液。圣园的看守们发现满园枯树，吓得逃离那里，向伊彦宇迦国王禀告异象。国王很是担忧，但反正末日将至，也就没去阻止儿子。巫木现在又有什么用呢？四周都是虎视眈眈的人类，手里还握着致命的铁器。

"那棵树在毒害整个园子的同时，也毒害了伊奈那岐。然而他的愿望却比任何毒素都更猛烈，不屈不挠地等到收获的那一天。巫木长成，所有树丫都充满剧毒，他终于得到需要的东西，便径直往阿苏瓦的熔炉而去。

"憔悴、病态、疯狂，还带着冷酷的决心。他看着阿苏瓦的工匠在自己眼前四散逃走，却全然不在意。他独自一人，将炉火加热到前所未有的高温。又独自一人，吟唱打造武器的咒文，挥舞塑形的大锤。原本，只有最高级的工匠才能拿起这把锤子。

"他独自一人，在闪烁红光的熔炉里打造出一把剑，一把可怕的灰色之剑，散发出令人胆寒的气势。伊奈那岐在铸剑时吟唱的可憎、罪恶的法术，竟让阿苏瓦的空气都像要在高温下爆裂，连城墙都晃动起来，仿佛被巨人的拳头锤击似的。

"佩上新铸的剑，他走进父亲的大殿，想要给他的人民展示这件能拯救大家的武器。然而，他的模样实在太可怕，再加上那把灰剑闪烁着令人无法直视的强光，散发出令人痛苦的气焰，其他人都惊恐地跑出大殿，只留下伊奈那岐和他的父亲伊彦宇迦。"

亚拿嘉的话让周围陷入一片死寂，连火焰都不再噼啪作响，就像连它也屏住了呼吸。西蒙的脖子和手臂上汗毛倒竖，眩晕感在他体内蔓延。

一把……剑！一把灰剑！我现在全看清了！这是什么意思？为什

么这个念头一直在我的脑子里？他用双手狠狠地抓着头皮，好像疼痛能把答案逼出来似的。

"当奈勒王终于看到儿子打造的兵器时，心一定在胸腔里结成了冰块。伊奈那岐手中的利刃不仅仅是武器，它扭曲了铁和巫木的本质，亵渎了整片土地。它是精工细作的挂毯上的空洞，生命将从那里流淌出去。

"'不该有这样的东西。'他对儿子说，'我们宁愿消失，宁愿被遗忘，宁愿被凡人连皮带骨啃食干净——我们宁愿从未存在过，也比造出这样一件东西好，更不要说使用它了。'

"可伊奈那岐已因那把剑的力量而发狂，心智也被创造它的法术严重扭曲。'这是唯一一件能拯救我们的武器！'他对父亲说，'否则那些生物，那些虫子，将会成群结队爬满大地，摧毁所到之处的任何东西，消灭他们分辨和理解不到的美好。为此，值得付出任何代价来阻止！'

"'不。'伊彦宇迦说，'不，有些代价太过高昂。看看你自己！即使现在，它也在一点点改变你的头脑和心灵。我是你的国王，也是你的父亲，我命令你，在它将你完全吞噬之前，摧毁它。'

"他几乎丢掉性命才铸成这把剑——他觉得自己是要从末日的黑暗中拯救族人，才会铸成这把剑，而父亲竟要他毁掉它。于是，那一刻，伊奈那岐彻底舍弃本心，举起那把剑，将父亲劈倒在地，杀死了希瑟的国王。

"这一幕惨绝人寰。当伊奈那岐看到伊彦宇迦倒在自己面前时，不由悲痛欲绝地哭起来。不光是为他父亲，同样也为自己，还有他的族人。最后，他将灰剑举到眼前。'为了你造成的悲伤，'他说，'还有你本身的悲伤。悲伤——这就是你的名字。'因此他将剑命名为津锦尊（Jingizu），也就是希瑟语里的'悲伤'。"

悲伤——剑的名字叫悲伤……西蒙的脑子里回响着这个名字，思绪不停地盘旋跳跃，甚至快要压过亚拿嘉的话语，压过外面的风暴，压过一切。为什么这名字听起来令人恐惧地熟悉？悲伤……津锦尊……悲伤……

"故事到这里还没完。"北方人说。这些话给听众的心里蒙上阴影，他自己的声音却越来越有力，"伊奈那岐在令人发指的恶行之后更加疯狂。他戴上父亲的白桦王冠，自封为王。他的家人和子民被这桩谋杀吓得六神无主，不敢反抗。另外，还有些人却暗自欢迎这种改变，其中特别突出的有五个人，像伊奈那岐一样，他们对向围攻的凡人消极投降的态度怒不可遏。"

"伊奈那岐手持悲伤，拥有了无所畏惧的力量，麾下还有五名身披火红斗篷的随从，北方人出于恐惧和迷信，将他们统称为红手。围城三年来，头一次，伊奈那岐走出阿苏瓦城外作战。由于战力悬殊，芬吉尔几千名挥舞铁器的士兵，成功阻止了伊奈那岐在夜里发动的恐怖袭击，没让他突出重围。当时，如果其他希瑟跟在他们几人身后，那么可能到今天，希瑟的国王们还会驰骋在海霍特的战场上。

"但伊奈那岐的子民已丧失了斗志。他们被新国王杀死伊彦宇迦的行径吓坏。趁着伊奈那岐和红手造成的混乱，阿茉那苏皇后和哈卡崔之子速马奈力带领他们逃出了阿苏瓦。他们逃进黑暗的阿德席特森林，躲过杀红眼的凡人和他们自己的国王。

"待伊奈那岐发现时，阿苏瓦已成了一具空荡荡的骨架，除了身边那五名战士，剩下的人寥寥无几。最终证明，在芬吉尔数量悬殊的军队面前，即使拥有强大的法术，他还是无力回天。北方的萨满念诵咒语，瓦解了古老城墙上的防御魔法。长矛、飞箭和火把，瑞摩加人将纤细美丽的建筑付之一炬。火焰越燃越旺，逼迫最后剩下的、因赢弱而逃不掉或无法抛弃古老家园的希瑟走出城堡。芬吉尔手下的瑞摩加人在这场灾难中的暴行令人发指，剩下的希瑟也无力抵抗降临在头上的灾祸。他们的世界终结了，手无还击之力的牺牲者遭到残忍的杀戮和无情的折磨，成千上万无可取代的精美造物在狞笑声中被摧毁——芬吉尔军队在历史上留下的血红印记永远无法磨灭。连逃匿到森林中的希瑟也听到了同胞战栗的哀号，哭泣着向祖先恳求公正的审判……

"最后，无路可走的伊奈那岐带着红手，登上最高那座塔楼顶端。他下定决心，希瑟无法栖息的家园，也绝不能让人类占有。

"那一天，他吟唱的咒文比之前的任何言语都更可怕，甚至远比加诸于悲伤之上的咒语更恶毒。随着低沉的声音响彻于大火之上，瑞摩加人在庭院里惨叫，黑血从他们的眼睛和耳朵里流出，染黑了脸庞。咒语声愈加尖锐，也愈发令人无法忍受。最后，随着响彻云霄的痛苦尖叫，一道强光降临，将整片天空染成白色，下一瞬间，又成了完全的黑暗，即使驻扎在一里外的芬吉尔，也差点被那亮光刺瞎眼睛。

"在某种意义上，伊奈那岐还是失败了，阿苏瓦依旧屹立，依旧燃烧，但许多芬吉尔士兵倒在塔底，发出垂死的哀号。而高塔顶端，不知怎的，却没受到烟火的侵袭。风渐渐吹散六堆灰烬，粉末散到地上。"

悲伤……西蒙感到天旋地转，几乎无法呼吸，眼前的火光似乎不受控制地剧烈跳动。那座山上，我听到马车轮子作响……他们带来了悲伤，我记起来了，盒子里的恶魔……天下所有悲伤的核心。

"就这样，伊奈那岐死了。芬吉尔的一名副官在不久后也咽下最后一口气，临死前，他发誓称看到一个巨大的东西乘风飞出塔楼，红得就像火里的炭，还冒着滚滚浓烟，像只抓住天空的巨大红手……"

"不对不对不对！"西蒙跳起来，大叫着。有只手伸过来拉住他，接着又有一只手，但他将那些人全都甩开，仿佛甩掉纠缠的蛛网一般，"他们带来了灰剑，那把可怕的剑！我看到他了！我看到伊奈那岐了！他……他……"

房间晃动不已。盯着自己的面孔——艾奎纳、宾拿比克，那个叫亚拿嘉的老人……他们隐隐约约在眼前晃动，像水池里跳跃的鱼。他想继续说，想告诉他们，把那座山上，还有那些白色魔鬼所有的事都说出来。但是，黑暗的帘幕垂落到他眼前，耳边还有吵闹声……

西蒙跑进黑暗之中，身边只剩空洞的言语。

蠢驴！到我们这儿来！我们为你备好了位置！

一个男孩！凡人的孩子！它看到了什么，它看到了什么？

冻住他的眼睛，把他带下阴影。让他全身盖满尖利黏人的冰霜。

一个人影朝他探过身来，头顶有形似鹿角的黑影，大得像座山。它戴着一顶苍白的石头王冠，眼睛是红色的火焰，手也是红的。当手指抓住他，把他举起来时，感觉就像烙铁灼烧在身。四周闪烁着一张张苍白的脸庞，在黑暗中，像烛火一样摇曳。

轮子正在转动，凡人，转动，转动……你以为你能阻止吗？

他是只苍蝇，一只小苍蝇……

深红色的手指扣紧了，炽热的眼睛发出阴暗又带着无限趣味的光芒。西蒙尖叫着，尖叫着，但回应他的，只有无情的笑声。

他被一阵怪异的念叨声和抓紧自己的手弄醒，仿佛梦境重现，他看到许多张脸正俯视着自己，在火光中显得十分苍白，就像一环伞菌。在模糊的脸庞后面，墙上似乎挂着一列闪烁的灯，一直延伸到高处的黑暗中去。

"他醒了。"一个声音说，突然间，光点变得清晰，原来是排在架子上的瓶瓶罐罐。他正躺在储藏室的地上。

"看起来不太好。"一个低沉的声音紧张地说，"最好再让他喝点儿水。"

"他没事的，你要是想回就回去吧。"第一个声音回答说。西蒙眯起眼，转动眼珠，视线终于不再模糊，面孔清晰起来。玛雅——不，米蕊茉跪在他身边。他不由自主地注意到她的裙边压在地上，皱巴巴的。

"不，不用。"另一个人说。是艾奎纳公爵，他正紧张地揪着自己的胡子。

"怎么……回事？"他是摔倒又撞到头了吗？他伸出手，小心翼翼地摸索。酸痛遍布全身，但没有地方肿起来。

"你晕倒了，孩子。"艾奎纳嘟囔着，"你大喊大叫……说着你看到过的事。是我把你抱到这儿的，费了不少力气。"

"然后站在一旁，看着你躺在地上。"米蕊茉严厉地说，"还好我来了。"她抬头看着瑞摩加人，"你打过仗，对吧？有人受伤时你就是怎么做的——站着看？"

"那可不一样。"公爵回嘴，"要是流血就包扎起来，要是死了就用盾牌抬回去。"

"真聪明。"米蕊茉怒冲冲地说，但西蒙看到她的嘴角露出一丝不易察觉的微笑，"如果也没流血也没死，我猜你会从他们身上跨过去？算了吧你。"

艾奎纳闭上嘴，揪着胡子。

公主继续用浸湿的手绢擦拭西蒙的前额。他不明白这么做有什么好处，但醒来时发现有人照顾已经让他很满足了。没过多久，他想起来，得向人解释自己刚才到底是怎么回事。

"我……我就知道我认识你，孩子。"艾奎纳说，"你就是圣宏德朗那个小伙子，对吗？还有那个矮怪……我觉得我见过……"

储藏室的门打开了。"啊！西蒙！希望你现在清醒点儿了。"

"宾拿比克。"西蒙撑着想坐起来，但米蕊茉温柔有力地按住他的胸口，又让他躺了回去。"我真的看到了，真的！那就是我之前想不起来的事！那座山，篝火，还有……还有……"

"我知道，西蒙吾友，你刚刚站起来，我就明白了很多事——当然，不是所有的事。在一团乱麻中，还有很多未解之谜。"

"他们肯定以为我是个疯子。"西蒙呻吟着推开公主的手，但心里却很高兴能有这短短一瞬的接触。她在想什么？现在她看着自己的眼神，就像大姐姐看着麻烦缠身的小弟弟。女孩和女人，真该死！

"没有，西蒙。"宾拿比克说着，蹲到米蕊茉身旁，仔细检查他的状况，"我已把很多事告诉给他们了，特别是我们一起经历的旅程。亚拿嘉证实了不少我师傅的怀疑。他也同样接到了莫吉纳最后的消息。不，他们没觉得你是疯子，但我想，还有不少人怀疑事态是不是真的很危急，特别是德瓦撒勒男爵。"

"嗯。"艾奎纳在地上蹭蹭靴子，"要是小伙子没事了，我最好还是回去。西蒙，是这么叫吧？好吧，嗯……你和我，我们以后再好好谈谈。"公爵挪动魁梧的身子，离开狭窄的储藏室，迈着笨重的步子回大殿去了。

"我也要回去了。"米蕊茉说，随便拍拍裙子上的尘土，"不管我叔叔怎么说，有些事在我知道前还不能做决定。"

西蒙想谢谢她，但现在这样躺着，又实在想不出合适的话能让自己显得不那么荒唐可笑。当他终于决定暂时舍弃自尊时，公主却已转过身子，丝裙翻飞，离开了。

"西蒙，要是你恢复得差不多。"宾拿比克说着，伸出一只宽厚的小手，"议事厅里也有我们必须听的事情，在我看来，奈格利蒙还从没举行过这样的重大协商。"

"首先，年轻人。"亚拿嘉说，"我相信你告诉我们的所有事情，但要知道，你在那座山上见到的并不是伊奈那岐。"火已经小了下去，就像通往梦境的炭，但大厅中没有一个人灵魂离体，"如果你曾见过风暴之王，见过如今他可能变成的模样，那你现在已经是躺在怒冠石旁、干枯空洞的尸体了。你看到的——在苍白的北鬼、埃利加，还有他手下中间的是红手之一。即便如此，我还是觉得，你能在那样可怕的夜晚身心完好地回来，简直是个奇迹。"

"可是……可是……"听着老人的话，他想起来，脑中那堵遗忘的墙慢慢碎裂，让可怕夜晚的记忆流淌出来——凝石之夜，莫吉纳医师这样说。但现在他又迷惑不解了。"可是，你说过，伊奈那岐和他的……红手……已经死了？"

"死了，没错。在最后那场大火中，他们早先的躯壳已被完全烧毁。但有些东西存活了下来。不知什么人或什么东西，重塑那把悲伤。无需听你的经历，我也知道伊奈那岐和他的红手正以某种方式存活着——这也是为什么成立卷轴联盟的理由。伊奈那岐最后施展的可怕咒法，也许让他们成了活生生的梦魇或灵体，全因憎恨而集结在一起的阴影。总之，在最后一刻，伊奈那岐心中的黑暗使得他们并没有就这样死去。

"三个世纪后，鄂斯坦·费科恩国王来到在阿苏瓦的废墟上建立的城堡海霍特。鄂斯坦是个睿智之人，一直探求更多的知识。他从海霍特地底的废墟中找到一些东西，让他意识到，伊奈那岐并没有完全消亡。于是他成立了联盟，以防古老的学识被人遗忘。我正是其中一员。由于失去莫吉纳和欧科库克，现在我们的人数也在锐减。联盟不仅知道关于希瑟黑暗君主的事，还有其他历史，像奥斯坦·亚德极北之地的邪恶时代等等。多年以来，真相慢慢浮出水面，更准确地说，是经过各种猜测得出，伊奈那岐，或他的灵魂，或影子，或怨念，已经以某种方式，在那些拥护他的人面前显现出来了。"

"北鬼！"宾拿比克说，仿佛拨开了眼前的一片迷雾。

"北鬼。"亚拿嘉赞同，"我怀疑，最初连白狐都不知道他到底变成了什么，但随着他在风暴之矛的影响力越来越大，已经没人能够反对他。他的红手也一起回来了，虽然整片大地上没人再度见过他们的实体。"

"我们以前认为，黑瑞摩加人崇拜的洛肯是我们在蛮荒时代敬拜的火神。"艾奎纳疑惑地说，"如果我知道他们已远远偏离了光明之路……"他的手指扯着挂在脖子上的圣树，"乌瑟斯啊！"他轻声说。

约书亚王子静静听了很久，这时将身子靠在桌子上。"可为什么呢，如果这个魔鬼真是自古代开始就存在的、我们真正的敌人，那他为什么不露面？他为什么要让我哥哥埃利加扮演猫的角色？"

"现在开始谈的这个问题，已经超出了我多年来在棠戈寨所得到的知识。"亚拿嘉耸耸肩，"观察，聆听，再观察，这就是我在棠戈寨做的事——但风暴之王到底有什么打算，我无法猜测。"

汀赛特的厄斯菲斯站起来，清清嗓子。约书亚点点头，允许他发言。

"如果这都是真的……我的脑子现在已经被它们塞满，我告诉你……也许……我能猜出答案。"他环视四周，好像有人会跳出来指责他的自以为是，但只看到一片满是忧虑和困惑的面孔，于是他又清清嗓子，继续说下去。"瑞摩加人，"他朝老亚拿嘉扬了扬下巴，"说我们的鄂斯坦·费科恩是第一个注意到风暴之王回来了。那时，从芬吉尔攻下海霍特——不管它当时叫什么名字，已经过了三百年。到现在，又是两百年。在我听来，好像这个……我觉得算是魔鬼吧，已经花了很多年再次壮大自己的实力。

"那么，"他继续说，"我们都知道，我们人类居住在贪婪的邻居中间，已经占据这片土地很久。"他向奥德迈悄悄地挤挤眼，但胖男爵的脸色一直很苍白，似乎浑然不觉其中的讽刺意味，"要保护自己的安全，又要积蓄力量，最好的办法就是让邻居们互相争斗。在我看来，这就是事实真相。那个瑞摩加魔鬼给了埃利加一份礼物，唆使他和底下的男爵公爵们争斗不止。"厄斯菲斯看着周围，拉了拉上衣，坐下。

"不是'瑞摩加魔鬼'。"爱因司凯迪低吼，"我们是得到安东赦免的人。"

约书亚不理会北方人："你的话有一定道理，厄斯菲斯大人。不过我觉得，了解埃利加的人会同意，他肯定也有自己的打算。"

"他不需要借助希瑟魔鬼，也能偷走我的领地。"艾奎纳苦涩地说。

"然而，"约书亚继续说，"我觉得亚拿嘉、伊坎努克的宾拿比克……还有年轻的西蒙，他曾是莫吉纳医师的学徒……我得承认，他们的话听起来真实得可怕。我希望自己能断言，说这些传说故事不足为信，其实我也不敢说还能相信什么，但我无法忽视它们。"他又转向亚拿嘉，老人正用一根铁棍拨弄最近的炉火，"如果你带来的这些致命的警告是真的，那么，请告诉我：伊奈那岐想要什么？"

老人盯着炉火，又用力地拨了拨："就像刚才说的，约书亚王子，我的任务是成为联盟的眼睛。比起我来，像莫吉纳，还有小宾拿比克的师傅，他们更能解读我从风暴之矛的主人那里探查到的信息。"他举起一只手，像要挡开其他问题似的，"如果我必须猜测，这么说吧：想想，在虚空中，是仇恨让伊奈那岐继续存活，还让他从杀死自己的火焰中重生……"

"那么，伊奈那岐到底想要什么？"约书亚沉重的声音回荡在大厅里，此时的黑暗仿佛活物，"复仇吗？"

亚拿嘉盯着余烬。

"有很多事需要仔细思量。"奈格利蒙的主人说，"不能轻率地下任何决定。"他站起来，身形又高又苍白，瘦削的脸庞像戴了张面具，隐藏着他内心最真实的想法，"明天日落后，我们再作讨论。"他走了出去，两名灰衣卫兵左右跟随。

大殿里，人们面面相觑，也站了起来，自发聚成一个个安静的小团体。西蒙看到米蕊茉，她一直没机会开口，现在则夹在爱因司凯迪和一瘸一拐的艾奎纳公爵中间，走了出去。

"来吧，西蒙。"宾拿比克说着，抻直袖子，"雨已经小了，我想放坎忒喀出去跑一会儿，合理利用天气嘛。此时此刻，我打算感受一下迎风思考的乐趣……有太多事需要好好想想。"

"宾拿比克。"西蒙总算开口，令人震惊又烦躁的一天压在身上，实在太过沉重。"你记不记得我做的那个梦……我们都在……在葛萝伊的小屋？风暴之矛……还有那本书？"

"记得。"小个子严肃地说，"那也是我担心的事。那些文字，你看到的文字，它们牢牢盘踞在我心里，恐怕是个极其重要的线索。"

"Du……Du Swar……"西蒙在记忆里苦苦搜寻，"Du……"

"是 Du Svardenvyrd。"宾拿比克叹了口气，"宝剑咒文。"

❈

热气令人痛苦，直接扑到派拉兹没有毛发也没有其他保护措施的脸上，但他不允许自己露出不适的表情。他大步穿过铸造间，袍子猎猎作响，看到工人们戴着面具，穿着厚重的斗篷，畏缩地看着自己经过，心里顿时感到安慰不少。熔炉的火焰翻腾涌动，他将自己想象成一位大魔鬼，在地狱中阔步前行，吓得前方的小鬼四下逃窜，不由窃笑起来。

没过多久，好心情就消失了，他沉下脸。那个巫师的小鬼，那个可怜虫身上发生了什么——派拉兹一清二楚。他能清楚地感受到这一点，就像被人用尖利的东西狠狠刺伤一样。在凝石之夜，他们之间建立起的奇特又微妙的连接仍然存在。这感觉在啃噬他，在侵蚀他的注意力。那一夜的事实在太重要、太危险，不容任何干扰。现在，那男孩又想起当时的事，也许已经告诉了路萨、约书亚，或其他任何人。必须着手处理那个偷偷摸摸的肮脏小鬼了。

他来到大坩埚前，靠近，手臂环胸。他这样站了一会儿，心里本已有些气恼，由于等待变得更不耐烦。终于，一个铸工快步上前，笨拙地在他面前弯腰屈膝。

"有什么能为您效劳，派拉兹大人？"那人说，声音闷在盖住下半张脸的湿布里。

牧师静静地盯了他好久，直到那人的表情由不安变成恐惧。

"你们的监工呢？"他嘶声说。

"在那儿，神父。"那人指着铸造间洞壁上一处黑暗的开口，"有个绞轮能上去……主教大人。"

他名义上仍是牧师，这个称呼并不合适，但听着还算悦耳。

"那么……"派拉兹沉吟道。那人没有回答，于是他狠狠地往他小腿上踢了一脚，"那么，叫他过来！"他尖声道。

那人低头行了个礼，跟跄着离开，像个穿着厚实衣服、刚蹒跚学步的孩子。派拉兹感觉汗珠从眉宇间渗出，熔炉喷出的热气让他五脏六腑都快燃烧起来，但他精瘦的脸庞却露出一丝笑容。他曾经历过更可怕的东西。上帝……或者爱谁谁吧……知道他面对过更可怕的事物。

终于，监工来了。他个子实在太高，身材魁梧笨重，因此，当他摇晃着停下脚步，俯视着派拉兹时，似乎已经构成了侮辱。

"我想你知道我为什么来！"牧师说，黑眼睛闪闪发光，嘴唇扭曲成不快的形状。

"为了车子。"那人回答，声音平静，同时也有种小孩般的任性。

"对，为了攻城车！"派拉兹怒冲冲地说，"把该死的面具摘下来，尹寸，我说话时要看到你的脸。"

监工伸出汗毛林立的手掌，揭开蒙在脸上的布。他的脸已经毁了，烧伤的疤痕围着空洞的右眼窝。看到这张脸，牧师更有种站在地狱接见室的感觉。

"车子还没完成。"尹寸顽固地说，"铎尔之日倒塌那次，死了三个人。进度很慢。"

"我知道没完成，也知道人手不足。安东知道海霍特有多少渣滓，我们该让一些贵族来工作，让他们娇贵的双手长几个水泡。但国王希望赶紧完工。他要求战车能在十天内上战场。十天，该死的！"

尹寸慢慢上挑仅剩的眼球，像要拉起沉重的吊桥。"奈格利蒙。他要去奈格利蒙，对不对？"他眼里闪烁着饥渴的光。

"这事轮不到你来操心，你这丑猩猩。"派拉兹轻蔑地说，"赶紧把它们造出来！你知道你为什么能爬到现在的位置——但我们也能再把你踢下去……"

派拉兹转身离开时，仍能感觉到尹寸的视线，仍能感觉到那大个子像石头一样，立在嘶嘶作响的烟光中。他又一次想，让这畜生活下来到底明不明智，如果不明智，他又该怎样弥补这个错误？

牧师走到宽阔的楼梯顶端，左右都有走廊，前面则是另一道阶梯。这时，一个黑影突然从阴影里滑到他面前。

"派拉兹？"

牧师的神经十分坚韧，哪怕被斧子劈砍都不会叫出声，但他还是觉得心跳加快了。

"陛下。"他平静地说。

埃利加无意中穿了件同铸工差不多的衣服，黑斗篷的兜帽拉起来，盖在脸庞周围。这段日子，他经常这样穿，至少是出房间时——同样，他也时时将入鞘的剑带在身边。那把剑为国王带来超越普通凡人的力量，但一切都有其代价。红牧师智慧过人，知道这一类交易都有自身微妙的平衡。

"我……我睡不着,派拉兹。"

"可以理解,吾王。您肩负了太多重担。"

"你帮了我……很多。你见过攻城车了吗?"

派拉兹点点头,接着意识到,在阴暗的楼梯上,戴着兜帽的埃利加也许看不到他的动作。"是的,陛下。我真想把尹寸丢到熔炉上烤熟,蠢猪监工。但我们会有的,陛下,会有的。"

国王沉默很久,拍打剑柄。"奈格利蒙必须被摧毁。"埃利加总算说道,"约书亚竟然公然挑衅我。"

"陛下,他已经不是你的弟弟了,他只是你的敌人。"派拉兹说。

"不,不……"埃利加深思着,慢慢吐出话语,"他是我的弟弟。这也是我不允许他挑衅我的理由。显而易见。派拉兹,不是吗?"

"当然,陛下。"

国王把斗篷裹紧些,像要挡住冰冷的风,实际上,自下方来的风里带着熔炉的高温。

"派拉兹,找到我女儿没有?"埃利加突然抬头问道。昏暗的山洞里,牧师看到国王的脸被兜帽的影子笼罩,眼里却射出一丝微弱的闪光。

"陛下,我禀告过,如果她没去纳班投奔她母亲的家族,那就在奈格利蒙,和约书亚在一起。而我们的眼线认为她不在纳班。"

"米蕊茉。"这个名字飘落在石阶上,"我必须把她找回来,必须!"国王伸出一只空空荡荡的手,慢慢在他面前握成拳头,"我会打碎我弟弟藏身的壳,但必须完好无缺地把她带出来,只有她。其他人就化为尘土吧。"

"吾王,您有这个力量。"派拉兹说,"您也有强大的盟友。"

"没错。"至高王缓缓点头,"是的,没错。那个猎人尹艮·杰戈呢?他没找到我女儿,也没回来。他在哪里?"

"他还在追捕巫师的小鬼，陛下。这已算是……积怨了。"派拉兹挥挥手，像要把黑瑞摩加人那令人不安的记忆赶出脑子。

"你说这个孩子知道一些秘密，为了找到他，你已花了太多力气。"国王皱着眉，用刺耳的声音说，"我希望你也同样努力，去寻找我的亲生骨肉。我很不满意。"一瞬间，他隐藏在黑暗中的眼睛闪着愤怒的光，接着转身想走，但又停了下来。

"派拉兹?"国王的语气又改变了。

"陛下，怎么?"

"你觉得……当奈格利蒙被踏平，也找回我的女儿之后，我是不是会睡得好一点?"

"当然了，吾王。"

"很好。知道这一点，我会更加乐在其中。"

埃利加静悄悄地走了，消失在黑暗的过道里。派拉兹没有动，只是聆听国王离去的脚步声混在爱克兰大地的锤击声中。深深的地底，叮叮当当的声音显得那么单调。

遗忘之剑

渥莎娃很生气。唇刷在手里颤动一下，红丝落在下巴上。

“看看我都干了什么!”恼怒使得她的色雷辛口音更重了，“你真残忍，非得催我。”她用手帕捂住嘴，又开始哭。

“以安东之名，女人，我有很多比你口红更重要的事。”约书亚站起来，继续踱步。

“别跟我说话，殿下！别在我身后走……”她挥挥手，努力搜寻适合的字眼，“……走来走去的。如果你一定要把我像妓女一样赶出去，至少让我打扮好。”

王子拾起一把火钳，蹲下来拨弄炉里的炭，“我没把你‘赶出去’，夫人。”

“如果我是你的夫人，”渥莎娃一脸怒容，“那我为什么不能留下？我让你丢脸?”

“因为我们要谈些用不着你操心的事。要是你百忙中也注意到的话，我们一直在准备打仗。如果你觉得不方便，还真是抱歉得很。”他嘟囔着站起来，将火钳小心地放在炉边，“跟其他夫人聊聊去吧。你该庆幸你不是我，有那么多重担。”

渥莎娃转身面对他：“其他夫人都讨厌我!”她说着，眯起双眼，一缕黑发滑下脸庞，“我听到她们悄悄说，约书亚王子从草原带回一个荡妇。我还讨厌她们呢——南方乳牛！在我父亲的领地，她们会被皮鞭抽打，因为那些……那……”她努力想着还不熟悉的词汇，“……那些放肆的话!”她深吸一口气，稳住颤抖的身子。

"殿下，为什么你对我这么冷淡？"她最后问道，"而且，为什么把我带到这个冰冷的国家来？"

王子抬起头，一瞬间，严肃的脸柔和下来。"有时我也想知道为什么。"他摇摇头，"拜托了，如果你不喜欢其他宫廷贵妇的陪伴，那就找琴师给你唱歌。拜托了。我今晚实在不想吵架。"

"我哪一晚都不想。"渥莎娃回嘴，"你好像完全不喜欢跟我在一起——只喜欢那些古老的事，没错，没错，你就是喜欢那些东西！你和你那些旧书！"

约书亚的耐心几乎耗尽："我们今晚要谈的事确实很老，说得对，可它们至关重要，关乎我们挣扎求存的现况。该死，女人，我是整个王国的王子，不能不顾我的责任！"

"你比你想象中尽责得多，约书亚王子。"她冷冷地回答，披上披肩。

她走到门口，又转过身子："你只喜欢老旧的东西，我讨厌你这一点。过去的书、过去的战争、过去的历史……"她嘴唇扭曲，"过去的爱。"

大门在她身后关上。

❉

"感谢您，王子，慷慨地允许我们进入您的房间。"宾拿比克的圆脸忧虑重重，"要是事情没那么紧急，我也不会提出这么无礼的请求。"

"别在意，宾拿比克。"王子说，"我自己也喜欢在安静的环境里谈话。"

矮怪和老亚拿嘉各自拉过一把硬木椅，坐在约书亚旁边。和他们一同来的史坦异神父则静静地绕着房间走动，观看墙上的挂毯。他在奈格利蒙这么多年，还是头一回进到王子的私人房间。

"我还在消化昨晚的消息。"约书亚说着，朝宾拿比克递到面前的纸卷打了个手势，"你们还要告诉我更多吗？"王子挤出一丝微弱的苦笑，"上帝肯定在惩罚我。先是噩梦成真，让我指挥一座被围攻的城堡，然后又添上更多麻烦。"

亚拿嘉靠近点儿说："您要记得，约书亚王子，我们说的那些事不是噩梦，而是黑暗的现实。我们不够走运，不能简单地将这一切当做幻想。"

"史坦异神父和我在城堡的文书馆里花了很多天搜寻。"宾拿比克说，"从我来这儿的第一天就开始了，想找出宝剑咒文的意义。"

"你是指之前说过的梦？"约书亚问，手指随意地翻动桌上的纸页，"就是你和那男孩在女巫小屋里做的梦？"

"不只是他们。"亚拿嘉声明道，他的眼睛像两片锐利的蓝冰，"在离开棠戈寨的前一天晚上，我也梦到一本巨大的书。火焰中浮现出 Du Svardenvyrd 的字样。"

"当然，我也听说过尼西斯牧师的书。"王子点头，"那时我还在纳班的乌瑟林兄弟会求学。这书很有名，但早已失传。你们肯定不是来告诉我，在此地的图书馆里找到一份抄本吧？"

"不是，我们没时间仔细寻找。"宾拿比克回答，"但除了塞斯兰·安东尼斯，如果还有其他地方可能收藏那本书，那应该就是这里了。史坦异为文书馆收集到数量惊人的图书。"

"谢谢。"文书官说。他面朝墙壁，像在研究挂毯图案，这样就不会有人看到自己高兴得面红耳赤，也不会影响冷静的史学家形象。

"实际上，史坦异跟我找了那么久，最后还得靠亚拿嘉帮忙，才解决了问题。"宾拿比克继续说。

老人靠过去，细瘦的手指扣在纸卷上："是运气好，希望这个好兆头能让我们所有人以后也交好运。莫吉纳曾写信问过我关于尼西斯的问题。当然了，尼西斯和我都是瑞摩加人，因此医师希望我帮他填完一篇记载你父亲生平的文章的空缺。我把知道的都告诉了他，但恐怕帮助有限。但我确实记得他问过我。"

"那就是第二次，"宾拿比克兴奋地说，"好运又降临在我们身上。年轻的西蒙从莫吉纳烧毁的小屋里保存下来的唯一一件东西就是……这本书！"他用短粗的棕色小手抓着一捆纸卷，挥舞着，"圣王约翰的生平和统治，莫吉纳·鄂斯特斯著——即鄂克斯特的莫吉纳医师。他以另一种方式同我们在一起！"

"我们欠他的数不胜数。"亚拿嘉严肃地声明，"他看到黑暗的日子正在降临，为此做了许多准备——有些我们现在仍不知道。"

"不过眼下最重要的，"矮怪插嘴说，"是这个，他写的圣王约翰生平，看！"他将纸页塞到约书亚手里。王子翻看一下，抬起头，无力地笑了。

"阅读尼西斯的花体古文，让我想起了当学生的日子，那时我总在塞斯兰·安东尼斯的藏书馆流连忘返。"他遗憾地摇摇头，"相当吸引人，我祈祷有一天能有时间将莫吉纳的手稿完整读一遍。但我不明白，"他捏着已经浏览过的纸页，"这里描述的是铸造悲伤的过程，都是亚拿嘉提过的。这对我们有帮助吗？"

经过王子的允许，宾拿比克拿回手稿，"约书亚王子，我们必须读得仔细点儿。"他说，"莫吉纳引用了尼西斯的话。也就是说，他至少读过 Du Svardenvyrd 的部分内容，这也让我更确信莫吉纳的博学广识——他引用了尼西斯关于另外两把'宝剑'的文字。除了悲伤之外的两把。在这儿，请允许我读一下莫吉纳告诉我们的尼西斯的原话。"

宾拿比克清清嗓子，开始念道：

"第一把宝剑降临，其最初形态，来自千年前之云外九霄。

"乌瑟斯·安东，吾等教廷称之上帝之子、地上肉身。九天九夜，双手双脚，倒钉处决之树，于纳班异教审判之神余汶奈神殿前。纳班皇帝按朝臣判决，循例将犯人悬于余汶奈树枝之上。即是如此，湖中人乌瑟斯，宣扬唯一神明，以冒渎和叛乱罪名处置。如受戮之牛，倒挂悬垂。

"第九夜，怒吼声响，火雨飞箭，从天而降，摧毁神殿，片瓦不留，异教裁判牧师，亦无一幸存。烟火消散，乌瑟斯·安东肉身去无踪影，只听上帝宣告，彼肉身已归天堂，完好如初，而诸多仇敌，已被施惩戒。然或曰，乌瑟斯信徒于灾祸前带走肉身，方幸免于难。此种言论很快消亡，奇迹说遍传全城。由此，纳班异教神祇走向没落。

"神殿废墟之上，立有巨石，硝烟不绝。安东教徒称之异教祭坛碑，乃唯一真神所立，以警示后人。

"本人尼西斯，却以为此石从天而降，应属流星之类，各地偶有发生。

"熔岩巨石碎片锋锐，皇帝以为可用，命人以此天降金属铸成利刃。斗胆猜测，因乌瑟斯曾被树枝鞭挞，遂命名为荆棘。此剑蕴含极大能力……"

"然后，"宾拿比克说，"这把荆棘剑便在纳班统治者手中代代相传，最后传到……"

"传到凯马瑞爵士，我父亲最亲密的朋友手上。"约书亚帮他把话说完，"关于凯马瑞那把荆棘的传说有不少，不过今天之前，我还不知道它是从哪儿来的……前提是尼西斯的话可信。这几段几乎可算异端邪说了。"

"他的推断基本符合事实，殿下。"亚拿嘉捋着胡子说。

"可是，"约书亚说，"你想说什么？凯马瑞的剑很久之前就跟他一起沉入了大海。"

"允许我再念一段尼西斯写的文字。"宾拿比克回答。"这里，他提到了我们谜团中的第三个部分。

"第二把宝剑越洋而来，自奥斯坦·亚德以西，穿过咸海，来至此地。

"年复一年，海客自遥远冰冷之国基斯加，随季节出海，大肆劫掠一番后，乘浪而归。

"然有灾祸降临海客故土，基斯加不存。众人背井离乡，乘船出海，举家迁至奥斯坦·亚德，定居北方瑞摩加。即不久之前，本人诞生之地。

"船只靠岸，艾弗特王感谢乌顿并其他异教诸神保佑，命人取下龙船之精铁龙骨，造就利剑，于新国土保护子民。

"龙骨交予戴夫林一族众能工巧匠，以秘而不宣之技，萃取精华金属，铸成长剑，寒光闪闪。

"交付之时，艾弗特王与戴夫林一族却起争端，国王痛下杀手，分文未付，夺得利剑。引发连环惨剧。

"为纪念迁徙新国土，此剑名曰米奈亚，意为'回忆之年'。"

矮怪念完，走到桌边，拿起水壶灌了几口水。

"好吧，伊坎努克的宾拿比克，两把强大的宝剑。"约书亚说，"也许我被今年这些可怕的事弄昏了头，我还是不明白这些事到底有什么意义。"

"三把剑。"亚拿嘉提醒他，"算上伊奈那岐的津锦尊——我们唤做悲伤的那把。三把宝剑。"

"约书亚王子，您一定要读读这段，莫吉纳引用的尼西斯之书的最后一部分。"史坦异终于加入他们的谈话，"在这里，请。那疯子这段写得还挺有韵律。"

"珂莱瓦钟冰霜厚……"

约书亚大声念起来。

"大路路面阴影行，

> 幽深井底黑水泛，
> 三剑终将再现身。
>
> 贝肯地底掘出土，
> 宏瘟高山下平川。
> 恶梦惊扰酣睡人，
> 三剑终将再现身。
>
> 命运轨道若转向，
> 时间迷雾倘清除。
> 暮散晨临时不待，
> 三剑终将再现身……"

"我想……我想我明白了。"王子终于感兴趣了，"这几乎是我们正在经历的日子的预言——尼西斯好像知道伊奈那岐有一天会回来似的。"

"是的。"亚拿嘉说，目光越过约书亚的肩膀，手指梳理着胡子，"而且显然，要让世界走上正途，'三剑终将再现身'。"

"王子，按我们的理解，"宾拿比克说，"如果说要打败风暴之王，那就得去找到那三把剑。"

"尼西斯说的三把剑?"约书亚问。

"看来是这样。"

"可是，如果叫西蒙的男孩没看错，悲伤已经落入我哥哥手里。"王子思索着，苍白的眉毛皱成一团，"要是能简简单单到海霍特，问他要来，我们也不用躲在奈格利蒙了。"

"王子，还是最后再关心悲伤吧。"亚拿嘉说，"现在要先保住另外两把。我以过人的眼力和宽阔的视野为名，然而即使是我，也看不到未来。也许我们会想到办法，从埃利加那里拿到悲伤，或者他自己犯错丢失。这些现在都无需担心。荆棘和米奈亚才是我们要找的。"

约书亚靠在椅背上，脚踝交叠，手指压在紧闭的眼皮上。"这一切真像是个童话！"他感叹道，"人类该怎样在这个时代幸存呢？余汶月寒冬……风暴之王崛起，他曾是希瑟王子……现在还要毫无头绪地寻找早已失传的两把剑——真是疯狂！真是愚蠢啊！"他睁开眼睛，坐直身子，"可是我们能做什么呢？我相信这一切……说明我也疯了吧。"

王子站起来，踱步。其他人看着他。虽然希望渺茫，但他至少成功说服了约书亚，让他相信了这冷酷又奇异的真相。这让他们很高兴。

"史坦异神父。"王子终于开口，"你能帮我请艾奎纳公爵过来吗？为了不泄露秘密，我把佣人都遣走了。"

"当然。"文书官说完，便快步离开房间，袍子拍打着他精瘦的身体。

"不管发生什么，"约书亚说，"今晚的商谈，都有很多事要解释。我会让艾奎纳在旁边。爵士们知道他是实用主义，而我呢，却总因在纳班的日子，还有奇怪的行事方式被人诟病。"王子挤出一丝微笑，"如果这些疯狂的事是真的，那我们的任务就比原来更复杂、更艰难。如果艾弗沙公爵能支持我，那我觉得其他男爵也会——不过，我认为，最后那部分还是不要告诉他们为好，虽然它也带来一丝渺茫的希望，但有好些领主，我不相信他们能保守这样惊人的秘密。"王子叹了口气，"光是与埃利加为敌，就已经够头痛了。"他站起来，盯着燃烧的炉火，目光闪烁，像波光粼粼的水池，"我可怜的哥哥。"

宾拿比克听到王子的口吻，惊讶地抬起头。

"我可怜的哥哥。"约书亚又重复一遍，"他正身处活生生的噩梦中——风暴之王！白狐！我不相信他真的知道自己干了什么。"

"有人知道他们到底干了什么，王子。"矮怪说，"我觉得，风暴之矛和他们的手下不大可能像小贩一样，挨家挨户地游说、推销他们的货物。"

"嗯，我敢肯定是派拉兹想办法联系上他们的。"约书亚说，"以前，我还在乌瑟林兄弟会求学时就知道他，包括他对禁断知识的渴求。"他悲哀地摇摇头，"可埃利加呢，虽然勇猛得像头熊，却总误信旧书里的秘法，蔑视正统学说，同时又害怕灵魂和魔鬼的事。他后来的状况越来越糟……从妻子去世之后。我真想知道，他能从恐怖的交易中得到多少东西。我想知道，他是不是后悔了——多么可怕的盟友啊！可怜的、愚蠢的埃利加啊……"

又下雨了。史坦异将公爵带来时，两人在长长的庭院被雨淋得透湿。艾奎纳站在约书亚屋门口，像匹紧张的马一样跺着脚。

"我正在看望我妻子。"他解释说，"她和其他女人在司卡利到达之前，逃到唐路德大人，也就是她叔叔那儿去了，带了我的手下半打人，还有不少女人孩子。她的手指都被冻伤了，可怜的桂棠。"

"对不起啊，艾奎纳，把你从她身边叫来，尤其她还受了伤。"王子道歉说，站起来握住老公爵的手。

"啊，反正我在那儿也没什么可做的。她有我们的女儿帮忙。"他皱着眉，语气里却带着自豪，"她是个能干的女人，还给我生了几个强壮的儿子。"

"我们会帮助你大儿子艾索恩的，别担心。"约书亚领着艾奎纳走到桌旁，将莫吉纳的手稿递给他，"但很有可能，我们面临的战争不止一场。"

公爵读完宝剑预言，提了几个问题，然后又读一遍。

"多少还有点儿押韵，然后呢？"他终于问道，"你觉得，这是整件事情的关键？"

"如果你是说闩上门那种关键，"亚拿嘉说，"那么，没错，我们也希望如此。这一来，我们必须找到尼西斯预言中的宝剑，它们能阻止风暴之王的入侵。"

"但那个男孩声称，埃利加已经得到希瑟之剑了——事实上，在我得到允许返回艾弗沙时，确实看到他佩了一把没见过的剑。是把很大、样子很怪的剑。"

"公爵，这点我们知道。"宾拿比克插嘴说，"我们得先找到另外两把。"

公爵眯眼，怀疑地看着矮怪："小个子，你又想从我这得到什么？"

"只是你的帮助，但不知你能提供多少。"约书亚伸手拍拍瑞摩加人的肩膀，"伊坎努克的宾拿比克在这里也是基于相同的理由。"

"你听说过米奈亚后来怎样了吗？就是艾弗特那把剑。"亚拿嘉问道，"我承认，这本是我应该知道的事，我们联盟就是为了这个目的收集各种消息。不过，所有已知的传说都没再提过米奈亚。"

"我从祖母那儿听过一些，她很会讲故事。"艾奎纳一边思考一边咬着胡子，"那把剑随艾弗特的血脉传给红手芬吉尔，芬吉尔又给了他儿子耶尔丁，然后耶尔丁摔下了塔。尼西斯本人也死在同一个地方。再后来，耶尔丁的副官伊克斐得到剑，同时也得到芬吉尔的瑞摩加皇冠，还有海霍特的统治权。"

"伊克斐死在海霍特。"史坦异在火旁暖手，小心翼翼地说，"'灼烧王'，我看过书里这样称呼他。"

"死于红龙利拉卡的龙炎。"亚拿嘉说，"像兔子一样，在他的王座大殿里被烤熟。"

"那么……"宾拿比克想了想，性情温和的史坦异却被亚拿嘉的话吓得颤抖起来，"米奈亚要么在海霍特城墙里的某个地方……要么就被红龙可怕的吐息摧毁了。"

约书亚站起来走到壁炉旁，看着摇晃的火焰。史坦异往旁边挪挪，为王子留出更多空间。

"两个糟糕又含糊的可能。"约书亚露出痛苦的表情，转向史坦异神父，"你们这些聪明人啊，今天一个好消息都没有。"一听这话，文书官的脸色立刻阴郁起来。"首先你们告诉我，唯一的希望是找到传说中的三把剑。现在又说，其中两把都在我哥哥的大本营里——假如它们真的存在的话。"王子沮丧地叹口气，"那第三把呢？派拉兹是不是正用它在餐桌上切牛肉？"

"荆棘。"宾拿比克攀着桌边爬上去，说，"伟大的骑士之剑，属于凯马瑞。"

"用摧毁古老纳班余汶奈神殿的陨石制成。"亚拿嘉说，"不过，它肯定随伟大的凯马瑞一起，在菲拉诺斯海角被海水卷走了。"

"你们听听！"约书亚怒道，"我哥哥掌握两把，第三把则在大海掌控之下。这还没开始，我们已经没戏了。"

"当莫吉纳和他的小屋被摧毁时，他的研究成果本该一同毁于一旦。"亚拿嘉说，声音坚定，"结果呢，它完好无损地历经了危险和绝望，来到这里，我们终于有机会一读尼西斯预言。它确实被保存下来，也确实到了我们手里。希望一直都在。"

"对不起，王子，但现在能做的似乎只有一件事。"宾拿比克在桌面上理智地点头说，"就是回文书馆，继续搜索，直到我们解开荆棘和其他两把剑的谜团为止。而且必须尽快找出答案。"

"确实要快。"亚拿嘉说，"我们现在正在浪费比钻石还珍贵的时间。"

"无论用什么办法。"约书亚把椅子拖到壁炉旁，跌坐下来，"无论用什么办法，要快。但我担心，我们的时间早已耗尽。"

❖

"该死该死该死。"西蒙骂着，又朝狂风里丢了一块石头。奈格利蒙仿佛立在一片肥皂泡般的灰色虚无中，像下雨的大海中一座孤独的小岛。"该死的。"他又说了一次，弯下腰，在湿漉漉的城垛墙边继续找石头。

桑弗戈望了过来，头上那顶漂亮的帽子已被雨水浇软，一塌糊涂。"西蒙，"他说，"你还真难伺候。一开始你咒骂他们说，他们把你当成麻袋，硬拖去议会；这回又因为没收到邀请参加下午的商议，还是骂骂咧咧，乱丢石头。"

"我知道。"西蒙说着，手中的石头划出一道弧线，自城墙落了下去，"可我不知道我想要什么。我说不清。"

琴师苦着脸说："我只想知道：我们干吗到这儿来？就没有更好的地方让你自怨自艾发泄了吗？这里冷得像挖井工的私处。"他故意说出难听的话，希望引起他们的注意，"我们干吗要到这儿来？"

"因为这里可以让人吹吹风、淋淋雨、醒醒脑子。"淘儿大声说，沿着城垛走回两个伙伴身边，"喝了一晚上，这是最好的治疗方式。"矮小的老人朝西蒙眨眨眼。西蒙以为他早就离开，但弄臣却愉快地看着桑弗戈在漂亮的灰天鹅绒袍子里发抖。

"很好。"琴师吼着，模样像被淋湿的猫一样悲惨，"淘儿，你喝起酒来倒像变年轻了——像返老还童。要是有一天，我看到你在城墙上蹦跳玩耍，像个小无赖，我也不会吃惊的。"

"哎呀，桑弗戈。"淘儿笑着，脸皱成一团，眼睁睁看着西蒙又丢出一块石头，落在曾是大院的水塘里，在被雨点拍打的水面上激起一阵浪花，"你太……嘿！"淘儿指着下面，"那不是艾奎纳公爵吗？我听说他回来了。嘿，公爵！"小丑叫着，冲小小的人影挥手。艾奎纳闻声望来，目光穿过斜落下来的雨丝。"艾奎纳公爵！淘儿在这儿！"

"真是你吗？"公爵叫道，"该死，还真是，你个老混球！"

"上来，上来！"淘儿说，"上来告诉我有什么消息！"

"我怎么一点都不惊讶呢?"桑弗戈讽刺说。公爵蹚过积水及踝的大院,往城墙盘旋的楼梯走来。"除了老疯子,只有瑞摩加人会自愿爬上来。说不定这里对他而言还是太暖和了,还没真正开始下雪呢。"

艾奎纳带着疲倦的笑容,朝西蒙和琴师点点头,接着转身握住弄臣青筋凸起的手,像朋友一样拍拍他的肩膀。他比淘儿高得多,也壮得多,那样子活像熊妈妈拍打她的幼崽。

公爵和小丑互相交谈、交换消息时,西蒙一边丢石头一边听,桑弗戈则摆出一副听天由命、放弃挣扎的模样。没过多久,不出所料,瑞摩加人从谈论老朋友和闲话家常,转向了更阴沉的话题,谈到了战争的威胁、北方的阴影。刚才,西蒙还觉得冷风吹走了寒意,现在又开始冷了。公爵用刺耳的语调提到北方的统治者,突然话锋一转,说有些事太过恐怖,不宜公开谈论。西蒙觉得寒意更深地侵入身子。他望向影影绰绰的远方,雨幕后,北面的地平线上有一团拳头似的黑暗风暴,他仿佛又回到梦境之路……

……光秃秃的石山直击天穹,四周围绕着靛蓝和黄色的火焰。戴着银面具的女王坐在寒冰王座上,堡垒中不断回响起呢喃声……黑暗的念头充斥着他的心,像被一只巨大的轮子碾过。他敢肯定,用不着花多少力气,就能轻松到达前方的黑暗,走出冰冷风暴,进入温暖中去……

……它那么近……那么近……

"西蒙!"声音在耳边响起,有人狠狠抓住他的手臂。他往下一瞟,发现自己离城垛边只有几寸,狂风就在下方吹打庭院水洼,不由呆住了。

"你在干什么?"桑弗戈扯着他的手臂问,"要是从墙上掉下去,可就不是断儿根骨头的事了。"

"我……"西蒙一时语塞,他觉得脑子被一团黑暗的迷雾笼罩,久久不散，"我……"

"荆棘？"淘儿大声说，回应艾奎纳刚才的话。西蒙转头，看到小丑正拉着瑞摩加人的斗篷，就像一个胡搅蛮缠的孩子。"荆棘，你刚刚说荆棘？哎呀，你干吗不直接来找我？为什么不来找老淘儿？要是有人知道的话，那就是我了！"

老人转向西蒙和琴师："你们说，谁陪在圣王约翰身边的时间最长？谁？当然是我啦！六十年来，我陪他讲笑话、翻筋斗、玩游戏。还有伟大的凯马瑞，我亲眼见证他步入约翰的宫廷。"他转回去面对公爵，眼里闪着西蒙从未见过的光芒，"我正是你们需要的人。"淘儿骄傲地说，"快！带我去见约书亚王子。"

罗圈腿的老弄臣几乎跳起舞来。他迈着轻快的步伐，引着有些傻眼的瑞摩加人走向楼梯。

"感谢上帝和他的天使们。"桑弗戈看着他们离开，感叹道，"我建议咱们马上找点东西灌进肚子里——暖暖胃可以驱寒。"

他领着还在摇头的西蒙，从飘雨的城垛下到点着火把、响着回音的楼梯。暂时离开呼啸的北风，走进一片温暖之中。

�֍

"我们都清楚你的地位有多重要，好淘儿。"约书亚不耐烦地说。也许是为避开无孔不入的寒意，王子在脖子上紧紧裹着一条羊毛围巾，细长的鼻梁微微泛红。

"这么说吧，我正在适应环境呢，殿下。"淘儿得意洋洋地说，"如果能有杯酒，就更容易把话说清了，我可以直接跳到核心部分。"

"艾奎纳，"约书亚抱怨道，"你能不能发发善心，给我们尊敬的弄臣弄点喝的？不然，恐怕我们得等到安东亲自现身，才能听完整个故事了。"

艾弗沙公爵走到王子桌旁的松木柜旁，找出一壶珀都因红酒。"有了。"他说着，递给淘儿满满一杯。老人尝了一口，露出微笑。

他想要的不是红酒，瑞摩加人想，而是关注。这段日子，即使对年富力强的人来说，也已经够糟了，更别说一个主人死了两年的老弄臣。

他盯着弄臣布满皱纹的脸，瞬间觉得底下露出一张孩子般的面容，仿佛只是盖在一层薄薄的帘子下。

恳求上帝赐我一个快速又光荣的死法，艾奎纳祈祷，别让我变成那种老傻瓜，坐在篝火旁，告诉年轻人事情再也不会像曾经那样美好。不过，他坐回椅子，听着外面恶狠狠号叫的风声，心想，也许这次是真的。也许从前的日子真的很好。也许现在真的什么都不剩，只有一场注定要输的战争和潜伏的黑暗。

"要知道，"淘儿说，"凯马瑞的佩剑荆棘并没有跟他一起落入大海。他把剑交给一个侍从保管，罗茨坦贝的柯尔蒙。"

"把佩剑给了别人？"约书亚迷惑地说，"这和我们听到的任何有关凯马瑞－萨－梵尼塔的传说都不一样。"

"啊，你也没有在最后那一年见过他的模样……你怎么可能见过，那时你才刚刚来到这个世界。"淘儿又喝了一大口，双眼出神地盯着天花板，"你的母亲爱蓓卡皇后过世以后，凯马瑞爵士的行为越发古怪。他曾是她的私人护卫，你知道，他甚至崇拜她走过的每一块地砖——就像她是圣母艾莱西亚本人。我一直觉得，他为她的死自责不已，好像他能凭借武力或纯洁的心治愈她的疾病似的……可怜的白痴。"

见约书亚越来越没耐心，艾奎纳只得靠过去问："所以他把陨星剑荆棘交给一个侍从？"

"是的，是的。"老人暴躁地回答，显然很不喜欢被人催促，"当凯马瑞从哈察岛出发，在海上消失以后，柯尔蒙便将它占为己有。他回到家乡，重新接管家族在霜冻边境的领地罗茨坦贝，成为那一大片土地的领主。荆棘是世界闻名的武器，除了银色的剑柄，通体都是闪闪发光的黑色，美丽又致命。因此他的敌人绝不会看走眼。这些人一见到那把剑，便失去了对抗他的勇气，他甚至很少有机会把剑从剑鞘里拔出来。"

"这么说，它在罗茨坦贝？"宾拿比克在墙角兴奋地叫出声，"从这里出发，两天之内就能到！"

"不，不，不。"淘儿咆哮着挥舞酒杯，示意艾奎纳再给他满上，"你只要好好听着，矮怪，我会把一切都告诉你们。"

在宾拿比克、王子或其他人开口之前，一直蹲在炉火旁的亚拿嘉站起来，走到小丑身旁。"淘儿，"他说，声音像屋顶茅草间结的冰一样又冷又硬，"我们没时间听你慢慢讲。严酷的黑暗正从北方蔓延而来，那是冰冷又致命的阴影。我们必须得到那把剑，你明白吗？"他瘦削的脸更加贴近淘儿，小个子惊慌地耸起杂乱的眉毛，"我们必须找到荆棘，因为风暴之王不久就会亲自来敲门了。你明白吗？"

亚拿嘉走回火炉旁，细瘦的身子蜷曲着蹲坐下去。淘儿还在张口结舌，一动不动。

好吧，艾奎纳心想，如果我们想让这消息传遍奈格利蒙，这目的很快就能达到了。但他确实拽紧了淘儿的缰绳，阻止了天马行空的漫谈。

过了一会儿，弄臣才从北方人的瞪视中恢复过来，收起凝固在脸上的惊讶和迷茫。他回过神来，似乎已经不像之前那么享受现状了。

"柯尔蒙，"他继续说，"柯尔蒙爵士从旅人口里听说，白龙哀喀迦屈神秘的宝藏就藏在雾沙穆山巅附近。据说，这宝藏比世上任何一笔财富都更丰厚。"

"只有住在平地的人才会跑到山上去找龙——还是为了金子！"宾拿比克厌恶地说，"我们族人就住在雾沙穆旁边，之所以能长久定居，就因为我们根本不去那儿。"

"可是你瞧，"老淘儿说，"龙只是世代相传的故事罢了。没人亲眼见过它，也没人亲耳听过它的咆哮……除了徘徊在雪地里的疯子。而柯尔蒙拥有荆棘，一把蕴含魔法的剑，正适合去找与之相配的龙之宝藏！"

"实在太蠢了！"约书亚说，"他不是已经得到了想要的一切吗？富饶的领地，英雄的利剑。为什么他还要追逐那么疯狂的幻想？"

"确实该死，约书亚。"艾奎纳骂道，"为什么人们会有各种各样的愚行？为什么他们会把救主乌瑟斯倒挂在树上？为什么埃利加已经是整个奥斯坦·亚德的至高王，却要囚禁他弟弟，还跟魔鬼做交易？"

"不管是男是女，人们心里确实有种渴望，驱使他们追逐得不到的东西。"亚拿嘉在火炉边上出声道，"有些时候，追求的东西甚至超出他们自身的理解范围。"

宾拿比克轻快地跳到地上："别在我们永远弄不懂的事上浪费口舌了。"他说，"我们的问题还是一样：那把剑在哪儿？荆棘在哪儿？"

"我敢说，丢在北方了。"淘儿回答说，"没听说柯尔蒙爵士回来的消息。但有个怪谈说，他成了宏瘟之王，现在还生活在用冰造的堡垒里。"

"听起来，这是将他的故事和有关伊奈那岐的古老记忆混合、编织在一起了。"亚拿嘉寻思着说。

"他最后到过的地方是韦斯万的圣司肯蒂修道院。"史坦异突然从房间后面冒出来，大声说道，高耸的颧骨泛出一丝红晕。没人注意到他刚才跑出去又飞快地回来了。"淘儿的话提醒了我。我没记错，在霜冻边境的战火中，确实抢救保存下来一些圣司肯蒂的书。这是从创建之年算起，1131 年的日常账簿。看，这里列出了柯尔蒙的宴席清单。"他骄傲地将它递给约书亚，王子凑近火光读着。

"干肉和蜜饯。"约书亚费力地辨识模糊的字迹，读道，"羊毛斗篷，两匹马……"他抬起头，"上面说，是'一打加一个'的宴席

——总共十三人。"他把书交给宾拿比克，矮怪接过来，走到火旁，跟亚拿嘉一起翻阅。

"那他们肯定遭到了厄运。"淘儿说着，又倒满一杯酒，"在我听说的故事里，他从罗茨坦贝出发时，至少带了两打随从，都是亲自挑选的好手。"

艾奎纳目不转睛地看着矮怪的背影。他确实聪明，瑞摩加人想，但我还是不太信任他和他的族人。而且，他为什么跟那男孩在一起？我觉得不是好事，虽然我想他俩讲的故事基本属实。

"这些对我们又有什么用？"他大声说，"如果那把剑不见了，确实不见了，那我们也只能在这里尽最大的努力防御敌人。"

"艾奎纳公爵，"宾拿比克说，"也许您还没明白，我们没有别的选择。如果风暴之王真是我们最大的敌人——我相信大家已经达成共识了吧？那我们唯一的希望，就是集齐三把剑。有两把我们现在无能为力，所以只剩下荆棘，而我们必须找到它——如果能找到的话。"

"别对我说教，小矮子。"艾奎纳低吼。约书亚疲倦地挥挥手，在新一轮争吵爆发前阻止了他们。

"安静。"王子说，"让我想想。我脑子里塞满了这些疯狂的事，需要安静一会儿，考虑清楚。"

史坦异、亚拿嘉和宾拿比克翻看着修道院账簿和莫吉纳的手稿，轻声交谈。淘儿把自己的酒喝光了，艾奎纳则坐在他旁边，郁闷地一口接一口。约书亚坐在那里，看着炉火，脸像包在骨头上的羊皮纸，让艾弗沙公爵不忍直视。

哪怕他父亲临终时的模样，也不会比他现在更糟，艾奎纳琢磨着，战争眼看就要打响，他有领导我们撑过围攻的力量吗？甚至说，他有让自己活下去的力量吗？他的脑子一直想这想那，作战嘛……虽然公平地说，他从未疏于习武。他不假思索地站起来，迈着沉重的脚步，走到王子身边，将熊掌似的大手搭在约书亚的肩头。

王子抬起头："你能推荐一个值得信赖的人吗，老朋友？你那儿有没有熟悉北方的人？"

艾奎纳想了一下："我有两三个人选。弗雷克算一个，但他太老了，你我都不会觉得适合派他出去冒险。爱因司凯迪嘛，除非我拿长矛逼他走出奈格利蒙的大门，否则他是不会离开我身边的。另外我觉得，当战斗变得激烈又血腥时，我们会需要他的勇猛。他就像只獾：退回洞里才能发挥嗜血的本能。"公爵考虑着，"其他人嘛，我推荐施拉迪格。他年轻精干，而且聪明。没错，施拉迪格就是你想要的人。"

"很好。"约书亚慢慢点头，"我也有三四个人选。比起大军，小部队更适合这个任务。"

"确切地说，什么任务？"艾奎纳的目光扫过房间，似乎所有人早已明白。他不由又想，他们到底是在追逐幻影，还是严酷的冬天让所有人的判断力都下降了？

"去找凯马瑞的剑，熊伯。"王子的脸上浮出一丝苦笑，"行动无疑疯狂，但除了相信古老的故事和旧书里模糊的言辞，我们无路可走。而且我们也承担不起忽视这条路的后果。本该是余汶月的夏天，却刮着寒冬的风暴。无论什么疑虑都不能改变事实。"他环视屋子，思量着，不再说话。

"伊坎努克的宾拿比克。"他终于开口呼唤道，矮怪快步走过去，"你能不能带一支队伍找寻荆棘的下落？也许除了亚拿嘉，你比任何人都了解北方群山。当然，我希望亚拿嘉也能同去。"

"这是我的荣幸，王子。"宾拿比克说着，单膝跪地。看到他这模样，即使艾奎纳也不由咧嘴而笑。

"也是我的荣幸，约书亚王子。"亚拿嘉站起身来，"但我觉得用不着我去。在奈格利蒙，我更能派上用场。我年老体衰，但眼神依然锐利。我会在文书馆帮助史坦昇，还有很多问题需要找到答案。另外，以后要有派得上用场的地方，我也愿意帮忙。"

"殿下。"宾拿比克问，"如果队伍还有空缺，我可以带上西蒙吗？莫吉纳在临终前请我师傅照顾那男孩。欧科库克去世后，我代替了他的位置，同样，也该由我负上照顾他的责任。"

约书亚怀疑地看着他："你照顾他的方式，就是带他到连地图都没有的地方，参与疯狂的冒险？"

宾拿比克挑起一边眉毛："也许你们大个子没有那儿的地图，但对我们坎努克人来说，那儿就像后花园。另外，将他关在城堡，等至高王举兵来袭，真的更安全吗？"

王子头痛似的抬手抚脸："我想你说得对。如果连这点微弱的希望之光也熄灭，那对站在奈格利蒙领主这边的人来说，也没什么地方更安全了。如果那男孩想去，你可以带他走。"他放下手，拍拍宾拿比克的肩膀，"很好，小个子——虽然小，但很英勇。你去继续看书吧，明天一早，我会派三个能干的爱克兰人给你，还有艾奎纳的手下施拉迪格。"

"感激不尽，约书亚王子。"宾拿比克点点头，"但我想，明天晚上离开更好。我们是一支小队，最好不要引起魔鬼们的注意。"

"就那样吧。"约书亚举起手，仿佛是在祝福，"谁知道这任务究竟是愚行，还是真能拯救我们所有人？你们本应在军号和欢呼中出发，却只能灰溜溜地离开，还得时时注意隐藏行踪。记得，我们会一直挂念你们。"

艾奎纳犹豫一下，然后靠过去，握住宾拿比克的小手。"这可真他妈古怪。"他说，"不过，上帝与你们同在。如果施拉迪格出言不逊，请多原谅。他容易冲动，但心地很好，忠诚不贰。"

"谢谢你，公爵。"矮怪认真地说，"希望你们的上帝真能保佑我们。我们此行要进入未知的区域，凶多吉少。"

"所有凡人皆如此。"约书亚跟着说，"或早或晚都得面对。"

✿

"什么！你告诉王子他们我要去哪儿？"西蒙愤怒地攥紧拳头，"你有什么权力自作主张?!"

"西蒙吾友，"宾拿比克平静地回答，"没人命令你去。我只是问约书亚是否允许你也参加，他虽然同意了，但选择权还是在你。"

"丫个血树啊！我还能怎么办？说不吗？那所有人就都会以为我是个懦夫！"

"西蒙，"小个子做出耐心的表情，"首先，不要在我面前乱说你刚从士兵那学会的脏话，我们坎努克人可是很讲礼貌的。其次，太在意其他人的想法可不好。再说，留在奈格利蒙绝对不是懦夫。"

西蒙从齿缝间舒出一口气，呼吸凝成白雾缭绕在周围。他抬起头，看着昏暗的天空，太阳在云层后发出微弱模糊的光。

为什么人们总是问都不问，就直接帮我下了决定呢？难道我是小孩吗？他站了一会儿，脸涨得通红，不光因为寒冷。宾拿比克温和地伸出小手。

"吾友啊，我很难过，这不是我的本意，还以为你会感到光荣——当然了，这次旅程非常非常危险，但确实是种光荣。之前解释过了，我们之所以觉得这个任务重要，是因为奈格利蒙及整个北方的命运都仰赖于我们成功与否。当然也有可能，我们得不到名望或歌颂，反而默默无闻地死在白色的北方荒原。"他严肃地拍拍西蒙攥紧的拳头，然后把手伸进毛皮上衣，"拿着。"他说，将一个又硬又冷的东西塞进西蒙手里。

西蒙糊涂了，张开手掌去看。是枚戒指，用某种金色的金属打造而成，样式简朴。指环上刻着个简单的标记——长椭圆，一端带个三角形。

"这是卷轴联盟的鱼形记号。"宾拿比克说，"莫吉纳把它绑在麻雀腿上，和之前提过的那封信一起送来。信中最后写明，这是给你的。"

西蒙把戒指举起来，想在黯淡的天色下捕捉一丝闪光。"我从没见过莫吉纳戴这个。"他说，心里有些惊讶，自己竟对这东西完全没有印象，"所有联盟成员都有吗？但我怎么有资格戴上它呢？我几乎读不了书，拼写也不怎么样。"

宾拿比克笑了，"我师傅也没有类似的戒指，至少我从没见过。莫吉纳希望你拥有它，这理由就足够了。我相信。"

"宾拿比克！"西蒙眯着眼说，"里面有字。"他将指环递给矮怪看，"我认不出来。"

矮怪凑过去仔细分辨。"是希瑟文。"他说着，转动指环，努力辨认，"字太小，看不太出来，这种字体我也不认识。"他又研究一会儿。

"这个字的意思是'龙'。"宾拿比克总算认了出来，"另一个字，我觉得是'死亡'……'死亡和龙'？'龙之死'？"他抬头看着西蒙，咧嘴笑着，耸耸肩，"到底什么意思，我也搞不懂。我的知识还不够。要猜的话，可能是医师的某种理念——或是某个家族的族语。也许亚拿嘉比我更容易明白。"

指环毫无阻碍地套上西蒙的右手中指，简直像为他量身定做的一样。可莫吉纳那么瘦小！怎么可能戴得上这枚戒指？

"你觉得这是魔法戒指吗？"他仔细盯着眼前的金环，突然问道，好像发现小虫子般的魔力汇聚在周围似的。

"如果真是那样，"宾拿比克严肃地说，"莫吉纳也没有对它的魔力作出任何说明。"他摇摇头，"我认为和魔法没有关系，只是作为关心你的人的纪念品。"

"你为什么现在给我这个？"西蒙问，一阵酸楚涌上心头，眼睛也有些发烫，但他忍住了。

"因为明晚我必须出发往北方去。如果你决定留在这儿，我们可能就没机会再见。"

"宾拿比克!"酸楚更深了,他觉得自己简直像个幼童,被一群年纪大点的孩子推来搡去。

"只是实话实说。"矮怪圆脸上的表情非常认真。他举起手,阻止小伙子继续抗议和提问。"你必须做出决定,我的好朋友。我要进入冰雪的国度,完成一个也许很愚蠢的任务,甚至可能会害一同执行任务的傻子丢掉性命。而剩下的人则要面对国王大军的怒火。这是个两难的抉择。"宾拿比克沉重地点点头,"可是,西蒙,不管你怎么选,到北方去,还是留在这里,为奈格利蒙和公主而战,我们都是最好的伙伴,对不对?"

他踮起脚尖,拍拍西蒙的上臂,转身穿过庭院,往文书馆走去。

西蒙发现她独自一人,把一颗颗小石子踢进城堡水井。她身披一件厚重的旅行斗篷,还拉起兜帽抵御寒冷。

"您好,公主。"他说。她抬头笑笑,笑容悲伤。不知为何,她今天看起来长大了不少,像个成年女子。

"你好,西蒙。"她呼出的空气在周围结成一环白雾。

他刚想屈膝行礼,但她已经扭头看向别处。又一块石头咕噜噜滚下井边。他想找个地方坐下——这种情况,坐下似乎才是自然的举动。他发现唯一能坐的只有井沿,但很容易就离公主太近,让他浑身不自在,要么干脆面朝另一个方向。他决定还是站着吧。"你最近怎么样?"他最后问道。她叹了口气。

"叔叔简直当我是蛋壳和蛛网做的——哪怕抬起东西,或被人撞一下,都会碎掉。"

"我相信……我相信他是担心你的安全,特别是你历经千辛万苦,终于到达这里之后。"

"是我们历经千辛万苦,可没人跟在你后面转来转去,保证你不会擦破膝盖啊。他们甚至还教你怎么用剑打仗!"

"米蕊……公主啊!"西蒙大吃一惊,"你不是想拿剑打仗吧,你想吗?!"

她抬起眼睛看着他。四目相对,一瞬间,她的目光就像正午的太阳,燃烧着渴望。但接着,她又无力地垂下双眼。

"不。"她说,"大概不想。可是,唉,我确实想做些什么!"

他惊讶地听到,她的声音里竟带着真正的痛苦。刹那间,他记起她在长阶上飞奔的模样,毫无怨言,无比坚强,是当之无愧的好伙伴。

"那……你想做什么呢?"

听到他认真严肃的问题,她高兴起来,抬起头。"好吧。"她开始说,"已经不是秘密了,约书亚劝不动德瓦撒勒,没法说服他让李奥巴迪公爵放弃支持我父亲,转而站在他这一边。这一来,约书亚可能会把我送到纳班!"

"把你……送到纳班?"

"当然了,你这笨蛋。"她皱起眉头,"如果按母亲的血统,我属于英盖达林家族,在纳班很有势力。我阿姨嫁给了李奥巴迪!还有谁更适合去劝说公爵?!"她拍打戴着手套的双手,强调说。

"哦……"西蒙不知该说什么,"也许约书亚觉得……觉得……我不知道。"他考虑着,"我是想说,至高王的女儿不应该……怂恿别人反对她父亲吧?"

"谁会比我更了解至高王?"她发起火来。

"那你……"他犹豫着,但最后,好奇心还是占了上风,"你怎么看你父亲?"

"你问我恨他吗?"她苦涩地说,"我恨他变成现在这个样子。我恨他身边那些人推波助澜。如果他能突然发现自己心底的善良,看到自己错在哪里……那么,我还会爱他的。"

西蒙杵在旁边，浑身不自在。又有一大堆小石子滚下水井。

"对不起，西蒙。"她最后说，"我越来越不懂怎么跟人好好说话了。要是老奶妈看到我忘了这么多礼仪，还跑到森林去，一定会吓坏的。你还好吗，最近在做什么？"

"宾拿比克问我要不要跟他一起，为约书亚完成一个任务。"他一开口，立刻把原本不打算说的话都倒了出来，"往北去。"他意味深长地加了一句。西蒙本以为公主会表现出担忧和恐惧，但相反，她的脸色竟发自内心地明亮起来。她冲他微笑，但眼睛却并非真正看着他。"哦，西蒙。"她说，"多么勇敢，多么美妙啊。你能不能……你什么时候走？"

"明晚。"他回答。他隐约觉得，不知怎么，在这不可思议的过程中，要不要去变成了一定要去。"可我还没决定。"他无力地抗议，"我以为奈格利蒙这里会更需要我——可以在城墙上拿起长矛作战。"他补上最后一句，以防她觉得，他可能会到厨房或其他类似的地方去工作。

"哦，可是西蒙，"米蕊茉说着，突然凑过来，用皮革包裹的手指握住他冰冷的手，"如果我叔叔需要你那么做，你必须去！我从听到的众多消息中得知，我们已经没多少希望了。"

她把手伸向脖子，飞快地解下那块天蓝色的领巾，将这纤细的半透明纱布递给他。"拿着，为我戴上它。"她说。西蒙觉得血液一下子涌上脸颊，拼命控制自己的嘴唇，不让它弯成傻乎乎的、蠢驴般的笑容。

"谢谢你……公主。"他总算说。

"只要你戴着它，"她站直身子说，"就像是我也在那儿一样。"她跳了几步奇怪的舞，笑出了声。

西蒙试图弄明白到底发生了什么，却还是想不清楚，而且，怎么转眼间就发生了这么多事呢？"我会的，公主。"他说，"就像你在那儿一样。"

他的话语似乎突然打断了她突如其来的好心情。她的表情又冷淡下来，甚至带着悲哀，露出一丝淡淡的苦笑。然后，她迅速往前走几步，瞪着西蒙，吓得他差点举起手把她推开。这时，她用冰冷的双唇轻轻碰触一下他的脸颊。

"我知道你会勇敢起来的，西蒙，要安全回来。我会为你祈祷。"说完，她立刻转过身，像个小女孩似的跑过庭院，深色斗篷仿佛一缕轻烟，消失在暮色笼罩的拱门里。西蒙站在原地，手握她的围巾，回味着她亲吻自己脸颊时的微笑，觉得心里突然冒出一团火焰。在某种程度上，他其实并不太明白，只觉得有支火把在广阔、冰冷的灰暗北方燃烧。它只是可怕风暴中的一点亮光……但即使这么微弱的火光，也能引领旅人安全回到家乡。

他将柔软的布揉成一团，塞进衣服里。

✣

"我很高兴，你这么快就来了。"渥莎娃夫人身上那条黄裙子的反光似乎倒映在她黑色的瞳孔里。

"这是我的荣幸。"修道士回答说，眼睛扫过整个房间。

渥莎娃发出刺耳的笑声："你是唯一一个到我这儿来还觉得荣幸的。不过无关紧要。你明白自己要做什么了吗？"

"我相信自己已经理解了。执行起来有些困难，但领会其中的含义却不难。"他低下头。

"很好。那就别等了，等得越久，成功的机会就越小，还容易被人发现。"她一个转身，带动丝绸飞舞，飞快地闪到房间后头。

"嗯……夫人？"那人朝自己的手掌哈着热气取暖。王子的房间很冷，火也没点。"还有个问题……报酬呢？"

"我以为你帮我做事是种荣幸呢，弟兄。"渥莎娃的声音从房间后头传来。

"哎呀，夫人，我是个穷人，您的要求需要物质支持。"他又朝手指哈口气，然后将双手插进长袍里。

她拿着一包亮闪闪的衣服回来了。"我知道。拿去，金线编的，跟我之前保证的一样——现在付一半，等你完成任务，带着证据回来，再付另一半。"她把包裹交给他，立刻后退几步，"你混身都是酒味！原来你是这种人。这么重要的任务，你真能完成吗？"

"只是圣餐酒，夫人。在艰难的路上，这是我唯一能喝的东西。您得理解我。"他冲她露出谦逊的笑容，在金衣服上画个圣树标记，然后把东西都塞进长袍，"我们当行必行之事，以此侍奉神的意念。"

渥莎娃慢慢点点头："我能理解。弟兄，别让我失望。你为了更伟大的目的行事，而不只为了我。"

"我理解，夫人。"他鞠个躬，转身离开。渥莎娃站在原地，盯着王子桌上散乱的纸页，长舒一口气。这事总算完成了。

❈

跟公主谈话后的第二天，暮光照耀在西蒙身上。他正在约书亚的房间里，准备道别。他站在一旁，感觉像刚睡醒似的，迷迷糊糊地听着王子对宾拿比克作最后的交代。在这阴沉的最后一整天里，男孩和矮怪一直在准备他们的行装，包括全新的毛皮衬里斗篷、西蒙的头盔，还有穿在外衣里的轻锁甲。黑斯坦指出，要是直接被剑劈中，或者当胸一箭射来，这件薄圈圈衣是保护不了他的，只能挡挡不算致命的打击。

西蒙觉得它的重量能让自己安心。但黑斯坦提醒说，经过一整天长途跋涉之后，他就不会觉得它有多好了。

"孩子，你是个有任务的战士。"大个子告诉他，"有时，最难的任务就是活下来。"

当卫队长要求三个爱克兰人自愿出列时，黑斯坦也在其中。还有两个伙伴，一个叫厄斯奔，是个带着伤疤、胡子杂乱的老兵，身材跟黑斯坦一样魁梧；还有格力姆克，老鹰一般精瘦，一口烂牙，目光警惕，他等围城之战等了太久，现在不管什么行动都愿意参加，哪怕是这个看上去危险又神秘的任务。

当黑斯坦发现西蒙也要同去，他更加坚定地要求加入。

"送这男孩去，真是疯了。"他低吼着，"他还没学会用剑或射箭。我得去，继续教他。"

艾奎纳公爵的手下施拉迪格也到了，和爱克兰人一样，年轻的瑞摩加人穿着皮衣，戴着锥形头盔。其他人都佩着剑，金胡子的施拉迪格则在腰带上插了两把开刃手斧。他愉快地冲西蒙咧嘴笑，也加入了谈话。

"有时斧头会卡在头骨或胸腔里。"瑞摩加人的西领语说得很好，像公爵一样几乎不带什么口音，"不能用第一把时，还有一把备用的，多好。"

西蒙点头，试着回以微笑。

"你好啊，又见面了，西蒙。"施拉迪格伸出一只布满老茧的手。

"又？"

"我们以前见过，在宏德朗修道院。"施拉迪格大笑，"不过你在爱因司凯迪马上，一路屁股朝天。我希望你不是只会那样骑马。"

西蒙脸红了，握握北方人的手，转身走开。

"我们几乎没找到有用的信息。"亚拿嘉遗憾地对宾拿比克说，"除了记录物资进出以外，司肯蒂修士们没留下任何关于柯尔蒙探险的记录。他们大概觉得他是个疯子。"

"这个想法多半是对的。"矮怪专注地看着手中正在擦拭的骨柄匕首，这把是最近新造的，以代替丢失那把。

"但我们发现了一点。"史坦异的头发往各个方向乱翘，眼罩的位置也偏了点儿，就像花了整个通宵翻书查阅后直接过来的……事实的确如此。"修道院的簿记写道：'男爵不知要花多久才能到诗之树去……'"

"这名字很陌生。"亚拿嘉说,"不过,很可能是那个修士把什么东西搞错了,或者被另外的人改过……但这名字是条线索。也许你们到达雾沙穆时,就会明白到底是什么了。"

"也许吧。"约书亚一边琢磨一边说,"可能是沿路的小镇,或者山脚下的村子?"

"也许。"宾拿比克含糊地答道,"不过就我知道的路线,从司肯蒂修道院的废墟到山上,中间什么都没有——当然,除了冰、树和石头,这些东西倒是多得很。"

他们最后互相道别,西蒙听到房间后头传来桑弗戈的声音,他正为渥莎娃夫人唱歌。

> "……严寒冬日,
> 是否继续漂泊?
> 抑或解甲归田?
> 你说,吾将……"

西蒙拎起箭袋,不知第三还是第四次检查白翎箭是不是在里面。一阵晕眩感袭来,好像身处缓慢又真切的梦境中,他意识到自己又要出发,踏上旅途了——而且这一次,他依然不太确定为什么要去。他在奈格利蒙没待几天,现在又要离开,至少很长一段时间不会再回来。他摸摸系在脖子上的蓝色围巾,明白自己也许再也见不到这屋子里的人,再也见不到奈格利蒙的人……桑弗戈、老淘儿,还有米蕊茉。他觉得心跳一瞬间变快,仿佛喝醉酒似的,正想找个东西靠一靠,胳膊却被一只有力的手抓住。

"在这啊,小鬼。"是黑斯坦,"真糟糕,没学会剑和弓,我们就得把你丢上马背。"

"马背?"西蒙说,"我喜欢骑马。"

"不,你不会。"黑斯坦得意地笑起来,"最少要骑一两个月。"

约书亚简短地对每人都交代几句,周围的人又互相严肃而发自真心地握手。片刻后,他们来到黑暗寒冷的庭院,坎忒喀和七匹跺着脚、喷着鼻息的马正在等待。其中五匹用来骑,两匹用来驮重物。如果天上有月亮的话,它也像只睡着的猫,躲进了厚厚的云层。

"好得很,我们有黑暗做掩护。"宾拿比克说着,翻身跳上安在坎忒喀背上的鞍子。其他人还是第一次看到矮怪的坐骑。只见宾拿比克卷起舌头,咔嗒一响,大狼就应声跳到前面。他们不由互相交换好奇的眼神。一队士兵安静地升起上过油的闸门,他们来到宽广的天空下,朝前方隐隐约约的高山进发,走过一片片布满阴暗钉子的土地。

"再见了,大家。"西蒙轻轻地说。一行人踏上山坡小路。

俯瞰奈格利蒙的长阶顶端,一道黑影正在注视他们。

纵使眼神再锐利,在这没有月亮的黑暗中,尹艮·杰戈也只能辨出有人从城堡东门离开。不过,即使这样,也足够激起他的兴趣了。

他站在那里,摩擦双手,考虑要不要叫个手下,一起到下面去,好看得更清楚些。但他只是将拳头举到嘴边,发出雪枭般的叫声。没过几秒,一个巨大的影子出现在灌木丛中,轻轻一跃,站在他身旁的阶梯上。是头猎犬,体型比坎忒喀杀死的那头更大,皮毛在月光下闪烁着白光,咧着大嘴的长脸上有两点珍珠白的小眼睛。它咆哮着,隆隆吼声低沉又深厚。它左右摇晃脑袋,皱起鼻子。

"没错,尼库阿,没错。"他轻声说,"又到打猎的时间了。"

没过多久,长阶上空空荡荡。枝叶在古老的砖道旁发出轻柔的沙沙声,然而,周围一丝风都没有。

渡鸦与铜锅

❀

　　哐啷声响起来时，梅格雯不由瑟缩一下，这阴沉的声音能表达很多意思——但没有哪种是正面的。有个姑娘个子娇小，皮肤柔嫩，是个美人，梅格雯只需瞟一眼就知道她是个懒骨头。当所有人都用力推木板时，她果然松开手捂住自己的耳朵。用来顶住大门的沉重门闩差点就翻了下去，梅格雯和另外两个姑娘用力撑住，才没发生事故。

　　"巴格巴的牧群啊，茜福佳。"她冲松手那个吼道，"你疯了吗?!要是它倒下来，会把人砸伤的，至少把脚砸断!"

　　"对不起，小姐，真的。"女孩涨红了脸，"因为那声音太可怕……把我吓坏了!"她又站回自己的位置，同所有人一起用力，将巨大的橡木板往上推，卡进凹槽，这样就能把牧场关闭。围栏里，一群红牛靠得紧紧的，咕噜着，和年轻女人一样，不安地吵吵闹闹。

　　随着刮擦声和重击声，木条终于落到位置里。她们转过身，喘着气，背靠大门跌坐在地。

　　"仁慈的诸神啊。"梅格雯呻吟着，"我的脊梁骨都断了!"

　　"不应该啊。"茜福佳悲伤地盯着手掌上流血的刮伤，抗议说，"这是男人的活儿!"

　　这时，金铁交织的噪音停了下来，片刻间，寂静本身似乎就是悦耳的音乐。路萨的女儿一声叹息，接着，又深吸一口寒冷的空气。

　　"不，小茜福佳。"她说，"男人正在忙男人的事，剩下不管什么，都是女人的活儿——除非你想扛剑和矛。"

"就凭茜福佳?"另一个女孩笑道,"她连蜘蛛都不敢打。"

"我可以叫图雷斯帮忙。"茜福佳自豪地说,"他一叫就来。"

梅格雯摆出张苦脸:"行了,我们最好开始习惯自己对付蜘蛛。将来,不会有太多男人围着我们转了,留下那些也有一大堆事要干。"

"你不一样啊,公主。"茜福佳说,"你又高大,又强壮。"

梅格雯狠狠瞪着她,但什么都没说。

"你说,该不会整个夏天都要打仗吧?"另一个女孩问,语气像讨论枯燥的家务活。梅格雯转身看着所有人,看着她们汗湿的脸、四处游移的目光,明白她们心里想找些更有趣的话题。一时间,她想大叫,想吓住她们,让她们明白,这可不是什么比武会,不是游戏,而是性命攸关的大事。

干吗现在就把她们按进泥潭呢?她想着,心又软了。用不了多久,所有人都会更加忧心忡忡。

"我也不知道会不会持续那么久,葛兰。"她摇摇头,"希望不会,我真心希望不会。"

她沿着一个个围场往大殿走去,那两人又开始捶打神堂前一口黄铜大锅。大锅上下颠倒,倒挂在橡木架子上,被焊着铁头的木棍使劲敲打,声音震得她只能用手捂住耳朵,一路小跑过去。她再次好奇地想,噪音就在门外,她父亲和谋士们该怎么讨论事关生死的决策?不过,要是没有冉恩铜锅,就得花好几天一个个通知位置偏远的城镇,特别是靠近格兰玻山的那些。而一听到铜锅的声音,附近的村庄和庄园自然会派人到远处通知召集。自从远古时期,猎人贺恩手持巨矛沃茵达斯,在这片土地上建立起强大的国家开始,神堂之主就习惯在危机降临时敲响大锅。即使从未听过这声音的孩子也能一下子明白过来,他们已经听了太多关于冉恩铜锅的故事。

今天,为了抵御寒风和雾气,神堂的窗子都关上了。梅格雯看到父亲和谋士们正在火炉前认真地讨论。

"我的女儿啊。"路萨站起来说，明显费了些力气，才为她挤出一丝笑容。

"我带了好几个女人，总算把最后几头牛赶进围场。"梅格雯报告说，"我觉得把它们塞这么紧不太好，那些牛太可怜了。"

路萨不以为然地摆摆手："就算现在损失几头，也比匆忙退进山里，再去围捕它们强啊。"

大殿另一边，门开了，卫兵们用剑敲盾一下，声音就像铜锅召集的回音。"我真心感谢你，梅格雯。"国王说着，转头欢迎新来的人。

"艾欧莱尔！"他看着伯爵大步上前，身上还是那件风尘仆仆的衣服，呼唤道，"你这么快就恢复，真是太好了，你的手下们怎么样？"

穆拉泽地伯爵走到近前，刚单膝跪下，一看路萨不耐烦的手势，马上站了起来。"五个健壮的已经没事了，两个伤重的似乎不见起色。还有四个牺牲的，我要向司卡利亲自算这笔账。"他终于看到路萨的女儿，朝她露出开朗的笑，但仍然眉头紧蹙，一副疲倦忧虑的模样。"梅格雯小姐。"他说，又鞠了个躬，吻了吻她五指修长的手。她困窘地注意到，自己手上沾满了围栏门闩的泥土。

"伯爵，我之前就听说你回来了。"她说，"真希望情况没那么糟。"

"艾欧莱尔，你那些勇敢的穆拉人的遭遇真叫人扼腕啊。"国王说着，坐回克罗翰和其他信任的大臣中间，"不过，布雷赫和独臂沐诃保佑，要不是你撞上巡逻小队，司卡利和那些混蛋北方人就会神不知鬼不觉地偷袭得手。经过这次冲突，肯定，他下回再想来找麻烦的话，会更加慎重地考虑，说不定还能就此收手。"

"我衷心希望如此，吾王。"艾欧莱尔悲哀地摇摇头。梅格雯看着他疲倦强撑的模样，心中不由泛起柔情，但又立刻暗骂自己的幼稚。"可惜。"他继续说,"恐怕不可能。司卡利从他的领地远道而来袭击我们,肯定不会善罢甘休。"

"可是,为什么呢?"路萨问道,"我们和瑞摩加人已经和平相处好多年了!"

"陛下,我觉得,和这点没多大关系。"艾欧莱尔恭敬但毫不退缩地指出国王的错误,"如果老艾奎纳还统治艾弗沙,你的想法是正确的。但司卡利是埃利加的忠实走狗。另外,纳班有人说,埃利加随时会同约书亚兵戎相见。而我们拒绝了哥斯伍的最后通牒,他担心派兵到奈格利蒙作战时,赫尼斯第会从背后夹击。"

"可格威辛还在那儿!"梅格雯惊慌地说。

"更糟的是,他带走了我们五十个最精锐的战士。"老克罗翰在火旁低吼出声。

艾欧莱尔转身温柔地看看梅格雯。她觉得,那是种居高临下的安慰眼神。

"比起赫尼塞哈,你弟弟在约书亚坚实的城墙后无疑会更安全。而且,如果他听说我们面临困境,还可以带着五十名士兵,从司卡利背后发动袭击,这是个优势。"

路萨王揉着眼睛,好像要把最近这段日子的沮丧和担忧都抹掉。"我不知道,艾欧莱尔,真不知道。这一切让我有种不祥的感觉。用不着占卜,谁都看得出今年会有多艰难,目前的危机只是个开头。"

"父亲,还有我在。"梅格雯走上前跪在他身边,"我会陪着你。"国王拍拍她的手。

艾欧莱尔听到女孩对父亲说的话,微笑着点点头,但显然神游天外,还在考虑那两个濒死部下的问题。南下的瑞摩加大军已压到霜冻边境的茵尼斯葵,形成一片锐不可当的铁海。

"留下的人也许不会感激我们吧。"他用轻不可闻的声音说。

殿外,铜锅的响声在整个赫尼塞哈回荡,不停地向远山叫着:小心……小心……小心……

✿

德瓦撒勒男爵和手下的纳班人住在奈格利蒙凉爽的东楼，他们按南方风格精心布置那排房间，挂满亮绿和天蓝的壁毯。虽然和温暖的纳班不同，反常的寒冷天气让他们无法打开门窗，但每道石墙都安上蜡烛和闪烁的油灯，房间里亮堂堂的。

即使中午，这里也比外面更亮。艾奎纳心想，但就像老亚拿嘉说的——他们不可能像驱赶冬天的阴暗一样，把所有问题都这样赶走，只是自欺欺人罢了。

公爵的鼻翼像惊慌失措的马一样抽动。德瓦撒勒在四处都放了香油罐，有些还点上白虫子一样的灯芯，整个房间充满浓浓的香料味。

真搞不懂，人们散发出的恐惧味道，还有上好的精铁味道，他究竟不喜欢那个？艾奎纳厌恶地嘀咕着，将椅子拖到门边。

德瓦撒勒没接到过通知，也没想到会有这么一出。他满脸惊讶地看着站在门口的公爵和约书亚王子，但很快请他们进屋，随手将几件色彩鲜艳的袍子丢到一边，空出硬木椅让客人们坐。

"很抱歉打扰你，男爵。"约书亚说着，将手肘撑在膝盖上，"不过，我想在今晚议出决定之前，先跟你单独聊聊。"

"当然可以，王子，当然。"德瓦撒勒故作开朗地点头。艾奎纳轻蔑地看着这个男人平直的头发，还有挂在脖子手腕上的闪烁链坠，不敢相信他就是传言中危险的剑士。他会不会被自己的项链扯住，把自己勒死？

约书亚尽快把最近两天发生的事，也就是议会推迟这么久的真正理由解释了一遍。之前，德瓦撒勒和其他领主一样，虽然心存疑虑，但还是接受了王子身体抱恙这个原因。终于听到真相后，他挑起眉毛，但什么都没说。

"我不能公开谈论这些，现在也不行。"约书亚补充道，"这里这么拥挤，加上集结的军队，人来人往，埃利加的眼线或间谍很容易知道我们的担忧，甚至对抗至高王的计划。"

"我们的担忧大家都知道。"德瓦撒勒说，"而且我们还没制订出计划——还没有。"

"我会先保证大门紧闭，那时再把这些事情告诉所有领主——可是你瞧，男爵，你还不知道所有的情况。"

接着，王子把最近的发现都告诉给德瓦撒勒，包括疯牧师写的关于三把剑的预言诗，还有这些内容又是怎样跟许多人的梦境相互印证。

"可是，如果你很快会把这些事情都告诉给臣下，为什么现在又告诉我？"德瓦撒勒问。门口的艾奎纳哼了一声，他也一样，想问相同的问题。

"因为我需要你的领主李奥巴迪的帮助，现在就要！"约书亚说，"我需要纳班！"他站起来，在房间里走了几步，面对墙壁，仿佛在研究他们的挂毯，但视线却凝固在石墙和毯子外更遥远的某一点上。

"我一直都需要你们公爵的加盟，现在情况更加紧急。埃利加已把瑞摩加给了司卡利和他的考德克渡鸦氏族，目的很明显。这一来，就像在路萨王背后放了一把刀，赫尼斯第已经没办法提供更多人手了，他们首先要保卫自己的土地。一周前，格威辛激怒了埃利加，现在又急着回去帮他父亲保卫赫尼塞哈和其他外围领地。"

约书亚转身直视德瓦撒勒的双眼，脸上仿佛戴着一张骄傲又冰冷的面具。但艾奎纳和男爵都注意到，他的手在身前抽搐。"如果李奥巴迪公爵不想永远做埃利加的走狗，他现在必须与我共同进退。"

"可你为什么要跟我说这些？"德瓦撒勒一脸迷惑，"现在才让我得知真相，还有那些剑和书的事，已经不能改变什么了。"

"该死的，当然能！"约书亚怒气冲冲，几乎在嘶吼，"没有李奥巴迪，赫尼斯第又处于北方的威慑之下，我们就像被钉死在桶里。我哥哥可以轻而易举地摧毁我们，而且，他还跟魔鬼打交道——天知道他能从中得到什么好处?! 我们势单力薄，要是其他地方都被攻破，即使真的还有一线希望，又有什么用?! 这样下去，不管是你的公爵还是其他人，以后都只能对埃利加国王说'遵命，陛下'。"

男爵又摇摇头，项链随之轻轻作响。"我不明白，大人。你不知道吗? 昨天以前，我就派出快马往塞斯兰·玛垂府传信，告诉李奥巴迪我相信你会反抗，他也应该尽快行动起来，带领手下的部队与你协同作战。"

"什么?"艾奎纳跳了起来，他和王子一样，都因德瓦撒勒的话惊愕失色，表情像在夜里被人偷袭。

"你怎么不告诉我?"约书亚问。

"我的王子啊，我通报过了。"德瓦撒勒气急败坏地说，"准确地说，他们叫我最好别打扰你，于是我送了封信到你房间，信上还有我的蜡封。你没读过?"

"感谢乌瑟斯和圣母!"约书亚用左手拍打大腿，"这只能怪我自己，那封信现在还躺在床头没动。戴奥诺斯送信来时，我想静一会儿，然后就把这事给忘了。幸好没造成什么危害，你给我们带来了最好的消息。"

"你说李奥巴迪会来?"艾奎纳疑惑地问，"你能确定吗? 你自己好像都满心疑惑。"

"艾奎纳公爵，"德瓦撒勒冷冷地说，"你应该能理解吧? 我只是尽责而已。说实话，很久之前，李奥巴迪公爵就表示同情约书亚王子的状况。另外，他也担心埃利加的恶行愈演愈烈。几周前，他的军队已整装待发。"

"那他为什么还派你来?"约书亚问，"他能从我派去的信使那儿知道一切，难道还想在这里打听别的消息吗?"

"他没想打听什么。"德瓦撒勒说，"虽然在这里，我们确实得到了远比想象中更多的信息。不过，他派我来，更主要的，是给纳班其他一些人做做样子。"

"他臣下有人反对？"约书亚双眼发亮，问道。

"当然，这也没什么好奇怪的……但我的任务和他们无关，此行是要解除更亲近的反对势力。"虽然这个小房间里，除了他们三个再没别人，德瓦撒勒还是四下扫视一番。

"他的妻子和儿子最反对他和你联手。"他终于说了出来。

"你是说最年长那个，班尼伽利？"

"对，否则本应是他，或李奥巴迪另外的儿子来这里。"男爵耸耸肩，"班尼伽利宁愿接受埃利加的统治，还有公爵夫人娜莎兰塔……"纳班使者又耸耸肩。

"她也觉得至高王胜率更高。"约书亚苦笑，"娜莎兰塔是个聪明的女人。可她现在只能不情不愿地支持丈夫选择的盟友。她的想法也许是正确的。"

"约书亚！"艾奎纳大惊失色。

"说笑而已，老朋友。"王子说，但表情看起来不像开玩笑，"那么，好心的德瓦撒勒，公爵会上战场了？"

"约书亚王子，他会尽快带着训练有素的纳班骑士前来。"

"但愿还有矛兵和弓手。好吧，愿安东怜悯我们所有人，男爵。"

他和艾奎纳一起向德瓦撒勒道别，出门走进阴暗的过道。背后，男爵那色彩鲜艳的房间就像梦境，一醒来就会被遗忘。

"艾奎纳，我知道有个人会很高兴听到这个消息。"

公爵疑惑地扬起眉毛。

"我的侄女儿。米蕊茉以为李奥巴迪可能不会来，一直很难过。毕竟，娜莎兰塔是她阿姨。这消息一定会让她很高兴。"

"既然如此，我们这就去告诉她吧。"艾奎纳提议说，拉着约书亚的手臂走进庭院，"她可能同其他宫廷贵妇在一起。我已经看腻了满脸胡子的士兵，虽然人老了，但时不时还是喜欢看看漂亮女人。"

"一起去吧。"约书亚微笑。这几天来，艾奎纳第一次看到他发自内心地露出笑容。"然后我们顺道去看看你妻子，你可以跟她谈谈对漂亮女人兴趣不减的话题。"

"约书亚王子。"老公爵小心地说，"你是不是觉得你会老到或尊贵到让我不敢照你耳朵来一巴掌？"

"今天不会，叔父大人。"约书亚得意地笑，"我还需要这对耳朵，听听婶婶怎么数落你。"

✻

风吹进来，吹起水里的柏树味儿。提阿摩擦拭额上的汗珠，为这丝意外的微风默默感谢沙行者。他一路检查陷阱回来，感到乌澜的空气里满是风雨欲来的紧张感。闷热又满溢怒气的空气不会很快消散，就像在破洞的小舟旁徘徊的鳄鱼。

提阿摩又擦擦额头，伸手从火堆上拿起一碗黄根茶。他啜饮一小口，没理会开裂的嘴唇被烫得发痛，心里满是下一步该怎么做的忧虑。

造成这份不安的，正是莫吉纳那封怪信。好几天了，不吉利的字眼一直在他脑袋里晃来晃去，像葫芦里的小石子，在他撑船穿过乌澜水路，到俄澄湖出水口的贸易村关途圃赶集时，一直响个不停。每次新月，他都会花上三天撑船到关途圃，在集市上利用自己特殊的知识，帮乌澜小贩同到乌澜沿岸做生意的纳班、珀都商人讨价还价。到关途圃的旅途漫长，只能赚几个硬币，也许还能弄点米。这些米可以补充偶尔才能逮到的螃蟹，它们只有太笨或太狂妄时才会落进他的陷阱。不过，本来也没多少乐于助人的螃蟹，所以提阿摩桌上的食物大多是鱼和植物的根茎。

他蜷缩在小小的榕树屋里，第一百遍不安地翻看莫吉纳的消息。他回想着珀都因的首都安氾·派丽佩，街道熙熙攘攘，起伏不平，他就在那里和老人第一次相遇。

嘈杂的吵闹声，精彩的表演声，充斥在巨大的商港中，是关途圃的一百，不，几百倍——这是他的乌澜同胞永远都不会相信的事实，他们只是些粗野又狂妄的笨蛋。提阿摩记得最清楚的是那里的气味，上百万种飘浮在空气中的味道——码头散发着潮湿的咸味、香料味和渔船的腥味；街道上，留着大胡子的岛民贩卖一串串滋滋冒泡的焦黄烤肉的香味；洋洋得意的骑手、商人和士兵身上散发的汗臭味。那些大兵在铺着卵石的路中央横冲直撞，吓得行人纷纷给他们让路。当然了，还有香料区，藏红花、小米菊、肉桂和麦蓝的味道如涡流般打转，就像稍纵即逝的异样诱惑。

光是想想，他就饥渴万分，差点哭起来，但还是硬撑着没让眼泪掉下来。还有工作要做，他可不能被肉体的贪欲分心。莫吉纳在某个方面需要他的帮助，因此提阿摩必须准备充分。

事实上，正是食物让莫吉纳注意到他。许多年前的珀都因，医师正在安汜·派丽佩的集市上搜索某种草药，结果差点撞倒一个乌澜小伙子。年轻的提阿摩当时正目不转睛地盯着面包师桌上的杏仁饼。医师看到，一个远离家乡泽地到这儿来的小孩用满口文绉绉的纳班语向自己致歉，觉得好笑又好奇，又听说他到珀都因首府来，是为在乌瑟林兄弟会学习，同时还是第一个离开沼泽的乌澜村落之人。于是老人给他买了一大块杏仁饼和一杯牛奶。那一刻，在提阿摩震惊的眼中，莫吉纳简直就像神灵。

在他面前，脏兮兮的纸页上的文字竟是如此晦涩难懂。这只是一份抄本，原始信件经过反复翻看，已经碎得七零八落。他盯着它看了那么多次，文字本身已经不再重要。之前，他甚至还把它翻译成原文，确保自己没漏掉任何微妙但重要的细节。

"征服者之星已经悬在我们头顶……"医师在信里提醒提阿摩，

这可能是很长一段时间内，他最后的一封信。莫吉纳还保证说，为了避免"……如果某些危险的事确实发生，又符合尼西斯牧师那本恶名昭著的书里的暗示……"将来也许还会需要提阿摩的帮助。

收到莫吉纳用麻雀捎来的信后，他便趁着到关途圃去的机会，向米达崔打听鄂克斯特，即莫吉纳所在的爱克兰城里到底发生了什么。他和珀都因商人关系不错，有时还一起喝碗啤酒。米达崔表示，他听说至高王埃利加和赫尼斯第的路萨吵了起来，当然，已经好几个月了，人人都在谈论埃利加和他弟弟约书亚闹翻的事，但除了这两件事，商人也想不出还有什么特别的。从莫吉纳的信里，提阿摩感觉到某种巨大的威胁即将降临，听了商人的话，他感觉好些了，但医师信中的言外之意还在困扰着他。

"那本恶名昭著的书……"莫吉纳怎么知道那个秘密的？提阿摩从未告诉过任何人。他本来计划来年春天去探望医师时，把那本书当做一个惊喜带给他，那也将是他第一次到珀都因以北的地方去。现在看来，莫吉纳已经知道了这份礼物——可他为什么不说出来呢？为什么反而选择暗示、出谜、提议，就像螃蟹，小心地把提阿摩放在陷阱里的鱼头挑出来。

乌澜人放下茶碗，穿过低矮的房间，伸直弯曲的膝盖，空间刚够他站起来。炎热、酸臭的风稍微强了些，摇晃枝头的小屋，吹动屋顶茅草，发出毒蛇般的嘶嘶声。他在木柜里翻找那件用叶子包好的东西，它被藏在自己重新编写的《乌澜医者行之有效的疗法》下面。提阿摩喜欢偷偷地把那本书当做自己的"大作"。他终于找到了，拿出来打开，这也不是两星期来的第一次了。

看到它平摊在莫吉纳来信的抄本旁，他便觉察出它们有多么不同。莫吉纳的文字用黑根墨费劲儿地抄在一张便宜的皮纸上。纸那么薄，只需靠近烛火一掌的距离，就会被点燃烧尽。另一边，那份礼物则抄在厚实的兽皮上，红棕色的字迹在纸页上龙飞凤舞，仿佛在马背上或地震中的书桌上写成。

　　但后者是提阿摩收藏的至宝——如果他的认识正确无误，确实是件至宝，抵得上任何一粒镶在王冠上的宝石。那时，在关途圃的集市上，它被塞在一大堆当作写字练习纸来卖的用过的卷轴里。商人说是在纳班一次旧家具抽签买卖中弄到的，但不知存放这些纸页的箱子原本属于谁。害怕自己的好运突然消失，提阿摩控制住究根问底的冲动，当即花了一枚闪亮的纳班奎宁币，把它和其他卷轴一并买了下来。

　　他又盯着它看了一会儿——如果数得清，自己阅读它的次数甚至比莫吉纳的来信还要多——特别是卷轴抬头没完全破损缺失的部分，最后结尾的字样是"……ARDENVYRD"。

　　尼西斯那本著名的失传之书不就叫 Du Svardenvyrd 吗？甚至还有人说这本书仅仅是传说呢。可莫吉纳怎么知道的？提阿摩还没告诉过任何人自己幸运的发现。

　　在用北方如尼文写就的标题下，皮纸有些地方脏兮兮的，另一些地方则碎裂剥落，成了锈色的粉末，不过还能辨认出，那是五世纪前的古老纳班文。

> "……自努安岩石园，
> 回归盲者亦见之人，
> 在瑞摩尔大树底，
> 现蔷薇藤上之刃。
> 寻得期许名号，
> 呼唤拥有名号者之名。
> 终于浅海之舟，
> ——那人、那刃、那名，
> 汇集王子右手，

被束缚者重获自由……"

在这首奇怪的小诗下面，又大又扭曲的如尼文标着"尼西斯"。

尽管提阿摩看了又看，却始终抓不住任何灵感，最后只得叹口气，将古老的卷轴放回叶子里，收进他的剌木箱子。

好吧，莫吉纳到底希望他做什么呢？把它带去海霍特，交给医师？或者他应该送给另一个博学者，比如女巫葛萝伊或伊坎努克的胖欧科库克，还是纳班那个？也许最好的办法是在这里等莫吉纳医师告诉他更多的信息，而不是在事态尚不明朗时急于干傻事。毕竟，从米达崔的话里听来，不管莫吉纳担心的是什么，肯定都还要很久才会发生，那样的话，就说明还可以等待很长一段时间，直到他明白医师到底想干什么再行动。

时间和耐心，他劝告自己，时间和耐心……

窗外，在狂风粗暴地吹拂之下，柏树枝呻吟叹息着。

房门被猛地拉开。桑弗戈和渥莎娃心虚地跳了起来，抬起头，眼睛圆睁，像做了见不得人的事被抓个正着。其实他们各自坐在长长的房间两头。吟游诗人的鲁特琴本来立在椅子上，这时琴身一斜，掉落到地上。他飞快抓起琴，抱在胸前，仿佛它是个受伤的孩子。

"该死的，渥莎娃，你到底干了什么好事?!"约书亚骂道。艾奎纳公爵跟在他后面，一脸担忧。

"冷静点儿，约书亚。"他劝道，拉了拉王子的灰上衣。

"等我从这个……这个女人口里问出真相。"约书亚朝地上啐了口唾沫，"在那之前，你别插手，老朋友。"

渥莎娃的脸颊很快恢复了血色。

"这是什么意思？"她说，"像牛一样撞开门，乱吼乱叫。你什么意思？"

"别以为能蒙过去。我刚刚跟守门官谈过,看我气成这样,他肯定宁愿没见到过我。他说,米蕊茉昨天上午就在我的许可下出城了——子虚乌有的许可,但我的蜡封却盖在假文书上!"

"那你为什么冲我吼?"夫人傲慢地问道。桑弗戈朝房门溜去,手中还紧紧抓着受损的乐器。

"你心里明白。"约书亚咆哮着,苍白的面容开始泛红,"琴师,留着别动,我还有事找你。你最近深得夫人的信任啊。"

"我只是听从您的命令,约书亚王子。"桑弗戈支支吾吾地说,"帮她排解寂寞。可我发誓,我完全不知道米蕊茉公主的事!"

约书亚踏进房间,看都没看,便将沉重的房门在身后狠狠地关上。艾奎纳虽然年事已高,身材魁梧,还是敏捷地躲开了拍来的门板。

"渥莎娃,别把我当成跟你一起长大的马车小鬼。我从你嘴里听到的只有可怜的公主很伤心,可怜的公主在想家。现在米蕊茉跟一个恶棍结伴出了城门,还有个帮凶拿着我的戒指帮她安全通过!我不是笨蛋!"

黑发女人回瞪他,片刻后,她的嘴唇开始颤抖,愤怒的眼泪涌了出来,身子颓然坐倒,长裙随之沙沙作响。

"很好,约书亚王子。"她说,"砍掉我的头吧,随你喜欢。我只是帮那可怜的女孩回她在纳班的家。你太无情了,本该由你派人送她回去。结果,现在她身边只有一个好心的修士。"她从衣领里抽出一块手帕,擦拭眼睛,"可就算这样,她也快乐多了,比像笼子里的鸟一样被关在这儿好多了。"

"艾莱西亚的眼泪啊!"约书亚骂着,狠狠地挥挥手,"你这笨女人!米蕊茉只想扮演使者的角色——她以为只要能说服她的纳班亲戚跟我一起蹚这趟浑水,就能载誉而归。"

"也许用'载誉而归'形容不太合适,约书亚。"艾奎纳提醒道,

"我觉得公主发自内心想要帮忙。"

"有什么问题?!"渥莎娃回嘴,"你需要纳班的帮助,不是吗?还是你太骄傲,不肯承认这点?"

"上帝保佑啊,纳班人已经跟我们统一战线了!你明白吗?我几个小时前刚见过德瓦撒勒男爵。这下好了,至高王的女儿在外头毫无意义地游荡,而她父亲的大军随时都会杀到,还有多得像蛆虫一样的间谍。"

约书亚沮丧地挥舞着手臂,跌坐进椅子,直挺挺地伸着两条长腿。

"已经超出我的能力范围了,艾奎纳。"他疲倦地说,"你还想知道,为什么我不想夺取埃利加的王座吗?我连屋檐下一个年轻女孩都保护不好。"

艾奎纳悲哀地笑了:"别这么说,她父亲也看不住她呀。"

"都一样。"王子用手按摩额头,"乌瑟斯啊,这些事让我头疼得厉害。"

"好了,约书亚。"公爵说着,目光扫过其他人,警告他们别开口,"不碍事的。我们只需派出一队能干的卫兵,找回米蕊茉和那个……那个叫柯德克什么的……"

"柯扎哈。"约书亚闷声说。

"没错,柯扎哈。好吧,一个年轻女孩和一个虔诚的修道士能走多远?我们只需派出快马,用不了多久就能赶上他们。"

"除非渥莎娃夫人没偷偷为他们备马。"约书亚苦涩地坐直身子,"你没有吧?"

渥莎娃避开他的目光。

"慈悲的安东啊!"约书亚咒骂道,"真有这事!我确实该把你送回给你那蛮子父亲,野女人!"

"约书亚王子?"琴师在说话,但没人回答,于是他清清嗓子,又问一遍，"王子？"

"干吗？"约书亚暴躁地说，"行了，你可以走了。我晚点儿有话跟你说。走吧。"

"不是，殿下……刚刚你说，那个修士名叫……柯扎哈？"

"对，门卫是这么说的。他跟那人谈了几句。怎么，你认识他，和他有来往？"

"那倒没有，约书亚王子。但西蒙见过那人。他把冒险经历基本都告诉我了，这名字听起来很耳熟。唉，大人，如果真是他的话，公主可能有危险。"

"什么意思？"约书亚探身过去。

"大人，西蒙说柯扎哈是流氓和小偷，假扮成修士，却并非安东教徒，绝对不是。"

"不可能！"渥莎娃说，眼影随泪水流到脸颊，"我见过这个人，他还为我引证了安东之书上的话。柯扎哈弟兄，他是个和善的好人。"

"魔鬼也能引用圣书的话。"艾奎纳悲哀地摇摇头。王子跳起来，往门口走去。

"我们要立刻派人出去，艾奎纳。"他说着，停下来，转回去握住渥莎娃的手臂，"来吧，夫人。"他粗暴地说，"你无法收回已经造成的灾难，但至少可以一起来，把你知道的都告诉我们，比如说，你把马藏在哪里。"他把她拽了起来。

"可我不能出去！"她惊讶地说，"你看，我一直在哭！我的脸一塌糊涂。"

"比起你对我的伤害，再加上对我愚蠢侄女儿的伤害，这点处罚算不了什么。过来！"

他赶着她走出房间，艾奎纳跟在后面。争吵声回荡在石廊中。

桑弗戈被丢在房间里，悲哀地低头看着自己的鲁特琴，弯弯的灰烬木琴身上有条狭长的扭曲裂口，还有根脱落的琴弦无力地垂下来。

"今晚的曲子会很难听。"他说。

❋

当路萨来到她床边时，离太阳升起还有一个小时。她整晚都无法入眠，辗转反侧，担心着他。但他弯下腰，轻轻碰碰她的胳膊时，她却装作睡着了，这也是唯一能为他排忧解难的方法——不让自己的恐惧影响他。

"梅格雯。"他温柔地说。她迅速睁开眼睛，忍住想伸手紧紧拥抱他的冲动。除了没戴头盔，他全副武装，这一点，她早从他走来时发出的声音和油腊的味道中发现了。因此，如果拥抱他，她的重量也许会让他站不起来。夜夜忧虑让他看起来苍老又疲倦，她不能这么做。

"是你吗，父亲？"她终于说。

"是我。"

"现在就要出发？"

"我必须走了。太阳很快就会升起，我们希望能在早晨到达梳林边。"

她坐起来。炉火已经熄了，就算睁开眼睛，她还是看不清，只能模模糊糊地听到继母茵娜温从墙外传来的抽泣声。这毫不掩饰的悲痛让她气愤起来。

"愿布雷赫之盾保护你，父亲。"她说着，在黑暗中伸出手，抚摸他苍老的脸庞，"我真希望是你的儿子，能跟你一同作战。"

她感觉指尖碰到他的嘴唇。"啊，梅格雯，你一直都那么勇敢。你在这儿要背负的责任还不够多吗？我离开以后，做神堂的女主人可不容易啊。"

"你忘了你的妻子。"

路萨在黑暗中微笑起来："我没忘。你很坚强，梅格雯，比她坚强。你必须借给她一些力量。"

"她想要什么都能得到。"

国王声音温柔，但握着她手腕的手却很坚定。"别这样，女儿。包括格威辛，你们三个是我在这世上的挚爱。帮帮她。"

梅格雯讨厌流泪。她甩开父亲抓住自己的手，狠狠地揉着眼睛。"我会的。"她说，"原谅我刚才的话。"

"没什么需要原谅的。"他回答，再次握住她的手，捏了捏，"珍重，女儿，等我回来。残忍的渡鸦来到我们的土地，我要将他们再次驱逐出去。"

她跳下床，站起来，双臂紧紧抱住他，过了一会才松开手。只听房门开了又关，脚步声慢慢进入大殿，马刺叮当作响，仿佛悲痛的音乐。

她用毯子蒙住头，哭了出来，这样就没人听到了。

新伤旧创

✿

马儿都很怕坎忒喀，因此宾拿比克骑着大狼，手里提盏盖住的火光，远远地赶在西蒙等人前头，在浓厚的黑暗中领路。小队就这样沿山脚前行，那点颤动的火光就像灵烛。

月亮躲进云编织成的网里，他们缓慢又小心地走着。平稳的小跑节奏、温暖的宽阔马背，让西蒙好几次差点睡过去，但又被低垂细枝的拍打惊醒。几乎没人说话。只偶尔轻声鼓励自己的坐骑几句，宾拿比克有时会转头提醒他们前方有障碍物。只字片语和沉闷的马蹄声，让他们仿佛是群漫游的迷路鬼魂。

当月光终于从云顶缝隙探照下来，已经快到凌晨。一行人停下来扎营，将坐骑和两匹驮马拴上，他们呼出的雾气在模糊的月光下泛着光，犹如在银蓝色的云。他们没点火。厄斯奔站第一班哨，其他人裹在厚厚的斗篷里，蜷缩在潮湿的地面上，抓紧时间能睡则睡。

西蒙醒来时，眼前清晨的天空仿佛稀粥似的，他的鼻子和耳朵似乎在夜里被施了魔法，冻成了冰块。他蜷缩在篝火旁，咀嚼宾拿比克给的面包和硬奶酪。施拉迪格坐在旁边，年轻的瑞摩加人被凛冽寒风吹得双颊通红。

"在我家乡，这会儿就像早春。"他露齿而笑，用长匕首挑着一块面包，放在火上烤，"挨过寒冷，你会发现，自己很快就成了男子汉。"

"我希望，除了把人冻死，还有别的成为男子汉的方式。"西蒙嘟囔着，搓着双手。

"也可以杀头熊。"施拉迪格说，"也是个办法。"

西蒙不知道他是不是在开玩笑。

宾拿比克放坎忒喀出去打猎，走过来盘腿坐下。"好吧，你们两个，准备好今天的艰苦行程了吗？"他问。西蒙嘴里塞满面包，没法回答，施拉迪格也什么都没说。西蒙抬起头，看到瑞摩加人正直勾勾地盯着篝火，嘴唇抿成一条直线。一阵安静，令人难受。

西蒙咽下食物。"大概吧，宾拿比克。"他飞快地说，"我们还有很远的路要走吗？"

宾拿比克快活地微笑，并不把瑞摩加人的沉默当回事。"我们能走多远就走多远。今天天空晴朗，很适合远足。好好利用时间，说不定雨雪很快就会找上门来。"

"那你知道该往哪儿走吗？"

"大概知道，西蒙吾友。"宾拿比克从火堆里抽出一根树枝，在潮湿的地面上画着线条。"这儿是奈格利蒙。"他说着，画个毛糙的圆，又在圆圈右面画了一个很大的扇形，"这是巍轮山。又是我们目前所在的位置。"他在圆圈不远处打个叉，又在远处的山脉旁画个巨大的椭圆，添上几个小圆圈，似乎是另一片山脉。

"然后，"他说着，向地上沟沟道道的图案俯下身子，"很快我们会走到这个湖。"他指着那个大椭圆，"它叫铎尔漱汶。"

施拉迪格不由自主地靠过来看了眼，又摆正坐姿，"铎尔漱汶——铎尔神锤之湖。"他皱着眉头，又侧身靠过来，用手指在湖的西岸戳出一个点，"这里就是韦斯万——叛徒斯道夫的领地。但愿可以趁着夜色到那儿。"他抹掉小刀上的面包屑，将刀身凑近微弱的篝火。

"我们不经过那里。"宾拿比克坚决地说，"你的复仇只能延后了。我们走另一边，先到宏尔涅，再到黑斯沓，那儿离圣司肯蒂修道院很近，然后可能往上穿过北方荒原，最后上山。我们不会在中途停下来割断谁的喉咙。"他用手中的木棍划向湖另一头的几个小圆圈。

"那是因为，你们矮怪不懂什么叫荣誉。"施拉迪格恨恨地说，双眼在浓密的金眉毛下瞪着宾拿比克。

"施拉迪格。"西蒙诚恳地唤了一声，但宾拿比克没被他的话激怒。

"我们有任务在身。"矮怪平静地回答，"你的公爵艾奎纳希望我们完成任务。带着荣誉完成任务，不包括趁夜色爬到斯道夫身边，割断他的喉咙。这并不代表矮怪没有荣誉心，施拉迪格。"

瑞摩加人狠狠地瞪着他，过了一会儿，摇摇头。"你说得对。"让西蒙惊讶的是，他的话不像是赌气，"我太生气了，有点儿口不择言。"他站起来，往格力姆克和黑斯坦的方向走去，那两人正把东西重新装上马背。他一边走，一边活动肌肉虬结的柔韧肩膀，像在放松筋骨。西蒙和矮怪盯着他的背影看了一会儿。

"他道歉了。"西蒙说。

"不是所有瑞摩加人都像冷冰冰的爱因司凯迪。"他的朋友回答，"同样，也不是所有矮怪都像宾拿比克。"

长长一整天，他们沿着山侧，在树林掩护下骑行。停下来吃晚餐时，西蒙终于明白黑斯坦早先的提醒多有先见之明。马走得并不快，也没经过险峻的地形，但他的双腿内侧和胯部却像被可怕的刑具折磨了一整天。黑斯坦咧嘴笑着，语气和善地补充说，等过了今晚才是最痛苦的时刻，然后慷慨地拿出自己的酒囊，让他随便喝。那一夜，西蒙蜷缩在一棵几乎掉光叶片的橡树下，躺在长着青苔的凸起根须间，觉得稍微好了些。葡萄酒的醉意让他觉得从风里听到了某种古怪的歌声。

等到早晨醒来，他发现，事实比黑斯坦的形容还要糟糕十倍。天上下起了雪，巍轮山和旅人们像被一大片冰冷贴身的白被单盖住。在余汶月黯淡的天光下，他打着冷战，耳边仍然传来风的低语。风声在夸耀，说它们瞒过了日历，讥讽着在冬天的新国度中前行的旅人，嘲笑他们竟以为自己能安然无恙。

❋

米蕊茉公主惊恐地看着眼前的景象。这天一大早，他们刚上马，便看到明亮鲜艳的地平线上升起黑烟。现在，她和柯扎哈在山坡上俯瞰茵尼斯葵。战火已经停歇，留下一幅名为死亡的挂毯，用血肉、金属和破碎的大地织就。

"慈悲的艾莱西亚！"她屏住呼吸，稳住慌乱的坐骑，"这里发生了什么！是我父亲干的吗？"

矮胖男人眯起眼睛，嘴巴蠕动一会儿，公主觉得他应该在默祷。"小姐，多数死者是赫尼斯第人。"他终于开口，"从其他人的样子看，我猜应该是瑞摩加人。"他皱着眉头，看着脚下一大群乌鸦被什么东西吓了一跳，同时跳开，就像苍蝇似的，盘旋一会儿又落下，"看起来，这场仗，准确地说是溃退，已经移往西边了。"

米蕊茉眼里满含震惊的泪水。她伸出一只拳头，把眼泪擦干。"幸存者肯定撤往赫尼塞哈的神堂了。为什么会发生这种事？所有人都疯了吗？"

"我的小姐，所有人早就疯了。"柯扎哈说，脸上带着古怪、悲哀的笑容，"这个时代只是将疯狂从人们内心激发出来而已。"

他们马不停蹄地骑了一天半，在把渥莎娃夫人的马累死前，终于到了绿渭河。他们从上游的支流过河，再往奈格利蒙西南方走了大约二十五里格，才放慢速度，让马稍事休息，以备下次的疾驰。

米蕊茉以男人的方式骑马，骑术相当不错。与之相对，她的装扮也跟男人一样，马裤和上衣正是当初从海霍特逃出来时穿的，黑色短发几乎全盖在兜帽下，既为抵御寒冷，也为隐藏身份。旁边的柯扎哈修士着平时那件风尘仆仆的灰袍，和她一样毫不起眼。不管怎么说，时局险恶，外加天气恶劣，没多少旅人会走河道。公主甚至自信地认为，他们已经成功逃脱了。

还没到晌午，他们走在堤坝上，脚下的宽阔河流水位上涨、汹涌澎湃，耳边传来远处刺耳的军号和尖锐的铜鸣，甚至盖过风雨的呜咽。声音非常吓人，她不由怀疑，是不是叔叔或父亲的复仇之军快要追上。但没过多久，她便发现声音并非从后面传来，她和柯扎哈其实正朝那一片喧闹的方向前进。接着，这天早上，他们又看到了一个战争的迹象：一缕墨一般的黑烟出现在宁静的天空之上。

"难道我们什么都做不了？"米蕊茉跳下马鞍，站在呼吸渐渐平稳的坐骑旁。除了那些鸟，整个场景都是静止的，像用灰色和红色石头刻成的雕像。

"我的小姐，你觉得还能做什么？"柯扎哈反问。他仍然跨在马上，从酒囊里喝了一大口酒。

"我不知道。你是牧师！难道不该为他们的灵魂做弥撒吗？"

"公主，为谁的灵魂？为异教的同胞？还是为瑞摩加来的好安东教徒？他们专程从北方来到这里，制造了这场惨祸。"他尖刻的言语像烟一样，缭绕不去。

米蕊茉转头盯着小个子，这一刻，他不再像前几天那个爱说笑的旅伴。当他讲故事，或唱赫尼斯第骑马饮酒歌时，全身都散发着快乐的光芒。而现在，他却在品尝成真的可怕预言。

"不是每个赫尼斯第人都是异教徒！"看到他的古怪表情，她很生气，"你自己就是个安东修士！"

"所以我该到下面去，问问谁是或谁不是异教徒？"他朝屠杀后的惨景挥挥肥厚的手掌，"不，小姐，食腐动物会完成剩下的工作。"他踢了踢马，往前骑了一小段路。

米蕊茉站在原地，脸颊贴在马脖子上。"任何一个虔诚的教士都不该对着这番景象无动于衷。"她在他身后叫道，"哪怕是派拉兹那个红衣怪物！"听到国王参事的名字，柯扎哈的身子不由一缩，像被人从背后打了一下。他走了几步，停下来，沉默一段时间。

"走吧，小姐。"最后，他回头道，"我们必须下山，这里太显眼了。不是所有食腐动物都长着羽毛，有些是用双腿走路的。"

公主止住流泪，一语不发地耸耸肩，又爬到马鞍上，跟着修士走下山坡，走进血腥的茵尼斯葵旁的林子里。

�֍

那天晚上，他们在铎尔漱汶湖岸旁的山坡扎营。这里平坦、广阔、白茫茫、光秃秃。睡梦中，西蒙又见到了那只轮子。

再一次，他发现自己无助地被轮子带动，像小孩的破布娃娃般被反复折腾，高高挂在轮子宽阔的轮边，融入冻结般的黑暗，寒风拍打身体，碎冰划伤脸庞。

轮子带着他转到最高点，他被狂风撕扯，血流不止。然后，黑暗中出现一道闪光，光线在均匀浓厚的黑暗中垂直向下延伸。是棵白树，树干和树丫都闪烁着光斑，像被星星填满。他想奋力挣脱，往那片诱人的白色跳去，可轮子实在卡得太紧。最后一次全力挣扎，他终于成功脱身，跳了起来。

西蒙落入一片亮晶晶的叶子世界，仿佛在群星间飞翔。他大叫着感谢乌瑟斯救了自己，感谢上帝帮助，可在这片冰冷的天空中，没有任何东西接住他急坠的身子……

宏尔涅在渐渐冻结的湖东岸，镇子半埋在雪里，屋顶被狂风和冰雹吹落打坏。整个地方空空荡荡，连鬼影都没有，像饿死的麋鹿尸骸，静静躺在昏暗冷漠的天空之下。

"难道司卡利和他的渡鸦这么快就把北方的生命肃清了？"施拉迪格睁大眼睛，问道。

"更像是天寒地冻,把他们冷跑了。"格力姆克说着,把斗篷紧紧裹在窄下巴周围,"太冷了。离路也太远。"

"很可能黑斯沓也一样。"宾拿比克一边说,一边催促坎试喀回到山坡上去,"好在我们没打算在路上补充物资。"

湖这一边的山势渐渐平缓,北阿德席特伸出一条巨大的手臂,盖住最后一段低坡。这里和西蒙见过的南面森林很不一样,不光因为林地铺了一层白雪,雪又吸收了周遭的响动,显得如此安静;更重要的是,此地树林又高又直,墨绿的松树和云杉像柱子一样,挺立在白色的树冠下,分隔出一条条宽敞但阴暗的走廊。骑手们就像在惨白的墓穴中移动,雪花从头顶一片片落下,仿佛古老的灰烬。

❋

"柯扎哈修士,那儿有个人!"米蕊茉指着那头,轻声说,"那儿!看到闪光了吗——是金属!"

柯扎哈的嘴角已被染成紫红色,闻言放下酒囊,沉着脸盯着那头,像只是为了配合她的幻想似的。过了一会,他的眉头皱得更紧了。

"上帝啊,你说得对,公主。"他低声说,退了几步,"那儿肯定有什么,没错。"他把缰绳递给她,滑到厚厚的绿草地上,打个手势让她别出声,然后往前爬去,躲到一根粗粗的树干后面,藏住敦实的身躯。就这样,他来到发亮的东西百步之内,伸长脖子,像玩躲猫猫的孩子一样探头看去。过了会儿,他转身招呼米蕊茉。她拉着柯扎哈的坐骑,策马跟上前去。

那是一个男人,半靠着纠结的橡树根须,铠甲在经历了刚才的恶战之后只留下几处完整的地方。他身边的草地上有把断剑的剑柄,还有根折断的杆子。杆上的绿色三角旗绘着赫尼斯第的白鹿纹章。

"圣母艾莱西亚啊!"米蕊茉快步上前,"他还活着吗?"

柯扎哈将两匹马迅速拴在一根凸起的橡树树根上,走到她身边。

"看着不像。"

"可他确实活着！"公主说，"听……他在呼吸！"

修士跪下来检查，从那人半开的头盔中，确实能听到微弱的呼吸声。柯扎哈掀开两边翘起的面甲，露出一张留着小胡子的脸，面容几乎被干涸的血渍盖住。

"天堂的猎犬啊。"柯扎哈叹道，"是阿斯倍亚——库禾伯爵。"

"你认识他？"米蕊茉在自己的鞍囊里翻找水袋，找到后，将水倒在一块布上。

"认识，的确认识。"柯扎哈朝骑士破烂外套上绣的双子鸟打了个手势，"他的领土是库禾，就在穆拉沼泽旁，纹章是一对草地鹨。"

米蕊茉轻轻拍打阿斯倍亚的脸，修士小心地检查满是血污的铠甲上哪里有裂口。骑士的眼皮动了动。

"他醒了！"公主呼吸急促，"柯扎哈，我想他能活下来！"

"这很难，小姐。"小个子轻声说，"他肚子上有道伤口，有我的手那么宽。让他交代临终遗言吧，免得死而留憾。"

伯爵呻吟着，一丝鲜血从嘴里流出。米蕊茉温柔地擦掉滴在下巴上的血。他颤抖着睁开眼睛。

"E gundhain sluith, ma connalbehn……"骑士用赫尼斯第语低声说了句，轻轻咳嗽着，嘴里又有血涌出来，"那个好……小伙。他们有没有……抢走牡鹿？"

"他在说什么？"米蕊茉轻声问。柯扎哈指着伯爵胳膊下的草丛间，那片撕裂的旗帜。

"你保护了它，阿斯倍亚伯爵。"她说着脸庞又挨近他一些，"它安全了。发生了什么？"

"司卡利的渡鸦兵……都是他们的人。"咳嗽了很久，骑士的眼睛又睁大些，"啊，我勇敢的孩子们……死了，都死了……被劈开，就像，像……"阿斯倍亚发出一声痛苦、干涩的呜咽，双眼盯着天空，慢慢转动，像在观察移动的云。

"国王在哪里？"他最后说，"我们勇敢的老国王在哪里？那些goirach的北方人把他围在中间，布雷赫诅咒他们都去死，Brynioch na ferth ub……ub strocinh……"

"国王？"米蕊茉轻声说，"他肯定是指路萨。"

伯爵的目光突然撞上柯扎哈，一瞬间，他的身体就像迸发出火花似的。"派德瑞克？"他说着，摇摇晃晃抬起沾满血的手，想搭在修士臂膀上。柯扎哈退缩着，一副要躲开的模样，但目光却没移开，还发出奇异的光。"是你吗，派德瑞克feir？是你……回来了吗……"

骑士身子抽搐，饱受折磨般咳了很久，血如泉涌。没过多久，他浓黑睫毛下的双眼失去了神色。

"死了。"过了一会儿，柯扎哈带着变调的声音低沉地说，"愿乌瑟斯拯救他，愿上帝安慰他的灵魂。"他在阿斯倍亚不再起伏的胸膛上画了个圣树标记，然后站起身来。

"他叫你派德瑞克。"米蕊茉茫然地盯着手中已被彻底染红的布。

"他认错人了。"修士说，"把我当成了一个老朋友。来吧，没有掘墓的铲子，至少可以找些石头盖住他。他是……我听说他是个好人。"

柯扎哈走过空地，米蕊茉小心地脱下阿斯倍亚的手甲，包在撕裂的绿色旗帜里。

"请过来帮帮我，小姐。"柯扎哈唤道，"我们不能在这里浪费太长时间。"

"这就来。"她将包裹塞进鞍囊，"这点时间我们还是有的。"

✿

天上还在飘雪，西蒙和同伴们沿着长长的湖岸和长满大树的半岛走着，左边是冻结的镜子般的铎尔漱汶湖，右边则有北巍轮山若隐若现。狂风呼啸，盖住谈话声，只有大声吼叫才听得到。西蒙骑在马上，看着前面黑斯坦那黑乎乎的宽阔背脊上下起伏，所有人都像冰冷大海里孤独的小岛，彼此遥望，中间却永远隔着一段无法缩短的距离。在马儿平静单调的步伐中，他的思绪又回到自己身上。

奇怪的是，在他脑子里，虽然刚离开奈格利蒙不久，城堡的模样却如孩提时代的记忆般虚无缥缈。他甚至很难想起米蕊茉和约书亚的长相，感觉就像是很久以前仅有一面之缘的陌生人，现在却要努力回忆他们的面容。与之相反，他觉得记忆中的海霍特仍然栩栩如生……大院的长夏之夜，皮肤因收割来的草叶和上面的虫子而痒痒的；微风拂面的春日午后，他爬上城墙，感受围绕着院落的醉人蔷薇香，仿佛温暖的手拉着自己；想起小床周围，墙面散发的微潮气息，他难过得就像自己的王国被外来者夺走一般——在某种程度上，确实如此。

在绕铎尔漱汶湖前行的这段时间里，其他人也陷入沉思，一言不发，只有格力姆克吹着口哨——在风中，那细细的颤音断断续续，但他似乎一直在吹。

好几次，他在纷纷扬扬的雪花中隐约看到坎忒喀的身影。每次她都停在一旁，扬起脑袋，似乎在聆听什么。晚上，他们终于扎营时，湖的大部分已被抛到身后的西南边。他问宾拿比克：

"她听到什么动静吗，宾拿比克？是不是有人在追赶我们？"

矮怪摇摇头，在小火旁伸展脱掉手套的双手。"也许吧。如果前头有东西，即使在这种天气里，坎忒喀也能闻到——风会把味道吹过来。所以，她很可能听到了后面或旁边发出的声音。"

西蒙琢磨了一会儿。显然，没有人会从荒芜的宏尔涅一路跟过来，那地方连只鸟都没有。

"有人在我们后头？"他问。

"我也怀疑。不过是谁呢？又是为什么？"

连殿后的施拉迪格也发现了大狼的异样。虽然他每晚都裹着斗篷睡在营地另一头，显然是还不能完全接受宾拿比克，更别提坎忒喀了。但他相信灰狼的直觉，于是，在其他人吃着硬面包和鹿肉干时，他拿出磨石，动手磨起斧子来。

"这里，在我们北面的狄莫斯冠森林和铎尔漱汶湖之间，"施拉迪格皱着眉头说，"一直挺混乱。即使艾奎纳和他父亲统治艾弗沙，冬天也有它自己的领地。这种日子，谁知道白色荒原或远处的矮怪落上，到底会有什么东西出没？"他抑扬顿挫地说道。

"第一，有矮怪。"宾拿比克讽刺地说，"但我向你保证，用不着担心矮怪会趁夜色突袭，杀人抢劫。"

施拉迪格酸溜溜地笑了，继续磨斧子。

"瑞摩加人说得有理。"黑斯坦说着，丢给宾拿比克一个不快的眼神，"但我本来就不担心矮怪。"

"宾拿比克，我们靠近你的家乡了吗？"西蒙问，"伊坎努克？"

"等我们上了山，就离那里越来越近了。不过我出生的地方，我觉得，应该在我们要走的方向的东边。"

"你觉得？"

"别忘了，我们还不确定到底要往哪儿走。诗之树到底是什么——一棵写满诗的树？我知道那座叫雾沙穆的山，柯尔蒙应该是往那儿走的。它在瑞摩加和伊坎努克中间，一座挺大的山。"矮怪耸耸肩，"那棵树在山上？还是在山前？或者那周围随便哪个地方？我现在还什么都不知道。"

西蒙和其他人阴郁地盯着营火。保证完成领主危险的任务是一回事，在白色荒原上盲目搜寻则是另一回事了。

火焰在潮湿的木头上燃烧，发出嗞嗞声。他们选择低坡上一片松林间的空地扎营，坎忒喀在光秃秃的雪里伸展腿脚，突然站起，昂起脑袋，径直往空地外走去。过了一段令人心焦的时间，她又回来躺下了。谁都没说一个字，但紧张的气氛在片刻间过去，他们又能放下心了。

　　所有人都吃完饭，又往篝火中添了柴，火苗愉快地报复着雪花，把它们捏碎、蒸发。正当宾拿比克和黑斯坦轻声说话，西蒙则借用厄斯奔的磨石打磨自己的佩剑时，一个旋律轻轻响了起来。西蒙转过头，只见格力姆克又吹起口哨。他撅着嘴，双眼看着舞动的火焰，抬头发现西蒙正盯着自己，精干的爱克兰人笑了，露出一口参差不齐的牙齿。

　　"这能让我想点儿别的。"他说，"这是冬天的老歌。"

　　"有啥不好意思的？"厄斯奔反问，"唱吧。安静的歌，没事。"

　　"对，唱吧。"西蒙附和道。

　　格力姆克望着另一边的黑斯坦和矮怪，好像怕他们会反对似的，但那两人继续专心谈话。"好吧。"他说，清清嗓子开始唱起来，声音沙哑，但没走调。

　　　　　　"冰啊茅屋顶上厚厚堆，
　　　　　　雪啊窗台边上密密遮。
　　　　　　有人啊敲起了门，
　　　　　　外头冰天又雪地。

　　　　　　唱呀嘿——嗬，会是谁？

　　　　　　火啊壁炉里旺旺烧，
　　　　　　影子啊墙上墨墨黑。
　　　　　　躲在上锁小屋里，
　　　　　　美人爱尔达回应。

　　　　　　唱呀嘿——嗬，会是谁？

冬夜中啊有声音说：
'开门吧！
让我烤烤你的火，
让我暖暖我的手。'

唱呀嘿——嗬，会是谁？

爱尔达啊纯洁又聪明。
她说：'先生啊告诉我，
伸手都不见五指，
什么人在夜里行？'

唱呀嘿——嗬，会是谁？

'只是个修士。'他回答，
'没有吃也没住。'
这话说得真可怜，
哪怕寒冰也融化。

唱呀嘿——嗬，会是谁？

'神父啊请你进屋来，
暖和暖和您的老骨头。
侍奉神的当可信，
肯定不会伤害人。'

唱呀嘿——嗬，会是谁？

开了门哟谁在外？
那人啊绝不侍奉神，
老独眼大笑手舞蹈。
'冰霜为家爱浪游，
少女啊正合我胃口'。
……"

"圣乌瑟斯啊，你们疯了吗?!"施拉迪格跳起来，把所有人吓了一跳。他的眼里充满恐惧，在胸前画了一个大大的圣树标记，像要躲开一头横冲直撞的野兽。"你们疯了吗？"他又问了一遍，盯着目瞪口呆的格力姆克。爱克兰人转头看看其他伙伴，他们都不明所以地耸耸肩。

"矮怪，这个瑞摩加人怎么了？"他问道。

宾拿比克斜眼看着站在那儿的男人："施拉迪格，出了什么问题？我们都不明白。"

北方人环视周围迷茫的脸。"你们难道没有常识吗？"他问，"你们不知道唱的是谁吗？"

"老独眼？"格力姆克说，眉毛疑惑地拧成一团，"北方人，就一首歌啊。我爸教的。"

"你唱的是独眼乌顿——乌顿·瑞摩尔，瑞摩加神话里的黑暗旧神。以前我们还很无知，相信异教，整个瑞摩加都敬拜他。你现在走在他的国度中，不能提起天空之父乌顿的名讳，否则他会降临的——还会带来厄运。"

"乌顿·瑞摩尔……"宾拿比克奇道。

"既然你已经不再信奉他了，"西蒙问，"为什么还怕提起他呢？"

施拉迪格瞪着他，仍然因担忧而抿着嘴唇。"我没说我不再信奉他……安东饶恕我……我是说，我们瑞摩加人不再敬拜他。"他停了一会儿，坐回地上，"我知道，你们觉得我很蠢。可总比把那些善妒的旧神召来要好。我们现在正在他的国度里。"

"就一首歌啊。"格力姆克抗议，"我又没要召谁，就一烂歌。"

"宾拿比克，这就是'乌顿日'的由来吗？"西蒙开口问，却发现矮怪没在听，只好闭上嘴。只见小个子面露喜色，欢乐得就像刚吞下令人狂喜的烈酒。

"就是这个，没错！"小个子说着，转向苍白、肃穆的施拉迪格，"你想出来了，我的朋友。"

"你在说什么？"金胡子北方人有点恼火地问，"我不明白。"

"我们一直寻找的东西。柯尔蒙去的地方叫诗之树，我一直以为'诗'是诗歌的意思。可是你刚刚说了，'乌顿·瑞摩尔'——瑞摩尔乌顿，'瑞摩'就是'冰霜'的意思。我们要找的是瑞摩之树。"[①]

施拉迪格先是面无表情，然后才慢慢点头。"艾莱西亚保佑，矮怪——是乌顿之树。之前我怎么没想到？是乌顿之树！"

"你知道宾拿比克说的地方？"西蒙慢慢也明白了。

"当然。那是我们非常非常古老的传说——一棵由冰形成的大树。传说中，乌顿把它养大，这样他就可以顺着树爬到天上，成为众神之王。"

"这故事说明了啥？"西蒙听到黑斯坦问。话语传进耳里，他感到一阵古怪而沉重的寒意，像被一条冰冷的毯子裹住。冰形成的白树……他又看到了：白色树干刺入黑暗……它就挡在自己的人生之路上，不知怎的，他很清楚没办法绕过去……没有办法绕过那纤细的白色手指——它在诱惑，在警告，在等待。

[①] 在英语里，诗歌（Rhymer）、瑞摩尔（Rimer）和瑞摩（Rime）读音相似。

那棵白树。

"传说也告诉了我们它的位置。"一个声音说，听着就像在长廊中回荡，"即使它并非真实存在，我们也知道，柯尔蒙爵士肯定是往传说中指向的地方去了——雾沙穆北面。"

"施拉迪格说得对。"有人说补充道，是宾拿比克，"我们只要找到柯尔蒙带荆棘去的地方就行——其他都不重要。"矮怪的声音仿佛来自远方。

"我想我……要去睡了。"西蒙说，感觉舌头肿大。他站起来，蹒跚着离开火堆，几乎没人注意他，那些人还在积极谈论各条山路的距离。他蜷缩在自己厚厚的斗篷中，感觉整个白雪皑皑的世界在周围不停旋转。西蒙闭上眼睛，眩晕感仍然挥之不去，紧接着他被拖入了沉重的梦境。

第二天一整天，他们继续沿着湖和大山中间的林间雪路前进，希望在入夜之前赶到湖最北端的黑斯沓。一行人决定，要是那里的居民没有因严冬撤离村庄逃到西面去，施拉迪格就可以单独进村，帮大家补充一些必需品。反之要是那里已被遗弃，他们说不定能找间大厅避一避，过一夜，把衣服等东西晾干，然后再踏上穿越荒原的漫长旅程。他们心中带着些许期待，沿湖行进的速度也快了不少。

黑斯沓是个小村子，共有大概两打长屋，位于一片只比村子稍大些的狭窄半岛上。从高处山坡往下看，村子就像从冻湖间长出来似的。

他们走在通往山谷的坡道上，只瞟一眼，雀跃的心情便瞬间冷却。虽然建筑物依然挺立，却只剩下些焚烧后的残躯。

"该死的。"施拉迪格怒气冲冲，"村子被遗弃了，矮怪，村人也被赶走了。"

"如果他们有时间跑的话。"黑斯坦咕哝着。

"我同意你的看法，施拉迪格。"宾拿比克说，"但我们还得过去，看看到底是什么时候被烧掉的。"

他们骑马下到谷底，西蒙看着黑斯沓的焦土，不由想起在圣宏德朗修道院看到的烧黑的骷髅。

海霍特的牧师经常说到火焰净化，他想。如果是真的，为什么火焰会吓坏所有人呢？好吧，以安东之名，我想没人会愿意被这样净化。

"哦，不。"黑斯坦说。高大的卫兵勒马停下，害得西蒙差点儿撞上他。"哦，上帝啊。"他又说了一句。

西蒙环视四周。村子边的树林间有排黑乎乎的影子，正慢慢沿着白雪覆盖的小路，走到离他们不到四百尺的地方——是骑在马背上的人。西蒙数着这队乍然出现的骑兵……七，八，九。全都穿着铠甲，首领还戴着一顶黑铁打造的猎狗头盔。他像在发号施令，偏过头，露出头盔上咆哮猎犬皱起的鼻梁。九个人继续走来。

"那个——戴狗头那个。"施拉迪格抽出斧子，指着靠过来的人，"就是在宏德朗指挥伏击我们的人。他欠荷伍还有修士们一条命！"

"我们打不过。"黑斯坦平静地说，"他们会把我们撕碎——九对六，我们这儿还有一矮怪、一男孩。"

宾拿比克什么都没说。他平静地旋开一直插在坎试喀鞍带下的手杖，只用一瞬间就组装好，然后开口说："我们得跑。"

施拉迪格催马上前，但黑斯坦和厄斯奔及时拽住了他的手臂。瑞摩加人连头盔都没戴，试着用力摆脱他们，蓝眼睛里闪着冷冷的光。"真该死。"黑斯坦说，"快！在树林里我们还有点儿机会！"

渐渐逼近的骑手首领喊了句什么，接着，他们也踢马小跑起来。马蹄旁泛起白色的雾，像在海面泡沫上奔跑。

"转身！"黑斯坦对厄斯奔大吼，一把抓住施拉迪格的马缰，带着他跟自己一起转向。厄斯奔灵巧地用剑柄在瑞摩加人的坐骑侧腹上拍了一下。他们偏离追击者的方向，那些人在后头策马狂奔，手中挥舞着斧子和剑。西蒙的身子颤抖得厉害，他真怕自己直接摔下马鞍。

"宾拿比克，哪里？"他大叫着，声音都变了。

"树林！"宾拿比克叫道，坎忒喀向前跳跃，"回到路上就是死。快，西蒙，到我身边来！"

所有人都已远离黑斯沓焦黑的废墟，各自冲出小路。急转弯时，马儿人立起来。西蒙设法将背在肩上的弓滑到手中，头伏在马脖子旁，双脚踩稳马刺。随着一下连骨头都要震碎的响动，他越过了雪地，进入一片茂密的森林。

西蒙看到宾拿比克小小的背脊、坎忒喀上下摆动的灰影，还有四周影影绰绰的树木。后面传来叫声，他回过头，看到另外四个伙伴跟在不远处。稍远一些，追来的黑乎乎的身影在林子里散开。他听到仿佛羊皮纸撕裂的声音，接着，一支箭射中他面前的树干，箭身还在不住抖动。

到处都是低沉的马蹄声，即使在他拼命抓住马鞍奋力求生时，声音也还不停地灌进他的耳朵。突然，一丝黑影险险掠过面前，接着又是一丝——追捕者正在包抄他们，同时箭如雨下。西蒙听见自己对身旁树木间闪过的影子叫喊，又看到几支飞镖呼啸飞过。他一手抓着马鞍，另一只手握着弓，从晃动的箭囊里抽出一支箭。当他将这支箭拿到眼前时，却发现它在马背的映衬下闪着白光。是白翎箭——他该怎么办？

感觉似乎很长，实际只有短短一瞬，他将它塞回背后的箭囊，又拉出另一支。在他脑中某处，有个声音嘲笑他在这时居然还挑来拣去。马儿在一棵好像突然凭空出现的树根旁趔趄一下，雪块飞溅，西蒙的弓箭差点脱手。接着，他听到有匹马倒下，发出一声极其骇人的痛苦嘶鸣。他扭头张望一眼，看到扑打的纠缠手臂和乱踢的马腿，搅起团团白雪，现在身后只剩三个同伴，而他们之间的距离每一刻都在拉远。追捕者径直朝倒下的骑手围了过去。

是谁？他脑子里只闪过这一个念头。

"上山，上山！"宾拿比克在西蒙右边什么地方嘶吼着。他看到坎忒喀旗帜般的尾巴一挥，大狼跳上一道斜坡，进入更茂密的树林。这片密集的松树就像冷漠的哨兵，完全不在意迎面而来的混乱叫喊声。西蒙用力拉扯右手缰绳，不知这匹马还会不会听他的指挥。过了一会儿，他才把马拉向侧面，跟着跳跃的大狼蹿上斜坡。另外三个伙伴从他身边掠过，勒住浑身冒着热气的马，躲在一圈稀疏的笔直树干后面。

施拉迪格还是没戴头盔，瘦瘦的那个肯定是格力姆克，还有一个，身子魁梧，戴着头盔，又往山坡跑了一段才停住马。在西蒙转头去看那到底是谁之前，就又听到一阵嘶哑的欢呼。骑手已经逼近。

过了仿佛凝结的一刻，他弯弓搭弦，但嘀嘀乱叫的追捕者在林间迅速地来回穿梭，他的箭飞过最近那人的头顶，落了个空。西蒙又射出第二支箭，这一次似乎射中一个穿铠甲的骑手的腿。有人痛苦地叫喊起来。施拉迪格回以一声怒号，踢着白马冲了上去，还戴上了头盔。两个袭击者脱离团队，迎了上去。西蒙看到他躲开了第一剑，接着转身一挥，斧刃咬进那人的肋骨，鲜血从铠甲裂缝中涌出。施拉迪格转向第二人，差点就被伤到，只来得及用另一把斧子挡开挥来的剑，但还是锵的一声被打中头盔。西蒙看到瑞摩加人身子晃了晃，差点倒在那人抢来的利刃下。

当他们再次厮杀起来之前，西蒙又听到一声刺耳的尖叫，扭头看到另一匹马载着骑手跌跌撞撞往这边冲来。坎忒喀背上没有矮怪，牙齿狠狠咬住那人没有防护的腿，爪子抓挠着那匹嘶叫的马的身侧。西蒙从鞘里拔出剑。骑手绝望地击打大狼时，那匹惨叫的马撞上西蒙的坐骑。剑飞旋着离手，西蒙的身子也暂时脱离马背，被抛了出去。漫长的瞬间之后，空气重重地将他捶到地上，就像一只巨人的拳头。没滑出多远，他就面朝下停住，他的马惊慌地嘶叫着，奋力挣脱另一匹马。虽然脸上沾了不少雪，西蒙还是看到坎试喀从两匹马身下一跃而出，飞快地跑开。那人尖叫着，被压在最底下，已经不可能逃脱了。

他忍痛爬起，吐出一口冰碴，抓起落在旁边的弓和箭囊。西蒙听到打斗的声音渐渐往山上移，转身跟了过去。

有人笑了。

他下方不到二十步之处，跨坐在一动不动的灰马上，便是那个穿黑色铠甲、戴饿狗头盔的人。他黑色的外衣上绘着一个光秃秃的白色角锥。

"你在这儿啊，孩子。"狗脸说，低沉的声音从头盔里发出，"我一直在找你。"

西蒙转身，拼命向覆盖白雪的山上跑去。他深一脚浅一脚，陷进齐膝高的积雪中。黑衣人愉快地大笑着，跟在后面。

他又一次倒在雪地中，挣扎着撑起。他能尝到从撕裂的口鼻处流下的鲜血味道。西蒙终于停下脚步，背靠云杉站着。他从箭囊里抽出一支箭，搭在弓弦上。离他约莫二十尺远，黑衣男人也停下来，头盔保护的脑袋偏了偏，像在模仿猎狗的动作。

"杀我呀，孩子，只要你杀得了的话。"他嘲笑着，"射啊！"他策马上了山坡，朝颤抖的西蒙走去。

先是嘶的一声，然后是啪的一声，声音尖利而饱满。灰马突然一个暴跳，马蹄落地又人立起来，长满鬃毛的脑袋往后甩去。只见一支箭正中它的胸口。狗脸骑手被狠狠摔在雪地里。他软绵绵地躺在地上，即使抽搐的马跪下来，沉重的身子翻倒在他身上，他还是一动不动。西蒙呆呆地看着这一幕。过了一会儿，他更惊讶地看到，自己伸展的手臂前，箭还没离弦。

"黑、黑斯坦……？"他说着，转身往山坡高处看去。只见三个人影站在林间的空隙中。

　　但哪个都不是黑斯坦。哪个都不可能是人类。他们长着发亮的、猫一样的眼睛，嘴唇绷得紧紧的。

　　之前射出一箭的希瑟又弯弓搭箭，垂下精致、轻颤的箭尖，瞄准西蒙的眼睛。

　　"T'si im t'si'，Sudhoda'ya'。"他说，嘴唇弯出一丝笑容，冷若冰霜，"正如你们所说……血债……血偿。"

吉吕岐的狩猎

❋

西蒙无助地看着黑色的箭尖，看着那三张尖尖的脸庞。他的下巴在颤抖。

"Ske'i! Ske'i!"一个声音叫了起来，"停手!"

两名希瑟转头朝他们右边的山坡看去，拿弓箭那个依然纹丝不动。

"Ske'I, ras－Zida'ya!"小小的人影叫着，向前猛地一跃，身子被溅起的雪片包在中间，最后，在西蒙前方几步远之处匆忙停下，周身闪烁着点点反光。宾拿比克慢慢跪下来，身上沾满雪，像被糊涂的面包师撒了满身面粉。

"什、什么?"西蒙从麻木的嘴唇中挤出几个字，但矮怪赶紧摇摇粗短的手指，示意他别出声。

"嘘。慢慢地，把你的弓放下——慢点儿!"男孩听从他的指示。宾拿比克又飞快地吐出一大堆陌生的语言，还朝那眼皮都不眨一下的希瑟做着恳求的手势。

"其他人怎么了……在哪儿……"西蒙轻声说，宾拿比克却又摇摇头让他闭嘴，幅度不大，但动作有力。

"没有时间管他们了，没时间……先保住你的小命。"矮怪举起一只手，西蒙已经放下弓，跟着他做出同样的动作，掌心朝外，"我希望，你没把白翎箭丢掉吧?"

"我……我不知道。"

"群山之女啊,真希望没有。慢慢丢下你的箭囊,丢到那儿。"他又说了几句,西蒙觉得应该是希瑟语,然后他踢踢地上的箭囊,让箭散落在破碎的雪地,像一根根稻草……只有一支除外。那支箭三角形的箭尖呈蓝白色,像天空中滴下的水珠,静静地躺在白雪中。

"哦,赞美上天。"宾拿比克叹道,"Staj'a Ame ine!"他呼唤希瑟,那人目光如猫,看着面前非但没飞走,还转身对着自己唱歌的鸟儿。"白翎箭!你不可能不知道这个吧!Im sheyis tsi – keo'su d'a Yana o Lingit!"

"呵……真少见。"持弓的希瑟将武器放低些,眨眨眼说。虽然带着奇怪的口音,但他的西领语说得很好。"居然被一个矮怪教导古语法则。"他露出一丝冷笑,"省省你所谓的箴言……还有你那粗鄙的转述吧。捡起你的箭,拿到我这儿来。"宾拿比克躬身捡箭囊时,希瑟又对另外两人低声说了几句。那两人一起将目光投向西蒙和矮怪,突然用令人难以置信的速度飞奔上山,敏捷又轻巧,雪地上只起了几个涟漪。最后那个依然站在原地,用箭指着西蒙。与此同时,宾拿比克艰难地朝他走去。

"递给我。"希瑟指示说,"矮怪,羽毛那头在前。好了,回到你伙伴那儿去。"

他稍稍放开弓,箭尖慢慢坠下,弦几乎完全放松下来,只用单手拿着弓箭,另一只手举起那细长的白色物体,检查着。这时,西蒙才感觉到自己的呼吸有多么急促。宾拿比克踩着吱嘎作响的雪,站到旁边,终于将颤抖的双手垂下。"是给这个年轻人的,为了补偿他的义行。"宾拿比克挑衅似的说。希瑟抬头看看他,挑起一边眉毛。

西蒙第一眼就觉得,他很像自己最初见过的那个希瑟的血亲——高高的颧骨,怪异的像鸟一样的动作。他穿着亮白色的上衣和裤子,肩膀、袖子和手腕上装饰着片片深绿色的鳞,头发几乎是黑色,只奇怪地泛着点绿，编成两条样式复杂的辫子，分别垂在两耳前。靴子、腰带和箭囊都用奶白色皮革制成。西蒙发现，自己之所以能看清楚这一切，是因为希瑟正位于山坡之上，身后还有褐色的天空作映衬。要是这美丽的生物站在白雪间、树林里，身形便会像风一样消失得无影无踪。

"Isi‒isi'ye！"希瑟饱含深情地呢喃着，转身在昏暗的太阳下举起箭。过了一会儿，他放下箭，眯起眼，饶有兴致地看着西蒙，"你从哪儿找到这个的，Sudhoda'ya？"他严厉地问，"你这种人怎么可能有这东西？"

"有人给我的！"西蒙的血液涌上面颊，声音铿锵有力，因为他说的都是真话，"我救了你们一个族人。他朝树上射了一箭，跑掉了。"

希瑟又仔细打量他一番，似乎想再说些什么，但没说出口，而是转过头看着山坡，撅起双唇发出一阵口哨声。一开始，西蒙还以为是什么鸟发出了复杂的长鸣。一身白衣的希瑟等了一会儿，像座雕像似的，终于等到了远处传来的颤声回应。

"走吧，走在我前面。"他将手放在弓前，对矮怪和男孩打个手势说。他们吃力地爬上陡峭的山坡，押解他们的人轻松地跟在后面，纤细的手指将白翎箭慢慢地转来转去。

大概几百次心跳后，他们越过圆圆的山头，走到山的另一面。只见四个希瑟围在一道浅沟旁，浅沟边的长树枝上，覆盖着白雪。看那蓝色的辫梢，西蒙发现其中两个之前见过，另外两个的头发则是灰白色——跟其他人一样，金色的脸上一丝皱纹都没有。黑斯坦、格力姆克和施拉迪格躺在沟底，被希瑟的箭指着，身上挂彩，脸上带着绝望的无畏神色，像被逼入角落的动物。

"圣鄂斯坦的骨头啊！"黑斯坦见到他们走来，骂道，"哦，上帝啊。孩子，真希望你们能跑掉。"他摇摇头，"不过，总比死了强。"

"你看到没，矮怪？"施拉迪格苦涩地说，长满胡须的脸涨得通红，"看到没，我们召来了什么？魔鬼！我们真不该嘲笑……黑暗君主。"

拿箭的希瑟看来是首领，他用他们的语言对其他人说了几句，打着手势，让西蒙的伙伴从坑里爬上来。

"他们不是魔鬼。"宾拿比克说着，和西蒙一起站稳，伸手帮其他人爬上来。在松软的雪地上，做到这点并不容易。"他们是希瑟，不会伤害我们。毕竟，有他们的白翎箭作约束。"

希瑟首领瞥了矮怪一眼，但什么都没说。格力姆克喘着气爬到地上："希……希瑟？"他的发际线旁有条红色的细痕，努力调整呼吸问，"我们一定跑进了非常非常古老的传说，肯定是。希瑟！愿乌瑟斯·安东保佑咱们。"他画了个圣树标记，疲倦地转身拉起脚步蹒跚的施拉迪格。

"发生了什么？"西蒙问，"你们怎么会……发生了什么……？"

"追杀我们的人都死了。"施拉迪格说。他把身子无力地靠在树干上，铠甲有好几处裂开，头盔挂在手上，像旧罐子一样，到处是刮痕和凹陷。"我们自己干掉几个，其他的嘛，"他朝希瑟卫兵挥挥无力的手，"都倒在箭下。"

"要不是矮怪会说他们的话，咱们也逃不掉，肯定。"黑斯坦说，朝宾拿比克挤出一丝微笑，"没说你跑了不好，还祈祷你们能跑掉，哥几个都是。"

"我去找西蒙了。照顾他是我的责任。"宾拿比克简单地解释一句。

"可是……"西蒙环视四周，事与愿违，没看到其他俘虏。

"那时……厄斯奔摔了下去。在咱们跑到第一座山之前。"黑斯坦慢慢点点头，"他摔倒了。"

"该死的！"格力姆克骂着，"那些瑞摩加人，杀人不眨眼的混蛋！"

"司卡利的人。"施拉迪格眼里闪着冷酷的光。这时，希瑟打着手势，让他们站起来。

"其中两个带着考德克的渡鸦标记。"施拉迪格直起身子，继续说，"唉，真希望逮到他，用斧子面对面打一场。"

"一大群人都排队等着这个机会。"宾拿比克说。

"等等！"西蒙说，心里突然觉得有些不对，转身面对希瑟的首领，"你刚刚一直在看我的箭，该知道我的话是真的。你不能带我们走，我们有要事在身。我们必须先找找同伴。"

希瑟打量着他："人子啊，我无法分辨你话中真伪，但很快就能知道，比我们希望的更快。其他人嘛……"他检视这支衣衫褴褛的队伍，"很好。我们是该让你们看看其他人怎么样了。"他对伙伴们说了几句，跟在俘虏后面走下山坡，安静地越过两具被箭射中的尸体。他们双目圆睁、嘴巴大张，是追杀他们的人。雪花已渐渐掩埋他们的身体，盖住了猩红的血渍。

他们在离湖边小路不到四百尺远的地方发现了厄斯奔。一支折断的灰木箭突兀地从他胡子下的脖颈刺出来。他四肢展开，姿势扭曲。看来，他的马在痛苦挣扎中滚过了主人的身子。

"死很久了。"黑斯坦眼中含泪，"安东保佑，他死得很快。"

他们用剑和斧子，在冻硬的地上尽力为他挖个坑。希瑟站在旁边，像大雁似的，对他们的行动不理不睬。他们用厄斯奔的厚斗篷包住尸体，放进浅浅的墓穴。填上土之后，西蒙将厄斯奔的剑插在墓上，当做标记。

"带着他的头盔。"黑斯坦对施拉迪格说，又朝格力姆克点点头。

"他不会希望浪费的。"爱克兰人赞同说。

拿过头盔之前，施拉迪格把自己那顶坏掉的头盔挂在厄斯奔的剑柄上。"嘿，我们会为你报仇的。"瑞摩加人说，"血债血偿。"

雪花落在林木间，他们沉默着，站在光秃秃的空地上。很快，一切都会被白雪掩盖。

"走吧。"希瑟首领终于说，"我们已经等了够长的时间了。有人会想看看这支箭。"

西蒙最后一个离开。我都没时间好好认识他，厄斯奔，他想。但他的笑声很响亮。我会记住这一点的。

他们朝冰冷的群山走去。

❀

蜘蛛一动不动悬在半空，像错综复杂的项链上的一颗暗棕色宝石。现在整张网都织完了，最后几根丝线优美地拉在适当的位置，从天花板一边延伸到另一边，随着上升的热气轻轻颤动，像被看不见的手拨弄。

片刻间，艾奎纳竟语无伦次起来，虽然这次谈话挺重要的。他的目光扫过大殿炉火旁一张张忧虑的脸，又投向那个黑乎乎的角落，看着正在休息的小建筑师。

有点儿意思。他对自己说。辛苦拉起网，然后留在那儿。本来就应该这样，而不是东奔西走。一年了，却看不到自己的家族，还有自家的屋顶。

他想起妻子：眼神锐利，脸颊红红的桂棠。她没说他半句不是，但他知道，自己离开艾弗沙那么久，她很生气。他也离开了他们的长子，她心头的骄傲，让他接管一大片公爵领地……结果失败了。艾索恩和其他瑞摩加人无法阻止司卡利，那些家伙背后有至高王撑腰。但父亲离开时，是年轻的艾索恩代为管理一切，也正是他，会记得艾弗沙人的世敌考德克氏族，趾高气扬地踏入他们的长屋，接管一切。

这一次我真盼望能快点回家，老公爵悲伤地想。要是能再看看我的马群和牛群，帮人们解决纠纷，看我的孩子们生儿育女，那该多好。可现在土地不在，屋破瓦烂。上帝救救我吧，年轻时打的仗已经够多了……我也只能这么说了。

话说回来，大部分年轻人打仗时都不怎么珍惜性命。这也让老人们坐在温暖的大厅里，躲避门外呼啸的寒风时，能有谈论和回忆的东西。

像我这样的老骨头，应该躺在炉火边睡大觉。

他拽着胡子，看着蜘蛛朝阴暗的天花板角落爬去，那里停了只粗心的苍蝇。

我们以为约翰建立了至少能延续千年的和平。结果，他刚死，这和平连两个夏天都没撑过。你织啊织，一直织，像顶上那个小东西，一根一根地加丝固网，不料一阵风，让一切努力化为乌有。

"……就这样，我用两匹快瘸的马，尽可能快地送来消息，殿下。"艾奎纳刚将注意力重新拉到紧急议会上，年轻人已经讲完了。

"你漂亮地完成了任务，戴奥诺斯。"约书亚说，"请起。"

长途跋涉刚回来，精瘦战士的脸仍然汗津津的。他站起来，裹紧王子给他的厚毯子，看上去很像那个圣特纳斯日，他穿着圣袍打扮成特纳斯，向王子告知国王死讯时的模样。

王子把手搭在戴奥诺斯肩上。"很高兴你回来了。我很担心你的安全，一直责备自己怎能派你去执行这么危险的任务。"他转向其他人，"你们都听到了戴奥诺斯的报告。埃利加终于准备上战场了，大军正向奈格利蒙进发，有……戴奥诺斯，你刚刚说……？"

"一千多骑士，将近一万步兵。"士兵沉痛地说，"我把各种说法综合平均了一下，让数字更可信。"

"是这样。"约书亚挥挥手，"在他兵临城下之前，我们最多还有两个礼拜。"

"我也这样想，殿下。"戴奥诺斯点着头。

"我的领主怎么样了？"德瓦撒勒问。

"这个嘛，男爵。"士兵刚开口，突然身子一阵颤抖，但他紧咬牙关忍了过去，"因为穆拉沼泽的混乱——当然，可以理解，西边发生的……"他突然闭嘴，看了看格威辛王子。那位王子坐得离其他人远远的，悲凉地望着天花板。

"继续。"约书亚平静地说，"我们得听完整。"

戴奥诺斯将视线从赫尼斯第人那儿收回来。"总之，这一来，也就打听不到什么好消息了。不过，艾本河口上游码头的几个船夫说，你的李奥巴迪公爵已从纳班出航，现在应该到了公海，应该会在柯冉禾附近上岸。"

"带了多少人？"艾奎纳低声问。

戴奥诺斯耸耸肩："说法不一。三百骑士，也许吧，还有大概两千步兵。"

"听起来差不多，约书亚王子。"德瓦撒勒抿起嘴唇琢磨一会儿，"不少领主无疑是持反对态度，他们被忤逆至高王的罪名吓坏了。珀都因人保持中立，他们向来如此。宿尔巍伯爵清楚，两边都支持才能让利益最大化，还能避免货船受损。"

"那么，李奥巴迪强有力的援手指日可待，虽然我还是希望人数再多一些。"约书亚环视围在身边的人。

"就算这些纳班人能在城门口对抗埃利加。"奥德迈男爵说，胖脸上的恐惧一览无遗，"可他们还有三倍于我们的兵力。"

"大人，我们也有城墙啊。"约书亚回答，瘦削的脸上露出坚定的表情，"我们在一个非常非常坚固的堡垒中。"他转向戴奥诺斯，表情柔和下来，"我忠实的朋友，把所有的消息说完，去睡一会儿。我担心你的身体，之后的日子，我需要健康强壮的你。"

戴奥诺斯挤出一丝淡淡的笑。"是，殿下。恐怕也不是什么好消息。赫尼斯第人被迫撤出茵尼斯葵。"他本想朝格威辛的位置瞟一眼，最后还是垂下眼睛，"他们说路萨王受了伤，他的军队撤到格兰玻山里，游击骚扰司卡利及其手下。"

约书亚沉重的目光落在赫尼斯第王子身上："至少比你想象的好些，格威辛。你父亲还活着，还在继续作战。"

年轻人转过来，双眼发红。"是的！他们还在继续作战，我却坐在石墙里，像个臃肿蠢笨的城里人，大吃大喝无所事事。我父亲说不定快死了！我怎能留在这里？"

"你以为凭五十人就能打败司卡利，孩子？"艾奎纳问，语气中不无安慰之意，"或者，你只想找一种快速又光荣的死法，而不想等商量出更好的办法？"

"我没那么蠢。"格威辛冷冰冰地回答，"而且，巴格巴的牧群啊，艾奎纳，你竟会对我说这些？你那'一剑刺穿'司卡利肚子的话到哪儿去了？"

"不一样。"艾奎纳尴尬地嘟囔，"我又没说要带一打士兵横扫艾弗沙。"

"我只是打算偷袭司卡利渡鸦的侧翼，然后跟我的族人在山上会合。"

艾奎纳无法直视格威辛王子那明亮、坚定的目光，只好将视线又挪回天花板的角落，这时，那只蜘蛛正奋力地用黏糊糊的蛛丝包裹什么东西。

"格威辛。"约书亚安慰他，"我只求你等到掌握更多消息的时候。一两天不会有太大改变。"

年轻的赫尼斯第人站起来，椅脚摩擦着石地板。"等！你只会等，约书亚！等召集民兵，等李奥巴迪和他的军队，等……等埃利加爬进城墙，在奈格利蒙放火！我等不下去了！"他举起颤抖的手，阻止想要解释的约书亚，"别忘了，约书亚，我也是王子！我到你这里来，为的是两位父亲间的友谊。现在我父亲受了伤，又被北方的魔鬼们折磨。要是他不治身亡，我就是下一任国王，那时你会不会命令我？你会不会还打算稳住我？布雷赫啊！我真不理解你干吗这么害怕！"

在伸手开门前，他又回过头说："我会告诉我的手下，准备好明天太阳落山时出发。如果你还有其他我没想到的理由，证明现在还不能离开，你知道我在哪儿！"

王子重重地摔门离开，约书亚站了起来。

"我想这里有不少人……"他顿了一下，疲倦地摇摇头，"不少人需要吃点东西，喝点水——尤其你，戴奥诺斯。不过我得多留你一会儿，其他人可以退下了。我有些私事问你。"他挥手示意德瓦撒勒和其他人到餐厅去，目送他们轻声交谈着鱼贯而出。"艾奎纳。"他呼唤道，公爵闻言在门口停下脚步，诧异地回头看着，"请你也留下。"

艾奎纳又坐回椅子，约书亚期待地看着戴奥诺斯。

"你还有其他消息吗？"王子问。骑士皱起眉头。

"如果我还有其他好消息，王子，肯定会在其他人过来前第一个告诉你。我找不到你侄女儿和陪着她的修道士的踪迹，但一个住在绿渭河旁的农民说，看到一对符合描述的人几天前涉水过河，往南面去了。"

"这些我们早就知道，跟渥莎娃说的一样。然而，若他们已经到了茵尼斯葵，就只有圣乌瑟斯才会知道发生了什么，他们下一步又要往哪儿去。而我们唯一的运气，就是天气过于潮湿，我哥哥埃利加一定会沿山脚行军，辎重只能经过巍轮路运送。"他盯着跳动的火苗，"好吧。"他最后说，"十分感谢，戴奥诺斯。如果我手下的领主们也能像你这样，那我就能笑对埃利加的威胁了。"

"那些人都很好，殿下。"年轻的骑士忠实地回答。

"好了，下去吧。"王子伸手，拍拍戴奥诺斯的膝盖，"去吃些东西，睡一会儿。直到明天，这儿都不需要你忙了。"

"是，殿下。"年轻的爱克兰人解下毯子，立正，走出房间时，背脊像门柱般挺得笔直。他离开后，约书亚和艾奎纳沉默了一会儿。

"米蕊茉跑哪儿去了，只有上帝才知道。而李奥巴迪和埃利加，就看哪一方能先抵达城门了。"王子摇摇头，用手揉着两边的鬓角，"路萨受伤，赫尼斯第人撤退，埃利加的走狗司卡利占据了从韦斯丹到格兰玻的大片领地。除此以外，传说中的魔鬼们还在凡人的土地上行走。"他冲公爵露出了阴冷的笑容，"网越收越紧了，叔父。"

艾奎纳的手指被胡子缠住："网在风里摇晃，约书亚。强烈的风。"

他没再说什么，沉默又笼罩住高大的厅堂。

❋

猎狗面具里的人轻声咒骂，又往雪地上啐了口血沫。他知道，要是其他人的话早就死了，腿被压碎、肋骨塌陷、躺在雪地上死去。这个念头仅仅让他稍微高兴了些。那匹垂死的马压到身上时，多年来的锻炼和训练救了他一命，但要是找不到干燥隐蔽的地方，他还是活不了多久。再暴露一两个小时，他就会落到和濒死的马同样的下场。

该死的希瑟！他们竟也卷了进来，实在太意外了，还带着那些人类俘虏走到离被雪掩埋的自己仅仅几尺外的地方。那些精灵检视周围地区时，他调动身体里仅存的力量和勇气，一动不动。好在他们没多久就上路了，肯定以为自己爬到不远处死了吧——当然，他但愿那些人确实会这么想。

慢慢地，他终于从雪底下爬出来，缩成一团，瑟瑟发抖，鼓起勇气继续下一步行动。他唯一的希望是想法子回到黑斯沓，他的两个手下应该已经在那里等待了。他在心里骂了自己一百遍，居然错信了司卡利手下的蠢货——一群醉醺醺的土匪，只能打过女人，连给他擦靴子都不配。要是他没被迫派出自己的人，去完成其他任务就好了。

天空越来越暗，还有旋转闪烁的光斑，他摇晃着脑袋，努力把眼前浮动的光点赶走，抿了抿开裂的嘴唇。雪枭般的尖利叫声突兀地从猎狗嘴里发出。等待时，他又一次无意义地试着站起来，甚至爬行，却完全没用——两条腿都受了重伤。强忍着断裂肋骨的灼痛，他用力将自己朝树那边拖了一点，又不得不马上停下，平躺着大口喘气。过了一会儿，他感到一阵热风吹来，抬起头，眼前有两点黑色的狗鼻子，仿佛对着一面奇怪的镜子。是猎犬，咧着大嘴，就在自己面前几寸远。

"尼库阿。"他喘着气，这名字跟他的黑瑞摩加母语很是不同，"过来，乌顿诅咒你！来！"

巨型猎犬又走近一步，身体挪到受伤的主人上头。

"好……别动。"那人说着，伸手钩住白色的皮项圈，"拉！"

大狗果然拉动了，但剧痛也随之袭来，他忍不住呻吟着，依然坚持，牙关紧咬，眼珠子都在永远不变的狗脸头盔中凸了出来。这一路，他被猎狗拖行，身子一下在雪地上颠簸，差点因伤口撕裂的疼痛而昏过去。但他死死拽住项圈，一直被拖到林中隐蔽处才终于放开。放开一切。他沉入黑暗，暂时远离了痛苦。

醒来时，灰蒙蒙的天又暗了不少，风扫起的雪花像毯子一样盖在身上。巨犬尼库阿还在旁边等着，虽然一身短毛，却丝毫不被寒冷影响，更没有发抖，模样活像在热烘烘的火炉前休息。躺在地上的人并不惊讶，他很了解风暴之矛这些冰一般的狗，知道它们是怎么在黑暗中被抚养长大的。看着尼库阿的血盆大口、交错的犬牙，还有两滴白色药剂似的瞳孔，他再一次庆幸是自己控制了这群狗，而不是相反。

他花了一番力气，才脱下摔坏变形的头盔，丢在旁边的雪地上。他用小刀把黑斗篷割成条状，又吃力地切下附近小树的细枝。肋骨痛得厉害，要完成这些异常艰难，但他尽力忽视疼痛，继续把活儿干完。他有两个绝佳的理由，必须生存下去——自己有责任把希瑟的袭击告诉主人们，还有，那强烈的、想报复数度阻挠自己的贱民的渴望。

当他终于切割完毕，月亮已在树梢上好奇地露出蓝白色的独眼。他用斗篷割成的布条，分别在两腿旁紧紧捆上几根短树枝，当做夹板，接着坐起来，两条腿僵硬地往前伸，像坐在泥土里玩拼字游戏的孩子，又将两条长枝分别跟短树枝绑在一起。然后，他小心地一边握紧长枝，一边抓住尼库阿的脖子，由毛色惨白的大狗拖着，站立起来。他身子摇晃，终于成功地将刚做好的拐杖夹在手臂之下。

他走了几步，双腿无法弯曲，身子笨拙地摇晃转动。但这就足够了，他想着，脸上的肌肉因剧烈的疼痛而抽搐。没别的选择。

他看了看躺在雪地上张大嘴、呈吠叫状的猎狗头盔，考虑一会儿碰到它要花费多少力气，再说，这东西已经不能用了。结果他还是弯下腰、喘着气，将它捡起。这是在风暴之矛一个神圣洞穴里，由她亲自赏赐的，同时，她还赐予了神圣猎人这一称呼——他，一个凡人！

他不能让它躺在雪地里，如同不能将自己跳动的心脏丢下一样。他记起了那个没有实感的、让人兴奋不已的时刻。流琴厅的蓝光忽明忽暗，他跪倒在王座前，匍匐在闪着平静微光的银面具下。

记忆像是烈酒，让剧痛暂时缓和些，尼库阿静静地支撑他的双脚，尹艮·杰戈蹒跚着走上长满树的长长山坡，开始仔细考虑复仇的事。

※

少个同伴，大家都没心情说话，守卫们也没有鼓励众人开口的意思。一行人静静地拖着脚步，慢慢穿过覆盖白雪的山脚，灰暗的下午渐渐过去，快到晚上了。

希瑟似乎很清楚要往哪儿去，但对西蒙来说，长满松树的山坡全都一个样，完全分辨不出自己身在何处。首领面具似的脸上，那对琥珀色的眼睛总在四处打量，但又不像在找什么东西，似乎有种学识渊博、能分辨出微妙地形的感觉，模样就像史坦异神父查看书架似的。

希瑟首领唯一一次露出表情，还是刚出发时，看到坎忒喀从陡坡小跑到宾拿比克旁边，抽着鼻子，闻闻他的手。希瑟好奇地微微抬起眉毛，又转头扫视他的同伴们，几对细长的眼睛眯得更细了。西蒙看不出他有没有下过指示，不过大狼被允许无拘无束地走在旁边。

徒步小队终于转向北面时，天色已暗，再过一会儿，他们慢慢绕过一道盖着白雪的陡坡，坡面两侧是凸出的光秃秃的石头。接踵而至的事情已让西蒙麻木，现在只注意到自己的双脚被冻得发痛，因此，当首领挥手示意停下，西蒙不由在心里感谢他。

"这儿。"他朝一块高过头顶的大山石挥了挥手，"从底下进。"他又指向石头上一条半人高的宽缝。他们还没来得及说什么，其中两个希瑟守卫已经敏捷地闪到前方，头朝里，一下子钻进裂口消失了。

"你。"他对西蒙说，"跟上。"

黑斯坦和其他两人小声抱怨。但即使处境这么诡异，西蒙却莫名地有种自信，直接跪在地上，将脑袋伸进裂缝。

面前是一条细细的、亮晶晶的、嵌着冰的陡峭通道，向上盘旋延伸，看起来就像直接从山石中凿出来似的。他觉得那两个希瑟应该是爬到上面，在转弯处消失了，所以完全不见他们的人影，而这条玻璃一样光滑的小道窄得连手臂都抬不起来。

他把头缩回外头冷冰冰的空气中。

"怎么穿过去？这路几乎直着往上，旁边都是冰。往上爬会滑下来的。"

"看看头顶，"希瑟首领回答，"你就明白了。"

西蒙又回到通道，这次身子更往里挤了点，双肩和上身也探了进去，才能转身往上看。如果可以把离地只有半臂高的顶部称为天花板的话，那么，天花板整个都是冰做的，目所能及的地方，一条又一条整齐地排列着许多水平凹槽。每条凹槽大约几寸深，宽度足够双手并排抓住。他想了一会便明白了，这是用来手脚并用爬上去的，于是用背脊抵住了通道的地板。

他完全不知这条通道有多长，也不知会在通道里碰上什么东西，不由觉得前景一片黯淡，甚至想回头再次爬出狭窄的过道。但接着，他看到前方希瑟轻快得像是松鼠般的动作，又改变了主意，迫切地想证明，即使自己不能跟他们一样敏捷，至少足够胆大，用不着连哄带骗也敢往上爬。

攀爬相当困难，但并非不可能。通道有不少拐弯，他能停下来歇会儿，伸展双脚。他慢慢地又抓又拉又撑，反复伸缩肌肉，在通道里取得不错的进展——如果它真是个通道的话。不过，爬上去都这么艰难，要想从这里下去，除非是双脚直立的生物，其他任何动物几乎都不可能通过，很容易像蛇一样，瞬间滑到底部。

他正想再停下休息一会儿，却听到头顶不远处，有个声音正用流畅的希瑟语说着什么。接着，一只强有力的手伸下来，紧紧抓住锁子甲的系带，把他往上提。西蒙从通道中探出头，不由发出惊叹，然后就被扔到地板上。石地板很温暖，还有摊融化的雪水。那两个把他拉上来的希瑟蹲在通道口，面容隐藏在漆黑的环境中。这里不能算是真正的房间，更像是把碎屑打扫干净的山洞，光源来自背后一道和门差不多大小的裂缝，在洞底洒下一条光斑。西蒙刚跪起来，就感到一只纤细而冰冷的手搭上自己的肩膀。一个黑发希瑟在他身边，先指指低矮的天花板，做了个波浪形的动作，然后又朝通道口指了指。

"等等。"他平静地说，话语没有头领那么流利，"我们必须等一等。"

接着上来的是黑斯坦，口中还不住地咒骂着。两个希瑟花了好一番力气，才把他魁梧的身子拉起来，像拔掉红酒瓶上的软木塞。紧跟着是宾拿比克，敏捷的矮怪轻轻松松赶上了爱克兰人。再过一会儿，施拉迪格和格力姆克也到了。最后是那三个留守的希瑟。

等最后那名优雅的生物上来，队伍立刻又朝前行，穿过石走廊，进入一段短短的通路，众人终于可以站直身子。墙上的壁龛中放着奶金色的水晶或玻璃，闪烁的光芒遮住远处的光，一直走到近前他们才发现那里还有一道门。和之前不同，这道裂口上垂着块黑布，其中一名希瑟走进去，过了会儿，里面传来呼唤声。于是又有两人进入门帘。他们每个人手中都拿着短剑，看起来是用某种黑黑的金属做的。俘虏们安静又警觉地站着，没有人表现出惊讶或好奇的样子，接着，首领说话了。

"我们会绑住你们的手。"他说着，旁边一名希瑟从衣服底下取出一卷亮闪闪的黑绳子。

施拉迪格后退一步，撞进守卫怀里，那人发出轻轻的嘶声，但没还手。

"不。"瑞摩加人说，声音听起来极度紧张，"我不会让他们这么干。没人可以强迫我束手就擒。"

"我也不会。"黑斯坦说。

"别傻了。"西蒙说，往前走了一步，伸出交叠的手腕，"我们说不定可以从这儿全身而退，但你们开打就难说了。"

"西蒙说得对。"宾拿比克说，"我会让他们把我绑起来。你们要是不干，那才是理智全失。西蒙的白翎箭是真的。这也是他们没杀我们、还把我们带到这儿来的原因。"

"可是，那我们怎么……"施拉迪格刚开口说。

"另外，"宾拿比克打断他的话，"你们打算怎么做？就算战胜这里的敌人，还有等在前头那些呢。你要怎么办？要是原路滑下通道，肯定会压到坎试喀身上，她就在底下等着，我觉得，被那样一吓，她很难不把你当做敌人。"

施拉迪格俯视矮怪，认真地琢磨了一会儿被吓一跳的坎试喀错当成敌人的可能性。最后，他挤出微弱的笑容。

"你又赢了，矮怪。"他朝前伸出手。

黑绳像蛇一样覆有鳞片，凉凉的，十分柔韧，像上过油的皮带。

西蒙看着希瑟一圈又一圈地绑住自己的手，像困在食人魔掌中似的，完全动弹不得。当所有人的手都被这样捆好以后，队伍又开始往前，穿过盖着帘子的门，走进一片令人眼花缭乱的光芒。

很久以后，当西蒙回忆起这段经历时，只记得他们似乎穿过云朵，来到一个明亮发光的世界——仿佛与太阳毗邻的世界。在阴冷的大雪和空荡荡的通道之后，巨大的反差就像经过阴郁的八天，终于迎来第九天的狂欢酒宴似的。

光，各种缤纷的色彩，无处不在。这个岩石房间不到两人高，但非常宽敞。树根满满缠在墙上，大概离他们三十步开外的一个角落里，闪闪发亮的泉水自石槽流下拱门，水花飞溅，落进天然形成的石池。瀑布柔和的声音时轻时响，形成古怪又微妙的音乐，回荡在空气中。

类似之前石廊里的那些灯到处都是，按照不同的形状，不同的制作工艺，照射出黄色、象牙色、蓝白色或玫瑰色的光线，互相交织叠加，将整个洞穴涂满上百种不同的色调。山洞中心，离荡漾的水池不远处，燃着一朵跳跃的火焰，烟则飘然消失在顶上的石缝里。

"艾莱西亚，圣安东之母啊。"施拉迪格惊叹道。

"从不知道这里还有个兔洞。"格力姆克摇摇头，"它们还有座皇宫。"

西蒙飞快地四下张望，观察着。只见房间里大概有一打希瑟，远远地分散在周围，似乎清一色都是男性。其中两个坐在高高的石头上，面前还安静地坐着几个人。有一个拿着一支很像长笛的乐器，其他人则在唱歌。西蒙觉得音乐听来很是奇怪，花了一会儿才分辨出笛声和歌声，还有瀑布水流那不停歇的调子。然而，带着颤音的繁复的合奏曲却让他感到深深的悲痛，但同时，它的优美动人也让他脖子后的汗毛都竖了起来。一切都那么陌生，但却有种东西让他盼望能这样沉浸其中，只要轻柔的音乐不停，就永远不再移动。

那些没围在乐手旁的希瑟有些在轻声交谈，有些只是靠墙望着前方，仿佛目光能穿过坚实的山石，看到远处的夜空似的。大部分人只是稍微看了看房间入口的几个俘虏，那眼神，让西蒙觉得，就像一个正在认真听精彩故事的人，不经意抬头瞟了眼走过的猫。

他和同伴们没料到会是这样一个场面，都目瞪口呆地站着。首领穿过房间，朝远处墙边两个面对面的人影走去。那两个希瑟之间隔着一张高高的平滑的亮白色石桌，正专心盯着桌面上的什么东西，旁边的壁龛同样放了盏古怪的灯。首领停下脚步，静静站在两人身旁，仿佛在等他们注意到自己。

背对西蒙一行人、靠墙而坐的希瑟身穿着华美的叶绿色高领上衣，裤子和长靴也是同一个颜色，长长发辫的颜色比西蒙的更红，他的手动动桌上什么东西，戒指闪过一丝反光。而对面，专心看着他手上动作的那个，穿着宽松白袍，上臂戴个镯子，头发是泛白的石楠花色或蓝色，油亮的乌鸦羽毛垂在一边耳畔。西蒙观察着，只见白袍希瑟对他的同伴说着什么，洁白的牙齿反着光，接着伸手把一个物体滑到前方。西蒙的目光更加专注地盯着他，然后，眨眨眼。

那正是自己从樵夫陷阱中救下的希瑟。他非常肯定。

"就是他！"他兴奋地对宾拿比克耳语，"那支箭就是他的！"

就在他们交谈时，首领靠近桌子，快速地说了句什么，西蒙认出的白袍希瑟抬起头，但只是随意朝囚犯们瞥了一眼，不以为意地挥挥手，又将注意力转了回去——西蒙觉得，那么么是张地图，要么是块游戏板。红发那个一直没有回头，接着，抓住他们的希瑟回来了。

"你们必须等吉吕岐大人忙完。"他面无表情地看着西蒙，"箭是你的，你可以松绑了。其他人不行。"

西蒙和那个发誓还债的希瑟之间只有一石的距离，结果还是被晾在一边。他本想走过去，正面看着那个白袍希瑟——吉吕岐，如果这是他的名字的话。宾拿比克察觉到他的不安，撞了他一下以示警告。

"如果其他人必须被绑着，那我也一样。"西蒙最后说。说完，他第一次发现，抓住他们的希瑟脸上竟有一丝意外的神色——一种不安的神色。

"那是白翎箭。"首领说，"你不该被囚禁，除非最后证明你是通过肮脏的手段得到它的，但我不能放走你的同伴。"

"那我还是被绑着吧。"西蒙坚决地说。

那人盯着他，看了一会儿，闭上眼睛，眨眼的动作像蜥蜴那样慢。然后，他睁开眼睛，勉强笑了笑。

"那就如你所愿吧。"他说，"我不想绑着 Staj' a Ame 的持有者，但看来也没别的选择。无论如何，我想你确实是它的持有者。"接着，令人惊奇地，他近乎尊敬似的点点头，用发亮的双眼盯着西蒙的眼睛，"我母亲为我取名安乃。"他说。

西蒙哑口无言，不知过了多久，突然感觉宾拿比克用靴子狠狠踩了自己一脚。"哦！"他说，"我叫……我母亲叫我西蒙……事实上，是塞奥蒙。"他看到希瑟满意地点点头，又很快补上一句，"这些是我的伙伴——伊坎努克的宾拿比克、爱克兰的黑斯坦和格力姆克，还有瑞摩加的施拉迪格。"

西蒙觉得，希瑟似乎觉得交换姓名是件很重要的事，那说不定这样强迫性的介绍也有助保护他的同伴。

安乃又点点头，回到石桌旁去了。他刚才的那些伙伴帮着被绑住的俘虏坐下后，也四散到房间各处去了。

西蒙和其他人轻声交谈好一会儿，但比起目前的处境，他们很快被奇怪而婉转音乐的感染，也不由自主地安静下来。

"不过，"施拉迪格语气苦涩，抱怨完竟被这样不公地对待后，又说，"至少我们还活着。没几个碰到魔鬼的人有这好运。"

"你行，西蒙小鬼！"黑斯坦笑着，"真行！让精灵鞠躬行礼。记得，上路前要袋金子。"

"鞠躬行礼!"西蒙露出不高兴的自嘲笑容,"我自由了吗?我被松绑了吗?我在吃晚餐吗?"

"对。"黑斯坦悲哀地摇摇头,"有吃的下肚就好。有酒更好。"

"我想嘛,直到吉吕岐见我们之前,不会有任何东西吃。"宾拿比克说,"但如果他真是西蒙救过的那个,我们甚至还能吃上美餐。"

"你觉得他是个大人物吗?"西蒙问,"安乃叫他'吉吕岐大人'。"

"如果还活着的希瑟中,只有他一个叫这个名字的话……"宾拿比克刚开口,便看到安乃走过来,身边正是那个吉吕岐,手里还拿着白翎箭。

吉吕岐招呼另外两个希瑟过来。"帮他们松绑吧。"然后转头用自己的语言飞快地说了些什么。那音乐般的话语不知为何听起来有些像责备。如果说,垂下眼皮算接受的话,那安乃就是面无表情地领受了吉吕岐的训诫。

西蒙仔细打量,不算被吊在陷阱里那么久,也没有被樵夫攻击留下的瘀青和伤口,他敢肯定,确实是同一名希瑟。

吉吕岐挥了挥手,安乃走开了。那自信的动作,加上周围人表现出的尊敬,西蒙开始还以为他是个长者,至少比这里其他希瑟年长。而现在,虽然他们金色的脸庞上看不出岁月的痕迹,但西蒙感觉到,吉吕岐大人其实还很年轻,当然,是以希瑟的标准而言。

刚被释放的囚犯们揉搓手腕,让血液流通。吉吕岐举起箭:"原谅我让你久等。安乃判断失误,但这也是因为他知道我玩审棋有多认真。"他的目光从一行人身上移到了箭上,又回到了众人身上,"塞奥蒙,我没想到还能再遇上你。"他说着,像鸟一样扬扬下巴,脸上虽然带着微笑,眼里却没有笑意,"但债务就是债务……而 Staj'a Ame 还不止如此。自从我们上一次见面,你变了不少。那时你不太像人类,更像是森林里的野兽。那时你似乎迷失了自己。"他的目光仿佛燃烧的火焰。

"你也变样了。"西蒙说。

一抹痛苦的阴影掠过吉吕岐尖瘦的脸庞。"我在凡人的陷阱里吊了两天三夜。即使樵夫没来,也很快会死去——因羞愧而死。"他表情一变,像把痛苦用盖子封住似的。"来吧。"他说,"我们必须给你们找点食物。很不幸,这里无法给你们提供我希望的餐点。我们只带了平常的口粮,放在,"他朝房间打了个手势,搜索合适的字眼,"猎舍里。"吉吕岐的西领语说得很好,比第一次见面时,西蒙猜测的流利很多,但在精准的描述中,他会时不时停下踟蹰片刻,显然还不习惯说这种语言。

"你到这里……打猎?"他们一起往火前走,西蒙问道,"你要猎什么呢?这座山看来很贫瘠。"

"啊,但我们狩猎的对象比从前更多。"吉吕岐说着,越过他们,朝山洞墙边一排被闪光的布盖着的东西走去。

绿衣红发那个还站在游戏桌旁,吉吕岐的位置则被安乃代替。他们正用询问甚至可能是生气的口吻说着什么,都用的是希瑟语。

"让客人们看看我们猎到的成果,堪冬甲奥舅舅。"吉吕岐高兴地说,但西蒙又一次感到,希瑟的笑容里少了些什么。

吉吕岐优雅地在那一排盖住的东西旁蹲下,像只着陆的海鸟。他带着炫耀的神情,拉开罩子,里面是半打长满白发的巨大脑袋,失去生命的面孔上凝结着永不消失的憎恨表情。

"楚库的石头啊!"宾拿比克诅咒着,其他人则都屏住呼吸。

在片刻的震惊后,西蒙看着那粗革般的皮肤,认出了它们是什么东西。

"巨人!"他总算说了出来,"宏瘟!"

"没错。"吉吕岐王子说着,转过身,声音里蕴含着危险,"那么你们,擅闯进来的凡人们……你们到我父亲的山上,来狩猎什么呢?"

悠远之歌

❀

戴奥诺斯在寒冷的黑暗中醒来，冷汗涔涔。恸哭不止的风在外头抓挠闭合的窗框，像寂寞的死人在飞翔。壁炉余烬的微光下，他看到一个隐隐约约的影子朝自己靠来，心脏瞬间像要跳出去似的。

"队长！"原来是自己的手下，他惊慌地轻声说道，"有人到城门口了！武装的士兵！"

"上帝之树啊！"他骂了句，急匆匆穿好靴子，把链甲从头上套进去，抓起剑和头盔，跟在士兵后面走了出去。

越来越多人在城门楼顶慌乱地走来走去，也有些人蹲在城堞后。大风推他蹒跚前行，不一会儿，他弓下腰往城外看去。

"那儿，队长！"叫醒他的卫兵说，"正在穿过镇子的路上。"他越过戴奥诺斯，指着前方。

月光透过流动的云，将奈格利蒙镇的破烂茅草屋顶染成银色。路上确实有什么在动，是一小队骑兵，大约一打人。

城门楼里的人看着骑兵慢慢接近，有个士兵甚至呻吟起来，连戴奥诺斯都被等待的痛苦感染。还不如直接听到响亮的军号，让所有人都大喊起来。

等待让我们死气沉沉，戴奥诺斯想。一旦流血，我们奈格利蒙人就能显出骄人的战力了。

"肯定还有伏兵！"一个士兵说，"我们怎么办？"虽然风在哭号，但他的话听起来十分清晰。那些前来的骑兵怎么可能听不到？

"不怎么办。"戴奥诺斯坚决地说，"等。"

等待似乎足足持续了好几天。骑在马上的人越来越近，月亮将亮堂堂的矛尖和闪烁的头盔照得特别清晰。沉默的骑士们在巨大的门前停下，像在聆听门里的动静。

一个卫兵站起来，举起弓，瞄准骑兵队长的胸口。戴奥诺斯一见卫兵脸上紧绷的线条和绝望的目光，赶紧朝他跳过去。与此同时，下方传来响亮的敲门声。戴奥诺斯抓住那人的手臂，用力一抬，箭矢往高空弹射出去，落进吹着冷风的小镇的黑暗中。

"以上帝之名，开门啊！"一个男人叫起来，又用矛柄重重地敲着木门。是瑞摩加人，戴奥诺斯觉得这声音像是快不行了。"睡着了吗?! 让我们进去！我是艾索恩，艾奎纳之子，从敌人手里逃出来的。"

❀

"看！看云是怎么散开的！不觉得那象征希望吗，腓力基?"李奥巴迪公爵挥舞着手，朝洞开的船窗画了一道宽宽的弧线，锁甲片差点打中了满头大汗的侍卫。侍卫默默咽下脏话的同时，转身便给后面让路不及的佣人一个耳光。佣人正努力隐没在拥挤的人群中，这回只得绝望地重新尝试，让自己从大家的视线里消失。

"某种程度上，在这危机四伏的时刻，我们才是关键所在。"李奥巴迪面朝窗户说，侍卫又走到他身后，继续固定才绑了一半的护甲。随着李奥巴迪的旗舰恩莫庭之宝开进海湾，靠近柯冉禾笨重阴暗的悬崖，沉甸甸的天空确实能看到一线长长的、荡漾的蓝色，仿佛他们下锚时，捕捉并撕裂了低空的云朵。

腓力基又高又胖，身穿一件金色的簿记员专用袍子，脚步沉重地移到窗边，站到公爵旁。

"大人，要灭火，怎能往上浇油呢？请原谅我的冒昧，但不得不说，这样想是荒唐的。"

点兵的军鼓敲响，声音回荡在水面上。李奥巴迪将长长的白发从眼前拨开，"我知道教宗心里是什么感觉。"他说，"亲爱的主簿啊，我也知道他指示你劝我回头。圣人热爱和平……的确令人钦佩，但光动嘴无法改变什么。"

腓力基打开一只小铜箱，摇出一小撮甜甜的糖，小心地放在舌头上。"这话几乎算是亵渎了，李奥巴迪公爵。祈祷只是'动嘴'吗？难道神圣的拉纳辛教宗的调停不如您的军队有力吗？如果真是这样，那我们深信的乌瑟斯还有首席侍僧撒翠的话岂不全是笑柄？"主簿重重地做了一个深呼吸。

公爵面颊泛红，挥手让侍卫们退下，摇摇晃晃地弯腰，自己系上最后的皮带扣，又招手示意他们把胸口绣着班尼杜威金翠鸟家纹的蓝罩衣拿来。

"上帝保佑我吧，腓力基。"他暴躁地说，"我今天没心情跟你吵架。我被至高王埃利加逼得太紧，必须有所行动了。"

"但您不应该亲自上战场。"大个子说，声音第一次激动起来，"您背负着几百，不，几千人的灵魂，他们的福祉就在您的手里。灾难的种子已经随风飞到各地，教廷有责任阻止它们找到肥沃的土壤。"

李奥巴迪难过地摇摇头，小佣人怯生生地举起金色头盔，头盔顶端有撮染成蓝色的马鬃。

"腓力基，这些日子到处都是肥沃的土壤，而灾难已然生长——原谅我盗用你诗意的语言。重点是，我们得尽力将它扼杀在襁褓中。来吧。"他拍拍主簿肥厚的手臂，"是时候到登陆船上去了。跟我一起去吧。"

"当然，我的好公爵，当然了。"腓力基侧身挤过狭窄的门廊，"您一定能体谅我待会儿不能陪您上岸，最近腿脚抖得厉害，恐怕我也老了。"

"呵，可你的言辞还是一样犀利。"李奥巴迪一边慢慢朝甲板走去，一边回答说。这时迎面而来一个全身裹在黑袍里的人，双手按在胸前，停下简单地点点头。主簿皱起眉头，但李奥巴迪公爵却报以微笑。

"楠·丽术在恩莫庭之宝上很久了。"他说，"她是最好的观海者。我让她无需拘礼——总之呢斯淇是个奇怪的种族。腓力基，你要是海员就会了解了。来吧，我的小船在这边。"

海风灌满了李奥巴迪的罩衣，这一小片蓝色在飘忽不定的天空下翻滚飞扬。

李奥巴迪看到他最年幼的孩子瓦尔兰正在登岸处等候。比起闪亮的盔甲，他的身子太过瘦小。瘦脸庞从宽大的头盔间露出来，焦虑地查看集合起来的纳班军队，好像这群挤作一团、满身是汗的士兵要是军容军纪不整，父亲就会拿他是问。几个士兵满不在乎地从他身旁挤过，仿佛他只是敲鼓的小孩，嘴里还欢乐地笑骂不止。有两匹马被人潮吓坏，竟带着背上的骑手，直接从踏板跳下浅水。瓦尔兰后退几步，躲开水花四溅、马鸣不休的混乱。这时，他看到公爵下了登陆小船，涉水走几步，上了赫尼斯第布满岩石的南海岸，但前额皱起的细纹并没有因此舒展开来。

"大人。"他说着，犹豫一下，李奥巴迪在心里猜，他应该在想要不要下马屈膝行礼。公爵收起怒容。都是娜莎兰塔，她紧紧地把这孩子捧在手心，像酒鬼紧紧抓住酒罐似的，结果让他变得这么羞怯。当然，自己也得负上一定责任。从一开始，他就不应取笑这孩子想成为神职者的愿望。但那是很多年前的事，现在已无法改变孩子的方向。瓦尔兰会成为一名战士，即使这条路可能会害他丧命。

"瓦尔兰，"他四下打量一下，"好吧，我的孩子，看来一切都被你管理得井井有条。"

尽管父亲的眼神表露出他要么是在生气，要么是在安慰，但年轻人还是不由露出感激的笑容。"要我说，两小时后，所有人都该登陆了。我们今晚要行军吗?"

"在海上度过整整一周之后?那些人会把我们两个都杀掉,重新推举一个公爵家族。虽然我觉得嘛,要是他们懂得循途守辙,最后还是会选班尼伽利。说到你哥哥,他为什么不在这里?"

对于大儿子的缺席,他嘴上说得轻松,心里却相当恼火。当时,在纳班要不要保持中立的问题上,他们激烈地争吵了一周。然后,公爵最终决定支持约书亚,又遭到暴风雨般的反对。结果,班尼伽利竟突然改变主意,表示要与父亲统一战线。公爵相信,班尼伽利是不会放弃在战场上统率翠鸟军团的机会的,即使这样会减少他坐在塞斯兰·玛垂府宝座上的时间。

他意识到自己在神游。"不,不,瓦尔兰。我们要让这些人在柯冉禾休整一晚,不过这样一来,对路萨的支援就得推迟,他和北方人那场仗打得实在惨烈。刚刚你说班尼伽利在哪儿?"

瓦尔兰脸红了:"我没说,大人,对不起。他和他的朋友阿庇提斯·普文斯伯爵一起坐车到前头的镇子去了。"

李奥巴迪没理会儿子不安的表情。"圣树之名啊,我不过盼着儿子和继承人能先来见见我,这都成了奢望。好吧,我们去看看其他指挥官的情况吧。"他打个响指,侍卫牵来公爵的马,挂在鞍具上的铃铛叮当作响。

他们首先看到梅林-萨-英盖达和他家族的红白信天翁旗帜。老人多年来不遗余力地与李奥巴迪作对,这回也只是简单地朝公爵招招手以示问候。接着李奥巴迪和瓦尔兰坐在一旁,看着梅林监管手下从两艘大帆船上登陆,然后和老侯爵一起,到条纹帐篷里喝了杯英盖达林红酒。

他们谈论一番行军列阵,甚至容忍瓦尔兰在中间插了几句嘴,接着,李奥巴迪谢过了梅林侯爵的殷勤挽留,和小儿子一同离开。拜访完各个领主，他们穿过忙乱的营地，到几个盛情难却的帐篷里看了看，也在其他贵族的营地里转了转。

两人正准备转身回海滨，公爵的眼角突然瞄到一个熟悉的身影，他骑着一匹高大的杂色军马，和另一个骑手结伴，信步走下镇子里的小路。

班尼伽利身穿最钟爱的银铠甲，甲胄非常厚重，布满精致的纹样，镶着昂贵的磷铁，恰如其分地反射着光线，整体看来几近灰色。胸甲十分合身，遮盖并修饰他略为壮硕的身形，班尼伽利从头到脚都像一名勇敢强悍的骑士。旁边，年轻的阿庇提斯身上的铠甲也出自巧匠之手，珠母制成的鱼鹰家徽嵌在胸甲正中央。和班尼伽利一样，他也没穿罩衣，铠甲整个露在外面，像一只闪闪发光的螃蟹。

班尼伽利对伙伴说了些什么，阿庇提斯·普文斯听后大笑起来，离开了。

班尼伽利下了小路，驾马踏过碎石海滩，朝父亲和弟弟走来。

"那是阿庇提斯伯爵，对吧？"李奥巴迪问，试图压下话里的苦涩，不表现出来，"难道普文家族成了我们的敌人，就不能过来向公爵行个礼吗？"

班尼伽利跨坐在鞍上，弯腰拍拍马脖子。李奥巴迪无法看穿那两道浓密的黑眉，辨不出他到底有没有正眼看自己。"父亲，我跟阿庇提斯说，想和你私下谈谈。本来他要过来，是我让他走的，离开才是对您的尊重。"他转向瓦尔兰，随便点点头，男孩瘦弱的身子像在铠甲里晃荡。

公爵觉得气氛有些尴尬，于是换了个话题。"我的儿子，镇子里有什么那么吸引你？"

"新消息，大人。我知道阿庇提斯曾经来过这里，也许能帮着收集一些有用的消息。"

"你去了很久。"李奥巴迪无法对儿子生气，"那么，班尼伽利，你有什么发现?"

"跟我们在艾本河口听来的一样。路萨受伤,撤到山上。司卡利掌控了赫尼塞哈,暂时没朝其他地方派兵,他们得先镇压躲进格兰玻的赫尼斯第人。因此,这片海岸、阿克·萨拉斯附近,还有穆拉沼泽、库禾,一直到茵尼斯葵为止,所有沿河区域都很安全。"

李奥巴迪揉揉脑袋,眯着眼,看着阳光在海面上投下的点点光斑。"只要能突破离我们最近的包围圈,就算最大限度地帮到约书亚王子了。另外,如果我们带着两千人,从背后袭击尖鼻子司卡利,路萨的军队——剩余的军队就能脱困,埃利加围攻奈格利蒙时,背后将空门大开。"

他考虑着这个计划,觉得很是满意。他兄弟凯马瑞也会这么做——迅速、强劲的一击,就像狠狠一鞭子。作战时,凯马瑞像件纯粹的武器,像闪光的大锤,直截了当,没有半分犹豫。

班尼伽利摇头,脸上立刻露出担忧的神色。"哦,不,大人! 不!如果我们这么干,司卡利只要全军躲进夕柯林,或爬上格兰玻山,我们就会像铺开的兽皮,被钉死在原地,只能守株待兔。而埃利加一拿下奈格利蒙,便会朝我们攻来。届时,我们被夹在至高王和渡鸦中间,像颗榛子,会被一下子夹碎。"他断然摇摇头,似乎被这个主意吓到。

李奥巴迪将目光从耀眼的太阳那儿收回。"班尼伽利,我想你说的有道理……不过我记得,没多久之前,你坚持的可是完全不同的说法。"

"大人,那是在你决定派兵上战场之前。"班尼伽利脱下头盔,拿在手里把玩一阵子,然后才挂到剑柄上,"现在,既然已投身战场,我就是一头纳斯卡都狮子。"

李奥巴迪深吸一口气。战争的气息已经弥漫开来,让他心里不安又后悔。然而,比起在圣王约翰保护下的长治久安,如今分裂的奥斯坦·亚德似乎却让固执的儿子重新站到父亲这边。这是件值得庆幸的事。虽说在动荡的大局中，这一点显得无关紧要。纳班公爵默默祈祷，感谢令人困惑但终究还算仁慈的上帝。

❋

"赞美乌瑟斯·安东带你回到我们身边！"艾奎纳说，眼泪又涌了上来。他靠在床头，抓住艾索恩的肩膀，欣喜若狂地摇晃着，这举动却立刻遭到桂棠的白眼。自从昨夜，大难不死的儿子赶到这里，她就一直守到现在。

艾索恩对母亲严厉的行事方式并不陌生，于是朝艾奎纳露出一个微弱的笑容。他继承了公爵的蓝眼睛和粗犷的外表，但和分别时不同，那种属于年轻人的光芒消失了。虽然肩膀宽阔、身形魁梧，但他的身躯里，似乎有某种东西被抽干。

苦难和烦恼让他变成现在这样，公爵确信。他是个坚强的孩子。光看他是怎么一直忍受母亲的牢骚就知道了。他会成为好样的男人——不，已经是个好样的了。他会继我之后成为公爵……但首先，我们得把司卡利送下地狱……

"艾索恩！"一个声音响起，把他的胡思乱想赶跑了，"你能回到我们中间，真是个奇迹。"约书亚王子弯下腰，用左手握住艾索恩的手。桂棠满意地点点头，并没站起来向王子行屈膝礼，在这种场合下，母性的力量显然大过任何礼节。约书亚似乎也不在意。

"魔鬼的奇迹！"艾奎纳粗声说，皱起眉头掩饰心中快要满溢的情感，以免闹出笑话，"他凭智慧和勇气把他们骗了出去，这倒是真的。"

"艾奎纳……"桂棠开口提醒。约书亚笑了起来。

"当然，我这么说吧，艾索恩，你的勇气和智慧的确令人惊叹。"

艾索恩在床上坐直一些，调整那条缠满绷带的腿，腿下垫了一大堆枕头，看起来像圣人的遗骨。"这话过誉了，殿下。要不是司卡利手下的考德克人太喜欢折磨同胞，我想我们现在还在那儿——变成了冻硬的尸体。"

"艾索恩！"母亲恼火地说，"别乱说。你在侮辱上帝的仁慈。"

"可是，这都是事实啊，母亲。司卡利的渡鸦给了我们小刀，允许我们逃跑。"他转向约书亚，"他们正在艾弗沙进行一项黑暗的计划——厄运会落到全体瑞摩加人身上，约书亚王子！司卡利并非单独作战。那个镇子里全是从风暴之矛附近来的黑瑞摩加人。尖鼻子让他们留下看管我们。那些该死的怪物折磨我们——纯粹的折磨！哪怕我们并无隐瞒！他们这么干只是为了好玩，要是那也算是好玩的话。每天夜里，我们都能听到同胞的哭喊，心里想谁会是下一个。"

他轻轻呻吟，从桂棠手中抽出自己的手，揉着额头，像要抹掉那段痛苦的记忆似的。"就连司卡利的手下都看不下去了。我想，他们开始怀疑自己的领主，还怀疑到底被拖下了什么浑水。"

"我们相信你。"约书亚温和地说，抬起头看看艾奎纳，脸上满是忧虑。

"还有其他人，他们夜里到来，戴着黑兜帽。就算是我们的守卫也没看到他们的脸！"艾索恩的声音仍然保持平静，但双眼却因记忆中的景象而瞪大，"他们的动作甚至不像人类——安东为我作证！他们是从山那头寒冷的荒原来的，路过牢房时，我们可以感到他们带来的寒意。比起黑瑞摩加人烧红的铁，我们更怕靠近他们。"艾索恩摇摇头，靠在枕头上，"对不起，父亲……约书亚王子，我累了。"

"他是个坚强的男人，艾奎纳。"一同登上泥砌的过道时，王子说。这里和奈格利蒙其他地方一样，屋顶有些漏雨。好不容易挨过糟糕的冬天，可随之而来的春天和夏天还是一样冷，房子都被冻坏了。

"我只希望自己从没丢下他，让他独自面对下贱的司卡利。该死！"艾奎纳的脚在一块潮湿的石头上打滑，不由为自己的衰老和笨拙咒骂起来。

"他已经竭尽所能，叔父。你应该为他骄傲。"

"我是为他骄傲。"

他们又走了一会儿，约书亚才开口说："必须承认，艾索恩在这里，才让我更容易把这问题说出口……我不得不说。"

艾奎纳拽着胡子："什么问题?"

"一个请求。本来我永远不会这样要求，可是……"他犹豫着，"不。等回我房间再说吧。这事最好私下谈。"公爵的手臂被他伸出的光秃秃的右手钩住，光是看到手腕上用皮革包着的残肢，便远比任何话语更难以拒绝。

艾奎纳又开始拉扯自己的胡子，揪得生痛。他有种感觉，自己应该不会喜欢将要听到的问题。"以圣树之名，约书亚，让我们先带壶酒过去。我非常需要喝点儿酒。"

"以乌瑟斯大爱的名义! 以铎尔的深红铁锤之名! 圣鄂斯坦和圣司肯蒂的骨头! 你疯了吗?! 我干吗要离开奈格利蒙?"艾奎纳的身子因惊讶和愤怒而颤抖。

"艾奎纳，如果还有其他解决方式，我绝不会提出这样的要求。"王子耐心地说。即使全身充斥愤怒，公爵也能看出约书亚十分痛苦。"两个晚上了，我都睡不着觉，试着想出别的办法。但我没有办法。必须有人找到米蕊茉公主。"

艾奎纳牛饮红酒，有不少酒在胡子上，但他全不在意。"为什么?"他最后说，将罐子摔在桌上，发出沉重的响声，"为什么是我? 天杀的! 为什么?"

王子依然冷静："必须找到她。她至关重要……还是我唯一的侄女儿。艾奎纳，如果我有个三长两短呢? 如果我们扛住埃利加的围攻，我却被一箭射中，或从城墙上摔下去，到时候怎么办? 谁能团结这些人——不只是爵士和将领，还有那么多百姓，到我城墙后寻求庇护的人又该怎么办？大家认为我古怪又善变，你也知道，他们跟我一起对抗埃利加有多困难，要是连我都死了呢？"

艾奎纳盯着地板："还有路萨，和李奥巴迪。"

约书亚粗暴地摇摇头："路萨国王受了伤，也许快死了。李奥巴迪是纳班公爵——同爱克兰开战会唤起不好的记忆。毕竟，人们一想到塞斯兰，就会想到纳班统治天下的时代。即使是你，叔父，像你这样备受尊敬的好人，也无法带领一支联合军与埃利加抗衡。他是圣王约翰的儿子！他是为了坐上龙骨椅，被约翰抚养长大的。不管他有多少恶行，也只能由来自同一家族的人推翻他……你清楚这一点！"

长久的沉默即是艾奎纳的回答。

"可为什么是我？"他最后问。

"因为不管我派谁，米蕊茉都不会回来。戴奥诺斯？他很勇敢，跟猎鹰一样忠心耿耿，但他必须把公主装进袋子，才能带她回奈格利蒙。除了我自己，你是唯一一个能在她不反抗的情况下把她带回的人，而且她必须心甘情愿地回来，否则你会发现事情有多不可收拾。埃利加发现她不见了，为了找她，甚至可以把整个南方烧光。"

约书亚走到桌边，心不在焉地翻着一堆卷轴。"艾奎纳，暂时先忘记我们讨论的是你。仔细想想，谁到处远行，又在各种奇怪的地方都交到了朋友？原谅我这么说，但，还有谁曾到过安汜·派丽佩和纳班那不计其数、通往错误终点的暗巷？"

艾奎纳苦笑起来，对自己笑。"还是不对啊，约书亚。我怎能在埃利加前来对阵时，抛弃自己的部下呢？而且，像我这样出名的人太过招摇，又怎能完成这种秘密任务？"

"第一个问题，我觉得艾索恩回来是上帝的意思。我们都知道爱因司凯迪不会听命行事，但艾索恩可以。不管怎样，叔父，他需要一个反击的机会。艾弗沙的陷落让他年轻的自尊心受挫了。"

"正是由于自尊心受损，才将男孩磨炼成男人。"公爵咆哮，"接着说。"

"第二个问题，好吧，你很出名，但近二十年间你都鲜少到爱克兰以南去。当然，无论如何，你得化装。"

"化装？"艾奎纳心烦意乱地抓着胡子编成的辫子。约书亚走出房门，唤人进来。公爵心里有种奇怪又沉重的感觉。他一直担心打仗，比起担心自己，他更担心他的人民、他的妻子……现在儿子也在这里，忧虑不减反增。离开这儿，回到他不久前才脱离的危险中去……更像是退缩、像是背叛。

可我对约书亚的父亲——亲爱的老约翰——发过誓，怎能拒绝他儿子的要求呢？而且他的话太他妈有道理了。

"进来。"王子说着，站在门边，放一个人走进房间。是史坦异神父，他戴着眼罩，粉红色的脸上带着一丝胆怯的微笑，又高又瘦，还随身带了点东西——一捆黑色的布。

"希望合身。"他说，"不过它们很少会合身，我也不知为什么，提醒一下而已。这是原主人多余的一套。"他的声音小了下去，接着似乎又想起还要说些什么，"艾格拉夫很亲切地借出这套衣服，他和你块头差不多，我觉得，虽然没那么高。"

"艾格拉夫？"艾奎纳困惑地问，"谁是艾格拉夫？约书亚，这都什么乱七八糟的？"

"当然是艾格拉夫修士。"史坦异解释说。

"你的伪装，艾奎纳。"约书亚解释说。城堡文书官抖开包袱，露出一套羊毛织成的黑色教袍。"伯父，你是个虔诚的人。"王子说，"我敢说你会装得很像。"公爵敢发誓，约书亚正强忍笑意。

"什么？牧师的袍子？"艾奎纳明白这件事的大致走向了，但他一点都不高兴。

"要到纳班去，还有比这更好的办法吗？教廷在那里就像蜂后，身边围着一大群蜜蜂似的不同教派的牧师，数量快赶上当地市民了。"约书亚在微笑。

艾奎纳很生气："约书亚，之前我担心你不理智，现在我肯定你已经理智全失了！我头一次见到这么疯狂的计划！最不靠谱的是，谁见过留胡子的安东牧师？"他嗤之以鼻。

王子警告似的瞥了史坦异神父一眼，神父赶紧把袍子放在椅子上，退出门口。约书亚走到桌前，掀开布，露出……一盆热水，还有一把磨利的闪亮剃刀。

楼下厨房里，所有的瓶瓶罐罐都随艾奎纳的怒吼声震动起来。

❀

"说吧，凡人。你们来到我们的山上，是打算刺探消息吗？"

吉吕岐王子话一出口，便只剩下冰冷的沉默。西蒙用眼角余光瞟到，黑斯坦正向后探出手，在墙上摸索能当武器的东西。施拉迪格和格力姆克盯着围住他们的希瑟，警惕着随时可能到来的袭击。

"不，吉吕岐王子。"宾拿比克赶忙回答，"你肯定也看出来了，我们完全没料到会在这里碰上你们。我们从奈格利蒙来，约书亚王子派我们来完成一个非常重要的任务。我们在找……"矮怪犹豫一下，似乎担心说得太多。最后，他耸耸肩，继续说下去。

"我们要到龙山上，找凯马瑞－萨－梵尼塔的荆棘剑。"

吉吕岐眯起眼睛。身后穿绿衣、刚刚被他称为舅舅的希瑟轻轻倒抽了一口冷气。

"你们要那东西干什么？"堪冬甲奥问。

宾拿比克没有回答，只是不快地盯着山洞地板。随着时间流逝，空气似乎变得凝重起来。

"为了从风暴之王伊奈那岐手里拯救我们大家！"西蒙脱口而出。全体希瑟除了眨眼，全都一动不动。没人开口。

"说具体点儿。"最后吉吕岐说。

"如果一定要说的话，"宾拿比克答，"这是个漫长故事的一部分，原本的故事和你们的 Ua'kiza Tumet'ai nei－R'i'anis——土美汰陨落之歌差不多长。我们可以试着把能说的部分告诉你们。"

矮怪尽快把主要脉络讲了一遍。西蒙觉得他故意省略了不少东西，而且，在讲述过程中，宾拿比克还抬起眼睛，跟自己对视了一两次，似乎是在提醒他别出声。

宾拿比克将奈格利蒙正在积极备战、至高王的罪行、亚拿嘉的话、尼西斯之书等告诉了希瑟，还背诵了那段将他们导向雾沙穆的韵文。

故事讲完，矮怪面对着吉吕岐冷漠的眼神，还有他舅舅怀疑的表情。瀑布的声音回荡在一片寂静中，太静了，渐渐地，整个世界被唯一的水流声淹没。这是个多么疯狂而梦幻的地方，而他们自己，又突然身处多么难以置信的故事里！西蒙觉得自己心跳加速，那不单是因为恐惧。

"很难令人信服啊，我的外甥。"堪冬甲奥最后说。他伸出戴着戒指的手，打了个看不懂的手势。

"是很难，舅舅，但我觉得现在还不是讨论的时候。"

"但那男孩说的另一个……"堪冬甲奥另起一个话题，黄眼睛透露着不安，声音则带着愤怒，"奈琦迦下黑色的那个……"

"不是现在。"希瑟王子的声音有些尖利。他转向五个外来者，"请原谅。在你们还没用餐之前，不适合讨论这些事情。你们是我们的客人。"西蒙听到这些话，不由松了口气，膝盖突然有些酸软无力，身子也摇晃起来。

吉吕岐注意到这一点，招手示意他们到火边去。"坐下吧，务必原谅我们的多疑。即使我欠你一条命，塞奥蒙——你是我的 Hikka Sta'ja，但请理解，你们这些种族几乎没对我们做出什么善行。"

"吉吕岐王子，我必须表示，无法赞同您部分的话。"宾拿比克坐在火堆旁一块石头上回应说，"在所有希瑟当中，您的家族更应该知道，我们坎努克人从未对你们造成任何伤害。"

吉吕岐低头看着小个子，紧张的神色放松下来，几乎表现出好感。"宾宾尼格伽本尼克，让你看到我无礼的一面了。除了我们曾很了解的西方人类以外，我们和坎努克人的关系一度确实很好。"

宾拿比克抬起头，圆脸上露出惊讶的表情。"你怎么知道我的全名？我从没提过，我的伙伴也没说。"

吉吕岐笑了，咝咝笑声中带着奇异的欢乐，不像作伪。那一刻，西蒙突然有种还挺喜欢他的感觉。

"啊，矮怪。"王子说，"像你这样到过很多地方的人，应该不会对自己的名气感到惊讶吧。除了你师傅和你自己，还有多少坎努克人曾看过山南面的景致？"

"你认识我师傅？他已经去世了。"宾拿比克脱下手套，活动手指。西蒙和其他几人也打算找地方就座。

"他认识我们。"吉吕岐说，"不正是他教你说我们的语言吗？安乃，你提起过矮怪和你说话吧？"

"他确实说过，王子，基本无误。"

宾拿比克脸红了，高兴但又困窘："欧科库克是教了一些，但没告诉我他是从哪儿学的。我曾想过，也许是他的师傅教给他的。"

"坐吧，坐。"吉吕岐说着，朝黑斯坦、施拉迪格和格力姆克打个手势，让他们像西蒙和宾拿比克那样坐下。他们活像害怕被责打的狗，在火堆旁乖乖依言而行。几个希瑟走过来，捧着满是雕花的抛光木盘，盘中放满了各种食物：黄油和深棕色的面包、一块刺鼻的咸奶酪、西蒙从没见过的红黄色的小水果，另外还有几碗莓子，以及一团正缓缓滴蜜的蜂巢。当西蒙伸出手，抓了两片黏糊糊的蜂巢片时，吉吕岐又笑起来，轻轻的咝声像远处树上的松鸡。

"到处都是冬天。"他说，"但角天华庇护的蜜蜂并不知道这一点。尽管吃吧。"

抓住他们的人这下成了东道主，还拿出石制酒罐，斟满一行人面前的木酒杯。这种酒他们从没喝过，后劲着实很强。西蒙好奇开饭前是不是还要祈祷一番，但希瑟已经吃了起来。黑斯坦、施拉迪格和格力姆克可怜兮兮地环视四周，想吃却又满心恐惧和怀疑。他们盯着宾拿比克咬下一大口涂满黄油的面包。过了一会儿，见他依然活着，还吃得十分愉快，这才放下心来大嚼大咽，快活得像刚获得缓刑的囚犯。

蜂蜜自西蒙下巴滴落，他暂停吃喝，看着希瑟。只见这些美丽的生物动作很慢，有时，他们会拿粒莓子，盯着看一会儿，然后才放进嘴里。餐桌上几乎没人讲话，但如果有人操着流淌一般的语言说句什么，或用颤音简短地唱句什么歌，其他希瑟都会聆听。大多数时候没有回应，但如果有人作答，其他人也会聆听。他们常常发出轻笑，但没有喊叫，没有争执，且不管谁在说话，西蒙都没发现有人插嘴。

安乃坐在西蒙和宾拿比克旁边。一名希瑟表情郑重地说了几句，引得其他人笑了起来。西蒙请安乃解释一下这个笑话。

穿白外套的希瑟似乎有些不安："津志波说，你的朋友们吃起东西来，像食物会跑掉似的。"他指指正双手并用，把食物塞进嘴里的黑斯坦。

西蒙不很肯定安乃的意思——他们之前应该见过饥饿的人吧？但他还是跟着露出微笑。

用餐继续进行，酒仿佛是从取之不尽的河流里舀出来似的，他们的木杯不停地被斟满，渐渐地，瑞摩加人和两个爱克兰人不再拘束。施拉迪格站起来，摇晃的手里举着杯子，向他的新希瑟朋友祝酒。吉吕岐微笑点头，堪冬甲奥却板着脸。当施拉迪格摇摇晃晃地唱起一首古老的北方饮酒歌时，王子的舅舅干脆溜到宽敞山洞的角落，盯着灯光照耀下的潺潺池水。

　　桌旁其他希瑟都笑着听施拉迪格用公鸭嗓唱歌，随他醉醺醺的节奏摇摆，偶尔互相轻声交谈一句。这会儿，施拉迪格、黑斯坦和格力姆克的心情非常愉快，宾拿比克也一边吸着梨子汁，一边咧嘴笑着。西蒙依然记得刚才听过希瑟奏出的迷人音乐，反倒为他的伙伴感到一丝羞愧，觉得瑞摩加人就像节日主干道上的熊，跳着舞乞求人们给些残羹剩饭。

　　又看了一会儿，他在衣服上擦净手，站了起来。宾拿比克也起身，得到吉吕岐的允许之后，到秘密通道口去照顾坎试咯了。三个士兵继续大声笑闹。西蒙不用听就知道，都是些兵营玩笑。他走到一面墙边，观察壁龛中奇怪的灯，突然想起莫吉纳曾给他的发光水晶——那也是希瑟的东西吗？他心里泛起一阵冰冷的孤独，伸手拿起其中一盏，模模糊糊地看到里面有一片骨头，外围则仿佛浑浊泥水形成的血肉。他盯着它，不明白这半透明晶体是怎么发光的。

　　感觉有人正看着自己，他转过身。是吉吕岐，那对闪亮的猫眼正从火盆旁的人群当中远远看过来。西蒙很惊讶，王子则冲他点点头。

　　黑斯坦已经醉糊涂了，竟被怂恿着和一个希瑟扳手腕。刚才安乃说的，那个叫津志波的希瑟接受喝醉的格力姆克的挑衅。他的发辫是黄色，身穿黑灰色的衣服。显然，瘦棱棱的卫兵觉得，自己为伙伴选的对手不难打发，希瑟比黑斯坦足足矮了一头，体重似乎只有他的一半。希瑟带着困惑的表情，朝光滑的石面弯下腰，握住黑斯坦宽大的手。这时，吉吕岐站起来，迈着优雅的步子，越过他们，穿过房间，朝西蒙走去。

　　眼前这个希瑟自信又聪明，西蒙觉得，难以把他和当初在樵夫绳上那个疯狂的生物联系在一起。不过，当吉吕岐的头转到某个角度，或伸展细长的手指时，还能看出一丝令人害怕又着迷的野性。另外，火光照耀王子金色的眼瞳时，它们就像是森林沃土中古老的闪光宝石。

"来吧，塞奥蒙。"希瑟说，"我带你看点儿东西。"他用手轻轻拉住年轻人的臂膀，带着他朝水池走去。堪冬甲奥坐在池边，怔怔盯着自己伸进泉水中的手指。他们经过火盆旁，西蒙发现扳手腕比赛已经白热化。双方用尽全力，谁也没占上风。黑斯坦胡子拉碴的脸上，一副用力到咬牙切齿的模样。细瘦的希瑟则相反，从冷漠的表情上几乎看不出他有多用力，但灰衣下的手臂却因紧张的僵持而颤抖不止。西蒙觉得黑斯坦不太可能赢。一旁的施拉迪格下巴都快掉了，沮丧地看着比赛。

到了池边，吉吕岐对他舅舅轻声说了几句，但堪冬甲奥没有回答。那张看不出年龄的脸僵硬刻板，像道关上的门。于是西蒙跟着王子，沿着洞壁从他身边走过。没过多久，吉吕岐突然从他眼前消失了。

原来，他拐进了一条位于小瀑布和石渠后面的通道。西蒙赶紧跟进去，通道粗糙的石阶蜿蜒向上，旁边点了一排灯。

"请跟我来。"吉吕岐说着，开始攀登。

他们沿着一圈又一圈盘旋的通道走了好久，似乎攀到山体内部很高的位置。末了，两人越过最后那盏灯，继续小心地走了段几乎一片黑的路，眼前总算出现闪烁的星光。不多时，通道越来越宽，成了一个小山洞，出口朝夜空敞开。

他跟着吉吕岐走到洞口，边缘有一道半人高的石壁，下方则是陡峭的石崖，十肘尺下是高高的常青树树顶，再往下五十肘尺，则是覆盖白雪的地面。这是个晴朗的夜晚，在黑暗衬托之下，闪烁的星星十分明亮，周围全是森林，这里仿佛是个秘密基地。

他们站了一会儿，吉吕岐说："我欠你一条命，人子。别担心我会忘记。"

西蒙什么都没说，觉得自己像个偷偷摸进上帝夜晚花园的探子，一开口就会打破让他站在夜晚森林正中的魔法。一只猫头鹰叫起来。他们沉默很久，接着，希瑟轻轻碰碰西蒙的手臂，指着安静的树海上空。

"那儿，往北，鹿押萨之杖下……"他指着天鹅绒般的夜空，最下方有三颗星星，"你能看到山脉的轮廓吗？"

西蒙望着那个地方。朦胧的地平线上，好像能看到一道微弱的寒光，显示出一个巨大的白影，它是那么遥远，似乎连映照脚下树木和白雪的月光都无法抵达。"大概看到了。"他轻声说。

"那就是你们要去的地方。人类称之为雾沙穆的山峰就在那个位置，不过你要在更晴朗的夜里才能看清。"他叹口气，"你的朋友宾拿比克今晚提起了失落的土美汰，曾经在这里也能看到它，就坐落在正东面。"他指向一片黑暗，"不过那是我曾祖父时代的事了。杉亚支的天光……黎明浮光之塔……水晶和金子做成的屋顶能反射太阳升起的光。他们说，那就像一支美丽的火炬，在清晨的地平线上燃烧……"他突然住口，将目光转向西蒙，面容仍然被夜色遮盖。

"土美汰被掩埋很久了。"他耸耸肩说，"没有什么能永存，即使是希瑟……即使是时光本身。"

"你有……多少岁了？"

吉吕岐微笑起来，牙齿反射着月光。"比你老，塞奥蒙。我们回下面去吧。你今天看到了许多事，逃过了不少劫难，肯定需要好好睡一觉。"

他们回到点着火的山洞里，三个士兵已经裹着斗篷，鼾声大作。宾拿比克也回来了，坐着聆听几个希瑟唱一首缓慢而悲恸的歌，歌声仿佛蜂巢，嗡嗡回荡，又像条大河，流淌不绝。整个山洞弥漫着浓重的香味，像枯萎的奇异花香。

蜷缩在自己的斗篷里，看着火光在面前的石头上摇曳，西蒙在吉吕岐族人的奇怪音乐中，慢慢地睡着。

Memory, Sorrow and Thorn

至高王之手

❖

西蒙醒来时，发现洞里光线变了。火还在烧，白色灰烬中仍然有稀薄的黄光，但灯都灭了。阳光从天花板的裂隙渗透进来，将石屋映成了光与影的立柱大厅。晚上竟完全没发现头顶有道石缝。

他的三个士兵伙伴还昏睡不醒，身上缠着毯子，打着呼噜，四肢摊开，像死在疆场上的战士。山洞其余地方都空了，只有宾拿比克盘腿坐在火前，心不在焉地轻轻吹着手杖笛。

西蒙乏力地坐起："希瑟在哪里？"

宾拿比克没有转头，继续吹了几个音节。"早上好啊，朋友。"他总算说，"你昨晚睡得还满意吗？"

"大概吧。"西蒙嘟囔着，又躺回去，盯着洞壁旁闪闪发亮的微尘，"希瑟到哪儿去了？"

"像往常一样出去打猎了。来学点东西，提高一下吧。我需要你的协助。"

西蒙呻吟着，拖着身子，坐了起来。

"猎巨人吗？"过了一会儿，他嘴里塞满水果，才想起来问。旁边黑斯坦鼾声震天，宾拿比克只好厌恶地放下笛子。

"猎捕任何威胁到他们边境安全的东西，我觉得。"矮怪盯着石地板上的什么东西，"Kikkasut！真是没道理。我不喜欢这结果，很不喜欢。"

"什么没道理？"西蒙懒洋洋地扫视一番石厅，"这里是希瑟的家吗?"

宾拿比克皱着眉头看看他:"你身体恢复得差不多了嘛,又开始问各种问题,算是好事吧。不,这里不是希瑟的家或类似的地方。我想,吉吕岐叫它'猎舍',也就是说,他们的猎人在野外晃荡的那段时间,可以到这里来歇脚。你的另一个问题嘛,没道理是说这些骨头——或者说,它们表达了太多的意义。"

宾拿比克膝前放着一堆骨节。西蒙看看它们:"那是什么意思?"

"我会告诉你的。不过,你最好趁现在把脸上的泥、血和莓子汁洗掉。"矮怪脸上闪过一丝苦笑,指着角落里的水池,"那儿挺适合洗濯的。"

他等着,看西蒙将脑袋没入刺骨的冷水。

"啊啊啊!"年轻人发着抖说,"真冷!"

"你也许看到了。"宾拿比克不理会西蒙的抱怨,开始说,"今早我在掷骨头。它们显示的是:暗道,开封镖,还有黑隙。让我觉得相当迷惑和担忧。"

"为什么?"西蒙又往脸上泼点水,用上衣袖子擦干,虽然袖子本身也不怎么干净。

"因为在离开奈格利蒙之前,我也掷过骨头。"宾拿比克生气地说,"这次的结果和上次一样!完全一样!"

"为什么是坏事呢?"池子边有个亮晶晶的东西吸引了他的目光。他小心地捡起,发现是片嵌在雕刻精美的木框里的圆玻璃,黑乎乎的玻璃边缘还刻着陌生的文字。

"同样的事一再发生,往往都很糟糕。"宾拿比克回答,"如果是骨头的话就更糟了。对我来说,骨头是通往智慧的路标,你懂吧?"

"嗯、嗯。"西蒙用前襟擦干净镜面。

"这么说吧,要是你翻开你的安东之书,发现每页都变成一个章节——同一个章节,反复重复,什么感觉?"

"你是说，我之前看过的圣书，变得和原来不一样了？我觉得应该是魔法吧。"

"很好。"宾拿比克的语气缓和下来，"你明白问题所在了吧？骨头可以掷出好几百种不同的图案。六次都是同一个结果——我只能觉得大事不妙。虽说也学会了不少，但我还是不喜欢'魔法'这个词，然而，确实有某种力量影响了这些骨头，就像大风会把所有旗帜吹往同一个方向……西蒙，你在听吗？"

西蒙目不转睛地盯着镜子，惊讶地发现里面有张陌生的脸在看着自己。高颧骨、瘦脸庞、蓝眼睛，下巴、脸颊和上唇长着金红色的胡须。接着，西蒙更加吃惊地意识到——当然了！——他看到了自己。他因为艰辛的旅途变瘦了，沧桑了，第一次长出成年男人的胡子，下巴看起来更暗沉了。他突然好奇起来，别人眼中的自己就是这样？这张脸还是不太像成年男子，没有那种饱经风霜又坚定不移的模样，不过他想，总该比过去好点儿，没那么像蠢驴了。但是，这个瞪着自己的满头乱发的长下巴年轻人，还是有些令人失望。

这就是我在米蕊茉眼中的样子？像个农夫的儿子—— 一个农家男孩？

刚想到公主，突然，他竟在镜子里看到她的脸一闪而过，就像从自己的面孔中变化生成出来似的。不明就里的一瞬间，他们的脸交融在一起，仿佛同一个身体里两个忧愁的灵魂。接着，他只能看到米蕊茉的脸——更准确地说，是麦拉齐的脸。她的头发又短又黑，穿着男孩的衣服，后面悬着一片遥远的苍白天空，还点缀着几朵黑沉沉的乌云。她后头还有一个人，穿灰衣的圆脸男人。西蒙敢说自己曾见过他——是谁呢？

"西蒙！"正当那个名字呼之欲出时，宾拿比克的声音像冷冷的池水般拍了过来。这一惊，所有景象都消失了，不管他再怎么仔细用力地往里看，也只能看到自己的脸。

"你生病了?"矮怪看到西蒙一脸茫然若失的模样,不由担心起来。

"没……我觉得没有……"

"那么,你要是洗好,就过来帮我一把。我们等会儿再谈骨卜的事,等你注意力收回来以后。"宾拿比克站起来,把骨节丢回皮袋。

宾拿比克提醒西蒙绷紧脚趾、手贴着头,便率先下了冰道。西蒙跟在后面,飞快地滑下,仿佛做了个从高空跌落的噩梦,接着,重重落在通道底下的柔软积雪里。明亮冰冷的日光照在眼睛上,他满足地坐了一会儿,享受心跳加速的感觉。

片刻后,背后有个东西突然把他撞倒,沉重的肌肉和皮毛差点把西蒙压得背过气去。

"坎忒喀!"他听到宾拿比克大笑着叫道,"如果那样算欢迎朋友,那我很庆幸自己不是敌人!"

西蒙推开大狼,刚喘口气,粗糙的舌头又凑过来,在他脸上一阵乱舔。最后,在宾拿比克帮助下,他才得以脱身。坎忒喀兴奋地跳着,咕噜着,绕着年轻人和矮怪转了一圈,才又跳入被雪覆盖的树林。

"现在,"宾拿比克说着,把雪从黑发上拨下,"我们必须找到我们的马,不知希瑟之前把它们弄哪儿去了。"

"不太远,坎努克人。"

西蒙吓得跳起,转身看到一排希瑟整齐而安静地从林中走出,吉吕岐穿绿衣的舅舅打头。"你们为什么要找它们?"

宾拿比克微笑:"当然不是要逃走,尊敬的堪冬甲奥。你们的殷勤让我们受宠若惊,不忍离去。我只想确认一下我们的东西还在。我在奈格利蒙好不容易才弄到的,上路后要用。"

堪冬甲奥面无表情地俯视矮怪,过了一会儿,才示意两个希瑟带路。"矢介第、津志波——带他们去。"

两个黄发希瑟沿着山坡，背向通道口走了几步，停下等西蒙和矮怪跟上。西蒙转头，发现堪冬甲奥还在看他们。他分辨不出那对明亮细长的眼里究竟是什么神情。

他们发现马就在几弗隆外的一个小山洞里。洞口被两棵落满雪的松树遮住，洞里干燥又温暖，六匹马儿满足地嚼着散发甜香味道的干草。

"这些都是从哪儿来的?"西蒙惊讶地问。

"我们经常会带自己的马来。"津志波用西领语谨慎地答道，"看到我们把它们关在马厩里，有那么吃惊吗?"

宾拿比克在一个行囊里找东西时，西蒙探察了一番山洞。洞壁高处的石缝里有光透进，还有个装满干净水的石槽。洞底有一堆头盔、斧子和剑。西蒙认出其中一把，是自己亲手从奈格利蒙的武器库中拿出来的。

"宾拿比克，那些是我们的!"他说，"它们怎么到这儿来的?"

津志波像个孩子，慢慢地解释说:"我们从你和你的伙伴们身上收走，再放到这里。它们在这地方，安全又干燥。"

西蒙怀疑地看着他:"我以为你们不能碰铁——对你们来说，铁是有毒的!"他突然住口，怕自己说出了什么禁语，但津志波只是和沉默的伙伴交换了一个眼神，便大方地回答道。

"这么说，你听说过黑铁之日的传说了?"他说，"是的，以前是这样，但我们从那些日子幸存下来，学会了很多东西。我们知道哪些水可以喝，又该从哪些溪流取水，因此可以在短时间内触摸凡人的铁器，不为所伤。否则，我们怎么会允许你们保留身上的链甲呢? 当然了，我们不喜欢铁，也不会用它……不必要时碰都不碰。"他看看宾拿比克，矮怪还是专心地在包裹里找来找去，"你们可以随便找。"希瑟说，"但会发现什么都没少——起码，遇到我们之后，任何东西都没少。"

宾拿比克抬起眼睛。"这个自然。"他说，"我只是担心，在昨天的打斗中，会不会有东西掉了。"

"当然。"津志波回答。他和安静的矢介第往掩盖洞口的树枝走去。

"啊!"宾拿比克说着，总算拎出一个叮当作响的袋子，像个塞满金皇帝①的钱包，"这下不用担心了。"他又将袋子丢回行囊中。

"那是什么?"西蒙问，同时还被心里另一个问题搅得不能安生。

宾拿比克顽皮地笑了："另外的坎努克把戏，你很快就会发现其中一个多有用了。走吧，我们该回去了。要是其他人醒了，宿醉又孤单，可能会被吓得做出愚蠢的举动。"

回去的短短的路上，坎忒喀找了过来，口鼻沾满某只不幸动物的鲜血。她在他们身边绕了几圈，突然停下，颈毛倒竖，嗅着气味，接着低下头，又嗅了嗅，往前跑去。

吉吕岐和安乃加入了堪冬甲奥的队伍。王子没穿白袍，换了件棕蓝相间的上衣，手里拿把没上弦的长弓，还带着装满棕色羽箭的箭囊。

坎忒喀绕着希瑟打转，低吼，嗅着，背后的尾巴竖了起来，像跟老相识打招呼。她朝那些愉快又俊美的生灵冲过去，又闪回来，喉咙里咕噜作响，然后摇晃脑袋，动作快得像要弄断兔脖子似的。当宾拿比克和西蒙加入那个群体后，她才靠近些，用黑鼻子碰碰宾拿比克的手，又扭头跑开，继续紧张地打转。

"发现你们的东西都被妥善保管了吧?"吉吕岐问道。

宾拿比克点点头："是的，确实如此。感谢你们代为照顾我们的马。"

---

① 奥斯坦·亚德的金币上有皇帝头像，故名金皇帝。

吉吕岐随意地晃晃细长的手。"现在有什么打算?"他问。

"我想嘛,我们应该尽快上路。"矮怪把手遮在眼睛上,看着灰蓝色的天空,回答说。

"用不着立刻就走吧。"吉吕岐说,"今天下午再休息会儿,再同我们吃顿饭。还有很多东西要谈,你们可以在明天破晓前出发。"

"您……和您舅舅……展示了极大的善意,吉吕岐王子,真是荣幸受邀。"宾拿比克鞠了个躬。

"我们不是友善的种族,宾宾尼格伽本尼克,不像原来那样了,但我们很有礼貌。走吧。"

午餐很丰盛,包括面包、甜牛奶,还有原料是坚果和雪花,古怪但味道很好的浓汤。整个漫长的下午,在希瑟和人类平静地交谈、歌唱和午睡中度过。

西蒙小睡一会儿,梦到米蕊茉站在大海上,脚下的海面仿佛凹凸不平的绿色大理石。她还招呼他过去。在梦里,他看到地平线上黑云涌动,大叫起来,想引起她的注意,但声音被风盖住,公主并没听到,依然微笑着挥手。他知道自己不能站在波涛上,只好朝她游去,却发觉冰冷的水流将他往海底拉去……

当他挣扎着摆脱梦境,终于醒来时,天色已近黄昏。光柱暗淡下来,像醉酒似的摇摆不定。几个希瑟正把水晶灯放进壁龛,但就算看完了整个过程,西蒙也没弄明白它们是怎么点亮的:只是简单地放进去,慢慢地,就自动发出温和鲜艳的光。

西蒙走到围在火旁石圈的伙伴中间,这里只有他们。希瑟虽然照顾周到,甚至可算友好,但还是愿意和族人待在一起。他们一群群分别坐在山洞各处。

"孩子。"黑斯坦拍着他的肩膀,"我们担心你要睡上一整天呢。"

"要是我跟他一样吃那么多面包,也会继续睡的。"施拉迪格说着，拿块小木片清理起指甲。

"所有人都同意明天一早离开。"宾拿比克说，格力姆克和黑斯坦在旁边点点头，"我们无法保证这样的好天气能持续多久，而且还有很长的路要走。"

"好天气?"西蒙皱起眉头看着自己僵硬的双腿，坐了下来，"外头正在下大雪。"

宾拿比克从喉咙深处发出咯咯的笑声。"嗬，西蒙吾友，你该跟常年住在雪国里的人谈谈什么叫冷。现在的天气，对我们坎努克人来说就像春天，能脱光了在岷塔霍的雪地里玩耍。等我们上山，很遗憾，那时你就会见识到真正的寒冷。"

他看起来一点儿都不遗憾，西蒙想。"那我们什么时候出发?"

"东方出现第一道曙光后。"施拉迪格说，"越早，"他特意补了一句，环视着山洞里不寻常的东道主，"越好。"

宾拿比克看了他一眼，又将目光转回西蒙身上。"所以今晚我们要把东西整理好。"

吉吕岐像从空气中突然出现似的，来到火堆旁的人群中间。"啊。"他说，"我正希望和你们谈谈这些事呢。"

"我们离开这儿会有什么问题吗?"宾拿比克问，愉快的语气没能完全掩盖他的焦急。黑斯坦和格力姆克一脸担忧，施拉迪格甚至带着些许愤怒。

"没有问题。"希瑟回答，"不过有些东西我希望你能带上。"他动作流畅地将细长的手指伸进袍子，拿出西蒙的白翎箭。

"这是你的，塞奥蒙。"他说。

"什么? 可……可它属于你啊，吉吕岐王子。"

片刻间，希瑟抬起头，仿佛在聆听遥远的呼唤，又垂下双眼看着他。"不，塞奥蒙，直到我将它赢回来之前，它不属于我——一命换一命。"他用双手捧着它，就像捧着一段绳子，让洞顶洒下的暮色照亮箭身复杂精致的雕纹。

"我知道你不会读这些文字。"吉吕岐慢慢地说，"让我告诉你吧。这是造物之语，由制箭者未冬弥右亲自刻上去。那是很久很久以前的事了，比我们分裂成三个部族的时间还要早。它是我们种族重要的一部分，是我们的骨中骨，肉中肉——也就是我自己的一部分。我并不会随随便便地把它交给别人，甚至没几个凡人碰过 Sta'ja Ame。因此，在偿还完它所代表的债务之前，我不能就这样收回。"说着，他把它递给西蒙。西蒙的手指一碰到平滑的箭身，便不由颤抖起来。

"我……我不明白……"他结结巴巴地开口，仿佛自己才是欠下债务的人。他耸耸肩，不知该怎么说下去。

"那么，"吉吕岐转向宾拿比克和其他人，"按你们人类的说法，我的命运已经神奇地和这个人类孩子绑在了一起。告诉你们吧，我还准备了别的礼物，以协助完成这次特殊甚至徒劳的任务。我这么说，应该不会太突兀吧？"

过了一会儿，宾拿比克问："王子，你准备了什么？"

吉吕岐露出像猫一样自负的微笑。"我自己。"他回答，"我会跟你们一起去。"

❀

年轻的矛兵站了很久，不确定该不该打断王子的思绪。约书亚就在他面前，眼睛眺望远方，手紧紧抓着奈格利蒙西墙城堞，指节泛白。

终于，王子意识到身边有人。他转过身，脸色如此惨白，让士兵不由自主后退半步。

"殿下……"他几乎不敢直视约书亚的双眼。士兵觉得，王子的目光就像以前见过的狐狸。它被群狗扑倒、撕碎，临死前露出的正是这种眼神。

"叫戴奥诺斯来。"王子勉强挤出一丝笑容，但在年轻的士兵看来，那笑容却是众多奇怪情况中最可怕的一种，"把老亚拿嘉也叫来——那个瑞摩加人。你知道他是谁吗？"

"应该知道，殿下。和独眼神父在书房里那位。"

"很好。"约书亚抬起头，看着天上杂乱的墨色云朵，仿佛它们是本预言之书。矛兵犹豫一下，不确定该不该马上走。最后，他转过身，准备悄悄离开。

"喂，你。"王子叫住了刚抬脚的士兵。

"殿下？"

"你叫什么名字？"他也许是在问天空吧。

"欧斯泰，陛下……欧斯泰·芬福慕之子。大人……从朗彻斯特来。"

王子瞟他一眼，目光又移回越来越暗的天边，仿佛那是一幅令人着迷的画。"我的好部下，你最近一次回朗彻斯特是什么时候？"

"上次艾莱西亚祭，约书亚王子，不过我都有寄一半俸禄回去，大人。"

王子把高领子拉紧些，点点头，好像听到了很有道理的话。"很好……欧斯泰·芬福慕之子。把戴奥诺斯和亚拿嘉叫来，现在去吧。"

早前，年轻的矛兵就听说王子半疯了。他沉重的靴子踩着楼梯，发出响亮的脚步声，心里想起约书亚的脸，不由战栗起来。自己家的安东之书上画了不少殉道者，他们的眼睛都是那么明亮、出神——不光是那些唱圣歌的殉道者，还包括被锁链拉向处决树的乌瑟斯本人，脸上都带着那种疲惫的忧伤。

"确定要派斥候去侦察吗，陛下？"今天，戴奥诺斯总觉得王子有种不可理喻的蛮横，只好小心翼翼地问，生怕冒犯到他。

"上帝之树啊，戴奥诺斯，当然要派！你认识他们两个——都很可靠。至高王今天已到绿渭河滩，离我们不到十里格。明早之前就会赶到城墙边了，还带着强大的部队。"

"就是说，李奥巴迪慢了。"戴奥诺斯眯起眼睛，目光避开埃利加军队无情压来的南边，往西面望去，翠鸟军团便在那片晨雾后，正努力穿过茵尼斯葵和霜冻边境，朝这里赶来。

"除非奇迹发生。"王子说，"戴奥诺斯，去告诉俄加木，让所有人都准备起来。我希望每把矛都磨亮，每把弓都上好弦，另外，城门楼里连一滴酒都不能有……门卫手里也不行。明白吗？"

"当然，殿下。"戴奥诺斯点着头，感到自己呼吸加速，胃里因不祥的预感而痛苦地颤动着。慈悲的上帝啊，他们会让至高王尝尝奈格利蒙的厉害——一定会的！

这时，一个声音清清嗓子，提醒他们有人来了。是亚拿嘉，他正拾级而上，朝宽阔的通道走来，步子轻松得像只有他一半岁数的年轻人。他穿着史坦异松垮垮的黑袍，长长的胡须扎在腰带里。

"我应您召唤而来，约书亚王子。"他说，僵硬地行了个礼。

"谢谢，亚拿嘉。"约书亚回答，"戴奥诺斯，去忙吧，晚餐时再跟你谈。"

"是，殿下。"戴奥诺斯鞠个躬，手拿头盔，两步并作一步，离开了。

约书亚等了一会才开口。

"看那儿，老人，看啊。"他终于说，手臂在奈格利蒙乱糟糟的小镇、草地和农田上挥舞，绿色和黄色被阴森森的天空染上一层黑影，"那些鼠辈要来啃噬我们的城墙。即使不是永远，我们也会有很长时间看不到这平静的景象了。"

"整个城堡都在谈论埃利加大军逼近的事，约书亚。"

"本该如此。"刚才，王子好像一直沉醉在眼前的风景中，这会儿才转过身，靠着护墙，急切的目光盯着老人明亮的双眼，"你看到艾奎纳离开了？"

"是的。他很不喜欢秘密行动，但不得不在黎明前出发。"

"唉，还能怎样呢？我们告诉大家，他要去珀都因执行任务，但要有人看到他穿牧师袍子出发就不太可信了——更别提他像少年时那样，一点胡子都没有。"王子挤出一丝僵硬的笑容，"亚拿嘉，只有上帝才知道，虽然我和他说笑，逗他玩，但其实，硬要那个老好人离开家人，出去挽回我犯下的错误，真是心如刀绞啊。"

"约书亚，您是这里的领主，有时，成为领主意味着得到的自由比最下等的仆人还少。"

王子将右臂塞进斗篷："他带了克瓦尼尔吗？"

亚拿嘉咧嘴笑了："藏在外衣下。愿你们的上帝保佑敢打劫老修士的人。"

王子疲倦的笑容放松片刻。"要是艾奎纳在气头上，即使上帝亲临都帮不了他们。"但没能持续多久，"亚拿嘉，陪我在城垛上走一走。我需要你锐利的眼睛和睿智的话语。"

"约书亚，我确实比大多数人看得远——我父亲和母亲教会我的。所以在瑞摩加语里，我名字的意思是'铁眼'。他们教导我看穿诡谲的面纱，就像黑铁切开魔法。但如今，我并不如其他人高明，没有与这名字相称的智慧。"

王子做了个表示不屑的手势。"我想，你已经帮我们看到了太多本来看不到的东西。告诉我，这个卷轴联盟，是他们派你去棠戈寨监视风暴之矛的？"

老人走到约书亚身边，袖子如旗帜般飞扬。"不，王子，这不是联盟的行事方式。我的父亲，他也是卷轴持有者。"他从衣服中掏出挂在脖子上的金链，给约书亚看一颗雕成羽毛笔和卷轴模样的链坠，"他抚养我长大，接替他的位置，我也努力达成他的要求。联盟不会强迫人，它只要求我们做能做的事。"

约书亚静静地走着，想着。"要是领地也这样治理，"他最后说，

"要是人们只做他们该做的事。"他转过深思中的灰色双眼，盯着老瑞摩加人，"不过多数事情没那么简单——对错也常常没那么明显。你们的联盟肯定有高阶祭司，或者头领？是莫吉纳吗？"

亚拿嘉弯起嘴唇。"确实，很多时候要是有个领导，有只强壮的手来引导的话，会对我们更有帮助。目前，很不幸，我们对事态并没什么准备，也显示出这一点。"亚拿嘉摇摇头，"在紧急状况下，如果莫吉纳医师要求，我们会同意把领导权交给他——他当真是个有大智慧的人。约书亚，希望你认识他的同时也能认识到这一点。可他不会这么做。他只想研究和阅读，还有提问。当然，我们还是要感谢他带来的力量。他预见到了，现在，这也是我们唯一的护盾。"

约书亚停下脚步，将手肘靠在矮护墙上。"这么说，你们的联盟从来没有首领？"

"从鄂斯坦·费科恩将之组建起时就没有——你们叫他圣鄂斯坦……"他停了一下，回忆着，"在我的时代，差点有一个。他是个年轻的赫尼斯第人，也是莫吉纳发现的。那人几乎和莫吉纳一样有本事，但没那么谨慎，因此学了些莫吉纳不会碰的东西。他有野心，辩称我们该为美好的目的，让自身更加强大。约书亚，也许有朝一日，他会成为你说的那种首领——一个拥有大智慧和力量的人……"

老人没有继续说下去，约书亚转头看他，只见亚拿嘉的双眼怔怔地望着西面的地平线。"发生了什么？"王子问，"他死了吗？"

"没有。"亚拿嘉慢慢地回答，目光依旧落在起伏的平原外，"没有，我觉得没有。他……变了。有什么东西吓坏了，或者伤害了他，或者……或者其他什么。很久之前他就离开了。"

"所以你们也会犯错。"约书亚说着，继续往前走。老人没有跟上去。

"哦，当然。"他说着，像遮住阳光那样，抬起手盖在眼前，盯着模糊的远方，"派拉兹也曾是我们的一员。"

王子还没来得及回答，谈话就被打断。

"约书亚！"有人在庭院里叫他。王子嘴边的线条一下子收紧。

"渥莎娃夫人。"他说，转头看着下方。她生气地站在那儿，身穿闪亮的红裙，发丝在风中打旋，像一片黑烟。淘儿不安地缩在她身旁。"你找我干什么？"王子质问，"你应该待在城堡里。我命令你待在城堡里。"

"我一直在那儿。"她回嘴说，拉起裙摆，朝楼梯迈开腿，一边走一边说，"而且很快就会回去，你用不着担心。但首先，我必须再看一次太阳——或者你想把我关进黑牢房？"

虽然恼怒不已，但约书亚还是控制住自己，面不改色。"天可怜见，城堡里有窗啊，夫人。"他皱着眉头看向淘儿，"淘儿，你能让她别靠近城墙吗？很快就要开始围城战了。"小个子耸耸肩，一瘸一拐地跟在渥莎娃后面，走上楼梯。

"让我看看你那可怕哥哥的军队。"她说着，气喘吁吁地走到王子身边。

"如果他的军队在这儿，你就上不来了。"约书亚暴躁地说，"这里什么都看不到。现在，请你下去。"

"约书亚！"亚拿嘉还在仔细观察乌云密布的西面，"我想我能看到些东西。"

"什么?!"眨眼间，王子已经闪到老瑞摩加人身边，身体笨拙地斜靠在护墙上，紧张地想弄清楚他到底看到了什么，"是埃利加吗？这么快？我什么都没看到啊！"他沮丧地用手掌拍打墙面。

"从那么靠西的地方来，我怀疑不是至高王。"亚拿嘉说，"你看不见没什么好奇怪的。就像刚才说的，我受过训练，能看到别人看不到的东西。不过，他们确实在那儿，有不少人马正朝我们这边来——太远了，看不出数目。在那儿。"他指向那边。

"赞美乌瑟斯！"约书亚兴奋地说，"你说得对！应该是李奥巴

迪!"他站直了,虽然脸上仍被忧虑笼罩,但身体突然充满了活力,
"太微妙了。"他说着,一半是在自言自语,"纳班人不能靠得太近,
要是被埃利加和奈格利蒙城墙夹在中间,他们就完全起不到作用。我
们还得放他们进来,只会平添许多要喂饱的嘴。"他大步走向楼梯,
"要是驻扎得太远,当埃利加转身攻击他们时,我们也无法提供支援。
我们必须赶快派出快马!"他轻轻一跃跳下阶梯,大声唤着戴奥诺斯
和奈格利蒙卫队长俄加木。

"哦,淘儿。"渥莎娃说,脸颊因风和突然的变数而泛红,"我们
终于得救了!一切都会好起来的。"

"跟我在一起就无妨,夫人。"小丑回答,"我和我的主人约翰一
起,早就经历过这类事情了,你知道的……我也不害怕再来一遭。"

这会儿,下方的城堡院落里,士兵们叫嚷起来。约书亚站在墙沿,
手握细剑,发出指示。矛尖拍打盾牌,角落里的头盔和剑被匆忙拿起,
到处都是金属敲击之声,甚至传到城墙外去,仿佛阵阵祈祷声。

❋

阿庇提斯·普文斯伯爵简单地同班尼伽利说了几句,策马来到公
爵身边,在潮湿的高草丛间齐头并进。清晨的太阳就像灰色天际上一
点发亮的污渍。

"年轻的阿庇提斯!"李奥巴迪热情地说,"有什么新消息吗?"
如果他打算跟儿子相处得更融洽,就必须对班尼伽利的密友和善一些
——即使是阿庇提斯。他本来觉得这人是普文家族无足轻重的一员。

"斥候已经回来了,公爵大人。"伯爵是个英俊苗条的年轻人,
皮肤白皙,"我们离奈格利蒙的城墙不到五里格了,大人。"

"很好!运气好的话,中午一过我们就能抵达。"

"但埃利加在我们前头。"阿庇提斯看了一眼公爵的儿子,班尼
伽利摇着头,轻声咒骂。

"他已经组织围攻了吗?"李奥巴迪惊讶地问,"怎么可能?他教

会军队怎么飞了？"

"不，大人，不是埃利加。"阿庇提斯赶紧纠正自己的错误，"是一支野猪长矛旗下的大军——哥斯伍侯爵的乌坦邑旗帜。他们领先我们半里格，会把我们挡在城门前。"

公爵摇摇头，如释重负："哥斯伍有多少人？"

"大概一百骑兵，大人，但至高王也不会太远了。"

"好吧，用不着太担心。"李奥巴迪说。草地上有许多小溪，向东汇入绿渭河，他在其中一条溪流边勒马慢行。"让国王之手和他的军队去消耗力量吧。我们保持一段距离对约书亚更有利，便于骚扰围攻的部队，还能维持补给线畅通。"他策马涉水过溪，水花飞溅。班尼伽利和伯爵也跟了下去。

"可是，父亲，"班尼伽利赶到他旁边说，"想一想！我们的斥候说哥斯伍走在了国王军队前头，只带一百个骑士。"阿庇提斯·普文斯肯定地点着头，班尼伽利的黑眉毛却急切地皱成一团，"我们人数是他三倍，而且，如果派出最快的马，还能召集约书亚的军力，让哥斯伍腹背受敌，把他钉死在奈格利蒙城墙上。"他咧开嘴笑了，拍拍父亲穿着盔甲的肩膀，"埃利加国王对此会作何反应？——他要学着事前三思，不是吗？"

李奥巴迪静静地往前骑行一段时间，回头看看草地上绵延好几弗隆的军队的飘扬旗帜。这时，太阳从阴云中露出一角，被风吹动的草叶在阳光照耀下，变得鲜艳起来。让他想起自己宅邸东面的湖岸。

"叫号手。"他说，阿庇提斯转身大声下令。

"啊哈！我会派人到奈格利蒙去，父亲。"班尼伽利说，露出像松了一口气的笑容。公爵明白儿子有多么渴望荣耀，但同时，这也是纳班的荣耀。

"要挑最快的马，我儿。"他冲骑回大部队的班尼伽利呼喊，"我们的行军速度会比任何人想象的都快。"他提高声音，叫了起来，所有人都转头看他，"全军前进！为了纳班和教廷！我们的敌人要小心了！"

班尼伽利转身简单地表示，信使已经派了出去。于是李奥巴迪公爵下令吹起军号，一声，又是一声，大军开始疾行。马蹄声响，穿过茵尼斯葵，像在谷地草甸上滚动的快速鼓点。太阳升上早晨浑浊的天空，蓝色和金色旗帜猎猎飘扬。翠鸟正往奈格利蒙飞去。

❀

约书亚带领四十名已经上马的骑士穿过大门时，还在整备他那顶磨亮的朴素头盔。琴师桑弗戈走在旁边，举着什么东西，想递给他。王子勒马徐行。"喂，这是什么？"他不耐烦地问，目光扫视着模糊的地平线。

琴师上气不接下气："这是……您父亲的旗帜，约书亚王子。"他说，举起来，"从……海霍特带来的。除了奈格利蒙灰天鹅，您没有其他军旗——还有什么比这个更合适您呢？"

王子盯着腿旁半展的红白相间的旗子。火龙凶猛地瞪着眼睛，像有入侵者威胁到它身边的圣树。戴奥诺斯和艾索恩，还有其他几名骑士走在旁边，脸上挂着期待的微笑。

"不。"约书亚说着，将旗子递了回去，眼神冰冷，"我不是我父亲。我也不是国王。"

他转过身，把缰绳绕在右臂上，举起左手。"前进！"他叫道，"我们去和朋友、同盟会合！"

他领着队伍穿过小镇街道，下了坡。有人从城墙上抛下零星几朵祝福的花，花朵落在他们身后泥泞狼藉的路面上。

❀

"瑞摩加人，你看到了什么？"淘儿皱眉询问，"你干吗一直嘀嘀咕咕的？"

约书亚的小队只剩一片模糊的彩色影子，迅速消失在远处。

"有一队骑兵沿着南面的山过来了。"亚拿嘉说，"从这里看不算一支大军，不过他们离得有点儿远。"他闭上眼睛，试着回想，过一会儿又睁开，继续望向那边。

淘儿下意识地画了个圣树手势，老瑞摩加人明亮的眼睛闪烁着凶狠的光，真像一对蓝宝石做的灯！

"交叉的长矛上有个野猪头。"亚拿嘉嘶声说，"这是谁的族徽？"

"哥斯伍。"淘儿迷惑地说。老弄臣觉得，瑞摩加人也许在遥远的地平线上看到了幻影。"乌坦邑侯爵——国王之手。"城墙下，渥莎娃还在不舍地看着王子渐渐消失的队伍。

"他从南面来，走在埃利加大军的前头。看来李奥巴迪发现了他。纳班人转向南方丘陵，像要和他交战。"

"有多少……多少人？"淘儿问，更加糊涂了，"你怎么看到的？我什么都没发现，我的视力还没衰退……"

"一百名骑士，可能还不到。"亚拿嘉打断他的话，"这才更加令人不解：为什么他们人数那么少……？"

❀

"慈悲的上帝！公爵要干什么？"约书亚骂道。他踩着马镫，骑得更快了。"先转东，又全速冲向南山坡！他昏头了吗?!"

"殿下，看！"与此同时，戴奥诺斯叫起来，"看那儿，牛背山上！"

"慈悲的安东啊，那是国王的军队！李奥巴迪在干什么？他想独自袭击埃利加吗？"约书亚拍打马颈，策马急冲。

"看上去只是支小队，约书亚王子。"戴奥诺斯呼喊着，"也许是先遣部队。"

"为什么他不派人来？"王子悲愤地问，"看，纳班人想把他们朝奈格利蒙逼来，想把他们困在城墙边。以上帝之名，为什么他们不派信使到我这儿来?!"他叹着气，转向艾索恩。年轻人将他父亲的熊盔推到眉毛后，这样能看得更清楚，"到考验我们勇气的时候了，朋友。"

不可避免的战斗像张毯子，平静地落在约书亚身上。他眼神镇定，脸上表情似笑非笑。艾索恩对戴奥诺斯露齿一笑，卫兵正从鞍桥解下盾。年轻人的目光又回到王子身上。"让他们试试吧，殿下。"公爵之子说。

"上吧！"王子叫道，"乌坦邑的劫匪就在我们前头！上！"随着喊声，他踢着自己的花斑马，疾驰而去，草皮在马蹄下飞溅。

"为了奈格利蒙！"戴奥诺斯叫道，高举手中的剑，"为了奈格利蒙和王子！"

❀

"哥斯伍没后退！"亚拿嘉说，"虽然纳班人杀了过去，他还是坚持停在山坡。约书亚往他们那边过去了。"

"他们打起来了？"渥莎娃害怕地问，"王子怎么样？"

"他还没到战场——那儿！"亚拿嘉大步走下城墙，往西南方城垛走去，"哥斯伍的骑士首先向纳班人发起进攻！一片混乱！"他眯着眼，又揉了揉。

"什么?! 什么?!"淘儿将手指塞进嘴里，一边咬一边瞪着他，"别不理我，瑞摩加人！"

"这么远很难分辨到底发生了什么。"亚拿嘉无力地说。不管是身边这两人，还是城墙上其他所有人，都只能看到模糊的牛背山上一抹移动的阴影。"王子冲进战场，李奥巴迪和哥斯伍的骑士沿着山坡散开。现在……现在……"他的声音轻了下来，怔怔地注视着远方。

"啊！"淘儿厌恶地拍打皮包骨的大腿，"以圣缪法斯和天使长之名，这比任何我能想象的事更难受。这么久，我都能在……在书上读到结果了！你这该死的——快说啊！"

❀

戴奥诺斯觉得眼前一切都像是场梦——铠甲暗淡的反光、嘶吼、利刃砍上盾牌的闷响。王子的部队冲进战团，他看着纳班骑士的面孔慢慢浮现，其中也有爱克兰人，随着他们的接近，惊讶的旋涡扩散开去。一瞬间，时间仿佛停止，自己像困在浪尖上的闪亮泡沫。接着，随着震耳欲聋的吼声和金铁交击声，身边的人都在交战厮杀，约书亚的骑兵在单独对抗哥斯伍野猪长矛军的侧翼。

突然，有人骑马冲到他面前。在眼珠乱转、嘴巴大张的战马上方，骑士的脸被头盔遮住，长枪不由分说地刺来，但却被盾牌弹开，滑落。戴奥诺斯只觉肩膀受到重重一击，身子在马鞍上不住震动。刹那间，他看到那人的黑色外衣闪到眼前，下意识双手挥起剑刃，穿过盾牌，撞上骑士的胸口。那人翻身落马，摔在泥泞染血的草地上，戴奥诺斯自己的手也因连续碰撞而颤抖不已。

这一刻，他的肩膀隐隐抽痛，头脑却很清醒。戴奥诺斯向四周看去，想找到约书亚的旗帜，发现王子和艾奎纳之子艾索恩正背靠背，站在哥斯伍的骑士形成的旋涡中心。约书亚飞快地左劈右砍，南黛儿撕裂一名黑袍骑兵的面甲。那人伸手捂住覆盖铁甲的脸，鲜红的液体刹那间涌出。那人猛地一拽缰绳，倒出视线之外，坐骑被扯得人立而起。

戴奥诺斯又看到了李奥巴迪。纳班公爵骑在马上，停在战场最南边飘扬的翠鸟旗帜下。两名骑士在他身边慢慢走着，戴奥诺斯猜测，穿镂空雕饰铠甲的大个子应该是他儿子班尼伽利。该死的！李奥巴迪公爵上了年纪，但班尼伽利怎能在战场边溜达？！这可是在打仗！

又一个模糊的人影扑来，戴奥诺斯勒马往左边一闪，躲过劈来的战斧。骑手擦身而过，没有回头，后面又跟上一个。一时间，他的脑子一片空白，只和那个乌坦邑人一下接一下交错劈砍。战场上的铿锵响声似乎轻下来，成了一片模糊的钝响，就像水流落到地上。最后，他抓住那人防守的空隙，一剑刺向头盔，刺穿面甲扣。骑士侧摔下马，脚还卡在马镫里，悬在半空，像食品储藏室里被屠宰的猪。接着，发狂的马拖着那人跑开了。

离他只有一石的距离，哥斯伍侯爵披着黑斗篷，戴着黑头盔，手里巨大的刃剑左右开弓，轻松对付两个蓝衣纳班骑士，仿佛他们不过是小男孩。戴奥诺斯俯下身子，策马往那边跑去——还有什么比拿下乌坦邑的怪物更光荣呢？就在这时，旁边一匹马倒下，连带着将他的坐骑撞了出去。

停顿。他像做梦一般昏昏沉沉，任坐骑跑下山坡，落向战场外围。李奥巴迪蓝金相间的旗帜就在面前，公爵顺直的白发从头盔中垂下。他站在马镫上，大声对他的人下令，接着，拉下面甲，遮住发亮的眼睛，准备前进。

戴奥诺斯眼前，梦境成了梦魇。他看见貌似班尼伽利的人慢慢靠近公爵，慢得戴奥诺斯仿佛一伸手就能阻止他，然后，那人举起长剑，小心地，谨慎地，剑刃刺进公爵头盔下的缝隙。周围人潮涌动，都在激烈厮杀，似乎除了戴奥诺斯，没人看到这可怕的一幕。刺穿脖子的剑拔了出来，李奥巴迪背脊一弯，只见猩红血柱狂喷，他戴着护甲的双手颤抖着捂住脖子撑了一会儿，那模样就像因深深的悲恸而哽噎。片刻后，骑在鞍上的公爵，身子颓然前倾，靠在坐骑洁白的脖子上，鬃毛瞬间被鲜血染红。接着，整个人滚落马鞍，倒在地上。

班尼伽利俯视着他，就像看着一只从树上窝里掉下来的鸟，然后，他拿起号角凑到唇边。那一刻，在四面八方混乱的叫喊声中，戴奥诺斯似乎看到班尼伽利头盔间黑洞洞的眼睛一闪，好像公爵之子的目光穿过许许多多不停厮杀的人，对上自己的双眼。

号角声响，又长又刺耳，人们扭头朝他看去。

"Tambana Leobardis eis！"班尼伽利吼着，更可怕的是，他嘶哑的声音竟满溢悲伤。"公爵倒下了！我父亲被杀了！撤退！"

他又一次吹响号角。令人不敢置信，戴奥诺斯惊恐地看到，随着高处山坡传来另一声号角，突然，林间阴暗的隐蔽处，又出现一行骑兵。

❀

"北方之光啊！"亚拿嘉呻吟着，让沮丧的淘儿又歇斯底里地发作起来。

"告诉我们啊！打得怎么样了？"

"怕是输了。"瑞摩加人说，声音空洞地回荡着，"有人倒下了。"

"啊！"渥莎娃屏住呼吸，泪水在眼里打转，"约书亚？是约书亚吗？！"

"我不知道。可能是李奥巴迪。但现在，又一支军队从山林里下来了。红衣服，旗帜上是……鹰？"

"法尔郡。"淘儿叹息着，拉下挂着铃铛的帽子，丢到石头上，叮当作响，"圣母啊，那是范巴德侯爵！哦，乌瑟斯·安东啊，救救我们的王子吧！那些下贱的混蛋！"

"他们像铁锤一般直击约书亚。"亚拿嘉说，"我想纳班人被弄糊涂了。他们……他们……"

❀

"撤退！"班尼伽利大叫，他身边的阿庇提斯·普文斯则从李奥巴迪惊呆的护卫手中抢过旗帜，马蹄直接踩倒年轻人的身体。

"他们人数太多！"阿庇提斯叫着，"撤退！公爵已死！"

戴奥诺斯调转马头，冲回约书亚那边的战团。

"中计了！"他叫着。范巴德的骑士团发出雷鸣般的吼声，冲下山坡，长枪闪着寒光。"约书亚，是陷阱！"

他从哥斯伍的两个野猪骑士中间冲过，差点被他们拦下，盾和头盔都挨了重击，但他也直接刺穿了第二个人的喉咙，剑卡在脊椎上，险险脱手。他看到鲜血像小溪一样潺潺流下自己的面甲，却不知那是别人的还是自己的。

王子正在呼唤自己的骑士，艾索恩的号角比惨叫和金铁交击声更加响亮。

"班尼伽利杀了公爵！"戴奥诺斯呼号着，约书亚抬起头，一脸震惊地看着浑身是血的骑士朝自己跑来，"班尼伽利从背后捅了他一刀！我们被困住了！"

一瞬间，王子犹豫了，他伸出手，像要抬起面甲，观望战况。同时，范巴德和他的老鹰已经扑向奈格利蒙骑兵的侧翼，想要切断他们的退路。

没多久，王子举起绑着盾、绕着缰绳的右手臂。"号角，艾索恩！"他叫着，"杀出一条路！撤！撤回奈格利蒙！我们被出卖了！"

一阵号角声和怒吼之后，王子的骑士们聚拢在一起，向前推进，直接对上范巴德渐渐收紧的红色阵线。戴奥诺斯踢马前进，试着冲到最前面去，眼睛则盯着约书亚舞动的利刃划过最前方的鹰骑士，又像毒蛇般咬进那人手臂下方，刺进去，拔出来。接着，戴奥诺斯发现面前出现一大群红衣骑士。他手挥利剑，嘴里咒骂，连他自己都没有察觉，头盔下的脸颊已被泪水打湿。

范巴德的人被冲来部队的凶猛攻势吓住，慢慢往后退，就在那一刻，奈格利蒙人突破包围。他们身后，纳班人溃不成军，飞快地往茵尼斯葵逃去。哥斯伍没有撵上去，反而加入范巴德一行，一起追赶往奈格利蒙逃去的约书亚和他的骑士们。

戴奥诺斯抱着坐骑的脖子，它粗重的呼吸声传进耳里，一路疾驰，穿过草地和耕田。追兵的声音渐渐消失，奈格利蒙的城墙出现在前方。

城门升起，像一张黑漆漆的大嘴。他盯着它，脑袋一跳一跳地，像敲打的鼓。戴奥诺斯突然很想就这样被吞下去——滑进深深的、暗淡无光的忘却深渊，永远不再出来。

绿帐篷

✤

"不，约书亚王子，我们不许你干这么愚蠢的事。"艾索恩重重跌坐下来，歇歇腿脚。

"不允许？"王子本来盯着地板，这时抬起眼看着瑞摩加人，"你是我的看守吗？难道我是需要人摄政的小孩或白痴，还要别人告诉我该怎么做？"

"王子，"戴奥诺斯说着，将手放在艾索恩的膝盖上，让他别开口，"当然，您是这里的领主。难道我们没有跟从您吗？我们没有发誓效忠于您吗？"围在房间里的人闻言都阴沉地点点头。"可这要求不合理呀，您得了解我们的想法。在遭到这样的背叛之后，您真觉得还能相信国王吗？"

"我比你们任何人都熟悉他。"约书亚一副心急如焚的模样，从椅子上跳起，走到桌前，"当然，他想我死，但不是以这种方式。不该如此卑劣。如果他能保证安全通行，同时我们也避免犯下太愚蠢的错误，那我应该能毫发无损地回来。他还想表现得像个至高王，至高王不会在白旗下杀死手无寸铁的弟弟。"

"那他干吗把你丢进之前说过的监牢里？"汀赛特的厄斯菲斯阴郁地问，"你觉得那能证明他还有荣誉感？"

"不能。"约书亚回答，"可我认为，那不是埃利加的主意。在那儿，除了派拉兹，我谁都没见到——至少逃出去之前没有。埃利加是在渐渐变成一个怪物，但我想，他还是有种古怪的荣誉感——上帝保佑我，他曾是我哥哥，是同血至亲。"

戴奥诺斯喷着鼻息："就像他显示给李奥巴迪看的那种？"

"狼的荣誉就是弱肉强食，趋利避害。"艾索恩冷笑着说。

"我觉得不是。"约书亚耐心的表情更加严肃，"在我看来，班尼伽利弑父，应该是怀恨已久，我认为埃利加不会……"

"约书亚王子，请原谅……"亚拿嘉打断话头，引起所有人的侧目，"你不觉得你在拼命帮你哥哥找借口吗？你的臣子言之有理。而且，只要你自己不怀疑，就没人会质疑你的荣誉。"

"安东救救我吧。我一点都不在乎别人怎么看待我的荣誉！"王子怒冲冲地说，"我了解我哥哥，你们没一个人能明白我有多了解他——亚拿嘉，别说什么他变了。"他瞪着眼，防备老人可能会说出的话，"因为没人比我更了解他。不管怎样，我都要去，没必要再多作解释。你们让我一个人安静会儿吧，就现在。我还有其他事要考虑。"

他在桌边转过身，挥手示意他们下去。

"戴奥诺斯，他是不是疯了？"艾索恩问道，宽阔的脸上带着深深的担忧，"他怎能自己走进国王沾满血的手心里去？"

"是固执啊，艾索恩——唉，我又有什么资格说这话？也许他真的明白自己在说什么吧。"戴奥诺斯摇摇头，"那该死的东西还在那儿吗？"

"帐篷？是的。刚好在射程之外——也在埃利加营地之外。"

戴奥诺斯慢慢走着，年轻的瑞摩加人腿受了伤，这速度可以让他轻易跟上。"愿上帝拯救我们吧，艾索恩，我从没见他变成那样。自从我能拿剑开始，我就一直服侍他。格威辛说他'怯懦'，而他像在寻找证据，好证明格威辛错了。"戴奥诺斯叹了口气，"唉，如果阻止不了，我们就只能尽力保护他。国王的传令官说只能带两个护卫，不能更多？"

"国王那边也一样。"

戴奥诺斯点点头，思考着。"如果后天我这条手臂能动的话，"他指指用白麻布做的吊带，"那我肯定是其中之一，全世界没有任何人能拦住我。"

"那我应该充当另一名护卫。"艾索恩说。

"我觉得你最好留在城里，带二十来个骑兵，随时待命出发。我们找卫队长俄加木大人谈谈，如果那里有人埋伏——即使有只麻雀从国王的营地飞向那个帐篷，你也可以在一瞬间赶到那里。"

艾索恩点点头。"好吧。也许我们可以找聪明的亚拿嘉谈谈，让他对约书亚施个法什么的，保护他。"

"我不想说这话，但他需要的是保护自己别被鲁莽害死的法术。"戴奥诺斯跨过一个大水坑，"不管怎么说，没有任何魔法能防住背后一刀。"

❋

路萨的嘴唇一直静静地蠕动，仿佛在无休无止地解释着什么。昨天一整天，他就这样无声无息地呢喃着。梅格雯骂自己竟没能将他最后的话记下来。当时她相信他一定能恢复健康。之前那么多次，他都从重伤中恢复过来。可是这一次，她终于感觉到，他真的不行了。

国王双眼紧闭，惨白的脸始终交替显露出恐惧和悲伤。她碰碰他高温不退的前额，还能随着呢喃，感觉到肌肉微弱的颤动。她又想哭了，好像身体里有个不断翻涌的泪泉，总有一天会找到出口，渗出皮肤。但自从她父亲领军到茵尼斯葵那一晚起，她就再也没哭过，连看到他身受重伤、绕在腹部上的布条全被黑血浸透那天都没哭。如果那时她没哭，也就永远不会再哭了。只有孩子和白痴才需要眼泪。

一只手碰碰她的肩膀。"梅格雯，公主。"是艾欧莱尔，那张聪颖的脸上带着悲痛，显得格格不入，"我必须跟你到外头说几句。"

"走开，伯爵。"她说，转过头看着用木头和稻草搭成的简陋小床，"我父亲快不行了。"

"我和你一样悲痛，小姐。"他的手更加用力，仿佛黑暗中盲目嗅着气味的动物，"相信我，真的。可是活人必须活下去，诸神明鉴，你的人民现在需要你。"他似乎觉得自己的话过于冰冷、空泛，于是轻轻捏了一下她的手臂才松开，"请随我来，路萨－安哈－历辛可不希望你变成现在这个样子。"

梅格雯吞下苦涩的反驳。当然，他是对的。她站起来，跟着他，从继母茵娜温身边走过，膝盖因硬邦邦的石板而隐隐作痛。而茵娜温只是坐在床脚，盯着墙上忽明忽暗的火把。

看看我们，梅格雯困惑地想。赫尼斯第人花了上千年才走出山洞，走到阳光下。她低下头，避过一处低矮的洞顶，被烟火熏得眯起眼睛。结果，不到一个月又被赶了回来。我们正在变成野兽。神灵抛弃了我们。

她跟着艾欧莱尔来到洞外，抬起头。天光中，营帐乱糟糟地散落周围，不少贵妇人跪在地上，有的甚至身穿最华贵的衣服。她们不但要注意在泥地里玩耍的孩子，要准备炖松鼠或野兔，还得在平滑的石头上磨麦子。遍布石头的山上到处都是茂密的树林，被风不情愿地吹弯了腰。

几乎没有男人。没在茵尼斯葵战死的，要么在山洞里吃蜂巢养伤，无法打猎；要么在低处山坡监视司卡利军队的动向，防止他们摧毁赫尼斯第最后的薄弱反抗。

我们只剩下记忆，她想，低头看着自己又破又脏的裙子，还有格兰玻的藏身洞穴。我们像被赶上树的狐狸。当埃利加主人过来，向他的司卡利猎狗讨要猎物时，我们就完了。

"你想要什么，艾欧莱尔伯爵？"她问道。

"不是我想要什么，梅格雯。"他说着，摇摇头，"是司卡利。有几个哨兵回来，说看到他整个上午都在莫尔·布拉赫底下，叫嚣着要你父亲出来。"

"让那头猪叫去吧。"梅格雯皱起眉头,"怎么没人一箭射穿他肮脏的皮囊呢?"

"公主,他不在弓箭射程以内。还有五十个人跟在他身边。我想我们应该到下面去,听听他说什么——当然,要藏起来,不能被看到。"

"什么当然?"她轻蔑地说,"我们干吗在意尖鼻子说什么?我半点都不怀疑,肯定又来叫我们投降。"

"可能吧。"艾欧莱尔垂下眼睛,思考着。梅格雯看到他这副样子,心里不由难过起来,他没有义务忍受她的恶言恶语,"但我觉得,还有别的什么,小姐。那些人说,他在那里转悠了不止一个小时。"

"很好。"她说,能离开路萨黑暗的床边也是好的,但随即又因这想法而厌恶自己,"让我穿上鞋,再跟你一起去。"

花了大半个小时,他们才爬下草木丛生的山路,地上湿漉漉的,空气清冷。梅格雯在艾欧莱尔身后,小心地选择落脚点,呼出的空气像一小朵云。阴郁寒冷的天气把鸟儿逐出了夕柯林,或冻得它们叫不出声。一路上,除了风摇动树枝的沙沙声,周围没别的响动。

穆拉沼泽伯爵敏捷地在灌木中穿行,凭着本能前进,像个孩子。看着那细瘦的背脊和光滑的马尾辫,梅格雯心里再一次满溢起阴暗、无望的爱。她是个将死之人的女儿,高大、笨拙,心里怎能有这种荒谬的感情。这样想着,她恼火起来,当艾欧莱尔转身协助她跨过一块凸起的石头时,她甚至皱起眉头,好像那不是他的手,而是种侮辱。

莫尔·布拉赫山脊狭长,守卫们挤在林间,俯视下方那些叫嚣的人。他们惊讶地看到艾欧莱尔和梅格雯走来,很快放下手中的弓箭,向两人致敬。蕨草丛下方,有块指头般凸出的岩石——山脊便是以这形状命名的。大约三弗隆外的谷地里,她看到一群蚂蚁般攒动的人影。

"他刚刚才停下讲话。"一名年轻的哨兵轻声说，双眼因紧张而圆瞪着，"等会儿还会说的，公主，会看到的。"

像要证明他的话似的，这时，一个身影大步走出人群，戴着头盔，披着披风，身边环绕着一辆马车和几匹马。人影将手举到嘴边，朝哨兵藏身处稍北一点的方向吼道："最后一次……"声音轻飘飘的，因距离太远，很难听清，"我提供你们……人质……回报……"

梅格雯努力分辨那些话语。是什么消息？

"……关于巫师的男孩，还有……公主。"

梅格雯静静坐着，艾欧莱尔飞快地瞟她一眼。他们要她干什么？

"如果你们不说出……公主在……哪里……我们会……这些人质。"

那劈开双腿的姿势，还有刺耳嘲弄的语气，梅格雯肯定，说话的是司卡利本人——即使隔这么远，也能看到他挥挥手臂，接着，一个淡蓝衣服的人影从马车里被带出来，拉到他身边。梅格雯盯着那边，心里有种令人厌恶的沉重。那是茜福佳的蓝裙子……小茜福佳，漂亮但愚蠢。

"……如果你们不说……你们知道……米蕊茉公主，所有消息……这些可怜的……"司卡利朝不断踢打哭泣的瘦女孩做了个手势，于是她又被扔回马车，和其他苍白的俘虏躺在一起，像一排手指。可能不是茜福佳，梅格雯对自己说。

他们找的是米蕊茉公主？她惊奇地想——至高王的女儿！她逃跑了？被人绑走了？

"我们就不能做什么吗？"她对艾欧莱尔耳语道，"还有，'巫师的男孩'是谁？"

伯爵摇摇头，脸上每根线条都将挫败感展露无遗。"公主，我们又能做什么？司卡利盼着我们下去，他有十倍于我们的人手！"

梅格雯静静观望很久，愤怒之情像个孩子，在心里不断死命拉扯自己。她想对艾欧莱尔和其他人说些什么——可她又能说什么？说若没男人敢和她一起下去，她就独自到神堂拯救被司卡利关起来的俘虏？……她更可能勇敢地死在半路上。这时，下方矮小的人影取下头盔，露出污点般的黄头发和胡子，又走回到莫尔·布拉赫底部。

"很好！"他吼道，"……洛肯诅咒……顽固！我们……带上这些……"小小的人影指着马车，"可是……留给你们一件礼物！"有人从马上解下一个黑色的包袱，丢在尖鼻子司卡利脚边，"只是万一……等待救援！……反抗考德克……没什么用！"

接着，他上了马，随着一声刺耳的号角，他和瑞摩加人离开山谷，谈笑风生地往赫尼塞哈走去，马车在后面颠簸不休。

他们等了足足一小时，才小心翼翼地走下去，警觉得仿佛穿过林间空地的母鹿。到了莫尔·布拉赫谷底，他们上前解开司卡利留下的黑色包袱。

包裹一打开，男人们便发出恐惧的叫声，抹着眼泪，无助而悲痛地抽泣起来……但梅格雯一滴眼泪也没掉。眼前的景象清楚明白，那是她弟弟格威辛，身上还布满临死前被司卡利和他手下那些屠夫们施加的酷刑痕迹。艾欧莱尔的手臂环绕她的肩膀，想扶她离开被血浸透的毯子，她愤怒地甩开他，转身便是狠狠一记耳光。他没有抵抗，只是盯着她，眼含泪水。她知道，他并不是因为自己那一巴掌而流泪——但此时此刻，这一点反而让她更加恨他。

她自己却没有眼泪。

❈

雪花纷纷扬扬地飘着，扰乱视野，让衣服更加沉重，还冻得手指和耳朵刺痛不已，但吉吕岐和他的三名希瑟伙伴却若无其事。西蒙和其他人骑在马上，步履沉重，希瑟们却轻快地走在前头，还不时停下等骑手们赶上，像被喂饱的猫一样耐心，明亮的眼里带着深邃的平静。从清晨到日暮，走了一整天，那晚在营地里，吉吕岐和他的族人还跟出发时一样，步履轻快。

大家拾柴准备生火时，西蒙犹像着靠近安乃。

"我能问你几个问题吗？"他问道。

希瑟泰然自若地抬起目光："问吧。"

"为什么吉吕岐王子决定跟我们一起走时，他舅舅这么生气？他为什么带你们三个一起来？"

安乃用细长的手捂住嘴巴，像要掩住笑容，虽说脸上一丝笑意都没有。过了会儿，他放下手，表情还是同样冷漠。

"王子和堪冬甲奥大人之间的事和我无关，因此无法告诉你。"他严肃地点点头，"至于另一个问题，最好让他自己回答……怎么了，吉吕岐？"

西蒙抬起头，惊讶地发现王子就站在他后面，薄薄的嘴唇扯出微笑的线条。

"我为什么带他们来？"吉吕岐说着，做了个手势，从安乃扫向另外两个希瑟的方向。他们刚才沿着营地，在周围繁茂的林间走了一圈，收集柴火。"我带津志波和矢介第来，因为必须有人照顾马匹。"

"照顾马匹？"

吉吕岐抬起眉毛，打了个响指。"矮怪。"他扭头呼唤道，"如果这人类孩子是你的学生，那你还真是个糟糕的老师！是的，塞奥蒙，马匹——你以为它们会跟你们一起爬上山去？"

西蒙还是疑惑不解。"可是……爬山？马吗？我没以为……我是说，难道不能留下它们，让它们自己走？"怎么会这样？一直以来，他不过是随波逐流地踏上旅途罢了——当然，除了白翎箭。可希瑟竟然还要他为马负责！

"让它们自己走？"吉吕岐的声音很刺耳，甚至带着愤怒，但脸上还是一样没有表情，"你的意思是，任由它们去死？它们一路过来，远离适宜的生存环境，我们却要让它们自生自灭，挣扎走回雪原或者死掉？"

西蒙正想抗议说那不是他的责任，但又觉得，不值得为此争吵。

"不。"他改口说，"不，我们不该留它们等死。"

"另外，"施拉迪格抱着一捆木柴走过来说，"我们回来时，要是没有它们又该怎么穿过荒原呢？"

"正确。"吉吕岐展开笑颜，高兴起来，"所以我把津志波和矢介第带来了。他们会照料马匹，也会准备好我……我们回程要用的东西。"他将双手食指尖顶在一起，仿佛表示结语。"安乃嘛。"他继续说，"情况更复杂一些。他到这的理由跟我差不多。"他俯视着其他希瑟。

"荣誉。"安乃说，他垂下目光，盯着自己交叉的手指，"我有责任陪伴 Hikka Sta'ja——就是持箭者。之前没能尊重一位……神圣的客人，因此算是赎罪。"

"一笔小债。"吉吕岐轻柔地说，"和我的巨额债务比起来不算什么，不过，是安乃当行之事。"

西蒙很好奇，安乃究竟是自行决定，还是被吉吕岐强迫加入？要了解希瑟的任何事都很困难。他们的思路，他们想要什么，实在和人类截然不同，很费解，很微妙！

"来吧。"这时，宾拿比克一边挥手赶开飘在面前的炊烟，一边招呼大家，"营火生起来了，我想你们应该有兴趣享用些食物和酒，让身子暖和点儿。"

接下来几天，他们走下巍轮山最后一段坡道，把北阿德席特彻底抛到身后，进入覆盖白雪的平坦荒原。

温度越来越低，每个长夜，每个沉闷的白天——都冷得刺骨。雪花不断地落在西蒙脸上，刺痛他的眼睛，烧裂他的嘴唇。他的脸泛红发痛，像被太阳晒伤一样。他的手抖得厉害，几乎抓不住缰绳。他像被永远逐出家门，受惩罚的时间实在太长。然而，他无法改善目前的状况，只能每天默默向乌瑟斯祈祷，希望有力量撑到扎营。

至少，他觉得连裹在兜帽里的耳朵都刺痛不已，难过地想着，至少宾拿比克挺开心的。

矮怪确实如鱼得水，不但跑到最前头，催促同伴尽快跟上，还时不时发出旁若无人的大笑，和坎忒喀一起在山间奔跑跳跃。长夜里，其他人类伙伴都围着篝火，哆哆嗦嗦地给浸透雪水的手套和靴子上油，宾拿比克却详细地说明不同的降雪、雪崩前的各种预兆等，为登山做准备。若隐若现的群山伫立在他们面前的地平线上，仿佛戴着白色王冠的严肃众神。

每天，绵延的山脉都显得更加高大，但不管走多少路，似乎还是连一步都没靠近。在这全无热情、毫无特色的荒原上走了一个礼拜，西蒙十分渴望能到别处去，哪怕是有不祥传闻的狄莫斯寇森林，甚至前头刮着狂风的高山，只要不是这片无边无垠、寒冷刺骨的雪原，任何地方都行。

第六天，他们经过圣司肯蒂修道院的遗址。它几乎完全被雪掩埋，只有礼拜堂从雪地里露出一截短短的尖顶。腐坏的屋顶上，一棵铁制圣树被长蛇般的铁蒺藜圈圈围住，立在冰霜形成的雾中，仿佛一艘即将沉入纯白之海的船。

"不论它藏着什么秘密，也不论有没有柯尔蒙或荆棘剑的消息，我们已经无从得知。"众人驱马艰难经过陷落的修道院时，宾拿比克说。施拉迪格在前额和心口上各画一个圣树手势，眼中带着不安。希瑟则慢慢绕圈盯着它看，仿佛从没见过这么有意思的景象似的。

这天晚上，旅行者们围坐在火旁时，施拉迪格开口询问：为什么吉吕岐和他的族人要花那么长时间观察遗弃的修道院。

"因为,"王子说,"我们很喜欢它。"

"什么意思?"施拉迪格有些恼火,困惑地看着黑斯坦和格力姆克,好像他们知道希瑟话里的意思。

"也许,最好还是不要谈论这些事。"安乃说着,手掌朝下摊开,做了个下压的手势,"在这堆火旁,都是同伴。"

吉吕岐严肃地看着营火,过了一会,竟露出奇怪的顽皮笑容。西蒙见状吃了一惊,吉吕岐偶尔会做出类似的鲁莽举动,模样看起来那么年轻,这让他很难接受王子竟比自己年长许多的事实。但西蒙仍然记得那俯瞰森林的洞穴。年轻和苍老令人迷惑地混合在一起,那才像真正的吉吕岐。

"我们会盯着有趣的东西看。"吉吕岐说,"和凡人一样。不一样的只是觉得有趣的理由。而你们大概无法理解我们的理由。"他开怀地笑着,看起来很友善,但西蒙却觉察到笑声中夹杂着刺耳的音调,和他的表情极不协调。

"北方人,这个问题表示,"吉吕岐继续说,"我们盯着看,冒犯到你们了?"

一瞬间,施拉迪格狠狠地瞪着希瑟王子,人群沉默下来。火焰在湿木头上燃烧,不断噼啪作响,狂风继续呼啸,马匹紧张地挪动身子。

施拉迪格垂下眼睛。"当然,你想看什么就看什么。"他突然开口说,露出一丝悲伤的笑容,融化的雪在金胡子间闪着光,"只是,它让我想起了西加德——想起了斯基帕文。感觉就像你在嘲笑对我来说很珍贵的东西。"

"斯基帕文?"黑斯坦嘀咕着缩进皮衣里,"没听说过。是教堂?"

"船……"格力姆克揉着自己瘦削的脸,努力回想,"有船在那儿。"

施拉迪格点点头，一脸肃穆。"应该说船港。瑞摩加长船全都停在那儿。"

"可瑞摩加人不出海啊！"黑斯坦惊讶地说，"整个奥斯坦·亚德，没人比瑞摩加人更喜欢待在陆地上了！"

"嗯，可我们以前出海。"施拉迪格的脸被火光照亮，"我们越洋而来——最初住在基斯加，失落的西方大陆——祖先们烧尸埋船。反正，我们的传说是这样。"

"烧尸？"西蒙好奇地问。

"死人。"施拉迪格解释说，"我们的祖先用灰烬木为死者造灵船，下水后点燃，随着烟火送走他们的灵魂。但那些巨型长船，就是载着我们渡过大海和河流的那些，它们不一样。长船是我们的生命，好比樵夫的林地或牧人的羊群，当船破旧到不能出海时，就要埋进土里，让它们的灵魂回到树中，让树长得又高又直，然后成为新的船。"

"但你说出海——是很久以前啦。"格力姆克指出，"西加德在这里？在奥斯坦·亚德？"

希瑟安静地围坐在火旁，一动不动，专心看着施拉迪格，听着他发言。

"是的。那就是艾弗特的船底龙骨第一次碰到陆地的地方，在那里，他说：'我们已经穿过黑海，来到了新的家园。'"

施拉迪格环视其他人："他们在那里埋葬了伟大的长船。'永不再回巨龙出没的大海。'艾弗特这样说。沿西加德山脚的谷底，有一片埋着最后船只的土丘。海岬最上头，最大的岩洞里，他们埋下艾弗特的船索特方塞。它高高的桅杆破土而出，像一棵没有枝条的树——当时，我看着修道院，脑子里满是这幅景象。"

他摇摇头，双眼因回忆而发亮："索特方塞的桅杆爬满槲寄生。每年，艾弗特逝世纪念日那天，西加德年轻的姑娘们都会从那片槲寄生上采来白莓，送到教堂里……"

施拉迪格的声音轻了下去。营火嘶嘶作响。

"你没提到，"过了一会儿，吉吕岐开口说，"你们瑞摩加人来到这片土地，是为了把其他住民赶走。"

西蒙倒吸一口冷气。原来，这就是他感觉到的，王子平静外表下掩藏的情绪。

施拉迪格却用令人惊讶的温和语气回答，也许他还在想西加德那些虔诚的女士吧。"我无法改变我的祖先们做过的事。"

"这是实话。"吉吕岐说，"但我们支达亚——我们希瑟——不会再犯族人先前犯过的错误。"他将凶狠的目光投向宾拿比克。矮怪严肃地与他对视。"有些事情，我们必须先说清楚，宾宾尼格伽本尼克。之前说的，与你们同行的理由都是实话：我们对你们去的地方有点兴趣，再加上，这名人子和我之间有一层脆弱的、不同寻常的联系。但不管什么时候，都别以为我会跟你们共同进退。在我看来，你们还有你们的至高王最好同归于尽。"

"关于这一点，吉吕岐王子，"宾拿比克说，"您并没有看到全部真相。如果我们只关心凡人国王和王子间的斗争，那现在，我们这些人应该都正保卫着奈格利蒙。你知道，至少我们这里的五个人，还有别的目的。"

"了解。"吉吕岐生硬地说，"虽然我们和贺革达亚——也就是你们叫的北鬼——分别了很久很久，日子多得就像不可计数的雪花，但我们仍然流着同样的血。我们怎么可能站在自命不凡的人类这边，反对自己的族人呢？我们曾一同在阳光下漫步，如今为什么要从仅剩的东方庇护所现身？我们能和凡人结成什么样的同盟？凡人那么迫不及待就摧毁了我们，摧毁了一切……甚至他们自己。"

除了宾拿比克外，没有一个人敢对上他冰冷的目光。吉吕岐伸出一根手指。"你们一直小声谈论的风暴之王……他的名字是伊奈那岐……"其他人闻言不安地骚动着，颤抖着，他露出苦笑，"啊，光是名字就这么令人生畏！他曾是我们当中最优秀的一员。他的美丽显而易见，智慧更是远超人类的理解范围，他就像火焰一样耀眼！如果他现在变得黑暗、恐怖、冰冷又可憎，那又是谁的错？哪怕他真的失去躯壳后还满怀仇恨，制订了计划，要像抹掉纸页上的灰尘一样，把人类从他的土地上清扫出去——我们为什么不该为此庆祝呢？又不是伊奈那岐把我们流放出去，让我们只能像鹿一样，躲在阿德席特黑暗的树林中，终日担心被人类发现。早在人类来临之前，我们就已经在奥斯坦·亚德的阳光下漫步，而我们的作品则与星光相互辉映。而人类呢，除了痛苦，还带来了什么？"

吉吕岐说完，没人能回答他的问题。沉默中，一个哀伤、平静的声音响起，用陌生的语言唱着歌。曲子在黑暗中回荡，仿佛幽灵般美丽。

唱完后，安乃看看沉默的王子和其他几名希瑟，又看看舞动的火焰对面的脸庞。

"这是首我们的歌，人类也曾唱过。"他喃喃地说，"西方人很喜欢，就用他们的话填了词。我……我试试用你们的语言唱一遍。"

他抬头看着天空，思索着。这时，风慢下来，雪也小了，星星闪烁，寒冷而又遥远。

　　　　　"青苔侵石杉崎砂，"

安乃唱了出来，原本流水般的希瑟音节，这会儿换成柔和的西领语。

　　　　　"阴影徘徊为聆听。
　　　　　绿拥光塔大稚照，
　　　　　阴影呢喃叶底暗。

> 岸韶桑羽长草扬，
> 阴影滋生植被上。
> 奈拿苏墓鲜花盖，
> 暗溪沉静无人悼。
>
> 其人何往？
> 今是昨非人语消。
> 其人何往？
> 曲终人散终寂寥。
>
> 却说归期未有期，
> 再无共舞时？
> 华灯高悬为星使，
> 末日终至……"

安乃的声音抑扬顿挫，充分表现出歌词的哀婉。西蒙感到一种前所未有的渴望——对自己从不认识的家园的思念，对从不属于自己的东西的失落。安乃唱歌时没人说话。没人能说话。

> "浪拍暗街津叁门，
> 阴影藏身深穴眠。
> 蓝冰埋葬土美汰，
> 阴影玷污时光河。
>
> 其人何往？
> 今是昨非人语消。

其人何往？

曲终人散终寂寥。

却说归期未有期，

再无共舞时？

华灯高悬为星使，

末日终至……"

曲毕，黑暗的荒原上，营火明亮又孤独地燃烧着。

❋

绿帐篷孤零零地立在奈格利蒙城墙前空荡荡的平地上，帐篷布在风中拍打颤动。整片广阔的大地上，只有它像活物般呼吸着，即使还有其他东西在移动，它也察觉不到。

戴奥诺斯咬紧牙关，强压下不由自主地战栗，其实，光是潮湿又刺骨的冷风已经足以让人颤抖。他看着骑行在前的约书亚。

看看他，他想。那模样活像已经看到了哥哥——仿佛目光看穿绿色的丝绸和黑龙王冠，直接看到埃利加心里去。

他朝第三个也是最后一个同伴看去，戴奥诺斯的心又下沉了一些。约书亚坚持带来的年轻士兵名叫欧斯泰，看起来随时会因惊恐而昏倒。这人长着粗犷的四方脸，本来晒了一身黑黑的皮肤，却因最近这几周没有太阳，又恢复了原状，掩藏不住的恐惧让他看起来可怜兮兮的。

安东保佑我们，让他好歹派上点儿用场吧。约书亚为什么挑他来？

随着他们慢慢走近，帐篷门帘动了。戴奥诺斯立马紧张起来，准备去抓他的弓。一瞬间，他在心里狠狠骂自己，怎能让王子做这样一件蠢事呢？走出来的绿衣士兵只是漫不经心地看看他们，然后走到门旁，掀开门帘。

戴奥诺斯向约书亚敬个礼，迅速驱马绕绿帐篷走了一圈。它占地面积不算小，各边至少十二步，周围用绳子围起来，以免被风吹跑。旁边平整的草丛间空荡荡的，没有埋伏。

"很好，欧斯泰。"他走回来说，"你就站这里，在这人旁边。"他指着另一个士兵说，"从头到尾站在门口，要让我们看到你的半边肩膀，明白吗？"

戴奥诺斯将年轻矛兵苍白的笑容当做肯定，又转头看看国王的守卫。那人长满胡须的脸很是眼熟，肯定在海霍特见过。"如果你也能站在门边，大家就更放心了。"

守卫撇撇嘴，但也往门口挪了一步。

约书亚已经下了马，走向门帘。戴奥诺斯飞快地抢在他前头，闪到门边，一只手轻轻按在剑柄上。

"戴奥诺斯，没必要那么小心。"一个温和但有力的声音说，"你是叫这个名字，对吧？不管怎么说，我们都是有教养的人。"

戴奥诺斯眨眨眼，身后，约书亚也走了进来。帐篷里又冷又黑，光透过帐幕，黯淡泛绿，帐篷里的人像漂浮在一块粗糙的巨型绿宝石里。

前方有张模糊的苍白脸庞，眼睛像两粒空洞无物的黑洞。派拉兹的红袍在暗绿色中像是铁锈色，也像干涸的血。"约书亚！"他说，声音令人厌恶地轻浮，"我们又见面了。自上次谈话到现在，谁曾想竟会发生这么多事……"

"闭嘴，牧师——不管你到底是什么东西。"王子回嘴，声音是那么冰冷又坚决，连派拉兹都惊讶地眨眨眼，像只呆住的蜥蜴。"我哥哥在哪儿？"

"约书亚，我在这儿。"声音低沉，沙哑，像从风中传来的回音。

只见一个人影坐在帐篷角落的高背椅上，旁边放张矮桌，桌边还有另一把椅子——这便是整个阴暗大帐里的全部家当。约书亚走过去。戴奥诺斯将斗篷拉紧些，跟在后头，比起想见国王，更像不想跟派拉兹单独待在一块儿。

王子坐进哥哥对面的椅子。埃利加的身体僵硬得有些奇怪，老鹰般的脸上，眸子亮得像宝石，海霍特铁王冠架在黑头发和苍白的眉毛上，双腿间竖着一把剑，剑身用黑色的皮革包裹，强有力的手搭在奇异的双重剑柄末端。戴奥诺斯打量一阵子，从那柄剑上挪开目光，它让人有些反胃，仿佛从很高的地方往下看似的。他把目光转回到国王身上，但感觉也没好多少。帐篷里的温度低得可怕，空气十分寒冷，呼出的气变成白雾，挡住了戴奥诺斯的视线。埃利加却只穿件无袖上衣，裸露在外的白手臂上戴着沉重的镯子，皮肤下的肌肉跳动着，仿佛有独立的生命。

“好吧，弟弟啊，”国王说着，露齿而笑，“你看来还不错嘛。”

“你看着却不怎么样。”约书亚语气平淡，但戴奥诺斯能从他眼里看到些许痛苦。这里有什么东西不对劲，不管是谁都能感觉到。“埃利加，是你要求会谈的。你想怎么样？”

国王眯起眼睛，目光被绿色的阴影遮住，等了很久才回答说：“我的女儿。我想要我女儿。另外，还有一个……一个男孩——但他没那么重要。我最需要的是米蕊茉。如果你把她交给我，我会保证奈格利蒙的孩子和女人的安全。否则，所有躲在城墙后反抗我的人……都得死。”

最后那句话毫不掩饰地流露出深深的怨恨。同时，戴奥诺斯还惊讶地发现，他脸上掠过一抹赤裸裸的嗜杀饥渴。

“埃利加，她不在我这儿。”约书亚慢慢回答。

“她在哪儿？”

“我不知道。”

“骗子！”国王的声音充满愤怒。戴奥诺斯以为埃利加会从椅子上跳起，差点就拔剑了。但相反，国王几乎一动不动，只是冲派拉兹打了个手势，让他举着一只装满黑色液体的罐子，倒满自己的杯子。

"别以为我是糟糕的主人，不愿意给你来一杯。"埃利加灌了一口后说，笑容冷得可怕，"我是怕这东西不适合你。"他将杯子递给派拉兹。牧师小心翼翼地用指尖捏着，放回桌上。"好了。"埃利加重回刚才的话题，语气几乎算是通情达理，"我们就不能把这些旁枝末节省去吗？我想要我女儿，而且我会得到她的。"他的口吻又古怪地变得忧伤起来，"难道一个父亲，没有权利要回他亲手抚养长大的心爱的女儿吗？"

约书亚深吸一口气。"不管你说的是什么权利，都是你俩之间的事。她不在我这儿，就算在，我也不会违背她的意愿，把她交给你。"在国王回答之前，他赶紧继续说道，"埃利加，请住手吧——无论如何，你是我哥哥。我们的父亲爱我们两个，尤其是你，但他最热爱的还是这片土地。你真不知道自己正在做什么吗？不光这场战争——安东知道，这片大地已经承受了太多的战火。还有别的威胁。派拉兹肯定明白我在说什么。我敢说，就是他领着你，往邪路上踏出了第一步！"

戴奥诺斯看着派拉兹。牧师听到王子的话，转过头，惊讶地喷出一口白雾。

"求你了，埃利加。"约书亚严肃的脸上充满悲痛，"从这条不归路上回头吧。那把剑被诅咒了，把它还给那些邪恶的生物，否则，他们会害死你和奥斯坦·亚德……我可以把性命交给你，可以打开奈格利蒙的城门，像少女为情人打开窗户一样心甘情愿！我会搜遍天上地下的每一块石头，找到米蕊茉！丢掉那把剑，埃利加！丢掉吧！它不是随随便便就被命名为悲伤的！"

国王盯着约书亚，一脸震惊。派拉兹嘟囔着冲过去，戴奥诺斯跳起来拦住他。牧师奋力挣扎，在钳制自己的臂膀下扭动。他的触碰让人害怕，但戴奥诺斯还是牢牢箍住，不肯松手。

"别动！"他在派拉兹耳边嘶声说，"你可以念咒炸死我，但我在死前一样能拉你垫背！"他拔出匕首，侧扎进猩红的袍子，刀尖刚好抵住袍底的血肉，"这里没你说话的份儿——我也没有！这是他们兄弟间的事。"

派拉兹安静下来。约书亚身子前倾，双眼盯着至高王。埃利加则愣愣地瞪着眼，好像看不清面前的东西。

"她多美啊，我的米蕊茉。"他用几乎听不到的声音说，"有时，我能从她身上看到她母亲海黎莎的影子——可怜的姑娘，太短命了！"国王的表情凝固了，接着，转变成怨恨，甚至陷入狂乱，"约书亚，你怎能让这种事发生？怎么能？她还那么年轻……"

他伸出苍白的手，摸索着。约书亚也紧跟着伸出手，但太晚了，国王没有抓他的手，长长的冰冷手指落在王子那包裹皮革的右手断腕上。他的双眼又闪动着生命的光，但神情更加愤怒。

"滚回你的藏身洞去，叛徒！"他吼着，约书亚捂着手臂后退。"骗子！骗子！我会在你眼前把它彻底捣毁！"

看到国王强烈的憎恨，戴奥诺斯不由踉跄后退，手也松开，派拉兹趁机挣脱。

"我会把你彻底摧毁。"埃利加冲约书亚的背影怒喝，暴跳如雷，"哪怕上帝亲自来找，找一千年，也找不回你的灵魂！"

回到奈格利蒙阴暗的城墙时，年轻士兵欧斯泰被戴奥诺斯和王子的神情吓坏了，一路都在嘶吼的风中默默地抹泪。

冷火与顽石

❋

梦境仿佛雾气，渐渐消散。在可怕的梦里，他被绿色的海水淹没。没有上也没有下，四周都是不知从哪儿来的光，还有细细的影子。是鲨鱼群，每一条都长着派拉兹那样了无生气的黑眼睛。

大海消失了，戴奥诺斯终于回到地面，努力挣扎着从睡梦中清醒。军营墙面上洒着点点冰冷的月光，其他人安稳的呼吸声像风吹过干燥的树叶。

心脏还在胸腔中跳得飞快，睡意却又朝疲惫的灵魂袭来，用羽毛般的指头安抚他，无声地在耳边低语。他又沉入梦乡，沉入比之前温和得多的梦境。这里十分明亮，清晨的湿气加上温暖的正午阳光——是父亲的领地荷闻郡，他、姐妹们，还有大哥一起，在那里长大，在田地里劳作。他的一部分自我并没离开军营——现在快到黎明了，他知道，这是余汶月的第九天。然而，还有一部分自己却回到过去，再一次闻到翻整过的土壤的香味，听到犁车慢吞吞的嘎吱声，还有牛车驶下小路、往集市而去、发出的有节奏的哐当声。声音越来越响，但田壑刺鼻的泥土味儿却渐渐消失。犁车靠近了，听起来就在身后。赶牛的睡着了吗？还是有人竟让牛晃荡到地里来了？一阵幼稚的恐慌在他心头浮现。

老爸会生气的——是我的错吗？我该看好它们？他能想象父亲的表情，那张皱巴巴、带着怒气的脸，他从来不听任何解释。年轻时的戴奥诺斯一直觉得，上帝把罪人罚下地狱时，一定也是那副表情。圣母艾莱西亚，老爸会抽死我的，肯定……

他从小床上坐起，呼吸急促，心脏跳得跟鲨鱼梦后一样快。他环视着一切如常的军营，渐渐平复下来。

父亲，您过世有多久了？他想着，用袖子擦干额头上迅速冷却的汗水。为什么还要来打扰我？我都祈祷了这么多年……

突然，一阵恐惧的寒意爬过戴奥诺斯的背脊。他现在醒了，还是没醒？为什么那冷冰冰的嘎吱声还没随梦境消失？他一下子站起，大叫着，死去父亲的幽魂像烛火一样瞬间熄灭。

"起来，你们，快起来！拿武器！围城战！"

他一边套上铠甲，一边走向床边，用力把那些醉得昏昏沉沉的酒囊饭袋踢醒，还不忘对已经被叫醒的人下达指令。上方城门楼响着警报声，其间还有军号杂乱的鸣响。

他小跑出门，头盔歪戴在脑袋上，盾牌重重拍打身侧，手还挣扎着理顺剑带。他朝另外几个营房探过头，发现大家已经起床，正迅速穿戴装备。

"嘿，奈格利蒙人！"他呼唤着，一手扣上腰带，另一手握紧拳头挥舞着，"考验终于来了。上帝爱我们，考验的时候到了！"

听到参差不齐的回应声，他微笑起来，一边往阶梯走去，一边扶正头盔。

西面护墙上的大城门楼，在灯光和半月月光的照射下，显得十分丑恶畸形。城门楼的木墙和屋顶是几天前刚修缮好的，应该能在箭雨中保护他们。楼上这时已挤满了正在穿戴铠甲的卫兵，流过护墙的月光洒在他们身上，给匆忙移动的身影绑上古怪闪亮的带子。

墙面插着一排火把，弓手和矛手各自找到位置。像在黎明前消失的鸡鸣，军号又尖啸一声，将更多士兵召集到下面的庭院。

木轮尖锐的抗议声更加响亮。戴奥诺斯的目光越过镇墙外一马平川的山坡，看着渐渐探出地平线的东西——他知道那是什么，但亲眼看到，却又发现自己并没准备好。

"丫个血树啊！"他咒骂着，旁边的人也骂骂咧咧。在黎明前的黑暗中，驶来六架攻城塔，木架顶端和奈格利蒙宏伟的城墙一样高，仿若瘸腿的巨人。塔周围盖着兽皮，像巨熊一般，笨拙地往前移动。敌人躲在塔后，一边推，一边发出嘟囔和叫喊声，房屋般大的塔轮发出尖利的嘶鸣，像从远古时代以来就没人见过的洪荒巨兽的号叫。

一阵恐惧袭来，戴奥诺斯的情绪却并不低落。国王终于来了，终于兵临城下。以全能上帝之名，不管发生什么，将来人们都会歌颂这一天！

"蠢货，省省你们的箭。"目标离射程还很远，他看到几个卫兵已经朝黑暗中乱射了几箭，赶紧喝住他们，"等着，等，等他们靠近，很快就会比你们希望的更近！"

回应着奈格利蒙城墙上绽放的火花，埃利加的军队敲响震天动地的战鼓。刚开始是滚动的隆隆鼓点，接着变成两下一循环，就像巨人的脚步声。防守方的卫兵也吹响号角。相比鼓声，号声又轻又弱，但仍然显示出抵抗的坚决力量。

戴奥诺斯感觉有人碰碰自己的肩膀，抬起头，看到两名全副武装的战士——戴熊头盔的艾索恩，还有瞪圆眼睛的爱因司凯迪，他那顶朴素钢盔上只有一个金属鸟嘴弯下来护住鼻子。黑胡子瑞摩加人眼里燃烧着熊熊怒火，紧紧拉着艾奎纳公爵的儿子，将艾索恩用力从城堞旁拉开。爱因司凯迪盯着那一片混沌，随着呼吸，发出恶犬般的低吼。

"看那儿。"他咆哮着，指着攻城塔底部，"在大熊脚下。投石车，还有撞城锤。"他一一点出随塔而来的其他大型攻城器械。几辆弩车粗壮的长臂向后弯曲，仿佛受惊昂起的蛇头。还有些器械则被蟹壳似的、用来抵挡箭矢和石头的铠甲包着，看不出怎么操作，也不知是什么用途。

"王子在哪儿?"戴奥诺斯问,目光牢牢地钉在那些器械上,无法挪开。

"就来了。"艾索恩回答,他踮起脚尖,越过爱因司凯迪向前张望,"自从你们会谈回来,他就一直跟亚拿嘉和那个文书官在一起。我希望他们正在准备某种神奇的装备,为我们增添点力量,或者能削弱国王的力量也行。老实说啊,戴奥诺斯,看看他们。"他指着黑暗中国王军的团团影子,他们跟着缓缓行进的塔楼,像蚂蚁一样不可计数。"真他妈太多了。"

"安东的伤口啊。"爱因司凯迪大吼,发红的眼睛转向艾索恩,"让他们来。我们把他们全吃了,嚼碎,再吐出去。"

"这个嘛,"戴奥诺斯说,暗自希望自己能成功挤出笑容,"上帝站在我们这边,还有王子,加上爱因司凯迪,能有什么好怕的?"

国王的军队踩着攻城塔的轨迹,涌入平原。他们群聚在雾气弥漫的草地上,像苍蝇叮着绿苹果皮。潮湿的泥土上到处支起帐篷,仿佛笨重的蘑菇。

清晨静静地来临,攻城也准备妥当。日头躲了起来,只撕开薄薄一层夜色,整个世界悬浮在一片没有方向的灰光之中。

攻城塔已经安置好很久了,突然,像打瞌睡的哨兵,又开始往前移动。士兵避开巨轮,拉起牵索,庞大的器械开始吃力地爬坡。最后,他们终于进入射程,城墙上的弓手们纷纷开射,箭破长空的嗖嗖声带来惊恐的喜悦,他们的心也随着弓弦稳定下来。第一波歪歪扭扭的射击过后,他们慢慢掌握了距离,不少国王的手下倒在轮辙中死去,还有些伤者发出尖叫,被己方的轮子冷酷地压碎在草地上。但箭矢每射倒一人,立刻会有另一个戴头盔的蓝衣士兵补上空缺,拉起牵索。攻城塔依然匀速往城墙边挪。

现在,国王的弓箭手也进入射程。城上城下的箭矢来回对射,像疯狂的蜜蜂。攻城塔发出嘎吱巨响，摇摇摆摆地离幕墙越来越近。这时，阳光突然穿破云层。城垛上好几处血迹斑斑，像下了一场血雨。

"戴奥诺斯！"士兵苍白的脸上沾满泥土，反光的头盔像一轮明月，"格林泰德叫你过来，快！他们在丹德尼斯塔下架起了梯子！"

"上帝之树啊！"戴奥诺斯带着挫败感，咬着牙，转头去找艾索恩。瑞摩加人刚从一个受伤的守卫手中接过弓，帮着清理十多尺外离城墙最近的攻城塔旁的敌人，射穿那些蠢到从停滞的塔楼护裙下探出身子、试图抓住飘荡在风中的牵索的士兵。

"艾索恩！"戴奥诺斯大叫，"一定拦下攻城塔，他们在西南墙上架了梯子！"

"快去吧！"艾奎纳的儿子头也不回，目光停留在箭尖，"我有机会就去跟你会合！"

"爱因司凯迪在哪儿?!"他用眼角余光瞟到，那个传令使已经不耐烦地左右跳脚了。

"天知道！"

轻声骂了一句，戴奥诺斯低下头，笨拙地跟在格林泰德的传令使身后。他一边走，一边招呼半打累得蜷缩在城垛背后、稍作喘息的守卫一同过来。被召集的人懊恼地摇头，但还是戴上头盔跟他走了。戴奥诺斯广受信赖，很多人叫他王子的右手。

可约书亚的右手运气很糟，戴奥诺斯弯腰穿过走道，苦涩地想。虽然天气阴冷，他还是满头大汗。希望他这只右手存活得久一点儿。话说回来，王子到底在哪儿？这么长时间，他也该出现了⋯⋯

丹德尼斯塔粗大的塔身旁，他震惊地发现，格林泰德爵士的手下正在后退，而穿着高维格男爵红蓝相间军服的塞洛郡士兵却不断地越过城垛，涌上城墙。

"为了约书亚！"他大叫着跳上前去。身后的人也跟着叫起来，他们用剑抵挡敌人的剑，片刻间竟将他们逼退了些。有人从城墙上摔落，尖声叫着，拼命挥舞手臂，好像冷冽的风能让他飘起来似的。格林泰德的手下鼓足信心，往回压去，但敌人也稳住脚步。戴奥诺斯从一具僵硬的尸体手中扯下长矛，矛尾反弹回来，重重地抽打在身侧。他不顾疼痛，将长梯的第一个固定点拆下。不一会儿，他手下两个卫兵过来帮忙，一起把梯子从城墙边推开。木梯在半空中颤动，梯子上的敌人还紧紧攀在上头，大骂着，张开的嘴巴像空空的黑洞。梯子立了片刻，垂直在大地和天堂中间，接着便失去平衡，向后倒去，那些士兵就像树枝上摇落的水果。

很快，除了两人逃走，所有红蓝衣服的敌人都倒在血泊中。其他守卫把剩下三架梯子也推开了，格林泰德指挥手下，往那些还来不及再组织进攻的敌人头上丢下大石。他们将石头推到城墙的豁口，让它们纷纷滚到倒塌的梯子上，把木梯砸成一片片，还砸死了一个士兵。那人一直坐在摔倒的地方，愣愣地看着大石从城墙直接落到头上。

一个奈格利蒙本地守卫的脖子被盾牌砸断，死在地上。这个留着胡子的年轻人曾和戴奥诺斯一起玩过骰子。格林泰德爵士也折损了四名手下，他们像被风吹落的稻草人，和七个攻城的塞洛郡人死在一起。

戴奥诺斯站在那里，腹部一阵剧痛，在紧咬的齿缝间喘着气。格林泰德一瘸一拐走到他身边，靴子上有个血淋淋的洞。"这儿有七个，还有半打摔下梯子。"骑士满意地看着下面打滚的残破躯体。"都在城墙下面。和我们相比，埃利加的人死伤更多。"

戴奥诺斯一阵反胃，受伤的肩膀抽痛不已，像有颗钉子钻了进去。

"国王军的总人数……也比我们多得多。"他回答，"……他可以……轻易放弃他们……像丢掉苹果皮一样。"他真的快要吐出来，于是朝城墙边走去。

"苹果皮……"他又说了一遍，朝护墙俯下身子。疼痛令人顾不上羞耻。

✳

"请再读一遍。"约书亚看着自己纠结的手指，平静地说。

史坦异神父抬起头，疲倦的嘴唇扭成疑问的形状。这时，外面传来像重重敲在骨头上的闷响。独眼牧师一下子慌乱起来，飞快地在胸口画了个圣树手势。

"石头。"他说，声音刺耳。"他们……他们往这里丢石头！我们不该去……帮忙吗……?"

"在城墙上作战的人也有危险。"老瑞摩加人严肃地说，"我们之所以在这里，是为了提供最大程度的帮助。我们的伙伴为了一丝渺茫的希望，正在茫茫北方寻找一把剑。而另一把已经落入敌人手中，他正在城墙外围攻我们。剩下那一丁点儿找到芬吉尔的米奈亚的希望，就全靠我们了。"他看着忧心忡忡的史坦异，表情柔和些，"很少有石头能打进内城，而我们的房间还有内城墙做保护。我们没有太大危险。现在，请把这段再读一遍。有些东西我还不是很清楚，但感觉很重要。"

高大的牧师盯着纸页看了一会儿，房间安静下来。窗外远远传来模糊的哭喊和祈祷声，仿佛朦胧的雾。史坦异的嘴唇动了动。

"读出来。"亚拿嘉说。

牧师清清嗓子。

"……于是约翰下到海霍特的地道中——那里充满了刹拉卡喷出的蒸气和汗液。除了一支长矛和一面盾牌，他什么都没带。靠近火龙的巢穴时，脚下的皮靴开始冒烟。无疑，他在漫长的一生中从没像这回这么害怕过……"

史坦异突然中断念诵，"亚拿嘉，这些又有什么用?"仿佛巨人之锤似的，又是一声巨响，什么东西重重地落在不远处。史坦异强忍着不理会它。"你们……你们还想让我继续念吗？把约翰王与龙的战斗全都念完？"

"不。"亚拿嘉挥挥粗糙的手，"跳到结尾部分。"

牧师小心翼翼地翻过几页。

"……因此，他在几乎无望的情况下，终于活着回到光明之中。有些人还在洞口等待——必须指出，等待本身也需要极大的勇气，谁知道待在愤怒的龙洞口会发生什么事呢？他们又惊又喜地宣誓效忠。喜，是因为他们看到瓦伦屯的约翰竟能活着从洞中出来；惊，则是因为他鲜血淋漓的肩上扛着一只覆盖鲜红鳞片、钩子般的巨大龙爪。他们在他前面奔走欢呼，耀武扬威地领着骑在马上的约翰穿过鄂克斯特大门。人们目瞪口呆地从窗中看到这一幕，涌上街道。据说，当初那些大声预言约翰将会死状凄惨，还会被这年轻骑士的行为拖累到自己的那些人，现在又高声宣扬他的壮举。随着各种流言传播开去，市民们很快把大街挤得水泄不通，在约翰前方的路面撒下无数鲜花。他像拿着火炬一样，高举光锥，穿过已属于他的城市……"

史坦异叹了口气，将纸页轻轻放回雪松木盒。这盒子是他特地找来保存手稿的。"要我说啊，亚拿嘉，这是个愉快又惊险的故事。而且莫吉纳，嗯嗯，是的，他确实将故事写得引人入胜——但这对我们有什么意义呢？——我没有不敬的意思，你明白的。"

亚拿嘉斜眼看着自己突出的指节，皱着眉头。"我不知道。有些东西，里面有些东西，莫吉纳医师不知有意无意，写了些颇有深意的东西。老天啊！答案似乎就在眼前！我真是瞎了眼啊！"

又一波喧闹声从窗外传来：紧张、响亮的叫嚷，还有沉重铠甲的叮当作响，一支卫队小跑着穿过外面的大院。

"亚拿嘉，我们没多少时间可以思考了。"史坦异最后说。

"是没时间了。"老人说着，揉了揉眼睛。

❀

整个下午，埃利加国王的军队就像潮水一般反复冲刷着名为奈格利蒙的石崖。微弱的阳光照射着一波又一波奋力爬梯的披甲戴盔的士兵，光滑的金属片反射着粼粼碎光。但每一次，城堡守卫都击退了他们的进攻。国王的军队有时在人和石头组成的坚固防线中，会发现一个暂时的缺口，但总是徒劳无果。兀特塞尔男爵胖奥德迈在这样一个缺口处独自坚持了很久，与一个接一个不断爬上梯子的攻城士兵贴身肉搏，共杀死四名敌人，一直撑到增援赶到。

是约书亚王子亲自带领的一队卫兵，保护了整道城墙，摧毁了云梯的攻势。他手中的利剑南黛儿像穿过叶片的闪烁阳光，飞快地切进掠出。不管是挥舞着笨重的宽刃剑，还是拿着短小的匕首，敌人就这样纷纷倒在他的剑下。

发现奥德迈的尸体时，王子哭了起来。男爵和他的交情不算太好，但奥德迈确实死得无比英勇。在那一刻，约书亚突然觉得，他的死同时代表了所有人——双方所有阵亡的矛兵、弓手和步兵，他们流淌着鲜血，死在乌云密布的冰冷天空下。王子下令，将男爵软绵绵的巨大身躯扛到城堡礼拜堂去。守卫们心中暗骂，但还是照办了。

红艳艳的太阳向西边地平线爬去。埃利加国王军的士气似乎有些下降，攻势也减弱了些。他们不再顶着嘶嘶破空的火箭，拼命想把攻城器推到幕墙边。而那些爬梯的士兵，只要遇到城墙高处的抵抗就放弃了。即使有至高王的命令，要一个爱克兰人杀死另一个爱克兰人也是很艰难的事。况且，防守的爱克兰兄弟如此勇猛，简直像在洞里负隅顽抗的獾。

随着太阳落山，号角在帐篷那边猛然作响。悲哀的号声传遍整个战场，埃利加的军队开始后退，拖着受伤的士兵和不少尸体回营，留下兽皮覆盖的攻城塔和其他攻城器械，等待第二天早晨再度进攻。号角吹响第二次，接着鼓声大作，仿佛在提醒守城的人，国王的大军好比绿色的海洋，能够永无止境地送出波浪。甚至像在表明，哪怕最硬的顽石，也终将碎成粉末。

攻城塔仿佛孤独的方尖碑，立在城墙前，那是又一个显而易见的标志，提醒众人埃利加还会卷土重来。湿透的兽皮将塔身遮得严严实实，没有任何火箭能找到缝隙摧毁它。但卫队长俄加木经过一整天仔细思考，又从亚拿嘉和史坦异那里得到一些建议，终于制订出一个计划。

静待国王的最后一名士兵一瘸一拐地走下山坡，消失在营地里，随即，俄加木命令手下，将灌满油的酒袋装进奈格利蒙的两架小型投石车，松开投臂，油袋应声越过墙外长长的空地，将油泼洒在塔楼外的皮篷上。这一步已经完成，剩下就只需几支沾着沥青的箭。它们拖着焰色条纹，穿过黄昏的蓝色天空，没多久，那四座巨大的塔楼就像火炬一样熊熊燃烧起来。

国王的手下无法扑灭烈火，守城的则站在城墙上，看着橙色火光在攻城塔上舞动，不由互相击掌，又是跺脚，又是叫嚷，疲倦不减但精神大振。

埃利加国王骑马走出营帐，身披黑色的斗篷，像条影子似的，被奈格利蒙的守卫们好一阵嘲笑。他举起一柄奇异的灰剑，像疯子一样大叫，要求天上降雨，熄灭塔上的大火，这让他们笑得更厉害了。没过多久，他们看着国王骑马反复打了几个来回，鸦黑的斗篷在冷风中飞扬，接着，又听到埃利加盛怒的声音传来，终于明白，国王是真心期待能召来大雨，却因事与愿违而勃然大怒。笑声慢慢消失，陷入了惊慌的沉默，奈格利蒙的守城兵一个接一个停止庆祝，爬下城墙疗伤去了。毕竟，围攻才刚刚开始，也看不到任何谈和的迹象。而且，天堂之外，没有安歇。

❁

"我又做了个怪梦，宾拿比克。"

西蒙驱马走到坎试喀身边，离其他人大概几码远。空气清冽，但冷得可怕，这是他们在白色荒原上度过的第六天。

"什么样的梦？"

西蒙调整一下矮怪帮他做的面罩，这块开缝的兽皮能挡住雪地反射的强光。"绿天使塔……或别的塔。昨晚，我梦到它在流血。"

宾拿比克的眼睛在相同样式的面罩后眯起来，伸手指着远处山脚下一片朦胧的灰影。"那里，我确定，就是狄莫斯寇的边缘——或者，崎拉基索，我的族人恰如其分地给它取了这个名字：阴影之林。我们再走一天就能到了。"

西蒙盯着沉寂的森林，一阵失望涌了上来。

"我才不管什么该死的森林。"他脱口而出，"冰和雪烦死人了，冰和雪！我们会在这片可怕的荒地上冻死！我做的梦到底是什么意思?!"

坎试喀跳过几小堆积雪，矮怪的脑袋随之上下晃动一阵子。虽然风声飒飒，还是可以听见黑斯坦正对某人叫嚷着。

"我满心悲痛。"宾拿比克斟酌字眼，好像要让这番话配上前行的节奏，"在奈格利蒙时，我整整两晚睡不着觉，担心带你踏上这趟旅程，会给你造成什么样的伤害。我不知你的梦是什么意思，而唯一能找到答案的方式，便是走上梦境之路。"

"就像我们在葛萝伊小屋做的那样?"

"但在孤立无援的情况下，我对自己没有信心——此时此地不行。也许你的梦能帮助我们，可我还是认为，现在走上梦境之路并不明智。而我们这里的所有人，都背负着大家的命运。只能说，我一直都按照看来最正确的那条路走。"

西蒙思考着嘀咕起来。

这里的所有人。宾拿比克是对的，这里的所有人，要回头都太晚了。

"伊奈那……"他用颤抖的手指画出圣树标志，这颤抖并不只因寒冷，"……风暴之王……是魔王吗？"他总算问了出来。

宾拿比克深深皱起眉头。

"魔王？你们的神的敌人？干吗问这个？你不是听亚拿嘉说了吗？——你知道伊奈那岐是什么。"

"大概吧。"他在发抖，"只是……我在梦里见到他。反正，我觉得是他。一对红眼睛，说实话，我只看到这个，其他都是一片黑……像烧光的木头，还有一点余火。"光是想起这些，已经让他很难受了。

矮怪耸耸肩，双手插在狼脖子的毛发里："他不是你们说的魔王，西蒙吾友。不过，他是魔鬼，准确地说，我觉得他要做的事，对其他人而言的确是魔鬼的行径。这就足够了。"

"还有……龙呢？"过了一会儿，西蒙犹豫地问。宾拿比克飞快地偏过头，皮缝里投射出古怪的目光。

"龙？"

"山上那条。名字我不记得了。"

宾拿比克爆笑起来，喷出的气像云朵一样。"它叫哀咯迦屈！群山之女啊，年轻的朋友，你担心的事还真多啊！魔鬼！龙！"他用戴手套的指尖接住一滴眼泪，举起来，"看！"他咯咯笑着，"好像这里还需要更多冰似的。"

"可那儿是条龙啊！"西蒙语气激烈，"每个人都这么说！"

"很久以前的事了，西蒙。那是个不吉利的地方，当然龙也是那地方与世隔绝的最重要的原因之一，反正我猜是这样。在坎努克传说中，那里曾有条巨大的冰虫，我的族人不会靠近那一带。不过，现在我觉得，更可能是雪豹之类的生物。我不是说那里没有危险的东西，比如说，这些日子以来，已经众所周知的宏瘟。"

"那我当真没什么需要担心的了？最危险可怕的东西，我已经在夜里见识过了。"

"不，我的意思不是这样，西蒙。时刻都不能忘记，我们有敌人。而且，其中有些确实非常强大。"

荒原的又一个寒夜，空洞黑暗的雪地中又燃起一团营火。现在西蒙最想要的，就是蜷缩在奈格利蒙的床上盖着毯子休息，哪怕奥斯坦·亚德史上最血腥的战斗发生在门口也无所谓。他确信，要是现在有人能提供一个温暖干燥的地方睡觉，自己会不惜撒谎、杀人，甚至舍弃乌瑟斯的信仰。他裹在毯子里，努力让牙齿不再打颤，觉得睫毛已经被冻在眼皮上了。

微弱火光照不到的地方，狼群凄厉的号叫在无止境的黑暗中回响，像在进行着感伤又复杂的对话。两天前的夜晚，一行人第一次听到它们的号叫声时，坎忒喀整晚都不安地在营火旁转圈。现在，她已经习惯了同类的叫声，只是偶尔发出一声不安的呜咽。

"她咋不回、回答它们？"黑斯坦担心地问。作为一个北爱克兰平原人，他不比施拉迪格对狼更有好感，虽然他已经喜欢上了宾拿比克的坐骑。"她咋不叫它们去打、打扰别人呢？"

"和人类一样，坎忒喀的族类也不全都喜好和平。"宾拿比克的回答完全起不到安慰作用。

这天晚上，母狼坚决不理会越来越响的号叫声，假装睡觉，但那对转动的尖耳朵却出卖了她。西蒙身子深陷在毯子里，心中确信，这首狼之歌是他听过的最孤寂的声音。

为什么我要来这儿？他想。为什么我们会到这儿来？在这可怕的雪地里寻找人们多年来想都没想过的一把剑？同时，公主和其他人却在城堡等着国王进攻！太蠢了！宾拿比克在山上和雪地里长大，格力姆克、黑斯坦还有施拉迪格都是士兵，天知道希瑟想干什么。可我呢？我为什么在这儿？太蠢了！

狼嚎声轻了下去。一根长长的指头轻触西蒙的手，吓得他跳了起来。

"塞奥蒙,你在听狼的声音吗?"吉吕岐问。

"听、听不到才怪。"

"它们的歌真是直白又嘹亮。"希瑟摇摇头,"它们很像你们人类。走到哪儿就唱到哪儿,唱看到的、闻到的东西。它们互相告知麋鹿在哪儿,谁和谁交配了,但大多数情况下,只是在喊着'是我!我在这儿!'"吉吕岐微笑起来,以手遮眼,盯着快熄灭的火。

"你们就是这、这样理解我们……我们人类说的话的?"

"抛开语言。"王子答道,"你一定要试着用我们的眼光去看:对我们支达亚来说,你们常常表现得像孩子。你看,长寿的希瑟并没有沉睡,我们清醒着度过了历史中的长夜。你们人类则像孩子,希望跟长者一起待在火旁,听着歌谣和故事,观看舞蹈。"他朝周围打着手势,仿佛黑暗中满是隐形的狂欢者。

"但你们做不到,西蒙。"他继续温和地说,"不可能。你们种族被赐予长眠,最终的沉眠,而我们这一族则得到了在星夜中行走、歌唱的能力。也许你们睡梦中的丰富内容是连我们支达亚都无法理解的。"

悬在黑水晶般天空上的星星似乎暗淡了些,更加深陷在广阔的夜色中。西蒙想到希瑟,想着他们没有终结的生命,却始终无法理解那会是什么感觉。空气冰冷刺骨,他觉得连灵魂都被刺痛,于是往火堆旁挪挪,脱下潮湿的手套,温暖一下双手。

"可是希瑟会……会死,对、对不对?"他谨慎地问,暗骂自己连说话也直打冷战。

吉吕岐眯着双眼,靠近过来,西蒙瞬间慌了神,以为希瑟会因自己的无礼动起手来。但相反,吉吕岐只是握住西蒙颤抖的手,举起来。

"你的戒指。"他盯着那个鱼形花纹说,"上次我没见到。谁给你的?"

"我……我师傅,大……大概是他。"西蒙结结巴巴地说,"海霍特的莫吉纳医师。他给宾、宾、宾拿比克保管的。"希瑟王子冰冷有力的手让他很是不安,但又不敢抽开。

"那么,你是你们一族中知晓秘密的人?"吉吕岐目不转睛地盯着他,金色的眼底映着淡淡的锈色火光,令人不由害怕起来。

"秘、秘密?不、不、不!不,我不知道任何秘密!"

吉吕岐看了他好一会儿,用目光将他牢牢钉住,像用双手抓紧他的脑袋似的。

"那为什么他会给你那只戒指呢?"吉吕岐的问题更像在问他自己,接着摇摇头,松开西蒙的手,"我自己也送出了白翎箭!祖先指引我们踏上一条奇怪的路。"他转头看着摇晃的营火,不再对西蒙讲话。

秘密,西蒙怒冲冲地想,又是秘密!宾拿比克有秘密,莫吉纳有秘密,希瑟更是全身都是秘密!我不想知道任何秘密了!为什么选择我来接受这些惩罚!为什么每个人都把他们可怕的秘密强加在我身上?!

他抱着膝盖发抖,心中怀着这样不可能的愿望,无声地哭起来。

第二天下午,他们到了狄莫斯寇东边。森林被一层厚厚的白雪掩盖,看起来更像宾拿比克说的名字了,一个遍布阴影的地方。一行人感到森林不祥的气氛,并没有往里走,甚至尽可能避开林间小路。虽然有些树确实粗壮,但撇开这点不谈,它们大部分看起来短小又扭曲,仿佛在沉重的针叶和积雪的压力下痛苦地扭动着。弯曲树干间的空地也歪歪扭扭,像喝醉的巨型鼹鼠打出来的地洞,一直延伸到危险又神秘的森林深处。

马蹄轻柔地踏在雪上,几乎什么声音都没有,西蒙在想象,沿着那条小路走进竖着黑暗柱子、覆着白色屋顶的狄莫斯寇森林大殿，最后会到达——谁能猜得呢？也许会到达森林黑暗邪恶的核心。那里的树木一同发出呼吸声，树枝摩擦着传递没完没了的低语，恶意的气息形成风，穿过细枝和冰冻的叶片。

这天晚上，虽然狄莫斯寇就在不远处，像只蜷伏的睡着的动物，但他们还是选择在空旷的平原上扎营。没有人想到那座森林的树荫下过夜，特别是施拉迪格，他是听着那些苍白林道里恐怖怪物的故事长大的。希瑟似乎不以为意，但吉吕岐晚上花了些时间给黑巫木剑上油。一行人再次挤在露天的营火旁。整个长夜，剃刀般的东风不停地从他们身上刮过。粉末状的雪到处打转，还在狄莫斯寇外围的树丫间飞舞。那一夜，他们躺下睡觉时，耳边充斥着从森林传来的、被风吹动的树枝互相锯切的吱嘎声。

又慢慢骑行两天，他们绕过森林，穿过最后一片空旷冰冻的土地，来到山脚下。景色阴冷荒凉，雪地反射着强烈的日光，西蒙一直眯着眼，头都痛了。天气似乎暖和了些，雪还在下，但在山脉宽阔的背风面，寒冷的风不再像之前那样透过斗篷和外套吹进来。

"看！"施拉迪格叫道，指着山脚往高处延伸的山坡。一开始，除了到处都是盖着雪的石头和树木，西蒙什么都没看到。接着，他的目光沿低坡往东扫去，看到有什么东西在动。两个形状奇特的影子隐约出现在一弗隆外的山脊顶上——还是身形混杂在一起的四个？

"狼吗？"他紧张地问。

宾拿比克骑着坎忒喀离开小队，朝那边跑去，举起戴着手套的手拢在嘴边。"Yah aqonik mij – ayah nu tutusiq, henimaatuq？"他呼喊着，话语回响短短一阵，很快消失在白雪皑皑的山上。

"实际上不该叫的。"他归队后，对迷惑的西蒙轻声说，"在更高的地方可能会造成雪崩。"

"可你在跟谁……?"

"嘘。"宾拿比克摆摆手。过了一会儿,那两个影子下了山脊,朝他们移过来。现在西蒙可以看清,那是两名个子小小的人,分别跨坐在两头弯角山羊上。是矮怪!

其中一个呼唤着。宾拿比克仔细听,然后转头给他的伙伴们一个微笑。

"他们想知道我们要去哪儿。另外,如果我们中间的那个是吃人肉的瑞摩加人,那他是不是俘虏?"

"让魔鬼抓走他们吧!"施拉迪格吼道。宾拿比克笑得更欢了,又转头对着山脊。

"Binbiniqegabenik ea sikka!"他叫着,"Uc sikkam mo - hinaq da Yijarjuk!"

两个围着毛皮兜帽的圆脑袋茫然地看着他们,活像阳光下的猫头鹰。呆了片刻,其中一个拍拍胸口,另一个则挥动戴着手套的臂膀,划了个大圈,然后驾坐骑转身,在一片飞扬的雪末中走回山脊。

"这是在干什么?"施拉迪格恼火地问。

宾拿比克笑得有些勉强。"我告诉他们,我们要去雾沙穆。"他解释说,"他们一个做出驱赶邪恶的手势,另一个则施了远离疯子的法术。"

一行人沿路上山,在雾沙穆地幔上一道凹陷的石谷中扎营。

"我们该在这里留下马,放下不需携带的东西。"宾拿比克查探着这个隐蔽的地点。

吉吕岐大步走到石谷口,身子后倾,盯着雾沙穆白雪皑皑的崎岖山顶,山的西面被夕阳染上淡淡的粉红色。风鼓动他的斗篷,吹起他的头发,脸庞周围飘拂的发丝就像缕缕紫云。

"上次看到这景象,到现在,已经很久了。"他说。

"你以前上过这座山？"西蒙问，奋力解开马肚上的皮带扣。

"我从没见过这座山的最高点。"希瑟回答，"这对我来说会是全新的经历——看看最东面和贺革达亚的王国。"

"北鬼？"

"很久以前，我们分道扬镳时，群山以北的一切都让给了他们。"吉吕岐大步走回石谷，"津志波，你和矢介第必须为这些马找个安身的地方。看，那里有些小树，在斜石头下，要是干草用完了，它们能派上用场。"然后，他又用希瑟语继续说着，安乃和另外两名希瑟开始搭建更长期的营地，这是离开猎舍后，他们感觉最舒适的一次扎营。

"西蒙，看我带了什么！"宾拿比克呼唤道。

年轻人闻声，穿过三名分散在林子里拾柴火的士兵，走了过去。只见矮怪蹲在地上，从行囊中拉出一个油布包。

"奈格利蒙的铁匠觉得我不但矮，而且疯得厉害。"宾拿比克对走来的西蒙微笑，"但他还是造出了我想要的东西。"

解开系带，一大堆古怪的东西掉了出来——连着皮带和带扣的满是钉子的金属盘，凸起尖角的奇怪锤子，还有像是安在非常小的马上的鞍具。

"都是什么？"

"帮我们在高山上生存下来的东西。"宾拿比克得意地笑了，"即使脚步轻快敏捷的坎努克人，也不能毫无准备就去攀爬高峰。看，这些是绑在靴子上的。"他指着带钉子的盘子，"那些则是冰斧——很有用处。施拉迪格见过这些东西，肯定的。"

"那马具呢？"

"我们可能要绑在一块儿前行。这样的话，要是刮起大风，或遇到'龙雪'，或走过薄冰，万一有人掉下去，其他人也可以撑住他的重量。如果时间足够，我还要给坎忒喀备好鞍子。要是把她单独留在后头，她会很沮丧的，我们还得经历痛苦的分别。"矮怪一边上油打磨，一边轻轻哼着小调。

西蒙沉默地盯着宾拿比克的工具。他曾以为爬山就像爬绿天使塔的阶梯——山势陡峭，但也就是比较困难的徒步登梯罢了。但这番关于人会摔下去，还有薄冰的话……

"嘿，西蒙小鬼！"是格力姆克的声音，"别偷懒，捡点木片。在我们爬山自杀前，最后生次营火。"

这天晚上，白塔又出现在他梦中。他绝望地紧紧攀附在光可鉴人的塔边，似乎有只狼在下面冲他吼叫。而头顶上，一个红眼睛的黑影敲响了邪恶的钟声。

❀

旅店老板抬起头，张开嘴，本想说些什么，却又闭上了。他眨着眼，吞了口口水，样子像只青蛙。

陌生人是个修士，穿件黑袍，上面尽是一路溅起的泥渍。引人注目的是他的体型。他个头很高，魁梧得像个大酒桶。虽然旅馆门口也不怎么亮堂，但他宽阔的身子一挤进门，就让整间屋子都暗了下来。

"对……对不起，神父。"旅店老板挂上奉承的微笑。对方可是个信奉安东真神的人，而且看上去，只要他愿意，就能把你犯的罪直接从身子里挤出去。"你刚刚说什么？"

"我说，我已经去过码头区所有街道的所有旅店，但一无所获。我背很疼。给我一杯最好的酒。"他僵硬地走到一张桌前，重重地坐在吱呀作响的凳子上，"该死的艾本河口，旅馆比路都多。"旅馆老板注意到，他说话带着瑞摩加口音，那张粗糙发红的脸也证明了这一点。老板听说过，瑞摩加人的胡子实在太厚，少数不任由胡子乱长的，得一日三剃才行。

"这是个港口城镇，神父。"他说着，将满满一杯酒放在闷闷不

乐、脏兮兮的修士面前，"最近这些日子发生的事……"他苦着脸耸
耸肩，"不过客人多了起来，不少陌生人需要房间歇脚。"

修士抹掉沾在唇上的泡沫，皱起眉头："我知道，真是糟透了，
可怜的路萨……"

旅馆老板紧张地四下看看，角落里那些爱克兰卫兵并没注意这
里。"神父，你说你一无所获。"他换了个话题，"我能问问你在找什
么吗？"

"一个修士。"大个子吼着，"一个修士弟兄——还有个小男孩。
我已经从头到尾把码头走遍了。"

旅馆老板露出微笑，用围裙擦拭一只金属酒杯。"所以，你最后
上这儿来了？原谅我这么说，神父，但我觉得你的上帝是在试炼你。"

大个子嘟囔着，从酒杯上抬起目光："什么意思？"

"他们在这儿，之前在——如果真是你说的那两个人的话。"

修士在长凳上猛地扑了过去，老板得意的笑容一下子冻在脸上。
那张红彤彤的脸和旅店老板的脸相隔只有几寸。

"什么时候？"

"两、两三天、天前……我不是很确定……"

"你是真不确定？"修士威胁似的问，"还是想要钱？"他拍拍自
己的袍子。旅馆老板搞不清这古怪的信徒拍的是钱包还是小刀。反
正，他从来不相信乌瑟斯的信徒，住在赫尼斯第最鱼龙混杂的镇上，
更没法让他对他们改观。

"哦，不。神父，是实话！他们……他们几天前经过，询问有没
有船南下到珀都因去。那个修士个子不高，好像秃顶。小鬼脸尖尖
的，黑头发吧？他们到过这儿。"

"你怎么跟他们说的？"

"去俄基德·拉姆——那是一间门口画着桨的酒馆，靠近海
边——找老吉尔吉斯！"

修士的巨手搭上他的肩，他一下子惊慌得说不出话来。虽然旅店老板的体格也算相当强壮，此刻却像孩子一样紧紧绞着双手。片刻之后，他的肋骨便因用力的拥抱而疼痛不已，接着怔怔地站在原地，看着修士塞进自己手里的那枚金皇帝。

"赫尼斯第人，愿仁慈的乌瑟斯保佑你的旅店！"大个子大叫着，转头分开人群，往街上跑去，"从开始该死的搜索到现在，还是头一回碰上运气！"他冲出门口，像是逃出着火的房子。

旅馆老板痛苦地倒抽一口冷气，抓紧金币，上面还带着修士手上的温度。

"蠢驴似的，这些安东教徒。"他自言自语，"神神叨叨的。"

❀

她站在栏杆边，看着艾本河口渐渐远去，藏进雾中。风吹拂她剪得短短的黑发。

"柯扎哈弟兄！"她呼唤道，"过来。还有比这更壮丽的吗？"她朝绿色的大海挥手，海水将他们和模糊的海岸线隔开。海鸥在船尾扬起的泡沫上尖叫盘旋。

修士缩在一堆捆紧的木桶旁，无力地挥挥手："你自便吧……麦拉齐。我从来都不是个好船员。上帝知道。我相信这次旅途也无法改变这一点。"他抹掉前额的水沫——或汗水。自从踏上甲板，柯扎哈就滴酒未沾。米蕊茉抬起头，看到两个赫尼斯第水手正在前甲板好奇地望着自己。她低下头，走到修士身边坐下。

"为什么跟我一起来？"过了一会儿，她问，"我还是不明白。"

修士没有抬头："我来是因为那位夫人付了钱。"

米蕊茉拉起兜帽："没有别的东西能像大海一样，提醒你什么更重要。"她轻轻地说，微笑着。柯扎哈回以一个虚弱的笑容。

"啊，以全能上帝之名，确实如此。"他叹着气说，"它提醒我：

生活是甜蜜的，大海是不可靠的，而我自己是个蠢货。"

米蕊茉庄重地点点头，抬头盯着鼓起的帆。"那些确实是值得记住的事。"她说。

乌顿树下

❁

"这事急不得，埃利加。"哥斯伍低声说，"别急。奈格利蒙是块硬骨头……很硬——你以前就知道了……"话语含混不清，他必须先把自己灌醉才能面对老朋友。乌坦邑侯爵觉得跟国王在一起让他很不自在，传达坏消息的感觉更是糟糕。

"你已经打了十四天。我把一切都交给了你——军队、攻城器械、所有东西!"国王皱着眉，扯动脸部皮肤。他病恹恹的，憔悴不堪，而且一直没看哥斯伍的眼睛。"我不能再等了。明天就是仲夏之夜了!"

"那又有什么关系?"哥斯伍觉得又冷又恶心，转头吐掉嚼了很久已经没有味道的夕萃根。国王的帐篷像井底一般阴冷潮湿。"没人能在两周内攻下这座巨型堡垒，除非城里有人背叛。而且就算防守薄弱，但奈格利蒙人像被逼到绝境的动物，反抗很激烈。耐心点儿，陛下，我们只要有耐心，用不了几个月就能把他们饿出来。"

"几个月?"埃利加发出空洞的笑声，"几个月，听听，派拉兹!"红牧师露出骸骨般的笑容。

国王的笑声突然止住，他低下头，下巴快碰到立在膝盖间灰色长剑的剑柄。这把剑的某些地方，让哥斯伍始终不喜欢，虽然他知道，对区区物品抱有这种念头很愚蠢。然而，这些日子里，埃利加不管到哪儿都随身带着这把剑，好像那是只被宠坏的小狗。"今天是你最后的机会，乌坦邑侯爵。"至高王的声音十分沉重，"要么打开城门，要么，我就……做出其他安排。"

哥斯伍站在那里，身子摇晃。"你疯了吗，埃利加？疯了吗？我们怎么可能……矿工连一半都没挖到……"他的声音低了下去，颤抖着，不知自己的话是不是太过头了，"明天的仲夏夜到底跟我们有什么关系？"他单膝跪地，恳求道，"告诉我吧，埃利加。"

侯爵担心愤怒的国王会爆发出来，但同时，心底深处也抱着一线希望，盼望他们熟悉的伙伴能回来。但两种想法都落空了。

"你不会理解的，乌坦邑侯爵。"埃利加回答，布满血丝的双眼瞪着帐篷，或是一无所有的虚空，"我还有……其他责任。明天，一切都将改变。"

❋

西蒙曾以为对冬天有了深刻的认识。他曾艰难地穿过荒芜空寂的荒原，度过风雪刺眼的白茫茫的无尽日子，以为见识过冬天所有的可怕之处。然而，来到雾沙穆不过几天，他便惊讶地发现，自己以前竟是那么无知。

他们列成纵队，鱼贯穿过细细的冰径，从脚趾到脚跟，踩下每一步都十分小心。与此同时，风越来越猛，他们像树叶般被吹得东倒西歪，只好缩回去，贴在雾沙穆的冰墙后面，等风小下去。其实立足点也不怎么牢靠。西蒙以为爬上海霍特最高处的自己算是攀登好手，而现在呢，脚下打滑，攀在离崖壁不过两肘尺的狭窄小道上，和下方地面之间，除了旋转的粉状雪云什么都没有。以前，从绿天使塔往下望，他仿佛站在世界的顶点，现在却觉得当时是那么幼稚又自以为是，不过是站在城堡厨房的梯子上，竟然觉得有多了不起。

在这条山间小径上，他能看到其他山峰，还有绕在峰旁的云朵。奥斯坦·亚德极北的景象在面前铺陈开来，他却因过于遥远的距离不得不转开视线。这样的高度，还是不要盯着下方为好，那会让他呼吸加速，心堵到喉咙口。西蒙满心希望当初能留在城里，而现在，唯一能踏上平地的机会，就是继续往上爬。

他时常祈祷。既然来到这么高的位置，也许祷文能更快上达天听。

险峻的地势，动摇的心，情况已经够糟了，而西蒙腰上还绑着绳子，像条沉重的鱼线。除了希瑟，所有人都拴在一起，因此，要担心的不光是自己犯错。只要有一个人一脚踏空，也许就会让所有人都打着旋掉进无底的深谷。他们的速度非常缓慢，但没人想再提速，至少西蒙完全不想。

在山上，他感受到的并不全是痛苦。虽然空气稀薄又寒冷，有时甚至一次呼吸就能让人冻成冰块，但这冰天雪地也带来了奇异的兴奋。那是一种坦荡缥缈的感觉，像风直接从身体里穿过似的。

冰山表面有种令人痛苦的美丽。西蒙从没想过冰也能是彩色的，以前只知道它单调乏味，比如在海霍特，安东祭时屋顶结的冰，还有朱诺孚月井口的冰，要么仿佛钻石般清澈，要么像牛奶一样白。相比之下，雾沙穆的冰甲起伏不平，被风和看起来异常遥远的太阳轧制成形，形成梦境般奇形怪状的彩色森林。他们头顶上的巨型冰塔掺杂着海绿和紫色的条纹，从开裂的冰崖落下的大块透明冰晶则像宝石，边缘是浓浓的风暴蓝，随着裂纹的扩散逐渐变淡，像巨人建筑师丢下的砖块。

在一道弥漫白雾的裂隙旁，立着两棵早已死去的大树残骸，树身黑黝黝的，被完全冻住，仿佛两个被抛弃的哨兵。它们之间的冰被太阳融成薄薄的冰片，加上木乃伊般的树干，看起来就像天堂的入口。亮晶晶的脆弱扇形冰面上，日光被搅碎，交织映照出缤纷的色彩，一会儿是红色、桃色的光，又旋转变幻成金色、淡紫色和蔷薇色。西蒙肯定，哪怕是塞斯兰·安东尼斯那闻名天下的彩绘玻璃窗，和眼前的一切比起来，也不过是浑浊的池水和蜡油。

然而，即使闪亮的表面能糊弄住人眼，山脉冰冷的心依旧盘算着要赶走这些讨厌的客人。第一天快傍晚时，西蒙和他的人类伙伴们正在努力习惯宾拿比克的钉鞋，习惯奇异又谨慎的步调。希瑟虽对这些装备不屑一顾，但还是跟人类一样缓慢又小心地走着。就在这时，突如其来的黑暗笼罩了整片天空，就像墨水突然泼到纸面上。

"趴下！"宾拿比克大叫，但西蒙和两个爱克兰士兵却好奇地盯着天空，不久之前，那里还挂着太阳。在黑斯坦和格力姆克身后，施拉迪格已经猛扑在硬硬的雪地上。"躺到地上！"矮怪喝道。黑斯坦赶紧把西蒙拽倒。

这里正好是雾沙穆东南小路的转角，他心想，宾拿比克是不是在前方看到了什么危险的东西？前头的希瑟又怎样了？风声呼啸而来，之前好几个小时，它们都像是低沉、平稳的哨音，现在却变成厉声鸣叫。这时，身子似乎被吹动了，接着，又是一下重重的拖曳，他忙将手指探进雪底，攀着下面的冰块。片刻后，只听一声惊雷爆响，震痛了他的双耳。第一声雷鸣还在下方的山谷中回响，第二声紧跟而来，吓得他像是被坎试喀逮住的耗子。风像嶙峋的手，一直拉扯着他。他啜泣着贴紧地面。雷声炸响一次又一次，他们依附的这座山仿佛成了巨人的可怕铁砧。

风暴像来时一样，突然结束了。风啸声平息后，西蒙又在原地趴了很久，额头压在冻结的地面上。最后，他终于坐起来，但耳鸣依旧。这时，白亮的太阳又从泼墨般的云里探出头来。黑斯坦坐在旁边，像个迷惑的孩子，鼻子在流血，胡子上沾满雪。

"安东之名啊！"他骂着，"以受苦受难、悲痛流血的安东和上帝之名。"他用手背抹抹鼻子，愣愣地盯着皮手套上的红色印迹，"怎么回事……？"

"我们刚才站在宽阔的路面上，太幸运了。"宾拿比克站起来。虽然他也满身是雪，但看来还算心情愉快，"这里的风暴来得很快。"

"快……"西蒙喃喃说着，垂下目光，发现右靴脚踝被左靴的钉子刺穿了，从穿过的地方看来，他觉得应该出血了。

不一会儿，吉吕岐细瘦的身影出现在小路转弯处。

"有没有少人？"他大声问道。听到宾拿比克回答都安全之后，希瑟嘲弄般行了个礼，又消失了。

"我没看到他身上有雪。"施拉迪格酸溜溜地指出。

"山里的风暴移动很快。"矮怪回答，"希瑟也一样。"

七个旅行者在山东面一个浅浅的冰洞里，靠着洞壁一起度过整个晚上。狭窄的小径边缘离他们不过五六肘尺远，黑暗的深渊就在底下静静等待。他坐着，在刺骨的寒冷中颤抖。吉吕岐和安乃的歌声虽不温暖，但很平静，让他感觉舒服了点儿。他又想起莫吉纳医师曾说过的话。那是个令人昏昏欲睡的下午，西蒙抱怨佣人间太拥挤，毫无隐私可言。

"永远不要将家固定在同一个地方。"老人曾这么说。在那暖洋洋的春天里，除了手指，什么都懒得挪动。"在你脑子里为自己建造一个家。你会找到用来布置的家具——记忆、信任的朋友、好学的心，诸如此类。"莫吉纳当时在笑，"那样，不管你到哪里，它都形影不离。你永远不会无家可归——当然，除非你掉了脑袋……"

他还是不太明白医师的话到底什么意思。但他知道，比起其他东西，自己最渴望的还是一个"家"。在奈格利蒙那一周，史坦异神父的简陋小屋已经让他有了家的感觉。虽然说，像哈卡马贩那样的自由生活挺潇洒，以天为盖，以地为庐，不管哪里都是家，但他已经准备好迎接别的生活。他感觉，自己已在旅途中奔波了好多年——到底是多久呢？

他仔细回忆，数着月亮变化的次数，实在记不起时就问宾拿比克，结果却令他傻了眼，从开始到现在……还不到两个月！无法相信，然而却是事实。矮怪肯定了他的猜测，余汶月已经过了三周，而西蒙的旅途是从不祥的凝石之夜，也就是阿弗洛月最后一天开始的。不到七个礼拜，世界竟能发生这么大的变化！而且，他一边入睡一边麻木地想，大部分情况都变糟了。

早晨晚些时候，他们发现一块从山肩滑下来的巨冰，像被丢弃的巨大包裹，横跨在小路上。越过这块巨冰时，雾沙穆又给了他们一次打击。只听一阵令人毛骨悚然的摩擦声响，楔子般的巨冰突然断裂，由蓝灰色变为白色。格力姆克脚下的冰粉碎了，分裂、弹跳着落下山谷。爱克兰人只来得及发出一声短促的尖叫，便一脚踏空，掉进冰块砸出的裂缝，消失不见。西蒙来不及思考，也被格力姆克的重量拖了过去。他绝望地伸出一只手，想抓住冰墙。他完全慌了神，眼睁睁地看着那道黑色裂缝离自己越来越近。裂缝下的峭壁足有半里格高。他尖叫着，发觉自己不住地向前滑，手指徒劳地在光滑的路面上乱抓。

绳子最前端的是宾拿比克，经验丰富的他一听到破冰声，就迅速往前一跳，展开四肢，一只戴着手套的手紧紧抓住旁边的冰，斧子和靴钉尽可能深地刺在冰上。黑斯坦伸手拽住西蒙的皮带，但这魁梧的大胡子卫兵也没法阻止他下滑的趋势。格力姆克的重量将他们径直往下拖。他悬在绳上，在雪花飞舞的半空中左右摇摆，发出凄厉的惨叫。绳子末端的是施拉迪格，他扑倒在雪中，暂缓西蒙和黑斯坦下滑的势头，焦急地呼唤希瑟。

安乃和吉吕岐王子沿山路赶回，像雪兔一样轻捷地越过覆满雪末的地面，飞快地将手中的斧子锤进冰里，并将宾拿比克那一端的绳子绑在斧子上。矮怪终于解放了，他和两个希瑟一起，合力靠近裂缝，赶去帮助施拉迪格。

西蒙觉得腰上的拉力更强了，裂缝也慢慢远离。他正在向后退。他不会死了！——至少不是现在。等站稳脚跟，他弯腰抓起一只落下的手套，头还突突直跳。

所有人都用力拉着绳子，终于把已经失去意识的格力姆克拉回裂口，再把他拖到安全地带。兜帽下，他脸色发灰，即使清醒之后，也花了很长一段时间才认出同伴，身子像害了致命的热病，不停颤抖。施拉迪格和黑斯坦用两顶斗篷做成吊索，扛着他一直走到适合扎营的地方。

发现这条一直延伸进山石的深深裂隙时，太阳刚越过天空的最高点，但一行人别无选择，只能早点儿扎营。他们点起一团火，火焰还不及膝盖高。引燃物来自雾沙穆山脚，他们特地带到高山上，就为应付这一类情况。格力姆克颤抖着躺在火边，牙齿不住打架，等待矮怪调药。宾拿比克从包裹中取出草药和粉末，混着融化的雪，忙碌地准备着。当然了，没有人羡慕格力姆克能享受珍贵的热量。

下午过去，纤细的银色阳光射进这条蓝色冰墙中的缝隙，然后消失不见，紧跟而来的是更加刺骨的寒冷。西蒙的肌肉像鲁特琴弦一样颤抖，耳朵捂在毛皮兜帽中，依然冻得生疼。他不知不觉做起了白日梦，仿佛从陡峭的冰面无助地滑下空荡荡的深缝。但和他原以为的不同，梦里并不阴冷，反而有温暖芳香的手臂欢迎他。

又是夏天了——推迟良久的夏天！没关系，四季终将轮换交替，炎热的空气里会有蜜蜂嗡嗡作响，春天开放的花儿没精打采地垂下头，花瓣边缘焦黄发脆，像朱迪丝在城堡炉子里烤熟的羊肉馅饼。海霍特下方的土地上，仿佛是炼金术般，草叶开始泛黄，等入秋就会完全变色，届时地上还会堆满香喷喷的金色草垛，像一间间小屋子。

西蒙听见牧羊人懒洋洋的歌声，和着整片草原上的蜂鸣，领着咩咩叫的羊群前行。夏天！他知道，节日很快就会来临……

圣撒翠日、哈拉夫祭——但首先是他最喜欢的仲夏之夜……

仲夏夜，一切都将改变，一切都将装扮起来，戴上面具的朋友和穿上戏服的敌人全都懵懂地在窒息的黑暗中结伴而行……

当音乐响彻整个不眠之夜，荆棘园系上银色的丝带，月亮的粉尘下满是欢笑雀跃的影子……

"塞奥蒙?"一只手搭在他肩上，轻柔地摇晃，"塞奥蒙，你在哭。醒醒。"

"跳舞的……面具……"

"醒醒!"那只手又摇晃一次，更加用力。他睁开眼睛，看到吉吕岐瘦削的脸庞。暗淡的光斜照在他的前额和颧骨上。

"你好像做了可怕的梦。"希瑟说着，在西蒙身边坐下。

"可……可那不是真的。"他颤抖着，"那是夏、夏天……仲夏夜……"

"啊。"吉吕岐扬起眉毛，意味深长地耸耸肩，"我想，你正在本不该去的领域中徘徊。"

"夏天有什么不好?"

希瑟王子又耸耸肩，接着，他从袍里摸出个雕饰精美的木框，里面有个闪光的物体，就像和善的叔叔从怀里拿出玩具哄哭闹的小孩似的。

"你知道这是什么吗?"吉吕岐问。

"镜……镜子……"西蒙不懂希瑟要问什么。难道他知道西蒙曾在山洞里见过这面镜子?

吉吕岐露出微笑："是的。一面非常特别的镜子，历史悠久。你知道这面镜子能用来做什么吗? 除了让人类男性照镜刮胡子以外?"他伸出手指，轻轻点着西蒙胡子拉碴的脸庞，"猜猜!"

"看、看、看远处的东西?"他犹豫一会儿回答，心里觉得王子一定会生气，等着他对自己发火。

希瑟盯着他。"你听说过精灵的镜子吗?"终于，他好奇地问，"它们曾在故事和歌谣中被传唱!"

这是个好机会，西蒙本可以顺水推舟、隐藏真相。但他说出的话却让自己大吃一惊，"没有。但我们在你的猎舍时，我看过。"

更令人吃惊的是，坦白只是让吉吕岐微睁大了眼睛。"你在里面看到了别的地方？不光你自己的倒影？"

"我看到……我看到米、米蕊茉公主——我的朋友。"他点点头，拍拍颈间系着蓝围巾的位置，"就像一个梦。"

希瑟皱眉看着那面镜子，不像生气，更像在池面上搜寻一条明明又中却又逃脱的鱼。

"你是个意志坚定的年轻人。"吉吕岐慢慢地说，"比你自认为的更坚定不移——或者你被其他力量触发了，用某种方式……"他的目光又从西蒙转回到镜子，沉默了一会儿。

"这面镜子，非常古老。"他总算又开口说，"据说它是巨虫的鳞片。"

"什么意思？"

"那条巨虫，在很多故事里，环绕着整个世界。但我们希瑟认为，这条虫同时围绕着所有世界，包括醒的、睡的……过去的、将来的。他的尾巴衔在嘴里，所以没有头也没有尾。"

"巨虫？你是说勒、勒、龙吗？"

吉吕岐点头，像只鸟突然啄了下麦子。"还有人说，所有龙都是那条巨虫的后裔，每条都比它的上一代小一点儿。哀喀迦屈和刹拉卡不如他们的母亲黑朵荷贝大，同样，黑朵荷贝也不如她上一辈的金龙耿鲁卡玛。如果这是真的，总有一天，龙会彻底灭绝——假如它们现在还没全部消失的话。"

"那很、很好啊。"西蒙说。

"是吗？"吉吕岐又微笑起来，双眼像冰冷闪烁的石头，"人类壮大的同时，巨虫……还有其他种族……都在减少。看来这是世间常理。"他伸展身体，像一只刚睡醒的、身子颤动的、优雅灵巧的猫。"世间常理。"他重复着，"不过，我把巨虫的鳞片拿来，是想让你看些东西。你想看吗，人子？"

西蒙点点头。

"对你来说，这是一段艰难的旅途。"吉吕岐扭头瞟了一眼其他人，他们都围在格力姆克和小火堆旁，只有安乃抬头回望一眼，两个希瑟用眼神传递着别人无法读懂的内容。"看。"过了一会儿，吉吕岐说。

窥镜捧在他手中，像一汪珍贵的泉水，几乎能看到涟漪。黑乎乎的镜面被参差不齐的灰色天光撕开，倒映出裂隙顶上的天空。慢慢地，只见镜子上浮现出点点绿光，像怪异植物形成的星星在夜空中发芽生长。"我会让你看看真正的夏天。"吉吕岐温柔地说，"比你曾了解的一切更真实。"

点点绿光开始震荡、融合，仿佛闪烁的绿宝石鱼从阴暗的池底浮上水面。西蒙觉得自己沉入镜中，尽管他一直保持着俯瞰的姿势没有动弹。这绿色又幻化成前所未见的各种不同的绿，深浅不一，色泽多变。片刻间，它们分解组合成令人目眩神迷的桥梁、塔楼和树木，城市和森林在草原中心融为一体，茁壮生长——不像大稚照，城市被森林覆盖，在这里是和谐繁荣、相辅相成的混合体，植被交映着各种磨光的石头、大理石、翡翠和碧玉。

"Enki－e－Shao'saye。"吉吕岐轻声说。平原上的草叶随风蔚然摇摆，交错的塔尖上飘扬着红色、白色、天蓝色的旗帜，像绽放的花朵。"最后、最伟大的盛夏之城。"

"它……在……哪儿……？"西蒙倒吸一口气，因它的美丽，既惊讶又着迷。

"不该问在哪儿，人子，而是曾经在哪儿。世界不单比你想象的广阔，塞奥蒙，也非常、非常古老。岸韶桑羽早已灰飞烟灭。它本来在大森林的东边。"

"灰飞烟灭？"

"它是支达亚和贺革达亚分离之前，最后一起生活过的地方。它汇聚了精湛的工艺，融合成更加辉煌的城市。穿过塔楼的风声形成乐曲，夜里的灯像星星一样明亮。月光下，奈拿苏在她的森林小池边翩翩起舞，周围的树木纷纷弯腰欣赏观看。"他慢慢地摇头，"都逝去了。那曾是我们一族的夏日，如今我们已进入了深秋……"

"逝去……"西蒙依然不太理解那场悲剧。对他来说，镜中的一切似乎近在咫尺，只要探出指尖就能摸到针一般的高塔。他觉得眼泪快要夺眶而出。家园不再。希瑟失去了他们的家园……他们在这世界上孤独无依。

吉吕岐的手覆上镜面，它暗了下去。"逝去。"他说，"但只要回忆还在，夏日便能永存，即使在冬天里。"他转过头，热切地看着西蒙。年轻人脸上苦闷的神情终于变成一个微弱的、谨慎的笑。

"无需如此哀伤。"他说着，拍拍西蒙的手臂，"世上的光明并未完全抹去——还没有。也不是所有美丽的地方都变成了废墟。角天华仍然还在，那是我的家人和族人的居所。也许有一天，等我们两个都安全下山以后，你会亲眼见到它。"他咧开嘴，露出了若有所思的奇异笑容，"也许你会的……"

众人继续往雾沙穆攀登。三天来，脚下危险的狭路比冰柱宽不了多少，还要在光亮透明的冰面上费力地凿出手脚落点。两个夜晚都吹着恶毒的瑟瑟寒风，西蒙觉得像痛苦的噩梦。他牢牢记着吉吕岐给他看过的夏天的景象，靠它们挨过极度的疲惫。他清楚那是份赠礼，深受其安慰，因此，在僵硬的手指挣扎握紧，麻木的脚努力踩实时，心里一直想着还有地方是暖和的，会有床和干净的衣服——还能洗澡！只要他保持谨慎，活着下山，所有这些都会有的。

当你停下来，认真考虑的话，他想，在一个人的生命中，真正必需的东西并不多。想得到太多东西比贪婪更糟糕，因为那是愚蠢——

白白浪费珍贵的时间和精力。

　　一行人慢慢绕着山体前行，一直走到每天的太阳都在他们右肩的方向升起。空气越来越稀薄，他们只能时常停下喘口气。即使坚强的吉吕岐和从不抱怨的安乃也慢了下来，像被沉重的甲胄压着，步履维艰。除了矮怪，几个人类明显落在后头。不过，感谢宾拿比克的坎努克药剂，格力姆克总算恢复了，只是爬山时还不住地颤抖、咳嗽。

　　时不时有狂风刮起，围绕在雾沙穆山肩的云被吹散，仿佛支离破碎的鬼魂。安静的群山山峰也渐渐浮现出来。它们参差不齐，高高耸立在奥斯坦·亚德之上，默默交谈着，对脚下肮脏微小之物不屑一顾。宾拿比克像坐在奈格利蒙的储藏室里一样，自如地呼吸着世界之脊的稀薄空气，为气喘吁吁的伙伴指出东面宽阔崎岖的岷塔霍的位置，还有旁边另外几座伊坎努克矮怪们活动的山脉。

　　不知不觉中，他们已经登上半山腰，放眼望去，山峰还伫立在上方。他们挣扎着爬过一片露出山体的岩石，系在腰间的绳子像弓弦一样紧绷，每次呼吸都像在肺里燃烧。希瑟走在前头，看不到人影，却突然听见其中一人发出奇怪的哨子般的叫声。众人慌忙加快速度，往顶部爬去。前面到底发生了什么？这个问题悬在他们心里，却没有人问出口。绳子最前端的宾拿比克在山顶停下脚步，摇晃着保持平衡。

　　"群山之女啊！"矮怪喘着气，一团白雾从嘴里飘出。他站在原地，好一会儿都没动。西蒙小心地爬完最后几步。

　　面前又是一道白雪皑皑的山坳。刚开始，他什么都没发现，只见白色的崖壁挺立在前方，右手边是天空和一连串白雪皑皑的峭壁，沿着雾沙穆山侧往外绵延，渐渐消失。他朝宾拿比克转头，想问问到底是什么让他如此惊讶，但最终也没问出口。

　　左边山谷深深凹进山体，两边峭壁一直向上延伸，最终融为一体。从深深的谷底到蓝灰色的天空之间，乌顿树隐隐若现。

"圣母艾莱西亚啊!"西蒙的声音十分干涩,"圣母啊。"他重复着。

第一眼看到那巨大、疯狂、难以置信的东西,他便觉得那是一棵树——一棵上千尺高的巨型冰树,无数树丫在午后的阳光中闪烁,高得不可思议的树顶上笼罩着一圈雾环。他终于说服自己,在这充满世俗之物——像猪啊、篱笆啊、饭碗啊之类——的现实世界中,那也是千真万确、实实在在的物体。这么一想,他终于明白那是什么了:一道冻结的瀑布。经年累月的冰雪消融又凝结,化为成千上万的冰条,而在晶莹剔透的瀑布中心,锯齿状的岩柱形成了乌顿树的树干。

吉吕岐和安乃站在谷坡下十尺的位置,目光牢牢钉在那棵树上。西蒙跟着宾拿比克挣扎着下坡,朝他们走去,却感到绕在腰间的绳子越来越紧。是格力姆克,他也爬上顶峰,却被眼前的景象震惊得动弹不得。于是西蒙耐心地等待,看到同样的情形又发生在黑斯坦和施拉迪格身上。终于,所有人都跌跌绊绊、魂不守舍地走下盖着厚厚积雪的谷底。希瑟平静地唱着歌,完全没注意人类同伴走了过来。

久久无人开口。乌顿树的雄伟让他们止住了呼吸。很长一段时间里,众人只是站在那里,盯着它,脑子一片空白。

"我们走过去吧。"宾拿比克终于开口,西蒙只好愤愤然跟上去。矮怪的声音就像粗鲁无礼的干扰。

"就这,这该、该、该死的景象,我还第一次见、见到。"格力姆克结结巴巴地说。

"老独眼从这里爬到星星上。"施拉迪格平静地说,"上帝原谅我的不敬,但我能感到他的存在。"

宾拿比克走下谷地,没多久,其他人迫于矮怪拉拽的绳子,也跟了过去。积雪齐膝,举步维艰。大概走了三十步,西蒙才将目光收回来,转过头,却发现安乃和吉吕岐还是没动,依然肩并肩站在那儿,仿佛在静候什么东西。

　　他们往前挪去，谷坡斜壁垂得很低，几乎擦到众人的脑袋，像被这些稀奇的旅人吸引住似的。西蒙看到冰树宽阔的底部布满杂乱的山洞，洞口被低处的树枝挡住——不是真的树枝，而是一根根融化后又冻结的冰条，每根都比上面那根略粗一些，最底下的冰条有比武场的一半那么宽，覆盖在碎裂的岩石上。

　　他们离那根仿佛直通天际的巨大冰柱很近了。他费力地扬着脖子，最后瞥了一眼尖顶几乎被遮住不见的大树，这时，一阵惊慌突然充满全身，眼前发黑。

　　那座塔！在我梦里，那座长树枝的塔！他目瞪口呆，不由后退，摔倒在雪地上。黑斯坦伸出宽大的手，一语不发，将他拉起来。西蒙把握机会，又往上看了一眼，这感觉比头晕眼花落到水里还恐怖。

　　"宾拿比克！"他叫起来。矮怪刚走进乌顿树暗紫色的阴影，闻声飞快地转过身子。

　　"安静，西蒙！"他嘘了一声，"不知道冰块会不会掉下来，真掉下来就追悔莫及了。"

　　西蒙穿过黏腿的雪，尽快往前走。

　　"宾拿比克，这就是我梦见的塔——那座长树枝、像树一样的白塔！就是它！"

　　阴暗的树下杂乱地布满大石和破碎的小石块，矮怪一边查探一边说："我想你只是梦到了海霍特的绿天使塔？"

　　"我是梦到了——我是说，两者兼而有之。但我之前从没见过这个，因此不知道它还带着这棵树的特征！你明白吗?！"

　　宾拿比克扬起一条杂乱浓密的黑眉毛。"下次有空时，我会再试着扔扔骨头。现在还有没完成的任务。"

　　他等着大家一个接一个都过来。"我的想法是，"他终于开口，"我们应该尽快扎营。然后用白天的最后几小时，寻找柯尔蒙或荆棘剑的踪迹。"

"他们……"黑斯坦指着走远的希瑟，"……会帮忙吗?"

宾拿比克还没来得及说什么，格力姆克便兴奋地吹了声口哨，指着一堆石头。"看啊，你们!"他说，"我想以前有人来过。看那石头!"

西蒙顺着士兵手指的方向，往远处的坡道看去，发现一个山洞口有好几排石堆。

"你说得对!"黑斯坦惊叹，"他说得对! 就像特纳斯的骨头从北摆向南，那儿肯定有人扎过营。"

"小心!"宾拿比克急切地说，但西蒙已经解开身上的绳索，往岩石堆走去。他小心地走着，每一步都引发一场极微小的雪崩，没多久就上了坡道。他站在山洞旁，伸脚戳着一块松脱的石头。

"这道墙是人工堆砌的，肯定!"他兴奋地回头叫着，"洞口大约十尺宽，有人匆匆忙忙在洞口堆起石头，但不是随便乱堆的——也许是为保暖，或者挡住野兽!"

"最好别嚷嚷，西蒙。"宾拿比克说，"我们马上过去。"

在稀薄的空气和刺骨的寒冷中，西蒙不耐烦地等着，满脑子疑团，看着大家赶过来。然而，黑斯坦已经爬上石堆，两个希瑟依然待在乌顿树的枝条下。他们四下观察一会儿，最后才跟着上来，动作敏捷得像在枝头跳跃的松鼠。

过了一会儿，西蒙的眼睛才适应这黑暗阴森的山洞。当他终于看清时，立刻被眼前的景象吓得目瞪口呆。

"宾拿比克! 他……他们……"

矮怪可以在洞里直起腰，西蒙却只能弯腰半蹲，掌心抵在胸口。

"瑾奇琶啊……!"他说，"他们一直在等我们到来。"

洞里散乱排布着人类的棕色骸骨。骨头靠在洞壁上，血肉全无，只残留些早已锈蚀的黑绿色金属饰件，上面覆着一层薄薄的冰，就像保存用的玻璃。

"那是柯尔蒙吗?"西蒙问。

"乌瑟斯保佑我们。"施拉迪格在后面呛咳着说,"快出去,空气里肯定有毒!"

"这里没有毒气。"宾拿比克责备道,"要说到底是不是柯尔蒙爵士的队伍——我觉得可能性很大。"

"我很好奇他们是怎么死的。"小山洞里,吉吕岐的声音显得异常洪亮,"如果冻死,他们为什么不靠在一起取暖?"他指着洞中分散的尸骸,"如果被动物杀死——或互相争斗而死,为什么骨头排列得这么整齐,像一个个自行躺下似的?"

"这里有很多谜团,值得将来好好讨论。"矮怪回答,"但我们还有任务,而天暗得很快。"

"你们,"施拉迪格说,声音因恐惧而紧张,"到这儿来! 这里!"

他站在一具尸骸旁。骨头虽已呈红茜草般的颜色,但从双手伸展、跪在地上的动作来看,他临死前还在祈祷。那对手骨间有块牛奶般的白冰,冰里冻着个腐烂的油布长包裹。

洞里的空气仿佛一下子被抽走,紧张而彻底的沉默降临在众人中间。像在模仿这具古老尸似的,矮怪和瑞摩加人跪下来,用冰斧削掉冻住的包裹布。油布硬得像木头,一片片、一条条的长碎片被剥开,露出底下漆黑的东西。

"不是金属。"西蒙失望地说。

"荆棘也不是用金属做的。"宾拿比克嘟囔道,"至少不是用你见过的金属。"

施拉迪格挥动斧刃,砍进僵硬的布片,在黑斯坦的帮助下,又扯掉一条。西蒙下意识地屏住呼吸。宾拿比克是对的。这不是普通的剑,仿佛乌黑的蝴蝶即将破茧而出,西蒙从没见过类似的剑。它有成年人展开双臂、从这头指尖到另一头那么长,通体漆黑。它的剑锋折射出彩光,但剑体黑得如此纯粹,仿佛剑刃的锐利已经超越自然,能将洞里暗淡的光切开，形成彩虹。它的剑柄缠绕着银色的束带——但护手和剑柄圆球却跟其他地方一样也是黑的。如果少了银色握带，它似乎连半点人气都不沾了。从那匀称的形状看来，它更像某种野生的、纯粹的黑暗精华，只是恰好形成如此精致的剑的形状。

"荆棘。"宾拿比克低声说，满意中带点儿敬畏。

"荆棘。"吉吕岐重复道。西蒙用不着猜，就知道他的语气中蕴含着无限深意。

"这就完事儿了？"施拉迪格最后说，"真是把好剑。可带着这样一把剑，有什么东西能杀死他们？"

"谁知道柯尔蒙他们发生了什么？"宾拿比克说，"就算有荆棘这样的宝剑，你挨饿时也不能拿它当饭吃。"

所有人依然盯着剑。格力姆克离洞口最近，他伸展身子，站起来，细瘦的双臂抱着身体。

"矮怪说得对，剑不能当饭吃。我生火过夜去。"他走出山洞，站了一会儿，舒展一下筋骨，吹起口哨。调子开始很轻柔，后来愈渐有力。

"石缝里有些灌木，可以用来点火。"施拉迪格在他身后说。

黑斯坦俯下身子，小心地用手指碰碰黑剑。"冷。"他笑了，"没啥奇怪的，对吧？"他转向宾拿比克，有些不好意思地问，"我可以拿着看看不？"

矮怪点点头："小心。"

黑斯坦伸出手，轻轻握住裹着带子的剑柄，拉了拉，剑一动不动。"冻住了。"他猜测说，又用力拽了一次，结果还是一样。"冻硬了，这个。"他气喘吁吁，用尽全力还是不成功，喷出的呼吸升腾成一片云。

施拉迪格靠过去帮忙。洞外的格力姆克不再吹口哨，叽里咕噜不知说些什么。

瑞摩加人和爱克兰人一起用力，黑剑终于动了，但没从冰里一下子拔出来，只略微往旁边滑了几分，又停下。

"没冻住。"施拉迪格喘着气，"但重得像石碑。我们两个一起也只能勉强动一下！"

"那我们怎么把它弄下山呢，宾拿比克？"西蒙问。他想大笑。此刻，一切都那么愚蠢又诡异——来找一把魔法剑，却没人能拿动！他也伸出手，感觉到这东西冰冷沉重的分量——还有种奇异的感觉。温暖？没错，冰冷的表面似乎有微弱的生命，像条睡着的蛇，正慢慢苏醒过来——或者又是他的想象？

宾拿比克盯着一动不动的剑，抓抓乱糟糟的头发，思考着。接着，格力姆克又出现在山洞里，摇晃着手臂。所有人都转过身，却看到他颓然跪下，倒在地上，仿佛装着食物的麻袋。

另一种荆棘，一支微微颤动的黑箭，刺在他背上。

✿

蓝光在银面具上流转，苍白的火光舔过面具轮廓。底下的脸庞曾经就是这张精雕细琢、非人一般美丽的面具的模型。但现在，仍然存活于世的生物中，谁都没见过面具下到底是什么模样。自从乌茶库的脸永远消失在闪亮的线条后，世界已历经了无数次变革。

泛着蓝光的面具转过去，看着布满暗影的巨大石厅，注视着那些正费力完成她交代的任务的匆匆忙忙的仆人们。他们扯开嗓子，唱着赞美和回忆之歌。他们的白发被流琴厅永不止息的风吹动、飘拂。她赞许地听着巫木锤的叮当声，回音穿过冻结的奈琦迦，即北鬼称为泪之面具的山脉，在迷宫似的无尽廊道里作响。凡人称她的家为风暴之矛，乌茶库知道，它还时常惊扰他们的梦境……就该如此。银色的脸庞轻轻点了点，表示满意。一切已准备就绪。

悬浮的流琴井周围的雾气突然一变，琴音呻吟起来，孤寂的声响仿佛高空的风。北鬼女王知道这不是"他"的声音——"他"能让这流琴歌唱怒吼，那愤怒的曲子令人难以忍受，雷鸣般响彻整个流琴厅。现在萦绕流琴厅的是个更微弱的声音，像迷宫里的虫子，被这里错综的地形困住了。

她抬起裹在银白手套中的手指，指尖离黑色座椅的石扶手不过几寸，打了个小手势。呻吟声更响了，有什么东西颤抖着在井上方的雾气中现出实体——灰剑津锦尊带着痛苦的光，脉动着。有什么东西握着它：一个阴暗的影子，没有形状的手绕在津锦尊的剑柄上。乌荼库对一切了然于胸。她不需要看到乞求者，剑就在那儿，比任何暂时持有它的凡人更真实。

何人来到贺革达亚女王面前？她问道。其实她早就知道答案。

埃利加，奥斯坦·亚德的至高王，灰暗的影子回答。我决定接受你们主人的条件。

“主人”这个词惹恼了她。人类，她说，话语中带着女王特有的慵懒，你想要的会给你。但你耽搁了很久……似乎太久了。

有些……剑在那灰暗东西的手中摇晃，那人似乎很疲倦。人类是多么臃肿虚弱啊！他们怎么可能造成那样的伤害？我以前以为，它继续说……事情的发展会……不一样。现在我改主意了。

当然。那么，你将收到承诺给你的东西。

感谢你，女王。作为交换，我也会给你我承诺过的东西……

你当然得给我。

她放下戴着手套的手指，幻象消失了。“他”来了，井底泛起红光。琴完完全全被他占据，响亮地奏起完美的凯旋之歌。

“我……不想死……！”格力姆克喘息着，血沫流过下巴和脸颊，歪歪扭扭的牙齿从嘴里露出，像只被猎犬逮住的野兔。“这里……这里太他妈冷了。”他在颤抖。

“谁干的？”西蒙尖声问，震惊和慌乱让他无法控制自己的声音。

"不管是谁，"黑斯坦低声说，他面色苍白，俯身看着受重伤的同乡，"他们把我们堵在兔子洞里了。"

"我们得出去！"施拉迪格怒冲冲地说。

"把斗篷绕在手臂上。"宾拿比克说着，把手杖拼成吹管，"没有挡箭的盾牌，这样多少能起点作用。"

吉吕岐一语不发，跨过黑斯坦和倒下的格力姆克，往洞口走去。安乃紧闭双唇，跟在后面。

"吉吕岐王子？"宾拿比克开口问，但希瑟没理睬他。

"一起来吧。"施拉迪格说，"不能让他们就这样出去。"他从斗篷里抽出剑。

其他人跟着希瑟往洞口挪动，西蒙则看了一眼那把黑剑荆棘。他们走了那么长的路才找到它——现在又要失去它？万一他们逃离险境，却回不来这个洞穴，那怎么办？他将手放到剑柄上，再次感到那种古怪的震颤，他用力一提，惊愕地发现，它竟被自己的手举了起来。剑确实很重，但双手并用还是能抬起来的。

到底发生了什么？他感到一阵晕眩。两个强壮的男人都举不起，但他却可以。是魔法？

西蒙小心地扛着长长的沉重利剑，走到同伴们身边。黑斯坦解开斗篷，却没包在手臂上，而是轻轻盖住格力姆克。受伤的人咳嗽着，流出更多的血。两个爱克兰人都在落泪。

西蒙还来不及提那把剑的事，吉吕岐已经从洞里大步走到堆满石头的洞外，像个自大的杂耍艺人。

"站出来！"他叫道，回音被山谷冰墙反弹回来，"是谁袭击速马奈力之子、岁舞家族后裔、吉吕岐－因－森立王子的同伴？谁要和支达亚开战？"

像是回应他的话，只见一打影子从谷壁后现身，下了谷坡，站在离乌顿树大约三四百尺的位置。他们全都手持武器，还戴着闪烁的面具和白色的兜帽，胸口有风暴之矛的三角标记。

"北鬼？"西蒙喘不上气来，刹那间，连抱在手臂里的怪东西都忘了。

"他们不是贺革达亚。"安乃急促地说，"是听从乌荼库命令行事的人类。"

一个穿斗篷的人迈着摇晃而僵硬的步子走上前来。看那晒黑的皮肤和发白的胡子，西蒙认出了这人。"支达亚，走开。"尹艮·杰戈说，话语冷酷而缓慢，"女王的猎人不打算跟你们起冲突。但躲在后面的人类妨碍了我，他们不能活着离开此地。"

"他们在我的保护之下，人类。"吉吕岐王子拍拍他的剑，"回乌荼库的桌子底下去——这里没有残羹剩饭给你们。"

尹艮·杰戈点点头。"那好吧。"他随手一挥，手下一名猎人立刻搭箭扬弓。吉吕岐迅速拉住背后的施拉迪格，往旁边一跳。箭矢击碎洞口的一块石头。

"发！"王子话音未落，安乃还击的一箭已然出手。那猎人闪开，他的同伙却面朝下倒在雪地上。西蒙一行人在箭雨中飞奔过滑溜溜的石头，跑到冰树底下。短短几分钟内，两边的箭矢都差不多用光。吉吕岐飞箭出手，又快又准，正中奔跑中的一名尹艮手下的眉心，就像射石头上的苹果。在那之前，旁边施拉迪格的大腿中了一箭，好在这支箭先在石头上弹了一下，因此瑞摩加人还有力气咬牙把箭拔掉，一瘸一拐躲到掩体后。

西蒙蹲在形成乌顿树干的一块大石后，暗骂自己竟然把弓和珍贵的箭都落在了山洞里。他看着安乃。渐渐地，希瑟的箭袋空了，便把弓丢到一边，从剑鞘里拔出细细的黑剑，他的表情十分不安，像在努力弥补犯下的过错。西蒙的心狂跳，体内空荡荡，他确信，这份恐惧一定明白地写在了脸上。他低头看着荆棘，感到它脉动的生命。不知怎的，刚才的沉重也不太一样了，竟充满了活力，仿佛群蜂振翅。它像一头被关了很久的野兽，呼吸着诱人的自由空气，骚动不已。

他左手不远处，石树干另一头，黑斯坦和施拉迪格用弯曲的冰枝作掩护，慢慢向前潜行。尹艮知道对方没箭了，便让他的猎人在谷底集合。

"西蒙！"有人轻声叫着。他吓了一跳，转头看见宾拿比克伏在头顶的石头上。

"我们怎么办？"西蒙问，他想控制住自己的音量，但并不成功。矮怪惊讶地瞪着漆黑的荆棘，它像个乖宝宝，正躺在西蒙怀里。

"怎么会……？"宾拿比克问，圆脸上写满惊讶。

"不知道，我就是拿了起来！我真不知道！现在该怎么办？"

矮怪摇摇头。"你先留在这儿。我去看看能帮什么忙。真希望手上有支矛。"他轻巧落地，身子顺势弹开，靴跟踢起一片砂石，飞溅到西蒙身上。

"为了断手约书亚！"黑斯坦大吼，从乌顿树边猛地向白茫茫的谷底跳去。一瘸一拐的施拉迪格果断跟在他后面。他们踏上深深的积雪，速度减慢，像在蜜里奔跑。尹艮的猎人步履维艰地迎上去。双方好像都在跳一曲蹒跚的致命舞蹈。

黑斯坦挥舞重剑，还没正面交战，最靠前的白斗篷就捂着喉咙倒下了。

"伊坎努克万岁！"宾拿比克发出胜利的叫喊，伏下身子往吹管里装镖。

第一个尹艮的手下终于和黑斯坦及施拉迪格对上，利剑敲击的声音不断回响。希瑟随后也赶到，在雪地上敏捷地移动。但双方人数差距太大，没一会儿，黑斯坦的头便被剑身打中，倒下，扬起一团雪沫。还好安乃及时跳过去，挡在他面前，才保护他没被当场刺穿。

剑光在微弱的日照中闪烁，痛苦和愤怒的叫声几乎被金铁交击声掩盖。西蒙心情沉重，矮怪射出的飞镖无法伤到裹着厚厚斗篷的猎人，接着，宾拿比克从腰带上抽出长匕首。

他怎么如此勇敢？他个子太小了——没等他的匕首发挥作用，他们就会杀死他！

"宾拿比克！"他叫道，站了起来，将那把沉重的黑剑高举过头，却被它沉甸甸的重量拖着，身子往前摔去。这时，脚下的大地突然倾斜。他惊慌失措，感到整座山脉都在摇晃，刺耳的隆隆声灌满双耳，像采石场上拖动巨石发出的声音。其他人也都停止厮杀，目瞪口呆地盯着脚下。

隆隆破冰声又一次响起，地面开始往上凸起。谷底中心，离张口结舌、惊恐迷惑的尹艮·杰戈站立的位置只有几肘尺，只见一片巨大的厚冰向上立起，瞬间碎裂变形，伴随大块大块的积雪滑落到地上。

身下大地突如其来的震动，让西蒙的身子不由自主向前翻滚，手里还紧紧握住荆棘，最终停在战场中间。但没人注意到他。好像血液被乌顿树冻住似的，所有人都僵在那儿，瞪着破土而出的生物，露出难以置信的神情。

冰龙！

一颗跟人差不多高的蛇形脑袋从刚刚形成的地缝中钻出，长满锋利牙齿的大嘴上覆满白鳞，圆瞪的蓝色双眼没有眼白。它长长的脖子左右摇摆，像在好奇地观察着片刻前将自己从长年沉眠中唤醒的生物。接着，快得不可思议，它的大嘴已经叼起一个猎人，将他拦腰生生咬断，把下半身吞进了肚子，鲜血淋漓的上半身被则丢到雪地上，像块废弃的抹布。

"哀喀迦屈！——是哀喀迦屈！"宾拿比克发出微弱的尖叫。那颗闪着象牙光泽的脑袋又飞快吃掉一个尖叫的白斗篷。剩下的人四散而逃，极度恐慌。冰龙抬起白色脚掌，伸出利爪，抓住裂缝边缘，身子慢慢地从地下钻出。它长长的后背覆盖着古怪的泛白黄色外皮，像张老羊皮纸，长如比武长枪的鞭尾一甩，便把两个哭叫的猎人扫到大洞里去。

西蒙惊愕地坐在雪地上，无法相信面前这头像蜷缩在椅背上的猫一样趴在冰缝边缘的巨型怪物是真的。那颗吻部狭长的脑袋垂下来，正对着他，眨也不眨的浑浊的蓝瞳孔里露出平静又永恒的恶意。他的头突突狂跳，像盯着流动的河水看了太久似的——那对空洞的眼睛真像冰上的缝隙！它看到了他，不知怎的竟像认识他——它跟这座山脉的核心一样古老，又仿佛时光本身那样聪明、残忍又冷漠。

它咧开嘴，吐出带着银色的黑舌头，品尝着空气的味道。大脑袋更靠近了。

"Ske'I，黑朵荷贝之卵！"一个声音叫起来。紧接着，只见安乃跃到那东西紧紧抠住地面的后腿中间。他唱着战歌，将剑用力刺入一条布满鳞片的龙腿上。当龙抬起尾巴，将希瑟拍开时，西蒙挣扎着想站起来，却又摔倒在地。安乃被甩出五十肘尺远，落在山崖边的雪地上，身旁除了迷雾，什么都没有。吉吕岐愤怒又绝望地叫了一声，冲了过去。

"西蒙！"矮怪大叫，"跑啊！打不过的！"

当宾拿比克叫喊时，缭绕在西蒙脑子中的迷雾总算散开。他赶紧站起，追着吉吕岐而去。这时，位于裂缝另一边的矮怪猛地往后一跳，险险躲过冰龙的攻击。巨口发出铁门闭合般的声音，咬了个空，矮怪则跳进一道冰隙，消失了。

吉吕岐抱着安乃的身躯，像座雕塑似的一动不动。西蒙向他跑去，扭过头，看到哀咯迦屈正滑下破碎的冰墙，在冰面上迈着短腿，穿过小山谷，如履平地，很快就缩短了它和倒地的猎物间的距离。

西蒙想喊吉吕岐的名字，喉咙却被堵住，只发出仿佛脖子被掐住的咕哝声。这时，希瑟转过身，琥珀色的眼睛闪闪发亮，从族人身边站起，举起那把长长的、刻着如尼文的巫木剑。

"来吧，老东西!"吉吕岐呼喝着，"来尝尝京季林的滋味，黑朵荷贝的杂种!"

西蒙朝王子走去，满脸痛苦。用不着叫——那条龙本来就往这边来了。

"到后面去……"吉吕岐对走来的西蒙说，突然，他身子往前一斜，脚下的雪地竟在这时塌陷了。吉吕岐朝身后空无一物的悬崖滑去，绝望地伸手抓着旁边的雪，终于停了下来，上半身贴在地面，双脚则在虚空中摇晃。安乃浑身是血，依然安稳地躺在一肘尺外。

"吉吕岐!"西蒙停下脚步。只听身后雷鸣般一声巨响，他转过去，看到哀喀迦屈巨大的白色身躯压碎冰面，继续朝这里扑来，脑袋随着四条腿强有力的步伐左右摇摆。他跳向另一边，远离吉吕岐和安乃，翻滚着，又爬起来。巨龙离西蒙仅有百步之遥，蓝色的圆眼睛随着他移动，也转向跟了过来。

西蒙意识到自己还带着荆棘。他举起它，奇怪的是，这把剑突然变得轻如鸿毛，像随风摇摆的绳子，似乎还在他手中歌唱。他扭头瞟了一眼身后，这里已是悬崖边，几步开外就什么都没有了。峡谷对面，旋涡般的雾气中浮现出一座远峰——洁白、安静、祥和。

乌瑟斯保佑我，他想，为什么这条龙不出声呢? 他的意识似乎飘浮在身体以外。西蒙伸出手，悄悄捏了捏系在脖子上米蕊茉的围巾，再一次紧握裹着银带子的剑柄。哀喀迦屈的头探过来，张开的大嘴犹如黑洞，眼睛仿佛蓝色的灯笼。整个世界似乎都安静下来。

最后一刻，他该喊句什么话呢?

当龙嘴里的冰霜气息，带着酸腐冻土和潮湿石头的恶臭，往身上喷来时，他想起有一次，吉吕岐曾说过关于人类的话。

"我在这儿!"他大喊着，荆棘虎虎生风，刺向满含恶意的眼睛，"我是……西蒙!"

不知什么东西卡住剑刃，一团黑血溅到他身上，像火又像冰一样燃烧着，吞噬了他的脸庞。与此同时，庞大的白色东西砸穿地面，带着他一起沉入了黑暗。

惨绝人寰

❄

　　知更鸟橘色的胸脯像即将熄灭的余烬，在低低的榆枝上泛着光。它慢慢地将头从一边挪到另一边，打量着花园，不耐烦地叽叽喳喳，好像是因这里的杂乱无章而生气。

　　约书亚看着它飞起来，落在园子的墙头，又朝上划出一道陡峭的弧线，越过内城城垛，很快成了黎明灰色天空中的小黑点。

　　"这么长时间，我还是第一次见到知更鸟。这么阴暗的余汶月，也许是个好兆头吧。"

　　王子转过身，惊讶地发现亚拿嘉正站在小路上，双眼盯着鸟儿消失的方向。老人显然不怕冷，只穿一条马裤和一件薄上衣，苍白的双脚裸露在外。

　　"早上好啊，亚拿嘉。"约书亚说着，将斗篷领子裹紧些，看到瑞摩加人不惧寒冷的模样，反倒让他更冷，"大清早的，什么风把你吹到园子来了？"

　　"约书亚王子，我这把老骨头只要睡一会儿就够了。"他微笑着，"我本该问您同样的问题，但我已经知道了答案。"

　　约书亚忧郁地点点头："自从落入哥哥的地牢，我就没好好睡过一觉。相比那时，虽然环境得到了改善，忧愁却代替了锁链，还是休息不好。"

　　"监牢有各种不同的形式。"亚拿嘉点头。

　　他们在迷宫般的通道里安静地走了一会儿。这座花园曾是渥莎娃夫人的骄傲，她还亲自指点打理。连王子的侍从都悄悄说，对于一个在马车上长大的女孩而言，这份对优雅的执着实在令人惊叹。然而最终，花园还是因糟糕的天气、越来越沉重的压力和忧愁而荒废了。

"亚拿嘉，有些事不对劲儿。"约书亚终于说，"我有种预感，而我相信这种感觉，就像渔民能感知天气变化。我哥哥到底在干什么？"

"在我看来，他正尽全力把我们都杀掉。"老人回答，粗糙的脸上挤出一丝僵硬的微笑，"这就是不对劲儿的地方吗？"

"不。"王子严肃地回答，"不，这只是个难题。我们已经抵抗了一个月，损失惨重——奥德迈男爵、格林泰德爵士、凯德隧的伍多申，还有几百勇敢的民兵。但他上一次组织像样的进攻还是两周前的事，之后的攻击都很……匆忙，只是做出围攻的样子。为什么呢？"他坐在一张低矮的长凳上，亚拿嘉跟着坐到旁边，"为什么？"他重复道。

"围攻不单是蛮力破城。也许他打算把我们饿到投降。"

"那又何必进攻呢？我们让他们损耗了许多兵力。为什么不干脆坐等？感觉他只是想把我们堵在城里，自己好留在外头。他到底想干什么？"

老人耸耸肩。"就像之前告诉你的，我能看到很多东西，但人心却超出我的能力范围。我们能挺这么久，应该庆幸了。"

"确实庆幸。但我了解我哥哥。他不是会耐心坐等的人。气氛很怪，他肯定有什么计划正在进行……"他的声音轻下来，静静地坐着，盯着荒废的伪茜地。伪茜一直没开花，杂草在缠绕的藤蔓间无礼地冒出来，好像食腐者虎视眈眈地盯着一头快死的牲口。

"他本可以成为英明的国王，你知道的。"约书亚突然说，像在回答某个没问出口的问题，"有段时期，他发育很快，但从不欺凌弱小。以前，我们年纪还小，他表现出的只是平常的、大孩子对小孩子那种因无知产生的残酷。他甚至还教我一些事——剑术、摔跤。我却从没教过他任何东西。我了解的东西他都不感兴趣。"

王子哀伤地笑了，一瞬间，一丝孩童般的脆弱浮现在他木然的脸上。

"我们本可以成为朋友……"王子拢起长长的手指，往里面哈气，"要是海黎莎活下来的话。"

"米蕊茉的母亲?"亚拿嘉轻声问。

"你知道，她是个南方人，长得非常漂亮——发似乌木，齿如编贝。她很害羞，但笑起来容光焕发。她爱我哥哥——全心全意爱他。但他把她吓坏了。他嗓门高，个子大。她却很娇小……像柳树一般细瘦。哪怕有人拍拍她的肩，都能把她吓得跳起来……"

王子没有说下去，只是坐在那儿，陷入沉思。流淌的阳光穿过地平线的云层，给单调的花园抹上几分色彩。

"听起来，你也很想念她。"老人温和地说。

"哦，我爱过她。"约书亚的声音不带感情，双眼还是盯着纠缠的伪茜，"我一直被这份爱煎熬。我向上帝祈祷，把她从我心里拿走，虽然我清楚，那样的话，真正的我也会被一并取出，只剩下一具空壳。祈祷完全不起作用。而且，我想她也爱我。我是她唯一的朋友，她经常这样说。没有任何人比我更了解她。"

"埃利加起过疑心?"

"当然起过。如果宫里举行庆典，任何一个站在她旁边的人他都怀疑。我总跟她在一起，但我一直很守规矩。"他匆匆忙忙地加了一句，停了半晌，"为什么到现在，我还要慌慌张张地解释呢?乌瑟斯饶恕我，真希望我们曾经背叛过他!"约书亚咬紧牙关，"我希望她是我去世的爱人，而不是哥哥死去的妻子。"他苛责地看着从右袖口凸出的满是疤痕的手腕，"她的死像块大石头般压着我，让我内疚——是我的错啊!上帝啊，我们这厄运缠身的家族。"

小路上传来脚步声，他赶紧闭上嘴。

"约书亚王子!约书亚王子，你在哪儿?"

"这里。"王子心不在焉地回答。不一会儿，一名卫兵跌跌撞撞绕过篱笆墙，进入视野。

"我的王子，"他喘着气，单膝跪下，"戴奥诺斯爵士说您必须马上过去！"

"他们又登墙了？"约书亚问道，站起来抖落羊毛斗篷上的水珠。声音还像从很远的地方传来。

"不，殿下。"卫兵说，那张留着小胡子的嘴巴像长触须的鱼，兴奋地一开一合，"是您的哥哥——我是说国王，殿下。他退兵了。围城结束了。"

王子疑惑又担忧地看了亚拿嘉一眼。二人跟着兴冲冲的卫兵，沿小路一同赶往城墙。

"至高王放弃了！"约书亚还在楼梯上，戴奥诺斯就叫起来，斗篷随风飘动，"看！他逃走了！"

戴奥诺斯转身，热切地拍拍艾索恩的肩膀。公爵之子咧嘴笑了，旁边的爱因司凯迪却狠狠瞪了年轻的爱克兰人一眼，以防他也对自己做出愚蠢的动作。

"什么情况？"约书亚说着，挤上幕墙，站到戴奥诺斯身边。他们正下方乱七八糟地散落着矿工器具，显示出想要通过挖洞来越墙的徒劳尝试。城墙下沉了几尺，但依然挺立。丹德尼斯的建筑禁住了时间的考验。放火烧掉支撑地道的木柱时，一些掘地工人被坠落的石头砸死了。

远处，埃利加的营地里，蚂蚁般的人群正在忙碌。剩余的攻城器械被推倒、砸碎，防止被人拿去利用。一排又一排的帐篷不见了，像被狂风拔起、吹走。至高王的马车装得满满的，远远传来马夫的吆喝、鞭子的脆响，声音虚无缥缈。

"他撤了！"戴奥诺斯欢喜地说，"我们赢了！"

约书亚摇摇头。"为什么？他为什么会走？他兵力庞大，我们仅仅消灭掉很小一部分。"

"也许他终于明白奈格利蒙有多坚固了。"艾索恩斜乜着眼说。

"那他干吗不等我们出去？"王子质疑，"安东啊！接下来会发生什么？我相信埃利加本人也许会回海霍特——可为什么不留下起码的攻城人手？"

"引诱我们出去。"爱因司凯迪平静地说，"到开阔地。"他皱着眉头，粗糙的拇指擦过匕首刀刃。

"这有可能。"王子说，"但是他了解我的个性。"

"约书亚……"亚拿嘉的目光越过拔营而走的军队，眺望着晨雾笼罩的北方地平线，"北面远处有奇怪的云。"

其他人也望过去，却除了霜冻边境模糊的影子，什么都看不到。

"什么样的云？"王子问。

"雨云。样子很怪。我在群山以南从没见过这样的云。"

❀

王子站在窗边，额头靠在冷冰冰的石框上，听着风沉闷的呢喃。月光照着窗下空荡荡的庭院，树影摇曳。

渥莎娃从毛皮被子下伸出一条白皙的胳膊。

"约书亚，怎么了？天很冷。关上窗子，到床上来吧。"

他没转头。"风来去自由。"他平静地说，"没有办法阻挡，也无法留住。"

"约书亚，这么晚了，不适合猜谜语。"她说着，打了个哈欠，手指梳理乌黑的秀发，它们散在床上，像黑色的翅膀。

"也许很多事都已经太晚了。"他回答，坐到床边，挨着她。他用手轻柔地抚摸她修长的脖子，但眼睛还是看着窗户外。"我很抱歉，渥莎娃。我有点儿……困惑。我知道，我一直都不称职——不管对我的老师、我哥哥、我父亲……还是对你。有时我甚至觉得自己生不逢时。"他抬起手指，滑过她的脸颊，掌心感受到她温暖的呼吸，"看着仿佛是给自己的礼物般的世界，我心里却只有无比的孤独。"

"孤独？"渥莎娃坐起来，毛皮袍子滑落，月光照在她象牙般的光滑皮肤上，明暗交错，"以我部落的名义，约书亚，你真残酷！你肯定还在为我帮公主出逃那件事惩罚我。你怎能和我同床共枕又自称孤独？走开，你这阴郁的小孩，去找个冷冰冰的北方女孩睡觉吧，或者干脆待在修士的小房间里。走！"

她朝他挥舞着小拳头。他抓住她的手臂。虽然身材苗条，她还是很有力气的。在他制服她之前，已经被她的另一只手扇了两个耳光。

"别闹，夫人，别闹！"他说着，笑了起来，只是脸颊还在发痛。渥莎娃一脸怒容，挣扎着。"你说得对。"他说，"我侮辱了你，请你原谅。也请你别闹了。"他俯下身子，亲吻她的脖子，又亲亲她因怒火涨红的脸。

"再靠近我就咬你。"她嘶声说，紧挨他的身体微微颤抖，"你去打仗时，我一直为你担心，约书亚。以为你会死。"

"我也一样害怕，夫人。这世界上有许多令人恐惧的事。"

"现在你又觉得自己孤单。"

"即使位高权重，又有最好的伙伴，"王子说着，任由她咬住自己的嘴唇，"人也会感觉孤独。"

她的双臂一经放开便搂住他的脖子，把他拉近些。月光在他们交缠的四肢上镀了一层银色。

❊

约书亚把骨勺丢回汤碗，生气地看着来回荡漾的小旋涡。晚宴厅里顿时响起许多人轻轻说话的嗡嗡声。

"我吃不下。我必须先弄清事实！"

渥莎娃一贯好胃口，在旁边安静地用餐，这时也不安地看了他一眼。

"我的王子，不管发生什么，"戴奥诺斯小心翼翼地说，"你都需要体力。"

"你要对你的人民讲话啊，约书亚王子。"艾索恩满嘴面包，"他们既低落又困惑。国王离开了，干吗不庆祝一下呢？"

"难道你也不明白？"约书亚怒气冲冲地说，举起手揉着疼痛的额角，"你肯定看出那是个陷阱了吧？埃利加不会这么轻易就放弃。"

"也许吧。"艾索恩说，但看起来不太信服，"可这也意味着，人们不用再像牛一样挤在城里了……"他的大手朝王子桌边的人挥了挥，他们大多坐在地板上，或靠着大餐厅的墙，数量稀少的椅子要提供给达官显贵，"他们会理解的。如果你也在大雪封门的艾弗沙度过地狱般冬天，自然会明白。"艾索恩又咬了一大口面包。

约书亚叹口气，转向亚拿嘉。老人的蛇文身在灯光下尤其栩栩如生，他正在跟史坦异神父交谈。

"亚拿嘉，"王子平静地说，"你说过想跟我谈谈你做的一个梦。"

老瑞摩加人先向牧师致歉，然后转过来。"是的，约书亚。"他答道，又靠近些，"不过，我们最好私下谈。"他竖起耳朵听着餐厅里的喧闹声，"当然，没人能在这里偷听到我们的谈话，哪怕躲在你椅子底下也没用。"他露出冷淡的笑容。

"我又做梦了。"终于，他说道，眉毛下的眼睛像宝石一样闪闪发光，"我没有主动梦见的能力，但它们有时不请自来。在梦里，去雾沙穆的小队发生了些事故。"

"什么事故？"约书亚的脸慢慢沉下来。

"只是个梦。"亚拿嘉解释说，"但我能感到一股巨大的破坏力——疼痛又恐惧，还有那个男孩西蒙的叫声……又怕又怒的叫声……以及别的……"

"会不会就是发生在他们身上的事，引起了今早你看到的暴风雨？"王子阴郁地问，像听到了预料之中的坏消息。

"我想不是。雾沙穆在远远的东面，要越过铎尔漱汶湖，穿过荒原才能到。"

"他们还活着吗？"

"这我没法子知道。只是个梦，而且是很短的怪梦。"

稍晚，他们一起安静地走在高高的城墙上。风起云涌，月色肃杀，镇子惨白泛黄。约书亚北望黑漆漆的天空，呼出一片白雾。"关于荆棘，哪怕最微弱的希望也落空了？"

"我可没有那么说。"

"你不用说出来。而且我猜，你和史坦异也没发现芬吉尔的剑米奈亚的线索？"

"很遗憾，没有。"

"那么，还需要其他理由来证明我们的一败涂地吗？上帝给我们开了个残酷的玩笑……"突然，老人紧紧握住他的手臂，打断了约书亚的话。

"约书亚王子。"他眯着眼，盯着地平线，"您曾劝我不要讥讽诸神，即便那些神不是您所信仰的。"他颤抖着，声音头一回那么苍老。

"什么意思？"

"您问我是否需要其他理由？"老人轻蔑的鼻息里带点苦涩的幽默，"雨云。北方的黑色风暴算不算？它正朝我们涌来——而且，速度非常快。"

❉

从朗彻斯特来的年轻人欧斯泰颤抖着站在城墙上，回想起父亲曾说过的话。

"跟则王子不错的。当兵见见四面，孩子。"芬福慕曾这样对他说，干农活的粗糙手掌搭在儿子肩上，母亲则红着眼，静静地看着他们，"也许他们去南方小岛，或似纳班，离则边该死的酸冻边境远点，不崔冷风。"①

父亲已经去世。他是在上个冬天不见的，在冰冷的岱萨德月，被狼吃掉了……狼或者其他什么东西，反正活不见人死不见尸。芬福慕的儿子呢，至今不知南方生活是啥样子。站在城墙上，还在吹冷风，寒意直刺到心里。

欧斯泰的母亲和姐妹们在城下挤作一团，和其他数百无依无靠的人一起，躲进奈格利蒙沉重的石堡，待在临时搭起的棚屋里。墙里确实比欧斯泰所在的高台更能挡风，但就算石墙，不管多厚，也无法拦住越来越近的风暴的恐怖乐章。

他眼睛酸涩，心里发慌，但还是无法抵抗地看着地平线上汹涌蔓延的黑渍，那就像倒进水里的灰蒙蒙的墨。那是片污迹，是虚无，仿佛现实之物已被擦去。它是块被掀掉的天空下的黑点。大团的云慢慢旋转流泻，仿佛旋涡的尾巴。时不时，刺眼的闪电划过风暴顶端，持续的、可怕的击鼓声远远传来，像雨点敲打在厚屋顶上，经久不停，应和着欧斯泰颤抖打架的牙齿。

对芬福慕的儿子来说，天气炎热、山坡洒满阳光的美丽纳班越来越像牧师口中的圣书故事，只是一点虚构的安慰，好将不可避免的对死亡的恐惧隐藏起来。

风暴降临，随着鼓声而悸动，仿佛一窝马蜂。

❀

戴奥诺斯的提灯被狂风掀起，差点熄火。他用斗篷护着，直到火光再次亮起。艾奎纳之子艾索恩在他身边，双眼盯着雷电交加的寒冷黑暗。

"上帝之树啊！黑得跟晚上一样。"戴奥诺斯抱怨，"才过中午，已经什么都看不到了。"

①老人说话带口音。

艾索恩张张嘴，灯光下，苍白的面容现出一道黑黑的缝隙，却什么声音都没发出来。

"会好的。"戴奥诺斯发现年轻强壮的瑞摩加人竟如此恐慌，吓了一跳，赶忙安慰说，"就一风暴——派拉兹的邪恶把戏……"话一出口，他自己也开始确信，就是那个牧师搞的鬼。黑云遮蔽太阳，夜晚降临在奈格利蒙门前，随之而来的，是可怕又沉重的压力，像盖在篮子上的石头。他究竟用魔法召唤了什么，这巫术竟能将恐惧的冰矛直刺他的身体？

大片黑暗自远处往城墙两边、往最高的城垛涌来，其间夹杂着蓝白电光。下方的镇子和乡野刚脱出阴影，立刻又被黑暗笼罩。雷声在幕墙上不断回响。

又一道闪电，瞬间造出白昼恢复的假象。戴奥诺斯似乎看到了什么，转身抓住艾索恩粗壮的胳膊，抓得那么紧，让瑞摩加人不由缩了一下。

"叫王子来。"戴奥诺斯的声音冰冷空洞。

艾索恩抬起头，对戴奥诺斯古怪举止的恐惧压过了对风暴的迷信。年轻骑士的脸耷拉下来，仿佛是只空袋子，指甲竟然挠破了艾索恩的皮肤，血流下来。

"怎么……怎么了？"

"叫约书亚王子来。"戴奥诺斯重复一遍。"快去！"

瑞摩加人瞟了一眼他的朋友，画了个圣树标记，跌跌撞撞地朝城垛楼梯走去。

戴奥诺斯站在原地，身体麻木，沉重得像块铅。他真希望自己当初死在牛背山上，虽说那样死去毫无荣誉可言，但总比眼前这一幕强。

当艾索恩带着王子和亚拿嘉回来时，戴奥诺斯还是一动不动地盯着远方。无需再问他看到了什么，电光已经把一切照亮。

一支大军朝奈格利蒙扑来。混沌的风暴涡流中，隐约立着一片长矛，仿佛重重森林一般。黑暗中还闪烁着无数明亮的眼睛。隆隆鼓声又响起来，像是打雷。城堡和镇子上空，盘旋的风暴中，雨水、黑云和冰雾汹涌翻滚。

那些眼睛注视着城墙——成千上万闪烁的眼睛，全都饱含狂热的期待。缕缕白发在风中飘扬，瘦长惨白的脸被黑头盔盖住，眼睛注视奈格利蒙的城墙。天火再次亮起，矛尖反射出点点蓝光。入侵者静静仰头，像一支幽魂大军，苍白仿佛盲鱼，飘渺犹似月光。鼓声震动。雾气中，又有其他更高大的影子站了起来——是巨人的身影，披着甲胄，拿着扭曲的木棍。鼓声又震动一次，接着安静下来。

"慈悲的安东，让我安息吧。"艾索恩祈祷着，"在你臂中，我当入眠，在你宽广的胸怀中……"

"约书亚，他们是谁?"戴奥诺斯平静地问道，仿佛只是出于好奇。

"是白狐——北鬼。"王子回答，"他们是埃利加的援军。"他无力地举起手，像要挡住眼前的一切，"他们是风暴之王的子民。"

❀

"主教大人，快进屋去!"史坦异神父抓住老人的手臂，一开始很轻，接着越来越用力。老人却贴着长凳，像一颗海螺，也像花园暗处的一道影子。

"我们必须祈祷，史坦异。"安诺迪斯主教顽固地重复着，"你要跪下来。"

风暴令人胆战心惊的震动越来越响。文书官一阵慌乱，想逃走——逃去别处，随便哪里。

"这……这不是普通的黄昏，主教。您必须回屋里去，请进去。"

"我早知道不该留下。我告诉过约书亚王子，不要抵抗公正的国

王。"安诺迪斯哀怨地说，"上帝很生气。我们必须祷告以求公义
——我们必须记得他在圣树上受难……"他痉挛般地挥着手，像在赶
苍蝇。

"你说这个？这不是上帝行的事。"史坦异回答，怒容浮现在总
是和蔼可亲的脸上，"这就是你那'公正的国王'干的好事——他和
他的宠物术士。"

主教完全不理会他，"神圣的乌瑟斯。"他含混地说着，从牧师
身边向阴影中的伪茜圃爬去，"您谦卑的仆人知罪悔改了。我们违背
了您的意愿，因此您降下正义的怒火……"

"安诺迪斯主教！"史坦异又急又恼地叫着，跟着他迈出一步，
又惊讶地停下来。似乎有阵凝重的寒意打着旋儿落进花园。片刻后，
文书官便在急剧降低的冷空气中不停打颤。鼓声停了下来。

"怎么回事……"寒风吹掉史坦异盖在脸上的兜帽。

"哦，是的，我们因傲慢犯下了大、大、大罪，我们太渺小了！"
安诺迪斯大声呼喊，在伪茜丛中发抖，"我们祷、祷告……我们……
祷、祷、祷告……"他的声音渐渐轻了，语气奇怪地上扬。

"主教？"

伪茜丛深处，有什么东西在震动。史坦异看到老人的嘴张得大大
的，一闪就不见了，像有什么东西抓住了他，泥土四下飞溅。在阴暗
植被的掩盖下，主教尖叫起来，发出尖细的哭号。

"安诺迪斯！"史坦异大叫起来，跳进伪茜丛，"主教！"

尖叫声停止。史坦异也停下脚步，呆立在主教缩成一团的身子
旁。慢慢地，就像揭露复杂戏法的秘密一样，主教的身子朝侧面
滚去。

他的半张脸被鲜血染红。旁边露出了一颗黝黑的头，仿佛健忘的
孩子不小心丢下的娃娃。那颗头正快速地咀嚼着什么，朝史坦异转过
脸，咧开嘴，细小的牙齿像漂白的葡萄干，凹凸不平的齿缝间染着主

教的血。它从洞里伸出长长的手指，把主教拉近些，接着，左右两边的地里又冒出两颗头颅。文书官后退了一步。尖叫声堵在喉咙口，仿佛沉重的石头。地面又震颤起来——这里，那里，四面八方。细细扭曲的黑手像鼹鼠的鼻子，推开泥土，钻了出来。

史坦异颤抖着后退、摔倒，奋力往小路挪去，任何一刻，那些湿冷的手都有可能抓住他的脚踝。恐惧让他大张着嘴，却没发出任何声音。他不管落在灌木丛中的凉鞋，赤着脚，没有发出脚步声，蹒跚经过小路，往礼拜堂跑去。整个世界似乎被潮湿的毯子闷着，静得可怕，窒息般挤压他的心。身后礼拜堂的关门声也被盖住，模糊不清。他摸索着回到自己的房间，插上门，一道灰色的幕帘落在眼前，他满心感激地钻进去，好像那是张柔软的床。

❖

北鬼群中燃起无数火光，像一片盛开的罂粟，映照着一张张可怕又美丽的面容，勾勒出绯红色的剪影，也让潜在后头穿着战甲的宏瘟变得更加丑恶。士兵们攀上城墙，盯着下方，震惊得说不出话来。

五个骑着马、像蛛丝般苍白的身影来到幕墙前的空地。火光在他们拉起兜帽的白斗篷上跃动，风暴之矛的红色角锥在矩形长盾上闪烁。恐惧如云，围绕在这些遮着脸的身影旁，直探入每个看到他们的人的心里。城墙上的哨兵被一阵可怕的、无助的虚弱侵袭着。

为首的骑士举起矛，后面四个跟着做出同样的动作。鼓响了三次。

"乌棘大桓——作茧自缚之地，你们的领主在哪儿?"为首骑士的声音带着嘲弄，回荡怨叹，像风吹下一道长长的峡谷，"千钉之城的领主在哪儿?"

风暴徘徊呼啸良久，终于有人回答。

"我在这儿。"城门塔上出现一条细长的影子，约书亚站了出来，"这么一群奇怪的旅客到我门口来，想要干什么?"他声音平静，但带着一丝不易察觉的颤抖。

"理由……我们的力量日渐强大，专程来看腐朽的钉子。"一字一句清晰地烙在嘶嘶作响的风里，骑手似乎还不太习惯说话，"我们来了，人类，来取回我们自己的东西。这一次，是时候让人类血洒奥斯坦·亚德了。我们要在你们眼前，摧毁你们的家园。"

空洞的声音里充满不可磨灭的憎恨，不少士兵尖叫着爬下城墙，逃回下方的城堡中。约书亚站在城门顶端，沉默不语。这时，在奈格利蒙的呻吟和惊慌低语中，传出一声尖厉的惨叫。

"掘地怪！城里有掘地怪！"

王子朝近处的响动转过身去。是戴奥诺斯，他摇摇晃晃登上城墙，站到旁边。

"城堡园里都是贝肯。"年轻的骑士说。他看到底下那些白色的骑兵，不由瞪圆了眼睛。

王子向前迈了一步。"你们自称是来复仇。"他对那群苍白的生物叫道，"但那是个谎言！你们听从至高王埃利加的命令——一个凡人。你们为一个凡人卖命，像牙签鸟帮助鳄鱼。来吧。使出你们最恶毒的手段！你们会发现奈格利蒙的钉子还没被完全锈蚀，剩余的铁足以将希瑟置之死地！"

留在城墙上的士兵发出参差不齐的喝彩声。第一名骑手驱马往前踏出一步。

"我们是红手！"他的声音冰冷得如同死亡，"除了风暴之王伊奈那岐，我们不听任何人的命令。我们自有真理——而你们，必将自取灭亡！"

他把长矛挥过头顶，鼓声再次进发，号角声刺耳地回响。

"把马车拉出来！"约书亚在城门顶上高喊，"堵住路口！他们想把大门推倒！"

但北鬼们没有推出攻城锤来打破由沉重的铁和结实的木头组成的

城门，他们只是静静地站在原地，看着那五名骑手不紧不慢地策马向前。城墙上一名守卫放出一箭。跟着，又有二十多箭射了过去，但即使射中，箭矢也只是毫发无损地穿过他们的身体——苍白的骑手还在匀速前行。

鼓声大作，风管和奇怪的军号发出叹息般的尖叫。骑手们下马，随着电光闪烁，一下子消失，一下子又被照亮。他们迈出最后几步，走到门边。

头领动作优雅地慢慢掀开斗篷兜帽，底下能看到缓缓流淌的红光。兜帽落下，仿佛向外翻转，里面竟是一片被耀眼红光填满的空虚。跟在后面的四个身影也如法炮制。五条影子形态转变，轮廓闪烁，蔓延开来——体型扩大到大概两人高，他们面目模糊，像燃烧的赤色丝绸一般翻腾滚动。

头领冲大门抬起手臂，燃烧的手掌按着门，模糊的面容上，咧开一张黑洞洞的嘴。

"死亡！"他大吼起来，城墙地基似乎都为之震动，铁铰链开始泛出黯淡的橙色光芒。

"Hei ma'akajao-zha！"高大的圆木发黑冒烟。戴奥诺斯被吓蒙了，约书亚拼命拽着他的手臂，三步并作两步，从城墙上往下跑去。

"T'si anh pra INELUKI！"

王子的士兵们纷纷尖叫着往楼梯涌去。一道强光亮起，与此同时，还响起震耳欲聋的爆裂声，连雷鸣般的鼓点都被盖过，巨大的城门竟冒出蒸气和火花。两边的城墙轰然倒塌，碎石嘶嘶作响，化作一场致命的石雨，将正在逃跑的人们压在下面。

全副武装的北鬼从冒烟的城墙缺口跳进来，有一些举着用木头或骨头制成的长管。他们用某种燃烧物接触管底，管口便喷出烈焰，将逃窜的士兵们烧成号哭的火炬。庞大的黑影挤过废墟，宏瘟长毛的手里挥舞镶长钉的木棍，像发疯的熊一般咆哮着，把一切挡在路上的东西彻底摧毁。破碎的尸体在它们面前飞了出去，仿佛九柱戏的球柱。

有些勇敢的士兵压下恐惧，奋力抵抗。一个巨人被两支长矛刺中肚子，倒下了，但紧跟着，矛手就被北鬼的白色羽箭射死。惨白的北鬼如蛆虫一般，呼喝着从墙上冒烟的缺口攻进来。

戴奥诺斯拉着跌跌撞撞的约书亚往内城逃去。王子被烟火熏黑的脸上淌着泪水和鲜血。

"埃利加种下了龙牙。"约书亚咳嗽着说。戴奥诺斯拉着他，越过一个汩汩淌血的士兵，他认出那是年轻的矛手欧斯泰，跟国王谈判时，他曾放过哨。而现在，他的身躯上却扑着一大群蠕动的黑乎乎的掘地怪。"我哥哥给所有人类埋下了死亡的种子！"约书亚痛斥道，"他疯了！"

该如何回答呢？戴奥诺斯心里刚转过这个念头，来不及开口，就看到两个北鬼士兵。他们的眼睛在头盔细缝里发出火焰般的闪光，拖着一个尖叫的女孩，从内城墙角绕过来。火一样的目光落在戴奥诺斯身上，其中一个嘶声说了句什么，抽出细长的黑剑，利刃毫不犹豫扫过女孩的喉咙。她身子抽搐，倒在他们身后的地上。

戴奥诺斯举剑冲了上去，胆汁涌到喉咙口。王子冲在他前面，南黛儿闪烁着，像闪电刺穿黑暗的天空——下午，现在只是下午啊！

末日降临了，他狂乱地想。钢铁敲在磨光的巫木上。一定还有希望，但脑子里全是绝望。即便没人看到……上帝也会看到的……

汗水落进眼中，令人憎恶且满是恨意的惨白脸庞在旋转、摇晃。

❀

不管是地狱的噩梦，还是许许多多书本里的版画，甚至任何一名安东导师的警告，都无法让史坦异神父接受现实——奈格利蒙竟成了一片咆哮的地狱火海。天空中闪电嘶嘶，雷声隆隆，屠夫们和受难者发出同样的语焉不详的诅咒声，响彻天际。虽然风雨交加，大火仍在黑暗中蔓延，烧死了许多藏在厚厚的门后、想躲避外面疯狂暴行的人。

　　他沿着内廊的阴影，一瘸一拐地走着，却发现北鬼从破碎的玻璃窗爬进礼拜堂。他无助地站在原地，眼睁睁地看着他们抓住跪在圣坛前祈祷的艾格拉夫弟兄。史坦异既无法帮助他的教友，也不敢待在这里，看着即将上演的恐怖一幕。他溜走了，往内城王子的房间赶去。泪水模糊双眼，胸腔中的心脏像铅一样沉重。

　　藏在树篱深处的阴影中，他看到汀赛特的矮胖厄斯菲斯，他和手下两个卫兵一起，死在一个大吼的巨人的棍棒下，混成一摊血泥。

　　他浑身颤抖，看着卫队长俄加木大人被一群尖叫的挖地怪团团围住，流血而死，犹自站立。

　　他看到一头浑身长毛的宏瘟将一个贵妇的四肢一条一条扯下，旁边另一个蜷在地上的妇人，脸上已满是癫狂的神情。

　　整座摇摇欲坠的城堡里，到处都在上演这样的惨剧，像一场永远不会结束的噩梦。

　　他哭泣着，对乌瑟斯祈祷，但上帝显然转过脸，不愿正视奈格利蒙痛苦的垂死挣扎。然而不管多么绝望，他还是习惯性地拼命祈祷。他蹒跚绕过内城城门，只见两个没戴头盔、被浓烟熏黑的骑士站在一片扭曲的尸体中，眼里一片空白，仿佛被猎杀的动物。花了很久，他才认出那是戴奥诺斯和王子。这一刻，心脏仿佛被冻住，他过了一会儿才上前，拉着他们跟自己走。

　　居住区迷宫般的走廊比其他地方安静一些。北鬼已经来过，几具扭曲的尸体躺在墙边，还有一些瘫在石板上，但大多数人已往礼拜堂或餐厅逃去，北鬼也没留下，他们稍后才会回来搜索。

　　听到约书亚的嘶声喝令，艾索恩打开门。房里有他和爱因司凯迪，为数不多的爱克兰和瑞摩加士兵保护着渥莎娃夫人和桂棠公爵夫人。另外还有几个侍臣，淘儿和琴师桑弗戈也在这群人中间。

　　王子冷淡地推开哭哭啼啼的渥莎娃的拥抱，史坦异则发现亚拿嘉躺在角落的一张小床上，头上乱七八糟地缠着被血浸透的绷带。

"文书馆的屋顶塌了。"老瑞摩加人露出苦笑，"恐怕这火会把一切都烧光。"

对史坦异神父来说，在某种程度上，这才是最大的打击。他忍不住又哭了，甚至连眼罩下都淌着泪。

"还……还不算太糟。"他终于哽咽着说，"好在你没跟那些书一起被烧掉，我的朋友。"

亚拿嘉摇摇白发苍苍的脑袋，脸抽搐一下。"没有，还没有。不过快了。我抢救出一样东西。"他从袍子下拉出破损的莫吉纳的手稿，第一页染上了血，"好好带着它。希望将来还能派上用场。"

史坦异小心接过，拿起约书亚桌上的绳子绑好，轻轻放进教袍内袋。"你站得起来吗？"他问亚拿嘉。

老人小心地点点头，牧师帮他站起来。

"约书亚王子。"史坦异扶着亚拿嘉的手臂说，"我想到一件事。"

王子正跟戴奥诺斯等人商量对策，不耐烦地转过头来盯着文书官。

"什么事？"约书亚竖起眉毛，前额比以前任何时候都更突出，在短发下就像鼓胀的苍白圆月，"你希望我再建一座文书馆吗？"外面的声音越来越响，王子无力地靠在墙上，"对不起，史坦异。我不该说蠢话。你想到了什么？"

"有条出路。"

好几张蒙着尘土、带着绝望的脸转了过来。

"什么？"约书亚身子前倾，目不转睛地盯着他问，"你不是要我们列队穿过城门吧？我早知道那道门已特地为我们打开了。"

紧迫感使得史坦异竟敢俯视王子。"有一条密道由卫兵营通往东门外。"他说，"我知道的——你让我研究丹德尼斯的城堡设计图好几个月，以备围攻。"他想起那一卷卷绝无仅有的棕色羊皮纸，想起纸上丹德尼斯小心写就的褪色字迹，但它们全都成了焦黑的灰烬，埋在文书馆的瓦砾下。他努力忍住眼泪。"如果……如果我们可、可以到那里，说不定就能从长阶逃到巍轮山里去。"

"然后又能怎样？"淘儿抱怨似的反问，"在山里饿死？被古老之心的森林狼吃掉？"

"那你宁愿现在、就在这里、被更可怕的东西吃掉？"戴奥诺斯回嘴。他的心因牧师的话语跳得飞快，重新点燃的微弱希望几乎让他感到疼痛。只要他的王子能安全脱逃，做什么都行。

"我们必须杀出去。"艾索恩说，"我已经听见北鬼往居住区来了。我们这儿有女人，还有几个孩子。"

约书亚环视房间内约摸二十张疲倦、惊惶的脸。

"哪怕死在外面，也比在这儿被活烧死强。"他最后说，举起手，做了个不知是祝福还是放弃的手势，"我们快走吧。"

"约书亚王子，还有一点。"听到这话，王子靠近扶着苦苦挣扎的亚拿嘉的牧师，"假如我们能走到隧道口，"史坦异轻声说，"还有一个问题需要解决。它是为防御而建的，不是为了逃跑，因此，通道很难封闭。"

约书亚抹掉眉毛上的灰。"你是说，我们必须想个办法，把身后的路堵起来？"

"这是我们能逃脱的唯一希望。"

王子叹口气。他的嘴唇受了伤，血滴在下巴上。"我们先到城门，然后再考虑怎么办。"

他们一起撞破门，把两个守在走廊里的北鬼吓了一跳。爱因司凯迪利落地一斧砍死最近的那个，斧刃击穿头盔，黑暗的走廊里，甚至可见火花飞溅。第二个刚举起手中的短剑，就被艾索恩和一个奈格利蒙守卫刺穿。戴奥诺斯和王子迅速指挥侍臣们出门。

大部分屠戮的声音已经静下来。偶尔才能听到痛苦的尖叫或胜利的欢歌，穿过空荡荡的走廊飘来。刺眼的烟、跳动的火舌，还有北鬼嘲弄的歌声，将居住区渲染成可怕的地狱，仿佛尸坑旁的迷宫。

城堡花园荒凉的废墟中，一群脏兮兮的掘地怪袭击了他们。一名士兵被贝肯刀子般的利齿咬中背脊，死去了。其他人奋力抵抗时，渥莎娃的一个女仆尖叫着，被拖下黑土地一道大裂缝中。戴奥诺斯前跳一步，用剑尖刺向蠕动的、发出哨声般尖叫的黑色身躯，想把她救回来，但还是太迟了。被雨水拍打的泥地上只剩一只精美的拖鞋，表明她曾经存在过。

内城卫兵营门口，两个高大的宏瘟发现了酒窖，这时正醉醺醺地抡着棍棒，又抓又挠，狂怒地吼叫着，为最后一桶酒大打出手。其中一个巨人的手臂软软地垂在身侧，而另一个的脑袋受了重伤，连头皮都挂了下来，脸上满是鲜血。但他们还是在满地木桶碎片和砸烂的奈格利蒙守卫尸体中，互相撕扯不休，用令人费解的语言大吼。

众人伏在花园边的泥地上，约书亚和史坦异眯起眼睛，目光穿过倾盆大雨。

"卫兵营的门关着。"约书亚说，"我们也许能穿过空地，但门要是从里面锁上就完了。我们根本来不及把门打开。"

史坦异颤抖着："即使我们打开门，之后也不能……不能再上锁了。"

约书亚看看戴奥诺斯，后者什么都没说。

"不过，"王子轻声说，"我们就是为它才来的。应当搏一搏。"

队伍稍作整顿，跌跌撞撞地冲了出去。宏瘟还在咆哮、缠斗，在地上打滚，像一对搏斗的远古神明，丝毫没注意到人类的存在。其中一个张开嘴，用大牙咬住同胞的咽喉，另一个吃痛，蹬起巨腿，把琴师桑弗戈撞倒在地。

艾索恩和老淘儿赶紧扶他起来，正在这时，庭院对面传来尖利又兴奋的喊声。

远处有一打北鬼，其中两名骑在白马上，一听到同伴的呼唤便迅速转身，发现了王子一行人。他们也高声喊叫，踢马越过已毫无知觉的巨人，径直冲了过来。

艾索恩伸手一拉，门开了。心惊胆战的人们开始往门里挤，第一个骑手也同时来到他们面前。他头戴高高的头盔，手里稳稳抓着一柄长矛。

黑胡子爱因司凯迪发出困兽般的吼声，迎上前去，避开了毒蛇般刺来的长矛，纵身跳起，身子狠狠撞在北鬼体侧，接着抓住北鬼飘动的斗篷一扯，自己摔倒在地的同时，敌人也被拉下马来。失去骑手的马在潮湿的卵石上四蹄打滑，一下子跪倒在北鬼身上。爱因司凯迪操起斧头用力劈砍，一下又一下。他盲目地砍着，却忽视了周边状况，差点被第二个北鬼骑手的矛刺穿。说时迟那时快，戴奥诺斯举起一只破木桶丢了过去，把骑手从马背砸到一丛树篱中。当戴奥诺斯将口吐白沫的爱因司凯迪从死透的北鬼尸体上拽起来时，那些尖声叫喊的步兵也快撵上来了。

他们只比追兵早一步通过营门，艾索恩赶在两名北鬼到来前关上门。长矛敲打着沉重的木头，没多久，一个北鬼发出高亢的咔哒咔哒的叫声。

"斧子！"亚拿嘉说，"我只懂一点点贺革达亚语。他们打算拿斧子劈。"

"史坦异！"约书亚高叫，"该死的通道在哪儿？"

"这……这里太黑了。"牧师颤抖着说。确实，房间里唯一发亮的，只有刚蔓延到屋梁上的摇晃的橙色火焰。烟聚集在低矮的天花板下。"我……我觉得应该在南面……"他话音刚落，爱因司凯迪和另外几人就三步并作两步跨到墙边，扯下沉重的挂毯。

"是门！"爱因司凯迪叫起来，"但锁住了。"他又补上一句。

沉重木门上的钥匙孔是空的。约书亚盯着它看了一会儿，与此同时，银色的斧刃已从庭院砍穿了大门。"撞开它。"他说，"其他人，把拿得动的东西都堵到门口去。"

爱因司凯迪和艾索恩用力撞击卡在门框上的门闩，戴奥诺斯则举起一支没点着的火把，凑近正在闷烧的天花板。片刻后，门的合叶被撞开，众人急忙进入通道，往斜上的走廊逃去。身后的门又被劈开一块。

一行人互相搀扶着跑了好几弗隆，一名侍臣支持不住，瘫在地上哭泣，不肯再往前走。艾索恩想把他扶起来，但他的母亲、疲惫地摇晃身子的桂棠挥手让他放下。

"让他躺着。"她说，"要走自己走。"

艾索恩委屈地看她一眼，耸耸肩，继续沿石径往上走。后面传来那人挣扎起身，一边诅咒他们，一边跟上来的声音。

在孤零零的火光照耀下，前头隐隐出现一道漆黑又坚实的门，从通道地板直立到天花板。追兵的声音在他们身后回响。约书亚担心最坏的情况出现，伸手拉住一个铁环。铰链轻轻地吱嘎作响，门应声而开。

"赞美乌瑟斯。"艾索恩说。

"让女人和伤者先走。"约书亚命令道。不一会儿，两名士兵便领着那些人沿门外的廊道走远了。

"现在我们该解决这个问题了。"约书亚说，"要么想办法把门封上，要么就得留下足够人手拖住追兵。"

"我留下。"爱因思凯迪吼道，"我今晚已经尝过精灵血了，不介意再多来点儿。"说着，他拍拍剑柄。

"不。这是我的责任，而且我一个人就够了。"亚拿嘉咳嗽不止，靠着史坦异的手臂站直。高个牧师转头看着老人，突然明白过来。

"我快死了。"亚拿嘉说，"我注定不能离开奈格利蒙，我早就知道。你们只要给我一把剑。"

"你没那力气！"爱因司凯迪生气地说，好像很失望。

"我有足够力气关上这扇门。"老人轻声说，"看到了吗？"他指着巨大的铰链，"这东西打造得很精细。门一关，把剑卡进铰链里，再把剑弄断，就能拦住追兵。快走吧。"

王子转头看着铰链。这时，追兵发出的咔哒叫喊声已沿通道传到了这里。"很好。"他轻声说，"老人家，愿上帝保佑你。"

"不需要。"亚拿嘉说。他从脖子上扯下一个发亮的东西，塞进史坦异手里，"真稀罕，最后还能交个朋友。"亚拿嘉说。牧师双眼噙着泪水，亲吻瑞摩加人的脸颊。

"我的朋友。"他小声说着，走过打开的门。

他们最后看到的景象，是亚拿嘉的肩膀靠在门上，明亮的双眼凝视他们，反射着火光。门关上了，追兵的声音减轻，门闩稳稳地合上。

爬上一段长长的阶梯，他们终于来到夜空下。风还在刮，树枝如鞭子一般抽动。风暴已经减弱，众人站在光秃秃的山坡上，高处是植被繁茂的长阶，下方就能看到奈格利蒙废墟上闪烁的火光。一片烈焰中，非人的黑影正在跳舞。

约书亚站了很久，盯着下方的景象，熏黑的脸被雨水冲花。其他人在他身后颤抖着挤成一团，等着再次上路。

王子举起左拳。

"埃利加！"他大叫着，风卷走了回荡的余音，"你将死亡和比死更可怕的东西带到我们父亲的国土！你唤醒了古老的邪恶，玷污了至高王的权柄！你将我赶出家园，摧毁了我的所爱！"他停下来，强忍泪水，"如今你不再是国王！我会夺走你的皇冠。我会夺走它，我发誓!"

　　戴奥诺斯拉着他的手臂,扶他离开小径。巍轮山野中,幸存者们站在一旁等待,又冷又怕,无家可归。约书亚垂下头,疲倦地祈祷一阵子,领着众人走进黑暗。

血染大地

❄

　　黑色的龙血溅到他身上，仿佛火焰灼烧。那一瞬间，他觉得自己的生命都要被压垮了。致命的龙之精华流淌进来，烫伤、熔化了他的灵魂，只留下龙的生命。在坠入黑暗前的一刻——他似乎成了巨虫隐秘的心脏。

　　哀喀迦屈的生命漫长而又复杂，他被整个占据了。他延伸着、变化着，这是一种同时兼具死亡和重生的痛苦变化。

　　他的骨骼变得沉重、坚固，像石头，也像蜷曲的爬虫。他的皮肤变硬了，变成宝石般的鳞片，他感到背上的皮变得光滑，仿佛钻石锁甲。

　　现在，龙心将强有力的血液泵进他的胸腔，沉重得犹如在空荡荡的天上移动的黑暗之星，高热得仿佛他底熔炉的火焰。他的爪子陷入这个世界的岩石表面，他古老的心脏在跳动……跳动……跳动……他成长为暴躁易怒、老谋深算的龙族，感受到自己长生不死的族类刚刚诞生在这片幼嫩大地上的日子，然后，不可计数的时日重重地压在他身上，黑暗的千百年就像滚滚河水一般流淌。他是最古老的种族的一员，头一个在冰冷的土地上降生，随后，他蜷缩在世界的表面之下，如同藏在苹果皮下的虫子……

　　古老的黑血在他的体内奔腾。他还在成长，他能感受到这不停旋转的世界上的每一件事物，还给它们取了名字。这个世界的皮肤、大地的皮肤成了他自己的皮肤——所有生物都在这凹凸不平的表皮上诞生，他们挣扎、失败，最终屈服，重新成为他的一部分。大地的骨骼成了他的骨骼，所有生物都被这些石柱支撑着，他能通过它们感受到每个呼吸的生命的震颤。

他是西蒙。他也是古蛇。同时他还是这片拥有无穷无尽细节的大地。他还在生长，继续成长，凡人的生命慢慢消散……

在他壮丽的身躯中，突然一阵孤寂袭来，他害怕自己会失去一切。他伸出手，碰触那些熟知的东西。他能够感到他们温暖的生命，就像刮着冷风的深邃黑暗中的火花。那么多生命——那么珍贵，那么微小……

他看到瑞秋——弯腰驼背，垂垂老矣。房间里空空荡荡，她坐在一张凳子上，双手撑着白发苍苍的脑袋。从何时起，她变得那么瘦小了？一把扫帚躺在她脚边，扫把旁还有一堆服服帖帖的灰尘。城堡的房间很快暗淡下去。

约书亚王子站在山坡上，俯视脚下。微弱的火焰光芒照着他没有表情的脸。他能看出约书亚的疑惑和痛苦。他试着伸出手，略表安慰，只是这些生命看得到，却摸不着。

一个他不认识的黑皮肤小个子正在溪水里划着平底船。遮天大树的枝条垂落水中，聚集成团的蚊虫飞舞盘旋。小个子不安地拍了拍腰里的一捆纸卷。轻风吹过拖曳的树枝，小个子露出感激的微笑。

一个大个子在风雨交加的码头上踱步，他望着黑暗的天空，望着汹涌的大海——这不是艾奎纳吗？他的胡子哪儿去了？

一位俊朗的老人，长长的白发乱作一团，坐在那里，同一群几乎赤身露体的孩子玩闹。他有一双温柔又空蒙的蓝眼睛，眼角爬满欢乐的皱纹。

米蕊茉的头发剪得短短的，站在一艘船的围栏边，望着地平线上的大片乌云。船帆在她头顶拍打翻腾。他想再多看她一眼，但眼前的景象如落叶般打着旋儿，被风卷走。

一个穿黑衣的高个子赫尼斯第女人跪在两座石冢前，周围是细密的桦林，山巅上疾风劲吹。

埃利加国王盯着深深的酒杯，双眼泛红。悲伤横在膝盖上。狂野的灰剑正在假寐……

莫吉纳突然出现在他眼前，周身被火包围。这景象好像一把冰矛，即使他那颗龙之心也被深深地刺痛。老人拿着一本厚厚的书，嘴唇痛苦地颤抖，发出无声的呼喊，仿佛在警告……提防错误的信使……提防……

一张张面孔渐渐消失，只剩下最后一个鬼魂。

一个男孩，单薄又笨拙，哭着，爬着，穿过地底迷宫般的黑暗隧道，仿佛被困住的虫子。每一处细节，每一道盘旋，每一次转弯，都在他的眼前纠成一团乱麻。

男孩站在月光下的山坡，惊恐地瞪着几个脸色惨白的影子和一把灰色的剑，黑云将他笼罩在阴影里。

还是同一个男孩，他长大了些，站在一座雄伟的白塔前，被幽深的暗影层层遮盖，然而，一道金光在他的指间闪烁。钟声响起，屋顶突然冒出熊熊烈焰……

终于，黑暗将他整个吞没，把他拖往更奇怪的地方——但他不愿离开。在想起那个孩子，想起那个一无所知的笨拙男孩的名字之前，他不能走。他不愿继续，他得想起来……

那男孩的名字是……那男孩的名字是……西蒙！

西蒙。

随后，眼前的景象渐渐消失……

❁

"塞奥蒙。"那声音在说话，听起来很响。他意识到它已经呼唤一段时间了。

他睁开眼睛。强烈的色彩一下子涌入眼帘，他立刻又闭上眼，将它们挡在外面。合上的眼皮里，仿佛有银色和红色的纺车轮在黑暗前舞动。

"醒醒，塞奥蒙，醒过来，到你伙伴这儿来。这里需要你。"

他半睁开眼，先让自己稍微习惯一下这光芒。现在没有颜色了——只有白茫茫一片。他呻吟着，试着挪动身子，却有一阵可怕的无力感袭来，仿佛全身上下都被什么沉重的东西压住。同时，他觉得自己透明而脆弱，像用纯净的玻璃制成。即使闭着眼睛，他也能感到光线穿透身体，往里填进了不带丝毫暖意的光亮。

一道阴影遮住他敏感的脸，他似乎切实感受到影子的重量。

又湿又冷的东西碰触到他的嘴唇。他在吞咽，一阵痛苦袭来，他咳嗽，然后又喝了一口。尝起来像他到过的所有地方的水——冰峰、膨胀的雨云、满是岩石的山洞……

他把眼睛睁大些。除了面前吉吕岐的金色脸庞，全是压倒性的白。他在一个山洞里，洞壁是灰白色的，带些淡淡的线痕。皮毛、木刻，还有装饰用的木碗等堆在石地板边上。西蒙的双手沉重发麻，带着奇怪的刺痛。他抓着毛皮被子，虚弱地四下打量这间小屋。怎么回事……

"我……"他刚想开口，却又咳嗽起来。

"你很疼，很累。没什么好奇怪的。"希瑟皱起眉头，但发亮瞳孔中露出的神色却没有改变，"你做了件非常糟糕的事，西蒙，你知道吗？你救了我两次。"

"嗯……"他的脑袋和肌肉一样，反应十分迟钝。到底发生了什么？当时在山上……那个洞……接着……

"冰龙!"西蒙一开口,又被呛到。他试图坐起来。毛皮袍子刚滑下去,他立刻感到房间里的寒意。光线从挂在房间另一头的皮帘缝透进来。一阵眩晕让他全身无力,头和脸突突直跳。他又躺了下来。

"不见了。"吉吕岐简单地说,"是不是死了我不知道,但它确实不见了。你刺中它之后,它从你身边滚过,掉进了洞里。洞太深,全是冰雪,我判断不出它的位置。你挥舞着荆棘,像个真正的勇士,雪卫塞奥蒙。"

"我……"他颤抖着吸一口气,又觉得累了。说话让他的脸疼痛不已。"我觉得……那不是我。荆棘……借用了我的身体。它……想获救。我觉得。这话听起来很蠢,可是……"

"不。我想你的话也许是对的。看。"吉吕岐指着几尺外的洞壁。荆棘垫在王子的斗篷上,看起来冰冷又黑暗,像深深的井底。这样一件东西真的在自己手中活过来了?"把它扛到这里并不难。"吉吕岐说,"也许这就是它的愿望吧。"

希瑟的话惊醒了西蒙,慢慢地,他转动起脑子。

那把剑想来这里——但这里是哪儿?我们是怎么来的……哦,圣母啊,那条龙!

"吉吕岐!"他喘着粗气,"他们!他们在哪儿?"

王子轻轻点头:"啊,是的。我本想再往后拖一阵子,不过,看来我必须回答你。"他闭上那对长长的明亮眼睛,过了一会儿才开口。

"安乃和格力姆克死了,被掩埋在雾沙穆。"他叹口气,做了一个复杂的手势,"你不知道人类和希瑟埋在一起能说明什么。但这样的事很少见,最近五个世纪从没发生过。安乃的功绩将被记在岁舞,也就是我们族人的编年史上,直到世界终结为止,格力姆克的名字将与他并存。他们会永远躺在乌顿树下。"吉吕岐闭上眼睛,沉默地坐了一会儿,"至于其他人……嗯,他们都活了下来。"

西蒙觉得自己的心被紧紧揪住,但还是强忍着,暂时不去想那两名倒下的同伴。他盯着刷着白灰的天花板，发现那些线原来是浅浅的巨蛇和长牙野兽的雕刻，遍布整片屋顶和墙面。那些生物空洞的眼睛让他不安。盯着雕刻看了太久，它们竟像会动起来似的。他转回头，看着希瑟。

"宾拿比克在哪儿？"他问，"我想跟他谈谈。我做了个怪梦……最奇怪的梦……"

没等吉吕岐回答，黑斯坦的脑袋先探进了洞口。

"国王不想谈。"他说着，一眼看到了西蒙，"你醒了，孩子！"他欢呼道，"太好了！"

"什么国王？"西蒙迷惑地问，"我希望不是说埃利加吧？"

"不是，孩子。"黑斯坦摇摇头，"在……在山上发生那些事后，矮怪找到了咱。你都睡好几天了。这会儿在岷塔霍——矮怪山。"

"宾拿比克跟他家人在一起？"

"不算吧。"黑斯坦看看吉吕岐，希瑟点点头，"宾拿比克——还有施拉迪格——国王把他们当成囚犯关了起来。还要处刑，有人说。"

"什么？囚犯！"西蒙脱口而出，接着身子又瘫软下去，好像脑袋上绑着令人痛苦的带子，突然被残酷地拉紧了，"为什么？"

"施拉迪格嘛，因为他是该杀的瑞摩加人。"吉吕岐说，"至于宾拿比克，他们说，因为他对矮怪王犯下了什么严重的罪。我们还不知道具体是什么，雪卫塞奥蒙。"

西蒙惊讶地摇摇头："这太疯狂了。究竟是我疯了，还是我在做梦？"他用责备的目光看着吉吕岐，"而且，你干吗老这么叫我？"

"别……"黑斯坦想开口，但吉吕岐没理他，只是从外衣中拿出那面窥镜。西蒙撑起身子，接过来，精雕细琢的镜框在敏感脆弱的指尖下摸来十分粗糙。风在山洞外呼啸，寒气透过门帘吹了进来。

难道整个世界都被冰雪覆盖了？难道他永远也躲不过冬天了？

要是在其他情况下，他会注意到自己脸上长满浓密的金红色胡子，但现在，他的注意力全放在一道自左眼旁边经过、从下巴直达脸颊的伤疤上。伤疤周围的皮肤还是灰的。他碰了碰，疼得呲牙咧嘴，又将手指抚上头皮。

有一簇长发，竟像雾沙穆的雪那样白。

"你被标记了，塞奥蒙。"吉吕岐伸出手，纤长的手指拂过他的脸颊，"不知是好是坏，总之，你被标记了。"

镜子掉落，西蒙用双手捂住自己的脸。

附录

Appendix

人名表

爱克兰人

巴拿巴斯——海霍特礼拜堂司事

贝奥诺斯——杰克·穆德沃德一名虚构的手下

拜由伽——西缶伯爵，埃利加手下海霍特卫队长大人

迦勒——马倌舍姆的学徒

柯尔蒙——凯马瑞的侍从，后为罗茨坦贝男爵

戴奥海姆——驻扎在龙与渔夫的士兵

戴奥诺斯爵士——约书亚手下的骑士，有时被称为"王子的右手"

卓杉神父——海霍特教士

俄加木爵士——奈格利蒙卫队长

鄂弗兰德——渔民，西蒙的父亲，苏珊娜的丈夫

鄂斯坦·费科恩——渔人王，海霍特第一位爱克兰国王

艾格拉夫弟兄——奈格利蒙修士，史坦异的朋友

埃利加——王子，圣王约翰的长子，新任至高王

艾丽丝帕——海霍特的接生婆

厄斯奔——士兵，和西蒙一起从奈格利蒙出发，踏上旅途

厄斯菲斯——汀赛特领主

范巴德——法尔郡侯爵

弗瑞瓦——酒馆老板，管理弗雷特的龙与渔夫酒馆

高斯丹——驻扎在龙与渔夫的士兵

高维格——塞洛郡男爵

格力姆克——士兵，和西蒙一起从奈格利蒙出发，踏上旅途

格林泰德爵士——爱克兰贵族，支持约书亚

哥斯伍——乌坦邑侯爵，至高王之手

黑斯坦——奈格利蒙卫兵，西蒙的同伴

荷费斯——梧索男爵

亨法克——旅店小厮

亥尔森神父——海霍特千理院理事

海普兹帕——城堡女仆

荷露丝——歌谣中，杰克·穆德沃德的妻子

尹寸——医师的助手，后成为铸造间监工

艾萨克——男仆

杰克·穆德沃德——虚构的林中大盗

雅亿——城堡女仆

雅各布——城堡杂货商

杰瑞米——杂货商学徒

约翰——圣王约翰，至高王

约书亚——王子，约翰的小儿子，奈格利蒙领主，人称"断手"

朱迪丝——厨师，厨房女管事

朗瑞安——宏德朗的修士

莱乐思——米蕊茉的侍女

洛弗桑——士兵，与海普兹帕订婚

卢卡曼——在奈格利蒙马厩当差

麦拉齐——城堡男孩

玛雅——米蕊茉的侍女

米蕊茉——公主，埃利加的独生女（虽出生于爱克兰宫廷，却取了个纳班名字）

莫吉纳医师——卷轴持有者，约翰王的御医，西蒙的朋友

诺亚——约翰王的护卫

奥德迈——兀特塞尔男爵

奥斯伽——杰克·穆德沃德一名虚构的手下

欧斯泰——矛手，朗彻斯特的芬福慕之子

镶金碗彼得——海霍特管家

瑞秋——城堡女仆总管

芮芭——城堡厨房女佣

大熊鲁本——城堡铁匠

桑弗戈——约书亚的琴师

莎拉——城堡女仆

塞尼法——宏德朗的修士

马倌舍姆——城堡马夫

西蒙（塞奥蒙）——城堡小厮

索洛娜——织缝女仆

史坦异神父——奈格利蒙文书官

苏珊娜——女仆，西蒙的母亲

唐贝斯——城堡训犬师

淘儿——弄臣（原名：克鲁恩）

伍多申——凯德隧男爵

赫尼斯第人

阿斯倍亚——库禾伯爵

巴格巴——牧神

天空之布雷赫——天空神

柯扎哈‑艾‑柯冉禾弟兄——目的不明的修士

茜福佳——神堂的年轻仕女

克罗翰——老骑士，路萨的参事

克莱诺斯——神

多查斯——宏德朗的修士

爱绯瑟——爱克兰皇后爱蓓卡的原名，人称"赫尼赛哈的玫瑰"

奥因－艾－克鲁亚斯——传说中的诗人

艾欧莱尔——穆拉泽地伯爵，路萨王的使节

菲斯娜——格威辛的母亲，路萨第二任妻子

吉尔吉斯——船长，被称为"老头"

戈姆巴塔——传说中的酋长

葛兰——神堂的年轻仕女

格威辛——王子，路萨之子，梅格雯同父异母的弟弟

贺恩——赫尼斯第始祖

茵娜温——路萨第三任妻子

路萨－安哈－历辛——赫尼斯第国王

梅格雯——公主，路萨之女，格威辛同父异母的姐姐

密尔汉——雨之女神，布雷赫之妻

独臂沐诃——神

潘奈薇——梅格雯的母亲，路萨第一任妻子

红哈斯雷——柯扎哈故事里的人物

冉恩——神

辛奈哈——王子，小闹之战的领军

泰斯丹——国王，海霍特唯一的赫尼斯第国王，人称"圣洁王"

图雷斯——年轻的赫尼斯第骑士

瑞摩加人

宾德塞克——艾奎纳的探子

铎尔——古代战神

爱因司凯迪——瑞摩加人头领

艾弗特——瑞摩加人在奥斯坦·亚德的第一位国王

芬吉尔——国王，海霍特第一任主人，"血腥王"

丰乐娅——古代丰收女神

弗雷克——老兵

桂棠——艾弗沙公爵夫人

哈尼——被贝肯杀死的年轻士兵

汉菲斯科——宏德朗的牧师

耶尔丁——国王，芬吉尔之子，"疯王"

圣宏德朗——在小闹之战成名的牧师

荷伍——年轻的士兵，艾奎纳的亲属

伊克斐——国王，曾是耶尔丁的副官，"灼烧王"

尹艮·杰戈——黑瑞摩加人，北鬼猎犬的主人

艾布恩——艾奎纳的父亲，约翰治下第一任瑞摩加公爵

艾奎纳——艾弗沙公爵

艾索恩——艾奎纳与桂棠之子

琴师伊辛奈格——柯扎哈故事里的人物

亚拿嘉——棠戈寨的卷轴持有者

乔戈仑——瑞摩加国王，在纳文德被约翰杀死

洛肯——古代火神

梅莫——古老智慧神

尼西（尼西斯）——牧师，耶尔丁的助手，Du Svardenvyrd 的
作者

茜格玛——淘儿追求过的年轻瑞摩加女人

司卡利——考德克领主，人称"尖鼻子"

司肯蒂——圣人，修道院创建人

施拉迪格——年轻士兵，西蒙的同伴

斯道夫——韦斯万领主

瑟雷宁——被贝肯杀死的士兵

唐路德——思侃盖领主，桂棠公爵夫人的叔叔

乌顿——古代天空神

乌泰——西加德士兵，被贝肯杀死

纳班人

艾斯韦兹（可能是纳班人的爱克兰名字）——奈格利蒙第一任领主

安图勒——以前的皇帝

安苔帕小姐——李奥巴迪和娜莎兰塔的女儿

阿卓威斯——最后的皇帝，凯马瑞的伯伯

阿庇提斯·普文斯（普文家族）——俄澄伯爵，普文家族的族长，班尼伽利的朋友

班尼杜威——纳班贵族家族，翠鸟纹章

班尼杜（班尼杜威家族）——约翰治下第一任公爵，李奥巴迪和凯马瑞的父亲

班尼伽利——李奥巴迪公爵和娜莎兰塔的儿子

凯马瑞 - 萨 - 梵尼塔——李奥巴迪的哥哥，圣王约翰的朋友

珂莱维——纳班贵族家族，鹈鹕纹章

珂莱瓦（珂莱维家族）——以前的皇帝

山羊王克莱西斯——以前的皇帝

丹德尼斯——奈格利蒙建筑师

德瓦撒勒——男爵，与安苔帕小姐订婚

笛尼梵——拉纳辛教宗的簿记

德米蒂——鄂克斯特圣撒翠教堂主教

艾莱西亚——乌瑟斯之母

恩莫庭——传说中的骑士

恩夫提斯——阿苏瓦陷落时的皇帝

弗罗伦爵士——约翰时代知名的骑士，属于名誉不佳的萨莱安家族

盖勒兹——集市上的士兵

海黎莎——米蕊茉过世的母亲，埃利加的妻子，娜莎兰塔的姐妹

英盖达林——贵族家族，信天翁家徽

李奥巴迪——纳班公爵，班尼伽利、瓦尔兰和安苔帕之父

梅林－萨－英盖达（英盖达林家族）——侯爵，英盖达林家族的族长，娜莎兰塔的兄弟

娜莎兰塔——纳班公爵夫人，班尼伽利的母亲，米蕊茉的阿姨

楠·丽术——恩莫庭之宝上的呢斯淇

努安（努安尼斯）——纳班古代海神

派丽帕——安东之书上的贵族仕女，圣人，人称"岛上降生"

普莱西楠·麦曼尼（密尔麦湖的普莱西楠）——哲学家

普文——贵族家族，鱼鹰家徽

派拉兹神父——牧师，炼金术士，巫师，埃利加的参事

昆辛——圣宏德朗修道院院长

拉纳辛教宗（生于斯坦郡奥斯温的爱克兰人）——教廷之首

瑞帕——圣人，在爱克兰被称为"瑞普"

萨莱斯（萨莱安家族）——流放的贵族，曾经的海霍特国王，"苍鹭王"

泰亚伽利——始皇帝

塔里斯——集市上的士兵

乌瑟斯·安东——安东教信仰的神之子

瓦尔兰——李奥巴迪的小儿子

腓力基——主簿

维得凡——圣人

余汶奈——古代纳班主神

希瑟人

阿茉那苏——奈勒皇后，伊奈那岐和哈卡崔的母亲

安乃——吉吕岐猎团的副官

绯娜朱——柯扎哈故事里的希瑟女人

哈卡崔——伊奈那岐的哥哥，被黑朵荷贝重创

伊奈那岐——王子，现为风暴之王

伊西岐——希瑟语中的奇卡苏特（百鸟之王）

伊彦宇迦——奈勒王（阿苏瓦的希瑟王），伊奈那岐之父

吉吕岐（因－森立）——王子，速马奈力之子

堪冬甲奥——吉吕岐的舅舅

津志波——吉吕岐的打猎同伴

麻津美麓——希瑟的塞达（月亮女神）

奈拿苏——安乃歌里的希瑟女人，曾住在岸韶桑羽

速马奈力——希瑟之王，吉吕岐之父，哈卡崔之子

矢介第——吉吕岐的打猎同伴

乌荼库——北鬼女王，奈琦迦女主人

制箭者未冬弥右——土美汰古老的希瑟弓箭制作者

其他

宾拿比克（宾宾尼格伽本尼克）（坎努克）——欧科库克的学
徒，西蒙的朋友

楚库（坎努克）——传说中的矮怪英雄

沙行者（乌澜）——神

奇卡苏特（坎努克）——百鸟之王

霖季（坎努克）——传说中的塞达之子，坎努克与人类之父

迷失的匹克派格——传说中的矮怪英雄

米达崔（珀都因人）——商人，提阿摩的朋友

欧科库克（坎努克）——岷塔霍部落的吟唱者，宾拿比克的师傅

雪之瑾奇琶（坎努克）——雪和寒冷的女神

罗皓格（乌澜）——瓦罐匠

塞达（坎努克）——月亮女神

育人者（乌澜）——女神

宿尔巍（珀都因人）——安汜·派丽佩伯爵

塔利斯托爵士（珀都因人）——约翰时代的伟大骑士

提阿摩（乌澜）——学者，与莫吉纳互相通信

沱辉（坎努克）——天空之神

渥莎娃（色雷辛人）——约书亚的伴侣，色雷辛酋长之女

雅娜（坎努克）——传说中的塞达之女，希瑟之母

瓦莱姐·葛萝伊——出身不明

地名

塞洛郡——爱克兰领地，位于格兰汶河以西

大稚照（希瑟："风歌树"）——荒弃的希瑟城市，位于巍轮山以东、阿德席特之内

俄基德·拉姆（赫尼斯第）——艾本河口酒馆，老吉尔吉斯常去

岸韶桑羽（希瑟）——"盛夏之城"，位于阿德席特以东，荒废已久

阿乐伊谷（希瑟："西方的大门"）——小闹；瑞摩加语为：Du Knokkegard

荷闻郡——北爱克兰小镇，位于奈格利蒙以东

宏尔涅——东瑞摩加村庄，位于铎尔漱汶湖东北岸

角天华（希瑟："树海之舟"）——仅存的希瑟栖息地，位于阿德席特之内

津叁门（希瑟）——安乃歌里唱到的城市，如今被海水淹没

小鼻——伊坎努克山脉，宾拿比克双亲丧生之地

莫尔·布拉赫（赫尼斯第）——长手指状的格兰玻山脊

奈琦迦（希瑟："泪之面具"）——风暴之矛，Sturmspeik（瑞摩加语）

崎拉基索（坎努克："阴影之林"）——狄莫斯寇的矮怪名字

朗彻斯特——爱克兰北方小镇，位于冰霜边疆之内

杉亚支（希瑟："黎明浮光之塔"）——土美汰的高塔

杉崎砂（希瑟）——安乃歌里的城市

思侃盖——瑞摩加中部领土，位于艾弗沙以东

赤宿沙（希瑟："她的血是冷的"）——流经大稚照的河流；爱克兰语：艾伏川

坦加阶梯——巨型阶梯，曾位于阿苏瓦中心

土美汰（希瑟）——北方城市，位于伊坎努克以东，被冰川掩盖

乌棘大桓（希瑟："作茧自缚之地"）——奈格利蒙的希瑟名

梧索——海霍特和阿德席特西南间的男爵领地

生物名

阿岗——梅格雯的母猪，繁殖用

阿塔林——凯马瑞的战马

克罗－马－费莱格——赫尼斯第传说中的巨人

巨虫——希瑟传说中，其他所有大虫的始祖

黑朵荷贝——黑虫，刹拉卡与哀喀迦屈之母，被伊奈那岐所杀。赫尼斯第语：铎察莎尔

哀喀迦屈——雾沙穆的冰虫

金龙耿鲁卡玛——龙，黑朵荷贝之父

尼库阿——尹艮·杰戈的领头狗

独眼——欧科库克的山羊

坎忒喀——宾拿比克的狼伙伴

圈儿——耕马

刹拉卡——被杀死的海霍特地底火龙，骨头被制成龙骨王座

物品名

野猪长矛——乌坦邑哥斯伍的纹章

光锥——圣王约翰的剑，剑中有圣树木片和圣鄂斯坦·费科恩的
指骨

夕萃——酸辛的香料根，咀嚼用

刺兰——纳班浆果灌木，十分稀有

火龙圣树——约翰王的纹章

磷铁—— 一种昂贵、发亮的金属

京季株——吉吕岐的巫木剑

克瓦尼尔——艾奎纳的剑

鹿押萨之杖——余汶月初，东北天空出现的三星一线的星座

麦莲—— 一种香料

麻津美麓之网——星空。坎努克语称之为“塞达之毯”

米奈亚——芬吉尔王的铁剑，随艾弗特血脉传承

伪茜—— 一种开花的香草

南黛儿——约书亚的剑

沃茵达斯——贺恩的黑色长矛

小米菊—— 一种香料

金柱圣树——教廷的徽记

冉恩铜锅——赫尼斯第的战锣

审棋——希瑟的复杂游戏

悲伤——伊奈那岐铸造的混合了铁与巫木的剑，作为礼物赠给埃利加（希瑟：津锦尊）

索特方塞——艾弗特的船，埋在斯基帕文

荆棘——凯马瑞的星剑

圣树——纳班余汶奈神殿前的处决之树，乌瑟斯曾被倒挂在树上，如今成为安东教的象征

骨卜——宾拿比克的占卜道具：

无翅鸟

鱼叉

暗道

洞口火炬

怯羊

小径云烟

黑隙

开封镖

节日

霏耶孚月 2 日——炷祭

玛瑞斯月 25 日——艾莱西亚祭

阿弗洛月 1 日——愚人节

阿弗洛月 30 日——凝石之夜

玛雅月 1 日——贝珊妮日

余汶月 23 日——仲夏夜

提亚加月 15 日——圣撒翠日

安涂月 1 日——哈拉夫祭

瑟坦德月 20 日——圣格冉尼日

奥坦德月 30 日——万圣夜

挪文德月 1 日——灵魂之日

岱萨德月 21 日——圣特纳斯日

岱萨德月 24 日——安东祭

月份

朱诺孚月，霏耶孚月，玛瑞斯月，阿弗洛月，玛雅月，余汶月，提亚加月，安涂月，瑟坦德月，奥坦德月，挪文德月，岱萨德月

一周的日子

阳日，幕日，提斯日，乌顿日，铎尔日，弗瑞日，撒翠日

词汇和句子

纳班语

Aedonis Fiyellis extulanin mei——"信实的安东拯救我"

Cansim Felis——"欢乐颂歌"

Cenit ——"狗"、"猎犬"

Cuelos——"死亡"

Duos wulstei ——"神的旨意"

Escritor ——"簿记"：教宗手下的参事

Hue Fauge ——"怎么了"

Lector ——"教宗"：教廷之首

Mansa sea Cuelossan ——"亡者祷文"

Mulveiz nei cenit drenisend ——"让睡着的猎犬继续睡"

Oveiz mei ——"听我说"

Sa Asdridan Condiquilles —— "征服者之星"

Tambana Leobardis eis —— "李奥巴迪倒下了"

Timior cuelos exaltat mei —— " 恐怕死亡会带走我"

Vasir Sombris, feata concordin —— "黑暗之父，订立契约"

赫尼斯第语

Brynioch na ferth ub strocinh... —— "布雷赫离去了……"

E gundhain sluith, ma connalbehn... —— "朋友啊，我们尽力战斗……"

Feir —— "兄弟"或"伙伴"

Goirach —— "疯狂"或"野蛮"

Sithi —— "平静之人"

瑞摩加语

Im todsten – grukker —— "勇敢的强盗"

Vaer —— "小心"

Vawer es do ükunde? —— "这孩子是谁?"

坎努克语

Aia —— "回"（Hinik Aia —— 回来）

Bhojujik mo qunquc —— （俗语）"只要没有熊，就算是到家"

Binbiniqegabenik ea sikka! Uc Sikkam mo – hinaq da Yijarjuk! —— "我是（宾拿比克）! 我们要去雾沙穆!"

Boghanik —— "贝肯"

Chash —— "对"或"正确"

Chok —— "跑"

Croohok —— "瑞摩加人"

Hinik ——"走"或"走开"

Ko muhuhok na mik aqa nop ——"掉到头上的时候，你才知道那是块石头。"

Mikmok hanno so gijiq ——（俗语）"你要把饥肠辘辘的黄鼠狼装在口袋里，可别怨别人"

Nihut ——"攻击"

Ninit ——"来"

Sosa ——"来"（命令语气）

Ummu ——"现在"

Yah aqonik mij–ayah nu tutusiq, henimaatuq ——"嘿，兄弟，停下来说两句。"

希瑟语

Ai Samu' sithech' a ——"赞颂 Samu' sitech' a"

Asu' a ——"东望"

Hei ma' akajao–zha ——"毁了它（城堡）"

Hikeda' ya（贺革达亚）——"云之子"：北鬼

Hikka ——"持有者"

Im sheyis t' si keo' su d' a Yana o Lingit ——"我们的祖先来自同一血脉（雅娜和霖季）"

Ine ——"这是"

Isi–isi' ye ——"这（确实）是那"

Ras —— 尊称"爵士"或"尊敬的爵士"

Ruakha ——"临死"

S' hue ——"大人"

Skei' ——"停止"

Staj' a Ame ——"白翎箭"

Sudhoda'ya —— "日暮之子"：凡人

Tsi anh pra Ineluki! —— "以伊奈那岐鲜血的名义！"

T'si e – isi'ha as'irigú! —— "东门之血！"

T'si im T'si —— "血债血偿"

Ua'kiza Tumefai nei – R'i'anis —— "土美汰陨落之歌"

Zida'ya（支达亚）—— "黎明之子"：希瑟

津濑湖

司维特悬崖 ←

海霍特

海闸口

内城

绿天使塔

耶尔丁塔

中城

尼鲁拉之门

外城

鄂克斯特

津林

狄莫斯寇森林
圣司肯蒂
黑斯督
霜冻边境
大稚照
奈格利蒙
圣宏德朗
小闸
葛萝伊之湖
阿德席特大森林
希斯坦
弗雷特
泽特伯格
鄂克斯特
海霍特
司维特悬崖
格兰尼弗
格兰汶河
法尔郡
斯坦郡
River Stefflod
伊姆翠嗒河
麦尔芒德
万途关
T.W.87

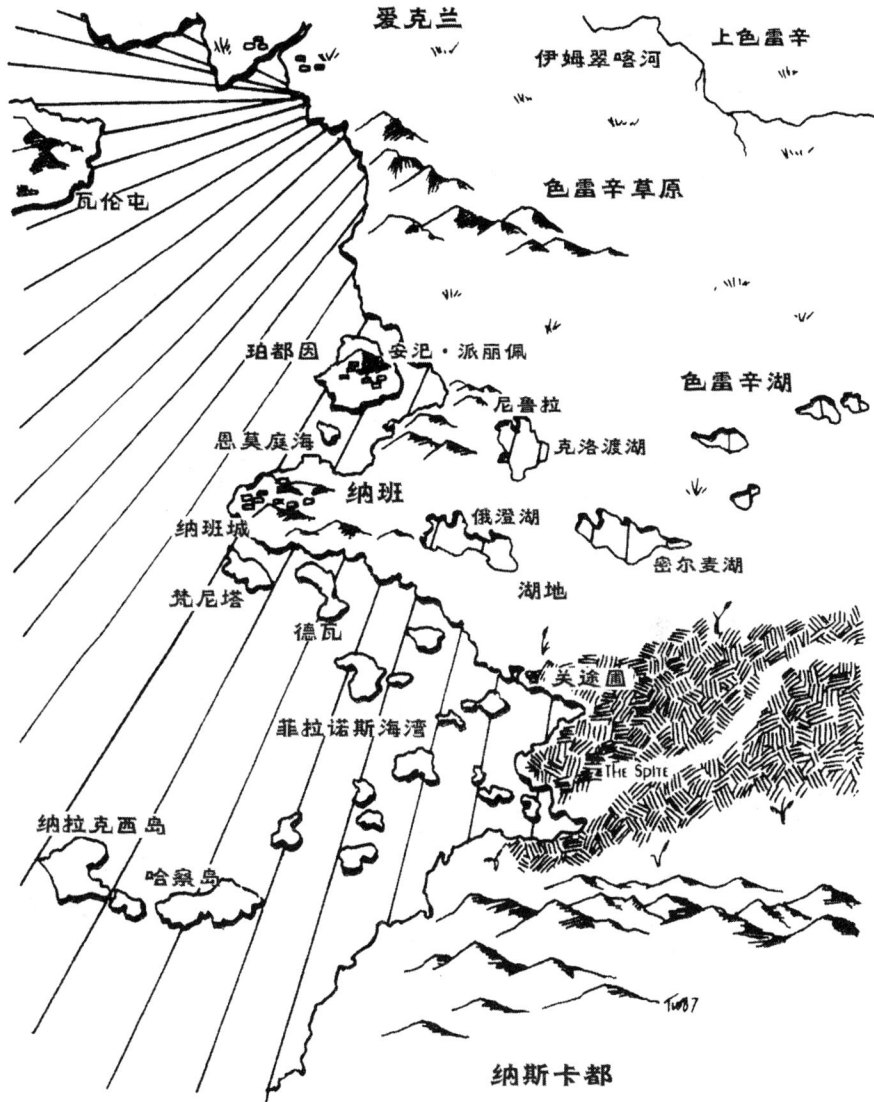

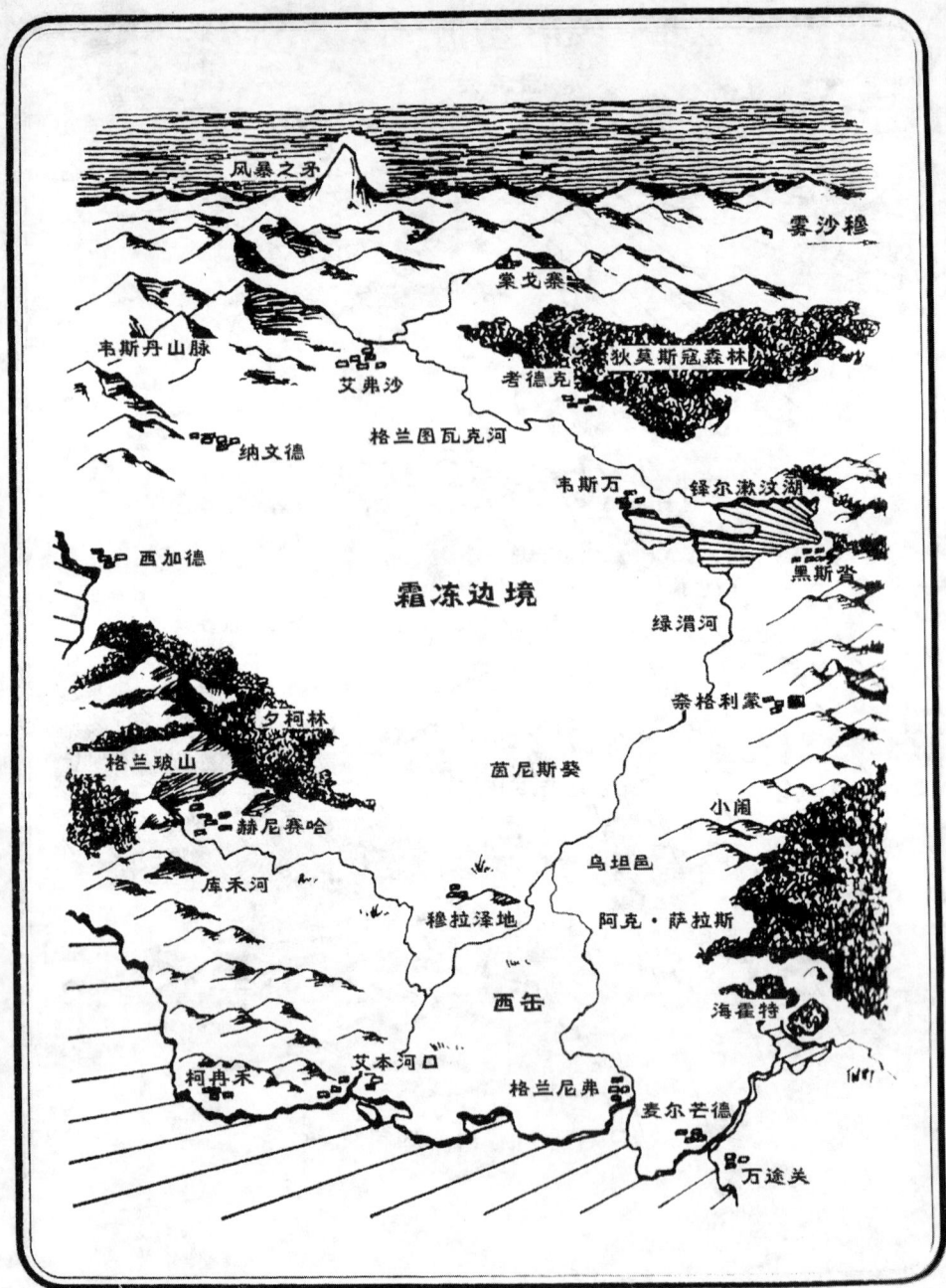